왜란종결자

왜란종결자

倭亂終結者

2권

이우혁 지음

엘릭시르

【차례】

마계의 목소리

"피곤한 일이군."

콧등과 눈 밑을 피곤한 듯 쓰다듬으며 중얼거렸다. 칠천 명 이상의 조선군을 전멸시킨 큰 공을 세웠지만 고니시는 몹시 피곤했다. 하루를 꼬박 끈 긴 싸움 탓이기도 했지만 지나치게 많은 인명을 살상한 것도 은근히 마음에 걸렸고, 너무 쉽게 이겨나가서 걱정스럽기도 했다.

물론 승리는 좋다. 가토에게 뒤질 수는 없었다. 하지만 아무리 승전을 거둔다 해도 피해는 입게 마련이다. 이 싸움에서만 천 명 정도의 인명 손실을 입었고 화약의 소모도 만만치 않았다. 계속 보급을 받아야 싸울 수 있는데, 진격 속도가 너무 빨라 보급대가 따라올 시간적 여유가 없었다. 조선군에게 가장 효과적인 무기는 조총이었기에, 화약의 빠른 소모와 보급의 부재는 심각한 문제가 될 수 있었다. 고니시는 투구를 벗어 옆구리에 끼며 찬찬히 생각해보았다.

'도성인 한양까지는 얼마 남지도 않았다. 더이상 앞을 가로막을 조선군도 없을 것이지만 일단은 진격 속도를 늦춰야겠다. 보급을 받고 휴식을 취하며 힘을 모아 단번에 한양을 점령하자.'

어지간하면 진격 속도를 늦추자는 생각은 하지 않았을 것이다. 고니시는 선봉장으로 함께 임명된 가토를 싫어했다. 무지하고 거칠기만 한, 마음에 들지 않는 장수였다. 그에게 선봉장으로서 뒤처지기는 싫었다. 그러나…….

'가토라고 상황이 다르지는 않겠지.'

연전연승을 거두고 있지만, 가랑비에 옷 젖는 식으로 싸움마다 약간씩 병력이 소모된다. 하물며 진격 속도가 빠르니 무시할 수 없는 숫자가 되어갔다. 왜국을 출발할 때 고니시의 병력은 비전투원을 제외하고 일만 팔천이백 명이었다. 그런데 연전연승에도 불구하고 이미 이천여 명이 죽거나 다쳐서 전투 불능 상태에 빠져 있었다.

가토는 고니시보다 약간 많은 이만 팔백 명의 전투원을 거느리고 출발했으나, 그라고 사정이 다를 리 없다. 그렇다면 가토도 청주에서 보급을 받은 후에야 북상할 수 있지 않을까? 가토는 자신보다 더 긴 거리를 행군하여야 한양으로 입성할 수 있다.

고니시는 부장과 참모들과 회의를 열어 함께 이 내용을 검토했다. 그리고 마침내 진군 속도를 늦추기로 확정했다. 회의를 끝내고 부장들이 나가자 피곤한 어깨를 주무르며 고니시는 속으로 중얼거렸다.

'가토……. 자기 힘만 믿고 날뛰는 천방지축.'

고니시와 가토 사이의 반목은 일반적인 알력 다툼 수준을 넘어 있었다. 가토는 도요토미 히데요시의 먼 친척 출신(도요토미 히데요시 어머니의 사촌 여동생의 아들)인데 도요토미의 부하가 된 뒤 구마모토의 성주가 되었다. 고니시는 구마모토와 인접한 우토의 성주였는데 전국시대에 서로 인접해 있던 영주들이 대개 그러했듯 이해관계가 얽혀 사이가 좋지 않았다. 더구나 가토는 평소 호탕하고도 방약무인하여 고니시의 성격과 맞지 않았고, 고니시를 자주 비웃기까지 했다. 고니시는 상인 가문 출신으로 정통 무인 집안 출신이 아니었지만 문무 양면에 걸쳐 상당한 교양을 쌓아왔다. 허나 가토는 '상인 출신'이라는 점만 물고 늘어져 '고니시는 창칼도 쓸 줄 모른다'고 떠들어댔던 것이다. 비록 겉으로는 차갑게 비웃어주었지만 속으로는 비위가 상해 있었다.

개인적인 감정을 떠나 사상적으로도 극과 극이었다. 식견이 있는 고니시는 이번 전쟁을 극구 반대했다. 다른 영주도 대동소이했는데 가토만은 '간파쿠(도요토미 히데요시)께서 전쟁이 끝나면 중국의 이십 개 주를 주겠다고 하셨다'는 약속을 떠벌리고 다니며 좋아해 고니시의 눈살을 찌푸리게 만들었다. 전쟁에서의 행동도 그렇다. 가토는 전쟁과 상관도 없는 불국사를 온통 불질러버리고 좋아했다고 한다. 고니시는 가톨릭 신자였지만 만행에 가까운 교양 없는 행동은 좋게 보지 않았다.

'부하들의 고통이나 전쟁의 참혹함은 안중에도 없이, 혼자 얻을 이익만을 생각하는 무식한 자.'

이것이 고니시의 가토에 대한 평가였다. 그런데 도요토미는 공동 선봉을 가토와 맡으라는 말도 안 되는 명령을 내렸다. 둘의 경쟁심을 부추기려는 의도인 것 같았다. 하지만 마음에 들건 말건 여기서 밀리면 왜국 내에서의 입지가 가토보다 약해지게 될 것이었다.

'어떤 일이 있어도 가토에게 밀려서는 안 된다. 무리를 해서라도…….'

고니시가 이런저런 생각을 하고 있는 동안에 바깥에서 승전을 자축하는 떠들썩한 소리가 들려오기 시작했다. 먹고 마시고 노는 모양이었다. 군량 문제가 마음쓰여 말릴까도 했지만 생각을 바꾸어 그냥 놓아두기로 했다.

전쟁이 시작되기 전, 도요토미는 '조선은 곡식이 흔한 나라이니 군량은 자체 조달하라'고 했으나 실제 사정은 그렇지 못했다. 때는 봄이라 바야흐로 곡식이 귀할 시기였고 한창 논일을 해야 하는 와중에 전쟁이 났으니 천재라기보다는 인재로, 농사가 제대로 되지 않았다. 그러나 최고 권력자 도요토미가 군량을 자체 조달하라는 명을 내렸으니 따를 수밖에 없었다. 뒤에 분명 무슨 일이 벌어져도 벌어질 것이라 고니시는 마음의 준비를 하고 있었다.

'진격 속도가 예상보다도 빠르니 아직까지는 군량이 모자라지 않는다. 그러면 저 정도는 눈감아주어야 사기가 오르겠지.'

그런 생각을 하고 있는데 부하이자 시동인 후지히데가 조촐한 술상을 들고 들어왔다.

"대장님, 보잘것없습니다만 이것을."

"오오, 후지히데인가?"

고니시는 반가워했다. 후지히데는 고니시가 상당히 아끼는 소년이라 더더욱 반가웠다. 고니시는 먼 조선 땅까지 종군하면서도 후지히데를 시동으로 삼아 항상 곁에 두고 있었다.

후지히데의 성은 아케치이다. 아케치 미쓰히데의 동생뻘 측근이었던 아케치 히데미쓰의 가까운 일가가 된다.

아케치 미쓰히데란 인물은 왜국의 역사상 대단히 유명한 사람이다. 그는 정복자 오다 노부나가에게 가장 신뢰받는 신하 중 한 사람이었는데 천하 통일을 목전에 두고 혼노사에 머물고 있던 노부나가를 습격하여 암살했다. 아케치 미쓰히데는 인간으로서는 불가능해 보일 정도로 많은 재능과 지식을 지닌 천재 중의 천재였다. 전략과 전술은 말할 것도 없는 명장이었고 고금의 예법과 전례에 밝은 학식 있는 교양인이기도 했으며 건축과 토목에도 남다른 조예가 있어서 노부나가의 성을 직접 설계하고 쌓았다. 그런가 하면 검술 및 무예에도 뛰어났고 시와 연가에도 발군이었으며 총포를 다루는 사격술은 일본에서 제일간다고 일컬어지고 있었다. 그러한 능력을 인정받아 노부나가 휘하에서 히데요시(당시에는 도키치로라 불렸다)와 앞뒤를 다투는 큰 출세를 한 입지전적인 인물인 미쓰히데가 어째서 노부나가를 살해하였는가는 지금까지도 역사의 미스터리로 남아 있다.

더 이상한 일은 미쓰히데가 노부나가를 살해한 후의 행동이었다. 그때 전 병력을 휘몰아 전력을 다하여 히데요시와 자웅을 겨루었더라면 승패는 어찌될지 알 수 없었다. 그러나 미쓰히데는 교토에 자리를 잡고 앉아서 소중한 군자금과 금은을 군비에 충당하지 않고 절에 아낌없이 시주했다. 그리고 막상 히데요시와의 싸움에서는 그때까지의 전술 역량은 어디로 갔는지 모를 정도로 완전히 지리멸렬한 지휘를 하다가 단 한 번 싸움에 괴멸되어 죽음을 당했다.

죽음을 당했지만 미쓰히데의 고난은 한 사람에게서 끝나지 않았다. 미쓰히데는 '당시 모시고 있던 주군에게 모반을 일으킨 자'로 악명을 떨치게 되었고 아케치 가문은 몰락해버렸다. 먼 친척들조차 자신의 출신을 숨기고 부끄러워했고 그것이 이후의 메이지유신 때까지 이어졌으니 대단한 수모를 당한 것이다. 아무튼 미쓰히데가 없었다면 현재의 히데요시도 없었을 것이다.

후지히데 집안 어른인 아케치 히데미쓰는 그러한 미쓰히데를 형님이라 부르면서 곁에서 모셔오던 제일의 측근이었다. 그 이후 일가가 몰락하여 유랑하다 우토 성에 이른 것을 고니시가 불쌍하게 여겨 거두어준 것이다. 미남, 미녀가 많기로 소문난 아케치 가문의 피를 이은 때문인지 후지히데는 머리가 좋고 눈치가 빨랐으며 인물이 매우 준수하였다. 아케치 가문의 대표자 격이었던 미쓰히데는 미노의 도키 가문 출신으로 장군도 될 수 있는 명문의 후예였다. 그렇다면 후지히데도 그 핏줄과 어느 정도는 닿아 있으니 명문이라 할 수 있었다. 상인 출신으로 자신의 집안에 대해 자격지심을 가지고 있던 고니시는 그러한 후지히데가 마음에 들었다. 그래서 고니시는 종이나 다름없던 후지히데를 자신의 시동으로 삼기까지 이른 것이다.

고니시는 후지히데가 권한 술잔을 받아 기분 좋게 들이켰다. 피로가 다소 풀리는 것 같았다.

"고맙구나, 후지히데. 맛이 좋다."

"감사합니다."

"아주 좋은 맛이다. 피곤이 풀린다."

"피곤하셨습니까?"

후지히데가 조심스럽게 물어보자 고니시가 웃었다.

"그래, 피곤했다. 저렇게 끈질긴 병사들이라니."

"그래도 대승을 거두시지 않았습니까? 연전연승. 전과가 대단하온데."

고니시는 다시 한 잔을 따르게 하여 받아들며 웃었다. 고니시는 후지히데의 말에는 대답을 하지 않고 다른 이야기를 꺼냈다. 이 전쟁으로 화제가 이어지면 자신이 불안하다는 사실을 말할지도 모른다. 아무리 측근이라고는 하나 부하를 불안하게 만드는 것은 곤란하다.

"다른 이야기를 해보아라."

"다른 이야기라 하시면?"

"그냥 아무 이야기나 말이다. 옛날이야기라도 좋다."

"이렇게 어린 저에게 옛날이야기를 말하라 하시다니요."

후지히데는 그렇게 말했으나 당황한 기색은 없어 보였다. 고니시는 기분 좋게 술을 마시면서 재미 삼아 후지히데에게 계속 이야기를 하라고 시켰다.

후지히데는 한참 뭔가를 궁리하더니 이윽고 입을 열었다.

"대장님도 알고 계실 이야기일지도 모릅니다만."

그러면서 후지히데는 가네가사키의 퇴각전 이야기를 했다.

일본[1] 통일의 기틀을 마련한 오다 노부나가가 허수아비 장군[2] 아시카가 요시아키를 끼고 교토를 점령한 직후의 일이었다. 요시아키는 자신에게 허명만을 주고 실질적 권력을 주지 않는 노부나가에게 불만을 품고 각지의 군웅들을 들쑤셔서 반反노부나가 동맹을 결성하게 했다.

그중 교토에서 가장 가까운 곳의 영주가 아사쿠라였는데 노부나가는 아사쿠라를 공격하여 가네가사키 성을 빼앗았다. 그러나 승승장구하던 노부나가는 뜻하지 않은 배신을 당한다. 이는 그와 사돈간이며 동맹 관계이기도 한 북北 오미(노부나가의 근거지는 남 오미)의 영주 아자이 나가마사가 노부나가의 기대를 배신하고 노부나가군의 후미를 막아 포위하려 한 것이다. 이에 노부나가는 접전을 피해 급히 교토로 퇴각하였다. 이때 이제까지 밀리던 아사쿠라군이 급히 추격해왔다.

결국 지금은 간파쿠가 된 도요토미 히데요시(당시에는 기노시타 도키치로라고 불리는, 노부나가 휘하의 대장이었다)가 그 뒤를 엄호할 것을 자원하였다. 그것은 죽음의 길이나 다름없었다. 그의 수백에 불과한 부대를 추적하는 것은 만여 명을 헤아리는 아사쿠라의 대군이었다. 시간을 끌어 아군을 가급적 멀리 보낸 다음 전멸당할 것이 뻔했다. 좌우간 자신이 바둑에서 사석死石같이 되는 것을 알면서도 히데요시는 가네가사키 성에서 농성을 결의했다.

이때 그곳을 지나던 도쿠가와 이에야스와 아케치 미쓰히데가 이 모습을 보고 안쓰러워했다. 특히 미카와의 영주이며 노부나가의 유일한 동맹자인 이에야스가 주장하여, 미쓰히데와 이에야스는 히데요시와 같이 후미를 방어하기로 했다. 미쓰히데는 당시 일본 제일의 재능인이자 발군의 전략가였고 히데요시도 노부나가 휘하에서 가장 능력 있는 전투 부대장이었다. 이에야스 또한 뛰어난 전략가로서 노부나가 사후의 통일 전쟁에서 히데요시조차 그를 이기지 못하여 좋은 조건으로 화평을 할 수밖에 없었던 실력자였다. 셋은 갖은 지혜를 짜내어 가네가사키에서 불가능에 가깝던 철수 작전을 성공적으로 수행하였다.

이 내용은 히데요시 휘하에 있는 고니시도 여러 번 들은 이야기였다. 실제로 히데요시는 천하를 잡고 이에야스와 화평을 한 후 이에야스를 상경시켜 주종 관계를 맺고 그의 손을 잡으며 '옛날 가네가사키의 퇴각전 때 도쿠가와 공의 도움을 받아 구사九死에 일생一生을 얻었소이다. 그때의 일은 꿈에서라도 잊지 않고 있다오'라 말했다 한다.

그러나 지금 후지히데가 들려주는 것은 미쓰히데의 부대장이었던 아케치 히데미쓰가 본 당시의 일로, 조금은 다른 관점이었다. 주로 미쓰히데의 관점에서 이에야스와 히데요시의 인물 됨과 능력을 평가하는 이야기였기 때문에 고니시도 흥미롭게 들었다. 현재 실존해 있는 히데요시나 이에야스 등이 등장하는 이야기였지만 고니시에게는 옛날이야기 같아서 재미있었다.

후지히데도 고니시가 재미있게 듣자 신이 나서 계속 이야기를 했다. 후지히데는 미쓰히데의 부하였던 아케치 히데미쓰를 통해, 가문에 전해지는 이야기를 듣고 전하는 터라 미쓰히데의 재능이 몹시도 빛나게 들렸다. 아케치 히데미쓰는 미쓰히데가 망할 때 운명을 같이 했으니 직접 만날 기회는 없었을 것이지만.

'이야기는 여러 번 들었었지만, 그 정도로 뛰어난 사나이였던가.'

고니시가 질투심이 들 정도로 후지히데는 미쓰히데의 이야기를 했다.

'주군을 시해한 자'라는 미쓰히데의 오명 때문에 충직한 성격의 고니시는 평상시에는 그의 이름을 입에도 올리지 않았다. 그러나 후지히데가 어린아이이기도 하여 별생각 없이 이야기를 계속 듣고 있었다. 술잔도 연신 비웠고 그때마다 후지히데는 이야기를 멈추지 않고 잔을 따랐다. 어느덧 이야기는 가네가사키에서 철수를 마쳐가는 대목에까지 이르렀다.

"……그래서 간파쿠님(히데요시)께서는 주베 공(미쓰히데)과 이에야스 공과 함께 번갈아가며 후미를 맡으셔서 일 정 후퇴할 때마다 한 번씩 번갈아 교전을 하셨습니다. 주베 공은 총의 명인이어서 퇴각을 하는 도중에도 부하가 총을 장전하여 건네면 즉시 달려드는 아사쿠라의 기마 무사를 쏘셨는데 한 번도 빗나가는 일이 없었다 합니다. 이에야스 공께서도 역시 직접 총을 잡으시고 사격하셨으며 이에 아사쿠라군은 후미를 쫓아 덮치는 것을 두려워하는 듯, 조금씩 꽁무니를 빼며 따라가는 시늉만을 하였다고 합니다."

대강 이야기를 듣고 고니시가 웃으며 후지히데에게 말했다.

"그런데 묻겠다."

"예."

"너는 어떻게 생각하느냐? 가네가사키에서의 퇴각의 일전. 누구의 행동이 가장 본받을 만하다고 여기느냐?"

후지히데는 고니시의 말을 못 알아듣는 눈치였다.

"예? 세 분 다 용명을 날리셨으며 훌륭히 싸우셨……."

"그것 말고 말이다. 죽음을 두려워하지 않고 전군의 퇴각을 엄호할 결심을 하신 간파쿠님의 충忠이냐, 그러한 처지에 있는 간파쿠님을 외면하지 않고 함께 싸울 결심을 하신 이에야스 공의 신信이냐, 자신과 경쟁 관계에 있는 간파쿠님을 흔쾌히 목숨을 걸고 도와준 미쓰히데 공의 의義냐? 어떤 것이 가장 훌륭하다고 여기느냐?"

후지히데는 대답하지 못했다. 하긴 후지히데는 이제 갓 열네 살이 된다. 그만한 판단을 내리기에는 어리다. 고니시는 자신이 대신 대답을 했다.

"나는 이에야스 공의 신信이 가장 내리기 어려운 결단이었다고 믿는다. 자신의 목숨이 경각에 달렸는데도 그런 결단을 내릴 수 있다는 것은 범상한 일이 아니야."

"그렇습니까?"

후지히데는 이상하게도 볼멘소리를 했다. 뭔가 불만스러운 것 같았다. 고니시는 이 꼬마도 나름대로는 다른 소견을 가지고 있구나 싶어 웃었다.

"너는 어찌 생각하느냐?"

"말씀드리기 황공하옵지만……."

후지히데는 예의 미쓰히데의 행동이야 말로 정말 높이 살 것이라고 말했다. 간파쿠는 후일의 공업을 높이기 위해 그랬다고도 말할 수 있다. 이에야스도 나름대로 사람들에게 '자신은 신의를 목숨보다 중요시한다'는 것을 보이기 위해 그랬을 수도 있다.

그러나 미쓰히데는 어떠한가? 당시 미쓰히데는 유랑인의 신분으로 노부나가의 가신이 되어 급진적인 신분 상승을 거듭하고 있었다. 이는 미쓰히데의 재능 덕분이었다. 당시 노부나가의 가중家中에는 그보다 높은 가신들이 많이 있었지만 그렇게 급격히 신분 상승을 이룬 자는 히데요시 말고는 없었다. 그렇게 따지면 경쟁자이다. 그런데 그러한 경쟁 관계에 있는 자를 목숨을 걸고 돕는다는 것은 정말로 어려운 일이라고 후지히데는 강하게 주장했다. 고니시는 후지히데가 총명하다고는 생각했으나 지나치게 이해타산적으로만 사건을 보는 것이 마음에 들지 않았다.

"당시에는."

고니시는 후지히데의 말을 잘랐다.

"미쓰히데는 간파쿠님과 같은 전우였다. 전장에서 같이 싸우는 동지의 입장이었을 뿐, 그때까지만 해도 경쟁심은 없었을 것이다. 그런 것은 후일 두 사람이 싸우게 된 것을 알고 나서 덧붙인 결과론일 것이다."

"아닙니다. 미쓰히데 공은 이렇게 말씀하셨다 합니다. 도키치로는 이상한 힘을 지니고 있다. 오다가에서만이 아니라 전 일본에서도 그를 능가할 자는 단조노추 공(노부나가)밖에는 없을 것이다, 라고요."

"말이 지나치다. 후지히데."

아무리 과거의 이야기라고는 하나 지금의 최고 권력자를 도키치로라는 옛 이름으로 부를 수는 없었다. 후지히데의 실언이겠지만 경우에 따라서는 그냥 넘어갈 수 없는 말이었다. 그러나 후지히데는 다소 흥분했는지 이야기를 계속했다.

"죄송합니다. 간파쿠님의 무서운 능력을 말하고 싶어서……."

"무서운 능력이라니? 그건 또 무슨 소리냐?"

갑자기 후지히데가 이상해지기 시작했다. 얼굴이 창백해지더니 목소리가 음산하게 변했다.

"그대는…… 위대해지고…… 싶지 않은가. 고니시……."

"무엇하는 것이냐? 후지히데!"

고니시는 놀라서 일갈했다. 후지히데는 제정신이 아닌 것 같았다. 눈은 희게 뒤집혔으며 얼굴빛은 창백하다 못해 푸른빛으로 질려 있었다. 무엇에 홀린 것 같았다. 고니시는 경악하여 술상을 박차고 일어나 칼을 손에 잡았다. 그러나 후지히데는 그런 고니시를 무섭기 짝이 없는 흰 눈, 동자가 보이지 않는 흰 눈으로 바라보면서 말했다.

"그대에게 능력을 줄 수도 있다……. 노부나가에게도…… 히데요시에게도 주었던 능력을……."

"닥쳐랏! 더이상 지껄이면 목을 치겠다!"

고니시는 자신이 애용하는 검을 뽑으려 했으나 놀랍게도 검은 칼집에 꽉 박힌 듯 뽑히지 않았다. 그리고 그 순간, 불이 꺼진 것이 아니었는데도 막사 안이 새까만 암흑에 싸였다. 고니시는 담이 큰 사람이었으나 너무나도 놀라 바깥의 호위병을 부르려 했다. 하지만 아무리 소리를 질러도 들어오는 자가 없었다. 등잔의 불도 보이지 않았고 오로지 무섭게 변한 후지히데의 창백한 얼굴만 뚜렷이 보였다. 정말로 소름끼치는 광경이었다.

"약속하라……. 전쟁을 계속하고…… 끝없이 살육할 것을……. 너에게 약속하겠다. 권세와 명예와 승리를 보장하겠다……."

"다…… 닥쳐라!"

고니시는 땀으로 옷이 축축하게 젖었으나 정신을 굳게 가지려고 애를 썼다. 칼이 뽑히지 않자 생각난 것은 기도문이었다. 고니시는 일본에 전파되고 있던 천주교의 신자이기도 했다.

오다 노부나가는 퇴폐적으로 변모한 불교에 염증을 느낀 나머지 불교를 탄압하고 막 들어오고 있던 천주교에 온건한 자세를 취했다. 일본의 정신적 본산으로 일컬어지던 히에이 산山의 엔랴쿠지延曆寺를 불태우고 승려들을 학살한 노부나가는 실증주의자로 무신론자라고 알려져 있었다. 그러나 천주교에 대해서는 방임 자세를 취했는데 이것은 교리를 받아들이기보다는 무기 무역에 대한 희망에서였다. 천주교를 전파하는 서방의 국가들에게서 총포의 기술을 습득하여 그것을 기반으로 통일전을 치르고자 한 노부나가였으니 천주교를 금할 수는 없었던 것이다. 그런고로 천주교는 상류층까지 전도되어 상당수의 영주들도 믿게 되었는데 그중 고니시는 독실한 신자에 속했다.

무언가 정상적이 아닌 일이 벌어지고 있다는 것을 깨닫고 고니시는 서둘러 눈을 감고 기도를 했다. 그러자 후지히데의 목소리가 아닌, 거친 목소리가 다시 울려왔다.

"싫으냐? 가토도 약속하였다. 너의 힘으로는 저항할 수 없다. 절대로…… 절대로……."

고니시는 식은땀을 흠뻑 흘리면서 계속 기도문을 외웠다. 이때만큼 필사적으로 기도를 올린 적은 없었다. 주변이 문득 써늘해지고 기분 나쁜 음습한 냉기가 주변을 가득채웠다. 말할 수 없이 추운데도 몸에서는 땀이 줄줄 흘렀다. 고니시는 굳게 감은 눈꺼풀에 더욱 힘을 주었다.

"아니면…… 죽는다!"

또다시 무서운 목소리가 울려왔다. 그렇지만 고니시는 죽음을 두려워하는 사람은 아니었다. 무인인 이상, 언제 어디서나 목숨을 버릴 수 있다고 늘 스스로에게 다짐하며 살아왔던 고니시였다. 정통 무인이 아니라 상인 출신으로, 활에는 능해도 검이나 창을 남만큼 다루지 못하는 반쪽 무인이었으나 적어도 무인의 기개만큼은 남보다 비장하고자 했던 고니시였다. 그 기개 앞에 흑호조차 한풀 꺾였을 정도였다.

"사악한 사탄은 물러가라!"

목소리는 집요하게 파고들었으나 고니시는 굽히지 않았다. 마음을 꺾는 것이야말로 위험하다고 고니시는 믿었다. 설사 이 자리에서 몸이 가루가 될지언정 절대 사탄의 사악한 말에 넘어가서는 안 된다고 맹세했다.

'사탄이 틀림없다. 주여……. 저를 구하소서!'

얼마를 그러고 있었을까? 이윽고 멀어져가는 목소리가 들려왔다.

"계속 우리를 거부한다면 너는 결국 패배하고 적의 손에 치욕스럽게 참수될 것이다. 생각을 바꾸어라. 기다려주마. 언제든지 좋다……. 언제든지……."

기도의 효험인지 고니시의 마음을 돌릴 수 없다는 것을 안 것인지 주위를 가득채웠던 냉기가 어느덧 가시는 것이 느껴졌다. 고니시는 성호를 긋고 조심스럽게 눈을 떴다. 눈을 뜨자 여전히 등잔불이 너울거리고 있는 막사 안의 모습이 보였다. 막사 안은 조금도 변한 것이 없었고 아까의 어두움은 꿈속의 일만 같았다. 그러나 꿈이 아닌 것이, 고니시의 발치에는 후지히데가 시퍼렇게 질린 얼굴로 정신을 잃고 쓰러져 있었다. 그리고 자신의 발치에는 칼이 칼집에서 뽑히지 않은 채 떨어져 있었다. 고니시는 서서히 몸을 굽혀 칼을 집어 들고 반쯤 뽑아보았다. 칼날은 아무런 저항도 없이 스르륵 뽑혔다.

고니시는 방금 자신이 겪은 일을 믿을 수 없었다. 몸은 땀으로 흠뻑 젖어 있었으며 서 있는 것조차 힘들 지경으로 기운이 없었다. 갑자기 건강하던 몸에서 생명의 기운이 왈칵 빠져나간 것 같았다. 고니시는 서서히 자리에 앉으며 후지히데를 손으로 슬쩍 건드려보았다. 후지히데는 어느새 숨이 끊어져 차디찬 시체가 되어 있었다. 고니시는 한숨을 내쉬고는 나직하게 말했다.

"밖에 누구 없는가?"

즉각 두 사람의 호위병이 기운차게 장막을 걷고 안으로 들어섰다. 두 사람은 장막 안에서 후지히데가 쓰러져 죽어 있는 것을 보고 화들짝 놀랐다. 고니시가 조용히 말했다.

"밖에서 무슨 소리를 듣지 못했느냐?"

고니시는 말을 하면서 호위병 가가에몬의 눈을 똑바로 쳐다보았다. 가가에몬의 눈은 맑고 기운에 차 있었다. 경계를 게을리했다고는 볼 수 없었다.

"없었습니다. 그런데…… 후지히데는……?"

"내가거라. 갑자기 혼절하여 숨이 끊어졌다."

"어떻게……."

"나도 모르겠다."

고니시는 한숨을 내쉬었다. 더 할 말이 없었다. 대장으로서 부하들에게 헛소리처럼 들리는 말을 할 수는 없었기 때문에 입을 열 수가 없었다. 가가에몬은 고니시의 얼굴을 보고 흠칫 놀랐다. 고니시가 십 년은 더 늙어 보였다. 고니시의 나이는 겨우 서른다섯이었는데도 말이다.

가가에몬이 주섬주섬 다른 호위병과 함께 후지히데의 시체를 수습하여 밖으로 나가자 고니시는 털썩 주저앉아 이마를 양손으로 감싸쥐었다. 도저히 자신에게 일어난 일 그리고 그 목소리를 잊을 수 없었다. 그것은 분명 인간의 힘이 아니었다. 훨씬 사악하고도 강한 어둠의 힘이었다. 바로 사탄이라고 고니시는 믿었다. 그 힘은 분명 실존하고 있었다. 부정하고 싶었지만 부정할 수가 없었다. 그러나 더 기막힌 일을 고니시는 들었다.

'단조노추님도…… 간파쿠님도…… 가토마저도 모두 그 힘에게

굴복했단 말인가? 믿을 수 없다.'

고니시는 몸을 떨었다. 믿지 못할 헛소리라 애써 자위했으나 의심이 계속 들었다. 그러고 보면 이번 전쟁은 백해무익한 것이었고 아무도 찬성하는 이가 없었다. 그 목소리는 수없이 살육하라고 자신에게 말했다. 그렇다면 전쟁이 벌어지게 된 것이 그 어두운 힘과 관련이 있단 말인가? 아까 후지히데는 이상한 말을 했다. 미쓰히데의 말을 전한 것이라고는 했지만 히데요시는 무서운 능력을 지니고 있다고. 그것이 혹 그 목소리와 연관되었다는 말인가?

그렇다면 자신은 도대체 어찌해야 하는 것인가? 히데요시의 명을 거역할 수도 없으며 전쟁을 시작한 이상 퇴군할 수도 없다. 그러나 그 목소리는 후지히데를 아무런 흔적도 없이 손쉽게 자신의 눈앞에서 죽였다. 거역하면 자신도 그 꼴이 될지 몰랐다. 아니, 그냥 죽는 것이 아니라 싸움에서 대패하여 처참하게 죽게 될 것이라고 목소리는 말했다. 그러면 부하들까지 몰살당하고 일가가 망해버리는 것이다. 하지만 그렇다고 그 목소리에 영합하는 것은 고니시의 신앙과 정면으로 배치되는 것이었다.

'어떻게 해야 하는가……. 어떻게……. 주여, 힘을 주소서…….'

고니시는 몸을 떨면서 기도했다. 그러면서 기회가 닿는 대로 가토를 만나보아야겠다는 생각을 했다. 그 목소리는 분명 가토도 자신에게 약속했다고 했다. 그렇다면 가토에게서 수상쩍은 점을 느낄 수 있을지도 몰랐다.

절체절명

홍두오공이 무서운 소리를 내면서 덮쳐들자 호유화는 급히 몸을 날리면서 머리카락을 뻗쳐 은동과 금옥, 태을 사자의 몸을 감아올렸다. 홍두오공의 징그러운 이빨은 간발의 차이로 호유화의 발밑을 스치고 근처에 있던 나무에 부딪혔는데, 큰 나무를 두세 그루나 쓰러뜨린 다음 땅에도 깊은 자국을 냈다. 무서운 힘이었다. 홍두오공은 마계의 괴수였지만 생계로 들어오면서 호유화처럼 육신을 지니게 되어 물리적인 힘도 쓰고 있었다. 호유화가 허공에서 날렵하게 공중제비를 넘어 솟구치며 몇 번이고 몸을 피했지만 홍두오공은 기를 쓰고 호유화에게 쇄도해 들어왔다. 머리카락 끄트머리에 달랑거리며 매달려 있던 은동이 기겁을 했지만 호유화는 은동의 몸을 살짝 들어올려 홍두오공의 공격을 피하면서 외치며 양 손바닥을 딱 소리가 나게 마주쳤다.

"꽉 잡아! 법술을 쓴다!"

호유화가 소리를 치자 그때까지 싸움을 가만 보고 있던 이 판관이 뒤로 물러났다. 호유화의 법술은 대단할 것이 틀림없다고 보았기 때문이다. 홍두오공마저도 뭔가 눈치챈 듯 갑자기 둥글게 똬리를 틀며 방어 자세를 갖추었다. 그러나 호유화는 법술을 쓰지 않고 급하게 머리카락을 말아올려 은동과 금옥을 양손으로 잡은 뒤 몸을 날려 숲으로 도망치기 시작했다.

"저런 앙큼한! 속였구나!"

이 판관은 화가 나서 고함을 질렀다. 호유화는 이미 두 명의 신장과 태을 사자와 있는 힘을 다해 대적했고, 뇌옥을 깨고 공간 이동을 하며 오느라 법력이 하나도 남아 있지 않았다. 그러나 호유화의 이름이 하도 사계를 뒤흔들다 보니 이 판관도 호유화의 술수에 깜박 속아넘어간 것이다.

"쫓아라!"

이 판관이 고함을 지르자 홍두오공은 기이한 금속성의 소리를 내면서 수많은 다리를 놀려 무서운 속도로 숲을 파고들어갔다. 홍두오공의 힘은 무서웠다. 홍두오공과 부딪히는 나무들은 그 자리에서 부러지거나 뿌리째 뽑혔다. 호유화는 전력을 다해 다람쥐처럼 나무에서 나무로 건너뛰면서 달아나고 있었지만 나무들을 무식하게 짓쳐 부수고 돌진해오는 홍두오공의 속도가 더 빨랐다. 은동은 영문도 모르는 채 호유화에게 소리쳤다.

"왜 도망가는 거예요? 저기 아버지랑 흑호가 있는데……!"

"지금은 내가 지쳐서 안 돼! 후에 얼마든지 복수해주마."

호유화는 은동을 달래는 듯 말했으나 어느새 홍두오공은 호유화의 뒤로 바싹 따라붙고 있었다. 은동은 조급해졌다. 그러나 뒤를 돌아보았댔자 흉악한 홍두오공의 모습밖에 보이지 않았다. 은동이 오금이 저려 다시 앞을 돌아보았는데…….

"아이고! 조심해요!"

호유화의 앞에는 어느새 이 판관이 모습을 드러내고 있었다.

이곳은 생계인지라 호유화는 생계의 존재들처럼 육신이 생긴데다가 법력이 떨어져 둔갑술을 쓸 수 없었다. 그래서 영적인 존재인 이 판관만큼 빠르게 움직일 수 없었던 것이다.

은동이 경고하지 않아도 이 판관이 나타난 것을 보지 못할 호유화는 아니었다. 호유화는 입술을 깨물더니 힘을 모으며 일갈성을 발했다. 그러자 흰빛이 번쩍 비치더니 호유화의 몸이 순식간에 넷으로 분리되었다. 놀랍게도 네 몸은 모두가 각각 은동과 금옥을 옆구리에 끼고 있었다. 이 판관은 호유화의 분신술이 놀라운 경지에 이르렀다는 것은 알고 있었지만 이렇게까지 신속하게 술법을 부릴 수 있을 줄은 몰랐다. 네 명의 호유화는 각각 동서남북 방향으로 달아났다. 이 판관과 홍두오공은 어느 호유화가 진짜인지 알 수 없어서 잠시 당황했지만 눈이 날카로운 이 판관이 금방 깨달았다. 그중에서 머리카락으로 태을 사자를 잡고 있는 것은 한 명밖에 없다는 것을.

'넷으로 갈라진 중에 셋은 호유화가 꼬리로 만든 가짜다! 호유화의 꼬리가 아홉 개이니 분신 셋이 각각 끼고 있는 아이와 여자까지 해서 셋을 만든 것이로구나. 바보 같으니! 자기가 머리로 태을 사자를 잡고 있으면서 그것은 세지 않다니!'

이 판관은 다른 호유화는 내버려두고 머리로 태을 사자를 잡고 있는 호유화를 재빨리 추적했다. 홍두오공도 방향을 돌려 그 호유화를 쫓았다. 그런데 그 순간, 그와 정반대 쪽으로 가고 있던 호유화의 옆구리에서 은동이 소리를 쳤다.

"태…… 대을 사자님!"

이 판관은 막 분신인 호유화에게 덮쳐들려는 참이었으나 그 소리를 듣고 덜컥 그 자리에 멈추어 섰다. 소리를 지른 이야말로 진짜 은동이 틀림없다는 생각이 들었기 때문이다. 이 판관은 걸음을 멈추고 소리를 지른 은동과 함께 있는 호유화를 추적해갔고 호유화는 힘껏 도망쳤으나 이 판관에게 앞을 막혀버렸다. 이에 나머지 분신들은 모두 사라졌으며 정신을 잃은 태을 사자의 영혼만이 허공에 버려진 채 맴돌았다. 홍두오공은 태을 사자를 집게처럼 생긴 주둥이로 슬쩍 물었다. 호유화는 이 판관에게 앞이 막히자 몸을 번득이려 했으나 이 판관은 두 번이나 호유화의 앞을 막아섰다. 그리고 뒤미처 따라온 홍두오공도 호유화의 뒤를 막아섰다. 호유화는 길이 막히자 입술을 깨물면서 은동에게 소리를 질렀다.

"이 멍청이! 왜 소리를 질러!"

"태…… 태을 사자님을 그냥 놓아두면……."

"으이구, 이 답답아! 속이고 빠져나갈 수 있었는데……!"

호유화는 원통하기도 하고 화가 나기도 해서 견딜 수가 없었다. 그러고 나서야 은동도 어떻게 된 것인지 짐작할 수가 있었다. 영리한 호유화가 태을 사자를 계산에 넣지 못했던 것은 물론 아니었다. 오히려 이 판관이 그런 것쯤은 눈치채리라는 사실을 알고 순간적으로 기지를 발휘하여 오히려 분신 쪽에서 태을 사자를 끌고 가게 만든 것이다. 물론 그러면 태을 사자는 이 판관에게 잡히고 말겠지만 호유화는 안 그래도 감정이 좋지 못한 태을 사자의 안위 따위는 관심이 없었다. 그저 자신의 몸과 은동 정도만 빠져나가면 그만이라고 여긴 것이다. 그러나 은동은 좀 서먹서먹하기는 했지만 잘못했다고 생각하지는 않았다.

"그러면 태을 사자님은 놓고 갈 거였나요?"

"지금 이 상황에서 어쩔 수 없잖아!"

"그럴 수는 없어요. 살아도 같이 살고 죽어도 같이 죽어야죠!"

그러자 호유화가 코웃음을 쳤다.

"죽어? 저런 저승사자 나부랭이 때문에? 내가 미쳤냐?"

그때 이 판관이 호통을 치는 바람에 은동과 호유화의 입씨름이 그쳤다.

"발칙하게 감히 속임수를 쓰려 하다니! 아직도 부릴 수작이 더 남았나?"

호유화가 이 판관에게 앙칼지게 소리를 질렀다.

"그래, 남았다! 악독한 네놈에게 무지무지한 고통을 주고 흔적도 없이 소멸시키겠다! 네놈을 잔인하게 없애버릴 방법이 삼천육백 가지가 있는데 네가 말해보아라. 어떤 걸 택할 테냐?"

호유화가 터무니없는 소리를 하자 이 판관은 기가 막힌 듯 웃었다.

"막다른 길에 몰려서도 주둥이만은 한없이 나불거리는구나. 끝난 것은 너다."

이 판관은 안색을 바꾸고 냉랭한 표정이 되어 말했다.

"한 번만 더 도망치려 한다면 그 꼬맹이와 꼬맹이의 아비마저 완전히 없애버리겠다!"

이 판관이 말하면서 양손을 한 번 떨치자 은동과 강효식의 몸이 날아와 이 판관의 손에 덜컥 덜미가 쥐여졌다. 그것을 보고 호유화가 코웃음을 치자 은동이 덜덜 떨면서 말했다.

"아버지! 아버지!"

그러나 호유화가 냉정하게 말했다.

"네 아버지는 이미 죽었다구."

"아니야! 아니야! 아버지를 구해줘요! 어서요!"

은동은 너무나 애가 타서 발버둥치면서 소리쳤다. 하지만 호유화는 냉정하기가 이를 데 없었다.

"제기랄. 날 보고 어떻게 하란 말야!"

호유화는 은동와 금옥을 그 자리에 내팽개치고 날카롭게 외쳤다.

"이런 빌어먹을 꼬맹이가! 약속이고 뭐고 다 귀찮다. 일단 내가 살아야겠어!"

은동은 너무나 기가 막혀 말조차 하지 못했다.

"아니, 맹세까지 해놓고선 그럴 수가……."

호유화가 몰인정하게 꽥 소리를 질렀다.

"닥쳐! 입 닥치지 않으면 내가 없애버릴 테다!"

"그만두지 못할까!"

소리를 친 것은 이 판관이었다. 그러나 호유화는 지체 없이 이 판관에게 맞대들었다.

"네가 꼬마를 어떻게 하건 나와는 상관없어! 마음대로 하라구!"

이 판관은 호유화가 뜻밖의 행동을 하자 다소 당황했다. 정말 이 꼬마가 어떻게 되더라도 호유화가 관여하지 않기로 했다면 인질을 잡아보아야 소용이 없는 것 아닌가? 그러나 이 판관은 다시 머리를 굴렸다. 호유화는 위급한 순간에도 은동이라는 꼬마와 여자를 끼고 도망쳤다. 그것을 보아 호유화는 절대 아이를 포기하지 않을 것이라고 이 판관은 믿었다. 일부러 꼬마에게 매정하게 대하는 것 또한 술수가 분명했다.

'간사한 것. 네가 수작을 부려보았자 더이상은 통하지 않는다!'

이 판관은 속으로 중얼거리면서 소리를 질렀다.

"좋다. 이 꼬마의 몸뚱이부터 박살을 내주겠다."

이 판관은 화를 벌컥 내면서 한 손을 들어올렸다. 혼이 빠져나가 축 늘어져 있던 은동의 몸이 허공으로 치솟자 이 판관은 은동의 몸을 바위에다 내던졌다. 그대로 두면 은동의 몸은 박살날 것이고 그러면 살아날 수 없게 될 것이 분명했다.

"잠깐!"

호유화는 놀라서 다급하게 소리쳤다. 그 순간 이 판관이 슬쩍 소맷자락을 말아 올렸다. 그러자 은동의 몸은 아슬아슬하게 바위를 피해 솟구쳐 올랐다. 이 판관이 최후의 순간에 호유화의 외침을 듣고 힘의 방향을 바꾼 것이다. 호유화는 안도의 한숨을 내쉬면서도 힘없이 어깨를 늘어뜨렸다. 이 판관은 그 모습을 보고 득의양양하여 말했다.

"자꾸 군소리하지 마라."

호유화는 다시 한번 한숨을 쉬면서 이 판관에게 말했다.

"이 망할 녀석……. 도대체 어쩌라는 거냐?"

이 판관이 빙글빙글 웃는 낯을 지으며 말했다.

"간단하다. 너는 세 가지만 들어주면 된다."

"세 가지라니?"

"첫째로 불편하겠지만 금제를 당해야 한다. 그래야 안심할 수 있으니까."

"그리고?"

"둘째로 시투력주를 내게 넘겨라."

호유화는 번민하는 것 같았다. 뭔가를 고민하다가 이 판관에게 말했다.

"마지막으로는?"

"이제 더이상 생계의 일에 간섭하지 말고 고분고분 뇌옥으로 돌아가 있어라. 네 재주와 수천 년간 닦은 공력을 아껴 하는 말이니 듣기 바란다. 어떠냐? 손해날 것은 없지 않은가?"

"만약 내가 듣지 않는다면 어떻게 할 건데?"

"그러면 강제로 해야겠지. 너를 없애버리기만 한다면 시투력주를 빼앗을 수도 있고 귀찮게 금제를 해 뇌옥으로 데리고 갈 필요도 없다는 걸 명심해라."

호유화가 씨익 웃으며 말했다.

"시투력주를 그리 쉽게 얻을 수 있을까? 시투력주는 내 몸과 동화되어 있으니 내가 죽으면 그것도 없어질 텐데?"

그러자 이 판관이 정색을 했다. 이 판관은 호유화의 말에도 조금도 물러서지 않았다.

"차라리 그편이 나을지도 모르지."

호유화는 또다시 한숨을 내쉬면서 은동을 바라보았다. 은동은 이 판관의 손에 잡혀 있는 아버지를 보고 흐느끼느라 정신이 없었다. 흐느낀다고는 하나 영혼만 빠져나온 은동으로서는 눈물을 흘릴 수도 없었지만. 그런 은동을 부드러운 눈길로 보며 호유화는 안쓰럽다는 듯이 말했다.

"미안하구나, 은동아."

호유화는 고개를 홱 돌려 살기등등한 얼굴로 이 판관을 쳐다보았다.

"좋아. 그러나 나에게도 두 가지 조건이 있어."

"조건? 네 처지를 생각해라."

호유화가 이를 악물며 말했다.

"그것도 싫다면 차라리 스스로 목숨을 끊겠어. 그러면 시투력주는 영영 못 얻겠지?"

이 판관은 고개를 갸웃해 보였으나 여전히 여유 있는 태도로 말했다.

"꼭 들어준다고 할 수는 없지만 일단 말해보아라."

"첫째로 이 아이와 다른 자들은 놓아줘."

이 판관은 고개를 끄덕였다.

"아이는 문제될 것 없다. 그러나 태을 사자는 안 돼. 나에 대해 너무 많이 알고 있으니."

호유화는 아무 말 없이 다음 조건을 말했다.

"두 번째로 사계의 판관인 네가 어째서 마계의 졸개가 되었는지 말해봐. 모르고서는 직성이 풀리지 않겠어."

그러자 이 판관은 흥 하며 코웃음을 쳤다.

"네가 그것을 안다고 누구에게 발설할 수 있을 성싶으냐?"

호유화가 갑자기 머리를 곤두세우면서 몸에서 빛을 냈다. 오색영롱한 빛이 쏟아져 나오자 이 판관은 놀라 어깨를 움찔했다. 호유화는 움직이지 않았는데도 어느새인지 손에는 반짝이는 구슬 하나가 쥐여 있었다. 구슬은 꽤 큼직하여 복숭아나 조금 작은 사과만 했고, 찬란한 빛은 이루 말할 수 없이 신비해 보였다.

"시투력주!"

이 판관이 숨이 막히는 듯한 목소리로 말하자 호유화가 빙글빙글 웃으면서 손을 뒤집었다. 구슬은 호유화의 몸속으로 삽시간에 빨려 들듯 사라져버렸다.

"어서 대답해. 이 구슬은 내 몸에 동화되었다고 벌써 말했지? 나를 죽이면 시투력주도 같이 깨뜨리는 셈이야. 얻고 싶으면 어서 대답해."

이 판관은 시투력주를 보자 욕심이 동하는 것 같았으나 신중하게 말했다.

"왜 그리 알고 싶어 하는 것이냐?"

"나는 원래 호기심이 많아. 어째서 네가 이런 짓을 하는지 알지 못하면 앞으로 뇌옥에 있는 수백 년 동안 조바심이 나서 죽을 거야. 빨리 대답해. 안 그러면 내 법력이 회복될지도 모른다구. 그러면 너희는 다 죽은 목숨이니."

그러자 이 판관이 정색을 하고 대답했다.

"좋다. 그까짓 것 말 못 할 이유도 없겠지. 그러나 먼저 금제를 가해야겠다."

이 판관이 마계의 수하가 된 악인이나, 거짓말을 할 것 같지는 않다고 여겼는지 호유화는 순순히 고개를 끄덕였다. 그러자 이 판관은 소매 속에서 밧줄 하나를 꺼냈다. 금속처럼 윤기가 흐르는 검은색 밧줄이었다.

"이것은 흑면투색黑綿投索이라는 밧줄이다. 한번 묶이면 절대 벗어날 길이 없으니 수작은 부리지 말기 바란다."

그리고 밧줄을 허공에 날리면서 주문을 외웠다.

"투색금제投索禁制!"

밧줄은 뱀처럼 호유화의 몸에 저절로 가서 묶였다. 호유화는 저항하지 않고 순순히 밧줄을 받았다. 호유화는 눈 한번 깜짝거리지도 않고 있다가 밧줄이 묶이자 이 판관에게 말했다.

"그럼 어디 사정 이야기를 해봐. 네가 어째서 마계의 앞잡이가 되었는지 말야."

호유화의 말을 듣고 이 판관이 웃었다.

"내가 마계의 앞잡이가 되었다고? 헛소리하지 마라."

"그러면 무엇이냐?"

"잘 보거라. 내가 정말 사계의 존재로 보이느냐? 둔갑은 너 혼자만 하는 줄 아느냐?"

껄껄 웃으면서 이 판관이 몸을 주욱 폈다. 그러자 삽시간에 검은 도롱이 같은 것을 걸친 어두운 인상의 남자로 변했다.

그것을 보고 은동은 물론 호유화마저도 깜짝 놀랐다. 아마도 태을사자가 제정신이었더라면 더욱더 놀랐을 것이다.

"아니……. 너…… 너는 그러면……."

"그래. 난 앞잡이가 아니라 당당한 마계의 존재다. 진면목을 보여주었으니 이름도 알려주어야겠지? 나는 마계 서열 24위의 백면귀마百面鬼魔라 한다."

호유화는 믿어지지 않는다는 듯 백면귀마를 바라보았다. 우주 전체를 통틀어 둔갑술에서 둘째가라면 서러워할 호유화였다. 그런 자신도 알아보지 못하게 둔갑을 하다니. 유심히 집중하여 백면귀마를 바라보던 호유화가 눈살을 찌푸렸다.

"너는…… 남의 영체를 뒤집어쓰고 있구나!"

백면귀마가 껄껄 웃었다.

"이 판관은 내 손에 잡혀 영체를 내주고 정신만이 남아 있느니라."

그 소리를 들은 은동은 몸을 부르르 떨었다. 이 판관은 사람도 아니고 귀신인데 영체를 빼앗아 둔갑을 하다니. 그렇다면 일전에 노 서기를 손바닥으로 흡수한 것과 같은 방법으로 이 판관을 흡수한 것일까? 호유화는 그런 백면귀마를 보고 더럽다는 듯 말했다.

"정말로 더럽기 이를 데 없는 놈이네. 남의 몸을 뒤집어쓰고도 창피하지도 않으냐? 그런 것은 둔갑이라고 할 수도 없어."

"마계에서는 수단을 가리지 않는다. 너조차 내 정체를 간파하지 못했으니, 내가 생각해도 내 술수가 뭇 계界에서도 뛰어난 것 같구나. 아주 기분이 좋다. 허허……."

"좋기도 하겠다."

호유화는 입술을 깨물며 말했다.

"그러면 너는 언제부터 사계에 와서 이 판관의 행세를 한 거냐? 아무리 겉모습이 그럴듯해도 이 판관의 집무를 행하기는 쉽지 않았을 텐데?"

백면귀마는 빙글거리기만 할 뿐 대답하지 않았다.

"다 방법이 있다. 좌우간 이제 네 말에는 다 대답했으니 시투력주를 순순히 넘겨주실까?"

"네가 사계에 들어온 것도 시투력주를 얻기 위해서였느냐?"

"그래. 잘 짐작하는군."

호유화는 날카로운 눈매로 백면귀마를 노려보더니 다시 몸에서 빛을 발했다. 다음 순간, 호유화의 손에는 빛나는 구슬이 쥐여 있었다. 호유화는 구슬을 들고 한 번 돌려서 그것을 보더니 백면귀마에게 말했다.

"이것이 그리도 탐이 나느냐? 사백 년 후의 천기밖에는 알 수 없는 물건인데?"

"그래. 그건 대단히 귀중한 물건이거든."

"무엇에 쓰려고?"

"그것은 대답할 수 없다. 이제 어서 구슬을 넘겨라."

호유화가 유유히 미소를 띠며 백면귀마에게 말했다.

"싫다면?"

백면귀마의 안색이 크게 변했다.

"일구이언을 하다니! 나는 마계의 존재이지만 거짓말을 하지는 않는다."

"거짓말을 하는 게 아니라……."

호유화가 태도를 바꾸어 생글생글 웃었다.

"나는 애당초 응낙한 적이 없어. '할 수 없다'고 말한 것뿐이지 그렇게 하겠다고 수락한 적은 없으니."

"너는 좋다고 말하고 네 조건을 말하지 않았느냐?"

호유화가 깔깔깔 웃으며 말했다.

"너는 다른 이들을 모두 풀어주라는 조건에서 태을 사자를 빼놓았다. 나는 그래도 된다고 응낙한 적이 없어. 똑똑히 기억해봐."

호유화는 은근슬쩍 말재주로 백면귀마를 우롱한 셈이 되었다. 백면귀마는 호유화가 자신을 속인 것에 화가 난 듯했다.

"이 버르장머리 없는 계집이! 그런다고 흑면투색에 묶인 네가 꼼짝이나 할 수 있을 성싶으냐! 흑면투색! 그년의 법력을 모조리 빨아들여라!"

백면귀마가 소리를 지르자 호유화를 묶은 밧줄에서 음산한 기운이 감돌기 시작했다. 그런데 다음 순간, 호유화의 몸이 짜부라지더니 그대로 사라지는 것이 아닌가! 게다가 흑면투색마저도 사라져버렸다.

은동은 크게 놀라 소리를 질렀다.

"호유화!"

백면귀마는 은동보다 더 놀란 것 같았다. 백면귀마는 멍하니 그 광경을 보다가 경악하며 뒤로 돌아섰다. 호유화가 바로 뒤에 있었던 것이다.

"어어!"

은동은 너무 놀랍고도 반가워 소리를 질렀다. 호유화가 도대체 어떻게 흑면투색을 풀고 백면귀마의 뒤루 갔는지 알 수가 없었다. 그러나 백면귀마는 이를 갈면서 말했다.

"네년…… 처음부터 분신으로……."

호유화는 깔깔 웃었다. 영악하기 이를 데 없는 호유화는 앞일을 예상하고 있었다. 그러니 아까 분신술을 폈을 때 은동을 끼고 달아나던 호유화조차도 진짜가 아니라 분신이었던 것이다. 백면귀마는 호유화가 구미호이니만치 꼬리가 아홉 개여서 아홉 가닥으로 분신을 할 수 있다고만 믿었다. 그러나 호유화의 꼬리 말고도 몸은 따로 있는 법이니 아홉 개의 분신 외에도 진짜 몸이 하나 있었다. 호유화는 꼬리의 분신만을 아홉 개 만들어서 백면귀마와 홍두오공의 주의를 산란하게 만든 다음 진짜 몸은 땅속으로 숨어들어가 힘을 회복하려고 숨을 고르고 있었다. 그리고 흑면투색이 효력을 발휘하려고 하자 재빨리 꼬리를 회수한 것이다. 호유화는 눈살을 찌푸리면서 백면귀마에게 말했다.

"네놈이 뭇 계에서 가장 뛰어난 둔갑술을 지녔다고? 다시 한번 말해 봐. 내 분신을 코앞에 두고도 아무것도 모른 주제에."

"너……. 네 법력은……."

"나는 이미 쉴 만큼 쉬었다. 법력도 조금 회복되었으니 네놈들 따위는 내 상대가 못 돼."

그러면서 호유화는 귀찮다는 듯 머리카락 한 가닥을 내저으면서 말했다.

"썩 꺼지면 뒤쫓지는 않겠다."

이번에는 백면귀마가 능글맞게 웃으며 말했다.

"그렇지 않을 텐데? 허세 부리지 마라."

백면귀마는 호유화의 머리카락 한 끝을 가리켰다.

"아직도 흑면투색은 네 법력을 빨아들이고 있어. 비록 분신에 쓰인 것이라고는 하나 네 몸의 일부임은 틀림없으니."

그러나 호유화는 흥 하고 코웃음을 치고는 외쳤다.

"그러면 어서 해치워야겠군!"

소리를 치고는 호유화는 눈부신 동작으로 머리카락 아홉 개를 마치 꽃송이처럼 솟구쳤다가 땅에 일제히 내리꽂았다. 그다음 순간, 백면귀마의 주변에 네 명의 호유화의 분신이 나타났고 홍두오공의 주위에 다섯 명의 호유화의 분신이 나타났다. 호유화의 진신은 어디론가 사라져버렸다. 호유화의 아홉 분신들은 일제히 상대에게 공격을 가했다. 백면귀마도 만만치는 않았다. 아홉 분신 중 흑면투색이 씐 분신이 있었는데 백면귀마는 그쪽부터 먼저 공격을 가했다. 그러자 흑면투색이 씐 호유화의 분신은 뒤로 물러섰고 나머지 세 분신이 그 앞을 막아섰다.

한편 홍두오공은 거대한 몸을 굴리면서 마구 날뛰며 다섯 분신의 공격을 막아내고 있었다. 홍두오공은 워낙 거대하여 분신들이 가하는 공격을 피하지는 못했지만 그 정도 공격에는 큰 타격을 받는 것 같지 않았다. 그러나 한참 공격을 받고 나자 홍두오공은 화가 났는지 괴이한 소리를 질렀다. 그러면서 입에 물고 있던 태을 사자를 공중에 던져버렸다. 정신을 잃은 태을 사자의 몸은 허공을 맴돌며 부유했다. 태을 사자가 제정신이 들기에는 아직도 먼 것 같았다. 귀찮은 것이 없어지자 홍두오공은 꿈틀거리면서 호유화의 분신들을 향해 덮쳐들었다.

은동과 금옥은 지독한 싸움을 멍하니 바라볼 수밖에 없었다.

호유화와 백면귀마의 싸움은 법력으로 싸우는 것이라 주변 사물에 피해를 별로 주지 않았지만 홍두오공은 나무며 돌을 마구 뭉개면서 싸우고 있었다. 한참 싸우고 나자 호유화의 법력은 백면귀마가 말한 대로 점차 빠져나가는 것 같았다. 호유화는 분신들을 다시 합했다가 둘로 갈라 각각 백면귀마와 홍두오공을 대적하고 있었다. 점점 호유화 쪽이 밀리는 것이 눈에 들어왔다. 그것을 보고 금옥이 중얼거렸다.

"큰일이네……."

은동이 이를 악물면서 말했다.

"우리 때문이에요."

"뭐가?"

"우리가 잡히지 않게 하려고 일부러 둘로 나눠서 싸우는 거라구요. 하나로 합해 싸우면 다른 하나에게 우리가 잡힐지도 모르니……."

은동은 애가 타서 죽을 지경이었다. 호유화나 태을 사자의 안위가 걱정이 되지 않는 것은 아니었지만 그보다는 자신의 아버지 강효식이 더더욱 걱정되었다. 지금은 비록 백면귀마나 홍두오공이 호유화와 싸우느라 정신이 팔려 강효식을 땅에 놓아두고 있지만 호유화가 지면 무슨 짓을 할지 모르는 것이다. 더구나 강효식과 자신의 몸은 백면귀마의 발밑에 있으니 행여 상할지도 몰랐다.

"내가 힘이 있으면……. 아이구……."

발을 구르던 은동은 문득 아까 태을 사자가 건네주었던 육척홍창이 떠올랐다.

'맞아. 이거라도 어떻게……'

은동은 태을 사자가 가르쳐준 대로 육척홍창을 쑥 뽑았다. 그리고 손에 꼭 쥐고서 백면귀마 쪽으로 달려갔다.

"조심해!"

백면귀마와 한참 치열하게 싸우던 호유화(분신이었지만)는 은동이 달려오자 소리를 쳤다. 그 틈을 타서 백면귀마가 호유화의 어깨를 잡으려고 하는 순간 은동은 백면귀마를 향해 힘껏 육척홍창을 던졌다.

힘없는 은동이 던진 창이었지만 백면귀마는 난데없이 법기가 날아들자 놀랐다.

'아니! 저것은 법기 아닌가? 저 어린 녀석이 어떻게 법기를 지니고 있단 말인가?'

백면귀마는 오랫동안 이 판관 행세를 해왔고 윤걸을 자주 보기는 했다. 그러나 윤걸은 주로 백아검을 사용하였고 육척홍창은 그다지 꺼내지 않았으므로 백면귀마는 육척홍창이 윤걸의 법기인 줄은 몰랐다.

은동이 던진 힘은 워낙 보잘것없었기 때문에 백면귀마는 쉽게 한 손으로 창을 쳐냈다. 하지만 그 틈에 호유화는 잡힐 뻔했다가 간신히 몸을 추스를 수 있었다. 백면귀마는 화가 나서 은동을 향해 훅하고 숨을 불었다. 한줄기의 보이지 않는 무형의 바람이 닥쳐와서 은동은 타격을 입고 데굴데굴 굴렀다. 금옥은 깜짝 놀라 은동을 잡으려 했으나 은동은 하필이면 홍두오공이 날뛰는 발치로 굴러갔다.

호유화는 백면귀마가 대단한 강적이라고 생각했다. 그때까지 호유화는 백면귀마와는 네 개의 분신을 합한 힘으로, 홍두오공은 다섯 분신을 합한 힘으로 싸우고 있었는데 홍두오공 쪽은 그럭저럭 상대할 수 있을 듯싶었지만 백면귀마는 힘에 겨웠다.

할 수 없이 호유화는 홍두오공에게 두 개의 분신을 남겨 유인하는 한편 일곱 분신의 힘으로 백면귀마와 싸웠다.

그래도 백면귀마는 꿈쩍도 하지 않았고 호유화는 점차 힘이 빠져가는 것이 느껴졌다. 분신 중 하나에 씐 흑면투색 탓이었다. 호유화는 당황했다.

'큰일이다. 이러다간 여기서 정말 끝장나겠는데?'

백면귀마의 입김에 휩쓸린 은동은 나무며 바위들을 뚫고 굴러갔다. 영혼인 몸이라 나무며 바위에 부딪히더라도 그대로 통과해 고통은 없었다. 하지만 홍두오공의 발치로 굴러갈 것 같자 은동은 눈을 질끈 감았다. 아무리 영혼이어도 홍두오공에게 걸린다면……. 그때 누가 휙 하고 은동의 몸을 낚아챘다. 은동은 깜짝 놀랐으나 다음 순간 반가워서 아 하는 소리를 냈다. 그것은 만신창이가 된 흑호였다.

"흑호!"

은동의 몸을 받아들자마자 흑호는 몸을 휘청했다.

"제길. 미안혀. 큰일날 뻔했네."

흑호는 웃는 얼굴을 지으며 말하기는 했지만 피투성이에 만신창이가 된 얼굴은 참혹해 보이기만 했다. 맞느라 법력이 소모돼 몸은 호랑이의 모습으로 돌아와 있었다.

"어쩌다가……."

은동이 말하자 흑호도 간신히 전심법으로 들릴락 말락 하게 말했다.

"제길……. 깜박 속았어. 태을 사자의 상관이라구 해서……. 그런데 그놈은 어딨어? 엉?"

흑호는 이 판관의 모습을 한 백면귀마에게 속아서 방심했다가 거의 반죽음을 당했다. 백면귀마는 그런 흑호를 태을 사자가 나타날 경우 인질로 사용하려고 숨만 붙여둔 것이다. 그런데 막상 태을 사자가 정신을 완전히 잃은 상태로 나타나서 협박이고 뭐고 할 필요가 없자 백면귀마는 흑호는 내버려두고 강효식과 은동의 몸만을 들고 호유화를 추적한 것이다. 그러나 흑호는 호유화나 태을 사자, 백면귀마 등과는 달리 영력이나 법력이 아니라 자연력으로 힘을 발휘하는 존재였다. 그런 흑호를 무성한 숲속에 두고 간 것은 백면귀마의 실수였다. 자연력이 왕성한 숲속에 흑호를 내버려두자 흑호는 저절로 어느 정도 치유가 되었고, 약간이나마 몸을 움직일 수 있게 되었다. 그리고 급히 이쪽으로 달려왔다가 운수 좋게 은동을 구하게 된 것이다.

안도의 한숨을 쉬기는 했지만, 은동은 호유화의 분신이 홍두오공에게 쩔쩔매는 것과 태을 사자의 영이 부유하는 것을 보고 다급하게 말했다. 전에는 흑호를 무서워했지만 지금은 급한 판이라 무서워할 겨를도 없었다.

"아이구, 그 이 판관은 가짜예요. 백면귀마라는 마수였어요."

흑호는 그 말을 들으며 입으로 퉷 하고 검은 핏덩이를 뱉고 나서 으르렁거렸다.

"제기, 난 아직 회복이 안 되어서 싸울 수는 없구……. 어떻게 허나……. 아이구, 아이구."

흑호는 머리가 둔한 편이라 무얼 해야 좋을지 몰라 발만 구르고 있었다. 보다 못한 은동이 둥둥 떠다니다가 자칫하면 홍두오공에게 밟힐 것 같아 보이는 태을 사자의 몸을 보고 말했다.

"저 태을 사자님이라도 구해줘요!"

"아하, 그렇지. 그래, 알았어."

흑호는 그제야 대가리를 끄덕이더니 힘들게 몸을 일으켰다.

흑호의 몰골은 차마 눈을 뜨고 볼 수 없는 것이었지만 하는 수 없었다. 흑호는 뛰어나가기 전에 꼬리를 한 번 말았다. 그러자 은동의 몸이 꼬리에 찰싹 달라붙었다. 신기한 재주였으나 기실 그것은 호랑이가 잡귀를 잡을 때 쓰는 수법이었다. 은동은 그런 것까지는 몰랐지만 좌우간 꼬리에 달라붙은 것만으로는 미덥지가 않아 손으로 쥐었다. 다른 물체들과 달라 영력이 있는 흑호의 꼬리는 영혼인 은동의 손에도 잡혔다. 두툼한 꼬리였다.

흑호는 홍두오공의 곁을 지나 달리기 시작했다. 호랑이의 꼬리에 매달려 달려가는 은동의 기분은 매우 묘했다. 흑호는 다리를 휘청거리면서도 용케도 홍두오공의 많은 다리 틈을 비집고 태을 사자 쪽으로 달렸다. 호유화의 분신도 그것을 눈치챈 듯 홍두오공을 유인했다. 홍두오공은 호유화의 분신을 쫓느라 정신이 팔려서 뛰어들어오는 흑호를 안중에도 두지 않았다. 흑호는 펄쩍 있는 힘을 다해 뛰어 허공에 떠 있는 태을 사자를 앞발로 잡았다.

그 순간, 홍두오공은 흑호가 뭔가 일을 꾸민다는 것을 알았는지 아가리를 벌리고 녹색의 안개를 내뿜었다. 은동이나 태을 사자는 영혼이라 안개가 그냥 통과했지만 실체화되어 있던 흑호는 그 안개를 온몸에 뒤집어썼다. 갑자기 흑호는 으르릉 하고 소리를 지르고서 땅으로 뚝 떨어져 내렸다. 태을 사자의 혼도 덩달아 떨어져 나가려는 것을 은동이 간신히 잡았다. 흑호는 땅에 떨어져서도 데굴데굴 몸을 굴렀다. 은동도 흑호와 같이 굴렀는데 그러는 중에 태을 사자의 소맷자락에서 무엇인가 떨어지는 것이 보였다. 하나는 백아검이었고 하나는 예전에 이 판관에게서 받았던 묘진령이었다.

은동은 그것들을 주울 생각도 못한 채 흑호에게 외쳤다.

"왜 그래요?"

"아이구……. 독…… 독이여!"

은동도 깜짝 놀랐다. 흑호의 털이 어느덧 시커멓게 변해갔다.

"독이라구요?"

흑호는 고통스러운 듯 땅을 데굴데굴 굴렀다. 그러면서 신음 소리처럼 내뱉었다.

"아이구, 아이구……. 법력이 있으면……. 법력만 있었으면 괜찮을 건데……. 아이구구……."

은동은 애가 타서 발을 굴렀다. 흑호에게 법력이 남아 있었으면 스스로 독을 몰아낼 수 있다는 말 같았지만 은동이 무슨 수로 흑호의 법력을 회복시킨단 말인가? 그때 은동의 머릿속에 뭔가가 스치고 지나갔다. 지난번 뇌옥에서 호유화가 저승사자들의 법기를 태을 사자에게 전이도력이라는 술수로 흡수시킨 일을 떠올린 것이다. 그렇다면 흑호라고 안 될 것은 없지 않은가? 은동은 이리저리 몸을 피하고 있는 호유화의 분신을 향해 소리쳤다.

"호유화 님! 여기 묘진령이……! 이걸 어서 흑호에게 전이도력술로 불어넣어주세요!"

그러나 호유화는 호유화대로 한가한 것이 아니었다.

몸을 둘로 나누어 백면귀마와 홍두오공을 한꺼번에 대적하고 있는 호유화로서는 몸을 빼려야 뺄 틈이 없었다. 조금이라도 정신이 분산되었다가는 위험한 판에 싸움 이외의 술수까지 부릴 수는 없었던 것이다. 그리고 호유화는 호랑이인 흑호도 별로 좋게 생각하지 않았다. 호유화는 구미호라 생계의 여우와는 약간 달랐으나 근본적인 감정은 비슷한 데가 있었다. 여우가 호랑이를 좋아할 리 없으니까.

"지금 바빠! 둘 상대하는 거 안 보여?"

호유화가 홍두오공의 공격을 피하면서 소리를 치자 은동은 어쩔 줄 몰라 하면서 고통에 몸부림치는 흑호를 바라보다가 백아검을 집어 들었다. 백아검을 쥐자 찌르르 하는 기운이 퍼져 나왔다. 백아검 안에 봉인되어 있는 윤걸이 기운을 보내는 것 같았다. 은동은 어깨를 부들부들 떨었으나 마음을 다잡았다.

'싸울 자가 없다면 나라도 싸워야지. 아무리 내가 힘이 없어도 앉아서 죽을 수는 없다!'

은동은 겁이 났지만 용기를 내어 백아검을 들고 홍두오공의 다리 께로 달려갔다. 마침 홍두오공은 등을 돌리고 있는 참이라 은동이 다가오는 것을 보지 못했다. 은동은 달려가서 홍두오공의 꼬리 쪽 갈고리를 백아검으로 냅다 쳤다. 꼬리의 끄트머리가 은동의 팔뚝만큼 쓱 잘렸다. 그 정도는 거대한 홍두오공에게는 따끔한 정도에 지나지 않았지만 홍두오공은 화가 난 듯했다. 홍두오공의 시뻘건 네 개의 눈동자가 자신에게 향하자 은동은 오금이 저렸다. 은동은 너무도 겁이 나서 뒤로 몸을 돌려 달아났다.

홍두오공이 은동을 뒤쫓았다. 은동은 죽을힘을 다해 달렸다. 영혼인지라 숨이 차지 않아 빨리 달릴 수 있었지만 홍두오공은 그보다 더 빨랐다. 직선으로 달려가면 오히려 따라잡힐 것 같아서 은동은 원을 그리면서 뱅글뱅글 돌았다. 몸집이 큰 홍두오공은 자꾸 방향을 바꾸느라 힘겨워하는 것 같았다. 얼마나 달렸을까? 죽을힘을 다해 주변을 두어 바퀴나 돌았는데도 결국 속도 차이는 어쩔 수 없는지 홍두오공이 점점 가까워져왔다. 은동은 눈까지 딱 감고 도망갔으나 홍두오공의 갈고리가 막 닿을 것처럼 뒷덜미가 섬뜩해졌다.

호유화는 은동이 용감하게 홍두오공을 유인하는 것을 보고는 마음이 흐트러졌다. 한 줌밖에 안 남은 법력으로는 백면귀마를 상대하기도 어려웠지만 은동이 목숨을 걸고 태을 사자를 구하는 것을 보자 마음이 움직였다. 그래서 호유화는 홍두오공을 유인하던 분신 쪽으로 법력을 더 보냈다. 은동이 위험을 무릅쓰면서까지 잡은 기회를 그냥 놓칠 수 없었다.

'저 호랑이 놈은 덩치만 컸지 도움이 안 되네!'

호유화는 법력을 분신 쪽으로 나누어 전이도력술을 펼쳤다. 이 판관의 법기였던 묘진령에 도력이 얼마나 남아 있는지, 호랑이인 흑호에게 법력이 잘 전달될지 확신은 없었지만 다른 방법이 없었다. 호유화는 전력을 다해 순간적으로 묘진령을 분해하여 법력을 흑호에게 밀어 보냈다. 그로 인해 백면귀마와 싸우던 호유화의 분신은 힘이 달려 차차 밀리기 시작했다. 그러나 호유화는 눈을 딱 감고 전이도력술을 완성했다. 그 순간 땅속에 둔갑술로 숨어 있던 호유화의 진짜 몸이 확 당겨지는 느낌이 왔다.

'아차! 분신이 잡혔구나!'

호유화는 당겨지는 힘에 저항하지 않고 휙 몸을 돌려 바깥으로 나왔다. 아니나 다를까, 도력이 달리는 틈을 타서 백면귀마가 어느새 호유화의 분신을 붙잡아버렸다. 호유화는 재빨리 분신을 다시 머리카락 모양으로 변하게 하여 빠져나가려 했으나 백면귀마는 손을 풀지 않았다. 호유화는 잡힌 손을 풀려고 머리카락을 칼 모양으로 변화시켰지만 백면귀마는 손을 놓지 않았다. 백면귀마의 손은 강철 같아서 호유화의 머리칼이 변한 칼로도 베어지지가 않았다. 결국 호유화는 머리끄덩이를 잡힌 형국이 되고 말았다.

백면귀마는 흐흐하고 기분 나쁘게 웃으면서 자신의 법기인 커다란 낫을 꺼냈다. 호유화는 이를 악물면서 잡힌 머리카락으로 미모침을 쏘아 보냈다. 코앞에서 날아온 미모침을 차마 피하지 못해 백면귀마의 얼굴에는 미모침 몇 개가 박혔다.

"에잇! 이것이! 나가라, 혈겸血鎌!"

백면귀마는 소리를 치면서 혈겸이라 불린 낫을 휘둘러 던졌다. 혈겸이 공중을 회전하자 거대한 백골 모양의 기가 낫의 둘레에 음산하게 맺혔다. 그리고 백골이 아가리를 벌리며 호유화에게 날아들었다. 혈겸의 날은 백골의 혓바닥처럼 찔러 들어왔다.

정신없이 도망치던 은동의 뒷덜미가 아릿아릿했다. 홍두오공이 바싹 뒤쫓아온 것이다. 뒤를 보면 안 된다고 생각하면서도 은동은 그만 자신도 모르게 뒤를 돌아보았다. 그러자 어른의 품보다 더 큰 지네의 갈고리가 자신을 집어삼키려는 것이 보였다. 끔찍한 광경을 보고 은동은 악 소리를 지르며 자신도 모르게 양팔로 얼굴을 가렸다. 이젠 정말 끝이구나 싶었다. 그러나 그뿐, 홍두오공은 자신에게 더 가까이 오지 못했다. 못이 박힌 것처럼 그 자리에 멈추어 서고 만 것이다. 은동이 의아해서 얼굴을 가렸던 팔을 풀자, 홍두오공이 뒤로 물러가는 모습이 보였다. 은동은 깜짝 놀라 백아검을 안고 펄쩍 뛰어 홍두오공에게서 멀찌감치 떨어졌다. 그리고 그제야 왜 홍두오공이 뒤로 갔는지 알 수 있었다. 저만치에서 흑호가 홍두오공의 꼬리를 끌어당기고 있었다. 흑호는 독의 부작용 때문에 온몸이 시커메져 있었는데, 어느새 둔갑을 했는지 반쯤 사람의 모습으로 변해 있었다. 만신창이가 된 것은 어쩔 수 없었지만 힘만은 살아난 것 같았다. 은동은 흑호가 기운을 차린 것을 보고 기뻐서 소리를 질렀다.

"무사하군요!"

정작 흑호는 얼떨떨했다. 호유화가 전이도력술로 묘진령을 기운을 자신에게 불어넣어주었기에 정신을 차린 것이지만, 흑호는 그 사실을 몰랐다. 다만 갑자기 법력이 되살아났다고 여겨 급히 일어났고, 홍두오공이 은동을 뒤쫓는 것을 보게 되었다. 그래서 앞뒤 생각할 겨를도 없이 서둘러 달려가 얼결에 홍두오공의 꼬리를 잡은 것이었다. 그런데 정말로 저 거대한 홍두오공이 자신에게 끌려올 줄은 몰랐다. 부상을 입었고 독에 중독되기까지 했는데 어째서 법력이 예전보다도 더 세어졌는지 알 수 없었다. 그러나 곰곰이 생각할 여유는 없었다. 홍두오공은 꼬리를 잡히자 분기탱천해 화를 참을 수 없다는 듯 괴이한 소리로 길게 포효했다. 그러자 지네의 온몸에서 날카로운 가시며 뿔 같은 것들이 솟아 보기에도 무서울 정도가 되었다. 흑호도 사람보다는 훨씬 크다지만 홍두오공에 비하면 큰 뱀과 작은 쥐만큼이나 차이가 있었다. 흑호도 찔끔했다.

'제기. 거 겁나는 놈이네.'

흑호는 이를 드러내며 움츠러들려는 마음에 투지를 불러일으키려 홍두오공에 맞서서 길게 포효했다. 두 괴수가 지르는 소리가 부딪혀 산이 쩌르렁 울렸다. 홍두오공은 흑호를 향해 무섭게 달려들었고 힘이 솟아난 흑호도 겁없이 홍두오공에게 달려들었다. 둘이 정면으로 격돌하는 순간 은동은 자신도 모르게 몸을 부르르 떨었다.

"으윽."

호유화는 비틀거리면서 뒤로 물러섰다. 백면귀마의 혈겸이 날아드는 순간, 몸을 움직여서 피하려 했으나 백면귀마가 잔인하게 호유화의 머리를 잡아당겼던 것이다. 그 때문에 호유화는 몸을 억지로 비틀어서 급소라도 피할 수밖에 없었다. 정통으로 맞은 것은 아니었지만 혈겸은 호유화의 오른팔을 베고 지나갔다. 상처를 입자 호유화의 눈이 분노로 이글이글 불타올랐다.

"이놈! 없애버린다!"

호유화는 머리카락을 빳빳이 세우면서 외쳤다. 호유화의 오른팔에서 붉은 선혈이 흘렀다. 어느새 호유화의 눈은 피만큼이나 빨갛게 변해 있었다. 백면귀마는 그 기세에 자못 놀라 찔끔했는데 호유화가 몸을 번득이는 것이 보였다.

"큰소리를 쳐놓고 도망가기냐?"

백면귀마는 호유화가 도망치지 못하도록 다시 머리칼을 잡아당겼다. 그러나 그것이야말로 호유화가 노리던 것이었다. 호유화는 당겨지는 힘에 저항하지 않고 그대로 백면귀마 쪽으로 몸을 날렸다. 그야말로 육탄 공격의 기세였다. 백면귀마가 놀라 뒤로 주춤하는데 호유화는 백면귀마의 바로 앞까지 다가가서 머리카락을 좌악 솟구쳐냈다. 마치 홍수 물이 터져 나오는 듯한 기세였다.

"모라망毛羅網! 없어져라! 더러운 놈!"

순식간에 백면귀마는 호유화의 머리카락에 칭칭 감기고 말았다. 호유화는 전력을 다하여 백면귀마를 그대로 으스러뜨리려는 듯했다. 조여드는 힘이 엄청나서 백면귀마는 비명을 올렸다.

그러나 백면귀마에게는 아직 법기로 쓰던 혈겸이 남아 있었다.

혈겸이 호유화의 등을 노리고 달려들었다. 마계의 힘이 깃든 혈겸에 정통으로 찔리면 제아무리 호유화라도 별수 없이 죽을 판이었다.

호유화는 할 수 없이 몸을 돌려 달려드는 혈겸을 두 손으로 잡았다. 한 손으로 혈겸을 잡으려 했으나 흑면투색이 법력을 계속 없애고 있는데다 백면귀마를 옭아맨 덕에 힘이 달려서 양손을 쓸 수밖에 없었다.

'아이고. 실수했네.'

호유화의 이마에는 땀방울이 맺혔다. 몸을 뒤로 돌린 상태에서 혈겸을 잡고 있는 것은 위험하기 짝이 없었다. 손이 조금이라도 느슨해지면 혈겸이 정통으로 닥쳐들 것이니 피할 재주가 없었다. 그런가 하면 백면귀마를 모라망의 술수로 얽어놓았다고는 하지만 모라망에 놓은 법력 또한 조금도 늦추어서는 안 되었다. 백면귀마의 법력도 만만치 않은 터라 모라망이 조금이라도 약해지면 놈이 헤치고 나와 등 뒤에서 호유화를 공격할 것이다. 양손이 자유롭지 못하고 진신이 드러나 있는 터에 등뒤에서 기습을 당한다면…….

'에잇. 하는 수 없네. 미안해, 호랑이 씨.'

호유화는 홍두오공은 흑호에게 맡기기로 하고 홍두오공을 유인하던 분신의 힘마저도 모조리 끌어와서 백면귀마를 더더욱 옭아매었다. 어서 놈을 결딴내버리는 것이 가장 좋은 수 같았다. 호유화의 법력이 모라망에 더욱 가해지자 백면귀마는 견딜 수 없다는 듯 으으윽 하는 신음 소리를 냈다.

바로 그 순간 백면귀마의 고통스러워하는 눈이 금옥을 향했다. 금옥은 그때까지 이 믿어지지 않을 환수와 마수의 싸움을 넋이 나간 듯이 보고 있었다. 백면귀마의 머리가 순간적으로 회전했다.

'저 계집은 신립을 사모한다고 했으렷다. 신립을 위해서라면 못 할 짓이 없겠지. 그러니…… 그러니…….'

백면귀마는 눈을 붉게 변하게 하면서 입을 벌렸다. 그러자 백면귀마의 입에서 한 사람의 영이 반쯤 몸을 내밀었다. 사람 형상을 한 백면귀마의 입에서 또 한 사람의 몸이 내밀려 나오는 것은 자못 괴이했다. 하지만 금옥은 그것을 괴이하게 여길 수 없었다. 백면귀마의 입에서 반쯤 솟구쳐 나온 사람은 신립이었기 때문이다.

"시…… 신 장군!"

백면귀마의 음흉한 목소리가 금옥에게 들려왔다. 전음법을 사용하여 금옥에게만 들리는 목소리였다.

"어서 저 여우 요물을 찔러라……. 저기 떨어진 창을 주워서 저년을 찔러!"

백면귀마는 아까 은동이 떨군 육척홍창을 가리켜 보이며 말했다. 금옥은 몸을 와들와들 떨기 시작했다. 어떻게 해야 좋단 말인가?

"안 돼요! 못 합니다!"

"신립 놈의 혼령, 내가 회수해두었다. 말을 듣지 않으면 신립 녀석을 물어서 결딴내버릴 것이다. 그러면 놈은 영원히 환생도 하지 못하고 사라져버리는 것이다. 그래도 좋으냐, 응?"

백면귀마는 금방이라도 신립의 영을 물어서 두 조각을 내려는 듯 아가리에 힘을 주었다. 신립의 영혼은 아무 정신이 없어 보였으나 백면귀마가 힘을 주자 고통을 느끼는 듯 얼굴을 찌푸렸다. 그것을 본 금옥은 화들짝 놀랐다. 자기가 죽으면 죽었지 사모해왔던 신립의 고통을 본다는 것은 견딜 수 없는 일이었다. 더구나 신립의 영은 되어서 젊었을 때의 모습, 그러니까 금옥이 만났던 당시의 젊은 모습을 하고 있었다. 그것을 보자 금옥은 더더욱 마음이 울렁거리는 듯했다.

"시…… 신 장군……."

금옥은 머릿속이 빙빙 도는 것 같았다. 어떻게 해야 한단 말인가? 그래, 나는 나라도 팔아먹었고 수천의 군사가 떼죽음을 당하게 만들었다. 나는 못된 년이다. 그래, 그런 것이야 무슨 상관이겠는가? 아니, 아니야. 더이상 죄를 지을 수는 없어. 더이상은 안 돼. 그러나 신장군이……. 신 장군이……. 금옥은 애써서 자신을 채찍질하려 했으나 그럴수록 신립의 고통스러워 보이는 얼굴만이 더더욱 분명히 눈에 들어올 뿐이었다.

"어서 해라! 나는 절대 혼자 죽지는 않겠다. 이놈이 결딴나는 것을 보고 싶으냐? 응?"

"안 돼……. 안 돼요……."

금옥은 떨리는 손으로 자기도 모르게 육척홍창을 집어 들었다.

만약 창 속에 윤걸이 들어 있었다면 금옥을 말렸을지도 모르지만 육척홍창은 단순한 법기일 뿐이었다. 더군다나 이미 백아검에 봉인되어 있는 윤걸로서는 백아검 밖에 나온 육척홍창을 회수할 수도 없었다. 혈겸과 씨름을 하는 한편 모라망으로 백면귀마를 옭아매느라 땀을 흘리던 호유화도 비로소 금옥의 표정과 백면귀마의 입에서 반쯤 내밀어진 신립의 모습을 보고 무슨 일이 벌어지고 있는지 짐작했다.

"금옥! 안 돼! 녀석을 찔러버려!"

"신립 놈이 죽는 꼴을 보고 싶으냐? 어서 저년을 찔러! 저년은 꼼짝도 하지 못한다! 한 번만 찌르면 신립을 놓아주겠다! 어서!"

지금 백면귀마와 호유화는 둘 다 꼼짝도 할 수 없는 상태였다.

이렇게 전 법력을 기울여 대치하는 상태에서는 외부에서 조그마한 충격이라도 가해지면 법력이 흩어져 꼼짝없이 당할 수밖에 없다. 결국 가공할 법력을 지닌 둘은 꼼짝도 하지 못하고 아무 힘도 없는 금옥의 손에 운명이 결정될 판이었다. 금옥은 망설이는 듯 계속 창을 들고 떨리는 손으로 둘을 번갈아 바라보았다. 호유화는 생전에 흘려본 일이 없는 땀을 뻘뻘 흘렸고 백면귀마는 상기되어 안색이 시퍼렇게 변했다. 금옥의 안색도 백짓장처럼 하얗게 질렸다. 금옥이 영혼의 상태가 아니라 몸을 지니고 있었다면 울음을 터뜨렸을 것이다. 그러나 지금은 울 수조차 없었다. 금옥은 창을 들고 한참을 망설이다가 호유화에게 꾸벅 고개를 숙였다. 호유화가 날카롭게 외쳤다.

"뭐야?"

그러자 금옥은 떠듬떠듬한 말로, 내키지 않는다는 듯 말했다.

"쇤네를……. 용…… 용서해주세요……."

그러자 수천 년을 살면서 한 번도 당황해본 적이 없는 호유화의 안색이 하얗게 질렸다.

"미쳤어! 안 돼!"

금옥은 몸을 부들부들 떨면서 창을 쥐고 호유화에게 다가왔다. 비록 손은 떨리고 있었지만 무엇인가 결심한 듯, 눈빛만은 단호해 보였다. 백면귀마는 좋아서 소리를 질렀다. 이제는 전음법을 쓰지도 않았다.

"그래! 어서 찌르란 말야! 그러면 놈을 놓아준다! 어서!"

금옥은 잠시 머뭇하는 듯했다. 그러고는 눈을 딱 감고 창을 치켜들었다. 호유화는 그때까지도 설마설마하는 생각으로 큰 눈망울을 들어 금옥을 뚫어지게 바라보고 있었다. 분신을 나누어 금옥을 제지할 수도 있었지만 조금이라도 힘을 뺐다간 백면귀마가 뛰쳐나오거나 혈겸이 가슴팍을 찌를 판이었다. 그래도 호유화는 설마 은동과 함께 자신을 따라온 금옥이 정말 자기를 해치기야 할까 하는 믿음이 있었다.

'설마……. 설마……'

금옥은 치켜든 창을 호유화의 왼팔에 내리꽂았다.

"으라차!"

흑호는 기합성과 함께 거대한 홍두오공의 대가리를 잡아 옆으로 굴렸다. 거대한 홍두오공의 몸은 팔뚝만 한 나무와 덤불 들을 마구 넘어뜨리고 깔아뭉개면서 볼품없이 나뒹굴었다. 흑호는 절로 신바람이 났다. 조금 전 홍두오공의 독에 중독되었던 기미도 어느새 사라져버렸고 힘이 펄펄 솟아났다.

그것은 이 판관의 묘진령의 기운을 흡수한 덕분이었다. 이 판관은 저승에서도 상당한 고위직 인물로 백면귀마에 상당하는 정도의 법력을 지니고 있었다. 그리고 그의 법기인 묘진령에만도 보통 저승사자 두 명분 정도의 법력이 깃들어 있었다.

흑호는 혼자 태을 사자와 흑풍 사자, 윤걸 등과 잠깐 대적을 하여 밀리지 않은 경험이 있었다. 따라서 지금 흑호의 법력 수준은 두 명의 저승사자의 기운을 흡수한 태을 사자에 비해서도 그리 뒤떨어지지 않는 수준에까지 다다른 것이다. 다만 중상을 입은 몸이었고 별로 느껴지지는 않는다 해도 홍두오공의 독이 몸에 감돌고 있었다. 거기다가 방금 얻은 법력을 완전히 부리는 것도 무리여서 지금은 온전히 법력을 발휘하고 있는 것이 아니었다. 다른 둔갑술이나 법력은 발휘하지 못하고 오로지 물리적인 힘으로만 모든 법력을 쏟아내고 있었다. 그러니 홍두오공과 같은 거대한 괴수를 일격에 던져버리는 것도 가능했던 것이다. 흑호는 현재 대략 이만 근가량의 힘을 낼 수 있었으니 거대한 홍두오공보다도 힘으로는 우세했다. 그러나 홍두오공도 만만한 괴수는 아니었다.

흑호에게 꼬리를 잡힌데다가 내던져지기까지 하자 홍두오공의 분노는 걷잡을 수 없을 정도가 되었다. 홍두오공은 사실 흑호가 만신창이의 상태로 자신에게 덤비는 것을 보고 가소로워 전력을 다하지 않았다. 꼬리를 잡힌 다음에도 겁을 주려 몸을 흉악하게 만들었을 뿐이었다. 그러나 뒹굴어서 흙투성이가 되자 홍두오공도 바싹 긴장했다. 흑호는 홍두오공을 던져버리고 나자 기고만장해졌다.

'저놈은 덩치만 컸지 아무것도 아녀. 내가 언제 이렇게 세졌는지 몰러. 좌우간 법력이 남으니 이 친구도 정신이 들게 해줄까?'

흑호는 껄껄 웃으면서 홍두오공을 돌아보지도 않고 태을 사자의 정신 잃은 몸을 주워들었다. 그리고 아까 강효식이나 은동의 몸에 해준 것처럼 법력을 밀어넣어주기 시작했다. 그런데 은동이 소리치는 것이 들렸다.

"아이구! 뭐하는 거예요! 조심해요!"

흑호는 원래 머리가 둔한데다가 기고만장해져 있었기 때문에 은동의 말에 태연히 대답했다.

"염려 말어. 저런 놈은 내 상대가 못……."

말하면서 고개를 돌리던 흑호는 갑자기 눈을 화등잔만 하게 뜨고 입을 쩍 벌렸다. 어느 틈에 그런 것인지 홍두오공의 주위에는 수많은 작은 지네들로 가득차 있었다. 이 지네들은 흉측하게도 몸은 지네이면서 얼굴은 비통하게 일그러진 사람의 형상을 하고 있었으며 대략 세 자 정도의 길이였는데 날개도 없이 허공에 떠 있었다. 날아다니는 놈들인 것 같았다. 그리고 홍두오공의 이마 한가운데 박힌 구슬이 계속 붉은빛을 내고 있었다. 불빛이 번쩍일 때마다 홍두오공은 계속 아가리에서 인면오공人面蜈蚣을 토해냈다.

그제야 흑호도 긴장했다. 얼른 태을 사자를 뒤로 돌려두고 법력을 모으는데 홍두오공이 길게 소리를 질렀다. 그러자 수백 마리는 되어 보이는 인면오공들이 흑호를 향해 새카맣게 몰려들었다. 흑호는 이를 드러내면서 몸을 굽혀 으르렁거리다가 자신도 전력을 다하여 털이 북슬북슬한 앞발로 땅바닥을 후려쳤다. 그와 동시에 땅에서 주먹만 한 것부터 자갈 같은 것에 이르기까지 많은 돌들이 솟구쳐 공중으로 떠올랐다. 돌들은 마치 살아 있는 것처럼 허공을 날아 인면오공들을 향하여 부딪쳐갔다. 일전에 풍생수와 싸우던 태을 사자를 구원할 때 사용한 적이 있는 영발석투의 술법이었다.

인면오공은 수는 많았지만 하나하나가 그렇게 강한 것은 아니었던 듯, 큰 돌을 정통으로 맞은 놈들은 끼익끼익 하는 소리를 지르며 땅으로 떨어졌다. 영발석투로 쏘아낸 돌들은 그냥 돌이 아니라 하나하나에 법력이 깃들어 있는 것이라 위력도 상당했다. 그러나 많은 수의 인면오공들은 돌을 피하면서 계속 흑호에게 날아들었다. 흑호는 두 개의 앞발을 번개같이 놀려 인면오공들을 정신없이 후려쳤고 만 근의 힘이 있는 흑호의 앞발에 정통으로 맞은 인면오공들은 썩은 냄새와 검은 물을 튀기면서 바스러져 없어졌다. 그러나 인면오공들은 계속 덤벼들어 흑호의 온몸을 물고 늘어졌다. 견디다 못한 흑호는 뒤로 물러서면서 땅을 후려쳤다.

"회오리!"

그러자 영발석투로 쏘아졌던 돌들이 공중에서 멈칫하더니 곧 무서운 기세로 회오리 모양을 그리면서 돌기 시작했다. 돌 회오리바람이 한 무리를 덮치자 인면오공들은 개미가 소용돌이에 휩쓸리듯 회오리 속으로 빨려 들어가서는 검은 물이 될 때까지 박살이 나 사방에 뿌려졌다. 삽시간에 흑호의 돌 회오리는 수십 마리의 인면오공을 박살냈다. 그러나 또 다른 수십 마리의 인면오공은 흑호를 물어뜯으며 늘어졌다. 견디다 못한 흑호가 또다시 소리를 쳤다.

"소나기!"

이번엔 회오리를 이루고 있던 돌들이 하늘로 눈부시게 솟구쳐 올라갔다가 흑호를 향해 소나기처럼 떨어져 내렸다. 흑호도 물론 같이 돌비를 맞을 수밖에 없었지만 돌에 맞더라도 버틸 수 있을 정도의 힘이 있었고 인면오공들은 그렇지 못했다. 삽시간에 흑호의 몸을 에워싸고 있던 인면오공들이 돌 소나기 세례를 받고 죽어갔다. 흑호는 이미 다친 상처에 돌을 많이 얻어맞아 몰골은 더 흉악해졌으나 의기양양했다. 독에 물들어 검게 변한 몸은 박살난 인면오공의 검은 피를 온통 뒤집어쓰고 자기가 내린 돌비에 얻어맞아 아까보다 더 붓고 깨져 만신창이가 되어 있었다. 그런데도 흐뭇하게 이를 드리내며 자랑스럽게 웃는 모습이란……. 그 모습을 보고 있던 은동은 뭐라고 해야 할지 모를 야릇한 기분이 되었다. 웃지도 울지도 못할 그런 기분이었다.

'저렇게 얻어맞고도 좋아하다니……. 용감한 건지 둔한 건지 아니면 무식하다 못해 무모한 건지 알 수가 없네.'

그러나 흑호가 의기양양할 수 있었던 것도 잠시에 지나지 않았다. 인면오공들을 물리쳤다고 해도 본체인 홍두오공은 그대로였다. 이번에는 홍두오공이 흑호에게 덤벼들었다. 홍두오공의 기세는 조그마한 인면오공에 비할 것이 아니었다. 흑호가 긴장하며 팔에 힘을 주는 순간, 홍두오공은 흑호의 바로 앞에서 방향을 틀어 땅속으로 우르릉 소리를 내며 들어갔다. 흑호는 당황하여 아래를 내려다보았다. 홍두오공은 재빨리 흑호의 뒤쪽에 불쑥 대가리를 솟구쳐 올라왔다. 흑호는 얼른 몸을 날려 고개를 뒤로 돌린 상태에서 앞으로 피했다. 그러나 흑호의 앞을 가로막으며 홍두오공의 꼬리가 솟구쳐 올랐다.

"어이쿠!"

흑호는 홍두오공의 꼬리에 정통으로 얻어맞았다. 얼마나 세게 맞았는지 몸이 붕 뜬 채 가느다란 나무 몇 그루를 분지르면서 계속 날아갔다. 그러다가 큰 나무등걸에 쿵 부딪힌 후에야 땅에 떨어져 내렸다. 홍두오공은 그것을 보고 아가리를 벌려 시퍼런 독을 내뿜었다. 흑호는 어질어질했지만 얼른 몸을 굴려 독을 피했다. 독을 맞은 나무가 그 자리에서 시커멓게 썩어 들어가 숯처럼 변해버렸다.

"지독하구먼!"

홍두오공이 계속 독을 뿜어대어 흑호는 몸을 일으킬 수조차 없었다. 이번에 뿜어내는 독은 아까의 녹색 독보다도 훨씬 지독한 것임이 틀림없었다. 보다 못한 은동은 돌이라도 집어던지려 했으나 영혼인 은동의 손에는 돌이 쥐어지지 않았다.

흑호는 몸을 계속 굴리다가 균형을 잘못 잡아 가시덤불로 굴러 들어갔다. 따가운 것은 둘째치고 잔가시에 엉겨서 몸을 굴릴 수조차 없었다. 홍두오공은 그것을 보고 의기양양하게 대가리를 치켜들며 독을 뿜어내려 했다. 그 순간, 무엇인가가 휙 하고 날아들면서 홍두오공의 미간을 노렸다. 홍두오공은 간신히 고개를 틀어 그것을 피할 수 있었지만 놀란 모양이었다.

은동은 도대체 누가 그랬을까 하고 돌아보다가 기뻐서 소리를 쳤다.

"태을 사자님!"

태을 사자가 어느새 일어나 있었던 것이다. 아까 흑호가 법력을 밀어넣어주어 간신히 정신을 차린 것 같았다. 방금 홍두오공에게 날려보낸 것은 묵학선이었는데 아직 법력이 회복되지 않아서 묵학선도 학으로 변하지 못하고 부채 모양으로 홍두오공의 시야를 현혹시킨 것에 불과했다. 태을 사자는 손에 백아검을 들고 있었으나 아무래도 기운이 없는 듯 몸을 휘청했다. 그러면서도 은동에게 소리쳤다.

"이놈도 마수냐?"

"맞아요! 그리고……."

은동은 태을 사자에게 이 판관이 가짜이고 진짜 정체는 마수인 백면귀마이며 자신의 몸과 아버지 강효식이 그놈에게 인질로 잡혀 있다고 외치고 싶었지만 그럴 틈이 없었다. 홍두오공이 흑호를 내버려두고 태을 사자에게 달려들고 있었던 것이다.

태을 사자는 비록 힘이 하나도 없었지만 두려워하지 않았다. 만검법을 응용하여 둥글게 원을 그리면서 백아검을 돌리자 백아검은 홍두오공의 대가리에 푹 하고 꽂혀 들어갔다. 그러나 거대한 홍두오공은 백아섬이 박혔는데도 계속 태을 사자에게 덤벼들었다. 태을 사자는 다음 순간 홍두오공의 머리에 받혔고, 백아검은 그 서슬에 홍두오공의 머리에서 뽑혀버렸다. 하지만 법기이기도 한 백아검은 땅에 떨어지지 않고 물 위를 둥둥 떠가듯이 밀려갔다. 가시덤불에서 몸을 일으킨 흑호가 그것을 보고 홍두오공에게 미친 듯 덤벼들었으나 홍두오공의 꼬리가 흑호를 막았다. 홍두오공의 꼬리에는 아가리처럼 집게가 한 쌍 있었는데 흑호는 그 집게에 물리고 말았다. 잘못하면 허리가 두 동강이 날 참이라 흑호는 집게를 움켜쥐고 힘을 썼다.

홍두오공의 대가리에 받힌 태을 사자는 놀랍게도 홍두오공의 이마에 박힌 구슬에 빨려 들어가고 있었다. 아니, 벌써 하반신은 구슬에 빨려들어서 상반신만이 밖으로 나와 있었다. 홍두오공의 이마에 박혀 있는 구슬은 인혼주人魂珠라는 것으로 예전에 나타났던 홍두오공이나 풍생수의 이마에 박힌 것처럼 인간의 영혼을 흡수하는 것이었다. 태을 사자는 저승사자이지만 근본이 인간의 영혼이라 거기에 빨려들려 하는 것이다. 태을 사자는 비명을 지르면서 안간힘을 써 버티고 있었으나 금방이라도 인혼주에 빨려 들어갈 것 같았다. 그리고 흑호도 홍두오공의 집게에 잡혀 고통스러운 표정으로 계속 포효하고 있었다.

둘 다 홍두오공에게서 빠져나오기는 힘들 것 같았다. 그 광경을 본 은동은 두려움에 온몸이 떨려왔다. 절체절명의 상황이었다. 어떻게 해야 할까? 힘없는 자신이 무엇을 해야 할까?

호유화는 땅에 풀썩 쓰러졌다. 양팔에 상처를 입은 탓도 있었지만, 극도로 법력을 끌어올린 와중에 금옥에게 찔린 것이 치명적이었다. 호유화의 몸속에서는 법력이 요동을 치며 충돌하고 있었고 금방이라도 모두 흩어질 것 같았다. 그런 판이니 조금의 법력도 끌어낼 수 없는 것은 당연한 일이다. 법력이 없는 호유화는 힘없는 여느 여자와 조금도 다를 바가 없었다. 호유화는 말조차 하지 못하고 몸을 떨면서 증오에 가득찬 눈으로 금옥을 쏘아보았다. 금옥은 육척홍창을 든 채 온몸을 떨고 있었으나 그런 호유화의 눈길을 피하지는 않았다. 금옥의 눈은 이상하게도 차분했다.

"하하하……. 좋다. 잘했어……."

백면귀마는 호유화의 모라망에서 풀려나 있었다. 그리고 백면귀마의 혈겸 역시 백면귀마의 손에 돌아와 있었다. 신립의 영혼은 백면귀마의 입에서 빠져나와 허공에 둥둥 떠 있었다. 백면귀마는 기분 나쁘게 웃으며 금옥에게 말했다.

"약속대로 이놈은 풀어준다. 흐흐. 그러니 어서 비켜라."

그러나 금옥은 호유화의 앞을 막아섰다. 금옥은 무엇인가에 들뜬 것 같았다. 얼굴은 상기되어 있었고 조금도 무서워하는 기색이 없었다. 이제는 몸도 떨지 않았다.

"비킬 수 없습니다."

"뭐야?"

"나는 이 여자를 찌르겠다고 약속했고, 그대로 했습니다."

"그래. 나도 그래서 이놈을 풀어주지 않았느냐."

"하지만…… 이대로 비킬 수 없습니다. 당신은 절대 이 여자를 해칠 수 없어요."

"뭐? 하하하……."

백면귀마가 가소롭다는 듯이 껄껄 웃었다.

"네 따위가 나를 막아? 막을 수 있을 것 같으냐?"

금옥이 태연하게 말했다.

"나는 힘이 없으니 막을 수 없겠지요……."

금옥의 목소리는 태연했다. 너무도 태연한 목소리에 백면귀마조차도 의심이 드는 듯 주춤거렸다.

"그러면서 나를 막겠다구?"

금옥은 대답하지 않았다. 대답하지 않고 한 손으로 창을 잡고 한 손을 소매에 넣어 무엇인가를 꺼냈다.

"나는 막을 수 없지만…… 아마 이것은 막을 수 있을 것입니다."

금옥이 꺼낸 것은 바로 전에 이 판관, 아니 이 판관으로 변했던 백면귀마가 태을 사자에게 주었던 금제구였다! 울달과 불솔이 변한 고리. 그것에 걸려서 호유화조차 은동에게 굴복했다.

태을 사자는 호유화가 변심할 경우를 생각하여 금옥에게 준 것인데, 금옥이 아까 그것을 기억해냈던 것이다. 금옥은 말을 마치자마자 조금도 지체하지 않고 고리를 허공에 던지면서 외쳤다.

"금제복마! 금제……."

그 순간, 백면귀마의 손이 벼락같이 움직였다. 백면귀마의 손이 떨쳐지자 그의 손에 들려 있던 혈겸이 솟구쳐 오르면서 무서운 기세로 금옥에게 날아들었다. 그러나 금옥은 눈을 감았을 뿐, 놀라지도 않았고 피하려 하지도 않았다. 피하려 한다 해도 피할 수 없는 것을 잘 알고 있었던 것이다. 미처 금옥의 다음 말이 떨어지기도 전에 혈겸은 금옥의 몸을 반대쪽으로 뚫고 나갔다. 그럼에도 금옥의 얼굴은 오히려 평온했고 미간을 찡그려 보였을 뿐이었다. 그리고 금옥의 입에서는 조그맣지만 틀림없는 목소리가 흘러나왔다.

"……복마……."

금제를 완성시키려면 주문을 세 번 외워야 했다. 그것을 막으려고 혈겸은 다시 한번 허공을 돌아 금옥을 덮쳐왔다. 이번에는 금옥의 목을 노리고 날아들었다. 금옥은 짐작했다는 듯 눈을 감은 채 몸을 움직였다. 그러자 홍창을 들고 있던 금옥의 왼팔이 혈겸에 베여나갔다. 영혼의 몸이라 피가 튀지는 않았지만 끔찍하기 이를 데 없는 광경에 호유화마저도 눈을 질끈 감았다. 하지만 금옥은 고통조차도 느끼지 않는 것 같았다. 그러면서 계속 담담하게 말했다.

"…… 금제……."

혈겸이 날아드는 동시에 안색이 변한 백면귀마가 큰 소리를 지르면서 금옥에게 달려들었다. 백면귀마도 필사적이 되었는지 그의 손에서는 무서운 기운이 솟구쳐 나오고 있었다. 그러나 금옥은 가슴에 구멍이 뚫리고 팔이 떨어져나가는 와중에도 조금의 동요도 없이 주문을 마저 외웠다.

"…… 복마!"

백면귀마는 대경실색하여 뒤로 물러나려 했지만 때는 늦었다. 쇠고리는 허공에서 쾅 하는 소리를 내면서 백면귀마의 목에 감겼다. 백면귀마는 으아악 하는 비명을 질렀다. 다만 아직 고통을 당한 것은 아니었다. 백면귀마는 순간적으로 머리를 굴렸다. 자신은 이 고리를 해제하여 울달과 불솔로 도로 변하게 하는 방법을 알고 있다! 금옥이 조이라는 말만 하지 못하게 한다면 이 고리는 고통을 주지는 못할 것이다! 백면귀마는 순식간에 판단하고 혈겸을 또다시 휘둘렀다. 그렇지만 금옥이 조금 더 빨랐다.

빨랐다기보다는 백면귀마가 목에 고리가 씐 충격에 주춤하는 사이를 탄 것이다.

"조여…… 조여…… 조여……."

금옥의 몸은 점점 투명해지고 있었다. 이제 더 버티지 못하고 소멸되려는 것 같았다. 그러나 금옥의 입에서 새어나간 말은 틀림이 없었다. 백면귀마는 막 혈겸을 들어 금옥을 박살내려던 참이었으나 극렬한 고통이 닥쳐오는 것을 느꼈다. 수천 년을 살았던 호유화마저도 그 고통을 견딜 수 없을 정도였으니 백면귀마라고 어찌 참을 수 있겠는가. 백면귀마는 커억 하는 막힌 소리를 지르면서 몸을 휘청했다. 그 와중에 백면귀마는 금옥을 향해 혈겸을 휘두르지 않으려는 듯했다. 그러나 혈겸은 관성으로 계속 금옥에게 날아가고 있었다. 백면귀마는 안간힘을 써서 혈겸을 저만치로 던져버렸다. 그리고 금옥의 목을 움켜쥐었다.

고통으로 안색이 시퍼렇게 변하고 눈이 튀어나온 흉악한 얼굴로 백면귀마가 금옥에게 간신히 말했다.

"어서…… 어서…… 풀어……. 그러지…… 않으면……."

백면귀마는 이를 악물면서 금옥의 목을 조르기 시작했다. 이미 온몸에 구멍이 뚫리고 팔이 잘린 금옥은 이제야 고통이 엄습하는 듯 얼굴을 찌푸렸으나 저항조차 하지 않았다. 금옥의 몸은 점점 투명해져가고 있었다. 비록 금옥이 자신을 찔러 움직일 수 없게 만들기는 했지만 호유화는 더이상 이런 처참한 꼴을 볼 수가 없었다.

'차라리 풀어줘! 어서!'

그러나 호유화는 법력이 온통 흐트러져 있어서 전심법조차 쓸 수가 없었다.

백면귀마는 고통과 공포로 무서운 형상이 되어 금옥의 목을 더욱 단단히 졸랐다. 최후의 기운을 짜내는 것 같았다. 숨이 막혀서 말조차 할 수 없었으나 이는 금옥도 마찬가지였다. 백면귀마는 무서운 얼굴로 금옥을 노려보았다. 금옥은 안간힘을 다해 한 번 더 입을 열었다.

"조여……. 더…… 더……."

백면귀마의 목에서 바람이 풀리는 것 같은 끄으윽 소리가 새어 나왔다. 백면귀마의 눈이 튀어나올 것같이 부풀어오르며 안색이 흰색에서 푸른색 그리고 불그죽죽한 색으로 끝없이 변해갔다. 백면귀마도 최후의 힘을 다 짜내어 금옥의 목을 꺾었다.

비틀어지는 듯한 이상한 소리가 나면서 금옥의 목이 이상하게 돌아갔다. 호유화는 온몸을 떨면서 그 무서운 광경을 보았다. 최후의 순간, 금옥의 눈은 평안했다. 아주 미미한, 거의 보이지 않는 움직임이었지만 금옥의 눈빛은 호유화를 향했다가 웃는 듯한 빛을 띠고 저만치에 떠 있는 신립을 마지막으로 바라보았다. 그리고 다음 순간, 금옥은 입가에 미소를 띠는 듯했다. 금옥은 무슨 생각을 했을까? 금옥은 평소 신립에게 속죄를 해야겠다고 말했다. 그리고 신립을 한 번 보고 싶다고도 말했다. 이제 신립을 보게 되었고, 신립을 풀어주었으니 더이상 여한이 없다고 생각한 것일까? 호유화는 짐작할 수 없었지만, 마음속으로는 뭔가 크게 격동되는 것을 느꼈다.

'정녕 오래오래 남는 것은 정情인가 보구나…….'

금옥의 몸은 백면귀마의 손아귀에 잡힌 채 무화無化되어 서서히 사라졌다. 완전히 소멸된 것이다. 호유화는 뭐라고 말을 할 수 없었다. 몸도 움직일 수 없었다. 눈물이 날 것 같았으나 수천 년 쌓아온 의지력으로 간신히 참았다.

'바보 같으니…….'

호유화는 서둘러서 정신을 차렸다. 백면귀마는 극도의 고통에 시달리고 있었지만 아직도 죽지 않았기 때문이다. 금제의 고리는 원래 상대를 제압하려고 만들어진 것이지 죽이려고 만들어진 것이 아니어서 목숨은 끊지 않는다. 금옥이 소멸되자 그 고리는 다시는 풀 수 없게 되었다.

백면귀마는 고통에 헐떡이며 흉하게 몸을 굴렀다. 미친 것 같았다. 그런 꼴을 호유화는 경멸의 눈으로 보면서 한시라도 빨리 법력을 회복하려고 애썼다. 그러나 한번 흩어진 법력은 잘 수습되지 않았다. 백면귀마는 고통에 못 이겨 몸을 굴리다가 갑자기 독기 서린 눈빛을 띠었다. 그러고는 양손을 치켜들고 비틀거리는 걸음걸이로 호유화를 향해 다가왔다.

'저놈이…… 기어이 나를 해치려고 하는 건가?'

호유화의 얼굴이 하얗게 질렸다.

은동은 자신의 옆에 무엇인가가 날아와 콱 땅에 박히는 바람에 깜짝 놀랐다. 하마터면 맞을 뻔했다. 그러나 재수가 좋았는지 은동은 맞지 않았다. 놀란 가슴으로 그것을 바라보니 커다랗고 검은 빛이 번들거리는 큰 낫이었다. 아까 백면귀마가 내던진 혈겸이었다.

'이게 뭐야? 하마터면 개죽음당할 뻔했네.'

은동은 숨을 몰아쉬었다. 혈겸의 날은 그야말로 무서우리만큼 번뜩거리며 빛나고 있었다. 혈겸은 마수인 백면귀마의 법기였던 터라 그 자체로도 상당한 마성을 지니고 있었다. 혈겸에 소멸된 자가 많으면 많을수록, 그리고 생명을 해친 시각이 짧으면 짧을수록, 혈겸의 마성은 더더욱 발휘되는 것이다. 직접 죽게 만든 것은 아니지만 방금 금옥을 맞힌 후라 혈겸은 더더욱 번들거리며 무섭게 빛을 발하고 있었다. 은동은 금옥이 소멸되는 것을 미처 보지 못했다. 지금 홍두오공에 의해 태을 사자와 흑호가 둘 다 위기에 처해 있는 판이니 고개조차 돌릴 여유도 없었던 것이다. 하지만 혈겸을 보니 이상하게 암울한 마음이 들었다.

다음 순간, 은동의 머리에 뭔가가 번개처럼 스치고 지나갔다. 은동은 서둘러서 주변의 나뭇가지들을 잡아 꺾으려 했다. 그러나 영혼인 채로 있는 은동의 손에 나뭇가지들은 하나도 잡히지 않았다. 은동은 낙심했지만 혹시나 하고 둥둥 떠 있던 백아검을 집어 들었다. 백아검은 영적인 물건이지만 윤걸이 과거 태을 사자에게 말했던 것처럼 생계와도 얽혀 있는 물건이었다. 은동이 백아검으로 나뭇가지를 치자 나무들이 후두둑 잘려 삽시간에 수북하게 쌓였다.

은동은 혈겸을 들어 땅에 뒤집어놓았다. 무거울 뿐만 아니라 혈겸에 손을 대는 순간 묘하게 아릿한 느낌이 돌았지만 은동은 신경쓰지 않았다. 그리고 은동은 날이 위로 선 혈겸을 나뭇가지로 덮었다. 그러나 나뭇가지들은 혈겸을 그대로 뚫고 흘러내렸다. 혈겸도 영적인 물건인 것이다. 은동은 하는 수 없이 백아검으로 나뭇가지를 몇 번 이고 밀어서 기둥으로 세우고 그 위에 초막을 세우는 식으로 혈겸을 나뭇가지로 가렸다. 그러자 간신히 가려졌다. 그런 다음 은동은 백아검을 든 채 앞으로 달려나갔다.

은동이 혈겸을 숨기는 사이 한참 시간이 흘러 홍두오공은 태을 사자를 인혼주 안에 거의 집어삼킨 상태였다. 가엾게도 태을 사자의 두 손만이 인혼주 밖으로 나와 들어가지 않으려고 힘겹게 저항하고 있었다. 흑호는 아직도 안간힘을 쓰고 있었으나 온몸을 부들부들 떠는 모습이 심상치 않았다. 그런데도 은동은 용감하게도 백아검을 집어 들고 홍두오공 앞으로 나선 것이다.

"이 징글맞은 지네 괴물아! 날 잡으면 용하지!"

은동이 소리를 질렀다. 홍두오공은 조그마하고 힘도 없는 영혼에게는 눈 하나 깜짝하지 않았다. 은동은 홍두오공이 자신을 거들떠보지도 않자 화가 나서 아무렇게나 홍두오공의 다리를 향해 내려찍었다. 놀랍게도 홍두오공의 다리 한 마디가 툭 잘려나가면서 검은 액체가 솟구쳐 나왔다. 은동은 자기가 다리를 잘라놓고도 깜짝 놀라 뒤로 물러섰다. 백아검이 이렇게까지 잘 들 줄은 몰랐던 것이다. 은동이 용기를 내어 다시 내려치려는데 그때는 이미 홍두오공이 아픔을 느끼고 고개를 돌린 다음이었다. 홍두오공의 붉은빛이 감도는 두 쌍의 눈이 자신을 향했다. 은동은 금방이라도 달아나고 싶었지만 억지로 참았다. 참았을 뿐 아니라 백아검을 들고 홍두오공에 대적하는 듯한 자세를 취해 보였다. 그러면서도 은동은 속으로 부들부들 떨었다.

'이놈이 인면오공을 풀면 어떡하지? 독을 뿜으면 어떡하지?'

다행히 홍두오공은 그러지 않았다. 다만 은동을 한 발에 밟아 죽이려는 듯 많은 다리를 징그럽게 움직이며 달려들었다. 은동은 그것을 보고 몸을 돌려 냅다 도망치기 시작했다. 자신이 혈겸을 묻어놓은 곳으로 홍두오공을 유인하려는 것이다.

홍두오공은 은동의 뒤를 따라왔다. 마침내 혈겸을 숨긴 곳에 다다르자 은동은 그 뒤를 훌쩍 뛰어넘었다. 홍두오공도 그 뒤를 따라왔다. 그리고 마침내 혈겸이 있는 곳 위로 몸을 덮쳤다.

"됐다!"

은동은 도망가다가 멈추어 서서 만세를 불렀다. 자신의 꾀로 저 거대한 홍두오공을 잡다니! 의기양양하기 이를 데 없었다. 그런데 뭔가 이상했다. 홍두오공의 고통스러운, 멱따는 소리가 들리지 않았다. 뒤돌아보고 은동은 깜짝 놀라서 다리가 후들거렸다. 홍두오공은 힝힝거리며 마치 웃는 듯 고개를 휘두르고 있었다. 놈은 영악했다. 은동의 빤한 속셈을 들여다본 듯, 혈겸의 바로 위에 몸을 올리기는 했지만 몸을 구부려서 혈겸에 닿지 않도록 띄우고 있었던 것이다. 홍두오공은 자신을 약 올리기 위해 일부러 따라온 것이 틀림없었다.

은동은 놀라서 도망가려 했으나 몸을 돌리자 홍두오공의 독이 자신의 앞에 휘익 하고 떨어졌다. 한 발이라도 움직이면 가만두지 않겠다는 것이 분명했다. 그것을 보자 은동은 도망갈 기운조차 빠져버렸다.

'아이고 맙소사……. 이제 틀렸다.'

은동은 맥이 풀렸다. 은동의 눈에 이제 손밖에 보이지 않는 태을사자가 들어왔다. 자신도 저 꼴이 되어 홍두오공에게 잡히고 마는 것인가. 홍두오공의 대가리가 자신을 향해 다가왔다.

은동은 아예 눈을 감아버렸다.

"캬아악—!"

다음 순간, 홍두오공의 고통에 가득찬 소리가 들려왔다. 은동은 깜짝 놀라서 눈을 떴다. 그리고 믿기 힘든 광경을 보았다. 홍두오공이 목에 혈겸을 깊숙이 박고 고통에 못 이겨 몸부림치고 있었던 것이다.

'아니! 어떻게 저놈이 칼을 목에 박았지?'

은동의 의문은 곧 풀렸다. 홍두오공의 꼬리에 매달려 있던 흑호가 의기양양하게 집게를 풀고 있었던 것이다.

홍두오공의 꼬리에 질질 끌려가던 흑호는 은동이 함정을 만든 것과 홍두오공이 그것을 피하고 은동을 잡으려는 것을 볼 수 있었다. 홍두오공이 은동을 약 올리려 혈겸 위에 몸을 놓자, 흑호는 최후의 기운을 모아서 홍두오공의 꼬리를 밀어 올렸던 것이다. 그러자 홍두오공의 몸이 기울어져서 혈겸에 목을 찍힌 것이다. 홍두오공은 은동의 얕은꾀는 간파했지만, 힘이 센 흑호를 꼬리로 잡고 있었던 사실을 깜박 잊어서 낭패를 당한 것이다. 홍두오공의 몸은 전체가 두꺼운 껍질로 덮여 있어서 웬만한 무기나 법력의 공격조차 먹히지 않았지만 하필 혈겸은 목 주위의 관절 틈을 비집고 박혀 들어갔다. 치명적이라 할 수 있었다. 홍두오공은 고통을 이기지 못하고 거대한 몸을 마구 굴렀다. 은동도 멈칫하다가 하마터면 홍두오공의 몸에 깔릴 뻔했다. 그러자 흑호가 뛰어오르면서 은동에게 소리쳤다. 흑호는 이미 만신창이였고 기운도 거의 빠졌으나 목소리만은 우렁찼다.

"꼬마야! 어서!"

흑호는 소리를 지르면서 홍두오공의 목을 감아쥐었다. 홍두오공은 몸을 비틀면서 난리를 쳤으나 흑호에게 목을 잡히자 벗어날 수가 없었다. 흑호도 전력을 다해 홍두오공의 목을 잡고 버텼다. 홍두오공의 가시며 작은 뿔들이 흑호의 몸에 박혔으나 흑호는 개의치 않았다. 흑호가 죽을힘을 다하여 잡자 홍두오공의 몸은 마구 날뛸지언정 대가리만은 고정되었다.

"어서!"

흑호는 다시 소리를 쳤다. 은동은 흑호가 무엇을 하라고 소리치는 것인지 알 수 없었다. 그러나 흑호는 죽을힘을 다해 버티는 중이라 전심법을 쓸 수도 없는 듯했다.

'이놈을 죽이라는 건가? 아니면……'

이윽고 은동은 흑호가 무엇을 말하는지 깨달았다. 인혼주로 태을사자가 빨려 들어가고 있는 것이 보였기 때문이었다. 태을 사자가 갇혀 들어가는 인혼주를 부수라는 말이 틀림없는 것 같아 은동은 백아검을 쥐고 힘껏 인혼주를 찔렀다.

그러나 은동의 검은 빗나가서 홍두오공의 네 개의 눈 중 하나를 찔렀다. 홍두오공은 더더욱 고통을 느낀 듯 고개를 흔들며 힘을 썼다. 흑호는 버티기가 힘든 듯 으르릉 소리를 지르며 용을 썼다. 은동은 당황하여 홍두오공의 눈에 박힌 백아검을 빼려 했으나 잘 빠지지 않았다. 은동은 버둥거리면서 발로 홍두오공의 머리를 버티면서 백아검을 빼려 했는데 그 통에 홍두오공의 목에 박힌 혈겸을 건드렸다. 그 바람에 혈겸은 안으로 더욱 깊숙이 들어가버렸다. 그래도 백아검은 빠지지 않았다. 그래서 은동은 뽑으려던 백아검을 위로 그었다. 그와 동시에 홍두오공의 대가리가 갈라지면서 온갖 색깔의 더러운 물이 튀어나왔다. 그리고 인혼주가 백아검에 밀려 쑥 빠져나와 땅에 떨어졌다. 백아검도 빠지면서 그 기세에 은동은 균형을 잃고 홍두오공의 머리에서 미끄러져 떨어졌다. 땅에 떨어진 인혼주에서는 이제 태을 사자의 소맷자락과 손가락 끝밖에는 나와 있지 않았다. 땅에 넘어지면서 백아검을 놓친 은동은 급한 나머지 손으로라도 잡고 태을 사자를 꺼내려고 인혼주를 손으로 잡았다.

그 순간 뭔가 번쩍하는 빛이 나면서 은동은 정신을 잃어버렸다. 흑호도 번쩍하는 빛에 놀라 눈을 끔뻑 감았다. 이윽고 흑호가 눈을 뜨자 홍두오공의 거대한 몸뚱이는 힘을 잃어 서서히 스러져가고 있었다. 그리고 흑호의 눈앞에는 쓰러져 있는 은동과 공중에 떠 있는 태을 사자의 모습만이 보였다. 홍두오공은 목에 혈겸이 박히고 백아검으로 눈이 뚫리고 머리가 갈라진데다가 인혼주를 뽑혀 죽은 것 같았다. 홍두오공의 거대한 몸은 삽시간에 검은색 가루가 되어 흩어져 사라졌다. 흑호는 어안이 벙벙하여 흩어져가는 홍두오공의 잔해들을 바라보다가 태을 사자를 쳐다보았다. 태을 사자는 지치고 매우 놀란 것 같았으나 정신은 또렷했다.

"어떻게 된 거유? 그 빛은?"

태을 사자는 쓰러져 있는 은동을 보면서 자신도 믿을 수 없다는 듯 고개를 설레설레 저었다.

"홍두오공의 구슬……. 이 아이의 몸에 들어갔네."

"엥? 뭐라구? 그러면 은동이는 어떻게 되는 거유?"

태을 사자는 다음 순간, 뭔가가 느껴지는 듯 멈칫하더니 백아검을 집어 들었다.

"저쪽에도 적이 있나?"

태을 사자는 흑호가 말하는 것을 기다리지도 않고 백아검을 든 채 저쪽으로 사라졌다. 흑호는 그제야 온몸이 욱신거리는 아픔이 느껴졌으나 오만상을 찌푸리면서 은동의 몸을 안아 들었다. 비록 꾀가 그대로 성공한 것은 아니었지만 은동이 그렇게 하지 않았더라면 자신과 태을 사자는 홍두오공에게 당했을 것이다. 흑호는 이 아이가 자신을 구한 것이라고 생각하지 않을 수 없었다.

'대단한 꼬마여. 암, 대단하지. 이 흑호, 오히려 이 꼬마에게 목숨을 빚진 셈이구먼.'

이상한 기척을 느끼고 급히 달려간 태을 사자는 백면귀마가 막 호유화를 해치려는 것을 보았다. 호유화는 만사를 체념한 듯 눈을 감고 쓰러져 있었는데 백면귀마는 온통 일그러진 흉악한 얼굴이 되어 호유화를 잡으려는 찰나였다. 정신을 잃고 있던 태을 사자는 백면귀마가 이 판관으로 변했던 자라는 것을 아직 알지 못했다. 다만 하나의 마수라고 생각할 뿐. 태을 사자는 급히 백아검을 휘둘러 호유화의 앞을 막아섰다. 백면귀마는 뒤로 물러설 수밖에 없었다. 극도의 고통을 참는 것만도 어려웠기 때문이다. 비록 법력을 약간 끌어올릴 수는 있다 하더라도 싸울 기운은 도저히 없었다. 자신의 손에는 법기도 없었고 말이다.

"너는 누구냐!"

태을 사자는 백면귀마에게 호통을 쳤다. 그러자 백면귀마는 태을 사자의 얼굴을 보았다. 태을 사자는 아직 자신의 정체를 알지 못한다는 것이 간교한 백면귀마의 머리에 떠올랐다. 백면귀마는 모험을 하기로 하고 최후의 기운을 끌어모았다. 분신술을 사용한 것이다. 백면귀마의 앞에 이 판관의 모습이 나타났다. 이 판관의 분신은 그럭저럭 모양은 갖추고 있었으나 백면귀마의 힘이 빠져 있는 터라 움직일 수도 없었다. 그러나 그것이면 족했다. 백면귀마는 목이 조여 말을 할 수조차 없었기 때문에 이 판관의 늘어진 몸을 잡고 협박하는 듯한 태도를 보였다. 조금이라도 서툰 짓을 하면 이 판관을 가만두지 않겠다는 시늉을 한 것이다. 그 모습을 보고 태을 사자는 몸을 꿈틀했다. 호유화는 백면귀마가 술수를 부리는 것임을 알아보았다. 하지만 법력이 흩어져 입도 뻥끗할 수 없었다.

'속아서는 안 돼! 어서 놈을……. 아이구…….'

그러나 호유화가 애타 하는 것을 아는지 모르는지, 태을 사자는 백면귀마를 계속 무표정한 눈으로 들여다볼 뿐이었다. 그러다가 뭔가 심하게 번민하는 듯하더니 천천히 백아검을 든 손을 늘어뜨렸다. 그것을 본 백면귀마는 서서히 뒷걸음질을 치더니 숲속으로 달려 들어가려 했다. 다음 순간, 흰 빛줄기가 한 가닥 백면귀마의 등으로 달려들었다. 태을 사자가 내던진 백아검이었다. 백면귀마는 걸음을 멈춘 채, 놀란 듯이 자신의 가슴에 뚫린 구멍을 들여다보았다. 백면귀마는 멍한 눈으로 태을 사자를 보았다. 의문으로 가득찬 눈이었다. 태을 사자가 천천히 말했다.

"네 분신술 정도는 알아볼 수 있다. 그러나……."

태을 사자는 잠시 말을 끊고 땅에 쓰러져 있는 은동과 강효식의 몸으로 다가가면서 말했다.

"네놈이 여기 두 사람을 해칠까 봐 속은 척한 것뿐이다."

백면귀마는 믿을 수 없다는 듯한 눈빛을 한 채 서서히 투명해지면서 소멸되었다. 아마 백면귀마는 죽어서도 눈을 감지 못했을 것이다.

일개 저승사자에 불과한 태을 사자조차도 자신의 분신술을 꿰뚫어 보았으니 말이다. 그러나 태을 사자는 보통 저승사자의 경지를 훨씬 뛰어넘어 있었다. 백면귀마가 숨을 거두자 주술로 인해 울달과 불솔이 변한 쇠고리도 함께 사라졌다. 태을 사자는 그것을 보고 한숨을 내쉬었다. 쇠고리의 원래 모습인 울달과 불솔 때문은 아니었다. 주술이 풀렸으니 그들은 아마도 저승으로 되돌아갔을 것이다. 태을 사자가 한숨을 쉰 것은 다른 이유였다. 이제 금제구가 사라졌으니 호유화가 날뛰게 될 때는 어찌할 수 없다는 생각이 든 까닭이었다.

태을 사자가 자신에 대해 고민하는지도 모르고 호유화는 그런 태을 사자의 뒷모습을 자못 감탄스럽다는 듯 보았다. 태을 사자는 방금 생사의 고비에서 간신히 빠져나왔음에도 불구하고 조금도 놀라거나 당황한 기색이 없어 보였다. 그것은 보통의 정신력으로 불가능하다. 호유화는 태을 사자가 자신보다 법력은 약할지 몰라도 심계는 상당히 깊다는 것을 인정할 수밖에 없었다. 그러나 기분은 별로 좋지 않았다.

'제길. 뭐 저런 놈이 다 있나.'

그때 흑호가 은동을 안고 이쪽으로 비틀거리면서 왔다. 태을 사자는 묵묵히 은동의 몸과 강효식의 몸을 바라보았다.

흑호는 태을 사자를 보자 반가워했으며 호유화를 보고는 의아한 눈빛을 했다.

"태을 사자! 괜찮우? 나는……."

"잠깐. 시간이 없네. 어서 은동이부터 내려놓게."

태을 사자는 서두르고 있었다. 시간이 많이 지난 터라 자칫하다가는 은동의 몸이 정말로 죽어버릴 우려가 있었다. 그전에 은동의 혼을 은동의 몸에 넣어야만 했다. 그것을 보고 흑호는 걱정스러운 말투로 물었다.

"지금 이 아이는 기력을 잃고 있는데 혼을 몸에 되돌려두 되겠수? 더구나 몸이 많이 다쳤는데……."

"할 수 없네. 괜찮을 게야. 인혼주의 기운을 받아 정신을 잃은 것뿐이니……."

태을 사자는 여전히 무뚝뚝한 어조로 답하고는 눈을 감고 정신을 집중하기 시작했다. 흑호가 다시 물었다.

"그런데 인혼주는 뭐유? 아까 어떻게 된 거유?"

태을 사자는 대답하지 않았다. 태을 사자는 정신을 집중하여 주문을 외우면서 양손을 붙이고 양 검지를 앞으로 세웠다. 그리고 기합성과 함께 손가락을 은동의 몸에 향하자 정신을 잃은 은동의 영혼은 마침내 몸속으로 서서히 들어갔다. 태을 사자는 강효식의 몸을 보고는 한숨을 내쉬었다.

"이 사람은 구하기 어렵겠군."

흑호가 태을 사자에게 조르듯 말했다.

"아, 그런데 인혼주가 뭐냐니깐. 왜 은동이가 정신을 잃었냔 말이우? 괜찮은 거유?"

태을 사자가 예의 그 무뚝뚝하기 그지없는 눈으로 흑호를 돌아보았다.

"자네 언제부터 이 아이에게 그리 관심이 많아졌는가? 마음대로 아이의 혼을 빼놓을 때는 언제고?"

흑호가 히히하고 실없이 웃었다.

"이 아이는 우리를 구해준 거나 다름없수. 생명의 은인 아니우. 그리고 이 아이를 무사히 데려가지 않으면 유정 스님이 날 가만두지 않을거유."

"데려가다니? 어디로 말인가?"

"금강산 표훈사유."

태을 사자가 고개를 갸웃하더니 강효식을 가리키며 말했다.

"그런데 이 사람은 누군가?"

"그 사람은 은동이의 아버지유."

"뭐?"

태을 사자는 놀랐다. 흑호는 지난 동안에 있었던 일들을 간략하게 태을 사자에게 말해주었다. 그제야 태을 사자는 고개를 끄덕였다.

"그렇군."

그때 앙칼진 소리가 들려왔다.

"이것들아! 뭣들 하는 거야! 난 이대로 내버려둘 거냐?"

호유화의 목소리였다. 호유화의 목소리를 들으니 부아가 나도 이만저만 난 것 같지가 않았다.

호유화는 태을 사자와 흑호가 둘 다 자기는 내버려두고 은동에게만 관심을 쏟으며 자신을 돌덩어리같이 취급하자 울화가 치밀었던 것이다. 물론 이대로 조금 더 있으면 자연히 법력을 조금이나마 추스를 수 있게 되리라. 그리고 실제로도 법력은 약간이나마 제자리를 찾아 목소리는 나오게 되었다.

하지만 호유화가 평생 이토록 무시당한 적이 있었겠는가? 호유화는 부아가 치밀어서 소리질렀다. 그러나 태을 사자는 더더욱 복장 터지는 소리를 했다.

"천하무적인 너를 우리 같은 자들이 어찌 돕겠는가? 알아서 잘하지 않을까?"

"이…… 이 시커먼 영감이!"

“그렇게 큰소리를 쳐대더니만 그게 무슨 꼴이냐? 내가 아니었다면 너도 속절없이 죽고 말았을 것 아니냐?”
호유화는 화가 나서 안색이 하얗게 질렸지만 할 말은 없었다. 태을 사자가 달려와서 구해주지 않았더라면 자신은 백면귀마에게 죽고 말았을것이다. 호유화는 화가 더욱 치밀어 올랐고 그러자 몸속의 법력이 어느 정도 돌아왔다. 호유화는 몸을 훽 일으켜서 앉으면서 머리카락 두 가닥으로 양팔의 상처를 싸매서 지혈을 했다. 그러는 사이 흑호는 은동에게 남은 법력을 밀어넣어주느라 여념이 없었다. 그러자 호유화가 흑호에게 소리쳤다.
“어이. 거기 지저분한 고양이! 뭐하는 거야?”
흑호는 머리가 조금 둔한 편이라 처음에는 호유화가 누구를 말하는지 몰랐다. 그러다가 자신을 욕하는 것임을 알고 얼굴을 무섭게 일그러뜨리면서 소리쳤다.
“뭐? 고양이?”
호유화는 눈 하나 까딱하지 않고 말했다.
“네가 흑호냐? 덩치는 과연 크구나……. 그런데 뭐하는 거냐구.”
흑호는 넓적한 앞발로 땅바닥을 한 번 쾅 하고 치더니 말했다.
“보면 모르냐? 이 아이를 정신 들게 하려구 그런다!”
그러자 호유화는 눈살을 조금 찌푸리더니 자리에서 일어서지도 않고 머리카락을 두 줄기 그쪽으로 뻗으며 말했다.
“비켜. 더러운 손으로 은동이를 만지지 말라구.”
“뭐?”
“넌 아까 홍두오공의 독에 쏘였잖아! 은동이 몸에 독이 옮으면 어쩌려고 그래!”
그러자 흑호는 찔끔했다. 아닌 게 아니라 자신의 손을 돌아보니 아까 홍두오공의 독을 쏘인 탓인지 시커멓게 변해 있었다. 자신은 법력이 있어 독이 침범하지 못하지만 은동은 어떨지 모르는 것이다. 흑호는 얼결에 뒤로 물러섰고 그러자 갑자기 두 명의 여자가 나타나서 은동의 얼굴에 묻은 먼지와 피 등을 닦아주었다. 물론 호유화의 분신들이었다. 그것을 보고 흑호는 고개를 갸우뚱하며 태을 사자에게 작은 목소리로 속삭였다.

"저 여자는 뭐유? 성질도 못돼먹은 것 같은데 왜 은동이를 저리 신경쓰는 거지?"

태을 사자도 저승에서 있었던 일을 흑호에게 말해주었다. 호유화도 그 소리를 듣기는 했으나 모른 체하고 은동의 간호에만 정성을 쏟았다. 한참 이야기를 들은 흑호는 고개를 끄덕였다.

"이거 은동이를 잘 돌봐야겠구먼. 은동이는 우리 생명의 은인이우. 거기다가 저 여우는 은동이 말 아니면 듣지 않을 것 같으니……. 허허. 은동이가 엄청 중요한 인물이 되어버렸네그려."

태을 사자가 주변을 둘러보았다.

"그런데 금옥이는 어디 갔나?"

그러자 호유화가 볼멘소리로 대답했다. 호유화의 진신은 지금 법력을 회복하려고 가부좌를 틀고 앉아 있었고 이제는 네 명의 분신이 나와 은동과 강효식을 간호하고 있었다.

"없어졌어."

"없어지다니?"

"죽어 없어졌다구."

"뭐?"

"그 계집아이만 아니었다면 까짓 백면귀마 놈은 내가 쉽게 이길 수 있었을 텐데 말이야."

태을 사자가 노기를 띠었다.

"네가 금옥이를 해쳤느냐?"

호유화는 그간의 사정을 태을 사자에게 일러주었다. 태을 사자는 금옥의 비장한 최후를 듣고는 고개를 끄덕였다. 그러나 슬픔의 감정이 없는 태을 사자는 마음이 움직였지만 표정의 변화는 일으키지 않았다. 오히려 흑호가 코를 쭝긋거리면서 눈을 벌겋게 물들였다. 흉악해 보이는 겉모습에 비해 정이 많은 것 같았다.

호유화조차도 눈가가 조금 변해 있었다. 말은 삐딱하게 해도 그렇게까지 못돼먹지만은 않은 것 같아서 태을 사자는 조금 마음이 놓였다. 이야기를 마친 다음 호유화는 태을 사자에게 말했다.

"그런데 저 신립의 영혼은 어쩌지?"

"지금은 밤이니 사자들이 내려올 걸세. 마수들은 주로 낮에 활동하는 것 같으니 염려 없을 것이고. 그나저나……."

태을 사자의 얼굴이 어두워졌다.

"이 판관님의 묘진령이 없어진 것은 큰일일세. 그것을 가지고 사계에서 이 판관님이 죽지 않았다는 증거로 보여주면 모든 것이 잘 풀릴 것인데, 이제 증거도 없고 백면귀마도 죽어버렸으니 이 판관님이 어디 계시는지는 아무도 모르지 않는가? 사계는 계속 나를 범인으로 알고 쫓을 것이고, 이 기막힌 상황을 사계에 알릴 방도조차 없으니, 원……."

태을 사자가 한숨을 내쉬자 호유화가 쏘아붙였다.

"내가 묘진령의 법령을 호랑이에게 넣어줬다. 안 넣어줬으면 너흰 벌써 죽었을 거야. 사계는 가서 뭘 해! 병신 같은 것들만 득시글거리는데!"

호유화가 다시 말했다.

"그나저나 이거 안 되겠는걸? 은동이 아버지 용태가 시급한데."

태을 사자가 미간을 찌푸렸다.

"손을 쓸 수 없는가?"

"안 되겠어! 내가 아는 인간의 의술은 한계가 있어. 어쩌지? 아버지가 죽은 것을 알면 은동이가 낙심할 텐데……."

호유화는 태을 사자와 사이가 좋지 않았고, 흑호는 거의 무시하다시피 했지만 은동의 일로 화제가 옮겨지자 자연스럽게 함께 걱정하는 처지가 되었다. 호유화는 은동과의 맹세가 있었고, 어찌되었건 태을 사자에게 목숨을 구원받았다. 그리고 흑호도 은동에게 구원받은 것이나 다름없었다. 그리고 흑호는 유정에게 은동을 무사히 금강산으로 데려가겠다고 약속까지 한 터였다. 태을 사자도 자신을 인혼주에서 꺼내준 것이 은동이니 목숨의 빚을 진 셈이며 더구나 호유화는 은동의 말밖에는 듣지 않을 것이라 은동을 중요하게 여기지 않을 수 없었다. 만약 은동이 아버지의 죽음에 실의에 빠져서 만사를 귀찮게 여긴다거나, 삼년상을 치른다고 틀어박히기라도 하면 호유화를 통제할 수 없어지니 문제가 심각해진다. 지나친 걱정일 수도 있으나 태을 사자는 그리되어서는 안 된다고 생각했다.

생각하면 할수록 은동을 위해서면 어떤 것이라도 해주어야 할 것 같았다. 결국 그들 모두 은동을 소중하게 생각하는 만큼 은동의 아버지 강효식의 생사도 중요시하게 되었다. 그러자 흑호가 눈을 빛냈다.

"우리 금강산 표훈사로 가자구."

"거긴 왜?"

"그리 가면 유정이라는 큰스님이 계신데, 법력이 대단하신 분이우. 그분이라면 인간의 의술도 정통하실 것이니 이 아저씨를 구해낼 수 있을지도 몰러. 안 그려?"

태을 사자가 들고 있던 묵학선을 손바닥에 탁 하고 쳤다.

"묘안일세. 그리로 가세."

호유화가 꺼리는 듯 말했다.

"절로 간다구? 나하고는 체질에 맞지 않는데……."

호유화는 환계의 존재이니 아무래도 그런 곳의 기운과는 맞지 않았다. 그러자 태을 사자가 호유화의 기분을 슬쩍 건드렸다.

"왜? 자신이 없는가?"

그러자 호유화가 흥 하면서 화를 냈다. 자존심이 상한 것 같았다.

"뭐가 자신이 없어! 내가 그까짓 중대가리들을 무서워할 줄 알구? 어서 가자구! 시간 없어!"

호유화는 머리카락 두 가닥을 뻗쳐 은동과 강효식의 몸을 번쩍 들더니 둔갑법을 써서 나는 듯 달려갔다. 그것을 보고 흑호가 멍하게 말했다.

"그쪽은 남쪽인데……."

달려가던 호유화가 번개같이 돌아오더니 물었다.

"그런데 표훈사가 어디야?"

그것을 보고 태을 사자는 참지 못하고 껄껄 웃었다. 천사백 년을 뇌옥에서 지냈고, 그전에는 곤륜에 있었다는 호유화가 조선의 지리를 알 리 없었다. 더구나 표훈사는 아무리 오래되었다 해도 천사백 년이 되지는 않았을 것이니 호유화가 길을 알 리 없지 않은가? 호유화는 창피한지 화를 냈다.

"웃어?"

"자자. 그만그만. 날 따라오슈. 어서."

흑호가 시간이 아깝다는 듯 앞장섰다. 그리하여 흑호와 호유화,

태을 사자의 셋은 강효식과 은동을 들고 둔갑법을 발휘하여 굉장한 속도로 금강산 표훈사를 향해 달려가기 시작했다. 셋 다 조금 지치기는 했지만 둔갑법으로 달리는 것은 법력을 크게 소모하는 일이 아니었다. 한두 시진만 가면 표훈사에 도달할 수 있을 것 같았다.

홍의장군紅衣將軍과 석저장군石底將軍

호유화와 태을 사자, 흑호가 은동과 강효식의 몸을 들쳐업고 금강산 어귀에 당도한 것은 새벽이 다 되어가는 시간이었다. 은동은 영혼의 몸으로 너무 많은 모험을 한 탓인지 그때까지도 깨어나지 않았다. 그리고 강효식은 금방이라도 숨이 넘어갈 듯 위중한 상태였다. 길을 가면서 흑호는 조부 호군이 남겼던, 왜란 종결자에 대한 이야기를 태을 사자에게 해주었고 태을 사자도 그에 깊은 관심을 가졌다. 호유화는 궁금한 것들을 묻고 듣기만 할 뿐 자신의 의견은 통 말하지 않았다. 태을 사자는 길을 가면서 깊은 생각에 빠졌다.

'왜란 종결자라……. 왜란 종결자……. 그 사람이 있으면 이 난리가 진정된다는 말인가? 난리가 진정되면 마계의 음모도 자연히 무너질 터이니 우리도 그 일에 협력을 해야 하겠구나. 그런데 아직도 알 수가 없다. 마계는 어째서 이 난리를 일으킨 것일까? 인간 영혼으로 무엇을 하려는 것일까? 그리고 시투력주는 왜 필요한 것일까?'

아무리 생각해보아도 모든 일을 하나로 이어주는 단서가 부족했다. 할 수 없이 태을 사자는 일들을 좀더 많이 모아 해석해야겠다고 결심했다. 그럭저럭 그들은 표훈사에 당도하게 되었다.

그러나 그들은 당장 들어갈 수가 없었다. 표훈사에 수많은 승려들이 우글거리고 있었기 때문이다. 서산대사와 유정이 의병을 모집한다는 공고를 내어 이미 승려들이 표훈사에 모여들고 있었다.

"골치 아픈걸? 저렇게 인간들이 많으니 들어가기 어려울 것 같수. 어떡허지?"

흑호는 인상을 찌푸리면서 태을 사자를 돌아보았다. 그들은 지금 표훈사에서 오 리 정도 떨어진 어느 덤불숲에 있었다. 그들의 날카로운 시각은 오 리 밖에 있는 사람들도 환하게 볼 수 있었다.

"글쎄. 이거 야단이군. 새벽녘이 되어가니 나는 이제 더이상 나다닐 수 없는데……. 자네, 도력이 는 것 같은데 사람의 모습에 더 가깝게 둔갑할 수는 없겠는가?"

"음……. 둔갑도 둔갑이지만 나도 이렇게 시커메진 몰골로 절에 뛰어들 수는 없지 않수?"

아닌 게 아니라 흑호는 홍두오공의 독에 씌어 온몸이 검게 변색되어 있었다. 독이 몸속으로까지 침투하지는 못한다 하더라도 이미 이름에 걸맞게 시커먼 모습을 하고 있었다.

인간으로 둔갑한다 해도 색은 독에 물든 것이라 지우기 어려울 테니 흉악한 몰골로 어찌 표훈사로 들어갈 수 있겠는가 하는 것이 흑호의 주장이었다.

"더군다나 날이 밝으면 그나마 둔갑도 안 되우. 아무리 살생 안 하는 절간이래두 호랑이가 뛰어들면 소란이 벌어지지 않겠수?"

"그건 그렇군……."

"태을 사자, 댁은 어떠시우?"

태을 사자는 고개를 저었다.

"나도 어려울 것 같으이."

태을 사자는 사람들이 알아보지는 못할 것이나 곧 날이 밝는 터라 더이상 나다닐 수가 없는 것이다. 할 수 없이 그들은 자연스럽게 고개를 돌려 호유화를 바라보았다. 호유화는 부아가 났는지 찡그린 얼굴을 하고 있었다.

"저긴 절간 아니야? 내가 여자의 몸으로 어찌 징그러운 중대가리들이 득실거리는 절간에 들어간단 말야?"

"남자 중으로 둔갑하면 될 것 아니냐?"

태을 사자의 말에 호유화가 날카롭게 외쳤다.

"뭐? 남자로?"

"안 될 것이 있는가?"

"싫어! 내가 미쳤냐, 지저분한 남자로 둔갑하게? 죽으면 죽었지 그렇게는 못 해!"

고집도 이만저만한 고집이 아니었다. 흑호가 보다 못해 끼어들었다.

"아니, 왜 그렇게 고집을 부리시우? 남자가 어디가 어때서?"

호유화는 흑호를 흘겨보다가 쏘아붙였다.

"어린 것은 빠져!"

그러자 흑호도 화가 났다. 흑호는 호유화의 전력을 잘 알지 못했던 것이다.

"뭐라구? 아니, 내가 팔백 년 동안 도를 닦었는데 어리다는 소리를 들어야겠어, 엉? 시퍼렇게 젊은 것이 어디서 큰소리여, 엉?"

호유회기 피식 웃으면서 말했다.

"귀엽구나, 귀여워. 너 지금 재롱떠니?"

"뭐…… 뭐라구?"

"나는 너보다 네 배는 더 살았어. 내가 이천 살이 넘었을 때 네가 태어났을 거야. 근데 불만 있어? 응?"

흑호는 기가 막힌 듯이 호유화를 찬찬히 훑어보았다. 아무리 보아도 호유화의 모습은 젊고 아리따운 여인으로밖에는 보이지 않았다. 그대로 두면 호유화가 흑호를 더 몰아세울 것 같아서 태을 사자가 나섰다.

"그만들 해라. 이러다가 은동이나 은동이 아버지에게 무슨 일이 생기면 어찌하려고 그러나? 호유화. 너 뇌옥에서 한 맹세를 잊은 것은 아니렷다? 우리에게 불만이 있다면 할 수 없지만 은동이를 보살펴야 하지 않겠느냐?"

그러자 호유화도 쑥 들어가는 것 같았다. 호유화는 내키지 않는 듯 뭐라고 혼자 구시렁대더니 할 수 없이 휙 몸을 돌렸다.

옆으로 세 바퀴를 돌고 나자 호유화는 뇌옥에서 보았던 승아의 모습으로 변했다.

"알았어. 가면 되잖아. 그런데 어떻게 하면 되지?"

"분신을 보내지 않고 직접 가나?"

호유화가 역정을 냈다.

"저놈의 절에는 묘한 기운이 가득해. 고승이 여러 명 있나 봐."

"그러한데?"

"절간하고 나하고는 잘 맞지 않는 것을 알면서 왜 그래? 분신술이 저 안에서까지 통할 것 같아? 그나마 둔갑도 간신히 하는 것인데."

그러고 보니 호유화는 법력이 많이 손상되어 있어서 절 안까지 분신술을 쓰며 간다는 것은 오히려 쉽지 않을 듯싶었다. 승아로 변한 다음에도 호유화의 양팔에는 상처 자국이 여전했다. 그것을 보면서 태을 사자가 물었다.

"그런데 계집아이의 모습으로 변하여 가도 괜찮겠는가? 그것도 상처 입은 모습으로?"

"나한테 맡겨, 그런 건. 중대가리들이 절대 눈치채지 못하게 할 테니. 좌우간 들어가서 뭘 어쩌란 거야? 빨리 말해."

태을 사자가 잠시 생각을 해본 연후에 말했다.

"일단 은동이의 아버지와 은동이를 승려들에게 인계하여라. 자비를 근본으로 하는 승려들이니 잘 간호해줄 것인즉."

"그리구?"

흑호가 말했다.

"그다음에 유정 스님을 찾으슈. 유정 스님을 만나고 싶으니 밖으로 나와달라구 말이지. 우리는 안으로 들어가기가 껄끄러우니깐."

태을 사자도 동의했다. 더구나 유정 스님은 은동이 지니고 있던 『녹도문해』를 가지고 갔고 흑호의 증조부 호군이 남겼던 왜란 종결자를 보호하라는 해석도 해주었으니 뭔가 더 아는 것이 있을지도 몰랐다. 태을 사자는 유정을 만나 그에 대해 이야기를 나누어보고 싶었다. 호유화도 순순히 고개를 끄덕였다. 그런데 호유화가 승아의 모습으로 변한 채 양손으로 은동과 강효식의 몸을 번쩍 들고 나가려 하자 흑호가 질겁을 하며 호유화를 말렸다.

"어이쿠. 이봐, 무슨 계집아이가 그렇게 힘이 세? 그러면 안 돼!"

호유화는 고개를 갸웃하더니 강효식과 은동의 덜미를 잡아 질질 끌었다. 그러나 힘이 과한 것이 탈인지 조그마한 꼬마 계집아이가 장대한 어른과 아이 하나를 끄는 데도 무척 가벼운 듯 힘을 들이지 않는 것이나. 흑호는 그것을 보고 또 잔소리를 했고 호유화는 샐쭉해져서 말했다.

"제기랄. 거참 복잡하기도 하네. 알았어. 그럼 내가 가서 중들을 불러올 테니까 잘 숨어 있어. 햇빛 쐬지 않게."

"저만치에 마침 동굴이 하나 있구나. 우리는 거기에 가 있을 테니 유정 스님을 모시고 와라."

"알았대두."

호유화는 승아의 모습을 한 채 쪼르르 절문 안으로 들어갔다. 들어서는 순간, 호유화가 정말로 가슴이 미어지는 듯한 통곡 소리를 내서 흑호와 태을 사자는 깜짝 놀랐다. 호유화는 절문 앞에서 정말로 측은해 보이게 주저앉아 통곡을 하며 사람 살려달라고 아우성을 쳤다. 승려들이 그런 것을 못 본 척할 수는 없는 일. 얼마 지나지 않아 여러 명의 승려들이 우르르 나와서 강효식과 은동을 조심스럽게 안아 갔다.

호유화는 서러운 일을 당한 아이처럼 측은하게 울면서 아장아장 승려들을 따라다녔다. 승려들은 계집아이가 너무도 가련하게 생각되어 보살펴주려는 듯했다. 먼발치에서 보던 흑호는 너무나도 그럴듯하고 깜찍한 호유화의 연기에 한숨을 쉬었다.

"원 세상에. 여우 여우 소리는 많이 들었지만 정말 여우 중의 여울세그려. 잘하기는 하지만 소름이 다 끼치네."

태을 사자도 자신도 모르게 고개를 설레설레 저었으나 곧 정신을 차리고 하늘을 본 후 말했다.

"호유화가 저렇게 영악하니 무난히 잘해낼 걸세. 우리는 어서 동굴로 가서 기다리세나. 날이 샐 것 같네."

흑호와 태을 사자는 빛이 들어오지 않는 어두운 동굴 안으로 순식간에 몸을 숨겼다.

한바탕 소란을 부려서 은동과 강효식을 안채로 옮긴 호유화는 한 가지 일은 해결되었다 싶어 마음을 놓았다.

그러나 승려 중에서 의문을 가지는 사람도 몇몇 있었다. 강효식은 비록 갑주나 패검은 모두 강물에 쓸려 잃어버렸지만 아직도 전복戰服 차림이었기 때문이다. 특히 주변이 소란스럽자 내려온 무애는 은동의 얼굴을 알아보고 깜짝 놀랐다.

'이 아이는 내가 업어다 이리로 옮겨온 아이가 아닌가? 유정 스님이 탄금대에 갔다가 헤어지게 되었다 하였는데 어떻게 수백 리나 떨어진 이곳에 와 있을까? 이 아이는 축지법도 할 줄 모르는데…….'

무애가 보니 이상한 일은 그것 한 가지만이 아니었다.

이 일대는 아직 난리도 일어나지 않았는데 어찌하여 조정의 군관복을 입은 장정이 부상을 입고 여기에 오게 되었는가 말이다. 더구나 군관의 용모는 은동의 모습을 그대로 닮아 있었다.

'기이한 일이로구나……. 이게 어찌된 일이지?'

무애는 아무리 해도 연고를 알 수 없어서 은동을 발견하여 데려왔다는 계집아이, 즉 호유화를 부르게 하였다. 호유화는 직책이 높아 보이는 승려가 부르자 찔끔했다. 하지만 막상 대하고 보니 그 승려는 상당한 법력이 있기는 했지만 자신의 변신을 알아볼 정도의 인물 같지는 않았다. 호유화는 내숭을 떨면서 어느 정도 진정된 듯한 모습으로 무애 앞에 앉았다. 무애는 의문스러운 듯한, 그러나 따스함을 결코 잊지 않은 친절한 어조로 물었다.

"이름이 무엇인고?"

"승아라 합니다."

"저 사람들을 어디에서 발견하였느냐?"

호유화는 천성적으로 다소 간교한 면이 있어서 이 정도의 거짓말을 지어내는 것은 문제가 없었지만, 아무래도 절 안에 들어와 있는 것이 마음에 꺼려서 적당히 받아넘겼다.

"이 부근에서 발견했습니다. 다 죽어가는 사람이라……. 너무 놀라서……."

호유화는 훌쩍거리면서 측은하게 울기 시작했다. 둔갑과 변신까지 하는 호유화로서 정말로 눈물을 흘리는 정도는 어려운 일도 아니었다. 속으로는 중대가리가 의심은 되게 많다고 욕을 하고 있었지만…….

"너는 어떻게 여기까지 오게 되었느냐?"

"난리통에 피란을 가다가 부모님과 헤어졌습니다. 그리고 헤매다가……."

"허어……. 이 금강산 깊은 곳으로 피란을 왔다고?"

호유화는 당황했다. 거짓말을 술술 할 수 있는 호유화였지만 조선의 지리나 지명은 거의 아는 것이 없었다. 하마터면 탄금대를 댈 뻔했으나 그곳은 하루 만에 오기에는 너무 먼 곳이었다.

자칫 잘못하다가는 꼬리를 잡힐 위험이 있어서 호유화는 대강 주워섬겼다.

"난리가 났으니 차라리 산속이 안전하다고 생각하신 모양입니다. 그런데 벼랑에서 발을 헛디뎌서 그만……."

중얼거리면서 호유화는 얼른 옷의 한쪽을 찢어지고 긁힌 것처럼 만들었다. 호유화가 걸치고 있는 옷 또한 실은 호유화의 영력으로 만든 것이라 얼마든지 눈 깜짝할 사이에 변하게 할 수 있었다. 벼랑에서 굴렀는데 옷이 온전하면 안 된다고 보고 그런 것이다. 호유화는 찢어진 치마 자락을 무애에게 보이게 몸을 조금 꼬았다. 그런데 무애는 확인할 생각도 않고 고개를 끄덕였다.

"그랬구나. 가엾은 것 같으니. 그런데 부모님은 널 찾지 않으셨느냐?"

"찾으셨겠지요. 그러나 만나지 못했습니다. 밤이 너무 깊고 어두워서……. 너무 무서웠어요……."

호유화는 다시 흑흑거리며 흐느끼기 시작했다. 그러나 속으로는 짜증이 나서 제발 이제 그만 좀 하라고 푸념을 하고 있었다.

'중대가리 놈. 고만 물어봐라. 이 어르신께서 피곤하단 말이다.'

무애는 여전히 친절하게 말했다.

"너는 어디에 살았느냐?"

할 수 없이 호유화는 되는대로 말했다.

"메줏골입니다."

"어디에 있는?"

"인가도 십여 호가 넘고……. 나지막한 산이 있구요. 그리고 뒷산에는 소나무가 아주 많아요. 그리고……."

호유화는 지명을 갖다 붙일 수가 없어서 하는 수 없이 뇌옥에서 자신이 만들어놓고 지내던 마을의 경치를 장황하게 말했다. 그러나 정작 무애는 다른 생각을 하고 있었다.

'이 아이 말하는 것이 묘하구나. 말투가 달라. 혹시……'

의심스럽다는 생각이 잠시 들었으나 무애는 설마 하고 넘어갔다. 그러나 눈치 빠른 호유화는 무언가 잘못되어가는 것 같아서 얼른 응석을 부렸다.

"그런데…… 저…… 정말 배가 고파요. 어떻게 하죠?"

무애는 아차 하면서 부랴부랴 선반에 올려놓았던 바구니를 꺼냈다.

"내가 깜박 잊었구나. 미안하구나. 밤새 헤매었으니 시장할 텐데……. 하지만 공양 시간이 되기 전까지 절에는 밥이 없단다. 이것이라도 일단 먹고 허기를 달래렴."

그러면서 무애는 곶감과 약과를 꺼내어 호유화에게 주었다. 호유화는 꾸벅 절을 하고는 그것을 맛있다는 듯 허겁지겁 먹었다.

'으음. 달기는 되게 다네. 이런 것 말고 화끈한 것 없나? 기왕이면 피가 뚝뚝 떨어지는 신선한 살코기로…….'

호유화는 수천 년간 무엇을 먹어본 적이 없었으나 생계로 이동하면서 생계의 몸으로 변한 터라 자연 시장기도 어느 정도 느끼고 있었다. 원래 호유화는 육식 동물인지라 시장기를 느낀다면 으레 고기를 찾게 되는 것이다. 물론 절에서 고기를 달랄 수는 없었다. 약과는 기름기가 있어서 좀 나았지만 곶감은 정말 질색이었다. 그래도 호유화는 꾹 참고 정말 맛있다는 듯 질리는 곶감을 꾸역꾸역 삼켰다. 무애는 사람 좋게 승아(실은 호유화)가 먹는 모습을 미소를 띤 채 바라보고 있었다. 수행을 많이 한 승려라서 사념이 있는 것은 아니지만 나이 어림에도 불구하고 승아의 모습이 몹시도 예뻐 보였다.

'저 아이는 정말 예쁘구나. 다만 음陰한 기운이 너무 짙은 것 같지만……. 크면 절세미인이 되겠구나.'

그러나 호유화는 딴생각을 하고 있었다.

'저 중놈이……. 뭘 자꾸 힐끔힐끔 쳐다봐?'

호유화는 적당히 먹자 은동이 궁금해졌다. 유정을 만나고 싶기도 했지만 유정은 높은 승려일 테니 곧바로 그리로 가자고 할 수도 없었다. 그래서 호유화는 은동을 보러 가고 싶다고 말했고 무애는 쾌히 응락해주었다. 걸어가면서 호유화는 무서운 생각을 했다. 무애는 그래도 수행이 어느 정도 깊은 승려였지만 모여든 승려 중에는 승아의 미모를 보고 넋이 나간 것 같은 작자들도 있었다. 비록 먼발치에서 숨어 보는 것이었지만 호유화의 이목을 속일 수는 없었다.

'이것들이 어딜 흘금거려? 기분 나쁘게……. 배도 고픈데 여기서 요 중대가리들을 잡아먹어버려? 천 년 만에 먹는 거니깐 두둑이 먹어야겠지? 한 삼백 명만 먹으면 배가 부를 것 같은데…….'

요사한 마음이 발동하자 호유화는 또 다른 생각까지 했다.

'그나저나 은동이라는 놈도 확 잡아먹어버리면? 아까 마수 놈들은 그래도 꽤 세던데……. 앞으로 왜 공연히 그런 고생을 해야 해? 확 잡아먹고 입 씻어버릴까?'

호유화는 그런 생각을 애써 지웠다.

'아니야. 그래도 내 입으로 약속을 했는데……. 내가 누구라고 한 입으로 두말을 한담? 그런 것은 내 자존심이 용납 못 해. 그럼그럼…….'

호유화는 이상하게 은동의 생각이 자주 드는 것이 이상했다. 게다가 자꾸 은동의 얼굴이 어른거리는 것이다. 어쩔 수 없었다. 그렇게 생각하자 은동이 또 괜스레 미워져서 잡아먹어버리고 싶었고, 또 그런 생각을 지웠다. 마침내 은동과 강효식이 치료받는 승방의 한쪽에 도달하였는데 그때까지 목이 몇 번이나 떨어졌다 붙었다 한 것도 모르고 은동은 정신을 잃고 있었다. 그곳에는 흰 수염이 길고 눈썹까지 희게 변하여 길게 늘어진 노승 한 명이 은동의 맥을 짚으면서 계속 고개를 갸웃거리고 있었다. 무애가 상태를 묻자 노승은 버릇인 듯 여전히 고개를 갸웃거리면서 말했다.

"글쎄……. 어른은 상처가 중하네. 피를 너무 많이 흘렸어. 그런데 아이 쪽은……."

강효식이야 죽든 살든 상관없는 호유화는 은동의 이야기가 나오자 눈을 빛냈다.

"아이는 어떻습니까?"

호유화는 자신도 모르게 불쑥 말했다. 노승이 자비롭게 미소를 지으며 말했다.

"생명에는 지장이 없는데……. 아무래도 뭔가가 이상하구나. 무애야."

"예."

"나는 잘 모르겠구나. 이것은 아마 유정이가 더 잘 알 수 있을게야."

호유화는 유정이 오게 될 것 같자 잘되었다 싶었다.

그러나 은동의 증상이 아무래도 궁금하여 다시 물었다.

"아이의 증상이 어떤데요?"

노승은 승아를 보고 귀엽다는 듯 머리를 쓰다듬어주면서 말했다.

"너는 아직 몰라도 된단다. 기이한 일이지……."

노승은 무애에게 말했다.

"이런 일은 유정도 처음 보는 것일 테니 기왕이면 지금 와 계신 손님도 같이 청하는 것이 좋겠구먼."

무애도 고개를 갸웃했다. 노승에게 전염된 것 같았다.

"손님이라시면?"

"지금 홍의장군과 석저장군이 오셔서 유정이와 이야기를 나누고 계실 것이야. 수고스럽더라도 그분들을 오시게 하는 것이 좋을 듯싶구나. 도력에 대해서는 일가견이 있는 분들이시니……."

"예……."

호유화는 도력이 있는 사람들이라는 말에 찔끔했지만 곧 신경도 쓰지 않았다. 감히 인간 따위가 어찌 자신을 알아보랴 하는 교만한 마음도 있었다. 그래서 호유화는 유정을 만날 좋은 기회라 여겨 여기 있겠다고 고집을 부렸다. 무애는 밖으로 나갔다. 그리고 호유화는 노승과 함께 있게 되었다. 호유화는 근심스러운 표정으로 은동을 바라보았다. 은동의 증상이 도대체 무엇인지 궁금하였지만 꼬치꼬치 물어보면 노승에게 꼬리를 밟힐 것 같아서 묻지 않았다. 노승은 빙긋이 미소를 띠고 앉아 있을 뿐이었다. 호유화는 잠든 은동의 얼굴을 바라보며 속으로 중얼거렸다.

'은동아. 어서 일어나서 나랑 놀자꾸나. 어서어서 일어나야지, 응?'

그러고 있는 중에 밖에서 인기척이 들렸다. 법력이 충만해 보이는 중년 남자의 목소리였다. 호유화의 느낌으로는 세 사람이 더 있었다. 세 사람 모두가 보통이 아니었는데 그중 두 사람의 도력은 유정의 법력에 못지않을 성싶었다. 유정은 법력이 안으로 갈무리된 것이었고 다른 한 사람은 유정과 비슷하였으나 한 사람은 외공外功 쪽의 도력이 무지무지했고 또 다른 자의 도력도 만만치 않았다.

호유화는 인간계에도 상당한 자들이 있구나 싶어 자신도 모르게 몸을 움츠렸다.

"대사님. 불러 계시옵니까?"

"그래, 유정이냐?"

호유화가 보니 여기 노승은 나이만 많은 것이 아니라 항렬도 상당히 높은 것 같았다. 이 노승이 바로 서산 대사였던 것이다. 노승은 밖을 향해 직접 보고 이야기하는 것처럼 말했다.

"홍의장군, 석저장군도 오시었소?"

"예."

"예!"

온화한 말투와 굉장히 씩씩한 말투가 들렸다. 호유화는 이상하게 점점 긴장이 되기 시작했다. 예감이 좋지 않았다.

"처영處英도 왔느냐?"

"예."

"그래. 잘되었다."

호유화는 이 노승의 태도가 이상하다고 여겼다. 그러더니 노승이 갑자기 천만뜻밖의 말을 하는 것이었다.

"나는 대단한 요물이 나타난 줄 알았는데 그리 나쁜 요물 같지는 않구려. 그러니 너무 심하게 다루지는 마시게들."

호유화는 깜짝 놀랐다.

"요…… 요물이라니요? 무섭습니다. 요물이 어디에 있습니까?"

노승이 허허하고 웃었다.

"왜 여기에 오셨는지, 무슨 속셈으로 오셨는지 말씀해보시지요."

호유화는 안간힘을 썼다.

"저 말입니까? 아니 제가 무슨……."

그때 와락 승방의 장지문이 열리면서 누군가가 뛰어들며 외쳤다.

"정녕 인간은 아니고, 오래 묵은 짐승이 분명하구나!"

그 사람은 보통 키에 체구도 그다지 큰 사람은 아니었다. 목소리도 그리 큰 것은 아니었다. 그러나 목소리에는 형언할 수 없을 정도의 힘이 있었다. 그리고 눈에서는 퍼런 불꽃 같은 것이 번쩍이고 있었다. 그의 뒤를 따라 들어온 사람은 붉은 옷을 입은 사람이었다. 생김새는 온화해 보였지만 몸놀림이 민첩했다. 그 뒤에는 중년의 승려와 조금 더 젊고 힘이 있어 보이는 승려가 있었는데 그들은 아직 방안으로 뛰어들지 않았다.

호유화는 그것만으로도 충분히 놀란 상태였다. 인간이 자신의 정체를 대번에 간파해낸 것도 놀라울뿐더러, 그런 인간이 다섯 명씩이나 한곳에 모여 있다는 것도 놀라운 일이었다. 그리고 그 한 사람 한 사람의 법력은 비록 자신에게는 미치지 못하지만 결코 만만하지는 않아 보였다. 가장 골치 아픈 것은 바로 승려들이었는데, 호유화가 본래 사마외도邪魔外道에 속하는 존재라 신앙심이나 불력에 대해서는 속수무책이었던 까닭이다. 그러나 역시 연륜이 연륜인지라 호유화는 당황하지 않고 훌쩍 몸을 변화시키면서 몸을 날렸다. 그러나 어느새 안광이 형형한 장부는 이미 주먹을 뻗고 있었다. 적수공권의 맨주먹이었지만 힘은 무시무시했다.

'인간 중에도 이런 힘을 지닌 자가 있다니, 정말 놀랍구나.'

호유화는 옆으로 몸을 세 번이나 돌리면서 우아하게 그 주먹을 피했다. 그러자 노승과 문밖의 두 승려가 합장을 하면서 중얼중얼 불경 같은 것을 외우기 시작했다. 금세 호유화의 머리가 빠개질 듯 아파왔다.

'아이고. 이 고약한 것들 보게나. 이놈의 땡중들이 나를 괴롭혀?'

호유화는 분신술을 쓰려고 했지만 승려들의 불력에 방해를 받아 잘되지 않았다. 거기다가 붉은 옷을 입은 남자까지 부채를 휠쩍 펴더니 공격을 가해왔다. 비록 힘은 안광이 형형한 사람만큼은 못했지만 도력이 깃들어 있어서 수월하게 볼 수는 없었다. 호유화는 화가 치밀어서 이것들을 당장 죽여버리면 시원할 것 같았다. 그러나 불력의 제재는 생각보다 강해서, 마음대로 몸을 움직이지도 못하고 간신히 두 남자의 공격을 피하는 수밖에 없었다. 그리고 더 큰 이유는 혹시라도 싸우는 중에 은동의 몸이 밟히거나 다칠 것이 무서웠기 때문이었다.

승려들의 불호는 점점 강해졌고 호유화는 골지가 아파서 더 견딜 수 없을 것 같았다. 호유화는 재빨리 붉은 옷 입은 남자의 부채를 피하면서 은동을 안아 들었다. 그리고 몸에서 확 빛을 내쏘자 두 사람은 눈이 부셔서 자연히 공격이 뜸해졌다. 그다음 순간, 호유화는 긴 백발을 지닌 모습으로 변해 있었다. 두 사람은 어리둥절해하는 듯했지만 곧 침착을 되찾고 소리쳤다.

"이놈. 도대체 무슨 짓을 꾸미려고 얼쩡대는 것이냐!"

호유화도 지지 않고 소리를 질렀다.

"너희 놈들은 왜 다짜고짜 덤비는 거야? 그래, 난 사람이 아니다. 하지만 너희가 뭐 보태준 거 있어? 내가 너희한테 뭘 잘못했다구! 난 이 아이를 구해주었는데!"

문밖에 서 있던 유정이 호유화를 바라보며 말했다.

"네가 이 아이를 구했다구? 네가 해친 것이 아니더냐?"

"내가 미쳤어? 흠……. 어쨌든 나는 흑호의 부탁을 받고 온 거야. 자꾸 이렇게 대하면 이놈의 절간을 허물어버릴 테다!"

그 말을 듣고 안광이 빛나던 장사가 다시 덤비려고 하는 것 같았으나 유정이 말렸다. 흑호라는 말에 마음이 움직인 것 같았다.

"김 공, 잠시만 손을 멈추시오."

김이라 불린 장사는 태연하게 내치던 주먹을 거둬들였다. 그렇게 강렬한 힘으로 내치는 것도 어렵지만 내치던 주먹을 저렇듯 태연히 거두어들이는 것 또한 보통 실력이 아니었다. 그러나 호유화는 내색을 하지 않았다. 유정은 방이 조용해지자 안으로 들어서며 말했다.

"흑호라고? 네가 그 호랑이를 아느냐?"

"알다마다. 그 꼬마 고양이도 내가 구해주었는걸?"

"정말로 너는 흑호의 부탁을 받고 이 아이를 이곳으로 데려온 것이란 말이냐?"

"그렇대두! 안 그러면 내가 뭐하러 이 지긋지긋한 절간까지 왔겠어!"

그제야 유정은 의심을 푸는 것 같았다. 유정은 노승에게 귓속말로 속삭이는 한편, 두 장사에게도 조그마한 소리로 말을 했다.

"그렇다면 요사스러운 존재는 아닐 듯하오. 말을 들어봅시다."

살벌했던 분위기는 가라앉았다. 호유화는 호유화대로 인간들이 자신의 정체를 대번에 눈치채고 만만치 않게 공격하려 들었던 것에 조금은 주눅이 들었고, 서산 대사와 유정을 비롯한 사람들도 이 여자가 비록 요물이라고는 하나 대단한 법력을 지니고 있다는 것을 눈치채었기 때문에 양측 다 선불리 행동하지는 않았다.

"이쪽은 저의 스승이신 서산 대사님이십니다."

유정이 서산 대사를 소개하자 자존심 강한 호유화가 고개를 살짝 숙일 정도였다. 그리고 유정은 두 장사를 소개했다.

"무례가 많았구려. 이쪽은 곽 공이오. 자는 계수季綏라고 하며 붉은 옷을 즐겨 입기 때문에 사람들이 홍의장군紅衣將軍이라 부르는 분이지요."

그러자 붉은 옷의 장사는 구김 없이 웃었다. 어느 모로 보나 도력을 감춘 사람 같지 않고 그냥 마음 좋고 구김 없는 선비풍의 남자 같았다. 하지만 호유화는 범상치 않은 사람이라는 것을 전부터 눈치채고 있었다.

"그냥 곽재우郭再祐라고 부르시오. 망우忘憂(곽재우의 호)라고 부르셔도 좋고."

"나는 호유화라고 합니다. 환계의 구미호지요."

호유화가 자신을 밝히자 안광이 빛나던 장정이 고개를 갸웃했다. 그 남자의 눈빛은 차분하게 가라앉았고 몸에서 풍기던 기운도 어느 틈엔가 사라져서 괴력을 지닌 장사라기보다 순박한 시골 청년같이만 보였다.
"환계란 어느 곳이오?"
"말해도 잘 모를걸요?"
유정이 미소를 띠며 그 남자를 소개했다.
"이쪽은 김 공. 자는 경수景樹라고 합니다. 광주 석저촌 출신으로 사람들이 석저장군石底將軍이라 부르지요."
"나는 김덕령金德齡이라 합니다."
"두 분은 평소에는 몸을 잘 드러내지 않으나, 대단한 도력을 지닌 분들로 각기 좌도방左道房과 우도방右道房의 빼어난 분들이시지요."
"그런가요?"
호유화는 잘 모르고 있었으나 곽재우와 김덕령은 친한 사이로, 좌도방과 우도방의 중심인물로 꼽히고 있었다.

곽재우는 의령 사람이고 김덕령은 광주 사람이었는데 둘은 도방에서 알게 되어 교류가 많았다. 곽재우의 나이가 조금 많았지만 그들은 그런 것에 개의치 않았다.
곽재우는 평소 허구한 날 낚시질만 다닌다고 하여 '곽태공'이라는 소리를 들었으나 실제로는 도를 깊이 닦고 있었다. 그는 주로 병법과 술법을 연구하여 깊은 지식을 쌓았는데, 후에 의병장으로 눈부신 활약을 보였다.
김덕령은 단지 효성이 지극한 가난한 집의 자식으로 보였으나 광주, 특히 석저촌 사람들 중 아는 사람들은 그의 힘을 잘 알고 있었다. 이런 일이 있었기 때문이다.
김덕령이 어렸을 적에 억울한 일을 당하여 관가에 호소하려 하였으나, 나이가 어리고 의복이 남루한 것을 보고 문지기조차 아예 관가에 들일 생각도 하지 않았다.

이에 김덕령은 몹시 화를 냈다. 그는 비록 그다지 좋은 집안 출신은 아니었지만 어려서부터 글공부에 힘써 당시의 석학 중 한 사람이었던 우계牛溪 성혼成渾의 문하에서 수학하기도 한지라 머리가 명석했다.

'관官이라는 것은 백성의 일을 해결해주려고 만든 것인데 이곳 관아의 장이라는 작자는 권세만 부리고 백성을 우습게 보는구나. 도저히 참을 수 없다!'

화가 치민 김덕령은 눈에서 불이 솟았다. 원래 김덕령의 눈은 유명했다. 그는 화를 잘 내지 않았으나 화가 한번 나면 눈에서 안광이 불빛처럼 솟구쳐서 밤에는 십 리 밖에서까지 보였다고 했다. 그리고 화가 나 성질을 이기지 못하여 나무를 머리로 들이받으면, 아름드리나무가 뿌리째 넘어갈 정도로 타고난 신력神力의 소유자였다. 그는 곧 산으로 내달아 호랑이 굴을 찾았다.

마침 재수없는 대호 한 마리가 눈에 띄었고 김덕령은 대뜸 그 녀석을 잡아 목을 옭아매었다. 산중왕인 호랑이도 김덕령의 괴력 앞에서는 꼼짝하지 못했다. 김덕령은 호랑이를 산 채로 질질 끌고 와서 관아 앞에서 호통을 쳤다.

"어르신네들! 만약 내 말을 들어주지 않겠다면 나는 이놈을 당장 풀어놓을 테니 알아서들 하시오!"

호랑이를 보기만 해도 오금이 저려오는 보통 사람들이니 오죽 놀랐으랴? 포졸, 군관, 문지기도 간 곳이 없고 아전, 서기까지 도망쳐서 숨을 곳만 찾으니, 그나마 사또가 위엄을 세워 자리에 앉은 채 덕령을 달랬다 한다(일설에는 위엄을 세운 것이 아니라 오금이 저리고 똥오줌을 싸버려서 움직이지 못했다는 말도 있다).

호유화는 그들의 전력에 대해서는 잘 알지 못했지만 그들이 비범한 사람들이라는 것만은 알 수 있었다. 유정이 왜 이리 모든 사람이 급히 달려왔는지에 대해 설명해주었다.

"지난번 흑호에게 마수들의 이야기를 듣고 나는 스승님과 함께 많은 것을 곰곰이 생각해보았소. 그런데 난데없이 그대가 이리 오니 묘한 기운이 느껴지는 것이오. 그래서 우리는 그대가 바로 마수인 것으로 보았다오. 그리 법석을 떨었으니 너무 허물하지 마시오."

유정은 곽재우와 김덕령에게도 말했다.

"두 분 도력의 도움을 받으려 한 것이었으나 잘못 알고 그랬구려. 과히 허물치 마시오."

그러자 곽재우는 미소를 머금고 공손히 고개를 숙였고 김덕령은 이를 드러내며 시원스럽게 웃었다.

"원, 별말씀을."

어느 정도 마음이 진정되자 호유화는 은동의 안위가 궁금해졌다.

"그런데 이 아이는 어떻나요?"

서산 대사가 웃었다.

"그대는 이 아이에게 퍽 관심이 많구려."

호유화는 눈썹 하나 까딱 않고 말했다.

"네. 많이요."

호유화는 별생각 없이 한 말이었으나 그 말을 들은 사람들은 여자가 부끄러움도 없이, 그것도 어린아이에게 음심을 품은 것으로 보아 요물은 요물이라고 속으로 탄식하였다. 그러나 서산 대사는 화통한 사람이라 고개를 끄덕여 보이고 나서 호유화에게 말했다.

"이 아이에게 무슨 기이한 일이 있었소?"

"네?"

"이 아이의 몸에는 수십 명의 기운이 있는데……. 정상적인 방법으로 얻어진 것 같지는 않소이다."

호유화는 은동의 몸에 홍두오공이 지니고 있던 인혼주가 들어갔다는 것을 기억해냈다.

하지만 인혼주니 홍두오공이니 하는 이야기를 길게 하기도 귀찮아서 그러한 말은 하지 않았다.

"은동이 몸에 수십 명의 기운이 있다구요? 모르겠는데요?"

서산 대사는 대답을 하지 않고 곽재우에게 눈짓을 했다. 곽재우는 은동의 맥을 짚어보고 흐음 하고 신음 비슷한 소리를 냈다.

유정도 은동의 맥을 짚고는 고개를 갸웃했다. 성질 급한 호유화는 답답해져서 조금 큰 소리로 말했다.

"어떻게 된 거냐구요!"

유정이 입을 열었다.

"이 아이는 고작해야 열 살도 안 되어 보이고, 또 지난번 나와 만났을 적에는 아무런 공력도 법력도 없었는데, 지금은 장정 이십 명에 달하는 기운을 지니고 있소. 다만 그 힘이 몸속에서 융화되지 못하고 들끓고 있어서 기절한 것 같소이다."

호유화는 그 말을 듣고 속으로 혼자 생각했다.

'흠. 홍두오공의 인혼주는 사람의 영혼을 빨아들이는 물건이었는데 그게 은동이 몸으로 들어가서 그리되었구나. 홍두오공은 이십 명 정도 삼켰던 모양이지? 뭐, 잘되었네. 은동이가 스무 명분의 힘이 생긴다면 천하장사 대우을 받을 테니 축하할 일이야.'

호유화는 기뻐서 사람들에게 그러한 사정을 이야기하려다 다시 생각해보았다.

'아니지. 인혼주가 영혼을 흡수한 것이니, 이 사실을 말하면 저자들이 인간들 영혼을 구한답시고 인혼주를 도로 빼낼 것 아니겠어? 그러면 은동이는 도로 힘없는 꼬마가 되겠구나. 에이, 다른 인간 놈들이야 죽거나 말거나 무슨 상관이야. 은동이가 힘이 세지는 게 더 좋다.'

호유화에게는 은동만이 중요한 존재였지, 다른 인간들은 모두 시시껄렁하게밖에는 보이지 않았다. 은동에게 장정 스무 명분의 힘이 생긴다면 이천 근 남짓의 힘을 얻게 되는 셈이니 흑호나 자신에게는 미치지 못한다 할지라도 놀라운 역사力士가 되는 셈이었다. 그것도 열 살 나이에 말이다.

'호호호……. 우리 은동이가 천하장사가 되겠구나. 거기다가 은동이는 총명하고 영리하니 힘을 갈고닦아주기만 하면 길이 이름을 남길 대장군이 될 수도 있겠구나…….'

그러면서 호유화는 장래 강은호라는 장군이 사백 년 후에 사적에 남는지 정신을 집중해보았다. 몸 안에 있는 시투력주를 응용하는 것이다.

그러나 전에도 호유화가 말했던 것과 같이 미래의 사정을 자세히 알아낸다는 것은 힘든 일이었다. 하지만 기분이 좋아진 호유화는 계속 비지땀을 흘리면서 알아보려고 애를 썼다. 호유화는 은동이 무척 마음에 든 터라 이런 수고쯤 수고스럽다고 여기지도 않았다. 그렇지만 서산 대사를 비롯한 다른 사람들은 호유화가 아무 말도 하지 않고 땀을 흘리고 있자 은동을 걱정해서 그러는 것으로 알고 호유화를 위로했다.

"염려 마시오. 아마 며칠만 조섭하고 나면 깨어날 것이오. 몸이 잘못되거나 하지는 않았으니 걱정하실 건 없소이다."

유정이 강효식을 바라보며 말했다.

"헌데 이분은 또 누구시오? 은동이와 얼굴이 아주 닮았는데…….
혹시?"

그러나 호유화는 미래를 알아보려 진땀을 흘리느라 대답도 하지 않았다. 말이 없자 유정이 의아해서 바라보는데 호유화가 갑자기 욕을 했다.

"에잇, 제기랄. 안 되는구나, 안 돼. 전혀 쓸모없는 물건이로구나."

"무슨 말씀이오?"

제정신을 차린 호유화가 배시시 웃으면서 아무것도 아니라고 시치미를 뗐다. 그리고 인사치레로 강효식은 어떠냐고 물어보았는데 이미 피를 많이 흘린데다가 상처가 심하고, 무엇보다도 살고자 하는 의지가 없어서 힘들 것 같다는 말이 돌아왔다. 슬픈 일이었지만 호유화는 건성으로 고개만 끄덕였다. 그러고 나자 서산 대사가 호유화에게 말했다.

"그러면 돌아가서 아까 나누던 이야기를 마저 하도록 하지."

그때 호유화에게 태을 사자와 흑호의 말이 떠올랐다.

"잠깐만요. 유정 스님은 저와 함께 가주실 수 없겠습니까?"

"어딜 말이오?"

"태을 사자와 흑호가 기다리고 있습니다. 그것들은 절에 들어오기도 어렵고, 또 날이 밝을 때가 되었는지라 밖에 나갈 수가 없지요."

"용건은 무엇이오?"

"이번 난리에 대해 긴히 할 이야기가 있다나 봅니다."

김덕령이 유정의 귀에 대고 소근거렸다.

"저 요물을 혼자 따라 가시려고 하십니까? 저는 아직 완전히 믿을 수가 없구먼요."

유정은 슬쩍 미소를 지어 보이고는 서산 대사에게 말했다.

"소승, 잠시 다녀오겠사옵니다."

서산 대사도 유정에게 왜란 종결자의 예언이 흑호의 발에 새겨져 있었다는 이야기를 들었던 터라 유정에게 다녀오라고 고개를 끄덕여 보였다. 그러자 김덕령이 따라 일어났다.

"저도 같이 가보겠습니다."

호유화는 김덕령은 신경도 쓰지 않았다. 그리고 몸을 옆으로 우아하게 돌려 다시 조그마한 승아의 모습으로 변했다. 그러고는 서산 대사를 향해 말했다.

"은동이를 잘 돌봐줘요. 안 그러면 이 절간은 없어지는 줄 아시구."

험악한 말에 옆에 있던 처영과 곽재우의 낯빛이 변했지만 서산 대사는 미소만 띠고 갸웃거리는 듯 고개를 끄덕일 뿐이었다. 호유화와 유정, 김덕령이 밖으로 나가자 처영이 서산 대사에게 물었다.

"저 요물은 어찌된 것입니까?"

"글쎄……. 나라고 알겠느냐? 하지만 그리 악한 것 같지는 않느니."

"흑호니 태을 사자니 하는 것들은 또 무엇들입니까? 도깨비나 잡귀들입니까?"

"아마도 그런 부류일 테지."

"허허. 난리가 나니 그런 것들마저 활개치고 다니는군요."

서산 대사가 빙긋이 웃으며 고개를 다시 갸웃거렸다.

"누가 또 아느냐? 저들이야말로 중요한 일을 할 자들인지……."

"예? 아니, 요물들이 무슨 일을 한단 말씀이십니까?"

서산 대사는 버릇처럼 고개를 갸웃하면서 은동의 얼굴을 바라보았다. 그리고 알 수 없는 말을 한마디 할 뿐이었다.

"이 아이를 반드시 잘 가르쳐야 할 것 같으니. 반드시……."

왜란 종결자를 찾아서

유정과 김덕령은 호유화의 뒤를 따라 태을 사자와 흑호가 숨어 있다는 동굴 부근으로 가고 있었다. 김덕령은 아무래도 호유화의 모습에서 요기가 느껴지는 듯 긴장을 풀지 않았다. 그러나 유정은 자못 침착해 보였다.

'유정 스님이 평소 법력이 높다고는 들었지만 이런 요물을 따라 숲으로 들어가면서도 태연하시다니.'

김덕령은 호유화의 하늘하늘한 뒷모습을 다시 한번 바라보았다.

뒷모습만인데도 묘한 분위기에 흠잡을 데 없을 미모라 자칫하면 홀릴 것 같았다. 하지만 도력이 있는 김덕령인지라 마음을 굳게 먹었다.

'서툰 수작을 부리려 한다면 아무리 아녀자 모습을 했더라도 한주먹에 묵사발을 만들어버리리라.'

사실 유정도 속으로는 긴장하고 있었다. 흑호를 직접 만났다면 모르되, 이 여자는 아무래도 요기가 짙어 혹시 흑호가 이야기하던 마수가 아닌가 하는 의심이 자꾸 들었던 것이다. 둘 다 긴장을 하자 자연 도력을 집중시키게 되었고 그 낌새는 호유화에게도 느껴졌다.

'흥. 밥통 같은 것들. 만약 여기 홍두오공이라도 하나 왔다면 너희가 무슨 도움이나 되겠어? 주제도 모르고 힘주기는……'

이제 호유화는 그럭저럭 도력이 회복되어가는 단계였고 절에서도 한참 떨어진지라 겁날 것이 없었다. 그러나 호유화는 몸속에서 기氣가 그리 원활하게 유통되지는 않는 것 같은 느낌에 걱정을 하고 있었다. 아까 극도로 도력을 올린 상태에서 타격을 받은 것과 백면귀마 놈의 금제에 걸렸던 것이 원인인 것 같았다. 이대로 두면 고질병이 될지도 몰랐다. 다만 호유화는 자존심이 강했기 때문에 그런 말을 누구에게도 하지 않고 있었다.

"여기예요."

이윽고 산비탈에 난 작은 동굴 앞에서 호유화가 걸음을 멈추었다. 이미 새벽녘이 되어서 붐하게 해가 떠오르고 있었지만 동굴 안은 칠흑같이 깜깜했다.

"왜 이 동굴 속으로?"

"들어가보면 알아."

김덕령이 묻자 호유화는 반말로 대답했다. 유정이나 서산 대사는 그래도 자신이 미치지 못하는 불력이 있기에 호유화도 존칭을 써준 것이지만 김덕령에게는 그럴 생각도 하지 않았다. 유정이 굴 앞에서 김덕령에게 말했다.

"김 공, 전심법을 할 줄 아시는가?"

"타심통他心通 말씀입니까? 익숙하지는 못합니다만 조금은 할 줄 압니다."

"그래. 그럼 들어가세."

유정과 김덕령은 호유화의 뒤를 따라 동굴로 들어갔다. 동굴 안에는 컴컴한 속에서 화등잔같이 빛을 내고 있는 커다란 호랑이 한 마리가 웅크리고 있었다. 흑호였다. 그리고 그 옆에는 비록 형체는 보이지 않았지만 음산한 기운을 풍기는 누군가가 있었다. 두 사람과 호유화가 들어오자 흑호가 전심법으로 말했다.

"유정 스님이시구려. 그간 별고 없으셨수?"

또 다른 자도 역시 전심법으로 말했다.

"유정 스님이십니까? 나는 저승사자인 태을이라고 합니다."

'저승사자? 저승사자가 왜 와 있다는 말인가?'

김덕령은 깜짝 놀라 눈을 크게 떴다.

고니시는 일찍 군사를 출발시켰다. 어제 일의 충격이 아직 채 가시지 않았지만 공과 사를 엄격하게 구분하여야 하니 할 수 없었다. 몸이 찌뿌듯하고 개운하지 않았으며 부하들도 편찮아 보인다고 하였지만 고니시는 진군을 강행했다.

"한양에는 우리가 먼저 입성해야 한다. 가토보다 늦어서는 안 된다. 어서 서둘러라."

명령을 내리고 부하들을 모두 내보낸 다음 고니시는 장막의 휘장을 닫았다. 그의 뒤에는 졸병 복장을 한 자 세 명이 무릎을 꿇고 정좌하여 있었다.

"너희들이 이가 패냐?"

이가는 왜국에서 유명한 닌자가 많이 있는 지방을 말한다. 닌자는 주로 잠행이나 첩보 등의 활동을 하는 스파이 내지는 암살자와 같은 조직으로, 가문 대대로 전승되어 수련을 한다. 그들의 능력은 상당해서 전국시대에는 용병으로 각 군의 정탐, 비밀 협약, 첩보, 암살 등의 여러 가지 임무에 많이 동원되었다. 그들 세 명은 고니시의 말에 고개를 숙였다.

"예. 핫토리가家의 형제들입니다."

고니시는 오늘 새벽 조용히 부장을 불러서 비밀 임무를 맡길 닌자들을 찾았다. 닌자는 전국시대 모든 왜군에서 사용되었기 때문에 이번 조선 전쟁에도 몇몇 닌자들을 종군시키고 있었다. 단 아무리 닌자라도 낯선 조선 땅에서는 그들 스스로 암약하기 어려워 졸병으로 위장하여 본부의 직속병으로 참전하고 있었다.

핫토리가라는 이야기를 듣고 고니시는 고개를 끄덕였다. 핫토리가라고 하면 닌자 가문으로서는 명문에 속한다. 특히 잠행과 위장술, 슈리켄이라 불리는 표창 등의 암기 사용에 뛰어난 절기를 자랑하는 집안이었다.

"좋다."

고니시는 고개를 끄덕인 다음 말했다.

"너희는 지금부터 연락병으로서 가토의 진지로 간다. 그래서 가토의 근황을 살펴보아라."

적진의 탐색이 아니라 아군의 장수를 탐색하라는 말이었지만 닌자들은 조금도 놀라지 않았다. 그들은 무슨 일을 시키건 간에 되묻지 않는다.

"탐색할 것은 두 가지. 첫째는 가토군의 진군 속도와 진군 계획을 알아 오는 것. 둘째는 가토의 주변을 살피는 것이다. 이것은 대단히 신중하게 하여야 한다. 가토의 주변에서는 이상한 일이 벌어지고 있을지도 모른다."

"이상한 일이라고 하신다면……?"

닌자 중 우두머리 격인 겐키가 고개를 조금 들었다. 바싹 마르고 시커먼 것이 까마귀 같아 보이는 얼굴이었다. 자신이 어제 겪었던 그러한 일이 있다면 이자들의 재주가 무슨 소용이 있겠는가? 헛되이 목숨만 버리게 하는 것은 아닐까? 그렇게 생각한 고니시는 우울한 어조로 말했다.

"구할 수 있다면……. 고승高僧의 부적이라도 지니고 가는 편이 좋으리라."

김덕령과 유정은 말을 잇지 못하고 침통하게 앉아 있었다. 굴 안에는 유정이 켠 화섭자의 작은 불빛만이 넘실거렸다. 태을 사자는 양광을 쐬면 안 되지만 이런 불빛은 상관없었고 너무 어두우면 이야기를 나눌 때 불편할 듯하여 유정이 켠 것이다. 그들은 이제 막 태을 사자에게서 그간의 소상한 경력을 들은 터였다. 유정은 이전에 흑호에게서 간단하게 이야기를 들은 바가 있어서 놀라움이 덜했으나 김덕령은 그렇지 못했다. 우주 팔계니, 저승의 법도니, 마계의 마수니 하는 이야기는 도력이 있는 김덕령도 처음 듣는 이야기였다. 좌우간 이야기를 종합해보면 어딘지 알 수 없는 곳에 있는 마계의 마수들이 이 난리에 영향을 끼치고 있다는 것이다. 그것도 조선군이 패하는 방향으로.

"믿을 수가 없소!"

한참이 지나 침묵을 깨고 김덕령이 쩌렁쩌렁한 목소리로 말했다.

"사람 사는 세상에서 그런 것들이 대국에 영향을 준다는 것은 금시초문이오. 어떻게 악귀 따위가 인간 세상에 그렇게 전면적으로 범접한다는 말이오?"

그러나 태을 사자는 침착하게 말했다. 태을 사자는 모습이 보이지 않았기 때문에 전심법에 의해 목소리만 들려왔고, 그것이 김덕령으로서는 다소 무시무시하게 들렸다.

"이들은 평범한 악귀가 아니오. 인간 세상의 악귀라면 나나 흑호 정도로 충분히 제지가 가능할 것이오. 그리고 그들은 그러한 힘도 없고. 허나 이들은 다른 세상인 마계에서 온 것들이오. 마계는 신계와도 우열을 가리려고 하는 강한 세상이오."

"그러나 그 말이 사실이라면 나는 더 당신 말을 믿지 못하겠소."

"무엇 때문이오?"

"당신은 우주가 신성광생神聖光生, 사유환마死幽幻魔의 팔계로 갈라져 있으며 크게 둘로 나뉘어 빛과 어둠을 대표한다고 하였소. 그런데 당신은 사계의 저승사자라고 하지 않았소? 그리고 여기 호유화는 환계의 존재이고. 그렇다면 당신들 또한 어둠의 세계에 더 가까운 존재들이 아니오? 당신들은 마계의 일부가 아니오?"

김덕령은 날카롭게 가장 대답하기 어려운 쪽을 물고 늘어졌다. 태을 사자가 침착하게 말했다.

"사계나 환계도 어둠의 세계이기는 하나, 생계에는 영향을 끼치지 않소. 각각의 팔계는 나름대로의 존재 가치가 있고 그럼으로써 우주 전체의 질서가 바로잡히는 것이오. 그러나 지금 마계가 꾸미는 짓은 그 전체의 질서와 조화를 뒤흔드는 짓이오."

"그러면 이번 일에 마계 외에는 관계가 없다는 말이오?"

"솔직히 그렇지 않을 수도 있소. 나의 상관이었던 이 판관은 어느새 마계의 백면귀마라는 마수와 바꿔쳐져 있었고, 사계의 접경에는 유계의 대군이 진을 치고 있었소. 환계는 내 비록 모르겠소만 이것으로도 마계의 손길이 상당히 많은 곳에 미쳐 있음을 짐작할 수 있소. 그리고 모든 일의 관건은 생계, 이 조선 땅에서의 전쟁에 있을 것이오."

태을 사자는 잠시 말을 멈추었다가 계속했다.

"솔직하게 말해, 보통의 전쟁이었다면 생계의 일이니 우리는 관심조차 없었을 것이오. 그러나 이 난리는 우리들 다른 세계의 조화마저도 심각하게 위협할 가능성이 있소. 나는 그 비밀을 파헤치려다가 좋은 동료들을 잃고 모함까지 당하여 사계에서 쫓기는 신세가 되었소. 그리고 여기 흑호는 조부인 호군을 여의었소. 호군은 조선 땅 금수의 우두머리였는데 호군만이 아니라 조선 땅의 영통한 동물과 토지신, 산신 들마저도 모두 이유 없이 소멸되어버렸소. 이것만 봐도 크나큰 음모가 있다고 생각하지 않을 수 없소. 더구나 우리는 마수들을 이미 몇 번이나 보았고 겨루기까지 했소. 흠. 만약 내가 사계의 존재라 믿기 어렵다면……."

흑호가 불쑥 말했다.

"은동이에게 물으시우. 우리와 함께 별별 일을 다 겪었으니."

"그렇소. 은동은 당신네 세계의 인간이고, 거짓을 모르는 어린아이이니 믿을 수 있을 것이오."

한참을 생각하던 김덕령의 말투가 변했다. 반신반의이기는 하나 믿어보기로 결정한 모양이었다.

"헌데 이 전쟁을 일으켜서 마계는 무엇을 얻으려 한단 말이오?"

"영혼. 인간의 영혼이지요."

"영혼?"

"그렇소. 그 이유는 우리도 아직 모르오. 그러나 조선군이 패배한 많은 전투에서 이미 수많은 인간의 영혼이 사계로 넘어오지 못하고 마수들에게 흡수되었소. 원래의 천기는 나도 잘 알지 못하지만, 조선군이 이렇게 추풍낙엽처럼 패하지는 않을 것이었소. 그런데 마수의 영향과 간섭으로 인하여 조선군은 무너져가고 있으며, 그에 따라 조선 사람들의 영혼이 마수들의 손아귀로 들어가고 있소."

유정이 말했다.

"『해동감결』의 왜란 예언에는 사년(뱀해)에 난리가 일어나면 돌림병이 될지도 모른다는 말이 있었소이다. 그것은 전염이 된다는 뜻이니 다른 나라에까지 전화가 퍼질 수 있다는 말과 부합하는 것 같소이다."

태을 사자도 대답했다.

"옳소이다. 왜국은 지금 조선을 정벌한 다음 명국을 정벌하려 하고 있소."

김덕령이 한숨을 내쉬었다.

"미쳤군."

김덕령은 잠시 뭔가를 생각하다가 고개를 설레설레 저었다.

"도요토미 히데요시란 자가 무슨 계획으로 그랬는지는 모르지만 미친 짓이오. 명국까지의 보급로는 일만 리가 넘어갈 것이고 왜병이 제아무리 용맹하게 싸운다 해도 명국을 정복하지는 못할 것이오. 절대."

흑호가 의아해했다.

"왜 그렇수?"

"명국의 땅은 엄청나게 넓으며 사람도 부지기수로 많소. 그러니 가령 왜병들이 잘 싸워 북경성까지 함락한다 하여도 명국을 손아귀에 넣을 수는 없소. 왜병 백만을 가져와 풀어놓는다 해도 명국 전체를 장악할 수 없기 때문이오."

군대가 이국땅에 진주할 경우 그 나라의 백성들은 자연히 그 군대의 말을 듣지 않으려 할 것이다. 그것은 왕조가 바뀌는 것보다도 몇 배 큰 반발을 가져온다. 하물며 왜가 중국을 점령한 경우에는 그 반발이 수십 배 더 클 것이니 그것을 억누르려면 수많은 군대가 점령지마다 주둔하여야 한다. 그러나 왜국에는 그럴 만한 능력이 없다는 것이 김덕령의 주장이었다.

"왜국이 수백 년 동안 전쟁을 치러서 군대가 수십만에 이른다 해도 명국 전체에 흩어놓으면 모두 부스러져 흔적도 없어질 거외다. 그것을 막으려면 다스림에서 덕을 베풀어 명국 사람들이 마음으로부터 따르게 만들어야 하는데, 도요토미 히데요시에게 그만한 역량이 있으리라고는 볼 수 없소."

김덕령의 주장은 옳은 것이었다. 여담이지만 이후 2차세계대전에서 일본이 만주사변을 일으키고 중국을 점령하려 했을 때, 당시 세계 최강의 육군이라 자랑하던 수십만의 관동군은 너무나 광활한 점령지에 분산된 탓에 아무런 힘도 쓰지 못하는 오합지졸이 되고 말았다. 그로 인해 관동군은 제대로 싸움 한번 해보지 못하고 사라진 기이한 군대가 되었던 것이다.

또한 명국이 망하고 청국이 섰을 때, 반청복명을 부르짖는 중원인의 반발은 수를 헤아릴 수 없었다. 기실 명국의 멸망도 기적적으로 이루어진 것으로 이자성의 내란과 오삼계의 반란이 들어맞은 덕분이었다. 그러나 강희제 등의 명군이 치세를 잘하여 천하에 태평성세가 오게 만든 까닭에 반청복명은 민중에게 그다지 큰 호응을 얻지 못하였다.

결국 청은 이백 년 이상을 존속할 수 있었다. 그러나 백성의 고통을 돌보지 않고 무모하게 원정을 일으키는 도요토미 히데요시에게 그러한 명군다운 자질이 없을 것은 분명했다. 김덕령은 고개를 저었다.

"도요토미 히데요시가 무모한 자라 하나, 그 정도의 안목이 없을

리는 없소. 이 난리가 왜 일어났는가는 나는 도무지 이해할 수 없구려. 아마 나만이 아니라 왜장들도 마찬가지일 것이오."

"그러나 문제는 난리가 이미 일어났다는 점에 있소. 마수들의 음모도 계속되고 있고 말이오."

유정이 말했다.

"신립 장군이 탄금대에 진을 쳐서 패배하였으니 한양의 점령은 기정사실이오. 문제가 크구려. 헌데 신립 장군이 탄금대에 진을 친 것도 마수들의 조작에 의한 것이었소?"

"틀림없소. 우리는 마수들이 농간을 부려 신립을 속인 금옥이라는 여인과 동행까지 했소. 그러나 불행하게도 금옥이라는 여인은 마수의 습격을 받아 소멸되고 말았소."

그들은 한참 동안 깊은 생각에 빠졌다. 흑호마저도 심각하기는 마찬가지였다. 아무 생각 없는 것은 호유화 하나뿐이었다. 호유화는 그들의 말에는 관심 없는 듯, 한쪽 구석에 앉아서 그동안 못 잔 잠에 빠져 있었다. 호유화에게는 세상이니 인간이니 난리니 아무 관심이 없었고 오직 은동과의 약속과 맹세만이 중요할 뿐이었다. 한참 지나서 유정이 입을 열었다.

"그렇다면 우리가 할 일은 분명하구려. 일단 마수들이 무엇을 꾸미는 것인지를 알아야 할 것이오. 이것은 우리들로서는 힘이 닿지 않는 일이니 그대들이 도와주었으면 하오."

"좋습니다."

흑호도 좋아서 소리쳤다.

"좋수. 나는 솔직히 말해 인간들을 그리 좋아하지는 않지만 왜놈들은 더욱 싫수. 우리도 힘을 써서 조선군이 승리하도록 만들어드리지."

그러자 유정이 고개를 저었다.

"아니 됩니다. 그대들이 이 전쟁에 직접 영향을 미쳐서는 아니 될 것이오."

"에? 도와준다는데 왜 그러우? 우리가 마수들만 못할 것 같수?"

"아니오, 아니오. 마수들이 그릇된 것은 이미 정해진 천기를 어지럽히는 방향으로 세상을 이끌려는 데 있소. 그러나 당신들이 인간의 일에 개입한다면 조선으로서는 좋을지 모르지만 당신들 또한 천기를 어그러뜨리는 것이오. 그래서는 아니 됩니다."

태을 사자도 동의했다.

"그건 유정 스님 말이 맞네. 흑호."

"제길! 그럼 어쩌라는 거유?"

유정이 조용히 말했다.

"정녕 마수들이 천기를 어기려 한다면, 그대들은 어기지 못하도록 하기만 하면 될 것이오. 그대들은 마수들만을 막아야지 왜군들을 건드려서는 아니 됩니다. 마수들이 어그러뜨리려는 천기를 원래대로 되돌리는 일. 그것이 가장 중요한 일일 것이오."

"좋습니다. 저의 생각도 그러합니다. 그러면 그다음은요?"

"마수들의 저의를 알아내고 정체를 밝히기 전에는 무엇도 결정할 수 없을 것 같소이다. 그런데……."

유정이 호유화를 돌아보았다.

"그 시투력주라는 물건……. 그것을 마수들이 노린다 하지 않았소?"

"그렇소. 그들이 무엇을 바라고 그러는지는 알 수 없지만."

"그것은 중요한 단서가 될 수 있을 것 같소. 내게 무슨 짐작이 드는데, 맞을지는 모르겠소만……. 일단 이것을 보시오."

말하면서 유정은 품에서 첩지 한 장을 꺼냈다. 서산 대사가 『해동감결』의 예언을 해석한 글이었다. 태을 사자와 흑호는 그것을 읽어보았다. 머리가 우둔한 흑호는 그 뜻을 잘 알 수 없었지만, 예민한 태을 사자는 몇 가지 문구가 눈에 확 들어왔다. 그중 가장 기이하게 보이는 것은 역시 '왜란 종결자'라는 단어였다.

"허어……. 왜란 종결자라고요?"

"그렇소. 이 말이야말로 가장 중요한 것이 아니오? 왜란 종결자라 함은 실제로 왜란을 종식시키는 사람을 뜻하는 것이니, 모든 것이 이 한마디에 통하지 않겠소?"

흑호도 말했다.

"그렇수. 조부님이 남기신 말에도 왜란 종결자를 찾아 보호하라고 했었수! 왜란 종결자라……. 그 사람이 대단히 중요한 사람임이 틀림없구려!"

"혹시 마수들이 미래를 알려고 한 것은 이 왜란 종결자를 알아보려고 하는 것이 아니겠소?"

그러자 태을 사자는 자신도 모르게 크게 외쳤다. 모습이 보였더라면 태을 사자가 무릎을 치는 모습을 보았을 것이다.

"그렇군요! 그것이 틀림없습니다! 왜란 종결자를 마수들이 해치울 수만 있다면, 왜란을 막을 수 없게 될 터이니까요!"

태을 사자는 이제야 머리가 맑게 개는 것 같았다. 유정의 생각이 틀림없을 것 같았다. 사계의 판관이나 염왕조차 가까운 생계의 미래를 잘 알 수 없는데 하물며 머나먼 마계의 존재들이 생계의 천기를 알 수 있을 리가 만무했다. 그러나 그들도 나름대로 조사를 했을 것이다. 『해동감결』은 귀한 책이지만 마수들이 그 내용을 보지 못했으리란 법도 없다. 호군이 알고 왜란 종결자라는 말을 짚을 수 있었으니 마수들도 알았을 것이다.

마수들은 왜란 종결자가 존재한다는 사실을 알아내었고, 이제 그 사람이 누군지를 알려고 안간힘을 쓰는 것이다! 그렇기 때문에 호유화가 가진 시투력주를 그리 애를 써서 얻으려 한 것이 분명했다! 그것이 아니라면 시투력주를 탐할 필요가 없었다. 백면귀마는 이 판관으로 변하여 사계에 잠입했다. 그 일은 보통 힘든 일이 아니었을 것이다.

그러나 시투력주를 얻기 위해서는 힘들게 잡은 요직도 버릴 수 있었다. 그것으로 보아 분명 마수들도 왜란 종결자를 노리고 있는 것이다. 호군이 죽으면서까지 왜란 종결자를 찾아 보호하라고 한 말도 이해가 갔다. 왜란 종결자는 이 난리의 향방을 잡고 있는 인물인 것이다!

흑호도 흥분한 듯 입을 열었다.

"그런데 그게 누구일까요?"

유정이 지그시 눈을 감고 고개를 저었다.

"그것은 나로서도 알 수 없소. 허나 신씨와 이씨, 김씨 중의 한 명일 것만은 틀림없구려……."

"신씨는 아마도 신립 장군을 말하는 것이 아니었을까요?"

김덕령이 말하자 유정은 고개를 끄덕였다.

"그럴 수도 있겠지요. 허나 신립 공은 전사하지 않았소?"

"하지만 그 외에 신씨 성을 가진 무장이나 신하는 특별히 두드러진 사람이 없지 않습니까?"

"그것은 알 수 없소. 장군의 신분일지, 신하의 신분일지, 혹은 전혀 모습을 드러내지 않은 산림의 처사일지도 모르오. 그 사람으로 인해 난리가 끝난다고 하지만 그 사람이 싸움에서 이기는지, 정치나 외교를 하는지, 백성을 간수하고 뜻을 모으게 하는지는 아무도 알 수 없지 않소?"

"하지만 전쟁중입니다. 승리 외에 다른 방법으로 전쟁이 끝난다는 것은 이치가 닿지 않을 것 같습니다."

"흐음……."

유정과 김덕령은 이미 한참 동안 머리를 맞대고 이에 대해 의논한 바가 있었다. 그리고 서산 대사와 처영, 곽재우도 같이 잠시 토의했다. 그러나 성씨만 가지고 그것이 누군지를 알아내기는 아무래도 막막했다. 그러다가 호유화가 표훈사에 들어오자 논의를 중단하였기 때문에 유정과 김덕령도 아직 이렇다 할 견해를 가지고 있지는 못했다.

흑호가 호유화를 툭툭 쳤다.

"이봐, 이봐. 호유화. 자네가 가진 시투력주를 써먹을 수 없을까? 누군지 알아봐."

호유화가 신경질을 냈다.

"그게 그렇게 말같이 되는지 알아? 제기. 이거 마수들하고 똑같이 멍청하네. 털복숭이 발이나 치워. 징그러워."

"뭐?"

화를 내려는 흑호를 태을 사자가 말렸다.

"가만가만. 쉽지 않은 일이라는 이야기는 들었느니. 그러면 호유화. 그것을 알아내려면 얼마나 걸리겠는가?"

호유화는 귀찮다는 듯 인상을 쓰고 말했다.

"장담 못해. 시도라도 해보려면 최소한 열흘은 걸릴걸?"

"어허. 그건 너무 긴데?"

"그럼 관둬! 그러려면 난 죽을 고생을 해야 한다구! 머리가 뽀개지도록 생각하고 생각해야 하는데……."

"그래그래. 그러면 일단 천천히 생각해보아라."

열흘이라는 시간 동안 팔짱만 끼고 있을 수는 없었다. 결국 호유화는 호유화대로 투시를 해보도록 내버려두기로 하고 그들도 알아볼 수 있는 만큼은 알아보기로 마음먹었다.

더구나 태을 사자와 흑호가 현재 조선의 인물들을 잘 모르는 탓에 유정은 처음부터 차근차근 살펴보기로 하고 땅바닥에 이름을 써 내려갔다.

"무장부터 봅시다. 현재 도원수는 김명원이오. 그러나 이 사람은 허명뿐이오, 능력이 없는 사람이외다. 신립은 죽었고……. 권율 대장이 비록 문관 출신이지만 무에도 뛰어난 자질을 지니고 있는데……."

"권율 장군은 우리도 조금 압니다. 신립 장군의 장인이 아니었습니까? 도력도 높다고 들었습니다만."

김덕령이 고개를 저었다.

"허나 너무 연로하셨고 성씨가 맞지 않으니 왜란 종결자는 되지 못할 듯합니다."

유정이 말했다.

"조정의 대장 중에는 없는 것 같구려."

"지방의 절도사나 통제사들은 어떻습니까?"

"그들은 군사도 별로 거느리고 있지 못하고, 수가 너무 많소. 일단은 힘들다고 보아야겠지요."

조선에서 이름이 제법 알려져 있던 장수들은 거의 죽거나 싸움에 패한 뒤였다. 할 수 없이 유정은 김덕령에게 물었다.

"공도 의병을 일으키실 계획일 것 같고, 우리도 승병을 일으키려 하고 있소이다. 그러니 혹 의병장 중에 왜란 종결자가 있는 것은 아닐까요?"

그러자 김덕령은 고개를 갸웃했다.

"의병이 무슨 힘이 있겠습니까? 잘해야 후방이나 어지럽히고 자기 고향이나 지키는 정도이지, 대세에 영향을 줄 역할은 되지 않겠지요."

"산림에 계신 분들 중 무략이 뛰어난 인물은 어떤 분들이 계실까요? 대부분 도방과 관련이 있을 것으로 봅니다만."

"도방에서 무략을 지닌 분이 두 분 계시지요. 정기룡 공과 정문부 공이십니다. 허나 두 분 다 성이 다르지 않습니까?"

정기룡과 정문부는 후에 의병장으로 맹활약을 하는 인물들이다.

그러나 그들도 왜란 종결자로는 볼 수 없었다. 유정이 미소를 띠며 말했다.

"김씨 성의 왜란 종결자는 여기 김 공이 아니실는지요?"

"아이구. 저 같은 무지렁이가 어찌. 그런 말씀은 마십시오."

유정은 김덕령을 찬찬히 훑어보았다. 김덕령의 신력은 조선 전체에서 으뜸이었으며 비록 겉으로는 순박하고 무지렁이처럼 하고 다녔으나 그의 지략이나 식견은 대단히 뛰어난 것이었다. 그렇지만 김덕령은 결코 자기는 아닐 것이라고 말했다.

"제가 이 일을 이미 알고 있는데 아니 될 일입니다. 저는 아직 병사 한 사람 모으지 못했는데 무슨 말씀이십니까? 자자……. 우리 이씨 성을 지닌 인물 중에서나 찾아보지요."

유정도 더 말하지는 않고 다시 인물들을 논평하기 시작했다. 이제는 장군에서 벗어나 조정의 여러 인물들을 써보았다. 그중 한 명의 이름을 보고 흑호가 말했다.

"잠깐. 저 사람……?"

흑호가 가리킨 이름은 이항복이었다. 그리고 그의 이름 바로 뒤에는 이덕형도 씌어 있었다. 두 사람은 오성과 한음으로 후대까지 널리 알려지는 명신이었다. 유정도 아무 말이 없던 흑호가 이름을 지목하자 긴장했다.

"호공虎公께서도 그분의 이름을 들으셨는가?"

흑호는 강효식과 신립의 대화를 들으면서 이항복의 이름을 들었다.

이항복은 신립과 동문수학했고 김여물을 살려낸 복인福人이었다.

"나는 식견은 없수만……. 신립 공이 만약 첫 번째 왜란 종결자였다면, 그분과 가장 가까웠던 이항복 공이 왜란 종결자가 되지는 못할까요?"

유정도 흑호의 이야기를 듣고 깊은 생각에 잠겼다. 그럴 가능성도 있었다. 곧 한양이 점령되는 것은 기정사실이었다. 그렇다면 일단 상감을 피란시켜야 한다. 그렇다면 승지로 있는 이항복이야말로 그 일을 책임질 사람이 아닌가? 김덕령도 같은 의견이었다.

"그럴 수도 있소! 상감을 보호하여 조선의 기를 보존하는 것. 그것은 확실히 큰 공이 될 수도 있소!"

"그렇군요……."

유정도 고개를 끄덕였다. 그러나 유정은 또 다른 생각을 하고 있었다.

"그러나 한 가지 더 있소. 지금 조선군의 의병이 사방에서 일어난다고 하지만, 승승장구하는 왜군의 기세를 꺾기는 역부족이오. 이것을 타개하려면 명군의 도움이 필요할 것 같은데……."

그것은 현재의 상황에서는 당연하다고 할 수 있는 내용이었다.

조선은 명국을 상국으로 받들며 살아왔다. 지금 명국의 힘을 빌리지 않고서는 당장 왜국의 예봉을 막기 어려울 것이었다. 김덕령이 물었다.

“그렇다면…… 명군을 요청하는 임무를 맡을 사람은……?”

“지금 조정에서는 두 사람뿐이오. 그러한 막중한 외교 임무를 수행할 사람은 명석하고 기지에 뛰어나야만 합니다. 그만한 인물은 이항복 이 공과…….”

유정의 손가락은 이항복의 밑을 가리켰다.

“이덕형 이 공뿐이오. 이항복 공은 승지로서 상감을 곁에서 모셔야 할 것이니 이덕형 공이 사신으로 갈 것이오. 그 사람밖에는 없어요. 틀림없소.”

두 사람이 거론되자 태을 사자와 흑호도 긴장하였다. 유정과 김덕령의 말대로라면, 대단히 중요한 일을 할 것이 분명했다. 그리고 두 사람 모두 신립이 죽은 지금 왜란 종결자가 될 수 있는 이씨였다. 태을 사자가 조용히 말했다.

“둘 중 누구일지는 모르니……. 이 둘 모두를 살피고 보호하는 수밖에는 없겠군요.”

김덕령이 이의를 제기했다.

“가만가만……. 황공하옵지만 당금 상감도 이씨가 아닌지요?”

선조는 분명 암군暗君이었고 성격이 음흉하며 잔혹하였다. 그러나 누가 뭐래도 선조는 조선의 임금이니 김덕령의 말도 일리가 있었다. 그들은 한참이나 더 이야기를 나누었고 마침내 태을 사자가 결론을 내렸다.

“좋습니다. 그러면 우리는 두 갈래로 나누어지는 수밖에는 없겠소이다. 이항복 공을 살피는 일은 이항복 공이 상감의 곁에 계실 것이니 한 패의 일일 것이고, 이덕형 공은 유정 스님의 말대로라면 필경 명국으로 갈 것이니 또 한 패로 가야 하겠군요."

"좋은 생각이오."

"호유화는 계속 생각을 잘해보도록 하고……. 그러려면 일단 호유화는 갈 수 없겠군."

호유화가 인상을 썼다.

"가라고 해도 안 가! 난 은동이가 깨어나는 것을 보아야 해."

그러고는 한마디를 덧붙였다.

"절간에 있는 게 맘에 안 들기는 하지만……."

그러자 태을 사자가 허허 웃었다.

"누가 뭐랬는가?"

태을 사자는 일동에게 고개를 돌렸다.

"그러면 명국으로는 내가 가도록 하지요. 이항복 공의 곁에는 흑호가 수고하게나."

흑호가 인상을 썼다.

"제기. 이 몰골로 어찌 가? 상감 옆에 호랑이 모습을 하고 뛰어들란 말여?"

김덕령이 미소를 띠며 말했다.

"우리가 도와주고 싶지만, 우리는 그런 둔갑도 하지 못하고 미천한 신분이니 상감을 바로 옆에서 뵐 수가 없네."

호유화가 끼어들었다.

"야, 고양이. 그러면 너 나한테 절 백 번만 해라."

"뭐?"

"그러면 내가 사람으로 변하는 둔갑법을 가르쳐주지. 네 머리만 따라준다면 누구의 얼굴로도 변할 수 있을 거야. 어때?"

흑호는 자존심이 상했으나 어쩔 수 없었다. 결국 흑호는 호유화에게 나중에 절 백 번을 하고 사람의 모습으로 변하는 둔갑법을 배우기로 하였다. 일은 정리가 된 셈이었다. 유정과 김덕령은 각각 의병을 모아 왜군들과 직접 맞싸울 준비를 한다. 흑호는 상감의 피란길에 어가를 따라가며 이항복의 주변을 살핀다. 태을 사자는 흑호와 동행하다가 이덕형이 명국으로 군사를 빌리러 가면 명국으로 이덕형을 보호하러 간다. 그리고 호유화는 은동과 함께 표훈사에 남아 미래를 투시하여 왜란 종결자가 누구인지를 밝혀낸다. 정리를 하고 나자 유정이 말했다.

"좋소이다. 나는 스승님께 이 내용을 알려야 하겠소. 세 분, 잘 부탁하오. 세 분은 비록 인간은 아니지만, 이 일은 조선만이 아니라 생계 전체가 달린 일 같구려. 애써주시오. 애써주시오……."

유정과 김덕령은 굴을 떠났다. 그러고 나자 호유화가 샐쭉 웃으며 중얼거렸다.

"저 땡중……. 그래도 마음씀씀이가 괜찮네그려. 화통한 인물이야."

자존심이 상해 볼이 부은 흑호가 말했다.

"왜?"

"중이면서 우리 생각을 해서 항상 입 끝에 달고 다니는 나무아미타불 같은 불호를 한 번도 안 외웠어. 여기 오래 있어도 별 탈은 없겠구먼."

생각해보니 그랬다. 흑호도 고개를 끄덕였다. 태을 사자가 말했다.

"아무튼 속히 이 일을 해결하여야 하네. 그래야 흑호는 원수를 갚을 것이고, 나도 사계로 돌아갈 수 있을 것이야."

호유화가 대들었다.

"제기랄. 그럼 나는?"

태을 사자가 웃으며 말했다.

"너는 그래야 은동이와 한 약속을 다 이룰 것 아니냐?"

그러자 호유화도 흥 하고 코웃음을 치더니 입맛을 다시며 웃었다.

"그건 그렇구먼. 알았어. 나도 애써볼게."

논의가 끝났지만 태을 사자와 흑호는 금방 출발할 수 없었다. 서산 대사가 유정에게 상세한 이야기를 듣고서 그때까지 깨닫지 못했던 문제를 하나 지적했던 것이다.

"그래……. 기이한 일이나 잘된 일이로구나. 허나 태을 사자라는 자는 어찌하려 한다는 것인가?"

"예? 무슨 말씀이시온지……."

"태을 사자는 사계의 저승사자라면서? 그래서 낮에는 활동할 수 없다던데 어찌 명국으로 가서 이덕형을 보호하겠는가? 그렇지 않으냐?"

그것은 유정으로서도 미처 생각하지 못했던 일이었다. 서산 대사는 웃으면서 직접 태을 사자를 보고 싶다고 하였다. 한 가지 방법이 있다는 것이다.

"어떤 방법이오니까?"

"양신법陽身法이니라. 그 사자는 도력이 높다고 하였으니 무난히 익힐 수 있을 것이야. 곽 공에게 부탁하도록 하자."

양신이라고 하는 것은 자신이 만들어낸 또 하나의 자신을 의미한다. 도가에서는 원신原身이라고도 하는데, 도력이 높아져 지극한 상태에 이르면 도력으로 자신의 정신을 모아 또 하나의 몸을 만들 수 있다. 그렇게 만들어진 양신은 늙지도 않고 본연의 모습을 언제까지나 간직하게 되는데, 양신이 만들어지면 육체의 속박에서 벗어나 죽지 않는 몸을 지니게 된다. 즉 신선이 되는 것이나 다름없다. 그리고 이 양신은 육신과 똑같이 사용할 수도 있고, 정신력으로 마음대로 거두고 보이고를 할 수 있었다.

천하에 그 정도로 수련을 한 사람은 그리 많지 않았으나 다행히 곽재우는 도가에서도 양신법의 술에 능통한 사람이었다. 태을 사자에게 가르쳐줄 정도의 수련을 마친 상태였던 것이다. 오랜 후의 일이지만, 곽재우는 세상을 떠날 때 좌탈, 즉 앉아서 죽음을 맞이하였으며, 그의 육신은 빈 옷가지같이 전혀 무게가 나가지 않았다 한다.

또 그가 죽은 직후 주변 사람들은 곽재우가 평소와 다름없는 모습으로 큰 학을 타고 지붕 위로 날아가는 것을 보았다고도 한다. 곽재우는 양신법의 대가였으므로 양신을 극대화해 신선의 경지로 들어선 것이다. 이때 곽재우가 탔던 학은 태을 사자의 묵학선이 변하여 된 백학이었다.

그러한 연유로 태을 사자는 곽재우에게서 양신법을 수행하게 되었다. 그리고 흑호는 호유화에게서 인면둔갑人面遁甲의 술을 배우느라 며칠을 소모하게 되었다. 왜군이 언제 한양으로 들이닥칠지도 모르는 일이었고 마수들이 그사이에 무슨 농간을 부리지 않는다는 보장도 없었다. 하지만 어쩔 수 없었다. 각자 최선을 다하여 술수를 가르치고 익히는 수밖에 없었다. 이제 모든 것은 시간 싸움이나 다름이 없었다.

경기감사 우장직령

京畿監司 雨裝直領

고니시는 계속 몸이 좋지 않았다. 정체 모를 존재가 나타나 후지히데를 죽이고 자신을 협박했던 이후로 기운이 없고 온몸이 쑤셔왔다.

군의를 불러 진맥도 해보고 약도 여럿 먹어보았으나 전혀 효험이 없었다. 고니시는 밤만 되면 괴로웠고 전의 그 존재가 다시 나타날까 봐 잠도 제대로 자지 못했다. 그러한 종류의 일에는 무력이나 다른 힘이 쓸모없는지라 고니시는 신앙에 의존할 수밖에 없었다. 그러나 대놓고 신앙심을 보일 수도 없었다. 병사들의 대부분은 불교 신앙이 배어 있는 자였기 때문이다. 그리고 대장으로서 마음 약하다는 인상을 부하들에게 심어줄 수도 없는 노릇이었다.

고니시는 장막 안에 자그마하게 성소를 차리고 밤늦게까지 기도를 드리다가 간신히 잠에 들곤 했다.

고니시의 상태는 좋지 않았지만 왜군은 승승장구 진군을 계속하고 있었다. 이제는 더이상 걸리적거리는 조선군 부대도 없어 싸울 일 없이 주변 정황을 살피면서 나아가기만 하면 되었다.

그렇지만 주변의 상황은 조금씩 변하고 있었다. 진군하기만 하면 겁을 먹고 뿔뿔이 달아났던 조선의 백성들은 하나둘씩 적대적인 행동을 취하기 시작했다.

아직 의병이 본격적으로 일어난 시점이 아니었다. 의병도 군대이니 조직을 갖추려면 사람을 모아야 하고 무기를 구해야 하며 대오를 편성하고 장을 뽑아야 한다.

왜군에게 점령되지 않은 조선 땅에서는 산림에 묻혀 있던 뜻있는 사람들이 의병을 조직하고 있는 참이었다. 곽재우나 김덕령을 비롯하며 정기룡, 정문부, 유정, 조헌, 승려 영규, 고경명, 홍계남 등등이 그들이었다. 단 김덕령만은 매부인 김응회와 함께 의병을 일으킬 준비를 하고 있었지만 노모가 병중이라 임진년에는 의병을 일으키지 못했다.

아직 왜병에 정면으로 맞서 싸울 만한 힘을 모은 부대는 없었다. 그러나 서서히 거대한 힘이 꿈틀거린다는 것은 고니시에게 직감으로 느껴졌다. 고니시는 불안했다.

'잘되고 있다……. 그러나 무엇인가 심상치 않아…….'

병사들의 잦은 실종 사건 때문이었다. 쥐도 새도 모르게 사라지는 병사들이 늘어나기 시작했다. 이곳은 낯선 타국이니 탈영을 한다는 것은 이치에 닿지 않는다. 그렇다면 그들은 어디선가에서 죽음을 당했을 확률이 높았다.

'누구의 짓일까? 토민土民들의 소행일까?'

왜군의 입장에서 볼 때에는 의병이라는 존재는 아직 염두에도 두지 못하는 것이었다. 실제로 왜국에서는 오랜 전란이 계속되는 가운데에서도 의병이 일어난 적이 없었다. 있다면 싸움에서 패한 영주 등을 습격하는 도적이나 토비 들이 있을 따름이었다.

'자기 땅이 짓밟힌 것에 대한 복수를 하려는 것일까? 그러나 충주 이후로는 조선 백성들을 그다지 건드린 적이 없지 않은가?'

일본 전국시대의 전쟁에서는 비전투원에게 직접적인 피해를 주지 않는 것이 상식이었다. 그것은 비전투원을 부역이나 정보원으로 이용하려는 술책에서였다. 더구나 도요토미 히데요시는 한반도 점령 이후에 조선 민중을 이용하여 명을 치려는 계획을 가지고 있었으므로 개전 당시부터 비전투원에 대한 상해는 금지되어 있었다. 그 금제는 1592년 4월 26일에 발령된 것으로 기록에 남아 있는데 내용은 다음과 같다.

금제禁制

1. 난폭한 행위.
1. 방화, 사람을 사로잡는 행위.
1. 상놈, 농민들에 대한 부역, 기타 부당한 행위.
만일에 위반한 자가 있을 때는 엄벌에 처할 것이다.

1592년 4월 26일
도요토미 히데요시

꼭 법령이 아니더라도 천주교 신자인 고니시도 부하들에게 쓸모없이 백성들을 다치게 하지 말라는 명을 내린 바 있었다. 그러나 실제 상황은 달랐다. 군량미가 부족한 왜병들은 가는 곳마다 수탈을 감행할 수밖에 없었다. 보급을 경시하여 현지 조달을 원칙으로 삼으라면서 수탈을 금한다는 두 가지 법령은 모순된 것이었다. 그러니 고니시조차 인명을 죽이지 않는 한 재산 몰수 정도는 '승자의 당연한 권리'로 치부했고, 한술 더 떠서 목숨을 함부로 해치지는 않았으니 조선 백성들이 자신을 고맙게 여기리라는 착각마저 하고 있었다. 하지만 당하는 입장은 전혀 다르다. 사람을 직접 해치지는 않는다 하나, 사람을 인질로 잡아 식량과 재물을 약탈하는 판이니 조선 백성들은 날강도를 만난 셈이었다.

고니시는 조선을 통치하는 데 있어 원한이 많은 노비나 상민을 앞잡이로 쓰며 그것을 일종의 '신분 상승'이라 말했다. 별 볼 일 없는 노예 신세에서 승전군에 협력하는 입장이 되었으니 영광으로 생각하라는 것이었다. 물론 그런 자들도 있었으나 아무리 천대받고 고생을 많이 한 노비나 상민이라도 왜군을 좋아하고 영광으로까지 생각하는 사람은 하나도 없었다. 고니시는 이리저리 궁리하다가 그런 사건들을 도적이나 토비가 일으키는 것이라고 결론지었다.

'갑옷이나 무기라도 약탈하려는 것이리라. 조심할 일이다.'

문득 고니시의 눈에 아무도 없어야 할 장막 안에 누군가가 앉아 있는 것이 보였다. 고니시는 소름이 쭉 끼쳐서 자신도 모르게 칼에 손을 가져갔다. 전날의 악몽이 생각났기 때문이다. 그때 나직한 목소리가 들려왔다.

"놀라지 마시기를. 겐키올시다."

"아, 너였구나."

고니시는 안도의 한숨을 쉬었다. 겐키의 까마귀 같은 얼굴은 보기에 좋지 않았다. 그러나 자신을 괴롭히는 마귀가 아닌 것만으로도 겐키의 얼굴이 천사 같아 보였다.

"많이 놀라셨습니까?"

겐키의 목소리는 여전히 억양이 없었지만 고니시는 겐키 놈이 속으로는 자신을 놀린 것은 아닌가 싶었다. 장수가 되어서 그 정도에 놀라서는 안 되는 일이기는 했다. 그러나 자신에게는 정말 두려운 존재가 있지 않은가? 그렇더라도 그런 내용을 겐키 따위에게 알리고 싶지는 않았다.

"과연 재주가 뛰어나구나. 언제 들어왔느냐?"

"방금 전……. 뭔가 깊은 생각을 하시는 듯하여 방해를 하고 싶지 않사와."

"알았다. 되었다."

고니시는 칼을 내려놓으며 말했다.

"알아보라 한 것은 어떻게 되었느냐?"

겐키가 짧게 대답했다.

"가토 님의 부대는 한강을 건널 예정이라 합니다."

겐키의 말에 고니시는 고개를 끄덕였다. 예상했던 바였다.

"그래, 한강……. 가장 빠른 길로 가려는 것이구나."

"예."

겐키는 고개를 숙였다가 눈을 들어 고니시를 올려다보았다.

"한강은 텅텅 비어 있습니다. 조선군 몇몇이 강을 지킨다고 말은 합니다만, 모두 내빼버린 듯합니다."

고니시는 실망했다. 최소한 조선군이 이틀 정도만 버텨준다면 가토는 자신보다 한양에 늦게 당도하게 되리라. 그러나 조선군이 모두 도망쳤다면 가토가 자신보다 빨리 갈지도 모른다.

"그러하냐?"

겐키는 고니시의 실망한 얼굴을 보고 씨익 웃었다.

"가토 님은 금방 강을 건너시지는 못할 것입니다."

"어째서?"

"배가 없습니다."

"배가? 강에 배가 없단 말이냐?"

"전에는 그래도 몇 척 있었습니다만, 지금은 한 척도 없습니다. 모두 떠내려갔으니 흘러흘러 나중에는 바다에라도 가겠지요."

눈치를 보니 겐키란 놈과 수하의 이가 패들이 나룻배를 모두 떠내려가게 만든 모양이었다. 배가 없다면 나무를 해서 뗏목이라도 만들어야 강을 건널 수 있을 것이고 그러려면 시간은 많이 지체될 것이다. 실제로 고니시가 한강의 거룻배를 떠내려 보내서 가토의 진군을 지연시킨 일은 역사에도 남아 있다. 이는 후에 가토와 고니시의 사이를 더욱더 좋지 않게 만든 또 하나의 이유가 된다. 가토군이 지체되리라 생각하자 고니시는 기분이 좋아졌다.

"잘했다, 겐키. 아주 잘했다."

겐키는 고개를 꾸벅 숙였다. 고니시는 품을 뒤져 묵직한 주머니 하나를 꺼내어 겐키에게 던져주었다. 이가 패들은 항상 재물로 보수를 주어야 한다. 녀석은 다시 꾸벅 고개를 숙이면서 날렵한 동작으로 주머니를 받아 넣었다.

"아주 잘했다. 그런데 또 다른 일은 어찌되었느냐?"

"가토 님 말씀이십니까?"

"그래, 그것이다. 말해보아라."

겐키는 갑자기 음성을 낮추었다.

"겉으로 볼 때에는 이상한 점이 없습니다. 하오나……."

겐키는 더더욱 음성을 낮추었다. 들릴락 말락 한 목소리였다.

"누군가와 이야기를 하십니다."

"이야기를? 누구와 말이냐?"

고니시는 물으면서 품을 더듬어 또 하나의 주머니를 겐키에게 던져주었다. 보수를 너무 일찍 준 것이다. 이자들은 재주는 좋지만 금전에 대해서만은 염치도 인정도 없다. 겐키는 새끼 새가 어미가 물어다주는 먹이를 받아 삼키듯 주머니를 날름 넣고 나서 고개를 수그렸다.

"자세히 듣지는 못했습니다. 그러나 이상한 것은 그 안에는 아무도 없었는데 대화처럼 들렸다는 것입니다."

"아무도 없는데?"

고니시는 등골이 쭈뼛해짐을 느꼈다. 지난번에 자신이 들었던 그 공포의 목소리. 그것이 가토에게도 나타났단 말일까?

"정말 아무도 없었느냐?"

고니시는 다시 한번 확인하듯 물었다. 그러자 겐키가 분명히 말했다.

"누가 있었다면 제가 당연히 알았을 것입니다."

그 말은 믿을 수밖에 없었다. 겐키는 이가 패 중에서도 최고의 실력을 가진 자라 들었다. 최고의 닌자가 없다면 없는 것이다. 고니시는 한숨을 쉬었다.

"상대를 뭐라 하더냐?"

"정확히 알 수는 없었습니다. 으음……. 가토 님께서는 가끔 '풍' 무슨 님이라 하시더군요."

"'풍'이라……?"

고니시는 미간을 찌푸렸다. 몸이 떨려왔다. 하지만 겐키 앞에서 약한 모습을 보이고 싶지 않아 간신히 참고 있었다.

"무슨 이야기를 하더냐?"

"별다른 이야기는……. 예정대로 잘하고 있다는 이야기를 했을 뿐입니다. 그러나저러나 정말 이상한 일. 가토 님이 혼잣말을 중얼거리시다니……."

겐키는 아직도 가토가 혼자 중얼거린 것으로만 여기는 것 같았다. 하긴 그렇게 알고 있는 편이 오히려 나을지 몰랐다. 그러나 고니시는 한 가지 미심쩍은 생각이 들었다. 아무리 겐키가 초인적인 능력을 지닌 닌자라고 하더라도 상대가 초자연적인 존재라면 숨어 있는 것을 몰랐을 리가 없다 싶었던 것이다. 혹시나 겐키도 후지히데처럼 돌변하는 것은 아닐까? 그렇게 생각하자 고니시는 마음속이 뜨끔해졌다.

"그런데 정말 별일은 없었느냐?"

"없었습니다. 그 후에 가토 님은 술을 드시고 주무셨고, 저는 조용히 빠져나왔습니다."

고니시는 장막 안의 등불을 조금 더 환하게 밝혔다. 그리고 겐키의 모습을 들여다보니 겐키의 검은 야행복 자락 밑으로 흰 옷자락이 보였고 그 옷자락에 검은 얼룩 같은 것이 눈에 들어왔다. 고니시는 겐키에게 물었다.

"그런데 네 야행복 속에 입은 것은 무엇이냐?"

겐키가 피식 웃었다.

"전에 고니시 님께서 말씀하시지 않으셨습니까? 고승의 부적이라도 지니고 가라고요."

"그래서?"

"이 안에 입은 옷은 『묘법연화경妙法蓮花經』(당시 일본에서 가장 유행하던 불교의 법문)의 법문을 전부 써넣은 옷입니다. 유명한 대사님이 써주신 것이지요. 헤헤. 이것을 입고 있으면 위험한 상황에서도 신불神佛의 보호를 받을 것 같기에 입고 다니는 것입니다. 다른 닌자들은 저를 비웃습니다만. 헤헤. 저는 고니시 님이 알고 지난번에 그런 말씀을 하신 줄 알았습니다."

겐키는 뻐드렁니를 드러내며 결코 귀엽다고는 할 수 없는 얼굴로 웃었다. 이놈은 틀림없이 고니시가 지난번에 한 말을 듣고 그대로 시행했다는 것을 보이려고 옷자락을 늘어뜨린 것이다. 그러나 고니시는 그제야 겐키가 무사했던 이유를 알았다. 그 '풍' 뭐라는 마귀가 겐키를 알아보지 못한 까닭은 거기 있을 것이라고 생각되었다. 고니시는 품을 뒤져 이번에는 세공하지 않은 금 한 토막을 꺼냈다. 원래 겐키에게 주기로 한 주머니는 모두 소진한 다음이었기 때문이다. 고니시는 겐키에게 금을 던지면서 말했다.

"잘했다, 겐키. 앞의 두 가지 일도 잘했지만 그것이 더 잘한 일이구나. 너는 운이 따르는 녀석이다. 알겠느냐?"

겐키는 이해하지 못하겠다는 듯 고니시를 바라보았다. 고니시는 짧게 말했다.

"어쨌거나 좋다. 앞으로는 어디를 가건, 무슨 일을 하건 그 옷을 절대 벗지 마라. 명령이다. 알겠느냐?"

겐키도 의문이 드는 모양이었지만 그는 어디까지나 닌자다. 되묻지 않고 대답했다.

"예."

고니시는 겐키를 물러가게 했다. 마음이 뒤숭숭했다.

'그때의 목소리가 틀림이 없다. 가토가 무식한 놈이지만 혼자 아무도 없는 데서 중얼거릴 정신병자는 아니다. 틀림없이 그 목소리, 그것이 가토에게도 찾아갔으리라. 아니, 간파쿠님이나 단조노추님에게도 갔을지 모른다. 아……. 이게 도대체 무슨 일이란 말인가? 일본국 전체가 전부 그 목소리에 의해 움직여왔다는 말인가?'

고니시는 속옷을 꺼내어 성모경과 기도문을 속옷에 급하게 쓰기 시작했다. 자신도 겐키의 방법을 흉내내려는 것이었다. 그렇게라도 하지 않으면 두려워서 견딜 수가 없었다.

시간은 물같이 흘러서 벌써 사흘이 지났다.

4월 29일의 한양.

조선의 도읍인 한양은 수라장이 되어 있었다. 신립의 패전이 알려지고 반죽음이 된 이일이 달려온 이후로 조정의 중론은 상감을 모시고 피란하는 것밖에는 방법이 없다는 데 모아졌다. 신하들 중 많은 수는 그래도 한양을 그냥 포기할 수는 없다면서 독전을 주장했다. 사실 조정 대신이라 해도 몇몇을 제외하고는 특별한 의견을 개진할 용기도 경륜도 없었다. 다만 어쩔 줄을 모르고 우왕좌왕할 뿐이었다. 독전을 주장하는 신하는 대부분 사헌부와 사간원의 대신들이었다. 그리고 신립의 패보가 막 당도한 순간까지만 해도 백성의 사기는 상당히 높았다.

"싸워서 왜병을 막아내야 한다!"

"싸우자!"

그러나 실질적인 상황은 그리 흘러가지 않았다. 그것은 일부, 아니 대다수의 부패하고 무능한 고위직 인사들이 원인이었다. 물론 조정 내에서 의논되던 그러한 내용이 백성에게 직접적으로 알려지는 것은 아니었다. 그러나 백성들은 잘 알 수 있었다. 말과 신발 때문이었다.

먼 길을 떠나 피란을 가려면 짐을 실을 말과 사람이 신을 신발이 필요하다. 말은 군마로 사용된다고 할 수도 있으려니와 신발, 그것도 양반이 신는 미투리가 갑자기 대량으로 소비되어 품절이 되고 값이 천방지축으로 오르는 현상은 한 가지 사실만을 의미하는 것이다. 보통 상민들은 짚신을 신었고 양반님네들 정도 되어야 왕골이나 모시의 노로 삼은 미투리를 신었다. 양반님네들이 대대적으로 피난을 떠나려 하지 않고서는 그리될 수 없는 현상임이 분명했다. 공식적으로는 한양을 사수한다고 알려져 있었고 백성들도 그것을 믿고 있었지만 민심이 이완되기 시작했다. 좌찬성 최황, 전 이조판서 유홍 등을 비롯한 수십 명의 고관대작이 저마다 식솔과 일가를 피란시키느라 한양은 법석이었다.

그러한 상황이니 무엇이 될 리가 없었다. 후에 오리정승梧里政丞으로 잘 알려진 이조판서 이원익이나 체찰사 유성룡 등이 각기 개인적으로 수십 명의 민병을 모았으나 오로지 개인의 덕망에 의지한 것이거나 일가 가복家僕을 모은 것에 불과하였다. 내수사 별좌 김공량은 내수사의 종 이백 명을 모았으나 간신히 대궐이나 지킬까 말까 한 정도였다.

당시 한양의 혼란은 극에 달해서, 심지어 병조판서가 울면서 호소하고 병조좌랑 이홍로가 표신을 목에 걸고 밤새 도성 내를 돌아다니며 목이 쉬게 초모를 했는데도 딱 한 명, 위장 성수익이란 자밖에 모으지 못했다고 기록에 전하고 있다.

현재의 국방장관과 차관에 해당하는 병조판서와 병조좌랑이 직접 병사를 모으는데도 수도에서 단 한 사람밖에 응하지 않았다는 것은 실로 비참한 결과가 아닐 수 없다. 그러한 상황에서 냉철한 판단을 내려 선조의 북행을 주장한 사람들 중 주류를 이룬 것이 도승지 이항복과 대제학 이덕형 등이었다. 임금을 바로 곁에서 모시는 도승지였던 이항복의 나이는 37세, 직제학·승지·대사간·부제학·대사성·이조참의 등을 두루 거치고 대제학을 겸임한 이덕형의 나이는 32세였다. 두 사람은 젊지만 실로 놀라운 재주와 경륜을 지녀 장차 조정을 이끌어나갈 동량으로 인식되고 있었다. 실제로 북행은 많은 사람들의 의견이었으나 실질적인 계획과 수행은 주로 그 두 사람의 머리에서 나온 것이나 다름없었다.

신하들은 만에 하나를 생각하여 국사를 보존하고자 다급한 대로 세자를 책봉하도록 건의하였다. 선조에게는 여러 명의 왕자가 있었는데 첫째가 임해군, 둘째가 광해군이었으며 순화군과 신성군, 정원군 등이 있었다. 관례에 따르면 장자가 세자가 되는 것이니 임해군이 세자가 되어야 하겠지만 품성이 변변치 못하다고 하여 광해군이 임명되었다. 광해군은 후대에는 인목대비를 폐한 폭군으로 알려져 있지만 기실 사람됨이 총명하고 성품이 곧은 사람이었다.

영의정 이산해는 평양행을 주장하였으나 이항복은 아예 명국의 접경으로 가서 명군을 빌려야 국면을 전환시킬 수 있다고 주장했다. 그러나 도성을 포기하는 마당에 남의 나라까지 피란을 가는 것은 너무 심하다는 반발 때문에 평양으로 가기로 했다.

임해군과 순화군 등의 왕자들은 팔도로 흩어져 근왕병을 모으는 임무를 맡았다. 임해군은 함경도로 향하게 되었으며, 순화군은 강원도로 신하 몇몇을 동행하여 병사들을 초모하게 되었다. 그다음, 왕을 모시고 곁에서 수행하는 사람으로는 당연히 도승지 이항복이 임명되었다. 마지막으로 서울을 사수할 유도대장으로 이양원이 임명되었다.

그렇게 궁궐에서 몽진하는 부서가 정해지는 동안에도 대궐의 경비는 형편없었다. 그때 선조는 근정전 북편의 사정전에서 회의를 하고 있었는데 근정전 부근까지 누구의 제지도 받지 않는 하인배며 상민이 마음대로 들락거렸고 누구 하나 그들을 향해 무어라고 말조차 하지 않았다.

그러한 상황에서 사정전 부근의 지붕 위에 숨어서 눈빛을 번뜩이는 두 사람이 있었다. 한 사람은 얼굴빛이 유난히 푸르고 차게 보였으며 온통 검은 옷을 걸치고 있었다. 그리고 또 한 사람은 덩치가 매우 커서 산처럼 보이는 거한이었다. 그 사람의 얼굴은 유달리 시커먼 것이 험상궂어 보였으며 딱딱하게 표정 없이 굳어 있었다.

두 사람은 사정전의 지붕 위에 몸을 숨기고 있었는데 워낙 어수선하여 부근을 돌아다니는 위장이며 내관조차 그들을 발견하지 못했다. 아무리 난리중이고 대궐에 민초가 출입하는 상황이 되었다고는 해도 임금과 백관이 모여 있는 사정전에 두 사람이 들어와 있다는 것은 심상치 않은 일이었다.

그러나 그 두 사람은 들어올 수 있었다. 그들은 사람으로 변한 태을 사자와 흑호였던 것이다. 그들은 그곳에서, 과연 이항복이나 이덕형이 왜란 종결자가 될 사람이 맞는가를 알아내려 하고 있는 중이었다. 그러나…….

"자네는 무엇을 좀 알겠는가?"

태을 사자가 지친다는 듯 말했다. 그러자 흑호도 지붕에 대고 있던 턱을 들면서 설레설레 고개를 저었다.

"모르겠수. 이거 원, 다들 무슨 소린지."

그들은 조정의 회의를 엿듣고 있는 중이었다. 그러나 조정 대신들의 말투는 일반적으로 그들이 알고 있는 말과는 다소 상이했으며 낯선 단어가 많아서 잘 알아들을 수가 없었다. 더구나 흑호는 궁중에서 쓰는 말이나 고관들이 사용하는 어려운 말을 반의반도 이해하지 못했다. 그리고 그것은 태을 사자도 크게 형편이 다르지 않았다.

거기다가 그들은 이름을 부르지 않고 서로 간에 호칭할 때면 좌찬성이니 승지니 하고 관직을 부르고 있었다. 태을 사자나 흑호는 이항복이나 이덕형의 관직이 어떻게 되는지 몰랐다. 그리고 그들과 만나본 적이 없으니 목소리도 판가름할 수가 없었던 것이다. 사람들이 말하는 내용을 듣고 판단을 내리려 해도 어려웠다. 모든 신하들은 하나같이 자신이 가장 충성스러운 양 말하고 있었던 것이다. 그러니 이항복과 이덕형의 사람됨을 알아내기는커녕 누구인지 분간조차 할 수 없는 형편이었다.

"제길. 이래서야 우리가 어떻게 알겠수?"

태을 사자는 할 수 없다는 듯 고개를 끄덕였다. 아무래도 상감이 몽진 길에 오른다는 것은 기정사실인 것 같았으나 그 이외의 일들은 도무지 알 수가 없었다.

"좋네. 그러면 기다렸다가 이따가 사람들이 나오면 자세히 살펴보기로 하세나."

"그럴 수밖에 없겠수……. 헌데……."

흑호는 자신 없는 듯한 목소리로 말했다.

"우리 이 몰골로 사람들이 수월하게 만나주려 할지, 그게 걱정이우."

흑호는 호유화에게서 인면둔갑의 술수를 배웠고, 태을 사자는 곽재우에게서 양신법을 배웠다고는 하지만 둘은 만 이틀밖에는 수련할 시간이 없었다. 그래서 그럭저럭 사람의 형상은 갖추었다 할지라도 이상한 점이 많았다.

태을 사자는 낯빛이 푸른게 꼭 죽은 사람 같아 보여서 누가 보더라도 몸을 흠칫할 얼굴이었다. 누구라도 이상한 사람으로 생각하고 몸을 숨기려 할 것이었다. 사계의 존재인 태을 사자로서는 워낙이 음기가 왕성하여 어찌할 수 없는 형편이었다.

흑호에 이르면 더 문제가 컸다. 호유화는 인면둔갑의 술수를 잘 배우기만 하면 어떤 사람의 형상으로라도 변할 수 있을 것이라 하였으나 흑호는 그렇게 능숙하게 둔갑을 할 수가 없었다. 간신히 둔갑을 하기는 했지만 몸 크기는 그리 많이 줄일 수 없었다. 그러니 장정이라면 어마어마하게 덩치가 큰 장정이 되었던 것이다.

얼굴은 그럭저럭 사람의 형상이기는 했으나 함부로 표정을 지을 수가 없었다. 호랑이의 버릇이 남아 있어서 얼굴에 힘을 주면 금방 얼굴이 뒤틀려 이빨을 드러내는 호랑이 상이 되었다. 거기다가 이를 변화시킬 수 없어서 송곳니가 기다랗게 튀어나와 있었으니 입을 벌렸다가는 사람들이 보고 귀신이라고 기절초풍을 할 법했다.

실제로 둘은 금강산에서 한양으로 오는 도중 어느 조그마한 마을에 들러 변장이 잘되었는가 확인하려 했다. 결과는 몹시도 씁쓸했다. 흑호의 얼굴을 본 동네 아이 녀석은 흑호가 아무 짓도 하지 않았음에도 그 자리에 주저앉으며 울음을 터뜨려버렸다. 태을 사자가 말을 붙이려 하자 무서워서 앉은 채 오줌까지 싸버렸던 것이다. 누구에게 말도 붙이지 못한 채 동네 사람들이 혼비백산하여 줄행랑을 놓는 바람에 둘은 당황했다. 결국 급히 얼굴을 숨기며 마을을 떠나고 말았다.

"지금이라도 늦지 않았으니 호유화를 데려오는 것이 어떠할까?"

태을 사자가 말하자 흑호는 고개를 설레설레 저었다.

"아니우. 안 되우, 안 돼."

태을 사자는 지난번 마을 사건이 있을 때부터 금강산으로 돌아가 호유화를 데리고 오려 했지만 흑호가 반대했다. 흑호는 흑호대로 이유가 있었다. 이런 사실을 호유화가 알면 또 무슨 소리를 할까 하여 골치가 아팠던 것이다. 흑호는 이미 이틀 동안 호유화에게서 인면둔갑술을 배우느라 욕을 먹어도 엄청나게 먹고 구박을 받아도 지긋지긋하게 받고 난 다음이었다. 바보 같은 괭이 새끼로부터 시작하여 털

가죽 한 장밖에 건질 게 없는 병신 머저리에 이르기까지 호유화의 욕설은 무궁무진했고 휘황찬란하기가 그지없었다. 흑호도 성질이 이만저만이 아니기는 했지만 호유화는 교묘하게 말로만 약을 올려대니, 술법을 배우는 입장에서 힘으로 대들 수도 없었고(사실 흑호도 호유화를 이길 자신은 없었다) 말로는 애당초 상대가 되지를 않았다. 차라리 돌에 머리라도 박고 죽어버릴까 생각까지 한 것이 한두 번이 아니었다. 그런데 한양까지 갔다가 되돌아왔다 하면 구박은 두 배 이상 심해질 것이 분명했다.

"안 되우. 아이고, 누구 죽는 꼴을 보려구……. 안 되우. 내가 무슨 짓을 해서라두 이항복이한테 말을 붙여볼 테니 그만두시우."

그러고 있는데 사정전 안에서 인기척이 들려왔다. 늦은 밤이었으나 꽤 많은 사람들의 목소리였다.

몇 명의 내관들이 사정전 밑으로 지나가자 흑호는 몸을 낮추었다.

"조심하우."

그러나 태을 사자는 조용히 앉아 미동도 하지 않았다. 흑호가 태을 사자를 잡아끌었다.

"이것 보우. 지금도 사람들 눈에 안 보이는 저승사자인줄 아시우? 자칫 보일지두 모르니 어서 고개라두 낮추시우."

그러고 보니 태을 사자는 아직도 자신을 보지 못하는 사람들 속을 누비고 다니던 습관 때문에 통 사람들을 경계하지 않았다.

태을 사자와 흑호가 고개를 숙이고 시간이 조금 지나자 두런두런 소리와 함께 많은 사람들이 사정전에서 몰려나오는 소리가 들렸다. 태을 사자는 흑호에게 전심법을 사용하여 주의를 주었다.

"말 한마디도 허술하게 넘기지 말게. 가급적 빨리 이항복이 누구인지 알아야 하네."

흑호는 호랑이라 청각이 극도로 예민하여 수십 명이 작은 소리로 나누는 잡담도 알아들을 수 있었다. 그런데 흑호가 들어보니 이 인간들이 아까까지는 좌랑이 어떠니 찬성이 어떠니 하고 관직으로 이야기하더니 어전을 나서자 또 갑자기 호칭이 바뀌었다. 서로 간에 호를 부르고 있는 것이다.

"그런데 이항복의 호가 뭐라구 했수? 지금은 호를 부르며 이야기들 하니 알 수도 있을 것 같수만."

"오성이라고 하지 않았나? 이덕형은 한음이라고 했고."

그러나 실제로 다소 공적인 자리에서 상대를 부를 때에는 호를 부르기보다 자를 부르는 것이 일반적이었다. 호는 서로 막역한 사이일 경우에나 부르곤 했던 것이 당시의 습관이었다.

이항복과 이덕형은 오성과 한음으로 후세에 널리 알려지게 되지만 실제로 이항복의 자는 자상子常이었으며 호는 매우 여러 개여서 청화진인淸華眞人, 동강東岡, 백사白沙였고 오성은 아호로만 사용했을 뿐이었다. 그리고 나이가 든 후의 이항복은 보통 백사라는 호로 사람들에게 불렸다.

이덕형의 호는 한음을 그대로 썼지만 자는 명보明甫였다. 그러니 흑호가 아무리 귀를 곤두세우고 들어도 오성이나 한음이라는 말이 나오지 않는 것이 당연했다. 한참을 지나 사람들이 각각 황급한 걸음으로 몰려 나간 다음까지도 둘은 누가 이항복이고 이덕형인지 도무지 알 수 없었다. 고생을 했는데도 소득이 없자 흑호는 기분이 나빠졌다.

"제기. 호칭 하나 부르는 것도 이렇게 복잡하고 허식만 따르니 나라가 이 모양이 됐지. 도대체 인간들이란 이해할 수가 없어."

"이거 복잡하게 되었군."

"그러게 말유."

태을 사자가 잠시 생각해본 다음 말했다.

"이대로는 안 되겠네. 나의 양신법이나 자네의 둔갑법 모두 완전하지 못하니 차라리 본래의 모습으로 돌아가서 사람들을 찾는 것이 훨씬 낫겠네. 그리고……"

태을 사자는 말을 끊고 뭔가 생각을 하다가 고개를 끄덕이며 말했다. 그는 저승사자이기 때문에 인간들의 관상이나 인물을 감식하는 눈이 조금 있었던 것이다. 더구나 영혼을 감독하는 사계의 존재인지라 그 인물의 영혼이 후대에 위대하다고 숭앙받을 사람이 될 것인가에 대한 예감 같은 것이 있었다.

"그 두 사람이 출중한 인물이라면 내게도 인물을 보는 능력이 있느니. 인물감을 찾아서 하나씩 관찰하다 보면 그 둘을 찾을 수 있을 것일세. 아직 신하들은 퇴궐하지 않고 궐내의 일을 돌볼 것이니."

"그게 낫겠수. 난 이제 저 인간들 이야기하는 고리타분한 소리만 들으면 머리가 다 아파지우."

"인간들이 비록 나를 보지는 못한다 하나 아무래도 사계의 존재이니 이상한 기운이 느껴질 것이야. 그러니 내가 높은 곳에서 사람을 호명할 것이니 자네가 가까이 가서 알아보도록 하게나. 알겠는가?"

태을 사자는 저승사자이니 그가 지닌 기운은 순수한 음陰의 것이며 살아 있는 인간은 양陽이라 할 수 있으니 잘 맞지 않았다. 물론 별 탈이야 없겠지만 개중에 날카로운 안목을 지닌 사람이라면 수상하게 여길지도 모르고 공연히 두려워할 수도 있는 것이다. 그래서 태을 사자는 신중을 기하기로 했는데 흑호도 선선히 동의해주었다.

"그러시우."

그들은 미련 없이 양신과 둔갑을 벗어던졌다. 다시 둔갑을 하거나 양신을 모으려면 시간이 많이 필요하겠지만 지금은 도리어 없는 것만도 못한 형편이니 미련을 두지 않았다. 흑호는 목둔법을 써서 바람 속으로 자취를 감추었으며 태을 사자는 저승사자의 모습이 되어 쏜살같이 사람들 사이를 누비고 다니면서 넓은 대궐 안을 떠돌기 시작했다.

"저 사람의 소리를 들어보게!"

태을 사자가 갑자기 멀리서 전음법으로 전달하는 소리가 흑호의 마음에 닿았다. 흑호는 곧 몸을 솟구쳐 올렸다. 그리고 태을 사자가 가리킨 쪽을 바라보았다. 그곳에는 평범하게 생기고 관복도 허름한 한 남자가 급히 발걸음을 옮기고 있었는데 등에는 큰 보따리 같은 것을 지고 있었다. 아무리 흑호가 인간사를 모른다고는 하나 저 말단에 있는 것 같은 사람이 이항복이나 이덕형은 아닐 것 같았다.

"저 사람은 누군가?"

"모르겠수. 저 사람은 말단 같아 보이는데 그가 어찌 큰 인물일수 있단 말이우?"

"아니야, 아니야. 외양만 가지고 판가름해서는 아니 되네. 저 사람은 분명 큰 인물이야. 여기 있는 사람들 가장 위대한 인물이 되고 후대에 이르기까지 길이 칭송받는 위인이 될 것이야. 어서 가보게."

흑호는 반신반의 하면서 그 사람을 따라다녔다. 물론 토둔법을 써서 그 사람의 발밑으로 다닌 것이지만. 한동안을 따라다녔으되 그 사람은 필경 중요한 벼슬아치 같아 보이지는 않았다. 그 사람은 그보다 높아 보이는 어느 노인에게 호되게 꾸지람을 당하기까지 한 것이다. 그리고 그와 비슷한 복색을 한 사람들도 그를 몰아세우는 분위기 같았는데 그 사람은 부득불 고집을 피우고 있었다. 흑호는 조금 더 귀를 기울여보았다. 그 사람의 이름은 나오지 않았으되 그 사람에게 야단을 치는 늙은 사람은 어의御醫라 불리고 있었다. 어의라면 임금을 시중드는 의사이니 그 사람은 그 밑에 있는 자일 것이요, 그렇다면 한갓 의원 부스러기에 불과할 것이었다. 당시 의원이라면 중인의 신분으로서 사회에서 별반 인정을 받는 계급은 되지 못했다. 좀 더 들어보니 내의원에서도 직책이 그다지 높지 않은 주부에 불과했다. 흑호는 실망하고 태을 사자에게 돌아왔다.

"아니우. 아니우. 그 사람은 의원에 불과하우. 그것도 높은 자리도 못 되는 일개 의원이우. 어의라는 자에게 꾸지람만 듣고 있으니."

태을 사자도 놀란 듯했다.

"허어. 틀림없는가?"

"뭔가 잘못 본 게 아니우? 일개 의원이 어찌 가장 위대한 인물이 된단 말유?"

"허어. 그러나 그 사람에게 느껴지는 예감은 틀림없는데……. 이상한 일이로군……."

흑호가 한숨을 쉬었다.

"하긴. 고관대작이며 벼슬아치라는 사람들이 의원만도 못하니 나라가 이 모양이 된 것이겠지만……."

그러나 그들은 알지 못하고 있었다. 임진왜란이 일어난 당시, 궁궐 내의원에 근무하고 있던 그 사람은 몇 년 후 바로 한의학 최고의 저작인 『동의보감東醫寶鑑』을 저술하는 허준이었던 것이다. 후대에 끼친 영향으로 볼 때 정치가는 일대의 역사를 관장하지만 천시받던 그는 수백 년 후까지 이름을 떨치고 사람들의 생명을 구해 존경을 받았으니 그가 여기 있는 이들 중 가장 큰 인물일 것이라는 태을 사자의 안목은 틀리지 않았던 것이다.

그런 미래의 일까지 알 길이 없는 태을 사자와 흑호는 다시 궐 안을 살폈다. 그러다가 다소 나이가 든 한 관료를 발견했다. 그 사람의 사람됨도 보통은 아니었다. 그 사람은 이렇게 급박한 가운데서도 서두르는 일이 없었으며 차분하게 일을 처리하고 있었다.

"저 사람은 어떻겠는가? 문관이나 무관으로서의 기략도 있어 보이는걸? 혹시 이항복은 아닐까?"

"글쎄. 나이가 좀 든 것 같은데."

그러고 보니 그 사람은 이항복이나 이덕형이라 보기에는 다소 나이가 든 것 같았다. 그리고 서둘러 사람들의 대오를 정하고 짐을 싣는 품이 먼저 어디론가 떠날 것 같았다.

그 사람은 당시 이조판서를 지내고 있었으며 후에 오리정승이라 널리 알려지게 되는 일세의 명신 이원익이었다. 그는 이때 쉰이 다 되어가는 나이였으니 한창때인 이항복이라 생각할 수 없는 것도 당연하였다.

이원익은 율곡 이이의 문하로서 인품이 곧고 성품이 강직하며 침착하고 슬기로운 사람이었다. 지금 그는 평안도 도순찰사를 겸임하여 선조의 앞길을 닦기 위해 먼저 출발하는 것이었다.

이원익은 후에 명대신으로만 알려지지만 자세히 살펴보면 군략 또한 남다른 데가 있었다. 이후의 일이지만 이원익은 평양이 떨어진 후 정주에 이르러 흩어진 패잔병들을 독력으로 수습하여 대동강 서쪽을 혼자 방어하는 발군의 공을 세웠으며, 명군이 후에 평양을 회복할 때에도 유정 등과 함께 큰 공을 세웠다.

그는 후에 광해군과 인조 두 대에 걸쳐 최고의 직위인 영의정을 지내 문관으로만 알려져 있지만 실제로 난국을 당했을 때 무공을 세운 이들은 문관이 더 많았다.

조선은 현대 우리가 생각하는 것만큼 문약했던 나라는 아니었다.

조선 시대의 선비들은 시서詩書 이외에도 필수적으로 말 타기와 활쏘기를 할 줄 알아야 했다 한다.

후에 식민사관의 영향으로 활쏘기 하면 한량들이 기생이나 세워놓고 지화자 하는 것으로 천시되기에 이르렀지만 실제로는 그렇지 않았다. 문관도 일이 생기면 무공을 세운 일이 임진왜란 때만도 허다한데, 그것은 그냥 되는 일이거나 개개인의 천품으로만 돌릴 일은 아닌 것이다. 평시에 대비하지 않았으면 난에 이르러 어찌 갑자기 말 타고 병사들을 지휘할 용기가 생길 것인가?

좌우간 그 사람도 이항복 같지가 않자 태을 사자는 다른 사람을 하나 골라내었다.

"저 사람은 그리 복상은 아니나 기지에 능하고 무척이나 슬기로운 사람일 것이니 한번 보는 것이 어떤가?"

흑호는 이번에도 고개를 저었다.

"저 사람도 나이가 많수. 오십은 되었겠는걸? 그리고 이항복은 예전에 김여물에게 씐 귀신이 놀라 달아날 정도로 복상이라고 했는데 어찌 박복한 사람이 이항복일 수 있단 말이우."

태을 사자가 보니 과연 그러했다. 그 사람은 좌의정인 서애 유성룡이었다. 유성룡은 슬기롭고 미래를 통찰할 줄 아는 혜안을 지닌 사람이었다. 왜란이 일어나기 전 일본이 명을 침략할 의도를 비친 국서를 보냈을 때 영의정 이산해는 이를 묵살하려 했으나 유성룡은 끝까지 주장하여 그것을 중국(명나라)에 보고하게 하였다.

명은 조선이 난을 당하자 조선까지 함께 의심하여 파병을 꺼렸으나 과거에 조선이 국서를 그대로 보내어 경고했던 일 덕에 그 의심을 풀게 되었다. 그래서 후에 유성룡은 많은 사람들에게 선견지명이 있다고 칭송을 받았다. 또한 유성룡은 왜란이 일어나기 전 이순신과

권율을 천거하여 왜란의 양대 명장을 발탁한 공로가 있다.

그러나 유성룡 자신은 박복해서인지 몇 가지 치명적인 실수를 하게 되는데, 그에 대해서는 후에 나온다. 유성룡은 퇴계 이황의 문인이었으나 율곡 문하였던 이항복과 이덕형을 높이 평가하고 있었다. 그래서 그 두 사람에게 중임을 맡기도록 많은 힘을 썼는데 이것도 그의 큰 공로 중의 하나이다.

그때 태을 사자에게 스치고 지나가는 생각이 있었다.

"그렇군! 이항복은 지극히 관상이 좋은 복인이라 하였지! 그러니 다른 것을 볼 것이 아니라 가장 복이 많은 사람을 살피면 되지 않겠는가. 일을 힘들게 하려고 했군."

흑호도 동의했다.

"맞수, 맞아. 그럼 어서 찾아봅시다."

그 둘은 목표가 정해지자 대궐 안을 바람처럼 쓸고 지나가기 시작했다. 그러나 대궐 안을 샅샅이 뒤졌는데도 불구하고 이항복일 듯한 복인의 얼굴은 보이지 않았다. 결국 태을 사자가 흑호에게 말했다.

"이제 한 곳 말고는 다 본 것 같네."

"그러면 어서 거길 찾아봅시다그려."

"하지만……. 그곳은 함부로 들어갈 수가 없을 것 같은데……."

"뭔 말씀이우?"

"그곳은 궁궐 중에서도 가장 우리에게 걸리는 곳이거든."

흑호가 의아해했다.

"아니, 궁궐이라 해본들 사람 사는 곳인데 우리가 뭐 걸릴 게 있겠수. 어서 갑시다. 어딘데 그러시우?"

태을 사자는 고개를 저었다.

"함부로 말하지 말게. 그곳은 종묘宗廟일세."

"종묘? 아니 그러면 나라의 역대 임금들을 모셔놓은 사당 말이우?"

"그렇네. 조선은 지금 국난을 당하였지만 원래 천기는 아직 조선이 수백 년을 지탱할 것으로 되어 있네. 조선의 정기가 종묘에 모여 있으니 그곳에 가는 것은 쉬운 일이 아닐 것일세."

"그러면…… 수호신이라도 있다는 말이우?"

"그럴지도 모르지."

흑호는 망설이다가 다시 거침없이 말했다.

"우리가 나쁜 짓을 하려는 것도 아니구. 수호신이 있다 한들 우릴 왜 말리겠수?"

"허어……. 우리 말을 믿어줄지 그것은 생각해보지 않았는가? 사계에서도 내 말을 믿지 못하여 내가 쫓기는 신세가 된 것을 몰라서 하는 말인가?"

"원 참……."

"그러니 들어가지는 말게나. 거기로 들어갔다간 무슨 귀찮은 일이 발생할 것 같단 말이네. 이항복, 이덕형이 아무데에도 없다면 필경 그리로 갔을 것이니 그 앞에서 기다려보세."

흑호는 툴툴거렸다.

"제길……. 일각이 바쁜 판인데……."

태을 사자의 말은 일리가 있었다. 종묘 앞쪽으로 가니, 그곳은 지기가 몹시 강해서 수호신이라도 하나 있는 것이 틀림없었다. 흑호조차도 꺼림칙하여 기를 죽이고 종묘 앞에서 말없이 기다리게 되었다.

태을 사자는 이미 양신을 버리고 있어 뜬 채 기다렸고, 흑호는 태을 사자의 발밑에서 토둔법으로 기다리고 있었다. 한참이 지나자 종묘 안쪽에서 많은 사람들이 통곡하는 소리와 함께 인기척이 들려왔다. 그리고 무엇인가 짊어진 사람들이 안에서 나왔다.

"이크. 사람들이우."

"그래……. 종묘의 위패를 피란시키는 것이구먼……."

태을 사자는 마음이 착잡해졌다. 종묘에는 조선을 건국하고 다스려 온 역대 왕들의 위패가 모셔진 곳이요, 조선 역대 왕들의 혼령이 머물러 있는 곳이기도 했다. 태을 사자도 오래 저승사자 역할을 한지라 조선에 위대한 왕이 많았다는 것을 알고 있었다. 태조 이성계나 태종 이방원은 비록 나라를 훔쳤지만 기개가 대단한 큰 인물이었다. 장수로서의 무력과 도량은 이성계가 뛰어났고 담략과 그릇은 이방원이 컸다. 그리고 세종 이도는 당대가 아니라 역대 가장 훌륭한 성군이었으며 세조 이유는 조카를 죽이고 왕위를 찬탈한 잔혹한 짓을 하였지만 천성이 호탕하고 많은 업적을 남겼다. 성종 이치도 많은 업적을 세웠으며 나라의 문물제도를 정비하여 국가를 중흥시켰다. 연산군 이융이 포악하였지만 나라는 잘 유지되었다.

이제 난리를 당하여 왜인의 손에 침탈을 당하고 종묘가 옮겨지는 마당이 되었으니 그들의 마음은 어떠할 것인가? 이 사실을 알게 된다면 저승에 있는 군왕들이며 누대의 신하들은 또 어떤 생각을 하게 될 것인가? 태을 사자는 자신도 모르게 감개가 무량해지는 것을 느꼈다.

그런 감상은 오래가지 않았다. 그 뒤를 이어 두 명의 관료가 나온 것이다. 두 사람 다 수심이 가득하기는 했지만 얼굴이 환하게 빛나는 것이 보통 인물이 아니었다. 더구나 한 명은 환하게 빛날 정도로 복상이 뛰어났다.

"저 사람이 바로 이항복이 틀림없네!"

태을 사자는 기뻐서 흑호에게 말했다. 때마침 흑호도 그 옆에 있던 남자가 옆 사람에게 소근거리는 것을 들었다.

"이보게. 오성. 비록 종묘가 옮겨진다고 아직 조선이 망한 것은 아니네. 우리라도 할 수 있는 바를 다 해야 하지 않겠는가?"

"틀림없수! 분명 저 사람이 친한 듯한 말투로 오성이라고 말했수. 틀림없이 저쪽은 이항복이고, 나머지 한 사람은 이덕형이우!"

이항복과 이덕형 두 사람은 나이는 적었지만 전례에 밝고 모르는 것이 없었으며 기지와 임기응변에 능한 까닭에, 종묘의 위패를 옮기는 막중한 일에 파견되어 행여 실수가 있을까 보살피는 일을 맡았던 것이다. 두 사람은 드디어 이항복과 이덕형을 찾아서 기뻐하며 뒤를 따르려 했다. 그런데 그 순간, 생각하지도 못한 전심법의 소리가 둘에게 벼락같이 울려 퍼졌다. 영력으로 들리는 소리라 사람들은 듣지 못했을 것이지만, 위패를 옮기던 사람들 또한 자신도 모르게 몸을 떨었다.

"여기가 어느 안전이라고 잡것들이 함부로 출입하느냐!"

그 소리는 무지무지한 영력을 담고 있어서 태을 사자와 흑호가 비록 법력이 크게 증가되었다고는 하나 몸이 다 떨릴 지경이었다. 흑호와 태을 사자가 놀라서 돌아보니, 종묘의 문 앞에 장수의 차림을 한 세 명의 장한이 서 있는 것이 보였다. 그들은 영체여서 인간들의 눈에는 보이지 않을 듯싶었으나 둘의 눈에는 분명히 보였다. 그 셋은 금방이라도 눈빛을 빛내면서 흑호와 태을 사자에게 불문곡직 덤벼들 것 같았다.

"잠시 손을 멈추시오. 나는 사계의 저승사자 태을이라고 합니다."

흑호는 매우 놀라서 냅다 들고 뛰어야 하나 맞아 싸워야 하나 하고 고민했다. 그만큼 세 명은 무서운 기를 보였는데 태을 사자는 그러한 순간에서도 침착성을 잃지 않았다.

"저승사자라구? 정말이냐?"

"그렇소이다."

태을 사자는 당당하게 말했다. 세 명은 기세가 멈칫해지기는 했지만 그래도 여전히 흉흉한 말투로 쏘아붙였다.

"여기가 어딘지 아느냐?"

"알고 있소이다."

"여기는 이미 돌아가신 분들을 모신 곳이니라. 네가 저승사자임이 맞다고 하여도 너 따위가 올 곳이 아니야."

"나는 직무를 수행하려고 온 것이 아니외다."

"그렇겠지. 하지만 너는 그렇다 치고 어찌하여 잡금수와 함께 온 것이냐? 여기가 어느 안전이라고!"

그러자 참지 못하고 흑호가 불쑥 내뱉었다. 원래 흑호는 하늘 높은 줄 모르고 살아왔다. 조선 금수의 우두머리인 호군의 손자였으며 도력 또한 높았으니 어지간한 산신이나 토지신 따위는 흑호에게 깍듯이 대했다. 그런데 그런 취급을 받자 성미가 뒤틀렸던 것이다.

"제기럴! 우린 이 난리를 막으려 상처투성이가 되어 싸웠는데, 고작 이런 취급이란 말이우!"

"뭐? 난리를 막아?"

"우린 왜란 종결자를 찾아온 것이란 말유!"

세 명은 의아한 듯했다. 하긴 그들이 왜란 종결자라는 말의 뜻을 알 리가 없었다.

"왜란 종결자라니? 그것이 무엇이냐? 누구냐?"

태을 사자는 한숨을 쉬면서 그동안에 자신의 일행이 겪었던 일을 간략하게 일러주었다. 그러나 행여 꼬리가 잡힐지 몰라 자신이 사계에서 쫓기는 신세가 되었다는 것만은 빼놓고 이야기하지 않았다. 그러는 사이 어느새 종묘의 위패는 사람들에게 들려 사라지고 이항복과 이덕형 등도 모두 흩어져버렸다. 흑호는 애써 찾은 두 사람이 나가는 것을 보고 움찔하여 뒤쫓으려 하였으나 세 장한은 그것을 용납하지 않았다.

"어딜 가려는 게냐? 저들은 중요한 나라의 인물들이다. 어디서 수작을 부리려고!"

흑호는 주춤하면서 일단 두 사람을 쫓으려던 걸음을 멈추었다.

사람들이 모두 나가 종묘 앞이 비자 흑호는 이제 거리낄 것이 없어 땅 위로 뛰쳐나왔다. 둔갑을 깬 다음이었으므로 반인반수의 모습이었다.

"저놈도 혹시 그 일당인 것 아닌가? 몰골이 흉악한걸?"

세 장한 중 하나가 고개를 갸웃하자 흑호가 화를 냈다.

"몰골이 흉악하다니? 내가 어디가 어때서 그러슈? 겉만 보고 판단하기요?"

흑호가 무어라 말하려는 것을 태을 사자가 제지했다. 그리고 태을 사자는 하던 이야기를 마저 끝맺었다. 그러나 워낙 신기한 이야기인지라 세 장한은 판단을 내리지 못하는 것 같았다. 그러다가 그중 한 명이 종묘 안쪽으로 들어갔다. 그리고 은연중 우두머리인 듯 보이는 한 명이 말했다.

"우리는 종묘를 지키는 토지신이다. 나는 양척梁尺이고 이쪽은 고벽수高碧樹, 안으로 들어간 신은 물물계勿勿溪라 부른다. 너희의 이야기가 하도 괴이하여 어르신께 아뢰러 갔으니 조금만 더 있어라. 그러지 않아도 비상한 시국이라 결례를 했으니 너무 허물하지 말고."

종묘라 한다면 토지신이 이 정도로 막강한 것도 무리는 아니다. 아무튼 저쪽이 점잖게 나오자 흑호도 누그러졌다. 흑호는 토지신들이 말하는 어르신이 누구인지가 궁금해졌다.

"그런데 어르신이 뉘시우?"

고벽수가 말했다.

"조선의 세 번째 상감이셨던 태종 대왕, 그 어른이시다."

태을 사자는 크게 놀랐다.

"태종 대왕은 이미 수백 년 전에 돌아가시지 않았소?"

고벽수가 말했다.

"선대 상감이시다. 붕崩하셨다고 말하라."

"아, 결례하였소. 그런데 태종 대왕께서는 오래전에 붕하셨는데 어찌하여 윤회의 길을 걷지 아니하고 여기에 계시는 것이오?"

양척이 말했다.

"그분의 뜻이셨느니라. 자신의 손으로 일구어놓은 조선을 지키기 위한 뜻이었느니. 그분은 항상 조선 땅을 염려하시어 영험을 여러 번 보이셨느니라. 태종의 비雨란 말을 들어보지 못했느냐?"

태을 사자는 잘 몰랐으나 흑호는 대강이나마 그것을 알고 있었다. 태종 대왕이 돌아갈 때 날이 몹시 가물었는데, 태종은 임종 때 그것을 통한으로 여겨 매년 자신이 죽은 날만은 꼭 비가 오게 하겠다고 유언처럼 말한 바가 있었다.

그날이 임인년(1422년) 오월 초열흘이었는데 정말 그 이후로 170여 년간 항상 오월 초열흘만 되면 비가 내렸고 한 해도 거르지 않아 사람들이 이것을 태종의 비라고 불렀던 것이다. 그런데 올해는 이 태종의 비가 내리지 않아 사람들은 의아해하며 이것이 무슨 징조가 아닌가 수군거렸다.

태종 대왕인 이방원의 혼령이 종묘에 남아 있었다는 것은 뜻밖의 일이었다. 그러자 태을 사자가 흑호에게 넌지시 말했다.

"태종 대왕은 위대한 분이시지만, 골육상쟁을 일으키고 너무 많은 피를 흘리게 한 업보는 벗어날 수 없는 게야. 그래서 아마 수백 년 동안 이곳에서 조선을 돌보며 업을 푸시려 한 것이겠지. 본인도 그것을 바랐을지 모르고."

태종에 대해서는 태을 사자도 약간 아는 바가 있었다. 태종은 담이 크고 호기가 있는 인물이었던지라 죽어서도 강한 힘을 발휘한 것이 분명했다. 태을 사자는 아마도 태종이 저승에 가서라도 아버지였던 태조 이성계를 볼 낯이 없어서 승천하지 못한 것은 아닌가 추측해보기도 했다.

태조 이성계는 죽는 날까지 자신의 골육을 처참하게 해친 아들을 완전히 용서하지 않았다. 아마도 나라의 후사 때문에 모든 것을 포기했는지는 모르지만 개인적으로는 결코 용서하지 않았을 것이다. 태종도 죽은 이후에는 아무리 공적인 이유가 있었다 하더라도 자신이 어쨌거나 갚아야 할 응보를 지게 된 것을 깨달았는지 모른다. 그런 이유로 태종은 수백 년 동안을 종묘를 떠도는 수호신, 아니 좀더 잘라 말하면 망령이 되었는지도 모른다.

사계의 존재인 태을 사자로서는 왕권이니 왕위니 하는 것도 한낱 뜬구름에 지나지 않았다. 다만 많은 사람을 잘 다스리면 그만큼 큰 복을 받게 되는 것이요, 원성을 사게 되면 그만큼 좋지 못한 대가를 받는 것이 생계와 사계뿐만이 아니라 우주 전체를 통괄하는 인과율의 큰 법도라고만 믿었다.

'혹시 세조 대왕도 태종 대왕과 같이 있는지 모르겠구나. 그도 따지고 보면 골육상쟁의 죄를 지은 셈인데……'

태을 사자가 이런저런 생각을 하며 기다리고 있자 물물계가 이내 밖으로 나왔다. 물물계가 엄숙한 표정을 지으며 말했다.

"어르신의 말씀을 전하는 바이다. 너희는 분명 천기대로라면 왜란은 이리 큰 난리가 되지 않았을 것이며 그것을 마수라 하는 존재들이 부추기고 있다고 하였겠다. 틀림이 없느냐?"

"틀림없수."

흑호가 말하자 태을 사자가 다시 한번 고쳐서 말했다. 이제 죽어 혼이 된 이상 왕후장상이라고 무엇이 그리 다르겠는가? 하지만 일세의 위대한 인물이었던 만큼 태을 사자는 그러한 집착이나마 그냥 넘길 정도의 도량은 갖추고 있었다. 그것도 오랜 저승사자 생활을 하면서 생긴 것이지만.

"틀림이 없는 줄 아뢰오."

"이 난리는 한 사람의 큰 공으로 인해 종식될 것이며 그자가 왜란 종결자라고 하였는가?"

"그렇다고 아뢰오."

"그래서 그를 찾아내어 보호하여 천기가 순리대로 흘러가도록 도우려는 것이 너희의 뜻이라는 것이지. 맞느냐?"

"그렇다고 아뢰오."

물물계가 한숨을 쉬었다.

"어르신은 오랫동안 낙담해 계셨네. 시국이 흘러가는 것이 범상하지 않기 때문이었지. 자네들의 말을 들으니 궁금증이 좀 풀리는 것 같구먼."

태을 사자가 말했다.

"궁금증이라니요? 그렇다면 종묘에서도 무슨 일이 있었다는 말이시오?"

"천궁天宮이 흉조를 보이고 사직에 요기가 끼었네. 궁궐조차도 그것에서 벗어나지는 못하였으니……."

"궁궐에 요기가 침입했다는 말씀이오?"

물물계가 말을 얼버무렸다.

"그것은 나중에 이야기하기로 하세. 좌우간……. 어르신께서 이르시는 말씀이네. 잘 듣게나."

태을 사자는 말없이 고개를 조금 숙였다. 그러자 물물계는 말했다.

"국난을 맞아 사람이 아닌 자네들이 나선 것은 가상한 일이라고 어르신께서 이르셨네. 사실 나는 자네들을 완전히 믿을 수는 없네만, 어르신의 말씀이니 나도 따르는 것일세. 우리는 물론이고 어르신께서도 왜란 종결자라는 말은 들어본 적이 없다네. 하지만 천기가 무엇인가 잘못된 것이 아닌가 하는 감은 막연하게 잡을 수 있었네. 이상한 일도 많았고. 어르신께서는 자네들을 믿기로 하신 것 같네. 우리가 알려줄 수 있는 것이라면 무엇이든 가르쳐주라고 말씀하셨다네. 도울 수 있다면 무엇으로라도 돕고 싶으나 그럴 수는 없네. 우리는 이곳에서 떠날 수가 없으니."

흑호는 태종대왕이건 무슨 대왕이건 알 바 아니었지만 상대가 친절하게 나오니 기분은 좋았다.

"그럼 먼저 일러주시우. 말을 들어보니 궁궐에도 요기가 침입했다는 것 같던데. 그건 무슨 말이우?"

세 토지신의 낯빛이 창백해졌다. 셋 중에서 고벽수가 말했다.

"올해 태종의 비가 내리지 못했네. 왜 그런 일이 생겼는지 아는가?"

"모르우. 당연히."

"어르신께서는 지금 위중하시네. 대단히."

"아니. 그건 또 무슨 말씀이오? 이미 돌아간 분이 병환에 걸릴 이

유도 없고."

양척이 어두운 표정으로 말했다.

"암습을 받으셨네……."

태을 사자와 흑호는 깜짝 놀랐다. 특히 흑호는 더 놀라는 것 같았다.

"아니, 종묘에 계신 어르신까지 암습을 받았단 말씀이우?"

"어르신까지라니? 그렇다면 그런 일이 또 있었다는 말인가?"

"그런 일 정도가 아니우. 조선 땅에서 도력 높은 신령이며 금수도 이유 없이 죽어버렸수."

흑호는 많은 동료들과 증조부 호군까지도 죽음을 당했으며 조선 땅의 신령한 존재들이 거의 다 해를 입었다는 사실을 세 토지신에게 말했다. 그들도 놀라는 듯했다.

"허어. 정말 그렇다면 마계의 마수들이 본격적으로 나선 것이 분명하구먼! 이거 큰일이야."

이번에는 태을 사자가 나섰다.

"마수들이 나선 것은 분명합니다. 저승까지도 침노를 입었지요. 제 상관이던 이 판관은 마계의 백면귀마라는 자가 변신한 가짜였으며 사계의 변경에는 유계의 대군이 몰려 금시라도 난이 일어날 징조가 보이는 판입니다. 자칫하면 생계만이 아니라 우주 팔계 전체에 걸친 대란이 일어날 판입니다."

"이런 일이 있나……."

세 토지신은 답답해하는 듯했다. 그중 양척이 다시 말했다.

"궁궐 내도 요기가 짙어지고 있다네. 그건 우리로서도 막을 수가 없어."

이번에는 흑호가 물었다.

"어디에 요기가 드리워 있단 말이우?"

세 토지신의 얼굴빛은 더더욱 어두워졌다.

"가장 중요한 곳일세."

"가장 중요한 곳이라면……."

"바로 작금의 상감일세. 상감의 몸에 짙은 요기가 드리워져 있어."

태을 사자와 흑호는 소스라치게 놀랐다. 조선이 국난을 당한 판국에 조선의 국왕이 요기에 드리워져 있다니. 그렇다면 도대체 어떻게 한다는 말인가?

"아니! 그렇다면 상감이 마수들의 꼭두각시가 되었다는 말이오?"

양척은 고개를 저었다.

"그런 것은 아닐세."

"그렇다면 무엇입니까?"

"대단히 미묘한 문제일세. 그래서 우리도, 그리고 어르신께서도 고민을 많이 하셨다네. 그 요기의 근원이 마수들이라고 했던가? 마수들은 인간의 몸에 파고들어 인간의 심지에 영향을 끼치지만, 인간을 조종하는 것은 아니야. 아니, 적어도 작금 상감의 경우에는 그렇지 않네."

"그러면 어떻다는 말씀이오?"

"무엇이랄까……. 그 사람의 어두운 면을 이끌고 재능을 막는다고나 할까? 좌우간 제대로 행동을 하지 못하도록 만든다네. 그렇기 때문에 막을 방법이 없는 것이야."

"막을 방법이 있을 거유! 아마도 마수가 사람에게 씐 것일 테니, 그놈을 잡아버리면 되는 것 아니우!"

흑호가 흥분하자 물물계가 고개를 저었다.

"그렇게 단순한 일이 아닐세. 마수들은 중요한 사람들에게 손을 대지 않아. 어떻게 영향을 끼치는 것은 분명하네만, 결코 그 사람에게 직접 씌거나 조종을 하는 것이 아니란 말일세. 만약 그랬다면 우리도 직접 녀석들을 잡았을 것일세. 하지만 그렇지 않은 다음에야 어떻게 손을 댈 수가 있겠는가?"

흑호는 어안이 벙벙해졌다.

"차라리 그러면 없애버리거나 상감 자리에서 밀려나게 만들면 되는 것이 아니우?"

양척이 엄한 목소리로 말했다.

"자네들은 천기를 바로잡겠다고 했지? 그런데 그러한 짓을 한다면 자네들이 스스로 천기를 어그러뜨리는 것 아닌가? 그런 짓을 어찌 한다는 말인가?"

태을 사자가 말했다.

"그 말이 맞네. 자네, 실언하였네."

말은 태연하였지만 태을 사자 역시 난처했다. 생각해보면 그러했다. 마수들은 매우 강력한 힘을 지니고 있었다. 그런데도 신립에게 직접적으로 영향을 끼치지 않고 인간의 영혼인 금옥을 이용하여 신립의 심지를 흐리게 만들었다. 탄금대 전투 전날 신립을 죽여버렸으면 일이 더 간단할 것이 아닌가? 그러나 마수들은 그렇게 하지 않았다.

흑호와 싸우는 중에 마수들이 사람을 여럿 해치기는 하였지만 그들은 병사들이었고, 큰 힘이 없는 자들이었다. 그러니 마수들은 천기를 직접적으로 어그러뜨리지 않고 간접적으로 야금야금 인간 세상을 잠식해 들어가고 있는 것이다. 무서운 흉계였다. 태을 사자는 마음속이 써늘해져오는 것을 느꼈다. 물물계가 입을 열었다.

"우리는 자네들이 말한 왜란 종결자란 것에 대해서는 잘 모르네.

하지만 현재 조정에 출입하는 사람들 중에는 그럴 만한 인물이 없다고 생각하네. 도승지 이항복과 대제학 이덕형도 출중한 인물이기는 하지만 왜란 종결자는 못 될 것이라 보네."

태을 사자와 흑호의 눈이 휘둥그레졌다.

"아니, 그러면 도대체 누가 있단 말씀이오? 왜란 종결자라면 전란을 종식시킬 결정적 역할을 할 사람인데, 그런 사람이 조정에 없다면 어디에 있단 말이오?"

"그야 모르지."

"그러면 어떻게 그런 말씀을 하시오?"

"우리는 본 대로 느낀 대로 하는 말일세. 지금 조정에는 유능한 인물이 많기는 하지. 그러나 조정에 있는 자들의 공로로 왜란이 끝난다는 것은 무리라 보네."

"어째서 그렇소이까?"

양척이 짧게 잘라 말했다.

"지금의 상감 때문이네."

태을 사자는 말문이 막혔다. 간략하지만 핵심을 찌른 말이었다.

조선의 모든 것은 상감에게 귀착되어 있다. 상감의 윤허가 없다면 무엇도 제대로 할 수 없다. 조정에서의 결정도 최종적으로는 상감이 내려야 하는 것이다. 그런데 지금 상감은 가뜩이나 암군인데다가 요기에 좌우되고 있다고 했다.

그렇다면 공을 세울 능력이 있는 사람일지라도 상감의 방해에 막혀 제대로 세울 수 없게 될 것이 아니겠는가? 그리고 공을 세우지 못한다면 그가 어떻게 왜란 종결자가 된다는 말인가? 자기가 받들어 싸우는 군주가 방해를 하는 판에 어떻게 그런 대공을 세울 수 있단 말인가?

태을 사자는 입술을 깨물었다. 마수들은 가장 중요한 곳을 이미 손아귀에 잡은 것이다. 이항복이 왜란 종결자의 재목일지도 모르며 이덕형이 왜란 종결자일지도 모른다. 혹은 다른 신씨나 이씨, 김씨가 왜란 종결자가 될 수도 있다. 그러나 조정의 관료로서 상감이 윤허를 해주지 않는다면 그 사람이 어찌 왜란 종결자가 될 수 있다는 말인가?

"무장이오."

한참을 생각하다가 태을 사자는 말했다.

"그렇다면 왜란 종결자는 무장이 틀림없소. 직접적으로 공을 세워 왜군을 내모는 사람이 왜란 종결자임이 분명하오."

고벽수가 말했다.

"무장도 될 수 없네."

"어째서 그렇소이까?"

"자네는 지금 조선의 병제에 대해 제대로 모를 것일세. 지금 조선은 제승방략制勝方略의 체제일세."

"제승방략이 뭐유?"

흑호가 의아해하자 고벽수가 제승방략에 대해 간략히 설명해주었다.

제승방략이라는 것은 문서상으로나 가능하지 실제로는 거의 불가능한 제도였다. 그것은 모든 군대의 지휘권이 일선의 지휘관에게 있지 않고 상감에게 있는 것이다. 그리고 일선의 지휘관은 언제라도 중앙에서 왕명을 받은 지휘관으로 교체가 가능해 대응이 너무 늦었으며 야전 지휘권이 없으므로 결함투성이인 제도였다. 전란이 일어나기 전 유성룡이 이러한 제승방략의 결함을 지적하고 일선 지휘관의 지휘권을 대폭 강화하는 진관법鎭管法을 주장한 바 있으나 채택되지 않았다.

"아니, 그러면 싸움하는 와중에도 조정 지시를 받아 움직인단 말유? 신립은 안 그러는 것 같던데."

"물론 어느 정도의 재량은 있겠지. 허나 가령 지휘관이 갑에 진친 적을 치고 싶고 사정이 급박하여도 조정에서 을의 적을 치라고 하면 그렇게 해야 한다는 말일세. 알아듣겠나?"

제승방략 체제하에서의 지휘관들은 전술 지휘관일 뿐이지 전략 지휘관은 될 수 없다는 이야기였다. 왜란 종결자라면 왜군을 결정적으로 몰아내게 되는 사람일 것이 분명하다. 그런데 요기에 물든 선조의 지휘하에 과연 그 사람이 대공을 세울 수 있을까? 불가능할 것이다.

"자, 우리가 마수들이라 가정해보세. 그리고 조선군의 전 지휘권은 상감에게 있네. 그런데 우리가 상감에게 영향력을 끼칠 수 있다면, 비록 조종까지는 못 한다 하더라도 상감의 안목을 흐리게 하고 오판을 내릴 수 있는 힘이 있다면 어떻게 하겠는가? 이길 장소, 이길 인선을 하게 그냥 두겠는가? 대부분 지게 만들 수 있을 것일세. 설혹 무장이 명장이라 승리한다 치세. 그렇다 해도 한 번의 싸움으로 왜군이 물러가고 전멸시킬 수 있다고 보는가? 그렇지 않네. 왜군 또한 대군으로 왔으니 수십 가닥으로 나뉘어 진군할 것이기 때문이지. 한 번 이기면 그다음에는 점점 불리한 장소, 불리한 여건에서 싸우게 만들 것이네. 방법은 얼마든지 있네. 군량을 보내주지 않을 수도 있고, 무리한 명령을 내리게 할 수도 있네."

"말도 되지 않는 명령을 내린다면 승복하지 않고 후에 장계를 올릴 수도 있지 않소이까?"

"하하. 제정신인가? 지금 상감이 그런 것을 알아볼 수 있는 인물인가? 그러면 당장 역모로 몰리고 목이 달아날 것일세."

"신하들이 애써준다면……."

"자네들 지금 박홍이라는 자가 어디 있는 줄 아는가?"

박홍이라면 태을 사자와 흑호로서도 유정에게 들은 바 있는 인물이었다. 원균과 함께 경상도의 그 많은 수군을 싸움 한번 해보지 않고 해산시켜버림으로써 왜군이 아무 지장도 받지 않고 상륙하게 만든 장본인. 일만이 넘는 정예 수군과 백오십 척에 달하는 전선을 고스란히 흩어버린 패전의 주역.

그러나 그자가 어디에 있는지는 알지 못했다. 고벽수가 차게 웃으며 말했다.

"지금 상감의 옆에 있네. 백 번 천 번 죽어 마땅한 자가 말일세."

"아니, 그럼 벌을 받으러 잡혀온 것이오?"

"아니네. 허허허……. 멀쩡하게, 총애받는 측근으로 있다네."

태을 사자와 흑호는 기가 막혀서 말이 나오지 않을 지경이었다. 아무리 태을 사자와 흑호가 인간사의 세심한 면까지 잘 알지는 못한다 할지라도 이것은 애당초에 납득이 가지 않는 일이었다. 어떻게 그럴 수가 있단 말인가![3]

고벽수는 말을 이었다.

"그것 한 가지만 보아도 아네. 신하들의 건의가 모두 먹혀든다고 볼 수는 없네. 절대로. 지금의 상감은 무능하지만 신하들을 다루는 데만은 교활하고 음침하기 짝이 없어. 박홍을 어찌 곁에 두었겠는가? 박홍은 죄가 있으며 그것을 묵살해준 사람은 상감이네. 이제 박홍은 상감의 말이라면 무엇이든 거부할 수 없게 된 것이야. 상감은 신하들의 의견 같은 것은 무시하고, 백성이나 나라보다도 자신의 마음대로 하는 것만을 바라는 고집불통일세. 유능할수록 방해가 되니 제거하려 하고, 무능할수록 마음대로 할 수 있으니 곁에 두려는 인물일세. 붕당이 생기고 신하들의 의논이 갈라지도록 주도한 것이 바로 지금의 상감이 아닌가. 그런데 상감이 의심을 하여 목을 치겠다는데 누가 말릴 수 있겠는가?"[4]

태을 사자는 할말을 잃었다. 흑호는 그래도 승복하지 않고 우직하게 다시 말했다.

"그러면 의병은 어떠우? 이름이 드러나지 않은 의병장 중에서도 뛰어난 인물들이 많이 있습데다."

고벽수가 또 웃었다.

"아무리 기개가 뛰어나고 무략이 높다 한들, 의병은 의병일 뿐이지. 자신의 힘으로 모은 의병은 그 수가 많을 수가 없으며, 그 힘이 클 수도 없을 것이야. 후방에서 적진을 어지럽히고 보급을 끊는 일 정도는 할지 모르지만, 그것으로 난리가 끝나는 것 같은 일은 있을 수 없네."

양척도 단언하듯 말했다. 고벽수나 물물계처럼 긴 설명은 잘하지 않지만 양척이 하는 말들은 실로 정곡을 찔렀다.

"자네들 토사구팽兎死狗烹이라는 말 들어보았는가?"

그 말을 듣자 흑호는 여전히 어리둥절한 듯 보였지만 태을 사자는 무엇인가 감을 잡은 듯했다. 토사구팽은 토끼가 죽으면 사냥개로 국을 끓인다는 말이다. 이 말은 신하가 공을 지나치게 세우게 되면 왕으로부터 제거된다는 의미로 주로 사용되어왔다.

왕권 중심의 정치 아래에서 신하의 권력이 커지면 그 신하는 언제든지 난을 일으켜 왕을 물리치고 갈아치울 수 있게 되는 법이다. 실제로 대부분의 왕조들이 그러한 전철을 밟아 이루어졌고 조선 또한 예외가 아니었다. 그러므로 신하의 세력이 지나치게 커지는 것을 왕은 결코 용납할 수 없게 된다.

그런데 태을 사자가 주장하는 것 같은 왜란 종결자가 나타난다고 해보자. 왜란 종결자는 혼자 힘으로 난리를 막아낸다고 보아야 한다. 그렇지 않으면 그런 별칭으로 불릴 리가 없다. 그 사람은 난리에는 도움이 되겠지만 그 공은 말할 수 없을 것이다.

따라서 난이 끝나면 질투심 많은 상감이 그 사람을 가만히 둘 리가 없다. 당연히 역모로 몰아 죽이려 할 것이다. 거기에다가 상감은 요기에 휩싸여 판단력마저 흐려졌다 하였다. 그러니 지금의 정세를 비관적으로 본다면 대공을 세울 사람은 나오기 어렵다는 것으로밖에 볼 수 없었다.

그렇다면 여러 사람이 많은 공을 세워 왜군이 물러가게 하는 수밖에 없는데, 그것은 『해동감결』의 예언과 부합되지 않는다.

그럼 『해동감결』이 틀린 것은 아닐까? 그렇게 볼 수도 없었다. 유정이나 서산 대사 같은 이인들은 분명 자신보다도 그러한 식견이 훨씬 뛰어나다. 그들이 이렇게 급한 시국에 그토록 애를 써서 그것을 찾았는데, 내용이 틀리다는 것 또한 말이 되지 않는다. 거기까지 생각해본 후 태을 사자는 고개를 저었다.

"아니오, 아니오. 그렇지 않을 것이오. 반드시 누가 있을 것이오."

"우리도 이런 생각이 틀렸으면 좋겠네. 그러나 우리 생각이 과연 잘못되었는가?"

"틀리지 않았소이다. 매우 명석한 판단이시오. 허나 나는 동감할 수 없소이다."

"어째서 그러한가?"

"천기가 이리 쉽게 짚어 알 수 있는 것은 아니라 여겨지오. 천기란 미리 짐작할 수 없는 데서 안배되는 법. 무엇인가 있을 것이오. 그리고 닥치면 반드시 두각을 드러내는 인물이 있을 것이오……."

그 말에는 세 토지신들도 할말이 없는 듯했다. 하기는 자신들의 분석이 틀렸다고는 할 수 없었지만 어디까지나 일상적인 분석에 불과하였다. 천기라는 것이 생각이나 추측을 훨씬 뛰어넘는 힘을 지니고 있다는 것은 알고 있었다. 그러니 그렇게 본다면 또 그렇다고밖에 할 수 없는 것이다.

결국 그들에게서도 별반 도움을 받지 못한 셈이었다. 태을 사자 자신도 그렇게 결론을 내리고 나자 맥이 빠지는 것을 느꼈다. 흑호도 마찬가지로 어깨가 늘어지는 것 같았다.

"그렇다면 알아서 하시게나. 우리도 명심하고 있겠네."

물물계가 다시 중얼거렸다.

"좌우간 정말 난국일세. 우리야 팔계 전체가 돌아가는 것은 알 수도 없지만……. 정말 난리가 아닌가."

그들은 동감하여 같이 한숨을 쉬며 작별을 했다. 비록 그들은 당사자인 인간들이 아니었으나 조선의 안위에 관심을 가지지 않은 자는 하나도 없었다. 그래서 모두의 심정은 비슷하였다.

그들은 처음에는 그렇지 않았지만 한번 길게 이야기를 나눈 다음에는 마음속으로 동감을 하게 되어 동지나 다름없게 여기며 이별을 아쉬워하였다.

물물계는 이제 태종의 상세가 엄중하여 승천하지 않을 수 없으며 그 때문에 자신들은 종묘 밖을 한 발자국도 벗어날 수 없다고 귀띔해주었다.

흑호는 이들의 높은 법력이 아쉬웠다. 이들이 동행한다면 마수들의 싸움에 큰 힘이 될 것이었지만 각자 맡은 본분이 있는 것이니 어쩔 수 없었다. 마지막으로 양척이 수수께끼처럼 말했다.

"경기감사 우장직령……. 허허……. 조짐은 많고도 많았는데 몰랐던 것은 인간뿐이니……."

태을 사자는 그들과 작별한 다음 마음을 다잡았다.

"우리 다시 이항복을 찾아가세."

그러나 흑호는 상당히 기운이 빠진 듯했다.

"왜란 종결자가 정말 있을 거라 믿수? 차라리 우리가 마수 놈들을 찾아 직접 족치거나 빌어먹을 상감을 없애버리는 것이 어떻수? 제길. 나는 이 땅에 태어난 존재니 내가 무슨 짓을 해두 그건 천기에 걸리진 않을 거 아니유."

"아니 되네! 천기도 천기려니와 지금 그런 짓을 하면 조선은 당장 사기가 떨어져 무너지고 말 걸세. 왕자들끼리 집안싸움이라도 하면 꼴이 어찌되겠는가?"

"그럼 어찌할 거유?"

"어쩌긴, 예정대로 해야지. 이항복을 찾았으니 그 부근을 보호하기로 하세. 이항복이나 이덕형이 설혹 왜란 종결자는 못 될지라도 충분히 가치 있는 일이야. 조선군이 패한다 함은 마수들의 뜻대로 일이 굴러간다는 것 아닌가?"

흑호도 이를 갈았다. 일족의 원수인 마수들의 행동은 반드시 막고 싶었다. 태을 사자로서도 이 일을 해결하지 못하면 사계의 추궁을 받아야 할뿐더러 해를 입은 두 동료의 원수도 갚지 못하는 것이다.

둘은 마음을 추스른 다음 태을 사자는 이덕형을 맡고, 흑호는 이항복을 맡기로 하였다. 그러나 의외로 그들의 주변에는 아직 별일이 없었다.

조선의 기운이 살아 도성인 한양과 궁궐 주위를 양척 등과 같은 토지신들에게 보호받고 있기 때문인지도 몰랐다.

결국 다음날인 4월 30일. 선조는 몇몇 신하들과 더불어 급한 몽진 길에 오른다. 워낙 다급하고 준비가 없던 터라 초라하기 이를 데 없는 행렬이었다. 대궐이 비자 한양은 그때까지 혹시나 혹시나 하던 사람들이 물밀듯이 밀고 나가 빈 껍데기만 남게 되었으며, 그때를 놓치지 않고 노비들은 노비의 적에서 벗어나고자 노비를 관할하는 장례원掌隷院에 불을 질렀다. 난리통에 그 불을 누가 잡겠는가?

불은 온 대궐로 번지고 한양은 왜군이 들어오기도 전에 불타올랐다. 선조를 비롯한 대신들은 그 불을 눈물을 머금고 지켜보았다. 이항복과 이덕형도 그들 중의 하나였다. 그리고 이를 먼발치에서 따라가는 태을 사자와 흑호도 참담한 마음을 금할 수 없었다. 흑호가 중얼거렸다.

"왜적도 오기 전에 자기네 백성 손에 의해 궐이 타다니, 원. 조선도 다된 것이 아닌가?"

그러나 흑호가 경호하는 이항복만은 그러한 상황에서도 기가 죽지 않았다. 흑호는 암암리에 그러한 이항복에 대해 감탄했는데 이러한 일도 있었다.

당시 어의는 양예수였다. 전에 허준을 꾸짖는 것을 흑호가 본 적도 있었는데 그 사람은 평소 나이가 많아 발병이 있다는 핑계로 아무리 대신 집 등에서 청빙하여도 가기를 거절했다. 그래서 '양예수의 발병'은 평소 유명하였는데 양예수는 급한 나머지 말도 마련하지 못하고 상감의 피란길을 도보로 따라가게 되었다.

그것을 보고 이항복이 "양 동지('동지'는 동지중추부사라는 약자)의 발병은 그저 난리탕亂離湯이라야 낫는구려" 하고 농담을 하여 의기소침한 일행에게 잠시나마 큰 웃음을 준 것이다. 거의 제정신이 아닌 것 같은 선조도 그 말을 듣고는 웃으며 양예수에게 말 한 필을 내렸다.

이런 것을 큰 공이라 할 수는 없지만 이항복의 배짱이나 기지에 흑호는 여러 번 탄복했다. 이항복은 도승지로서 임금을 바로 옆에서 모셨다. 특히 이렇게 제대로 호위조차 받지 못하고 길을 떠나는 판국에서 그의 고충은 말할 바가 없었다. 하지만 이항복은 늘 재치 있게 모든 일을 잘 처리하여 어긋남이 없었다.

이덕형은 그러한 번득이는 기지는 없었지만 과묵하고 침착하여 군자의 풍도가 있었으며 이러한 급박한 상황에서도 조용하고 성실하고 믿음 있게 일을 처리하였다. 이러한 이덕형의 인품에 태을 사자도 남몰래 감탄하였다.

그러나 상감(선조)의 운은 그리 좋지 못했다. 그리고 상감의 태도도 그리 군왕다운 것은 못 되었다. 상감은 몽진을 떠나면서 시 한 수를 읊었는데 내용이 몹시도 교활하였다. 시국이 이렇게 된 것이 붕당으로 인한 당파 싸움 때문이라는 것을 노골적으로 힐난한 시였으나, 실지로 그 당파 싸움은 상감 자신이 신하들의 견제 수단으로 만든 것이 아니었던가.

시를 들은 태을 사자도 그다지 기분이 좋지 않았다. 상감이라는 사람은 머리가 잘 돌아가고 사람의 마음속을 뚫어보는 듯한 면은 있으나 지나치게 허례를 중시하고 고집이 세었다. 그리고 심상치 않은 기운도 간혹 느껴졌다.

그런 것은 평상시에는 잘 나타나지 않았지만, 일종의 병적인 집착으로서 신하들의 관계에서 자주 나타났다. 자신의 눈에 우월해 보이는 신하이거나 어딘가 남보다 나은 듯한 기색을 보이는 신하가 있으면 상감은 병적으로 그에게 집착하였다.

그럴 때마다 상감의 몸에서는 태을 사자도 느낄 수 있는 이상한 기운이 암암리에 배어 나왔다. 흑호는 분노하고 분개하였지만 직접적으로 마수가 나타난 것도 아닌 바에야 어찌할 수 없었다.

그러한 왕, 호위도 시중도 제대로 받지 못하는 왕족들. 그리고 늙고 지친 신하들만으로 이루어진, 한 나라의 왕의 행차라고 하기에는 너무도 참담한 행렬은 묵묵히 평양을 향해 나아가고 있었다.

설상가상으로 비까지 주룩주룩 내리자 이항복 등의 신하들은 그래도 기를 잃지 않았지만 다른 자들은 보기에도 꼴이 참담했다. 비를 맞아 주눅이 든데다가 기까지 꺾여서 그들은 입조차 뻥끗하지 않고 지친 발걸음을 터벅터벅 옮길 뿐이었다. 상감조차도 비를 그대로 맞았다.

비는 경기감사 권징이 뒤늦게 달려와 당시의 우산과 비옷인 우장과 직령을 바칠 때까지 상감과 신하를 구분 두지 않고 흠뻑 젖게 만들었다. 이를 본 태을 사자는 침울하게 생각하였다. 토지신 양척이 마지막에 한 말이 바로 이것이었던 것이다.

'경기감사 우장직령……. 경기감사 우장직령……. 과연 그러한 속요는 틀리는 법이 없구나. 상감마저도 비를 맞는 처량한 꼬락서니가 되고 경기감사가 간신히 비옷을 바쳐 비를 가린다……. 난리의 모습을 그야말로 생생하게 묘사하고 있구나. 그러나 그 누가 진즉에 알 수 있었겠는가?'

정작 당하고 보니 이렇게 명쾌하기 짝이 없는 일이었다. 그 속요는 수많은 아이들에 의해 한양 거리마다 불렸으나 그것의 의미를 과연 누가 알 수 있었겠는가? 천기란 이토록이나 숨겨져 있는 것인가?

'하늘의 뜻을 알아내기란 이토록 어려운 것일까. 당하기 전에는 알 수 없는 것일까? 아니, 『해동감결』은 정말 맞는 예언일까? 그것을 알아보았자 아무런 힘도 쓰지 못하는 것은 아닐까? 경기감사 우장직령 노래를 알고 있어도 난리에 전혀 도움을 못 받았듯이 말이야……'

태을 사자는 서글픈 생각에 잠겼다. 문득 흑호가 전심법으로 말을 걸어왔다.

"방금 저 상감이란 자가 말한 것 들으셨수?"

"글쎄."

"또 한탄이오. 또 한탄. 겉으로는 아닌 척하지만 자기는 다 잘했는데 신하들이 못나고 백성이 못나서 이 꼴이 되었다는구려. 난 저 인간이 정말 싫소. 아무 때나 틈이 나면 해치워버리는 게 백성을 위해 나을 것 같수. 그냥 두면 큰일을 저지르고야 말 거요."

"안 되네. 안 돼. 내 여러 번 타이르지 않았는가? 하물며 아무리 그래도 일국의 왕이네. 그만두게."

흑호가 맥이 빠지는 듯 중얼거렸다.

"제기럴. 박홍이 놈도 쫄래쫄래 따라가는 것 같은데."

"할 수 없네. 인간의 일에 직접 관여해서는 안 돼."

"저 박홍이 놈만이라도 어떻게 안 될까? 내 인간을 해친 적은 아직 없지만 이번에는……."

"어허. 그만두게나."

"이런 염병을 헐. 죽어야 할 자는 죽지 않고 죽지 말아야 할 자는 죽으니……."

흑호의 그 말을 듣고 건성으로 넘기려던 태을 사자는 갑자기 눈을 크게 떴다. 죽어야 할 자. 그리고 죽지 말아야 할 자! 태을 사자는 『해동감결』의 내용을 유정 등에게서 이미 들은 바 있었다. 그중에서 해석이 불가능했다는 글 하나!

죽지 않아야 할 자 셋이 죽고, 죽어야 할 자 셋이 죽지 않아야만 이 난리가 끝날 수 있다. 죽지도 않고 살지도 않은 자 셋이, 죽지도 못하고 살지도 못하는 자 셋을 이겨야 난리가 끝날 것이다…….

'죽어야 할 자! 그리고 죽지 않아야 할 자! 『해동감결』의 예언은 정말이 아닐까? 이대로 본다면, 신립은 죽지 않아야 할 자가 죽은 것에 해당한다. 그리고 박홍은 죽어야 할 자가 죽지 않은 것에 해당하는구나! 바로 이것을 말한 것일까!'

죽어야 할 자와 죽지 않아야 할 자가 이것이라면 그 이후의 것은 무엇일까? 죽지도 못하고 살지도 못하는 자. 그것은 마수들을 뜻하는 것일까? 아니다. 그것은 마수의 조종을 받는 자를 의미하는 것이 분명하였다. 그리고 죽지도 않고 살지도 않은 자라고 한다면…….

'혹시 나는 아닐까? 나는 이 세계의 존재가 아니다. 그리고 죽은 것이라고 볼 수도 없으며 산 것이라고 볼 수도 없다. 내가 마수와 싸워 이겨야 한다는 것은 아닐까? 이 내용이…… 진정…… 나 같은 존재마저도 미리 읽고 기록했단 말인가?'

태을 사자의 얼굴이 밝아졌다. 자신의 존재에 대한 기쁨 같은 것 때문은 아니었다. 이는 분명 이 난리가 해결될 수 있다는, 그러한 실마리를 보이는 것이라 할 수 있었다. 태을 사자의 마음속에는 한 가닥의 희망이 솟아올랐다.

'천기는 흘러가고 있다! 그래, 천기는 흘러간다. 눈에 보이는 천기는 어그러졌으되 『해동감결』에서 짚은 천기는 어그러진 것까지도 포함하고 있는 것이 틀림없다!'

태을 사자는 깊은 생각에 잠겼다. 호유화는 어떠할까? 호유화도 환계의 존재이며 출몰을 자유로이 하니 죽지도 않았고 살지도 않은 자라 할 수 있었다. 그러나 흑호는……? 아니다. 흑호는 분명 생계의 살아 있는 자이다.

그러면 또 한 명은 누구일까? 사람일까, 아니면 자신과 같은 다른 존재일까? 아니, 죽지도 못하고 살지도 못하는 자는 마수는 아닐 것이다. 그렇다면 그것은 또 누구일까?

태을 사자는 숨을 들이쉬며 마음을 가라앉혔다. 전란이 일어난 지 얼마 되지 않았다. 당분간 끝날 전망을 보이지 않는다. 그렇다면 죽어야 할 자나 죽지 않아야 할 자도 차차 찾을 수 있으리라. 만약 자신이 죽지도 않고 살지도 않은 자 중의 하나라면 자신은 누군가를 이겨야만 하는 것이다. 그래야 이 왜란은 끝날 것이리라.

예언에서는 분명 '끝난다'고 했다. 그리고 자신 말고도 다른 둘……. 그들도 이겨야만 하리라. 누구인지도 모르고 누구를 대적해야 하는지도 모르지만 분명 천기는 흘러가고 있었다. 그리고 천기대로 흘러간다면, 결국은 맞닥뜨릴 것이고 그것으로 난리는 끝날 열쇠를 얻는 것이다. 희망은 있었다. 그것도 분명히. 남은 것은 의심하지 말고 찾아보는 것, 그리고 행동하는 일뿐이었다.

"왜 그러우?"

흑호가 궁금한 듯 태을 사자에게 물었다. 태을 사자는 입을 열지 못했다. 봇물처럼 생각이 터지고 있는 까닭이었다.

'무엇을 해야 하나. 그러면 나는 무엇을 해야 하나!'

흑호는 토둔법을 쓰고 있어서 태을 사자의 얼굴은 보지 못했으나 이상하게 태을 사자의 분위기가 밝아진 것처럼 느껴졌다.

"왜 그러시냐니까?"

그러나 태을 사자는 흑호로서는 모를 말을 중얼거릴 뿐이었다.

"천기는 흘러가네. 천기는 틀리지 않을 거야!"

강효식의 결심

표훈사에서는 은동이 눈을 뜨려 하고 있었다. 특별히 몸이 아픈 것은 아니었으되 정신이 몽롱하고 기력이 없어 몸에 힘을 줄 수가 없었다. 몽롱한 가운데에서 은동은 어머니 엄씨가 왜병에게 코를 베이는 환상을 보았다. 그리고 동네 사람들이 무참하게 죽음을 당하는 모습을 보았고, 아버지 강효식이 마수에게 잡혀 처참한 죽음을 당하는 것도 보았다. 모두가 뒤섞여서 분간되지 않는 한 무더기의 악몽을 이루고 있었다. 그런데…….

"어머! 정신이 드니?"

부드러운 목소리가 머리맡에서 울려왔다. 그러나 목소리가 누구의 것인지는 짐작이 가지 않았다. 은동의 의식은 다시 혼란 속으로 파묻히려 했다.

"정신 차려! 은동아! 은동아!"

누군가의 손이 뺨을 가볍게 찰싹찰싹 때렸다. 낭떠러지에서 아래로 빨려드는 듯한 느낌이 원래대로 돌아왔다. 뺨이 조금씩 아파왔다. 그러나 아직 눈을 뜨지는 못했다. 이번에는 조금 굵은 남자의 음성이 들렸다.

"어서 일어나라, 어서. 아버님이……."

그 순간 은동이는 벌떡 자리에서 일어났다. 물론 눈도 떴다. 그때까지는 아무리 일어나려고 해도 일어날 수가 없었는데 아버지라는 말을 듣자 자신도 모르게 몸이 일어나지는 것이었다.

"아버님은요?"

"얘두. 죽은 것처럼 꼼짝도 안하다가 그 말 한마디에……. 너 정말 효자구나."

호유화의 목소리가 들렸다. 이상하게 아이의 말투를 흉내낸 목소리 그대로였다. 은동은 처음에는 어벙벙한 기분이었으나 차차 정신이 맑아지는 것을 느꼈다.

'여긴 어디지? 내가 왜 여기 와 있는 거지?'

분명 자신은 홍두오공과 싸우던 와중에 정신을 잃었는데, 지금 이곳은 조용하고 자못 정갈한 방안이었다. 은동의 곁에는 두 사람이 앉아 있었는데 한 사람은 승아의 모습으로 둔갑한 호유화였고 다른 한 사람은 지난번에 은동을 구해주었던 무애였다.

둘의 뒤로는 호롱불이 너울너울 그림자를 사방에 뿌리며 타오르고 있었다. 둘은 애를 써도 일어나지 않던 은동이 아버님이라는 말 한마디에 벌떡 일어나자 놀란 듯했다.

"네 효성이 지극하구나. 아버님은 건넌방에 누워 계시다."

"아버지가요?"

"그래. 근데 기분이 좀 안 좋으셔……."

호유화는 여전히 어린 계집아이의 말투로 이야기하고 있었다. 은동은 자신의 눈에 보이는 승아가 호유화가 정말 맞는지 궁금해졌다.

그러자 승아는 무애 쪽을 눈짓해 보이고 눈을 끔벅했다. 아마도 무애는 아직 자신의 정체를 모르니 가만있으라는 것 같았다.

어쨌거나 은동은 아버지의 소식에 애가 타는 판이라 급히 몸을 일으켰다. 그러자 무애가 말리려 했다.

"정신을 차리자마자 무리하면 안 된다. 천천히 일어나거라."

무애는 은동의 오른편 어깨를 잡았는데 놀랍게도 은동은 가볍게 무애의 손을 떨치면서 일어났다.

"아니에요. 어서…… 어서 가봐야 해요……."

무애는 속으로 놀랐다. 자신은 비록 유정만큼 수련을 하지는 못했지만 장정이었고 어느 정도 기운이 있는 축에 속하는데 열 살밖에 되지 않은 은동이 자신의 손을 쉽게 밀치고 일어나다니.

더군다나 은동은 무애의 손을 억지로 떨친 것 같지도 않았으며 검불을 털듯 손쉽게 일어나는 것이 아닌가. 무애는 놀라서 이번에는 일부러 은동의 손을 힘을 꽉 주어서 잡았다.

"어허. 조금 더 있으래두."

"아니에요. 어서……."

은동은 말을 더 잇지 못했다. 은동은 무애의 손에서 자기 손을 빼려고 팔을 당겼는데 그래도 덩치가 꽤 큰 편인 무애가 따라 한편으로 나동그라진 것이다.

"어어……. 스님. 아이고……. 죄송해요. 죄송……."

은동은 당황하여 어쩔 줄을 몰라 했고 무애도 몹시 놀란 얼굴이었다.

다만 승아의 모습을 한 호유화만 눈가에 주름을 지으면서 웃었다.

'은동이가 홍두오공에게서 나온 인혼주의 기운을 모두 흡수한 것이 틀림없구나. 이제 은동이는 인간 세상에서는 천하장사로 불릴 만

하겠구나.'

전에 은동은 홍두오공의 이마에서 인혼주를 뽑다가 정신을 잃었고 그 일에 대해서는 아무것도 기억을 하지 못했다. 그러나 인혼주에는 당시 인간 스무 명의 혼령들이 들어 있었다. 그 힘이 시간이 지나면서 자연스럽게 은동의 몸안에 응축되었으며 그 때문에 은동은 며칠 동안 깨어나지 못했던 것이다.

인혼주에 들었던 혼령들은 전쟁터에 나왔던 군사들의 혼령이니 은동은 장정 스무 명의 힘을 한몸에 갖게 된 것이다. 호유화나 흑호의 법력이 깃든 힘에 비할 바는 못 되지만 한 장정이 대략 백 근 무게(60킬로그램, 쌀 한 가마 정도)를 들 수 있다고 한다면 은동은 이천 근을 들 수 있는 역사 중의 역사가 된 셈이었다.

호유화는 까닭도 없이 그런 사실이 기쁘게 느껴졌다. 천성적으로 입이 가볍고 조잘거리기 좋아하는 호유화는 은동에게 이 일에 대해 말하고 싶었지만 은동은 이제 영혼의 몸이 아니니 전심법을 해도 알아들을 수 있을 것 같지 않았다. 하지만 자신이 놀라지 않으면 무애가 의심을 할까 봐 일단 놀라는 척은 했다.

"어머머……. 이제 보니 은동 오라버니는 정말 장사네."

"아니, 나보고 오라버니라니 왜 그런 말씀을……."

은동은 엉겁결에 대답하려다가 승아가 무섭게 눈을 흘기자 말을 꿀꺽 삼켜버렸다. 다행히 무애는 그런 말에는 관심을 두지 않았다.

"허허……. 이거 놀랍구나. 너 언제 이리 기운이 세어졌느냐?"

"모…… 모릅니다."

"너 언제 오래 묵은 산삼이나 영지버섯 같은 영약을 먹은 적이 있느냐?"

무애가 묻자 은동은 고개를 저었다.

"아니면 큰스님이 법력을 주시거나 산차山借를 한 적이 있느냐?"

산차는 도가의 수련법으로 주로 외면적인 힘을 얻는 비법 중의 하나이다. 차력借力과 비슷한 것인데 주로 산에 가서 주문을 외우고 수행을 하여 큰 힘을 얻는 것이다. 하지만 그런 힘은 어느 정도의 법력이 있고 정신 수양이 된 다음에야 얻을 수 있지, 무리하게 힘만을 얻으려다 보면 몸과 마음을 망치게 되는 술법이기도 하다.

은동은 그런 것은 이름조차 들어보지 못했으므로 다시 고개를 저었다. 그러자 무애도 이해가 가지 않는다는 듯 말했다.

"허어……. 정말 이런 기이한 일은 생전 처음 보는구나. 너 한번 저것을 들어보아라."

무애는 방 한쪽에 놓인 커다란 바둑판을 가리켜 보였다. 바둑판은 오동나무로 만든 것이고 사방이 한 자 반, 두께도 한 자 가까이 되는 두툼한 것이었다. 무게도 꽤 나갈 것 같았다. 열 살 먹은 아이라면 양손으로 잡기는커녕 둘이 달라붙어도 들기 어려울 것이었다.

은동은 반신반의하며 양손으로 바둑판을 들어올리려 했다. 그러자 무애가 말했다.

"한 손으로 들어보아라. 충분할 것이다."

그러자 은동은 조금 긴장하여 조그마한 손에 힘을 잔뜩 주고 바둑판의 모서리를 쥐었다. 그러자 우두둑 소리가 나면서 단단한 오동나무로 만든 바둑판의 모서리가 두부처럼 으깨어지는 것이 아닌가.

"아이쿠쿠……."

무애보다도 은동이 더더욱 놀란 듯했다. 은동은 놀라서 완전히 으깨어진 바둑판 조각을 내던지고 말했다.

"죄송합니다……. 망가뜨릴 생각은 없었는데……. 썩은 나무인가 봐요."

무애가 고개를 설레설레 저었다.

"괜찮다. 괜찮아. 그건 사흘 전에 벤 나무로 만든 거란다. 썩었을 리가 없어. 너 정말 무서운 역사가 되었구나……. 그것도 그토록 어린 나이에……."

"아닙니다. 제가 무슨 힘이 있나요? 전 정말……."

은동이 펄쩍 뛰자 무애가 웃는 낯을 띠며 고개를 저었다.

"정말이다. 내 평생 본 사람 들 중 가장 기운이 센 사람은 석저장군 김 공이시다. 그런데 김 공도 네 나이에 너만 한 힘을 가지지는 못했을 것이야."

무애는 중얼거리듯 말하다가 문밖을 가리켰다.

"저기 도량에 서 있는 가지 부러진 소나무가 보이지? 저것을 한번 뽑아보아라."

은동이 보니 그 나무는 두께가 어른 허벅지만 한 굵은 나무였다. 아직 잎이 파란 것이 죽지는 않았는데 가지 한쪽이 크게 부러져서 흉해 보이기는 했다. 은동이 고개를 휘휘 저었다.

"제가 어떻게 저걸 뽑나요? 안 될 거예요."

"한번 해보려무나."

"그리고 왜 멀쩡히 있는 나무를 뽑나요? 나무를 뽑으면 죽을 것 아니겠어요?"

무애가 허허 웃으면서 말했다.

"너는 자비심도 많구나. 나무까지 생각해주다니! 나는 출가한 몸이지만 너에게 배워야겠구나. 염려 말거라. 저 나무는 가지가 부러져서 도량 안에 두기가 무엇하여 원래 밖에 옮겨 심으려던 나무였단다. 네가 뽑으면 내 죽이지 않고 옮겨 심을 터이니 어서 해보거라."

은동은 무애가 권하자 신기하기도 하고 치기도 치밀어서 마당으로 내려가보았다. 밖에 나가니 그곳은 어느 청량한 절의 도량이었다. 무애의 모습을 보고 절이겠거니 짐작은 했지만 정말이었다.

어두운 밤이라 사방이 잘 보이지 않았는데 담 너머로 곳곳에 화톳불을 피운 듯 벌건 빛들이 보였다. 어쨌거나 은동은 나무로 가까이 가서 나무를 꽉 얼싸안았다. 그리고 위로 힘있게 당기자 우지직 우지직하는 소리가 났다.

꽤 힘을 썼는데도 나무가 잘 뽑히지 않자 은동은 오기가 생겼다. 그래서 허이 하고 소리를 지르면서 용을 쓰자 결국 나무는 뿌지직 하는 소리를 내면서 뿌리째 뽑혀 올라왔다. 은동은 나무가 정말로 뽑히자 놀랍기도 하고 신기하기도 하여 나무를 내려놓고 무애 쪽으로 고개를 돌렸다.

그때 마당에는 승병으로 지원하러 온 스님들이 몇몇 있었는데 조그마한 어린아이가 굵은 나무를 뿌리째 뽑는 것을 보고 모두 놀라서 입을 딱 벌리고 다물지 못했다. 그러자 무애는 손뼉을 쳐가면서 크게 웃었다.

"장사일세! 장사! 대단하구나! 정말 대단해!"

기뻐하던 무애가 입을 벌리고 선 스님들을 보고 말했다.

"자네들도 보았는가? 이 아이는 분명 대장감이야! 아쉽게도 나이가 너무 어리지만 몇 년만 더 지나면 나라의 기둥이 될 거야. 기쁘구나 기뻐! 하하하……."

무애가 기뻐하자 옆에서 승아도 맑은 소리로 킥킥 웃으며 기뻐하는 모습을 보였다. 은동 역시 나무를 뽑고는 기뻤지만 승아의 얼굴을 보자 부끄럽다는 생각이 들었다. 호유화는 이런 정도와는 비교도 할 수 없는 신통력을 지니고 있는데 조그마한 힘을 자랑한 것 같아 수치스러운 기분이 들었기 때문이다.

"너무 그러지 마세요, 스님. 이런 조그마한 놈이 힘이 조금 있어서 무얼 하겠습니까? 부끄럽습니다."

그러자 무애는 더 크게 웃어대었다.

"그런 조그마한 놈이 힘이 조금도 아니고 엄청나게 있는데다가 겸손하기까지 하니, 정말 큰 인물이구나. 허허허……."

무애는 벌떡 일어나 아직까지 입을 벌리고 있는 스님들에게 말했다.

"자네들, 신기한 구경을 했으니 구경 값으로 이 나무나 산에다 옮겨 심어주게나."

"예? 우리는 지금……."

"어허. 나 같으면 그런 구경을 했다면 열 그루라도 쾌히 심을 거야. 우물우물하지 말고 처리해주게나. 허허……."

무애는 자비심도 많고 속이 깊으며 점잖았지만 익살맞은 사람이기도 했다. 무애는 일어나 마당으로 가서 은동이를 덥석 안아 무등을 태우고 말했다.

"자, 그럼 아버님 계신 곳으로 가자꾸나. 아마 이 이야기를 들으면 아버님도 기뻐하실 것이다."

그러고 보니 은동은 힘이 생긴 것이 신기하여 잠시 아버지를 잊고 있었다. 역시 나이는 속일 수 없는 것이다. 은동은 아버지 일을 잊은 것이 부끄러워서 얼굴이 빨개졌다.

무애가 은동을 무등 태우고 덩실덩실 춤이라도 출 듯이 나가자 승아도 그 뒤를 쪼르르 따라왔다. 길은 어두웠지만 절 내에는 곳곳에 석등이 있고 불이 켜져 있어서 주변을 대강 알아볼 수 있었다. 무애는 신이 난 듯 덩실덩실 상난치는 듯한 걸음걸이로 절 안을 걸어갔다. 조금도 막힘이 없는 것을 보니 절 안의 지리에는 훤한 것 같았다.

"스님, 저는 괜찮아요. 내려놓으세요. 걸어갈 수 있어요."

"아니다, 아니야. 내 너 같은 소년 영웅을 업어보는 것만으로도 영광이다."

그러자 뒤에서 승아가 킥킥 웃었다. 은동은 승아, 아니 호유화가 비웃는 것 같아 부끄러워서 더 말하지 않고 궁금하던 것을 물었다.

"여긴 어딘가요? 스님?"

"금강산 표훈사란다. 유정 큰스님이 계시는 곳이고 노스님 서산대사께서 계시는 곳이기도 하지."

"어……. 금강산……."

은동은 또 멍해졌다. 자신은 상주에서 무애에게 업혀 하루 만에 충청도를 벗어났다가 유정에게 안겨 단숨에 충주까지 돌아갔었다. 그리고 저승까지 갔고 오자마자 홍두오공과 대판 싸웠는데 지금 있는 곳은 또 금강산이라니. 은동은 정신이 하나도 없었다. 그러나 무애는 마냥 좋은 듯했다.

"너는 사흘 동안 정신을 잃고 있었단다. 많이 걱정했는데, 금방 나은 건 고사하고 이렇게 장사가 되다니. 허허."

"누가 절 데리고 왔지요?"

"요 꼬마 낭자가 알려주어서 찾았단다. 네 아버님과 같이 만신창이가 되어 산속에 쓰러져 있는 것을……."

무애는 이상하다는 듯 말했다.

"그런데 너, 금강산으로 오던 길이 아니었느냐? 충주에서 유정 스님과 헤어진 다음 한나절 만에 온 것을 보면, 내 보기에는 어느 이인이 데리고 온 모양인데. 그건 기억이 나지 않느냐?"

은동이 승아의 눈치를 보니 고개를 살짝 흔드는 것이, 말하지 말라는 것 같았다. 그래서 은동은 그냥 기억이 나지 않는다고 얼버무렸다.

"그런데 태을 사자님하고 흑호 님은요?"

"태을 사자? 흑호? 그게 누구지?"

은동은 갑자기 뒷덜미가 따끔한 것을 느꼈다. 놀라 소리를 지를 뻔했지만 다행히 소리는 지르지 않고 뒤를 돌아보니 승아가 머리털 한 올을 뻗쳐 은동을 꼬집은 것이었다. 승아는 심각한 얼굴로 손가락 하나를 세워 입술에 대 보였다. 말하지 말라는 뜻이었다.

은동은 한순간 꿈을 꾼 것이 아닌가 했다가 승아의 모습을 보고 그것이 사실이었구나 하고 다시 생각하게 되었다. 사실 호유화와 태을 사자, 흑호는 유정과 서산 대사를 비롯하여 곽재우, 김덕령 외에 다른 사람은 만나지 않았다. 호유화와 처영이 한 번 만난 것을 제외하면.

서산 대사는 그러한 존재들이 나타났다는 것을 범인이 알게 되면 이상한 소문이라도 날까 봐 다른 승려들에게는 비밀로 붙이기로 했다. 무애는 유정의 제자였으나 아직 법력이 강한 것이 아니라 유정도 말을 해주지 않았다. 그래서 무애는 여전히 승아를 꼬마 아가씨로만 여겼고 태을 사자나 흑호에 대해서는 하나도 몰랐다.

승아로 변한 호유화가 은동이에게 눈을 흘기는 사이 무애가 고개를 갸웃거리다가 말했다.

"태을 사자는 누구고, 흑호는 누구지? 혹시 너를 데려다준 이인들이니?"

"글쎄요……. 그건…… 꿈인지 생시인지……. 그냥 생각난 것뿐이고……. 사실은 저도 몰라요."

은동은 총명하기는 했지만 거짓말을 한 적이 거의 없어서 말하는 품이 엉망진창이었다. 뒤에서 은동을 흘겨보는 승아의 눈은 이렇게 비꼬는 것 같았다.

'말도 못하는데다가 더듬거리기까지 하니 없던 의심도 들겠네. 원 참.'

하지만 사람 좋은 무애는 의심하지 않는 것 같았다. 더 묻지 않고 한참을 걸어서 무애는 절의 뒤쪽에 위치한 어느 작은 집 앞에 걸음을 멈추었다. 아마도 이 집은 일종의 병원인 것 같았다. 말린 약재가 여기저기 걸려 있었고 약 달이는 냄새가 났다.

무애는 은동을 내려놓더니 여기에 서 있으라는 듯한 손짓을 해 보였다. 은동은 까닭을 몰랐고 아버지가 보고 싶기는 했지만 무애의 말을 따라 고개를 끄덕이며 서서 기다렸다. 무애는 문을 열고 성큼 안으로 들어선 다음 곧바로 문을 닫아버렸고, 그 바람에 은동은 아버지의 얼굴조차 볼 수 없었다.

"왜 그러실까? 아버지가 위독하신가?"

은동이 의아하게 여기며 걱정을 하자 승아가 말했다.

"출혈이 심했는데 이젠 괜찮아. 그것보다도 너네 아버지는 살 의욕이 없는 거야."

"네?"

그러자 승아가 미간을 찌푸리더니 작게 말했다.

"난 여기서는 승아야. 너와 같은 나이뻘인 승아. 제발 제대로 못하겠어?"

"아……. 응……. 그…… 그래?"

은동이 간신히 대답하자 승아는 천연덕스럽게 말했다.

"너네 아버지는 싸움에 패하여 먼저 죽은 많은 동료들과 모시던 장수들을 볼 면목이 없다는 거야. 환자가 살 의욕이 없으니 고치기 힘들다고 약승藥僧이 한숨 쉬는 것을 들었어. 그래서 무애 스님이 설득하러 들어가신 거야."

지금 승아가 말하는 것 또한 열 살짜리가 이해하기에는 버거운 이야기였다. 호유화는 그럴듯하게 설명하고 싶었지만 열 살짜리의 수준으로 맞출 길이 없었다. 그러나 은동은 그것도 깨닫지 못했다. 슬펐다. 갑자기 닭똥 같은 눈물이 은동의 눈에서 뚝뚝 떨어졌다. 승아도 은동이 슬퍼하는 것을 보고는 입을 다물었다. 안에서는 무엇인가 소곤소곤하는 소리만 들리며 시간이 조금 지나갔다. 그러다가 갑자기 무애의 큰 소리가 들려왔다.

"그렇게 죽고 싶으면 나라를 위해 싸우다가 죽으시오! 아드님 보기에 부끄럽지도 않소?"

은동은 더이상 참지 못하고 허락도 없이 문을 열고 안으로 들어갔다. 그러자 초췌한 몰골의 강효식이 누운 채 무애에게서 고개를 돌리고 있는 것이 보였다. 강효식은 며칠 사이에 이십 년 정도는 더 늙은 것처럼 보였으며 몰라볼 정도로 야위어 있었다.

"아버님!"

은동은 슬픔을 참지 못하고 울먹이는 목소리로 외쳤다. 그러자 강효식은 참으려는 듯 몇 번 고개를 움찔거리다가 결국 참지 못하고 힘겹게 고개를 돌렸다.

"은…… 은동이냐? 무사했느냐?"

"아버지!"

은동은 다시 외치면서 강효식에게 매달렸다. 눈물이 펑펑 쏟아졌다. 무애가 강효식에게 무어라고 타이르는 것 같았으나 은동에게는 들리지 않았다. 다만 아버지가 곁에 있다는 사실이 기쁘기도 하고 노 돌아가신 것이 틀림없는 어머님 생각에 슬프기도 하여 말조차 나오지 않았다. 그저 부여안고 엉엉 울 뿐이었다.

무애는 다시 잘 생각해보라는 말을 전하고는 조용히 부자만을 남기고 밖으로 나왔다. 승아로 둔갑해 있는 호유화는 그런 은동의 모습을 갸웃거리면서 보고 있을 뿐이었다.

'왜 울까? 죽은 것도 아닌데. 그동안 너무 고생을 해서 응석이라도 부리고 싶은 건가?'

호유화는 환수 출신이라 육친의 정 같은 감정은 없었다. 그러나 그녀는 무애가 자신을 바라보자 얼른 은동의 흉내를 내어 섧게 울었다. 그래야만 될 것 같아서였다. 무애는 측은한 듯 승아의 머리를 쓰다듬고 다독거려주었다.

"그래그래. 울지 마라. 울지 마. 착하지? 자. 우린 잠시 자리를 피하자꾸나……."

그러나 호유화는 속으로 이런 생각을 하고 있었다.

'냄새 한번 퀴퀴하구나. 이놈은 목욕을 며칠에 한 번 하는 거야? 조금 가까이 왔는데도 냄새가 풍기니, 원. 재수 없어. 중놈이 머리를 쓰다듬게 내버려두다니 내 팔자도 기구하구나. 예전 같았으면 콱 물어뜯어버렸을 텐데…….'

호유화가 엉뚱한 생각을 하고 있거나 말거나 방안에서는 급기야 강효식도 눈물을 흘리기 시작했다. 바야흐로 부자지간의 긴 이야기가 시작된 것이다.

강효식은 죽을 결심을 하고 있었다. 살 면목이 없었으며 살고 싶은 낙도 없다고 여겼던 것이다. 강효식의 부인 엄씨가 죽고 은동이 크게 다친 것은 작은 일이었다. 이제 조선은 끝장났다고 믿었기 때문에 죽으려 했던 것이다.

강효식은 충주에서 괴멸된 신립의 부대가 한양까지 남아 있는 마지막 정규 부대라는 것을 잘 알고 있었다. 그러니 이제 조선은 끝났으며 말단이기는 하였으되 조정의 관료로써 녹을 먹던 자신으로서는 나라가 망함과 동시에 자결이라도 해야 한다고 보았다. 이미 두 번이나 목숨을 끊으려 했으나 실패한 강효식으로서는 더이상 살고 싶은 마음이 남아 있지 않았다.

그리고 마지막으로 남은 혈육인 은동마저도 그런 강효식의 마음을 되돌리지는 못했다. 그러나 무애는 이제 조선은 망했다고 탄식하는 강효식에게 이런 이야기를 했다.

"한양이 점령된다고 조선이 망하리라는 법이 어디에 있소? 고려 때에 몽고군이 쳐들어와 전국이 유린되었어도 고려 조정은 강화도에서 삼십 년을 항쟁하였고 결국은 나라를 보존하였소. 모르기는 몰라도 지금 어가는 몽진하여 북으로 향하였을 것이오. 그리고 조선에는 우리 땅을 짓밟은 왜놈들과 맞서 싸우기를 원하는 민초가 얼마든지 남아 있소! 아직도 기회는 많이 있소! 어째서 군인만이 전쟁을 한다고 생각하시오?"

"민초들……."

"그렇소. 하물며 우리 승려들까지 승군을 조직중이오. 버러지도 죽이지 않는 승려의 몸이지만, 나라를 위해서는 일어날 수 있는 것이오!"

무애는 강효식에게 서산 대사의 말을 일러주었다. 사실 승병을 조직하여 왜군과 싸우고자 하는 뜻을 서산 대사가 각지의 사찰에 알렸을 때 많은 승려들이 이에 반대하였다. 그러나 서산 대사의 신념은 확고했다. 무애도 그 이야기를 들었다.

—왜병도 사람인데 자비를 근본으로 하는 승려의 몸으로 어찌 살생을 범한단 말씀입니까?

—왜병도 사람이지만, 조선 백성은 더더욱 가까운 사람이니라. 왜

병들 하나하나가 조선 땅에서 얼마나 많은 우리 백성을 도륙할지 모르는 터! 승려의 몸으로 염불만 외우고 있으면 무엇하는가? 죄 없는 백성들이 죽고 고난을 겪는데 혼자 득도하고 열반하면 무엇하리?

—하지만 살생을 범하는 것만은……. 그 업보가 무한할 것인데…….

—살생을 범하여 떨어질 업보가 두려운가? 승려에게 자비가 근본이라면 내가 지옥에 떨어질지언정 죽을 백성 하나를 구하는 것이야 말로 큰 자비가 아니겠는가!

무애의 마음속에서 서산 대사가 외치는 듯했다. 무애는 강효식에게 말했다.

"스스로의 몸을 소중히 여기시오. 나라를 위해 죽겠다면 그 몸, 아껴두었다가 나라를 위해 쓰시오."

결국 강효식은 무애의 설득에 마음을 돌렸다. 그리하여 강효식은 군관으로서의 경험을 살려 서산 대사와 유정의 승병 조직에 도움을 주기로 했다.

사실 강효식이 충주에서 패전하여 하루 만에 금강산에 와 닿은 사실은 이해할 수 없는 일이었다. 또 엄밀하게 따지면 강효식은 탈영을 한 것이나 다름없이 처리될 수도 있었다. 하지만 무애는 그러한 일은 유정이나 서산 대사께서 잘 처리해주실 것이니 염려 말라고 강효식을 안심시켰다.

이제 막 승군을 조직하는 입장에서 전투 경험이 풍부한 강효식의 조언은 큰 도움이 되었다. 이후 표훈사에서 일어난 승군은 서산 대사 휴정을 중심으로 활동하다가 후에 사명대사 유정의 지휘 아래로 들어가서 많은 활약을 하게 된다.

은동은 어쨌거나 아버지의 곁에 있는 것만으로도 행복했고 바랄 것이 없었다. 그러나 이 행복은 불과 며칠밖에 누릴 수 없다는 것을 그때의 은동으로서는 알 수가 없었다.

금수의 우두머리

시간은 지나 5월 2일. 고니시는 제일 먼저 한양에 입성하게 되었다. 한양은 무인지경의 빈 성이나 다름이 없었다. 그전에 한강에 진을 친 도원수 김명원은 전투가 시작되기도 전에 달아나는 추태를 보였다.

그 후 김명원은 다시 한양에 들어와 유도대장 이양원과 합세하는 듯하였으나 역시 도주해버리고 만다. 부산이나 동래에서의 혈전, 충주에서의 분전에 비하여 어이없을 정도로 간단한 도주였다. 결국 고니시는 한양에 일착으로 도착할 수 있었으며 가토는 그보다 늦게 한양에 입성했다.

여기에는 겐키의 공로가 컸다. 겐키가 한강 나룻터의 배들을 모두 떠내려 보낸 덕분에 가토의 진군이 이틀 이상 늦어졌던 것이다. 한양에 입성한 고니시는 마음까지 느긋해졌다. 어찌되었건 고니시가 대공을 세운 것만은 틀림이 없었다. 다른 나라로 원정을 떠난 지 불과 한 달 만에 적의 수도를 점령한 것은 대단한 전과였다.

기쁨에 넘치던 고니시의 마음은 한 가지 소식을 접하고 가라앉았다. 그것은 조선의 상감을 비롯한 신하들 거의 대부분이 이미 한양을 아낌없이 비우고 도주했다는 사실이었다. 고니시는 그 소식을 듣고 불쾌감을 느꼈다.

'한 나라의 왕이 되어서 자기 나라의 수도를 헌신짝처럼 버리고 도망치다니. 항전조차 하지 않다니 부끄럽지도 않은가? 부끄러워서 할복이라도 하는 것이 마땅하거늘.'

그러나 고니시는 곧 낙관적으로 마음을 돌렸다. 조만간 조선 국왕은 항복할 것임이 틀림없으리라. 도성의 수비조차 하지 않고 도망친 이상, 조선의 병력은 괴멸되었다고 보는 것이 옳았고 그렇다면 더 버틸 수 없으리라 여긴 것이다.

반전파에 가까운 고니시로서는 이 정도의 전과를 거둔 것을 다행으로 여기며 행여 도요토미가 만족하여 마음을 돌리지는 않을까 하는 기대도 걸었다. 애당초 고니시는 조선 파병을 막기 위하여 갖은 방법을 썼다. 더구나 당시 제일 큰 나라였던 명을 친다는 것은 과대망상이라 믿고 있었다.

그러므로 고니시는 이제 조선을 정벌하는 일이 성공에 끝났으니 이쯤에서 핑계를 대어 어물쩍거리고 있으면 조선 국왕이 항복할 것이고, 그러면 도요토미로서도 회군하거나 조선을 다스리는 데 분주하여 전쟁을 끝내리라 봤던 것이다.

그런데 이상한 일이 생겼다. 맨 처음 왜군은 도성 내에 진주하여 신이 나서 궁궐 안에 자리를 잡고 숙소를 정하려 하였다. 그중 하나가 종묘였는데 밤중에 신이 나타나 병졸의 많은 수가 죽고 말았다.

이에 그는 겁에 질려 종묘를 불질러 태워버리고 소공주댁小公主宅[5]으로 자리를 옮기게 되었다.

이때 나타났던 신이 바로 종묘의 토지신인 양척, 고벽수, 물물계였다. 그들은 종묘가 불타자 탄식하였지만 종묘를 떠나지 않았다.

그런 소식을 들은 고니시는 불안감이 밀려왔다. 그래서 그는 민심을 회유하고 불안을 해소하기 위하여 군대를 도성 밖으로 옮겨 주둔하게 했다. 고니시가 점령한 한양에는 이후 속속 다른 부대들이 밀려들었다.

그중 고니시의 바로 뒤를 이어 들어온 것이 가토였다. 고니시는 원래 가토와 사이가 좋지 않았지만 할 수 없었다. 설상가상으로 고니시가 한강의 배를 떠내려 보낸 사실을 가토는 어떻게 해서인지 눈치를 채고 있었다. 증거가 없으니 대놓고 대들지는 못하였지만 말이다.

고니시와 가토는 여러 무장들이 보는 앞이라 크게 다투지는 않았으나 서로가 대단히 개인적인 감정을 품게 되었다. 그리고 고니시는 가토에게서 예전과 무언가 다른 점을 확연하게 느낄 수 있었다. 예전의 가토는 건방지고 교만하며 제멋대로인 사람이었지만 이렇게 음산한 기운은 없었다.

그날 밤, 고니시는 겐키를 불렀다. 겐키는 말없이 흔적 없이 고니시의 장막에 나타났다.

"겐키, 듣거라. 본국에 다녀와야겠다. 할 수 있겠느냐?"

고니시는 조금 걱정이 되었다. 도요토미는 도망병이나 반란을 두려워하여 병력을 수송한 수송선을 모두 본국으로 되돌려 보냈으며, 병사들은 이유 없이 본국으로 돌아갈 수 없었다. 그러나 겐키는 간단히 대답했다.

"물론 할 수 있습니다."

"어떻게 가려느냐?"

고니시의 말에 겐키는 짧게 답했다. 여전히 까마귀 같은 그 웃음을 지으면서.

"조선인 도공陶工으로 변장하면 됩니다."

왜군은 수많은 조선인 포로들을 본국으로 실어나르고 있었는데 가장 큰 이유는 도자기 기술자를 확보하기 위해서였다.

당시 왜국의 도자기 기술은 불모나 다름없어서 도자기 하나하나가 엄청난 가치를 지니고 있었다. 왜국에는 다도茶道가 유행하고 있었는데 그에 소용되는 다기茶器 중 어떤 것은 성 하나와도 바꾸지 않을 만큼의 살인적인 고가를 기록했다. 특히 도요토미의 주군이었던 오다 노부나가는 다도에 집착적일 만큼 관심을 보이고 수집하기를 즐겨 했는데 도요토미 역시 마찬가지였다.

그래서 왜군의 일차 약탈 대상이 된 것은 금은재보가 아니라 그릇들이었다. 일반 왜병들은 가치를 모르기 때문에 일상적인 밥그릇이며 요강까지 모조리 수탈하였는데 그 양이 천문학적이었다. 그리고 이것은 '밥그릇 하나까지 모조리 빼앗아 간다'고 하여 조선인으로부터 크나큰 반발심을 낳는 원인도 되었다.

왜군들은 표면적으로는 민폐를 줄인다는 명분을 세우고 있었으나 밥그릇, 요강까지 빼앗아가는 판에 무엇을 안 빼앗아가겠는가 하는 것이 조선인들의 생각이었던 것이다. 그러나 왜군들의 입장에서는 상상도 할 수 없는 기막힌 가치를 지녔다고 말로만 들은 질그릇들을 무더기로 보았으니 아무리 민폐를 끼치지 않는다 하지만 그냥 넘길 수 없는 일이었다. 따라서 간장 종지나 막잔 따위가 '다기'로 둔갑하여 왜국의 높으신 분들이 간장 종지를 놓고 둘러앉아 엄숙히 차를 마시는 일도 당시에는 흔히 있었을 것이다.

일단 도자기들을 긁자 왜군들은 도자기를 직접 만드는 도공들을 글자 그대로 '사냥'하기 시작했다. 그 때문에 이후 조선의 도자기 기술은 막대한 타격을 받고 왜국의 도자기 산업은 부흥하게 된다.

겐키는 그러한 도공 중의 하나로 변장하여 왜국으로 가겠다고 한 것이다. 물론 도공들은 엄중한 감시를 받을 터이지만 겐키의 재주 정도면 그런 감시쯤 따돌리기는 문제가 아니었다. 고니시는 만족하여 고개를 끄덕였다.

"좋다. 그러면 되겠구나."

"하온데 무슨 일을 합니까?"

고니시가 엄숙하게 말했다.

"과거를 캐는 것이다."

"어떤 과거 말입니까?"

"오다가와 아케치가의 과거이다."

고니시는 지난번의 목소리, 즉 오다와 도요토미, 가토 등이 미지의 목소리의 조종을 받고 있다는 말을 잊지 못했다. 그래서 결국 과거의 일을 조사하여 좀더 확실한 증거를 잡고자 겐키를 파견하는 것이었다. 예전에는 잊고 있었으되 지금은 한양을 점령하여 시간적 여유가 있었다. 거기다가 가토가 어딘지 모르게 달라졌다는 것이 느껴져서 고니시는 불안했다.

'나의 불안을 해소하기 위해서만은 아니다. 간파쿠님(도요토미)의 신변에 그러한 기운이 미치게 할 수는 없지 않은가…….'

"어째서 옛일을?"

겐키는 의아해했다. 암살이나 그런 종류의 일을 기대했던 것이다. 고니시가 엄숙하게 말했다.

"조심하여라. 일본국 전체가 걸린 일일지도 모르고, 한없이 위험한 일일 수도 있다. 그러나 간파쿠님을 위한 일이다."

고니시의 마음은 순수했다. 그는 어찌되었건 도요토미에게는 절대적으로 충성하는 마음을 가지고 있었다. 따라서 고니시로서 이러한 의문을 겐키에게 이야기한다는 것은 모험에 가까웠다. 겐키는 절대 비밀을 누설하지 않는다는 것을 알고 있기에 가능했다.

이가 패들은 닌자의 일을 대대로 가업으로 삼는다. 그런 닌자의 입에서 비밀이 누설되었다는 것을 세상에서 알게 되면 닌자에게는 아무도 일을 주지 않을 것이다. 닌자가 죽으면 죽었지 청부받은 일을 누설하지 않는 것은 그러한 이유 때문이다. 그러니 일단은 누설되지 않는다고 보아도 좋다.

하지만 오다나 도요토미가를 조사하게 되면 겐키의 행동은 보통의 활동 범위를 넘게 된다. 중요 인물은 암살 위험도 있으므로 닌자가 경호 업무를 맡기도 한다. 그러한 자들에게 꼬리를 잡히지 말라는 보장은 없다. 이것은 보통 문제가 아니었으며 자칫하면 대역죄로 몰릴 염려도 있었다. 그러나 만에 하나 겐키의 행동이 탄로 나더라도 고니시는 자신이 근래에 대공을 세워 별문제가 없다고 여겼다.

실제로 도요토미는 고니시가 한양을 점령하였다는 말을 듣고 미친듯 기뻐하였다. 가토의 측근들이 도요토미에게 고니시의 술수를 고자질하려 했으나 도요토미는 기쁜 나머지 '앞으로 고니시 유키나가는 내 자식이다. 아무도 그를 헐뜯어서는 안 된다. 그를 조금이라도 비방하면 엄벌에 처한다'라고 대놓고 말했던 것이다.

고니시는 이런 사실은 아직 모르고 있었으나 도요토미가 기뻐하리라는 사실은 잘 알고 있었다. 그러니 행여 위험한 오해를 낳게 될 일은 지금 해두는 편이 좋을 것이었다. 고니시는 거기까지 생각한 다음 겐키에게 천천히 그간의 일을 솔직하게 이야기하기 시작했다.

며칠 동안 태을 사자와 흑호는 내내 상감의 어가를 따르며 그 주위를 호위하였다. 예상과는 달리 마수들은 어가 주변에 나타나지 않았다. 물론 조선군을 옹호하는 둘의 입장에서 어가 주변에 마수들이 나타나지 않는다는 것은 다행한 일이었다.

그러나 흑호로서는 맥이 빠지는 면도 있었다. 자신의 머리가 잘 돌아가지 않는다는 것은 스스로 잘 알고 있었지만 그렇다고 바보는 아니었다.

어가의 몽진이 평양에서 그리 멀지 않은 곳에 위치할 무렵, 흑호가 태을 사자에게 말했다.

"보슈. 아무래도 우리가 헛발 짚은 것 같으우."

"헛발?"

태을 사자가 의아해하자 흑호가 툴툴거렸다.

"만약 이항복이나 이덕형이 왜란 종결자라면 마수들이 따라와 죽이려고 했을 것 아니우? 헌데 마수들은 그림자조차 보이지 않고 있으니……. 그러니 그 두 사람은 왜란 종결자라고 할 수 없지 않을까?"

사실 태을 사자도 그런 생각을 한 일이 있었다. 하지만 태을 사자는 고개를 저었다.

"아직 단정을 내리기에는 이르네."

"왜 그렇수? 저 두 사람은 아무리 보아도 훌륭한 인물이오. 좋은 신하이기는 하지만 이 난리를 혼자 뒤집을 만한 경륜은 없는 것 같으우. 아무래도 토지신들이 한 말이 맞는 것 같단 말씀이야."

태을 사자도 불안했다. 그러나 아직 태을 사자에게는 그렇게 볼 수만은 없는 근거 한 가지가 있었다.

"아직 모르는 일일세. 지금 마수들이 나타나지 않는다는 이유만으로 그들을 왜란 종결자가 아니라 단정할 수는 없단 말일세. 생각해보게나. 마수들이 미래의 천기를 짚어 알 수 있었다면 굳이 호유화의 시투력주를 그렇게 빼앗으려 했겠는가? 마수들도 우리처럼 누가 진정 왜란 종결자인지는 모르는 것이 분명하네."

흑호는 납득한 듯 고개를 끄덕거렸다. 그러다 이번에는 다른 말을 하였다.

"그런데 또 이해가 가지 않는 것이 있수."

"뭔가?"

"음……. 그러니까…… 내가 마수들의 입장이었다면 말이우. 굳이 이거고 저거고 가리지 않을 거유. 빼어난 인물이 있으면 다 죽여버리면 그만이 아니겠수? 유정 스님이나 곽재우 같은 사람이라면 힘들겠지. 허나 그 외에 마수들의 힘을 당해낼 만한 인간은 별로 없잖우. 하물며 놈들은 조선 땅의 영통한 금수며 신령들을 마구잡이로 없애버리지 않았수? 한데 왜 그놈들은 멈칫거리고 있는 거지?"

그것은 태을 사자로서도 오랫동안 고심해왔던 난제難題였다. 분명 마수들은 흑호의 일가를 몰살하였고 그 외의 신령한 짐승들을 모두 해쳤다. 그런데 이상하게도 그들은 인간을 직접적으로 건드리는 일은 거의 없었다. 어째서 그러는 것일까?

신립의 경우만 해도 그렇다. 차라리 신립을 결전 전날에 죽여버리는 편이 일을 쉽게 만들었을 것이다. 그러나 마수들은 오랜 세월에 걸쳐 금옥을 조종하고 술수를 부려서 신립을 자멸의 길로 이끌었을 뿐이다. 흑호도 그에 대해 같은 뜻을 가지고 있어서 둘은 오랫동안 이야기를 나누었다. 태을 사자는 그 일을 이렇게 해석하였다.

"꼭 그렇다고만은 볼 수 없네. 만약 신립이 급사당해 죽었다면 사기는 떨어졌을지언정 꼭 탄금대에 진을 치지 못하게 되었을지도 모르네. 조선군에게 배수의 진을 치게 하여 전멸시키려 한다면 탄금대에 진을 치게 하였어야 할 것이야. 그러려면 신립을 죽이는 편보다 신립의 힘으로 탄금대에 진을 옮기게 하는 편이 옳아서 그랬을 것이야."

흑호가 고개를 설레설레 흔들었다.

"나는…… 그렇게 보지 않우."

"무슨 말인가?"

"나는 옛날이야기들을 생각하였수. 그렇게 본다면 그렇지 못할 것이우."

"좀더 자세히 이야기해보게나."

흑호가 천천히 말했다.

"예부터 우리 호랑이족 중 사람을 잡아먹는 친구들이 많았수. 또한 사람들은 호랑이를 사냥하기도 했지. 한데 거기에는 한 가지 제약이 있었다우."

"그건 뭔가?"

"장차 나라에 큰일을 할 사람이나 뭔가 세상의 일에 영향을 끼칠 인물은 해칠 수 없었단 말유. 그건 호랑이 말고도 귀신이나 도깨비, 무엇이든 마찬가지였수. 그것이 우리에게 내려진 금제였수."

태을 사자는 고개를 끄덕였다. 야사를 살펴보면 실지로 아무런 도력이나 능력이 없는 사람에게 귀신이나 금수가 굴복하고 죽어야 할 경우에 목숨을 살려주는 일을 흔히 볼 수 있었다. 가깝게는 이항복이 김여물을 구하려 했을 때도 그러했다고 했다.

그 원귀는 김여물의 집안에 깊은 원한을 품고 있었음에도 불구하고 복인인 이항복이 김여물을 감싸고 같이 죽을 결의를 보이자 끝내 김여물을 해치지 못했다. 이는 이항복이 장래 큰일을 할 인물이었기 때문이다.

둘이 관찰해보건대 이항복은 학식은 밝았으나 도력은 거의 없었다. 그의 호 중 하나가 청화진인인 것으로 보아 도가 공부를 약간 한 적이 있었던 모양이나 실제 도력은 없었다. 그런 이항복에게 원귀가 굴복했다는 것은 다른 이유를 찾아볼 수 없는 것이다. 꼭 이항복이 아니라도 그러한 이야기는 수없이 많이 전해지고 있었다.

흑호는 그러한 이야기들을 말하면서 이렇게 덧붙였다.

"그런 인간을 해치지 못하는 이유는 분명한 거유. 기분 나쁘긴 하지만 누가 뭐래도 세상에서는 인간이 가장 번성하고 강하우. 그러므로 그런 인간들 중에서도 미래에 할 일이 정해진 중요한 인간이라면 그를 해치는 것이 또한 천기를 어기는 것이 되는 거겠지. 그래서 그를 해칠 수 없는 거유."

"흠……. 마수들도 천기를 직접적으로는 어길 수 없어서 그러한 간접적인 방법을 쓴다는 말인가?"

"그럴지도 모르우."

"허나 전에 자네가 왜병들의 진지에 뛰어들었을 때 마수들은 왜병들을 마구 살상하면서 자네를 쫓았다면서?"

"그런 왜병들이야 천기에 영향 줄 만큼 큰 인물들이겠수? 호랑이들도 그런 놈은 잡아먹어두 뒤탈이 없수."

태을 사자는 그 말을 듣자 뭔가 느낌이 왔다. 오래전부터 궁금했던 일이었다.

"그렇다면 말이네, 사람을 해칠 수 있는 금수나 귀신은 어느 정도 천기를 읽어낼 수 있단 말인가?"

"모두가 천기를 읽는 것은 아니우. 인물의 상相을 보고 알아내는 거지."

"상을 본다?"

"상이라 하여 관상 같은 것을 보는 것은 아니우. 다만 그런 것이 있수. 그건 같은 생계 내에서 부대끼는 존재들만 알아볼 수 있는 거지. 무슨 예감 같은 거라 할 수 있수."

"그렇다면 호군은 그런 상을 보는 데 능통한 분이셨나 보군."

"그렇수. 우리 조부는 조선 천지의 금수를 통솔하는 분이우. 그분이 그런 것을 모르시면 누가 아셨겠수? 물론 호유화처럼 오래 뒤의 일은 모르우. 한 십 년이나 이십 년 정도 짚어낼 수 있을까?"

듣고 보니 그럴 법했다. 미래를 예측하지 못했다면 호군이 어찌 죽기 직전에 왜란 종결자에 대한 글자를 남겨두었겠는가?

"그러면 자네는?"

"나는 도만 닦았지, 그런 것과는 관련이 없수. 못 배웠으니까."

"호군께서는 누구에게 그런 수를 배우셨나?"

"선인에게 배운다우. 증성악신인甑城岳神人에게서 말이우."

"선인? 그러면 일종의 신神인가?"

"사자는 팔선八仙에 대해 모르시우?"

흑호는 팔선의 이야기를 해주었다. 팔선은 고려 때까지 숭앙되어오던 여덟 신령이었다. 이들은 팔선 또는 팔성八聖으로 불리는데 궁중을 비롯하여 여러 곳에 팔성당 또는 팔선궁이 지어졌다. 그중 가장 유명한 것이 송악산의 팔선궁이었다. 팔선은 호국백두악태백선인護國白頭嶽太白仙人, 용위악지통존자龍圍嶽之通尊者, 월성천선月城天仙, 구려평양선인駒麗平壤仙人, 구려목멱선인驅麗木覓仙人, 송악진주거사松嶽震主居士, 증성악신인, 두악천녀頭嶽天女의 여덟이었다.

태을 사자는 팔선에 대해 알지 못했다. 태을 사자는 사계의 존재였지만 팔선은 생계에서 곧바로 성계나 광계로 올라가는 반신적인 존재들 같았다.

"금수들의 일을 관장하려고 해도 어느 정도의 도를 알아야 하는 거유. 특히 금수들은 인간과 싸우는 경우가 많은데, 잘못하여 중요한 인간을 죽여 천기를 거스르게 할 수는 없는 일이지. 그러니 금수들을 통제하는 의미에서라도 그런 것을 우두머리는 알아야 하우. 더구나 금수들의 우두머리는 금수만 다루는 것이 아니라 도깨비나 일부 신령도 밑에 둔다우."

그래서 호군은 왜란이 일어나기 전에 수하 하나를 북악산 도깨비라 하여 이항복에게 보낼 수 있었던 것이다. 중요한 인물이 예기치 못한 화를 당할 고비에서 현몽現夢이나 계시로 화를 피하게 하는 것도 그 우두머리의 임무였다.

거기까지 듣자 태을 사자는 점점 가슴이 뛰었다. 이 얼마나 멍청한 친구란 말인가! 그렇게 중요한 일을 알고 있으면서 이제까지 생각조차 하지 못하고 있다니! 호유화의 시투력주 또한 그리 신통한 역할을 못하고 있는 판인데 말이다. 그것을 이용한다면 모든 문제를 한꺼번에 해결할 수도 있는 것이다!

태을 사자는 흥분하여 흑호가 팔선에 대해 더 길게 이야기하려는 것을 도중에서 잘랐다.

"잠깐만 기다리게. 중요한 이야기가 있네."

"뭐유?"

"지금 자네, 조선 땅 금수의 우두머리가 되면 증성악신인이 천기를 어느 정도 짚을 능력을 내린다고 했지?"

"그렇수."

"뭐가 그렇수인가! 그러면 일이 쉬워지는 것 아닌가?"

"일이 쉬워지다니? 어떻게 말유?"

"허허, 답답한 사람. 지금 조선 땅에서 영통한 금수들은 마수들의 습격을 받아서 모두 죽었다고 했지?"

"그렇수."

"호군은 자네의 조부이시지?"

"그렇수."

"그러면 이제 조선 금수의 우두머리는 누가 되어야 하겠는가? 자네가 아니겠는가?"

"아……."

흑호는 탄성을 질렀다. 생각해보니 그러했다. 흑호의 도력은 금수들 중에서도 발군이라 할 수 있었다. 더구나 조선 땅의 도력 높은 짐승들은 모두 참화를 당하고 말았다. 그러면 그들의 우두머리가 될 자는 흑호밖에 없지 않겠는가?

"하지만…… 내가…… 나는 둔하고 쓸모없는 놈이라서……."

"아니네. 이건 대단히 중요한 일일세. 마수들이 어찌하여 영통한 조선의 금수들을 하나씩 해쳤겠는가? 만약 그들이 모두 살아 있다면 지금 우리는 큰 도움을 받을 수 있을 것이고, 마수들의 활동은 큰 타격을 받을 것이네. 그래서 마수들이 금수들을 해친 것만은 분명하네. 그놈들의 뜻대로 말일세. 지금 조선 땅에는 영통한 존재들이 없어져서 마수들이 활개를 치고 다니지 않는가? 하지만 조선 땅의 영통한 존재들이 적지는 않을 것이네. 일대일로 본다면 마수의 상대가 되지 않을지도 모르지만, 도깨비나 신령을 모은다면 큰 힘이 될 수 있을 것이야! 더구나 천기를 짚어내는 능력이 금수의 우두머리에게 주어진다면, 자네가 직접 왜란 종결자가 누구인지도 알아낼 수 있는 것 아니겠는가!"

흑호의 눈이 점점 커졌다. 만약 자신이 호군의 뒤를 이어 우두머리가 되기만 한다면 많은 문제들이 쉽게 풀리게 되는 것은 분명했다.

태을 사자는 기운이 나서 말했다.

"우두머리가 되기 위해서는 어떤 절차를 거쳐야 하는가? 어떤 길을 밟아야 하는가?"

"일단은 금수들의 뜻을 모아야 하우."

"허나 지금은 그런 금수조차 남지 않았어. 그것은 생략해도 될 것일세. 그다음은?"

"그런 다음 백…… 백두산 천지에서…… 삼칠일간 치성을 드리면 신인이 하강하시우……. 그때 품品을 올리고 임명을 받는 거유."

"신인이 하강한다? 그럼 직접 고할 수도 있는가?"

"팔선녀八仙女와 팔신장八神將이 신인을 모시고 직접 하강한다 들었수……."

"팔선녀! 팔신장!"

태을 사자는 또 한 가지에 생각이 미쳤다. 이 신인이라는 존재는 신장이나 선녀를 대동한다 하였으니 분명 생계보다 높은 곳의 존재임이 틀림없었다. 그렇다면 성계나 광계의 존재일 것이다. 누명을 써서 사계에 일을 알릴 수 없는 태을 사자로서는 이것이 절호의 기회로 여겨졌다.

광계나 성계에서 생계에 연을 맺은 자에게 이 난리의 진상을 고한다면 크나큰 도움을 받을 수 있을 것 아닌가! 하다못해 신인이 대동한 신장 여덟 명만 두고 가더라도 자신이나 흑호의 전력은 몇 배로 불어날 수 있는 것이다.

이런 훌륭한 방법이 있었는데 왜 여태껏 자기들만 고생을 했단 말인가 싶어 태을 사자는 기분이 좋아졌고 저절로 껄껄 웃음이 나왔다.

태을 사자는 잘 웃는 성격은 아니었으나 이때야말로 흡족하여 크게 웃었다. 흑호가 이 일을 무난히 해내기만 한다면 많은 문제들이 해결되는 것이다.

"좋네. 일각도 지체할 수 없네. 자네는 지금 곧 백두산에 올라 치성을 드리게."

"그럼 여기 일은 어떡하우? 이항복, 이덕형의 일은?"

"그건 내가 맡겠네. 좌우간 삼칠일이라……. 스무하루로군. 길기는 하지만 별수가 없는 일이지."

문득 태을 사자의 마음이 어두워졌다. 조선이 과연 스무하루를 버텨낼 수 있을까 하는 걱정되었던 것이다.

왜군이 부산포에 상륙한 지 한 달도 안 되었는데 벌써 조선 땅의 반이 점령당했다. 하물며 조선군의 정예들은 거의 전멸되어 흩어졌으니 앞으로 왜군의 진군은 더더욱 빨라질지도 몰랐다.

그리고 그사이에 얼마나 많은 조선 사람의 영혼이 마수들에게 빨려 들어갈지도 모르고…….

"만약 말이우. 이항복이 왜란 종결자인지 이덕형이 왜란 종결자인지 밝혀지지도 않고 이덕형이 명나라로 가게 되면 어떻게 할 거유? 몸을 둘로 나눌 수는 없지 않수?"

"그때는 호유화가 있네. 호유화를 불러 대신하게 하면 되니 자네는 그 일만 중시하게나."

마수들이 자신의 예상을 깨고 무더기로 덮쳐온다면 자신이나 호유화로는 무엇도 할 수 없을 것이다. 하지만 태을 사자는 할 수 없다고 생각했다. 자신이나 흑호, 호유화의 힘에는 한계가 있는 것이었다. 진인사 대천명이라고, 할 수 있는 데까지는 해보아야 했다. 결국 태을 사자가 상감의 주변을 돌보기로 하고 흑호는 백두산으로 떠났다.

신궁神弓 은동

은동은 즐거운 나날을 보내고 있었다. 강효식이 힘을 찾아 이틀 만에 일어나자 은동과 강효식은 우선 은동의 어머니 엄씨의 장례를 치렀다. 이제 은동이나 강효식은 엄씨가 이 세상 사람이 아니라고 생각하고 있었다. 그렇다고 시신을 찾을 수도 없었으니 정식 장례를 치를 수는 없었지만 일단 위패를 쓰고 재를 올려 임시 장례를 치른 것이다.

그런 다음 강효식은 그간 있었던 기이한 일들에 대해 은동과 차분히 이야기를 나누었다. 호유화는 그동안 은동이 겪은 많은 기막힌 일들을 강효식에게 그대로 말하지 말도록 암암리에 눈치를 주었다.

은동은 어린 나이였고 아버지에게 거짓말을 하고 싶지는 않았지만 자신이 겪은 일은 너무나 세상과는 동떨어져서 자신조차 믿기 어려운 판이었다. 더구나 호유화가 사실을 말하면 강효식이 죽게 될지도 모른다는 허무맹랑하지만 그럴듯한 말을 지어내 은동은 그렇게 믿을 수밖에 없었던 것이다.

“그건 비밀이야. 알겠어? 엄청난 비밀이란 말야. 너 전에 홍두오공을 보았지? 백면귀마 같은 마수들을 보았지? 이 비밀을 알게 되면 마수들이 공격해올 거야. 나는 물론 상대할 수 있고 유정 스님이나 홍의, 석저장군 같은 사람들도 도력이 높으니 별문제는 없을 거야. 하지만 너희 아버지는 누가 지켜주지?”

“호유화 님이 지켜주면 되잖아요!”

“나는 너를 지켜야 한다구. 이미 너는 더이상 어찌할 수 없는 데까지 와 있단 말야. 그러나 너희 아버지가 이 사실을 알게 되면 누구도 지켜주지 못해. 그러니 절대 비밀을 지켜. 알았지? 그리고 거짓말하기가 힘들면 아예 모르겠다고 그래. 알았어?”

결국 은동은 몇 마디 외에는 강효식에게조차 사실을 숨기게 되었다. 그런데 호유화가 어느 날엔가 은동으로 둔갑하여 강효식에게 주르르 설명을 해준 모양이었다. 은동은 거짓말을 잘하지 못하여 막막하게만 여겼는데 어느 날 이후부터는 강효식이 은동에게 묻지 않게 되었다. 호유화의 술수로 강효식은 은동과 자신이 어느 도력이 높은 산림거사에게 구원을 받은 것이며 그에 의해 이리로 옮겨진 것이라고만 믿게 되었다.

강효식은 은동이 이상하게 정신을 잃은 후에 힘이 강해져 천하장사가 되었다는 이야기를 듣고 놀랐으나 당연히 내력은 알지 못했다. 그 이유는 호유화와 흑호, 태을 사자만이 알고 있었는데 태을 사자와 흑호는 멀리 가 있었고 호유화는 그에 대해 아무에게도 이야기하지 않았던 것이다.

강효식은 은동이 힘을 얻은 것을 직접 확인까지 해보고서야 정말 믿게 되었다. 그리고 크게 기뻐해주었다.

“이거 보통이 아니로구나. 너는 아직 어리다만 조금만 크면 큰일을 해내겠구나."

"큰일이라뇨?"

"만약 이 난리를 오래 끌게 되면 왜병들과 싸워야 할 것이고, 네가 크기 전에 난리가 끝나더라도 나라를 지키는 데 큰 힘이 될 수 있을 것이니 말이다."

그러면서 강효식은 은동에게 많은 이야기를 해주었다. 충忠에 대한 가르침이었다. 그리고 강효식은 유정에게 부탁하여 자신이 나가 싸우게 되더라도 은동을 잘 가르쳐달라고 했다. 유정은 비록 여러 가지 일에 다망하였지만 무애를 비롯하여 여러 승려들에게 은동을 가르치도록 해주었다. 유정 또한 천하장사의 신력을 지니게 된 은동을 범상하게 볼 수 없었기 때문이다.

이제 은동은 아침에 일어나면 글공부를 하고 오후에는 심신을 단련하는 무공을 익히게 되었다. 무공은 택견을 비롯한 권각법과 봉술, 도법, 궁술 등이었는데 아직 은동의 나이가 어린지라 어려운 무공은 가르칠 수 없었다. 그래서 근래 며칠 동안에 은동은 약간의 글과 무공만을 배우게 되었다.

그러나 다른 승려들 또한 승병을 일으키는 여러 가지 일로 바빠 오후부터 저녁때에 이르기까지의 시간 동안 은동은 거의 혼자서 주로 궁술을 수련했다.

호유화는 내내 승아의 모습을 하고 은동의 곁에 얼쩡거리고 있었으며 은동의 일거수일투족을 알고 있었다. 설사 은동의 옆에 있지 않는다 하더라도 귀가 예민하여 이야기를 모두 들을 수 있었다. 호유화는 다른 사람들이 은동을 가르치는 일에 별로 관심을 기울이지 않았다. 호유화는 호유화대로 일이 있었기 때문이다. 자기 몸에 있는 시투력주를 응용하여 미래의 일을 돌아보는 것이 그것이었는데 그리 잘 풀리지는 않았다.

호유화는 환수라서 잠을 자지 않았고 잠깐씩 쉬며 법력을 회복하기만 하면 일을 하는 데에 지장이 없었다. 하지만 여러 승려들의 이목이 있는지라 호유화는 밤에는 은동과 같은 방에서 잠을 자곤 했는데 실제로는 자는 것이 아니었고 그 시간에 주로 투시를 했다.

은동은 무술을 처음 배우는 것이었지만 총명한데다가 인혼주를 몸에 넣은 뒤로 큰 기운이 생겨서 비교적 쉽게 익힐 수 있었다. 그렇다 하더라도 권각법이나 병장기를 다루는 기술을 며칠 사이에 얼마나 익힐 수 있겠는가?

다만 궁술에서만은 은동이 두드러진 실력을 보였다. 무애가 궁술을 권한 것에도 이유가 있었다.

"우리 민족은 성정이 고와 싸움을 즐기지 않고 무술로 남을 핍박하며 뽐내는 것을 수치스러운 일로 여겨 중국에서처럼 도검권장刀劍拳掌의 무예보다는 방어를 위주로 하는 기예와 전쟁에서 사용되는 기예가 무술의 주종을 이루었느니라. 중국에서는 십팔반十八班 병기와 권각을 써서 남과 겨루고 더러 장법이나 내가권內家拳 같은 기술을 익히기도 하지만 그것은 세상이 흉흉하여 누구도 믿을 수 없고 자기 몸은 자기 혼자 지켜야만 하며 아무도 믿을 수 없는 아수라장 같은 세상에서나 필요한 법. 원래 무술은 정신을 맑게 하고 몸을 건강하게 하며 호연지기를 기르는 것이다. 우리 민족이 고대에 만주와 중원의 대부분을 차지하였을 적에는 기마술과 기마전법이 주종을 이루었으나 그때부터 중국에서는 우리를 동이東夷라고 부르니 이夷라는 글자는 큰大 활弓을 지녔다는 뜻이니라. 우리의 형세가 약해져서 이 땅에 웅거하게 된 이후로도 우리나라는 지형이 험하고 낮은 산과 구릉이 많아 길고 짧은 무기를 휘두르며 적과 싸우기보다는 활로 험한 곳을 버티고 쏘아 적을 막아내는 방법이 전쟁의 주류를 이루었느니라. 무릇 궁술은 내가 다칠 위험 없이 적을 제압하는 것이요, 정신을 집중하고 몸을 단련하기로도 좋은 법이며 무술을 위해 일생을 바치지 않고도 숙련하여 일가를 이룰 수 있는 것이니 네가 배워 사용하기에도 이보다 좋은 것이 없느니라."

사실 중국에는 무림이 있어 한 사람이 수십 명을 당해낼 고수들이 출현하곤 하지만 전쟁에 이르면 그러한 고수들은 첩보나 몇 가지 활동 이외에는 별반 큰 힘을 발휘하지 못했다.

검술이나 권장술이 신통한 경지에 이르렀다 해도 피와 살로 된 몸뚱이로서 전장에 뛰어들면 일개 병졸과 그다지 다를 것이 없었다. 화살이 비 오듯 하고 창과 칼이 숲같이 무성한 수백, 수천 명 단위의 싸움에서는 일대일의 기예를 겨루거나 피할 틈도 없이 어육이 되고 만다.

그러나 궁술은 성벽 등에 웅거하여 적을 공격할 수 있으니 효과적인 것이 아닐 수 없다. 더구나 도검술이나 권장의 기예는 어려서부터 기초를 닦고 수십 년을 그 일에만 연마하여 매진하여야 일가를 이룰 수 있는 반면 궁술의 기예는 불과 몇 년 만으로도 그와 동일한 효과를 볼 수 있는 것이다.

그 때문에 조선 땅에도 고명한 검법이나 도법, 창술, 택견을 비롯한 권각법 등이 많이 전해지나 실제로 사람들은 체력 보강을 위한 운동으로서 외에는 주로 궁술을 익혀왔다.

은동이 중국에서 태어났다면 신력을 타고났으니 권법이나 장력 등의 분야에서 대성할 법도 하였다. 그러나 은동은 신력을 타고났으니 구태여 그런 것에 집중하게 하는 것은 사치라고 무애는 판단하였다. 은동은 무예를 뽐내기보다는 전란에 맞는 기술로 공을 세우는 편이 옳았다.

그래서 무애는 병법을 주로 가르치고 택견의 조화로 몸을 피하고 날렵하게 움직이는 기술과 궁술에 역점을 두어 가르쳤다. 그것은 은동 본인의 소망이기도 했다.

본래 힘이 약한 아이는 대나무로 만든 죽궁竹弓부터 시작하여 차차 단궁短弓, 왜궁矮弓, 각궁角弓, 장궁長弓 등으로 강한 활을 사용하는 법이었다. 그러나 은동의 기운이 엄청나다는 것을 안 무애는 애당초 무거운 한 벌의 철궁을 마련하여 은동에게 주었다.

은동은 팔이 짧아서 장궁 같은 큰 활은 당기기 힘들었으나 신력을 지니게 되었으므로 탄력은 강한 것이 필요했다. 이에 무애는 솜씨 있는 대장장이에게 부탁하여 무지무지하게 강한 철궁을 두 벌 만들었다.

보통 활은 철로 만들지 않지만 간혹 고서에 보면 철궁을 썼다는 기록이 나오기 때문에 그런 생각을 하게 된 것이다. 무애는 은동을 귀여워하던 터라 은동이 강한 힘을 얻자 자신의 일처럼 기뻐하며 그 힘을 유용하게 쓰도록 하기 위해 오래 궁리를 했던 것이다.

무애는 신이 나서 그날로 하산하여 금강산 기슭의 허가라는 대장장이를 찾았다. 호유화는 호기심 때문에 모습을 감추어 둔갑을 한 뒤 무애의 뒤를 따랐다.

무애는 산을 내려가더니 어느 작은 마을로 접어들어 연기가 무럭무럭 솟고 있는 제법 널찍한 대장간을 찾았다. 호유화가 엿들어보니 그 대장장이는 무애와는 안면이 있는 사이였고 표훈사에서 일어날 승병들을 위해 병장기 주조를 맡은 사람이었다. 그는 12대째 대장장이 일을 하는 솜씨 있는 집안 사람이었다.

무애의 부탁을 받고 대장장이 허 영감이 말했다.

"허허. 우연한 일입니다. 저희 집에 오지 않았더라면 조선 땅에서 쇠로 활을 만들 수 있는 집을 찾기는 어려우셨을 것입니다. 더군다나 이런 철궁을 만들려면 특별한 쇠를 써야 하는데 저희 집에는 여러 대 전부터 비전의 쇠가 내려오고 있습니다. 그러나 철궁을 만드는 법은 말로만 전해지고 있었지 실제로 철궁을 만든 일은 거의 없었습니다."

"왜 그렇소?"

"철궁은 힘이 이만저만하지 않으면 당기기 어렵기 때문입니다. 하물며 이렇게 두껍고 작은 철궁은 만들어보았자 아무도 당기지 못할 것입니다. 장정 다섯 명이 달려들어도 굽히기 어려울 터인데 이런 것을 누가 사용한단 말입니까?"

"그런 걱정은 말고 만들어나 주시오."

그러나 대장장이는 여전히 망설였다.

"또 문제가 있습니다."

"뭐요?"

"이런 두꺼운 철궁을 만드는 것은 가능합니다만 그러려면 보통의 활줄로는 활이 제구실을 하지 못합니다. 보통의 활줄을 두껍게 꼰다 하더라도 스무 번을 제대로 당기지 못할 것이며, 반나절 시위를 메겨두면 끊어지기가 십상일 것입니다."

그러나 무애가 한사코 철궁을 만들기를 원해 결국 대장장이는 철궁 두 벌을 만들기로 했다. 두 벌을 만든 이유는 하나는 은동에게 주고 하나는 김덕령에게 선물하기 위해서였다. 이런 활을 당길 수 있는 사람은 아마 현재 조선 땅을 통틀어 그 둘밖에 없을 터였다.

호유화는 그 사실을 알고 은동에게 달려가 활 이야기를 했다. 은동은 활을 받게 될 것을 알자 매우 기뻐하였다. 사실 은동은 어린아이이고 아버지가 무관이었던 터라 어릴 적부터 전쟁놀이나 병정놀이를 좋아했다. 그런데 가짜가 아닌 정말 자기의 무기를 얻게 되자 그 기쁨이 컸던 것이다.

호유화는 은동이 기뻐하는 것을 보고 자기도 모르게 뭔가 해야겠다는 생각이 들어 이틀 후 밤중에 허씨 대장간으로 내려갔다. 철궁은 거의 완성되어 있었는데 과연 그 쇠는 보통의 쇠가 아닌 듯했다. 호유화가 활 두 개를 조금 더 살펴보았는데 아마도 크기가 큰 것이 김덕령에게 줄 것이고 작은 것이 은동이가 쓸 것 같았다.

호유화는 씽긋 웃으면서 작은 활을 집어 들고 활에 법력을 가해 술법을 걸었다. 호유화가 활에 건 술법은 활을 보다 강하고 탄력 있게 만드는 술법이었다. 호유화가 활에 이십 년 수련의 법력을 불어넣었으니 그 활은 실로 고금을 통틀어 보기 힘든 신병기가 된 셈이었다.

어떤 사람도 이십 년의 법력을 쌓기가 어려운 판인데 그 법력을 활에 불어넣었으니 오죽하겠는가! 그러나 호유화는 이미 수천 년 도를 닦아 법력의 경지가 우주 팔계를 통틀어 보기 드물 정도였으므로 이십 년 정도 법력을 쓰는 것은 큰 생색을 내는 것도 아니었다.

호유화는 흐뭇한 마음으로 아무도 모르게 산으로 올라갔다. 다음 날 허 영감은 작은 철궁이 자기가 담금질했을 때보다 더 빛나고 탄력이 있어 보여 이상하다고 여겼지만 그냥 자기의 솜씨가 더 발전되었나 보다 하고 두 벌의 활을 무애에게 전해주었다.

철궁들은 크기는 작지만 놀랄 정도로 무겁고 튼튼했다. 그중 김덕령이 쓸 큰 철궁은 무게가 서른두 근이나 되었고 은동의 작은 철궁은 무게는 스물네 근이나 되어 보통 사람은 한 손으로 들고 있기조차 어려울 정도의 무게였다. 그러나 천하장사인 김덕령이나 이십 명분의 신력을 지니게 된 은동은 활을 들거나 당기는 데 아무런 지장이 없을 것이었다. 걱정했던 활줄은 일품 명주실을 구해 꼬아보았으나 활의 힘을 당하지 못했다.

다행히 승려들 중 한 사람이 궁술의 조예가 있어서 전해 내려오던 비전의 방법으로 금실과 머리카락을 특수한 약에 담가 꼬아서 수십 가닥의 활줄을 만들었다. 그 활줄로 철궁을 간신히 당길 수 있게 되었는데 그래도 끊어지곤 했다.

갖은 어려움 속에서도 그럭저럭 철궁이 사흘 만에 만들어지자 무애는 기쁜 마음으로 은동에게 활을 주었다. 은동은 호유화에게 귀띔을 받아 자신의 무기가 만들어진다는 사실을 알고 있었으나 진짜로 그 활이 자신에게 주어지자 기뻐서 어쩔 줄 몰랐다.

"허허허. 그래그래. 꼭 열심히 무예를 닦아 훌륭한 사람이 되어야 하느니."

은동은 너무도 좋아서 몇 번이나 고개를 수그리면서 무애에게 절을 했다.

"감사합니다, 스님. 감사합니다. 이 은혜를 어떻게 갚아야 할까요?"

호유화는 승아의 모습을 하고 그 옆에 앉아 있었는데 은동이 무애에게 절을 하는 것을 보고 은근히 생각했다.

'요 녀석. 그 활도 잘 만든 것이지만 내 법력이 들어가지 않고서야 그렇게 좋을 리 있겠어? 나한테도 그렇게 고마워하면 좋을 텐데…….'

하지만 호유화는 생색을 내기는 싫어서 가만히 그 옆에서 은동을 지켜보았다. 그러자 무애는 은동이 활을 받고 너무 좋아하는 것 같아 말했다.

"은동아. 네가 활을 받고 좋아하니 나도 기쁘구나. 그 활에 이름을 붙여보는 것이 어떠하냐? 내가 붙여주랴?"

그런데 은동은 뜻밖에도 고개를 저었다. 이미 이름을 정해 두었던 것이다. 전에 윤걸이 쓰던 칼의 이름이 백아였던 것을 생각하며 은동은 밤새 이름을 고민해보았다.

"그래? 그러면 이름을 무어라 붙일 것이냐?"

"유화라 붙이겠습니다. 버들 류 자에 꽃 화 자입니다."

은동은 호유화가 자신의 옆에 머물면서 자신을 보살펴주는 것이 고마워 활에 호유화의 이름을 붙이기로 했던 것이다. 무애는 그런 연유는 몰랐지만 껄껄 웃었다.

"그래. 활은 유연한 것이니 버드나무 류 자를 쓰는 것도 좋을 것이고, 활의 모양이 자못 아름다우니 꽃 화 자를 쓰는 것도 운치가 있구나. 네 문재도 대단하구나."

그런 옆에서 호유화는 몹시 기뻐했다. 비록 무애의 앞이라 승아의 모습을 하고 있어서 내색을 하지는 못했지만 은동이 자신을 생각한다는 것에 대해 기분이 몹시 좋았고 심장마저 쿵당거리는 것 같았다. 이유는 호유화도 알지 못했지만.

철궁을 받게 된 후 은동은 궁술에 자신감을 가지게 되었다. 겨우 사흘 만에 은동은 열 번을 쏘면 열 번이 모두 과녁에 적중하여 조금도 틀림이 없는 경지에 이르게 되었다. 무애는 손뼉을 치며 좋아했고 덩실덩실 춤까지 추었다. 그러나 은동은 그런 연유도 잘 모르고 멍하니 생각했다.

'도대체 이게 무엇이 어렵다는 걸까? 그리고 이 정도 하기가 왜 그렇게 힘들다는 것일까?'

그러나 거기에는 다른 까닭이 있었다. 궁술이 어렵고 명궁이 나오기 힘든 것은 화살이 대부분 포물선을 그리고 날아가며 바람이나 외부의 영향을 받기 때문이다. 또 활을 당기는 데는 힘이 들어 반복하려면 정밀하게 손을 움직일 수 없어서 겨냥이 빗나갈 우려가 많다는 점도 있다.

허나 은동은 워낙 힘이 세어 활을 당기는 데 아무런 힘도 들이지 않았고 또 무지무지한 힘을 받아 날아가는 화살은 워낙 기세가 강한 탓에 바람이나 외력을 탈 여지가 거의 없었다. 그래서 백 보가량 밖에서 은동이 활을 당겨 쏘아도 화살은 거의가 부러져서 뭉개질 정도로 과녁에 박히곤 하였다.

더구나 활을 당기는 것은 매우 힘이 들어서 힘 좋은 사람일지라도 한 번에 오십 순(한 순은 다섯 번 활을 쏘는 것) 이상 연습하기 어려웠다. 그러나 은동은 점점 재미도 붙었고 힘이 지치는 법도 없어서 오십 순뿐 아니라 천 순도 활줄을 당길 수 있었고, 그 덕에 은동의 실력이 불과 며칠 만에 명궁의 경지에까지 오르게 된 것이다. 물론 다른 사람들은 거기까지는 생각하지도 못해 은동의 솜씨에만 혀를 내둘렀다.

그러나 다음 과정에서는 사정이 달라졌다. 무애가 움직이는 과녁을 맞혀보라고 권하였는데 그것이 힘들었다. 은동이 그럴 만한 눈썰미까지는 갖추지 못한 까닭이었다.

보통 궁술을 배울 때는 새를 쏘아 떨어뜨리는 경우가 많았으나 무애는 살생을 할 염려가 있어 그런 것은 하지 못하게 하고 흔들리는 나뭇가지나 공중에 던져 올린 나뭇조각을 맞히게 하였다.

서 있는 과녁은 조준만 하면 백발백중이었던 은동이 움직이는 과녁을 따라 맞히기는 어려워했다. 은동은 계속 연습을 했다. 너무 열심히 연습을 한 나머지 수십 가닥 만들어둔 활줄을 거의 다 끊어먹고 손가락이 빨갛게 부풀어오를 정도였다.

호유화는 며칠 동안 틀어박혀 미래의 천기만 읽는 데에 집중하느라 잘 몰랐던 은동의 사정을 밖에 나오자 알게 되었다.

어느 날 저녁, 은동이 날이 어두워지는 것도 개의치 않고 열심히 활을 쏘고 있는데 호유화가 나타났다. 물론 승아의 모습으로 나타난 것이다.

호유화는 은동이 실수할까 싶어 자신을 호유화라 부르지 못하게 했으며 반말만 쓰도록 일러서 은동도 그쪽에 더 익숙해지는 참이었다. 은동도 승아가 호유화인 것을 머리로는 알고 있었지만 자기보다도 어려 보이는 승아에게 존대를 하기는 거북했다. 그리고 호유화도 실제로 그편을 더 좋아했다.

"승아니? 웬일이야?"

승아는 생글생글 웃으면서 은동에게 다가왔다.

"열심히 연습하는구나. 손가락이 다 까졌네."

말하다가 승아는 은동에게 흰색의 줄 하나를 쓱 내밀었다.

"이게 뭐야?"

"활줄이야. 아마 이건 절대 끊어지지 않을 거야. 손도 덜 아플 거구."

"어?"

은동은 의아하여 줄을 바라보았다. 그 줄은 흰색으로 번들거리며 빛나고 있었는데 매끄럽고 가볍기가 비할 것이 없을 듯싶었다. 은동이 줄을 잡고 있는 힘을 다해 당겨보았으나 끄덕도 하지 않았다. 정말 가볍고도 강한 줄이었다. 은동은 기뻐하면서 줄을 시위에 걸었다. 그러자 승아는 더 기분이 좋아졌다. 은동에게 말은 하지 않았으나 그 줄은 자신의 꼬리털을 뽑아 꼬아낸 것이었다. 환수의 꼬리털이라면 수천 년 도를 닦은 몸에서 나온 것이며 종종 법기로도 쓰일 정도의 물건이니 세상 어디에서도 찾을 수 없을 만한 보물이 틀림없었다. 시위를 걸고 나자 철궁을 아무리 강하게 당겨도 끄떡없었다. 은동은 좋아서 펄쩍펄쩍 뛰었다.

"이게 어디서 났어? 정말 좋다."

"좋으면 됐구."

은동이 철없이 불쑥 말했다.

"하나 더 없어? 있으면 석저장군님 활에도 매줄 텐데."

그러자 승아는 갑자기 기분이 나빠진 듯했다. 아무리 털이라고는 하나 자신의 몸의 일부를 잘라준 것인데 미련스럽게 남에게 주고 싶어 하다니. 승아는 화가 치밀어서 자신도 모르게 찰싹 은동의 뺨을 때려주었다.

은동이 비록 스무 명의 기운을 지니게 되었다고는 하지만 호유화의 기운에는 발끝에도 미치지 못하는 것이었다. 은동은 그만 몇 바퀴를 팽이처럼 돌면서 그 자리에 털썩 넘어져버리고 말았다. 승아는 깜짝 놀라 주위를 훑어보았지만 다행히 보는 사람은 없는 듯했다. 승아는 끙끙거리는 은동을 얼른 일으켰다.

"바보같이! 그거 한 대 맞았다고 사내자식이 쓰러져?"

은동은 대답도 못하고 뺨을 문질렀다.

"왜…… 왜 화 내는 건데……?"

"으이구, 속 터져. 이 답답아."

승아는 화가 나서 저만치로 달려가버렸다. 은동은 도무지 영문을 알 수 없이시 활을 집어 들고 연습을 하려 했다. 그러자 승아가 어느 틈엔가 다시 다가왔다.

"야, 이 멍청아. 언제까지나 활만 들고 있을 거야?"

"연습을 해야 되잖아."

"너 전에 뭐라구 했어? 같이 있게 되면 내내 나랑 놀아주겠다고 했지? 그런데 뭐야. 놀아주기는커녕 활만 붙들고 있으니."

은동은 뇌옥에서의 약속을 되살리고 어깨를 움찔했다. 은동도 물론 어린아이이니만치 노는 것을 마다하고 싶지는 않았다. 그러나 부친인 강효식과 약속을 했던 바가 있어서 머뭇거렸던 것이다. 은동이 머뭇거리는 것을 보고 승아가 은동을 재촉했다.

"뭐하는 거야? 약속을 지키지 않겠단 말야?"

"아니야……. 그건……. 하지만……."

"뭐가 하지만이야?"

"나중에 놀아주면 안 될까? 나는 어서 궁술을 익숙하게 익혀야 한단 말야."

"왜?"

"그래야 왜군과 싸울 수 있고……. 또 마수들하고 싸우는 데에도 조금이라도 도움이 될 수 있을 거 아냐."

승아가 피식 웃었다.

"마수? 네가 조금 힘이 생기더니 뵈는 게 없는 모양이구나. 네 화살이 조금 세다고는 하지만 마수들이 그 정도로 눈 하나 깜짝할 것 같아? 왜군이라면 모르지만……."

그러더니 승아는 샐쭉 웃었다.

"그런데 왜군들하고 왜 그렇게 목숨 걸고 싸워야 하지?"

"그놈들은 침략자잖아! 나라를 위해서……."

그러자 승아가 코웃음을 쳤다.

"흥! 나라?"

승아는 다시 한번 코웃음을 치고 은동에게 손가락질을 하며 말했다.

"어머니의 복수를 한다면 몰라. 말끝마다 나라, 나라……. 제발 내 앞에서만이라도 그런 위선적인 말은 안 하는 게 어때?"

은동은 화가 났다. 위선이라니!

"뭐가 위선이란 거야!"

"지금 이 조선이라는 나라, 내가 보기에 정말 한심해. 알아?"

"감히 그런 소리를 하다니! 조선이 왜 한심한 나라야!"

은동은 흥분했다. 아무리 승아가 환수인 호유화이고 법력이 높다고 하지만 그런 대역무도한 소리를 하다니! 그러나 승아는 침착했다.

"내가 여기 온 지는 며칠 되지 않았어. 하지만 둘러보니 한심하기 이를 데 없더군. 도대체 무슨 놈의 나라가 전쟁이 나고 며칠 만에 이토록 밀린단 말야? 이 나라에서도 군대가 있을 것이고 군대를 키운다고 백성들에게 세금을 걷었을 텐데, 그건 전부 어디 갔느냐 말야?"

그 말에 은동은 입을 다물었다. 대답을 할 수가 없었다. 조선의 부역 제도는 상당히 고된 것이었다. 지금과는 달리 조선의 병정들은 거의 급료를 받지 않았다. 그뿐만 아니라 대부분의 개인 장비는 자기의 돈으로 마련해야만 했다.

16세부터 60세에 이르는 장정은 노비가 아닌 이상에는 누구나 군역의 의무를 지고 있었고 번이 돌아올 때마다 몇 개월에서부터 일 년 이상까지 군역을 치러야 했다.

조선의 군인 중 군인을 직업으로 하는 자를 정군正軍이라 하였는데 정군에게는 보保라 하여 정군을 재정적으로 돕는 예비군이 딸려 있었다. 물론 고급 군인이 되어 관직이나 품계를 받으면 봉록이 나오지만 그렇지 않은 일반 직업 군인은 보에게서 받는 군포軍布로 생활을 충당하여야 했다.

당시는 화폐 거래가 이루어지지 않았고 쌀이나 포 같은 물건이 화폐의 역할을 대신하고 있었다. 중종조의 기록을 보면 보통의 보병은 한 달에 일고여덟 필의 군포를 내는 것으로 되어 있었다.

포는 조선 초기에는 쌀 다섯 말 정도의 가치를 지녔으나 방직이 대량으로 행해진 임란 때는 쌀 한 말 정도였다. 따라서 보병 한 명이 한 달에 쌀 일고여덟 말 정도를 바치는 셈이니 부담이 크다고 하지 않을 수 없었다.

흉년이 들면 군포를 최고 열 배까지 징수하는 바람에 견디다 못한 보군이 도망을 쳐버리고 그에 견디지 못한 정군도 도망을 쳐서 이 군역으로 작은 마을 하나가 송두리째 야반도주를 하여 유민流民이 되는 경우도 많았다.

지방의 관리들은 그러한 정군을 허위로 등록하고 군포를 수탈하여 사리사욕을 채운 경우가 허다하였으니, 막상 난리를 당하였을 때 군대가 효용을 발휘하지 못한 것도 무리는 아니었던 것이다.

은동은 이러한 자세한 사정까지는 알지 못하였으나 군역이 '몹쓸 법'으로 불리고 있다는 것은 알고 있었다. 은동이 말이 없자 승아는 말을 이었다.

"그것뿐이야? 양반이니 상민이니 이렇게 구분을 해서 사람을 차별하고 재주 있는 사람을 제대로 가려 쓰지 못하니 원……."

승아는 계속 조선에 대한 욕을 해댔다. 승아, 아니 호유화는 몸에 들어 있는 사백 년 후의 시투력주를 응용하여 며칠에 걸쳐서 공을 들여 미래의 천기를 투시하여왔다.

그 목적은 왜란 종결자의 정체를 알아내려는 것이었지만 실제로 그런 자세한 것을 알아내는 것보다는 미래의 생활과 사회상이 보다 많이 느껴졌다. 그러다 보니 호유화는 화가 나는 것을 막을 수 없었다.

미래의 사람들은 잘살고 있었다. 스스로도 이해하지 못하는 여러 가지 기술과 학문을 발전시켜서 깜짝 놀랄 정도로 변해 있었다.

이 변화는 불과 사백 년 후에 일어날 것이었으나 호유화가 알고 있는 천사백 년 전과 지금 조선과의 변화보다도 엄청나게 큰 것이었다. 아니, 비교의 대상조차 될 수 없었다.

신분의 차이라는 것이 거의 없었다. 돈을 많이 가진 자와 적게 가진 자의 차이는 두드러졌지만 나면서부터의 차이는 없었다.

지금처럼 끼니 걱정을 하거나 굶어 죽는 사람은 나오지 않는 것 같았다. 그때의 사람들도 살기 어렵다, 살기 힘들다고 불평을 달고 다니는 것 같았지만 지금만큼 어려운 것은 결코 아니었다. 그들이 불평하는 것은 없어도 생명을 부지하는 데는 지장이 없는 사치품이 모자라다는 것이었다.

또한 사백 년 후의 군대는…… 호유화조차 무서울 지경이었다. 사백 년 후의 화포에 비한다면 지금의 화포는 장난감이나 마찬가지였다.

하늘을 나는 비차飛車가 있었고 땅을 달리는 무서운 철우鐵牛(쇠로 만든 소. 호유화는 지금의 탱크를 본 것이다)들이 불을 뿜어대는가 하면 화탄火彈 한 발에 마을이 글자 그대로 사라져버리기도 했다.

사백 년 후의 조선은 그 정도로 강해져 있었다. 그런데 지금의 한심한 조선은 어떠한가? 왜군이 침략했다고 해서 이 모양 이 꼴이 된단 말인가? 승아의 모습을 하고 호유화는 계속 그런 것들을 은동에게 말했다.

사실 호유화는 조선이 어찌되건 사람들이 어찌되건 관심이 없었다. 다만 은동은 자신이 꼭 지켜주겠다고 약속을 하고 맹세까지 한 터였다. 그런데 은동은 이렇게 비리비리한 조선이라는 나라에서 답답하게도 나이도 어린 것이 충성을 바친답시고 있으니 분통이 터졌다.

은동이 만약 싸움에 나가서 죽는다면 자신은 얼굴을 들 수조차 없을 것이고, 은동이 싸움에 나가는 것은 조선이라는 나라가 무능하고 인재가 없어서 그러한 것이라고 생각되었다. 이놈의 조선이라는 무능한 나라가 은동을 죽이는 셈이 될지도 모르니 어찌 화가 나지 않겠는가!

은동은 눈을 크게 뜨고 호유화의 이야기를 듣고만 있었다. 들으면 들을수록 신기한 이야기였다.

"정말…… 사백 년 후에는 아무도 굶주리지 않아?"

굶주림은 당시 모든 사람들의 가장 큰 공포였다. 은동의 집은 그리 가난한 편은 아니었지만 그래도 굶주림은 무서웠다.

"그럼! 틀림없어."

은동은 다시 물었다.

"다른 나라 사람들도 전부 그래?"

"어……. 그건……. 음……. 몇몇 나라는 고생을 하지만 그래도 거의 대부분의 나라들은……."

은동이 말했다. 은동은 조선이라는, 자신이 몸담고 있는 나라가 모욕을 받는 것이 화가 났고 조선이 나쁘지 않다는 것을 말하려고 했다. 그러려면 자연히 다른 나라와 비교할 수밖에 없었다.

"하지만 우리나라는 대국이라는 중국에 비해서도 결코 백성들 살림살이가 어려운 편은 아니라고 들었는걸? 몇백 년 후에 어찌되었건 지금은 그렇단 말야. 대국에서 흉년이 나면 몇백만 명씩 굶어 죽고 난리가 끊이지 않는대. 하지만 조선에서는 흉년이 들어도 굶어 죽는 사람은 그리 많지 않다는걸?"

조선 시대의 굶주림은 지금 짐작하는 것만큼 그리 일상적인 것은 아니었다. 과거의 식생활이 항상 어려웠다고 믿는 것은 일제 시대를 거치면서 일제의 수탈이 골수에 박혀 그전에도 내내 그러했던 것처럼 여겨졌기 때문이다.

조선 중기까지만 해도 대규모의 토지를 집중적으로 지닌 지주들이 그렇게 많지 않았고 대부분의 농민은 자영농이었다. 소작을 한다 해도 소작의 대가는 반반이었고 지대나 기타의 세금 등은 지주 측에서 부담하는 것이 상례였다.

그와 비슷한 시기의 명나라를 본다면 소작은 보통 7대3으로 지주가 압도적으로 많은 양을 가져가 조선에 비할 바가 아니었다. 그러므로 현재 일반적으로 생각하는 것만큼 조선 농민이 굶주림에 시달리기만 한 것은 아니었다.

많은 기록을 볼 때 쌀이 생산되는 지방에서는 거의 모든 민중이 약간의 잡곡을 섞은 쌀밥을 주식으로 삼았다. 사람들이 굶주리는 것은 흉년이 들 때였다. 비가 오지 않으면 쌀농사는 망치게 된다. 전반적으로 비가 오지 않을 경우에는 식량이 부족할 수밖에 없으며 저장 수단이 발달하지 못한 당시의 기근은 지금의 상상을 초월하는 것이었다.

대신 조선은 환곡 등의 구휼 제도가 애초부터 법으로 정비되어 있었다. 환곡은 탐관오리들이 고리대를 붙이는 치부의 수단으로도 쓰였지만 흉년이 들면 어느 정도의 역할을 발휘하였다. 이러한 구빈 제도는 당시의 다른 나라에서는 예를 찾아보기 어려운 것이었다.

중국에서는 간혹 조정에서 기민을 구제하기 위해 양식을 풀곤 했지만 그것이 법제화되어 있지는 않았으며 서방의 각 나라들은 그런 개념조차 없었다. 서양에서 구빈 제도라는 것이 시행되기 시작하는 것은 수백 년이 지난 후인 18세기 정도부터이다.

"하지만 조선의 군대는 말야……."

승아가 화난 듯 말하자 은동은 고개를 저었다.

"나는 아버님께 들었어. 조선은 땅이 작고 사람이 그리 많지 않아 군대를 많이 키울 수 없다고 말야. 만약 무리하게 군대를 키웠다면 왜적이 쳐들어온 걸 수월하게 막을 수 있었겠지만 그러면 아마 수십 년에 걸쳐서 백성들은 더 힘들었을 거라고. 난리가 나면 군대는 필요하지만, 필요 이상의 군대를 키워서 무엇을 한다는 거야? 장수가 용감하고 능하면 적은 군대로도 승리할 수 있는 것이니 차라리 장수가 없음을 한탄해야지."

그 말에 승아는 할말을 잃었다. 은동의 어머니 엄씨는 상당한 식견이 있는 사람이었다. 그래서 무관인 아버지와 나라의 정세에 대해 많은 이야기를 나누었고 은동도 잘 알지는 못했지만 그런 이야기들을 조금은 알고 있었다.

난리가 나자 사람들은 율곡 이이의 십만 양병설을 말하면서 시행되기만 했어도 나라가 이 꼴은 되지 않았을 거라고 푸념을 하곤 했다. 그러나 강효식의 의견은 달랐다.

"율곡 선생은 대학자이시긴 하오. 그러나 그분의 의견이 정 그러했다면 그분이 병판(병조판서)을 지내셨을 때는 무엇을 하셨단 말이오? 우리나라의 군대는 모르긴 하여도 대략 십오만이 넘을 것이오. 그런데 십만 군을 더 양성한다는 것은 잘 모르는 내가 보아도 무리요."

임진왜란 발발 직전까지의 기록들을 보면 조선군은 약 십오만가량의 편제로 이루어져 있었다. 그러나 대부분이 태평성세에 젖은 오합지졸인데다가 지휘관들이 무능하여 왜군과 그나마 제대로 싸운 군대는 기록을 종합하여 볼 때 오만 정도밖에는 되지 않는다.

여담이지만 1592년 5월 28일 용인에서는 전라감사 이광이 왜군과 대적하는데 조선군의 수효가 오만이나 되었다. 그런데 그들은 왜장 와키사카 야스하루가 지휘하는 고작 천육백 명의 왜병들에게 대패하였다.

승패는 차치하고라도 어쨌든 조선군 오만이 모였다는 것은 각 도에 흩어져 있는 조선군 병력이 지금 보는 것처럼 그리 적었다고 할 수는 없다는 것을 입증한다. 지휘관들의 무능으로 말미암아 조선군이 와해되어 뿔뿔이 흩어지게 되었고 이러한 조선군이 후에 격렬하게 일어난 의병들의 주된 세력으로 바뀌었음은 분명하다. 이는 구한말에 일어난 의병들의 싸움들을 분석해볼 때 쉽게 판단할 수 있는 일이다. 따라서 임진왜란 때에 조선이 전쟁에 수적으로 열세였다거나, 방비가 전무하였다는 것은 결과만 가지고 판단하는 것일지도 모른다.

역시 여담이지만 비근한 예로 한국전쟁 때에도 전쟁 직전 미군 군사고문단은 한국군을 가리켜 '동아시아 전체에서 가장 우수하고 장비를 잘 갖추고 있는 정예부대'라고 말했다. 그러나 그런 정예부대는 고작 사흘 만에 괴멸되어 서울을 함락당하고 졸렬하게 한강 다리마저 끊고 낙동강까지 몰리게 된다.

임진왜란 때의 계속된 패배는 방비의 부족보다는 지휘관들의 무능과 제승방략 체제의 약점, 왜군이 새로 지닌 무장인 조총의 사용을 염두에 두지 않은 데 있다고 보아도 무방할 것이다. 이는 한국전쟁 때에 탱크의 위력에 밀려 패전을 계속한 것과도 크게 다르지 않다. 임진왜란과 한국전쟁은 여러 면에서 놀랄 만큼 유사한 면모들을 많이 보여준다.

임진왜란 당시 조총은 분명히 쓰이고 있던 물건이었고 결코 베일에 가려진 비밀 무기가 아니었다. 그러나 무능하고 식견 없는 지휘관들은 그것이 크게 쓰일 것이 아니라 하여 비참한 패전을 당했다. 한국전쟁 때의 탱크도 '산과 논이 많은 한국 지형에는 도저히 맞지 않는 물건'이라 하여 도입되지 않았다. 그러나 그것에 밀려서 국군은 끝없는 퇴각을 거듭했다. 역사의 교훈을 배우지 못한 데서 온 비극이 아니겠는가?

승아는 은동에게 말했다.

"네 말이 맞다 쳐. 장수들이 무능해서 이 모양이 됐다고 하자. 그런데 조선의 벼슬아치며 선비라는 작자들도 그래. 말로만 충성이니 뭐니 하면서 자기들끼리만 떠들어대고 말야. 막상 난리가 나니 하는 일이 뭐야!"

은동도 지지 않고 맞섰다.

"때가 되지 않고 천기가 맞지 않아 큰 인물이 나지는 못했다 해도 그게 어디 나라 탓이야? 충성이라니? 왜 조선 선비들이 충성이 없다는 거야? 사약을 가지고 와도 눈 하나 깜짝하지 않고 절한 뒤 마시는 것이 사대부의 기개요, 충성이야!"

호유화는 할말을 잃었다. 그것은 그러했다. 조선 조정에서 많은 싸움이 있고 붕당이 생겨 당파 싸움이 이루어진다는 이야기는 호유화로서는 눈살을 찌푸리게 만드는 것이었다.

하지만 조선 선비들은 그러면서도 뜻은 굽히지 않았다. 유명하고 고결한 선비라 할지라도 내침을 당해 혹은 의금부에서 호된 국문을 받기도 하고, 혹은 벽지로 수천 리 유배나 귀양을 가기도 하였으며,

혹은 사약을 받기도 하였다.

그럴 경우에 이르러서도 조선 선비들은 묵묵히 받아들였다. 반항은커녕 조정의 안위와 왕의 만수무강을 빌면서 죽어갔다. 옳건 그르건 그것을 충성이 아니라고 볼 수는 없었다. 그것은 무서운 충성심이라고 볼 수 있었다.

무엇 때문에 그토록 충성을 바칠 수 있었단 말인가? 국가를 사랑하지 않고서는 충성도 있을 수 없다. 그렇다면 조선이라는 나라가 그렇게까지 나쁜 나라는 아니란 말인가?

그래도 호유화는 질 수 없었다. 수천 년을 살고 수백 년 후를 내다보는 재주까지 있으면서 견식 없는 꼬마에게 진다는 것은 자존심이 용납하지 않았다.

"거기다가 조선은…… 또 뭐야, 칠거지악이라는 게 있다면서? 난 인간은 아니지만 여자의 몸이니 한마디하지. 그게 도대체 뭐야? 여자는 사람이 아닌가? 여자를 사사건건 무시하고 짓밟는 것이 바로 이 조선 사회 아니야?"

호유화는 악을 썼다. 미래는 결코 그렇지 않았다. 아니, 그러려고 하지 않는다고 보아야 할까? 아직도 조선의 '남존여비'의 잔재는 남아 있어서 미래의 여자들은 그것에 대단한 불만을 품고 있었다. 호유화 역시 불만스러울 수밖에 없었다. 은동은 지지 않고 눈을 부라렸다.

"여자를 어떻게 했다고 그래? 나는 어머님을 존경하고 받들었어! 여자를 천시한다 하지만 효를 행할 때 아버지 어머니를 가리고 했단 말야? 응? 조선이 어때서? 대국이라는 명나라에서조차 여자는 시집가면 싱을 잃는다지만, 조선에서는 절대 그러지 않아! 족보에도 올려주는데 왜 여자를 무시한다는 거야? 응? 오히려 사내대장부라면 여자를 지켜주고 보살펴주는데 그것을 누가 안 한단 말야?"

호유화는 또 말문이 막혔다. 사실 명나라의 예를 들자 호유화는 할말이 없었다. 당시의 다른 나라도 마찬가지였다. 기술이 발전되지 못한 고대로 갈수록 남자가 지닌 힘과 노동력이 중요한 것이었으며 남자가 대우받는 것은 어쩔 수 없는 일이라고도 할 수 있었다.

그런 면에서 조선은 비록 칠거지악이니 축첩제도니 하는 악습이 있었지만 다른 나라에 비하면 나쁜 편이 아니었다.

호유화는 조선에 온 지 얼마 되지 않았지만 사람들의 생활은 보아 알고 있었다. 조선 시대의 조금 큰 집은 거의 안채와 바깥채로 구분되어 있었는데 안채는 여자들이 기거하는 곳이었으며 모든 살림과 경제에 대한 권한은 여자들이 쥐고 있었다.

축첩제도는 나쁜 제도이기는 하나 16세기에는 그런 제도가 없는 나라가 오히려 드물 지경이었다. 중국에서는 시집을 가면 여자는 아예 성이 없어지는 것이 당연한 일이었으며 그렇다고 살림이나 기타의 권한이 여자에게 주어지는 것도 아니었다.

조선의 경우는 하물며 궁중에서만 해도 일국의 왕이 대비나 대왕대비에게 꼼짝하지 못했다. 조선조에서 여자의 권위는 약한 편은 아니었다. 단 현대와 비교했을 때는 분명 문제가 있다.

그러나 당시 다소 발달되지 못한 사회 양식과 윤리 체제하에서는 오히려 지금 우리가 알고 있는 것보다 오히려 개방적이었다고까지 말할 수 있었다.

호유화는 워낙 머리가 좋아 오히려 자기 꾀에 자기가 빠져든 셈이었다. 은동은 아무것도 모르고 자기 주변을 옹호하려 말할 뿐이었다. 물론 호유화는 오래 살아서 은동보다는 훨씬 머리도 잘 돌아가고 식견도 넓었다. 다만 미래를 알고 있다는 것은 장점이 아니라 도리어 호유화에게 불리하게 작용했다.

미래를 알고 있으므로 잘못된 것들이 눈에 보이기는 하지만, 그 잘못된 것은 어디까지나 발달된 미래와 비교할 때의 일이다. 제대로 비판을 하려면 당시의 다른 나라와 비판을 하여야 하는데, 그러면 그럴수록 잘못된 점은 없어 보였던 것이다.

그런 이유로 화가 나서 말을 꺼냈다가 은동의 식견 없는 말에도 저항하지 못했던 것이다. 그래도 호유화가 미래의 일과 비교를 하려 하면 은동은 악착같이 대들었다.

"그러려면 상고시대에는 사람들이 글씨도 몰랐고 불도 몰랐고 농사짓는 법도 몰랐다는데, 그때와 비교하면 지금이 얼마나 좋아? 왜 그때와는 비교하지 않지? 몇백 년 후에 사람들이 더 똑똑해져서 얼마나 잘 사는지는 모르겠지만, 그건 먼 미래의 일이잖아! 왜 알지도 못하는 미래의 일을 가지고 조선을 몰아세우는 거야?"

호유화는 화가 나서 생각을 가다듬었다.

'제기랄. 내 꾀에 내가 빠지는구나. 좋다. 그러면 내가 먼저 생각을 좀 해보자. 일단 내가 아는 지금의 나라들과 비교해서 조선이 못한 점을 찾아내면 되겠지!'

호유화는 법력을 극도로 끌어올렸다. 호유화는 매우 자존심이 강하고 한번 화가 나면 눈에 보이는 것이 없는 성질인지라 은동에게 이대로 지기는 정말 싫었다. 그래서 크게 법력을 소모하게 되어 잘 쓰지 않던 대천안통大天眼通의 술법을 쓰려고 한 것이다.

대천안통을 삼천 년 법력과 융화하면 한 번에 세상을 두루 훑어볼 수도 있었다. 다만 너무 손상이 심해 법력에 큰 지장을 주게 될 수도 있었지만 호유화는 그런 것은 신경도 쓰지 않았다.

은동은 갑자기 승아의 머리칼이 희게 변하면서 하늘로 솟구쳐 오르자 깜짝 놀라서 뒷걸음질을 쳤다. 호유화가 입씨름을 하다가 화가 나서 자신을 해치려는 것은 아닐까 하고 겁이 났지만 은동도 화가 나 있던 참이라 뒤로 많이 물러서지는 않았다.

호유화의 머리카락들은 점점 솟아올라 하늘을 뚫을 듯하다가 번쩍하고 광채를 뿜었다. 은동은 깜짝 놀라서 뒤로 한 걸음 물러섰다. 다음 순간, 승아의 모습으로 돌아온 호유화는 얼굴빛이 파리한 것이 탈진한 듯, 좋아 보이지 않았다. 은동은 깜짝 놀라 승아에게 다가갔다.

싸우기는 했지만 은동은 속이 좁은 편은 아니었다. 하물며 아녀자가(그 아녀자가 무시무시한 힘을 지닌 호유화라는 것도 은동은 잊고 있었다) 갑자기 기운을 잃고 어디가 아픈 것 같자 걱정이 된 것이다.

호유화는 한숨을 내쉬었다. 대천안통의 술수로 세상을 한꺼번에 훑어본 것이다. 한 번에 수십 년을 보아도 될까 말까 한 많은 일들을 보았으니 호유화가 받은 충격은 엄청난 것이었다. 법력이 거의 흩어져버린 것 같았고 몸까지 떨려왔다.

그러나 호유화는 기를 쓰고 집중하여 이름도 모르고 자취도 모를 많은 나라들을 마구 조선과 비교하였다. 법력을 극도로 써서 탈진할 지경이었으나 호유화는 고집스럽게 머리에 법력을 돌려 두뇌 회전을 수백, 수천 배로 빠르게 돌렸다.

호유화는 문득 길게 한숨을 쉬었다.

"틀렸구나! 틀렸어!"

호유화는 속으로 이런 바보 같은 인간들, 멍청이들이라고 마구 욕을 했다. 세상에는 수백 개의 나라가 있었으나 당시의 조선에 비할 만한 나라는 없었다.

서방의 제국들은 엄청나게 싸움을 벌이고 있었고 백성들의 고통은 조선과 비교할 것이 아니었다. 16세기 서양의 농노들의 생활은 조선 백성의 생활보다 몇 배는 비참한 것이었다. 서양인들은 고기가 주식이었지만 그들은 일 년에 한 번도 고기 구경을 하기가 힘들었다. 모두 영양실조에 걸리고 질병과 전쟁과 엄청난 세금에 시달리고 있었다.

조선의 벼슬아치들이 백성을 수탈한다 하나 어느 정도 명목을 지니고 있는 것과는 달리 그들은 귀족이라 하여 모든 백성들을 소유물로 보고 생사여탈을 그야말로 마음대로 하였다.

여자를 우습게 아는 정도를 넘어 초야권이라 하여 막 결혼을 하려는 새색시를 영주가 합법적으로 강탈하는 괴이한 법까지 있을 정도였다.

조선은 썩은 벼슬아치들이라도 말로는 백성을 위한다고 했지만 그들은 아예 노골적으로 백성을 짓밟았다. 단순한 탐욕 때문에 전쟁이 잇달았고 사람을 사람으로 보지 않는 그들은 먼 대륙으로 가서 원주민의 씨를 말리면서 재물을 수탈했다(호유화는 유럽인의 남미 정벌을 본 것이다. 실제로 남미는 번영된 문화를 지니고 있었으나 유럽인의 수탈로 인해 인구가 이십분의 일 이하로 격감하였고 근대에 이르기까지 제대로 발전을 할 수 없을 정도의 충격을 받았다).

서방은 원래 야만인이니 그렇다 하더라도 대국이라는 중국도 마찬가지였다. 명 왕조는 중국 왕조 중에서도 드물 정도로 수탈과 폭정이 심한 나라였다. 당이나 송 등은 명군이 나와 정치를 잘하기도 하였으나 명나라의 왕들은 거의가 폭군이어서 혼란이 조선보다도 몇 배 심했다. 중국을 중심으로 한 다른 아시아 계열의 속국들 또한 고통은 비슷했다.

아주 머나먼 곳에는 온몸이 검은 사람들이 살고 있었는데 그들은 평화롭게 살기는 하였지만 국가도 이루지 못한 상태에 지나지 않았으니 조선과는 비교할 수조차 없었다.

서방과 중원의 중간쯤에는 회교를 믿는 사람들이 살고 있었으며 그 사회는 심히 융성했지만 종교는 아무래도 호유화에게 너무도 생소하고 억압이 많아 이해조차 되지 않았다. 특히 그곳은 여자를 대하는 것이나 축첩 같은 문제가 조선보다 수십 배나 심했다. 여자는 아예 사람으로 인정도 받지 못하고 얼굴조차 내놓고 다닐 수 없을 정도여서 호유화는 더 생각해보지도 못했다.

천축국이라는 나라도 그런 것은 별로 다르지 않아 사람들의 정신적 수준은 높았지만 처참한 기근과 너무 많은 인구에 시달려서 백성들의 생활은 말할 수조차 없을 정도였다.

조선은 그런대로 여러 가지 사회제도가 있었다. 소식을 알리는 기별이나 역마제도가 있었고 우편제도도 있었으며 과거제도가 있어서 백성도 고관이 될 수 있었다.

서방의 경우 귀족이 아니라면 이것은 꿈도 꿀 수 없는 일이었다. 조선도 계급의 차별이 있다고는 하나 천축국의 계급 차별(카스트제도)은 죽어서도 대를 물려 계급을 이루어 영혼마저 속박할 정도였으며 사회 신분이 낮은 천민(수드라)은 상류계급의 인사에게 손가락 하나만 대어도 죽음을 면치 못할 정도이니 거론조차 할 수 없었다.

폐단이 심했다 하나 구휼이나 구황 제도가 조선에는 있었고 나라에서 공짜로 병자들을 치료해주는 혜민서 같은 것마저도 법으로 정해져 있었다. 양반의 떵떵거림이 극심하기는 했어도 동네마다 향약이 있어서 풍속을 단속하였기 때문에 도적이나 윤리에 어긋난 자들의 수는 당시 다른 나라와 비교할 때 거의 없다시피 하였다. 유교에 쓸려서 폐단이 많고 번거로운 짓거리가 많았지만 어쨌든 사람들의 윤리 의식은 투철하여 범죄나 파렴치한 짓은 미래와 비교하여도 극히 적었다.

기근이 들면 굶주리고 역병이 돌면 쓰러져 죽어가는 자가 많은 것은 마찬가지였으나 그런대로 사람 사는 꼴로 살 수 있었다. 또한 출판이 발달하고 지식이 융성하여 어느 못사는 농갓집에라도 하다못해 『천자문』, 『소학』 한두 권은 있었으며 문자 독해율은 당시 세계 최고였다. 농사짓는 농군들조차 몇 마디 문자를 쓸 줄 알았고 변변치 못한 시골 수재들조차 글을 휘갈기고 시를 쓰며 부를 지을 줄 알았다.

사람들은 역병이나 난리, 기근만 없다면 평안하였으며 유쾌하였다. 그러한 근심에서 벗어날 수 있는 나라는 당시 아무 곳에도 없었다. 조선은 괴질이 들어 수만 명이 죽은 적이 있지만 나라에서 의원을 풀어 대책을 마련하여 많은 사람들의 목숨을 건진 일도 다수 있을 정도로 의학 지식도 발달하였다. 서방에서는 흑사병이 돌아 전 인구의 사분의 일이 죽었는데도 아무 손을 쓰지 못하였으니 비교조차 되지 않았다.

평상시에 조선 백성들은 열심히 일하였지만 틈만 나면 술을 마시고 춤을 추며 즐겁게 살았다. 백성이 술을 계속 마실 수 있을 정도의 나라는 당시에 없었다. 숫자가 가장 많은 중국인들은 그렇게 평화롭게 살아갈 수 있는 요순시대를 그리워했으나 조선은 그러한 요순시대에 거의 근접해 있었다. 당시 어느 세상 어느 곳에도 그러한 나라는 없었다!

물론 후대의 세상을 본 호유화로서는 그것들의 결점을 수천 가지라도 지적할 수 있었지만 후대 세상의 잣대로 현재를 볼 수는 없었다. 그랬다가는 은동이 아까 말한 것처럼 미개 상태의 과거를 들고 나와 조선의 우월성을 말해도 할말이 없는 형편이었다.

결국 호유화는 이렇게 생각하게 되었다.

'제기랄. 정말 제기랄이다. 이놈의 조선이 그럼 지금 세상에서는 그런대로 가장 잘 사는 선진 국가란 말인가?'

호유화는 지고 싶지 않아 억지라도 부려보려 했으나 문득 은동의 걱정스러워하는 얼굴을 보게 되었다. 은동이 부드럽게 말했다.

"괜찮아? 응?"

은동에 호유화는 은동이 들고 있는 활을 보았다. 은동 자신이 서투른 솜씨로 깎아 새긴 '유화'의 두 글자가 보였다.

호유화는 묘한 감정이 들었다. 몸이 둥둥 뜨는 것 같았고 가슴이 두근거렸다.

'내가 도를 익히고 수천 년 동안 하늘도 우습게 알며 혼자 지냈는데……. 남에게 관심을 받는다는 것도 나쁜 기분은 아니구나.'

흐뭇한 마음에 호유화는 일부러 엄살을 부렸다. 사실 법력을 극도로 소모하여 탈진 상태가 되기는 했지만 몸을 가누지 못할 정도로 아픈 것은 아니었다. 그러나 은동이 일단 관심을 보이자 호유화는 은동이 조금 더 관심을 보여주기를 바라며 꾀병을 부린 것이다.

"괜찮아? 아이구. 얼굴이 하얗게 되었네."

은동의 말에 호유화는 얼굴이 곧 정상으로 되돌아올지도 모른다고 여기고 급히 법력을 머리로 몰아 올렸다. 그러자 낯빛이 하얗게 질렸다가 빨갛게 되었다가를 반복하게 되었다. 호유화는 법력을 머리로 너무 밀어 올려 골이 띵해졌으나 은동이 자꾸 신경을 쓰는 데 마음이 흐뭇해져서 엄살을 부리느라 법력을 빼지 않았다.

호유화는 자신도 모르는 새 은동에게 대해 약간의 연애 감정을 지니기 시작한 것이나 다름없었다. 물론 보통 사람이었다면 이제 막 코

흘리개를 간신히 면한 은동에게 그런 감정을 품지는 않았으리라. 그러나 호유화는 원래 사람도 아니었고 수천 년을 거의 홀로 지내온 터라 나이 같은 것은 염두에 없었다.

호유화는 수천 년을 살면서 조금도 늙지 않을 수 있었고 둔갑에 능하여 겉모양이야 갓난아기로부터 늙은이까지 마음대로 변할 수도 있었다. 그렇기에 호유화는 외형이나 나이 같은 것은 조금도 염두에 두지 않았던 것이다. 이는 득도한 고승들이 남녀노소를 가리지 않고 똑같이 '중생'으로 보는 것과 다소 흡사했다. 다만 호유화는 그 대상이 어린아이임에도 불구하고 하나의 '남성'으로 보게 된 것만이 달랐다.

물론 호유화는 본래 인간이 아닌데다가 도를 닦았기 때문에 그냥 같이 이렇게 지내면 좋겠다고 바랐을 뿐, 음욕을 지닌 것은 아니었다. 호유화는 은동이 자신을 걱정하며 쩔쩔매는 것을 보니 흐뭇했다.

'호호호. 이거 기분 좋네. 몸이 둥둥 뜨는 것 같은데? 은동이가 어리지만 기개 있고 총명하니 훌륭한 인물이 될 거야. 지금은 어리지만 십 년만 지나면 헌헌장부가 될 테니……. 그러면…….'

호유화는 결코 어린아이를 좋아하는 변태적인 성격은 아니었다. 보통 사람과는 상황 자체가 다를 뿐이었다. 백 년도 못 사는 인간이 십 년을 기다리는 것은 어려운 일이지만 수천 년을 살아오고 앞으로 얼마나 더 살지도 모르는 호유화로서는 그까짓 십 년을 기다리는 정도는 문제도 되지 않았다. 그러다 호유화는 다른 생각에 흠칫했다.

'가만. 그런데 은동이가 십 년이 지나서 아무리 잘나게 되더라도 또 이십 년이 지나면 아저씨가 될 것이고 거기에 또 이십 년이 지나면 영감탱이가 될 것 아닌가'? 또 이십 년이 지나면 그야말로 꼬부랑 할아범이 될 것이고 또 이십 년이 지나면……. 아하. 그때까지는 살

아 있지도 못하겠구나. 에잇. 그러면 정 줘봐야 한순간이니 허황된 거잖아? 안 되겠구나.'

호유화의 마음이 차갑게 식었다. 호유화는 걱정하는 은동을 홱 뿌리치고 몸을 일으켰다.

"아무 일 없어! 걱정하지 마."

"어……."

은동이 서글픈 눈을 하였다. 호유화는 마음이 모질어서 수천 명을 죽이더라도 눈 하나 깜짝하지 않을 성격이었지만 은동의 서글픈 눈을 보자 마음이 스르르 약해졌다. 호유화는 속으로 생각했다.

'그래. 은동이가 죽으면 어때? 그때는 저승으로 치고 들어가서 은동이를 꺼내 오면 그만이다. 어느 놈이 감히 나를 막겠어? 그리고 은동이를 데리고 환계 깊숙한 곳으로 들어가버리면 염라대왕이고 나발이고 찾을 수 없을 거야. 그러면 그만이지, 뭘.'

그렇게 정한 호유화는 다시 아픈 척하며 은동을 자극했다. 은동은 나이가 어렸고 남을 쉽게 믿는 선량한 성격이었기에 호유화가 이랬다 저랬다 이상하다 싶었지만 걱정이 되어서 한참 동안 호유화를 돌보아주었다. 호유화는 기분이 좋아져서 다시 승아의 모습으로 몸을 일으켰다.

"자자, 이제 됐어. 괜찮아졌어."

"정말?"

은동은 아직도 걱정이 되는 것 같았다. 호유화는 속으로 은동을 순진하다 못해 바보 같다고 비웃었다. 하지만 다른 한편으로는 그런 은동이 좋기도 했다.

"정말 괜찮아. 좌우간 나랑 놀자구. 이깟 활 연습해서 뭘 해?"

"하지만……."

호유화는 화가 나 소리를 빽 질렀다.
"놀자면 놀자니까! 나는 맹세를 지키려고 이 고생을 하는데 너는 네가 한 맹세를 안 지키겠다는 거야?"
"안 지키겠다는 게 아니라 지금은……."
호유화는 화가 나서 은동의 어깨를 잡고 휙 돌려세웠다. 그러고는 은동의 눈을 손으로 찰싹찰싹, 두 번 때렸다. 은동은 갑자기 얻어맞자 아프기도 했지만 양 눈이 화끈하며 열기가 치밀어 올라 놀라서 눈을 감쌌다.
"어어……."
"가만있어. 지금 나는 법력으로 네 심안心眼을 틔워준 거야. 너는 기운도 좀 있고 하니 심안만 뜨고 나면 무엇을 쏘아도 백발백중이 될 거라구!"
호유화가 쓴 술법은 심안통心眼通이라 하여 높은 법력으로 다른 자의 눈을 밝게 틔우는 것이었다. 그 외 특별한 효능은 없었지만 눈의 잠재력을 키워주는 것이다. 그러면 시력이 좋아질 뿐만 아니라 움직임에 민감해지고 피로해지지 않아 수십 년 무술을 익힌 사람만큼 눈썰미를 지니게 된다.
심안통을 이렇게 신속하게 다른 사람에게 걸려면 적어도 이백 년 이상의 법력이나 내공이 있어야 했다. 그러므로 보통 사람이라면 누구도 그런 술법을 쓸 수조차 없을 것이었지만 호유화에게 이백 년 법력쯤은 우스운 것이었다.
은동은 처음에는 아프기도 하고 놀라기도 했지만 호유화의 말을 듣자 기뻤다. 잠시 후에 눈을 뜨고 보니 정말 세상 만물이 너무도 또렷하고 바람결에 흩날리는 작은 먼지까지도 똑똑히 보이는 것이 아닌가!

유화궁을 집어 들고 몇 발을 쏘니 은동의 신력에다가 시력이 조화되어 쏘는 대로 백발백중이었다. 은동은 기뻐서 승아의 모습을 한 호유화에게 절을 했다.

"고마워! 고마워!"

호유화도 만족스럽게 웃었다. 본래 술법을 남에게 거는 것은 자신의 법력을 희생시키는 것이다. 심안통의 술법은 이백 년의 법력이 있어야 하며 이십 년의 법력을 소모시키는 것이다. 그러므로 어지간한 이유가 없다면 법력이 아무리 남아돌더라도 하지 않았을 것이다.

호유화는 은동이 마음에 들었기 때문에 아깝다는 생각은 전혀 없었다. 호유화는 벌써 유화궁에 이십 년, 심안통에 이십 년을 합하여 사십 년의 법력을 은동 때문에 소모한 셈이 되었다.

"고마우면 빨리 놀자구! 인제 궁술 연습이니 뭐니 할 생각 말구 나랑만 노는 거야. 알았지?"

호유화의 심안통은 확실히 궁술에 효험이 있었지만 시력이 밝아지는 것은 그 외에도 많은 도움이 된다. 택견 같은 권각법을 사용함에 있어서도 눈이 날카로운 것이 유리하고, 하다못해 사방을 둘러볼 때에도 큰 도움이 되어 이후 은동에게 많은 도움이 된다.

은동은 기쁜 나머지 승아와 함께 놀기로 했다. 그런데 무엇을 하고 놀아야 좋아할지 은동은 알 수가 없었다. 어두워져서 술래잡기는 할 수 없었다. 조금 더 생각해보니 은동이 어디 숨어도 호유화가 그것을 못 찾을 리는 없을 것 같았다.

은동은 사내아이라 주로 장치기나 타구, 병정놀이 같은 몸으로 하는 놀이를 좋아했지만 승아는 호유화의 분신이니 몸으로 하는 놀이는 필경 고수일 것이다. 그러니 그런 놀이는 해보아야 김만 빠질 것 같았다.

'그러면 운수로 되는 놀이를 해야지. 더구나 승아는 계집아이니 여자들이 좋아하는 앉아서 하는 놀이를 해야겠다.'

당시 여자들이 주로 하던 놀이는 투호, 쌍륙, 승경도, 바둑, 장기 등등이 있었다. 그중 투호는 화살을 멀리서 던져 항아리에 넣는 놀이니 법력 고수인 승아에게는 할 가치조차 없을 것이고 바둑이나 장기, 쌍륙은 은동이 별로 능하지 못했다.

그래서 은동은 윷을 놀자고 했다. 승아가 말만 듣고 두꺼운 나뭇가지를 꺾어 머리카락으로 한 번 휙 쓰다듬자 네 개의 반듯한 윷이 눈 깜짝할 사이에 만들어졌다. 그런데 조금 놀다 보니 승아가 요령이 없어 뒤지게 되었다. 더구나 은동이 윷을 두 번이나 연달아 쳐서 말이 저만치 앞서가게 되었다.

승아는 오기가 나서 윷에 법력을 넣었다. 모가 연달아 열네 번이나 나왔다. 볼 것도 없이 모든 말이 들어가게 되자 은동은 얼이 빠진 듯했다.

"법력으로 한 거지? 그러면 안 돼. 그게 무슨 놀이야?"

은동은 승아가 던진 윷이 뒤집어지려다가 휙 돌아가서 위치를 찾는 것을 보고 승아가 법력을 부려서 윷을 조작한다는 것을 눈치챈 것이다. 승아는 깔깔거리고 웃었다.

"알았어. 알았어. 오로지 운으로 해야 한단 말이지? 그렇지만 그러면 내가 질 때는 속이 상하는걸?"

"속이 상하기도 해야 이길 때 기분이 좋은 거지. 그러니 속임수는 쓰지 마."

은동은 승경도陞卿圖 놀이를 승아에게 가르쳤다. 승경도 놀이는 당시에 유행하던 것으로 윷이나 주사위를 굴려서 말을 조작하는데, 말판이 달라서 윷판 대신 벼슬 이름이 가득 적힌 승경도를 이용하는 것이다. 은동은 어려서 관직을 주르르 적을 줄 몰라서 대강대강 마구잡이로 때워 넣었다.

승경도는 인생 팔자를 윷판에 걸고 노는 놀이라 할 수 있었다. 맨 처음 출신을 정하는데 처음 굴린 윷이 도면 군졸, 개면 남행南行(과거에 응시 않고 덕을 보아 벼슬을 하는 것. 다만 높은 벼슬로 나아가기는 어려움), 걸이면 은일隱逸(숨은 석학으로 알려져 벼슬을 받는 것), 윷이면 무과, 모면 문과였다.

그다음에 계속 윷을 굴려 나아가다가 '장원급제' 같은 것에 걸리면 몇 칸을 앞으로 뛰고 '사약' 같은 것에 걸리면 그 자리에서 죽게 된다. 그렇게 하여 은동과 호유화는 킬킬거리며 밤이 늦을 때까지 승경도 놀이를 하면서 놀았다. 승아도 법력을 쓰지 않고 놀아서 재미가 있었다.

호유화는 난생처음으로 그런 실없는 '놀이'를 해본 셈이었다. 그래서 그런지 삼천 년을 넘게 살았지만 재미를 느끼는 것만은 열 살 먹은 은동이와 조금도 다를 바가 없었다. 그러나 아무 생각 없이 놀이를 한 것이 큰일을 벌이게 되는 계기가 될 줄이야.

며칠이 지났으나 승아는 여전히 은동과 놀았다. 은동은 겉으로는 활 연습을 하러 간다 하였으나 이미 활의 경지는 조선은 물론 당시 세상을 통틀어도 따라갈 자가 없을 정도였고 또 그 공이 승아에게 있으므로 은동은 유화궁을 맨 채 계속 승아와 놀아주었다.

하지만 승아는 천성이 자못 방자한지라 이기지 못할 경우에는 떼를 쓰기도 하고 물리기도 하며 억지를 부렸다. 은동은 처음에는 재미있었지만 승아가 계속 억지를 부리자 짜증도 났고 같은 놀이를 며칠이나 하다 보니 머리가 아플 지경이었다. 그러나 늦게 배운 도둑질에 날 새는 줄 모른다고 승아는 거의 침식을 잊고 놀이에 골몰하였다.

계속 져주기만 하며 놀이를 했으니 며칠이 지나자 은동은 지긋지긋하여 더 참을 수가 없었다. 이에 승아에게 억지를 부리지 말라고 했고 승아와 은동은 자못 크게 싸웠다.

은동은 화가 나서 혼자 씩씩거리며 산문 밖으로 나갔다. 승아도 화가 나서 승경도 놀이판과 윷가락을 박살을 내고 삼매진화三昧眞火를 일으켜 태워버리고도 분을 풀지 못했다. 그러다가 은동 생각이 나서 승아도 산문을 나섰다.

그렇게 마을로 내려가 보니 은동은 동네 몇몇 아이들과 계집아이까지 껴 신나게 놀고 있는 것이 아닌가? 승아는 화가 머리끝까지 치밀어 올라서 빽 소리를 쳤다.

"뭐하는 거야!"

은동은 그 말을 못 들은 척하고 놀이에만 열중했다. 은동은 아이들과 장치기(긴 막대로 작은 막대를 쳐서 날려 보내는 놀이)를 하고 있었는데 승아가 온 것은 이미 알고 있었다. 은동은 승아가 억지를 부리는 것이 못마땅하여 일부러 재미있다는 척을 하고 상대를 하지 않은 것이었는데 승아는 그 광경을 보더니 분을 못 이겨 씩씩거렸다.

"너…… 정말…… 이럴 거야? 나랑 안 놀고?"

은동은 승아가 화를 내자 움찔하기는 했으나 속으로는 고소해서 빈정거렸다.

"흥. 난 억지 부리는 아이는 싫더라."

그러자 깜짝 놀랄 일이 일어났다. 승아가 그 자리에서 화가 치민 듯 소맷자락을 휙 내저은 것이다. 은동과 같이 놀던 아이들 대여섯 명이 한꺼번에 날아가면서 저만치에서 데굴데굴 굴렀다.

승아로서는 성질이 치밀어서 그런 것이지만 아이들은 날벼락을 맞은 셈이었다. 아이구구 하고 신음 소리를 내는 것이 보통 다친 것이 아니었다. 은동이 깜짝 놀라서 외쳤다.

"뭐하는 거야! 그만둬!"

"흥! 네가 그만두라면 난 더 할 거야!"

승아는 코웃음을 치더니 다시 소맷자락을 휘둘렀다. 그러자 광풍이 몰아치면서 아이들이 다시 데구르르 바람에 굴러갔다. 그뿐 아니라 바람을 정통으로 맞은 한 척의 허름한 집의 초가지붕이 휙 날아가버렸다. 그 바람에 소리를 지르며 어른들이 몰려나왔다. 은동은 초조해서 소리를 질렀다.

"그만! 그만해!"

"그만두라면 더 한다니까!"

승아는 심호흡을 하더니 양손으로 소매 바람을 부쳤다. 이번에는 신력을 지닌 은동조차 서 있기 어려울 정도로 바람이 휘몰아쳤다. 호유화의 수천 년 도력은 그야말로 생계는 물론이고 사계나 환계, 마수마저도 상대하기 어려울 정도였다.

도사, 신선이나 전설의 고수가 있다 하더라도 감당하기 어려울 판에 허름한 산골 마을의 사람이며 집이 무슨 힘이 있어 이를 감당하랴. 싸리 담장이 무너지고 몇 채의 지붕이 날아가는 한편 가까이 있던 허름한 집 한 채는 아예 통째로 무너졌다.

몰려나왔던 어른들조차 바람에 밀려 데굴데굴 굴렀고 삽시간에 동네는 북새통이 되었다. 그러나 누구도 이 조그마한 계집아이의 힘으로 마을이 이렇게 되었다고는 생각하지 못했다. 다만 무슨 날벼락이 떨어진 것으로만 알았을 뿐이었다.

"그만!"

은동은 소리를 지르면서 승아에게 덤벼들었다. 그러나 아무리 은동이 신력을 지니고 있다 해도 호유화의 변신인 승아에게 맥을 출 수는 없었다.

"그만하라고 하면 더한대두!"

승아는 이번에는 발에 힘을 주어 쿵 하고 땅을 밟았다. 땅이 우지끈하면서 갈라져나가더니 나무가 뽑히고 서너 채의 집이 통째로 내려앉았다. 사람들의 비명 소리와 물건들이 부서지는 소리, 개 짖는 소리에 닭이며 돼지 우는 소리까지 섞여 동네는 그야말로 아수라장이 되었다.

이유도 모르고 날벼락을 맞은 사람들은 소리를 지르고 도망쳤으며 간혹 가다가 쓰러져버리곤 했다. 은동은 이를 악물고 부들부들 떨다가 소리를 질렀다.

"이…… 이…… 못된……."

승아는 흥 웃으면서 뭐라 하려 했으나 다음 순간 은동은 승아의 뺨을 찰싹 후려갈겼다. 승아는 은동이 감히 자기를 때리리라고는 꿈도 꾸지 않았던 터라 잠시 망연하여 은동을 내려다보다가 눈꼬리를 올렸다.

"이 꼬마 녀석이! 죽어볼 테냐!"

은동도 지지 않고 소리를 질렀다.

"그래! 죽여라, 죽여! 차라리 날 죽여! 사람들을 해치지 말라구! 이 괴물 요괴야!"

요괴라는 말을 듣자 승아는 몸을 부르르 떨었다. 그래, 너는 잘난 인간이고 나는 요괴라는 말이 목구멍까지 치밀어 올랐으나 밖으로 나가지는 않았다. 잠시 몸에서 오싹한 한기가 솟구쳐 나오더니 승아는 삽시간에 원래 모습으로 변해버렸다. 방심하여 둔갑술이 풀렸던 것이다.

순식간에 조그마한 계집아이가 백발을 늘어뜨린 여인으로 변하자 몇몇 사람들이 소리를 질렀다.

"귀신이다!"

"요괴다!"

호유화는 화가 치밀어 모든 사람을 죽여버리고 싶었다. 아니, 호유화가 마음만 먹는다면 조선 땅의 사람을 다 죽여버리는 것도 불가능하지 않을 것이었다. 그러나 은동은 조금도 물러서지 않았다. 은동은 몸을 부르르 떨면서 호유화를 쏘아보다가 고개를 돌려 아수라장이 된 마을을 둘러보았다.

"내 잘못이야……. 너 같은 요괴를……. 내 잘못이야."

말을 마치기 무섭게 은동은 등에 메고 있던 유화궁을 자기 몸에 콱 찔렀다. 유화궁은 활일 뿐 칼이 아니었지만 신력을 지닌 은동이 찌르자 몸으로 푹 파고들어갔다. 순간 선혈이 솟구쳤다.

갑자기 피가 솟구치자 호유화는 깜짝 놀랐다. 아무것도 아닌 일에 화를 내어 이 모양이 되었다는 생각이 들었다. 그러자 분노는 금세 가라앉았다. 하지만 마을 사람들은 이상한 여자의 앞에 서 있던 아이가 갑자기 피를 솟구치며 쓰러지자 용기를 내어 소리쳤다.

"저 요괴가 아이를 죽였다!"

"때려죽여라!"

동네 사람들 중 몇몇은 소리만 클 뿐 감히 앞으로 나서지 못하고 있었지만 집이 허물어지고 악에 받힌 몇몇 사람은 몽둥이며 농기구를 들고 호유화에게 달려들려고 했다. 그러나 호유화는 그런 소리가 들리지 않았다.

호유화는 부들부들 떨며 은동을 바라보다가 얼른 들쳐업었다. 후회가 막급했다. 그까짓 놀이 때문에 화를 내 은동을 죽게 만들지도 모른다고 생각하자 몸이 떨려왔다. 은동이 마음에 들기도 하려니와 자기는 맹세까지 해서 은동을 지켜주기로 하지 않았던가? 자신이 직접 은동을 해친 것은 아닐지라도 자신이 못난 짓을 해서 은동이 이 꼴이 된 것만은 틀림없었다.

"아……. 이런 바보 같은……. 이 병신! 멍청아!"

호유화는 은동을 안아 들고 훌쩍 몸을 날렸다. 은동의 가슴에는 아직도 유화궁이 박혀 있는 채였다. 호유화가 몸을 날리자 동네 사람들은 더이상 호유화를 볼 수 없었다. 요괴가 아이를 죽이고 시체를 채갔다는 소리를 해대며 우왕좌왕할 뿐이었다.

왜란 종결자를 찾아내다

호유화는 미친듯 둔갑을 써서 달려가고 있었다. 처음에는 아득하니 아무런 생각도 들지 않았다. 호유화는 수천 년을 살면서 수백 번 싸움을 했고 생명을 얼마나 죽였는지 모른다. 뇌옥에 갇힌 천사백 년 동안은 자신을 찾아오는 마계의 졸개들만을 해쳤지만 이전에는 각 계를 전전하며 무수한 존재들과 대적했다.

그런 호유화로서도 이렇게 넋이 나갈 정도로 당황한 적은 처음이었다. 더구나 생명을 걸고 싸워서 그런 것도 아니고 자기의 치졸한 치기 때문에 맹세를 걸었던 아이가 죽게 되었다고 생각하자 부끄러워서 어쩔 줄을 몰랐다.

호유화는 유정 스님에게 돌아가서 은동의 상처를 치료해볼까 했으나 차마 갈 수가 없었다. 사람을 많이 다치게 하고 마을을 반쯤 허물어버린데다가 은동마저 이 모양으로 만들었다고 하면 자신을 가만두지 않을 것 같았다.

더구나 호유화는 불도와는 극성이라 유정 하나는 무섭지 않다 해도 서산 대사와 처영 그리고 많은 승려들이 염불을 외우면서 달려들면 꼼짝없이 당할 것 같았다.

'제기랄. 그럼 어디로 가지? 은동아, 은동아, 내가 잘못했어. 죽지만 마. 죽지만…….'

호유화는 다급한 나머지 한양이 있다는 서쪽으로 발을 옮기기 시작했다. 그곳에는 태을 사자와 흑호가 있지 않은가. 자신은 둘을 별 볼 일 없게 여기고 있었지만 은동에게는 빚을 진 자들이니 잘 돌보아줄 것 같았다.

한참 한양 쪽으로 가던 호유화는 마음을 바꾸었다. 한양은 이미 왜군의 수중에 떨어졌고 임금이 북으로 몽진을 한다 했으니 태을 사자와 흑호도 훨씬 더 북으로 갔을 것이 틀림없었다. 품 안의 은동은 이미 기력이 없어진 것 같았다.

호유화는 내내 혼자 지냈기에 흑호가 했듯이 법력을 불어넣는 것조차 몰랐다. 호유화는 워낙 내력이 강하고 필적할 상대가 없었기 때문에 의술 같은 것은 거의 몰랐던 것이다. 전에 홍두오공에게 다쳤던 은동을 잠깐 보살펴준 적은 있지만 지혈한 정도에 불과했다.

'아이구. 이러다가 은동이가 죽으면 난 뭐가 되는 거야. 호유화 이 바보 같은 년아. 호랑이가 할 줄 아는 재주조차 모르니 넌 도대체 삼천 년 동안 뭘 했단 말이냐? 뭐가 법력을 쌓고 뭐가 재주가 좋은 거야. 다친 아이 하나 못 고치면서……. 으이구, 이 미친년아. 바보 같은 년아. 너는 죽어 싸다.'

호유화는 속으로 자책을 하면서 날듯이 달렸다. 워낙 흥분한데다가 급하게 달리자 법력이 치밀어 올라 머리가 아파왔다. 호유화는 속으로 생각했다.

'내가 이렇게 법력이 치밀었으니 얼굴빛이 하얗게 질렸겠다. 은동이가 그걸 보고 날 걱정해주었지……. 은동이는 나에게 정말 잘해주었는데……. 나는 도대체 뭐란 말인가? 아아……. 은동이가 죽는다면 내 저승을 쑥밭으로 만들어서라도 도로 찾아 살려낼 것이다!'

호유화가 그런저런 고민을 하며 가는데 은동이 몸을 부르르 떨더니 중얼거렸다.

"왜…… 왜란 종결자……. 그건…… 그건……."

"그래, 그래. 걱정 마라. 죽지만 마!"

호유화는 외치면서 왜란 종결자라는 말을 자연 머리에 떠올렸다. 그때였다. 갑자기 애써도 잘되지 않던 미래의 모습들이 봇물처럼 머릿속으로 몰려들어왔다.

호유화는 대천안통의 술수를 부려 신경이 예민해진 상태였다. 그것은 이미 투시에 대해 연습을 여러 번 한 것이나 같은 효과를 주었다. 거기에 지금 법력이 극도로 뇌리에 치민 상태였고 신경이 대단히 예민해져 한순간 미래의 천기를 극히 자연스럽게 읽은 것이다.

이것은 두 번 다시 오지 않을 기회였다. 우연이 겹치고 겹쳐져 몸안에 있는 법력과 시투력주를 극도로 자극한 끝에 결국 투시에 성공한 것이다!

'왜란……. 그래. 임진왜란……. 조선군은 엄청난 피해를 입었다고 했다. 그러나 조선은 패하지 않았구나! 그래. 왜란 종결자라는 이름은 보이지 않는다. 그러나 후세에 남을 때까지 업적을 기릴 불세출의 명장이 나왔다! 그렇구나. 틀림없다!'

그것은 무척 짧은 순간의 일이었다. 미래를 투시하는 것은 휙 하고 지나가면서 작은 그림을 훑어보는 것과 흡사했다. 그것도 수십 장, 수천 장의 그림이 휙휙 지나가는 것이니 제대로 내용을 읽어내기란 극도로 어려운 일이었다. 지금 이 순간 호유화의 머리에는 백여

장의 그림 같은 장면이 스쳐지나간 것이다.

미래에는 왜란 종결자라는 말이 쓰이지 않았다. 그러나 투시력으로 보는 장면들은 모두 왜란 종결자와 관련 있는 것들이 틀림없었다! 대부분 싸움을 그린 그림이었다. 커다란 칼, 갑옷, 관복을 입은 채 앉아 있는 모습을 그린 영정. 눈꺼풀이 처지고 그리 길지 않은 수염을 기른 온화한 얼굴의 남자가 보였다.

사각형의 철로 만들어진 듯한 말 없는 수레가 수없이 다니는 널따란 검은 길. 한복판에 동상 하나가 우뚝 서 있었다. 얼마나 큰 인물이고 큰 공을 세운 사람이기에 저렇게 큰 동상을 만들었을까?

백전불패. 한 번도 싸움에서 지지 않았다는 글귀가 지나갔다. 이 사람이 왜란 종결자임이 분명했다.

바로 그 사람. 동상에 새겨진 사람. 불세출의 영웅. 세계 역사상 최대의 명장. 수없이 많은 생각과 함께 그 동상에 새겨진 글자 중 몇 개가 호유화의 뇌리를 휙 스쳐갔다.

"충…… 충무공忠武公!"

다음 순간, 미래의 모든 정경들이 와르르 눈앞에서 사라졌다.

호유화는 법력이 솟구치는 것을 느끼면서 그만 발을 헛디뎌 데구르르 몸을 몇 바퀴 굴렀다. 물론 쓰러진 것은 아니고 재주를 몇 번 넘어 선 것이지만 가까스로 중심을 잡은 것이라 숨이 몹시 찼고 몸 안의 기혈들이 들끓었다. 호유화의 품속의 은동이 헐떡거렸다.

"아…… 아버지……. 어머니……. 왜란 종결자를 찾겠어요……. 왜란……."

호유화는 자신도 모르게 외쳤다. 극도로 신경을 쓴 탓이라 호유화는 미리가 사방으로 솟구쳐 뻗어 마치 사자 같은 몰골이 되어 있었다.

"찾았어! 은동아! 그는 바로 충무공이야!"

말하던 호유화는 순간 아차 싶었다. 충무공이라는 것은 분명 왜란 종결자를 가리켰다. 그러나 충무공이란 것은 이름이 아닐 것이 분명했다. 충씨 성에 이름이 무공일 리는 없었다.

'시호가 틀림없다!'

이것은 필경 죽은 후에 그 사람의 업적을 기리기 위해 붙이는 시호가 분명했다. 그러나 그것은 미래에 보아 그런 것뿐이요, 지금 당장은 그 사람이 죽지 않았을 것 아니겠는가? 시호는 죽은 후에 붙여지는 것이니 지금 시호를 알았다고 그 사람이 누구인 줄을 어찌 알 수 있겠는가?

호유화는 발을 동동 굴렀다.

'망했다! 망했어! 그럴 줄 알았으면 조금만 더 참고 그 아래 이름까지 보는 건데! 이를 어쩐다. 그렇게 명백히 투시가 되는 일은 다시는 없을지 모른다. 망했구나!'

호유화는 발을 동동 굴렀다. 그러다가 호유화는 마음을 가라앉혔다.

'아니다. 꼭 실패한 것만은 아니다. 시호가 충무공인 것으로 보아, 전쟁을 한 그림들이 많이 있는 것으로 보아 왜란 종결자는 무장이 확실하다. 그러니 이항복이나 이덕형은 결코 아닐 거야!'

호유화는 조금 더 마음을 가라앉히고 궁리를 했다.

'그리고 분명 그 사람은 백전불패했다고 했다. 그러니 조선 땅에서 한 번이라도 싸움에 진 사람은 그 사람이 될 수 없는 것이다. 그러니 신립도 이일도 아니다. 그런데 조선에서 누가 이긴 적이나 있나? 조선군이 이겼다는 이야기는 한 번도 들은 적이 없는데……'

호유화는 몸을 일으켰다. 고통스럽게 중얼거리던 은동은 잠잠했다.

'어쨌거나 빨리 태을 사자와 흑호를 찾아보아야겠다. 그리고 은동이를 살려야 한다.'

은동에게로 생각이 미치자 호유화는 차라리 은동을 인간 의원에게 맡기는 것이 어떨까 싶었다. 그러면 자기보다는 나을 것이다. 하지만 난리가 난 통에 의원을 찾기도 쉽지 않을 것이고 자신이 의술에 지식이 없으니 돌팔이에게 맡기면 낭패일 것 같았다.

차라리 벌을 받더라도 금강산으로 돌아갈까? 역시 그것은 망설여졌다. 그러던 중 문득 묘안이 떠올랐다.

'아! 그렇다! 태을 사자와 흑호는 어가의 몽진 길을 따라간 것이다. 그러니 임금을 보살피는 어의가 일행 중에 있을 것이다. 그놈을 잡아다가 은동이를 치료하게 하면 되겠구나!'

마음을 정한 호유화는 은동을 안고 바람같이 달려갔다. 호유화가 필생의 힘을 다해 달리자 그 속도는 말이 달리는 것보다도 열 배는 빨랐다. 달리면서 호유화는 신경을 극도로 써서 태을 사자와 흑호의 자취를 찾으려 하였으나 그 둘은 도력이 높고 암행하고 있는지라 찾기가 힘들었다.

그래서 호유화는 조선의 상감을 찾았다. 호유화는 법력을 강하게 쓰면 사방 이십 리 안의 존재는 대강 정탐이 가능했다. 하물며 조선 상감이라면 많은 수행원이 있을 것이고 신하들 중에 뛰어난 자도 많을 것이니 찾기가 쉬울 것이었다.

잠시 후 호유화는 조선 상감의 자취를 잡아내었다. 그는 한양을 떠나 한참 북상하여 대동강가에 있는 듯싶었다.

'됐다! 가면 태을 사자와 흑호도 있겠지.'

호유화는 그야말로 화살보다 빠른 속도로 달려갔다.

호유화는 마침내 어가를 따라잡는 데 성공했다. 날짜는 5월 24일이었다. 선조의 어가는 5월 7일에 평양에 도달한 것이다. 그때는 많은 사람들이 어가를 따라왔고 또 개성에서 황해도 병정 칠천 명을 모집하여 올라온 뒤여서 그리 급한 형국은 아니었다.

허나 적이 임진강가에 바싹 이르렀고 도원수라 이름 붙은 김명원은 싸울 뜻도 없이 도망치며 무의미하게 군사만 흩고 있었다. 조정에는 영의정 이산해의 파직을 요구하는 청이 계속 들어오고 있었으며 적이 평양까지 쳐들어오지 않을까 걱정하는 분위기로 가득하였다.

호유화는 일단 어가 부근까지만 오면 태을 사자와 흑호를 만날 수 있을 것으로 예상하였는데 막상 태을 사자나 흑호의 모습은 보이지 않았다.

'어? 이게 뭐야? 둘이 어딜 간 거야?'

호유화는 혹시 그들이 마수에게 당한 것이 아닐까 하여 급히 마기가 떠도는지를 살폈다. 과연 군데군데 마기가 느껴지기는 하였지만 마수가 나타난 것 같지는 않았다. 아마도 예전의 신립이나 금옥의 경우처럼 마기에 씐 자들이 있는 것 같았다.

'조정에도 마기에 씐 놈들이 몇 있구나. 죽여버릴까.'

호유화는 눈꼬리를 올렸지만 은동의 상처가 급박한 판이라 그러지는 못했다. 호유화는 일단 없어진 놈들(흑호와 태을 사자)은 나중에 찾아 혼을 내주마 작정하고는 일단 행재소(몽진한 선조가 집무를 보던 일종의 임시 궁궐) 안으로 뛰어들었다. 경비가 엄중했으나 호유화에게는 아무것도 아니었다.

호유화는 은동을 치료하기 위해 의원을 잡으러 들어간 것이다. 의원을 찾는 일은 어렵지 않았다. 호유화는 생계에 온 후 생계의 몸이 생겨 완전히 모습을 감추기는 어려웠다. 그러나 워낙 둔갑술이 능한 호유화는 휙 하고 순라를 도는 한 무리의 군졸로 모습을 바꾸었다. 둔갑술이 고명하면 모습을 바꾸는 것은 할 수 있지만 호유화는 꼬리까지 동원하여 최고 열 명까지의 사람으로 둔갑을 할 수 있었으니 그런 재주는 우주 전체를 통틀어서도 드문 것이었다.

후각이 예민한 호유화는 약 냄새를 찾았다. 사람들은 순라를 도는 한 무리의 군졸을 조금도 의심하지 못했다. 한참 약 냄새를 따라가다 보니 자연히 의원들이 있는 곳에 닿았다. 부상당한 장수들과 신하들, 기타 많은 사람들의 상처를 돌보고 있는 몇몇 의원들이 보였다.

시국이 급한 판이라 행재소에서 전상戰傷을 당한 부상자들을 모아서 치료하고 있었던 것이다. 호유화는 다시 둔갑술을 풀고 부상자들 말단에 역시 피투성이가 된 부상자의 모습이 되어 누웠다.

원래 호유화는 남자의 모습으로 변하는 것을 극히 싫어했지만 여기서는 방법이 없었다. 그리고 호유화는 누굴 잡아갈까 고민하며 잠시 의원들이 진맥을 하고 침을 놓으며 처방을 부르는 것을 지켜보았다. 호유화는 의술을 몰랐지만 침을 놓거나 진맥을 할 때 표정만 슬쩍 보더라도 그들이 주저하는지 아닌지 정도는 쉽게 알 수 있었다.

가만 보니 그중 한 의원이 나이는 그렇게 많지 않았지만 실력이 대단한 것 같았다. 사람들은 그를 허 주부라 부르는 듯했다. 호유화는 급박하여 그를 대번에 잡아갈까 하였으나 마음을 돌렸다. 그를 이 자리에서 잡아가면 사람들이 놀라 난리를 칠 것 아닌가?

머리를 굴리던 호유화는 법력을 가하여 암암리에 그자와 꼭 같이 생긴 분신 하나를 만들었다. 그리고 눈 깜짝할 사이에 그자의 뒷덜미를 쳐서 의식을 잃게 만들고는 역시 사람들이 알아채지 못할 정도의 빠르기로 그 의원과 분신을 바꿔치기 했다. 그다음, 분신을 조종하여 이렇게 말하게 했다.

"내 잠시 측간에 다녀오리다."

다른 사람들은 아무 의심도 하지 않고 말했다.

"그러시오, 허 주부. 너무 무리하시었소. 운동 삼아 산보라도 하고 오시오."

호유화는 잘되었다 싶어서 의원의 늘어진 몸을 안고 밖으로 나왔다. 의원의 몸은 허공으로 띄워두었다가 사람들의 이목이 보이지 않는 틈을 타 들고 나온 것이다. 그런데 갑자기 소란스러운 소리가 들려와서 호유화는 얼픗 몸을 숨겼다. 의원의 몸이 있어서 함부로 둔갑할 수는 없었다.

호유화는 둔갑술을 펼쳐 의원의 몸을 속에 넣고 바윗덩이로 변했다. 몇몇 대신인 듯한 사람들이 수군거리며 급한 발걸음으로 지나갔다. 그 뒤를 몇몇 내관들과 군졸들이 따르고 있었는데 모두가 놀라고 무서워서 떠는 것 같았다.

"사초를 적다가 괴변을 보았다구요?"

"그렇소이다. 갑자기 미친바람이 일면서 오싹한 기운이 덮치는 것 아니겠소? 거기에다 서책이며 문서가 휘날리고 문이 저절로 여닫히는 등 괴이하기 이를 데 없었소이다."

호유화가 들어보니 일어난 괴변이라는 것이 단순한 귀신의 장난 같지는 않았다. 오히려 누군가 생계의 존재가 아닌 것들이 법력을 기울여 싸운 것 같았다.

호유화는 경험이 많고 생계에서도 과거 여러 번 겨룬 적이 있는 까닭에 몸이 없는 존재들이 법력을 겨룰 때 그것이 인간들에게 어떻게 보이는지를 잘 알고 있었다. 사계의 존재 등이 법력으로 싸우면 물체에는 영향을 주지 않고 괴이한 힘만이 느껴질 뿐이었다. 그렇게 생각하자 호유화는 덜컥 가슴이 내려앉는 것 같았다.

'가만. 이거 혹시 태을 사자가 마수 놈과 맞붙은 것 아냐? 그게 아니라면 이런 일이 일어날 이유는 달리 없는데……'

호유화는 분신 하나를 들여보내어 그들의 뒤를 따르게 하였다. 그곳은 말 그대로 사초를 적는 사관들의 방이었는데, 안이 온통 뒤집혀 있었다. 보통의 법력으로 겨룬다면 물건이 움직이질 않는다. 그러나 큰 법력으로 겨루면 생계의 물건과는 관련 없는 힘이라 해도 그것이 넘쳐서 외부에 작은 영향을 줄 수도 있었다.

호유화가 가만 보니, 큰 법력이 사용되었다가 잠잠해진 흔적이 곳곳에 남아 있었다. 법력 중 얼마는 사계의 것으로 느껴지는 음기였다.

'아이쿠, 이거 태을 사자에게 뭔가 일이 났나 보다. 태을 사자가 혹시 마수 놈들에게 당하거나 소멸된 것은 아닐까?'

주위를 찬찬히 돌아보던 호유화는 깜짝 놀랐다. 저만치 허공에 떠 있는 물체가 눈에 띄었다.

태을 사자가 사용하던 법기인 묵학선이 아닌가! 그것은 법기라 인간의 눈에는 보이지 않을 터였지만 호유화는 황급히 묵학선을 회수했다. 아무리 보아도 묵학선이 틀림없었다. 묵학선이 소멸되지 않은 것으로 보아 태을 사자가 죽은 것은 아닐 것 같았다. 하지만 자신의 법기를 떨어뜨리고 갈 정도라면 예삿일이 아니었다. 호유화는 흑호가 천지에 재를 올리러 간 사실을 알지 못했기에 둘 다 큰일이 났다고 생각하여 마음이 조마조마했다.

잠시 후 왁자지껄 떠들던 사관들과 군졸들이 자리를 떠났다. 호유화는 분신을 거두어 급히 의원의 몸을 들고 그 방으로 들어왔다. 무엇인가 단서를 찾으려는 의도였다.

'도대체 어떤 놈이 태을 사자와 흑호를 잡아갔을까? 그들의 법력은 회복되었을 테고 기연을 여러 번 얻어서 법력이 극히 강한데. 둘이 합하면 나도 당해내기 어려울 거야. 그런데 이렇게 감쪽같이 없어지다니……. 도대체 그토록 강한 놈이 있단 말인가? 그렇게 무서운 마수가 나타났단 말인가?'

그러던 중 호유화는 갑자기 묵학선에서 이상한 느낌이 오는 것을 느꼈다. 법력의 울림이었다.

'어, 이건……?'

태을 사자의 목소리였다.

태을 사자는 아마 법력으로 묵학선에 자신이 전하고자 하는 말을 남겨 놓은 것 같았다. 그 말은 흑호에게 전하는 것이었다.

흑호, 일이 급하네. 어제 올라온 장계 중 승전보가 있었는데 그 사람도 왜란 종결자가 될 수 있을지 모르니 조사해주게. 마수들은 결코 손을 놓고 있던 것이 아니네. 려勵가…….

급하게 넣었는지 말은 길지 않았고 무엇인가에 방해를 받았는지 거기에서 끝나 있었다. 그 말을 듣고 나자 호유화는 혼란스러워서 무엇이 무엇인지 헷갈릴 지경이었다.

'그렇다면 흑호는 일을 당하지 않고 다른 곳에 가 있단 말인가? 마수들이 뭔가 다른 꿍꿍이속이 있는 것을 태을 사자가 알아낸 것 같은데……. 그렇다면 '려'란 무엇인가? 도대체 처음 듣는 소리구나. 그리고 왜란 종결자라 함은…….'

호유화는 왜란 종결자에 대한 단서를 태을 사자도 잡았구나 하고 생각했다. 일단 거기에 사고가 미치자 주위를 둘러볼 여유를 찾았다.

어지럽게 널린 책상을 살폈다. 거기에는 사초에 사용될 여러 자료가 분류되어 있었는데 그중 장계를 올린 두루마리 하나가 눈에 띄었다.

그 장계에서 태을 사자의 기운이 희미하게 느껴졌다. 장계의 제목은 '옥포에서 적을 무찌른 보고서玉浦破倭兵狀'였다.

> 삼가 적을 무찌른 일로 아뢰나이다. 전일 경상우수사와 합력하여 적선을 쳐부수라는 분부를 받잡고, 지난 오월 초나흘 축시(새벽 1시에서 3시)에 출발하여 본 도우수사 이억기에게 해군을 거느리게 하고…….

이렇게 시작된 장계에는 놀랍게도 적선 40여 척을 격파한 대승에 대해 씌어 있었다. 호유화도 깜짝 놀랐다.

'아니, 조선 땅에서 아직까지 이렇다 할 승리를 거둔 장수가 없는 줄 알았는데, 수군은 승리하고 있었구나! 전선 마흔 척을 깨뜨린 것은 엄청난 승리가 아닌가? 그러면 이 사람이 왜란 종결자란 말인가? 육군 장수가 아닌 수군 대장이 왜란 종결자란 것인가?'

호유화는 장계를 뒤집어보았다. 장계의 주인공은 당시 전라좌수사로 있던 이순신李舜臣이었다.

그때 갑자기 바스락거리는 소리가 들려와 호유화는 급히 의원을 안고 몸을 날렸다. 들어온 사람들은 군졸이었는데 인기척을 느끼고 달려온 듯했다. 그러나 그들이 들이닥쳤을 때 이미 호유화는 사라진 후였다.

호유화는 의원으로 하여금 은동을 치료하게 했다. 의원이 혹여 정신을 차리면 놀라서 치료를 제대로 하지 못할까 봐 미리 섭혼술을 써서 의원이 평상시 환자를 맡은 것처럼 생각하게 해놓았다.

의원은 나무랄 데 없는 솜씨로 은동의 상처를 치료하기 시작했다. 은동은 상처가 깊고 피를 너무 많이 흘려서 거의 죽음의 문턱에 가 있을 정도였다. 그러나 나이도 그리 많지 않은 의원은 비지땀을 흘려 가며 놀라운 침술로 은동의 상처를 하나씩 잡아나갔다. 그러는 동안 호유화는 이순신이라는 사람이 크게 궁금해졌다. 그래서 잠시 대천안통의 술법으로 이순신이라는 사람에 대해 집중해 알아보았다.

바로 그때 의원은 은동을 치료하다가 옆에서 화난 듯한 날카로운 소리가 들리자 하마터면 침을 떨어뜨릴 뻔했다.

"제기랄, 이게 무슨 왜란 종결자야! 누워서 골골 앓는 영감이 무슨!"

호유화는 크게 법력을 소모하면서까지 이순신이라는 자를 투시해 보았다. 그런데 이순신이라는 자는 얼굴이 파리해져 앓아누워 있는 것이 아닌가. 그뿐 아니라 설사를 하고 몸을 뒤틀며 곽란霍亂을 일으키는 모양새가 절대 일대의 명장으로는 보이지 않았다.

그러나 호유화가 모르는 부분이 있었다.

유명한 이순신의 『난중일기』의 기록을 보면 옥포 해전의 장계를 올린 것이 5월 10일의 일이며, 5월 26일까지의 일기는 기록되어 있지 않다. 이는 그의 지병 때문이었다.

이순신은 항상 병에 시달려서 두통과 설사, 곽란에 고통을 받았으며, 거의 사흘에 한 번 꼴로 고통을 호소하고 앓아눕는 등의 『난중일기』의 기록으로 보아 병자로서의 형색이 완연하였다고 추정된다.

5월 10일 최초의 승리를 거두고 난 후 꼬박꼬박 적던 일기마저 쓰지 않은 걸로 보면 긴장이 풀려 병이 도졌기 때문이라고밖에 볼 수 없다. 호유화가 투시한 날은 5월 23일 밤이었으니, 이순신이 앓아누워 있는 모습을 본 것은 당연했다.

호유화는 도무지 되는 일이 없는지라 화가 나서 마구 악을 썼다. 이런 늙은 병자가 무슨 절세의 무공을 세울 명장이 될 수 있단 말인가? 이순신이란 자도 왜란 종결자는 아닐 것 같자 더욱더 화가 치밀었다.

"제 몸도 못 가누고 골골 앓아 죽게 된 영감이 무슨 왜란 종결자람. 게다가 충무공은 또 뭐야? 제길, 태을 사자도 잘못 안 거야. 빌어먹을, 무슨 일이 이따위로 꼬이냐! 은동이는 다치고……. 태을 사자는 어느 놈에게 잡혀가고 흑호는 없어지고……. 게다가 왜란 종결자는 찾을 수가 없고……. 도대체 나보고 어떻게 하라는 거야!"

호유화는 악을 쓰다가 앞길이 막막하여 눈물까지 흘렸다. 그러다가 누가 자신을 멍하니 보고 있는 것을 발견하고 퍼뜩 정신을 차렸다. 그는 자신이 잡아온 허 주부란 의원이었다.

그는 호유화의 섭혼술에 빠져 치료를 하다가 호유화가 화를 내어 집중력이 떨어지자 술법에서 풀려났던 것이다. 의원은 도무지 자신이 왜 갑자기 여기에 온 것인지, 왜 이 여자가 소리를 지르는지 알 수 없는 듯 멍하니 호유화를 쳐다보았다.

호유화도 난처하기는 마찬가지였다. 도대체 어떻게 해야 할지 막막했다. 태을 사자도 없고 흑호도 없고 유정 등과는 다시 볼 면목조차 없는데 은동은 죽어가고 있었다. 게다가 의원에게 진면목까지 보이다니!

호유화는 의원을 죽여야겠다고 결심하고 눈에 살기를 띠었다. 의원은 너무도 놀라 움직이지도 못하고 그 자리에서 굳어버렸다.

그때 의원의 발치에 누운 은동의 입에서 가냘픈 신음 소리가 흘러나왔다.

은동을 구하다

은동이 신음하자 호유화는 의원을 죽이려던 것도 잊고 얼른 은동에게 다가갔다.

"은동아! 어때, 정신이 드니? 응?"

말하면서 호유화가 언뜻 보니 샘처럼 솟구쳐 오르던 은동의 출혈은 거의 멎어 있었다. 호유화가 잡아온 의원의 의술은 정말 용했다. 은동은 인혼주에서 얻은 거대한 힘으로 자신의 몸을 찔렀으므로 중상도 이만저만한 중상이 아니었다. 그러나 이 의원은 다른 약조차 쓰지 않고 침술로 은동의 출혈을 멎게 한 것이다.

은동은 신음 소리를 내면서 무어라고 중얼거리는 것 같았으나 무슨 말인지는 알아들을 수 없었다. 호유화는 안타까워 발을 동동 구르다가 의원에게 얼굴을 돌렸다. 그리고 마치 의원을 잡아먹을 듯이 소리를 쳤다.

"어떻게 해봐! 살려내라구!"

어리둥절해 있던 의원이 간신히 입을 열었다.

"일단…… 어흠……. 지금 할 수 있는 일은 다 했소. 산속에서 어떻게 더 치료를 한단 말이오? 이 환자를 구하고 싶다면 집으로 옮겨 약을 써야 할 것이오."

"집? 그런 거 없어!"

의원은 이제 조금 정신이 드는 듯싶었다.

"보아하니 상처가 매우 중하고 무슨 병기 같은 것에 상한 듯 싶은데……. 집이 없다니 어디서 온 거요? 그리고…… 그리고……."

의원은 잠시 말을 더듬다가 다시 말했다.

"나는 어째서 이곳에 있는 것이오? 나는 분명……. 어허……. 어건 꿈인가?"

호유화는 잠시 머리를 굴렸다. 이 의원은 자신의 진면목을 보았으니 그냥 둘 수 없었다. 하지만 재주가 비상해 의원을 없애면 은동을 치료할 수도 없었다. 일단은 은동을 살려놓고 보아야 했다.

호유화는 어떻게 하면 의원의 의심도 사지 않고 은동을 치료하게 할 수 있을까 싶어 열심히 머리를 굴리려는데 의원이 푸념을 했다.

"어허……. 내가 어째 이런 곳에……. 몹쓸 여우에게라도 홀린 것인지."

'뭐야?'

호유화는 '몹쓸' 여우에게 홀렸다는 이야기를 듣자 순간적으로 발끈했다.

"어서 고쳐! 못 고치면 가만두지 않을 거야!"

그래도 의원은 그다지 놀란 것 같지 않았다. 뿐만 아니라 오히려 호유화를 타일렀다.

"급한 심정은 알겠으나 소리치지 마시오! 나를 가만누건 말건 환자의 용태가 급하단 말이오. 아…… 가진 건 침뿐인데……."

그러면서 의원은 잠시 중단했던 침을 다시 은동의 몸에 놓기 시작했다. 의원은 놀라서인지 아니면 침을 놓느라 집중을 해서인지 온몸이 금세 땀으로 흠뻑 젖었다.

그것을 보고 호유화는 속으로 감탄했다. 분명 이 의원은 제정신이 아닐 터인데도 앞에 위급한 사람이 있는 것을 보고 환자부터 살리려는 것이다.

'아무나 할 수 있는 일은 아니지. 음. 내가 사람은 제대로 잡아왔군. 그래도 못 고치면 국물도 없어.'

의원은 비지땀을 흘리면서 세 번이나 은동의 전신에 침을 놓았다. 그러고는 호유화를 돌아보지도 않고 말했다.

"어떻게 된 것인지 말 좀 해보시오. 나는 어떻게 여기 오게 된 거요? 그리고 당신은 대체 누구요?"

"저…… 저는……."

"혹시 요물이라면 허튼 수작을 부리지 말고!"

호유화는 요물이라는 소리를 듣자 또 화를 낼 뻔했으나 은동을 생각하고 간신히 참았다. 그리고 태도를 바꾸어서 지극히 슬픈 목소리로 말했다. 둔갑뿐만이 아니라 가성假聲을 내는 데에도 호유화를 따를 자는 없었다.

"놀라지 마시고 제 말씀을 들어보시와요……. 저는 실은 산 사람이 아니옵니다."

의원은 움찔 놀랐다. 가만 보니 이 여인은 비록 이목구비가 수려하고 아름답기 그지없었으나 어딘가 풍기는 기운이 수상한데다가 길게 늘어진 백발 등이 보통 사람 같아 보이지는 않았다.

더군다나 자세히 보니 여인의 몸은 앉은 자세를 취하고 있기는 해도 땅에 붙어 있지 않고 허공에 한 뼘가량 떠 있는 것이 아닌가? 호유화가 법력으로 부린 수작이었지만 의원은 소스라치게 놀랐다. 기절하지 않은 것이 용하다고 생각하며 호유화는 계속 말했다. 물론 그녀 특유의 거짓말 재주로.

"저는 이 아이의 어미가 되옵니다……."

"그…… 그런데…… 산 사람이 아니라면……."

의원이 더듬거리며 말하자 호유화는 슬픈 듯 고개를 끄덕였다.

"저는 왜놈들의 손에 죽어 천지간을 떠도는 원귀가 되었사옵니다……. 제 혈육이라고는 이 아이밖에는 남지 않았사온데…… 흐흑. 이 아이마저도 왜병들에게 해침을 입어서……."

호유화는 말꼬리를 흐리면서 주르륵 눈물을 흘렸다. 많은 수의 보통 여인들조차 마음만 먹으면 아무 때나 눈물을 흘릴 수 있는데, 하물며 호유화에 있어서야 쉬운 일이다. 하지만 순진한 의원은 정말 감동한 듯했다.

"허……. 그러면 아들을 구하고자 세상에 나와서…… 나를 불렀단 말이오?"

"그…… 그렇사옵니다……."

의원은 잠시 입을 다물고 뭔가 생각하는 듯했다. 순진해서인지, 진솔해서인지 몰라도 마음속 깊이 감동한 표정이다.

'그래. 어서어서 많이많이 감동해라. 그래서 얼른 은동이나 고쳐.'

속으로는 그렇게 중얼거렸어도 호유화는 최대한 슬프게 보이도록 아예 절하듯 엎드려 어깨까지 들먹거리며 흐느껴 우는 시늉을 했다. 사실은 웃음이 새 나올까 봐 얼굴을 가린 것인데, 그것을 보고 의원은 감동한 듯 말했다.

"정성이 정말 놀랍고 지극하구려……. 허나……."

"무엇이온지요?"

의원은 은동의 맥을 몇 번이나 짚어고는 길게 한숨을 내쉬었다.

"너무 힘들겠소……. 이미……."

호유화는 깜짝 놀랐다.

'아니, 이 자식이! 못 고치기만 해봐. 네놈을 발기발기 찢어서 잡아먹어버릴 테니!'

욕설이 목구멍까지 치밀어 올랐지만 호유화는 간신히 참았다. 그리고 매달리듯이 의원의 옷깃을 부여잡았다.

"힘…… 힘들다니요! 그게 무슨 말씀이시옵니까?"

의원은 침울한 표정이 되어 호유화의 손길을 떨치려고조차 하지 않고 말했다.

"상처가 너무 심하여 자신이 없소이다……. 당장이라도 손을 쓰지 않으면 안 될 듯한데……. 어찌하여 나를 데려오셨소. 허, 참……."

"그게 무슨 말씀이옵니까?"

"나는 일개 주부에 불과하오. 어의 양예수 어르신이나 이명원, 이공기 등 나보다 나은 의원들이 얼마든지 있는데 어찌하여……."

'겸손 떤다고 누가 알아주냐? 경황이 없는데 그럼 어쩌라고?'

호유화는 속으로 중얼거렸으나 간신히 꿀꺽 삼키고는 다시 아양을 부렸다. 자존심이 강한 호유화라 만약 자신의 목숨이 걸려 있었다면 절대 이렇게 아첨을 떨지 않았을 것이다. 그러나 은동의 일이 되자 이상하게도 그런 자존심마저도 쑥 들어가버렸다.

"아니옵니다. 아니옵니다! 어르신의 솜씨가 조선에서 제일 뛰어나시답니다! 저는 산 사람이 아닌데 제가 그것도 모르겠사옵니까?"

"말도 되지 않는 소리요. 나는……."

"아닙니다! 나으리는 반드시 큰 의원이 되실 분입니다!"

호유화는 눈을 크게 떴다. 물론 방금 그 말은 아첨으로 한 말이었지만 그때 자신도 모르게 자신의 몸과 동화된 시투력주의 능력이 발동된 것이다.

미래의 투시란 묘한 것이어서 아무리 애를 써도 마음먹은 것은 읽기 어려운 반면 생각지도 않았는데 훌쩍 미래의 내용이 보이는 경우가 있었다. 이번의 경우도 그러했다.

호유화는 우연의 일치이기는 했으나 자신이 허황된 말을 한 것은 아니라는 사실을 순간적으로 알게 되었다. 이 사람은 분명 후세에 이름을 남길 사람이었다! 사백 년이 지난 미래에 이르기까지!

"나으리의 성함은 허 성에 외자로 준 자 쓰시옵지요?"

의원은 크게 놀란 듯했다.

"그…… 그걸 어찌 아시오?"

호유화는 의원 허준이 놀라자 고소한 생각이 들어 더 놀라게 해주고 싶어졌다. 더 말을 하려 했으나 투시가 된 순간은 훌쩍 지나가버리고 말았다. 다만 이 사람이 장차 유명한 의서醫書를 저술하여 수백 년 후까지 이름을 남길 것이라는 미래의 일만을 알았을 뿐.

"나으리는 조선 최고의 의원이 되실 것이옵고, 나아가 천고에 남을 의서를 집필하실 것입니다. 수백 년 후까지 길이 남을 보물 중의 보물이지요……."

허준은 놀란 나머지 말조차 제대로 잇지 못했다.

"나…… 나는 아직 의서를 쓰지 못하였소……. 쓰겠다는 뜻은 있으나 아직 아는 것이 적어서……."

호유화가 강한 어조로 말했다.

"반드시 쓰실 것입니다! 쓰셔야 합니다! 그 저술은 반드시 길이길이 이어져서 수천수만의 생명을 구할 것입니다!"

"하…… 하지만 나는 아직 책의 이름조차 정하지 못하고……."

호유화가 눈을 빛냈다.

"그 책의 제목은 동의보감東醫寶鑑이라 하십시오. 아니, 그렇게 하시게 될 것입니다!"

허준은 충격을 받은 듯 그 자리에 털썩 주저앉았다. 호유화는 영문을 몰라 허준을 쳐다보았다. 허준은 몸이 굳어버린 듯, 꼼짝도 하지 않고 먼 하늘만을 바라보고 있었다. 그의 온몸이 조금씩 떨리는 것 같았다.

그러다가 허준은 작은 소리로 실성한 듯 중얼거렸다. 허준은 임진왜란 당시까지는 막연하게 의서를 집필해야겠다는 마음만 있던 참이었으나 제목조차 정하지 못하고 있었다. 그런데 갑자기 여태 끄집어내지 못했던 책의 이름이 계시처럼 들려오자 모든 것이 확 풀리면서 정돈되는 듯한 야릇한 충격을 받았던 것이다.

"동의보감……. 동의보감이라고?"

"그렇습니다! 동의보감!"

허준의 눈빛이 빛났다. 그리고 허준은 불끈 주먹을 쥐더니 하늘에 대고 소리를 쳤다.

"동의보감! 그래! 나는 쓰겠다! 누구보다도 소상하고 틀림없도록! 수많은 사람들을 병에서 구하고야 말겠다!"

허준은 격앙된 것 같았다. 하긴 무리도 아니다. 인간도 아닌 존재가 자신에게 이렇듯 생생히 계시를 해주는데 누가 믿지 않을 것인가? 호유화는 얼른 말했다.

"허 의원께서는 반드시 이 아이도 구할 수 있을 것입니다! 아니 구합니다! 반드시요!"

지금 이 말은 거짓말이었다. 허준이 정말 은동을 구할 수 있는지 확실한 것은 없었다. 그러나 허준은 이제 더이상 아까처럼 주눅이 든 듯한 인상이 아니었다. 지금의 허준은 일생의 어느 때보다도 자신감에 차 있었다. 허준은 은동을 돌아보았다.

"합시다! 해냅시다! 일단 이 아이부터! 모두가 천명을 누리고 고통받지 않게……!"

허준의 손길이 더욱 빨라졌다. 혈을 짚어가며 침을 놓아가는 손놀림과 정확성은 수천 년의 법력을 지닌 호유화로서도 경탄할 정도였다.

지금 허준은 평생을 걸쳐 해내야 할 일에 대해 계시를 받은 것이었고 그러한 자신감에 격앙되어 몇 배의 솜씨를 보이고 있었다. 허준은 백회혈 같은, 조금이라도 잘못되면 치명적일 수 있는 은동의 사혈死穴까지도 조금의 망설임 없이 정확하게 찌르고 있었다. 물론 호유화의 반거짓말에서 비롯된 것이기는 했지만…….

호유화는 그런 허준의 손놀림을 보며 일면 경탄하고 일면 이런 생각도 했다.

'대단해. 대단해. 이런 의원은 다시 나오기 어려울 거야……. 이러고도 낫지 못하면…… 은동아……. 네 명이 이뿐이라면……. 내 저승에라도 가서 반드시 너를 다시 살려주마. 아니, 아니, 그럴 것 없이 아예 은동이가 죽으면 저승에서 노는 것이 더 재미있지 않을까? 그러면……'

호유화가 거기까지 생각하는데 허준이 이마의 땀을 훔쳐내며 길게 한숨을 쉬었다.

"허허……. 다행이다. 맥이 바로잡히기 시작했소."

호유화는 은동이가 죽으면 오히려 더 낫지 않을까 하는 생각을 하던 참이라 심드렁하게 말했다.

"정말입니까?"

"그렇소. 허나 여기서 더는 안 되오. 당신에게 정말 신통력이 있다면 나를 돌려보내주시오. 이 아이와 함께."

"예?"

"맥은 잡혔지만 지금 취한 것은 임시방편일 뿐이오. 이 아이의 외상이 심해 피를 많이 흘렸으니 상처를 꿰매고 약을 먹여야 하오. 그러려면 비록 몽진중이라고는 하나 행재소보다 더 좋은 장소는 없소."

"행재소요?"

"상감께서 계신 곳 말이오. 그곳에도 의원이 있소. 지금은 난리중이라 다친 자는 누구를 막론하고 고쳐주고 있소. 그러니 나와 이 아이를 그리 보내주면 내 반드시 고쳐보리다."

호유화는 은동을 허준에게 맡겨 보내는 것이 별로 내키지 않았지만 별수 없었다.

허준이라면 자신에게 잡혀온 직후부터도 은동을 보살피는 것을 우선할 만큼 제대로 된 의원이니 믿을 만하기도 했다. 또 아무리 상감이 있는 행재소라도 자신이 마음만 먹으면 드나들기에는 무리가 없는 터라 호유화는 선선히 고개를 끄덕였다.

어쨌거나 끝까지 귀신 흉내는 내야 했기에 호유화는 법력을 써서 허준과 은동을 공중에 떠오르게 만들었다. 허준은 이제 무서워하지 않았으며 오히려 신기해하는 것 같았다.

"허허……. 이거 참……. 별 경험을 다 해보는군."

"행여 저를 보았다거나 이런 일을 겪었다는 이야기를 다른 사람에게 발설하시면 아니 됩니다."

호유화가 다짐을 두자 허준은 웃었다.

"나 스스로 남에게 이런 일을 이야기할 만큼 속없는 사람은 아니오. 누가 믿어나 주겠소? 보지 않고서는 믿지 않는 법이니 어찌하겠소?"

"이 아이만 낫게 해주소서. 아이만 낫게 해주신다면 내 크게 은혜를 갚으리다."

"의원이 병자를 고치는 것에 무슨 보답을 바라겠소. 오히려 내가 큰 신세를 진 셈이외다."

"무슨 신세 말씀입니까?"

"동의보감. 그 제목 말이오. 시작이 반이라고, 제목을 들으니 날아갈 것 같은 기분이오. 얼른 붓을 들어 초라도 잡고 싶구려."

호유화는 허준이 겸손하게 공을 자기에게 돌리자 살짝 웃었다. 그리고 순식간에 법력을 써서 허준과 은동을 행재소 부근으로 옮기고 사라지는 체했다.

과연 허준은 약속을 지켜 은동을 치료해주었고, 그날의 일에 대해서는 평생 입 밖으로 한마디도 내지 않았다.

그때부터 의서의 구상에 들어가 난리가 끝난 뒤 일생의 역작인 의서의 저술에 본격적으로 착수한다. 결국 허준은 평생 심혈을 기울여서 의서를 써내고, 호유화의 예언대로 그 책은 한의학의 지침이자 빼놓을 수 없는 명저가 되어 수많은 생명을 구하게 된다.

그 책의 제목은 호유화가 계시한 그대로 '동의보감'이었다.

하일지달

河逸志達

은동이 중상을 입고 허준에게 치료를 받기 시작한 5월 23일의 밤.

그 시각에 흑호는 태을 사자가 없어진 사실도, 은동의 목숨이 경각에 달려 있는 것도 알지 못했다. 다만 백두산 천지에서 열심히 치성을 드리고 있을 뿐이었다.

흑호도 도력이 출중했으니 행여 눈을 돌렸으면 태을 사자가 없어진 것쯤은 알 수 있었는지도 모른다. 하지만 지금 흑호는 다른 무슨 일보다도 조선 땅 금수들의 우두머리가 되는 일이 중요하다고 여겼다. 단순한 성격인지라 한 가지 일에 전력을 쏟으면 다른 일은 돌아보지도 않았다.

흑호가 산에 들어와 치성을 드린 지도 어느새 보름이 지나 스무날째로 접어들고 있었다.

'이틀만 더 지나면 된다. 이틀만……'

흑호는 다시 한번 마음을 가다듬었다. 무릇 치성을 드린다 함은 제물을 차려놓고 제사를 지내는 형식을 말하는 것이 아니다. 글자 그대로 순수한 마음가짐으로 계속 염원한다는 의미이다.

흑호는 밤이면 반사람의 모습으로 변하여 땅에 가부좌를 하고 앉아서, 낮이면 호랑이의 모습으로 변하여 앞발을 뻗고 땅바닥에 엎드린 자세로 계속 염원을 올렸다. 백두산 천지의 태곳적부터 내려오는 풍광도, 산꼭대기에서 넘실거리는 신비한 푸른 물도 눈에 들어오지 않았다.

조선 땅 금수의 우두머리가 되는 것만이 자신의 일족의 원수를 갚을 수 있는 가장 빠른 길이고, 태을 사자나 은동에게도 도움을 줄 수 있는 가장 좋은 방법이라고 믿어 의심치 않았던 것이다.

그런데 그날 밤, 흑호는 건너편에서 무엇인가 묘한 기운을 느꼈다. 마수처럼 완전히 낯선 것은 아니었지만 어딘가 모르게 자신과도 다른 분위기를 풍기는 기운이었다. 며칠 전부터 약간씩 느껴지기는 하였지만 치성에 정신을 쏟느라 별반 눈여겨보지 않았는데, 조금씩 천천히 접근해오는 듯 느낌이 점점 강해졌다.

'저건 뭘까? 상당한 법력인데? 흐음……. 혹시 조선 땅에서 살아남은 짐승이 우두머리가 되려고 하는 거 아니여?'

흑호는 잠시 그런 의심을 해보았으나 생각을 바꾸었다. 흑호는 소탈한 성격이라 그다지 집착이 강한 편이 아니었다. 하물며 명예욕 같은 것은 더더욱 없었다. 흑호는 저쪽의 누군가와 우두머리 자리를 놓고 다투는 것은 아닐까도 싶었지만 곧 고개를 저었다.

'누가 되든 무슨 상관이여? 우두머리가 되면 나중에 할일이 무궁무진하게 많을 것인데……. 내 머리로 할 수 있을까? 게다가 그렇게 일일이 번거롭게 굴면 좀이 쑤셔서……. 에휴……. 누군지는 몰라두 저쪽에 있는 친구가 우두머리가 되구 내 말도 들어주면 그게 제일 좋겠구먼.'

흑호는 그것이 누구든 조선 땅의 짐승이라면 자신의 뜻을 몰라줄 리 없다고 믿었다. 그렇다면 자신이 꼭 우두머리가 되지 않아도 상관없지 않을까?

흑호는 역시 순진한 생각에서 벗어나지 못했던 것이다. 어쨌거나 일단은 증성악신인이 하강하도록 치성을 드리는 것이 중요했기 때문에 흑호는 저쪽의 다소 미심쩍은 기운에는 일절 신경을 쓰지 않았다.

흑호의 정성은 지극하였고 더구나 흑호는 자신이 쌓아온 팔백 년 도력에 이 판관의 법력까지 합했기 때문에 도력 또한 극히 정심精深하였다.

그래서 흑호는 다소 신경쓰이는 것이 있는데도 불구하고 계속 치성을 드려나갈 수 있었다. 그러나 하루가 더 지난 스무 날째의 밤, 기어코 올 것이 오고 말았다.

열심히 치성을 드리고 있던 흑호는 맨 처음 두런두런 웅성거림 같은 것을 느꼈다. 그러나 치성을 드리는 것이 중요하다고 여겨서 계속 치성에만 몰두했다. 그런데 웅성거림 같은 기운은 점차 다가오면서 심상치 않은 기운을 내뿜었다.

'어허……. 요기妖氣가 느껴지는구나! 이거 또 마수 놈들이 나타난 것 아닌가?'

치성도 중요하기는 했지만 흑호는 더이상 그대로 앉아 있을 수 없었다. 흑호는 신경을 집중하여 기운을 살피기 시작했다.

'어이구. 별것 같지는 않지만 머릿수가 대단히 많구나. 이거 삼사백 마리는 되겠구먼…….'

흑호는 어찌해야 하나 하고 망설였다. 치성을 계속 드리는 편이 옳을까, 아니면 저놈들을 피할까, 그것도 아니면 맞서 싸워야 할까?

'설마 이곳을 알고 오는 것은 아니겠지……. 여기는 금지禁地이고 성역인데 아무리 수가 많아도 저런 졸개들은 오지 못할 거야. 만약 오면 쳐 없애버리지 뭐. 그래도 안 되면 도망가구.'

지금 자리를 뜨면 그동안의 치성이 물거품이 될 수도 있으니 먼저 나설 수는 없었다. 흑호는 버티고 앉아 있기로 했다. 마기를 띤 놈들을 이대로 보내기는 싫었지만 보다 중요한 일이 있는 판이라 별수 없었다. 그러나 흑호의 기대와는 달리 놈들은 곧장 흑호가 있는 곳으로 꾸역꾸역 모여들어오고 있었다.

'제기! 할 수 없구나!'

흑호는 생각하면서 위로 몸을 솟구쳐 올렸다. 놈들의 몰골을 보고 싶어서였다. 흑호의 몸은 가볍게 위로 치솟아 빽빽한 천지 주변의 침엽수림 위로 솟아올랐다. 흑호는 입을 딱 벌렸다.

'어이쿠, 뭐 저런 것들이 있어!'

흑호가 본 것은 수백을 헤아리는 시체와 백골의 무더기였다. 놈들은 꾸역꾸역 그리 빠르지 않은 발걸음으로 천지 꼭대기를 향해 다가오고 있었다. 너덜너덜한 옷가지 조각을 걸친 놈도 있었고, 녹슨 병장기를 쥐고 있는 놈도 있었다. 팔이나 다리가 날아가 없는 놈들도 있었는데 아픔 같은 것은 느끼지 못하는 듯 계속 비틀거리며 걸어오고 있었다.

'백골귀白骨鬼가 아니면 시백인屍魄人로구나. 골치 아프겠는걸?'

흑호는 쳇 하고 소리를 내며 아래로 떨어져 내렸다. 백골귀나 시백인은 다 같이 죽은 사람을 술법으로 일으켜 세워 조종하는 일종의 주술에 의해 만들어진다. 놈들은 지능도 없으며 속도도 느리지만 무서운 점이 한 가지 있다. 이미 죽은 몸으로 만들어져서 죽지 않는다는 것이다. 특히 시백인보다는 백골귀가 더 무서운데, 시백인은 일단

팔다리가 떨어지거나 심하게 다치면 죽지는 않더라도 움직이지 못하지만, 백골귀는 스스로 뼈마디를 맞추어서 다시 움직일 수 있다. 흑호가 아는 바로는 이놈들을 상대하는 데에는 두 가지 방법이 있었다. 하나는 놈들을 콩가루로 만들어버려서 붙거나 움직이지 못하게 하는 방법이고, 또 한 가지는 놈들을 조종하는 주술사를 해치우는 방법이었다.

'그나저나 이렇게 많은 수를 한 번에 움직이는 것을 보면 보통 놈이 아닐 것 같구먼. 필경 마수 중의 한 놈일 거야. 조심해야지.'

흑호는 그렇게 다짐하면서 훌쩍 공중으로 몸을 날려 아래로 달려 내려갔다. 천지는 금수들의 성역이어서 저런 지저분한 놈들의 발이 닿게 했다가는 부정을 탈 것이 두려웠기 때문이었다.

은동이 허준에게서 치료를 받는 동안 호유화도 놀고 있지는 않았다. 급한 불을 끄고 나자 호유화는 마음의 여유가 생겨서 여러 가지 일들을 차근차근히 둘러볼 수 있었다.

호유화가 주로 생각한 것은 두 가지의 일이었는데 하나는 태을 사자의 행방이었고 또 하나는 왜란 종결자로 밝혀진 이순신에 대해서였다.

'흠. 태을 사자가 흑호에게 말을 남겨놓고 사라졌지? 그러니 흑호는 어디 다른 데 가 있는 게 분명하고……. 태을 사자 이 시커먼 놈은 어찌된 걸까? 법기마저도 떨구고 사라진 것을 보니 필경 누구에게 잡혀간 것 같은데……. 누굴까? 그렇게 만만하게 잡혀갈 정도는 아닌데. 궁금하네.'

궁금한 것은 또 있었다. 태을 사자는 분명 묵학선에 남긴 말에서 '려'에 대해 말하려 했었다. 호유화는 '려'가 무엇인지 알지 못했다.

그리고 '려'가 무엇인지보다는 누가 태을 사자를 잡아갔는지가 더 궁금했다. 하지만 호유화로서도 그것은 알 수 없었다.

대천안통의 술법을 다시 사용한다 하더라도 태을 사자는 생계의 존재가 아니라 사계의 존재이며 어느 계에 있을지 모른다. 사계에 있을 수도 있고 마계나 유계로 잡혀갔을 수도 있다. 나아가서는 태을 사자는 신장들을 해친 죄가 있으니 광계나 성계로 잡혀갔을 수도 있는 것이다. 그렇다면 대천안통이 아니라 극대천안통極大天眼通, 태대천안통太大天眼通의 술법이 있다고 해도 알아낼 수 없는 것이다.

'흥. 알게 뭐야. 살면 좋고 죽으면 할 수 없는 거지.'

호유화는 결국 태을 사자에 대해 반쯤 포기하기에 이르렀다. 그리고 이번에는 이순신에 대해 생각해보기 시작했다. 이순신이 옥포에서 사십여 척의 전선을 무찔러 조선군 측에 최초의 대승을 안겨 준 장본인이기는 하지만 호유화는 그가 왜란 종결자라고는 믿기 어려웠다. 무엇보다도 골골하고 앓아 드러누워 있는 모습에서 명장의 면모를 전혀 느낄 수 없었다.

'그런 골골거리는 늙은이가 무슨 명장이고 구국의 영웅이 될 수 있겠어? 아무래도 그럴 수는 없을 것 같아. 칼조차 휘두를 힘이 없어 보이는데…….'

호유화는 거기까지 생각하다가 문득 다른 것을 떠올렸다. 이순신은 해전을 치르는 수군 장수라고 했다. 그렇다고 하면 직접 적과 칼을 맞대는 일은 없을지도 모른다. 아니, 수군 제독이 칼을 맞댈 정도가 되면 이미 싸움은 진 것이나 다름없었다.

'그렇다면 남을 압도할 만한 기백이 있거나 출중한 기략이 있는 것은 아닐까? 적어도 해전은 배가 화포를 놓아 적과 싸우는 것이니 몸이 약하다 한들 그게 뭐 대수일까? 그렇게 볼 수도 있지 않을까?'

호유화는 이순신을 다시 보려고 애를 썼다. 그래서 대천안통의 수법을 쓰려는데 갑자기 단전에 허한 느낌이 들면서 정신이 아득해져 왔다. 호유화는 깜짝 놀랐다.

'아니 이게 무슨 일이지?'

호유화는 놀라 한동안 집중해서야 간신히 그것이 무슨 증상인지 알아내었다. 법력이 바닥을 보일 때까지 소모되어 나타나는 증상이었다. 호유화는 수천 년의 법력을 쌓아온 터라 법력이 소진된 적이 드물었다. 지난번 격렬하게 싸울 때조차 최후의 수단으로 사용할 반 줌의 법력은 남겨두었다. 그러나 오히려 평화로울 때 방심하여 뒷일 생각없이 큰 법술을 연속해서 쓰다 보니 법력이 완전히 소진된 것이다.

'허 참. 법력이 소진되다니. 이런 일을 겪을 줄은 몰랐는데.'

호유화는 그동안 너무 무리를 한 셈이었다. 생계로 넘어와 백면귀마와 싸울 적에 호유화는 금옥에 의해 꼼짝 못하는 상황에서 상처를 입어 법력에 상당한 충격을 받았다. 그러고 나서 제대로 정양을 하지 않은 채 금강산까지 이동하고 인간으로 둔갑하여 법력을 사용하여 약간의 무리가 있었다.

거기다가 사소한 시비로 아웅다웅하다가 은동이 상처를 입는 것을 보아 심기가 극도로 흐트러진 상태에서 대천안통의 술법을 몇 번이나 사용하여 법력에 상당한 손실을 입었던 것이다. 호유화는 자신의 법력이 깊다는 것만을 믿고, 또 적이 없음을 방심하여 마음대로 행동하였다가 재앙을 불러들인 셈이었다.

'어이쿠. 야단이구나. 이렇게까지 바닥나다니, 내가 예전보다 많이 약해졌는가 보다!'

호유화는 당장 자신의 일이 급한지라, 더이상 태을 사자니 이순신이니 하는 생각은 지워버리고 법력을 재충전하기 위해 운기조식에 들어갔다. 다행히 상처를 입은 건 아니니 잘 정양하면 어느 정도 법력을 되찾을 것 같았다. 다만 그러는 동안에는 무아지경의 상태가 되어 조그마한 외부의 충격에도 큰 타격을 입을 수 있었다. 할 수 없이 호유화는 속으로 중얼거렸다.

'은동이는 허준이 잘 보살펴줄 것이고, 그때까지는 며칠 정도 걸릴 거야. 그러니 내가 처박혀서 쉬더라도 안 될 것은 없겠지. 은동아, 며칠 동안 못 보더라도 너무 서운해하지는 마라.'

정작 섭섭한 것은 정신을 잃은 은동이 아니라 자신일 테지만. 호유화는 그렇게 중얼거리며 어디로 은신할지 물색했다. 이 근방은 지금은 조용하지만 여기도 언제 왜병들이 들이닥칠지 알 수 없었다. 근처에서 싸움이라도 벌어진다면 직접 창칼을 맞지 않더라도 큰 타격을 입을 우려가 있었다.

'그러면 남쪽으로 갈까? 한양으로 간다면…….'

그러나 이미 왜병이 점령한 지역일지라도 김덕령이나 곽재우 등이 여기저기서 의병을 일으킬지도 몰랐다. 그러면 소란스럽고 싸움이 일어나기는 마찬가지가 아니겠는가?

'가만. 이렇게 된 것 기왕이면 전라도의 이순신이 있는 곳으로 가자. 이순신은 승전을 거두고 있으니 그 근처라면 왜병들도 나타나지 않을 것이고, 이순신을 조금 더 자세히 관찰할 수 있으니 그야말로 도랑 치고 가재 잡는 격이 아닌가? 그렇게 하자. 그렇지, 그 근처의 조그마한 섬에라도 가 있으면 조용할 것이다. 가는 데 드는 공력 정도야 어떻게 되겠지.'

호유화는 스스로도 묘안이라고 여기고 몸을 날렸다. 호유화는 전라도가 어딘지도 잘 몰랐으나 일단 남으로 가다가 바다가 보이면 전라도 부근일 듯싶었다. 은동을 다시 한번 보고 가고 싶었지만 그럴 여유는 없을 것 같아 호유화는 몸을 솟구친 그대로 둔갑법을 사용하여 남쪽으로 쏜살같이 내달았다.

"어허! 이놈들!"

흑호는 길게 고함을 질렀다. 뜻대로 되지 않아 기분이 영 찜찜했고, 다시 한번 힘을 모으기 위해서도 소리를 지른 것이다. 수백에 달하는 백골귀와 시백인의 사이에 흑호는 정면으로 맞부딪쳐갔다. 원래가 흑호의 성격은 정면에서 맞붙어 싸우는 것이지, 기습을 한다거나 몸을 피하면서 싸우는 것과는 거리가 멀었다.

흑호는 몸을 한데 뭉쳐 바윗돌처럼 백골귀들을 무자비하게 깔아뭉개 부수면서 놈들의 한복판으로 뛰어들었다. 그러고는 신바람 나게 주먹질 발질에 꼬리와 머리까지 동원하여 놈들을 닥치는 대로 쳐부숴댔다. 더러운 녀석들이니 물어뜯을 수는 없었다. 싸울 때는 짐승의 방법을 주로 사용하는 흑호로서는 공격 방법 하나를 못 쓰게 된 셈이라 아쉽기는 했다.

놈들은 흑호의 생각보다 훨씬 끈질겼다. 흑호의 엄청난 힘이 실린 주먹을 맞은 놈들은 예외 없이 온몸의 뼈에서 부서지는 소리를 내며 마치 걸레 조각처럼 저만치 나가떨어졌다. 사람이었다면 한 방에 즉사했을 것이다. 그러나 놈들은 잠시 후에 다시 흐느적거리며 일어나 지치지도 않고 다가왔다.

놈들을 완전히 없애려면 박살을 내어야 하는데 흑호의 주먹이 아무리 힘이 세어도 전신을 박살낼 수는 없는 일이었다. 놈들의 동작은 느릿느릿하여 아직까지는 흑호를 맞히지도 못했다.

흑호는 한참이 지나자 조금씩 온몸이 뻐근해져옴을 느꼈다. 그리고 그때까지 흑호가 글자 그대로 완전히 두들겨 부숴서 소생불능으로 만든 백골귀와 시백인은 사십여 마리밖에는 되지 않았다. 놈들은 아직도 수백 마리나 더 있었다. 느릿느릿한 놈들이지만 떼로 몰려다니니 흑호가 지쳐 따라잡히면 놈들의 손에 갈기갈기 찢길 것이 분명했다.

'제길. 주술을 부린 놈은 나타나지도 않고.'

흑호는 놈들 무리 중 가장 안전한 한복판에 주술사가 있을 것으로 보고 그리로 뛰어들었다. 그렇지만 어디에도 백골귀와 시백인 외에 주술을 부리는 것 같은 놈은 보이지 않았다.

'술법을 써야겠구먼! 한번 시험해볼까?'

흑호는 뼈만 앙상한 또 한 마리의 백골귀의 손을 피하면서 생각했다. 그리고 놈의 아래턱을 꼬리로 후려갈겨 해골바가지를 박살내면서 힘을 끌어모았다.

흑호는 원래 수행한 팔백 년의 공력에 더해 이 판관의 묘진령에 있던 기운을 흡수했기 때문에 그 힘이 보통이 아니었다. 다만 홍두오공과 싸울 때에는 기운을 완전히 소화하지 못하여서 기본적인 물리력으로서만 발휘할 수 있었다.

그러나 지난 수십 일 동안 치성을 드리면서 기운들이 차츰차츰 자신의 법력으로 완전히 소화된 느낌이었다. 법력은 술법에 따라 주술력이나 물리력으로 마음대로 사용할 수 있다. 적어도 태반의 기운은 자신의 것이 되었을 것이고 그렇다면 술법 또한 상당히 강해졌을 것이 분명했다.

흑호는 두 주먹으로 또 한 놈의 시백인의 양쪽 귀 부위를 마주치듯 쳐서 박살을 내면서 전에 여러 번 써먹었던 영발석투의 술법을 쓰려 했다. 하지만 놈들의 몸이 빈 곳이 많은 뼈다귀이니 돌로 두들겨

보았자 별반 타격이 클 것 같지 않았다.

흑호는 생각을 바꾸어 공력 소모가 엄청나서 쓸 엄두를 내지 못했던 삭풍술朔風術과 지진술地震術을 써보기로 마음먹었다. 흑호는 얼른 몸을 땅에 밀착시키고 뒷발과 꼬리를 팽이처럼 빙그르르 회전시켜서 대여섯이나 되는 백골귀들의 다리를 박살내고는 그 틈을 이용하여 뒤로 성큼 물러섰다. 그리고 다른 백골귀들과 시백인들이 다가오기 전에 크게 원을 그리면서 소리를 쳤다.

"어헛! 삭풍술!"

흑호가 소리를 치는 것과 동시에 흑호가 허공에 그렸던 원에서 화악 하면서 엄청난 기운의 바람이 휘몰아쳐 나오기 시작했다. 그러자 가까이에 덤벼들려던 놈들이 바람을 그대로 몸으로 받아 뒤로 휘몰아치며 날아갔고, 어린 나무들은 뿌리째 뽑히고 큰 나무들도 꺾어질 듯 휘청거렸다.

바닥의 돌 부스러기며 주먹만 한 돌멩이들까지도 바람에 휭휭 날아가서 삭풍술의 위력은 더더욱 커졌다. 그런 허섭스레기들과 함께 날아간 놈들은 다른 놈들과 부딪혀서 박살이 났고 그 뼈다귀들은 다시 바람에 밀려 그 뒤에 있는 놈들에게 부딪혀 박살이 났다.

그런 식으로 삽시간에 오륙십 마리의 백골귀들과 시백인들이 뼈무더기로 변해 삭풍술에 쓸려나갔다. 몸이 뻐근했지만 예상보다 삭풍술의 위력이 볼만하니 저절로 신이 났다. 홍두오공과 싸울 적에 인면오공들을 해치우기 위해 자신의 몸에 돌 우박을 퍼부었던 단순무식한 성격의 흑호가 아니었던가?

흑호는 크게 웃으며 이번에는 공력을 극도로 끌어모아 오른손으로 땅바닥을 힘껏 후려갈겼다.

"지진술!"

흑호가 내려친 땅바닥이 우르릉거리며 흔들렸다. 나무들이 흔들리며 잎새들이 와르르 떨어지고 백골귀며 시백인도 중심을 잡지 못하고 휘청거렸다. 이번에는 극도의 공력을 끌어모아 왼손으로 한 번 더 땅을 쳤다.

"갈라져랏!"

흑호의 호통이 떨어지자 우르릉하며 천둥 같은 소리와 함께 땅바닥이 쩍쩍 갈라지면서 틈이 벌어졌다. 아까 삭풍술에 밀려났던 뼈무더기들이며 중심을 잘 잡지 못하고 있던 백골귀들이 갈라진 틈으로 빠져들었다.

마음 같아서는 땅을 잔뜩 벌려서 백골귀며 시백인을 모조리 매장시켜버리고 싶었으나 공력이 탈진된 것이 느껴져 흑호는 왼손을 떼었다. 그러자 갈라졌던 땅이 우르릉거리며 닫혀갔다. 그 안에 끼었던 백골귀며 시백인이 허우적거렸으나 놈들은 모조리 땅속에 밀려 깊숙이 묻혀버렸다. 땅은 원상대로 다물어져 아무런 흔적조차 남지 않았다.

그러나 그렇게 해치운 백골귀들은 반밖에 되지 않았다. 흑호는 아랫배가 허전해지는 것을 느끼고 뜨끔했다.

'에쿠쿠. 너무 잘난 척하고 큰 술법을 썼나 보다. 아직 반이나 남았네그려. 공력도 없는데 이 일을 어쩐다?'

흑호가 돌아보니 놈들은 흑호에게 다가들지 않고 멈칫한 상태로 있었다.

'그러면 그렇지. 나의 엄청난 법력을 보고 기가 죽었구나. 허허허.'

하지만 다시 생각해보니 놈들은 이미 죽은 후에 조종을 받는 것이라 지능이 없고 무서움이란 것을 모르는 놈들이었다. 그런 것들이 겁을 먹을 리는 없었다.

'그러면 놈들을 숨어 조종하던 주술사 녀석이 질렸나 보지. 좌우간 그렇다면 허세라도 한번 부려볼 거나?'

흑호는 선뜻 어깨에 힘을 넣으며 앞으로 나섰다. 그러자 놈들은 주춤하더니 덩달아 한 발자국 물러섰다. 흑호는 호탕하게 껄껄 웃으면서 다시 땅을 칠 듯 겁을 주었다. 그러자 놈들은 뒤로 돌아서더니 휘청휘청 오던 길로 되돌아가는 것이 아닌가?

"이눔덜! 어디를 도망가느냐! 한 마리도 놔주지 않으리라!"

흑호는 외치면서 도망치는 백골귀 녀석들 몇 마리를 후려갈겼다. 해골바가지가 퍼석 부서지며 데구르르 굴러갔다. 흑호는 그것이 재미있어서 다시 몇 놈을 잡아 박살을 내려고 했으나 갑자기 뒤에서 들려오는 소리를 듣고 멈칫했다.

"이제 그만두어라. 그런 졸개들을 건드려서 뭐하느냐?"

그 소리 자체는 나직한 목소리였으나 엄청나게, 상상도 할 수 없을 만큼 힘있고 울리는 목소리였다. 흑호는 자신도 모르게 부르르 떨며 뒤로 몸을 돌렸다.

그러나 그럭저럭 달빛을 받아 환하던 뒤편이 온통 시커멓게 되어 아무것도 보이지 않았다. 내로라하는 흑호로서도 깜짝 놀랄 수밖에 없었다.

"누…… 누구여! 뭐여?"

흑호가 소리를 지르자 다시 커다란 목소리가 울려왔다. 커다란 범종 수십 개를 동시에 치는 것 같은 울림이랄까? 뒤가 아니라 위쪽에서 울려오고 있었다. 흑호는 얼른 위를 올려다보고 자신도 모르게 헤엑 하는 소리를 냈다.

뒤가 어두워진 것이 아니었다. 거대한 무엇인가가 서 있었던 것이다. 엄청나게 거대하여 길이가 수십 장은 될 것 같았다.

언뜻 몸체가 어떻게 생겼는지조차 보이지 않을 정도로 컸으나 차츰 뒤로 물러서며 자세히 보니 지느러미 같은 다리가 뻗어 있고 목이 긴 물짐승의 형태였다. 몸은 비교적 가늘고 길었으며 어디까지 뻗어 있는지 보이지가 않을 정도였다. 흑호의 머리 한참 위에 세워진 머리조차 흑호의 몸보다 대여섯 배는 클 법했다.

"너…… 너는 무어여?"

거대한 존재는 익살맞게 말했다.

"내가 누구냐고? 그러면 너는 누구지?"

"나……? 나는 흑호라고 하는데……."

"그렇구나. 네가 천지에서 치성을 드린 호랑이로구나. 흐음. 성역을 지키려고 저것들과 맞서 싸울 생각을 하다니, 제법 기특하구나."

흑호는 물론 성역인 천지가 놈들 발에 밟히는 것이 싫기는 했지만, 놈들이 자신을 따라오는 줄 알고 달려든 것이다. 하지만 이 거대한 녀석은 흑호가 치성을 드리다가 성역을 지키려고 백골귀 등과 싸운 줄 아는 모양이었다. 보통의 존재라면 그냥 아무 말 하지 않았을 것이나 단순한 흑호는 무심코 한마디를 내뱉었다.

"꼭 그런 건 아니유. 나는…… 그냥…… 방해받는게 싫어서……."

거대한 존재는 갑자기 홍홍홍 하면서 명랑하게 종이 울리는 것 같은 기이한 소리를 냈다. 아마도 웃음소리인 모양이었다.

"그래? 그러냐? 홍홍홍……."

"그런데 댁은 누구냐니깐?"

거대한 존재가 웃음을 그치고 말했다.

"나는 천지를 지키는 수룡水龍이다. 아름은 하일지달河逸志達이라고 하지."

"수…… 수룡?"

흑호는 그제야 아하 하는 소리를 냈다. 백골귀들이나 시백인들은 자신을 두려워해서 도망친 것이 아니었다. 흑호의 술수에 놀랐다기보다는 바로 이 하일지달의 거대한 형체가 다가오는 것을 보고 놀란 것이 분명했다. 물론 백골귀들은 지능이 없으니 놈들을 어디선가 조종하던 주술사 녀석이 본 것일 테지만…….

하긴 하일지달이 지느러미 같은 발 한 번만 놀려도 백골귀 놈들은 그야말로 납작하게 깔려 가루로 부스러질 것이다. 그것도 한 번에 수십 마리 정도는 충분히. 그러자 우쭐했던 자신이 부끄러워졌다.

"제기. 정말 크네."

"홍홍홍……."

흑호는 고개를 올렸다. 거대한 존재의 얼굴을 보고 싶었다. 그러나 하일지달의 머리가 너무 높은 곳에 있어서 보이지 않았다. 흑호는 위로 휙 하고 뛰어올랐다. 하일지달의 얼굴을 보고 싶었기 때문이다. 그런데 흑호가 위로 뛰어오른 순간, 하일지달의 거대한 몸은 거짓말처럼 사라져버렸다.

"에엑? 어찌된 거야?"

흑호의 몸은 다시 아래로 떨어져 원래의 자리에 내려섰다. 그런데 그곳에 자기만 한 덩치의 처음 보는 기이한 짐승이 있지 않은가? 목을 길게 뺀 그 짐승의 얼굴은 묘하게도 사람과 흡사했다. 그것도 어딘가 차분한 여자의 얼굴 모습을 연상시켰다. 몸은 잘 보이지 않는 비늘과 색색의 가늘고 섬세한 털로 덮여 물개처럼 매끄러워 보였다. 짐승은 미소를 지은 채 흑호를 바라보고 있었다.

"어라라……. 네가…… 아니 당신이 하일지달?"

"맞다네."

"음냐. 아니 어떻게 커졌다 작아졌다 하지?"

"그것이 용의 특기인데 너는 그것도 모르고 있었어? 벌레만큼 작아질 수도 있고 하늘을 덮을 만큼 커질 수도 있다네. 흠. 너를 생각해서 좀더 가깝게 이야기를 나누려고 작아진 건데, 불만스러우면 도로 커지겠네."

흑호는 두 손을 내저었다.

"아니, 아니. 안 그래도 되우. 지금이 좋수. 그런데 하일지달……. 으음. 뭐라 불러야 하나?"

"너나 나나 금수인데 인간들처럼 격식을 찾아? 그냥 이름을 불러도 된다네."

하일지달은 거대한 덩치일 때는 몰랐는데 퍽 장난스러운 것 같았다. 거기다가 체구를 작게 하고 보니 흑호의 눈에는 예뻐 보였고 귀엽기까지 했다. 그리고 아까는 사방이 울릴 만큼 목소리도 컸으나 목소리도 가냘퍼져서 조그만 방울이 댕그랑거리며 울리는 것 같아 듣기 좋았다.

"으음. 그런데 하일지달, 당신이 여기 천지의 수룡이라고 했수?"

"맞다네."

"흠. 내가 치성을 드린 걸 아는 걸 보니……. 혹 댁이 증성악신인의 하강하구 관련이 있는 것 아니우?"

"왜 아니겠나? 맞다네."

"오오라. 그랬구먼. 이거 인사 받으시우. 나는 이번에 금수 우두머리가 되려고 온 흑호라는 호랑이유."

흑호는 말하면서 꾸벅 고개를 숙였다. 천지의 수룡도 용이다. 용은 아무렇게나 되는 생물이 아니라 귀한 존재다. 덕과 도를 많이 쌓은 인간이나 다른 생물이 변신하여 받들어지는 생물이며 스스로 번식하는 것이 아니다. 그래서 귀한 존재로 받들어지고 모든 금수의 존경을 받는 생물이다. 물론 용보다도 높다는 봉황이나 주작 같은 존재도 들어는 보았지만 흑호는 용도 처음 만난 것이다.

"뭐, 너무 그러지 않아도 된다네. 나는 정식 용이 아니라 아직은 수룡일 뿐이니까. 오래 도를 더 닦아야 용이 될 수 있다네."

하일지달은 겸손했다. 그러면서도 미소를 머금고 있는 것을 보니 장난기가 풀풀 풍겼고 흑호를 재미있게 생각하는 것 같았다. 그래서 흑호는 더더욱 정중하게 고개를 숙이고 말했다.

"좌우간 덕을 쌓아 용이 되셨으니 나야 인사를 드리는 게 맞지 않겠수? 나는 금수의 우두머리가 되려고 온 건데……."

"그건 안다네. 그러니 삼칠일 동안 치성을 드리고 있는 거겠지."

"맞수. 맞아. 헌데 실은 꼭 우두머리가 되고 싶은 것만이 아니라, 뭔가 큰일이 일어나고 있는 것을 신인께 알려드리고 싶기도 해서……."

"큰일?"

"말하자면 길으우. 용님께서는 꼭 좀 도와주시우."

하일지달은 다시 흥흥거리는 특유의 소리로 웃었다.

"내가 뭐, 힘이 있어야 말이지."

"아니, 아니. 어찌 없으시겠수. 사실 일은 한시가 급하다우. 하루라도 빨리 신인이 내려오셔서 이야기를 할 수 있으면 좋겠는데."

흑호는 아무래도 삼칠일 동안 자신이 자리를 비운 것이 상당히 거북했다. 치성을 드리러 온 것이니 다른 잡생각을 할 수 없어서 애써 마음을 비우고는 있었지만 말이다.

흑호는 동물 특유의 번득이는 직감 같은 것이 있어서, 비록 태을사자의 실종에 대해서 알고 있지는 못했지만 일말의 불안감을 이유 없이 느껴오던 터였다. 그러나 하일지달은 고개를 저었다.

"정성이 지극하면 신인이 하강하시는 것이고, 정성이 부족하면 안 오시는 거라네. 나더러 뭘 어쩌라고."

흑호는 쩝 하고 한 번 입맛을 다시고는 순순히 고개를 끄덕였다.

하일지달은 흑호의 커다란 머리가 끄덕거리는 것을 보고는 다시 한번 이유도 없이 홍홍거리고 웃은 다음 말했다.

"도력이 상당하던데? 얼마나 도 닦았어? 천오백? 이천?"

"팔백 년이우."

하일지달은 살짝 미간을 찌푸렸다.

"거짓말."

"아니우. 정말이우."

"겨우 팔백 년 도를 닦고 그 정도의 지진술을 쓸 수는 없다네. 그 두 배는 닦아야……."

흑호는 자신이 사계 이 판관의 법기를 흡수해서 그렇게 된 것이라 하고 싶었지만 막상 말을 하려니 긴 이야기를 조리 있게 설명할 엄두가 나지 않았다.

"아니우. 아니우. 이야기하자면 길지만. 좌우간 기연이 있었수."

"기연?"

"그렇수. 기연이지. 그게 기연이 아니면 뭐가 기연이겠수."

"그럼 이야기를 해봐. 솔직하게."

"솔직하지 못할 게 뭐가 있겠수?"

"그럼 해보래두. 끝까지 들을 거라네."

하일지달이 다정하게 말하자 단순한 흑호는 기분이 좋아졌다. 그래서 자신이 우연히 태을 사자를 만나 조선 땅을 뒤덮으려는 마수의 음모를 알게 된 것과 조부의 죽음으로 인하여 그놈에게 맞서 싸우고 있다는 긴 이야기를 다소 두서없이 했다.

흑호는 원래 말재주가 없는 편이라 많은 부분을 빼먹었고 특히 태을 사자와 은동, 호유화 등이 저승에서 겪었던 일은 반 이상 뒤죽박죽이 되어 이해할 수 없을 정도였다. 하일지달은 흑호가 이랬다저랬다 순서를 바꾸어 이야기를 하고 조부의 죽음에 이르러서는 주체를 못 하고 울다가 웃다가 하는 것을 잘 참고 끝까지 귀담아 들었다.

흑호가 그럭저럭 황당무계하게 이야기를 마치자 하일지달이 배시시 웃으며 말했다.

"그거 정말이야?"

"내가 뭐하러 거짓말을 하겠수?"

"정말?"

"음냐. 나 흑호, 태어나서 지금까지 거짓말 같은 건 해본 적 없다니깐!"

흑호는 벌떡 일어나며 말했다. 그러자 하일지달은 무슨 까닭인지 고개를 갸웃하는 것이었다.

"이상하네……. 내가 들은 이야기와는……."

"음? 아니, 지금 뭐라고 했수?"

흑호는 이상해져서 물었으나 하일지달은 고개를 살랑살랑 저었다.

"아니라네. 아니라네. 그나저나 팔백 년이나 도를 닦았는데……. 아니 그 두 배는 강해졌지? 그런데도 마수란 것들과 상대하기가 힘들었다고?"

흑호는 솔직히 고개를 끄덕였다.

"그렇수. 홍두오공 같은 건 하급 괴수 같았는데두 여간 힘들지 않았으니까. 은동이 녀석의 꾀가 아니었으면 아마 죽었을 게유."

"흠……. 마수들이 어떻게 그렇게……."

하일지달은 미간을 찌푸렸다. 흑호는 하일지달이 마수를 잘 알고 있다는 듯 말하자 놀라서 물었다.

"아니? 마수들을 아시우?"

"조금 안다네. 헌데 지금 네 법력으로도 상대하기 어렵다면……. 뭔가 문제가 있다네."

하일지달은 뭔가 생각하는 듯하다가 가볍게 말했다.

"어쨌건 너는 그리 나쁜 녀석 같지는 않은데? 거짓말할 것 같지도 않구."

"당연허우. 음냐. 나는 거짓부렁 같은 건 하나두 모른대두?"

"좋다네……. 그러면……"

하일지달은 말하면서 흑호를 올려다보더니 다시 배시시 웃었다. 흑호는 영문도 모르고 하일지달이 웃자 자신도 기분이 흐뭇해져서 덩달아 히죽 웃었다.

그런데 다음 순간, 갑자기 흰 연기 같은 것이 확 나면서 하일지달의 전신을 에워쌌다. 흑호는 또다시 깜짝 놀라 어리둥절해하다가 커다란 손바닥을 휘휘 휘둘러 연기를 흩어버렸다. 그러자 그곳에는 수룡이라던 하일지달의 모습은 간 곳 없고 깜찍한 모습의 여자 한 명이 서 있지 않은가?

"어…… 어라라? 하일지달은……."

그 여자가 살짝 웃었다.

"내가 하일지달이라네."

"어…… 어……? 댁이?"

"그래. 나는 수룡이지만. 보통은 인간의 모습을 한다네."

"정말이우?"

여인은 다시 웃어 보였다. 청초하면서도 장난기가 가득한 듯한, 귀엽기 그지없는 얼굴이었다.

"그렇다네. 세상의 존재들도 가끔 우리 이야기를 할 텐데……."

"어? 그렇수?"

흑호는 의아해했지만 바로 다음에 하일지달의 말을 듣고는 그대로 입을 딱 벌릴 수밖에 없었다.

"그렇다네. 증성악신인 밑의 팔선녀라고 들어보았나? 나는 그중의 하나라네."

흑호는 놀라 말을 더듬었다. 이때까지 삼칠일동안 정성을 다하여 치성을 드린 것은 바로 증성악신인에게 품하여 금수의 우두머리로 인정받기 위한 것이 아니었던가? 그런데 이 하일지달이 증성악신인 밑의 팔선녀 중 하나라고?

"증…… 증성악신인 밑의 팔선녀라구? 댁이?"

"맞다네."

흑호는 잘 돌아가지 않는 머리로 도대체 일이 어떻게 되어가는 것인지 곰곰이 생각해보았다. 그러나 도저히 감을 잡을 수 없었다. 한참 고민하다가 흑호는 고개를 설레설레 흔들었다.

"난 모르겠수. 그러면 도대체 선녀께서는 어떻게 여기 와 계시우?"

"왜 여기에 있냐니? 흑호 너는 신인을 뵈려고 치성을 드린 것 아니야?"

"댁이 어떻게 알고 여기 와 있었느냐는 말이우, 내 말은."

하일지달은 웃었다. 모습은 변했어도 홍홍거리는 방울 소리 같은 웃음은 여전했다.

"팔선녀라고 항상 신인을 뫼시고 다니라는 법은 없다네. 팔선녀와 팔신장은 모두 용의 화신이라네. 나는 그중 백두산 천지의 수룡이니 천지에서 치성을 드리면 내가 신인께 품하여 올리는 것이라네. 그러니까 내가 여기에 있는 것도, 네가 치성을 올리는 것도 아는 것이 당연하다네. 이제 알아듣겠어?"

"그…… 그렇구먼……."

흑호는 중얼거렸으나 표정은 아직도 반신반의하는 것 같았다. 아니, 말은 이해한다고 했지만 완전하게 이해하지는 못하고 있었다. 그러나 흑호는 단순한 만큼 이해가 되지 않는다고 그것을 물고 늘어지는 성격은 아니었다. 곧 이해가 잘 가지 않는다는 사실조차 잊어버리자 납득했다고 믿었고 마음이 편해졌다.

"그러면 신인께서는 곧 하강하시우?"

하일지달의 표정이 조금 어두워졌다.

"모른다네."

"모르다니? 선녀께선……."

"존대 듣기 싫다네. 그냥 하일지달이라 부르면 된다네."

"음. 그럼 하일지달이 신인께 품하지 않았단 말유?"

"아니라네. 했다네. 며칠 전에."

"그런데? 그런데 뭐라 하셨수?"

하일지달은 한숨을 내쉬면서 어깨를 으쓱했다.

"흑호 네가 중죄인이라고 잡아오라 하셨다네. 그래서 온 거라네."

흑호는 눈앞이 아득해졌다. 중죄인이라니? 이게 무슨 벼락같은 소리인가?

"뭐…… 뭐라구? 내가 죄인?"

호유화는 지친 몸을 이끌고 남쪽으로만 달려가다가 몇 번이고 엉뚱한 곳을 헤매어 다녔다. 그러다가 결국 전라도 남쪽, 지금의 여수 지방에 있는 전라좌수영을 찾아낼 수 있었다.

세세한 조선의 지리에 대해서는 잘 모르던 호유화가 무작정 남으로 가다가 전라좌수영을 찾을 수 있었던 것은 첫째로는 운이 좋아서였고 둘째로는 시각이 무척 영민하기 때문이었다.

그러나 호유화는 전라좌수영을 찾자마자 실망했다. 생각보다 전라좌수영은 규모가 작아서, 도저히 큰일을 할 병력을 지휘하는 곳 같지 않았다. 원래는 공력을 회복하기 위해 잠시 쉬어야 했으나 호유화는 좌수영의 이곳저곳을 기웃거리며 상황을 살폈다. 그중 공문서들을 묶은 철을 들춰보니, 전라좌수영의 상황을 조금 알 수 있었다.

"에계계? 이게 뭐야?"

호유화는 공문 두루마리들을 읽다 말고 자기도 모르게 중얼거렸다. 공문에 의하면 전라좌수영의 관할은 고작 다섯 곳의 항구에 불과하였던 것이다. 방답(지금의 돌산도), 사도, 여도, 녹도, 발포의 다섯 포구가 그것들로, 대강 그 지역의 규모를 적은 것을 보니 조그마한 어선들이나 드나드는 작은 포구일 뿐이었다.

전라도 근방의 조금 큰 포구들은 순천, 광양, 낙안, 흥양(고흥), 보성 등등이 있었는데 그 포구들은 이순신의 지휘하에 있지 않고 조정에서 파견된 순찰사의 지휘를 받고 있었다. 포구들에 배치되어 있는 전선들과 병사들의 기록을 보자 호유화는 더더욱 맥이 빠졌다.

"이게 뭐야? 전선을 다 합해도…… 열…… 열하나…… 스물다섯? 아니, 겨우 배 스물다섯 척 가지고 뭘 하라고?"

호유화는 일전에 태을 사자와 유정으로부터 박홍과 원균의 경상도 수군이 괴멸된 이야기를 들어 알고 있었다. 경상도 좌우수사가 지휘하는 수군은 각각 전선 75척씩 하여 모두 150척에 이르렀다. 그런데도 싸움 한번 해보지 못하고 전멸했는데, 전라좌수사는 어찌하여 25척의 배밖에 없는 것일까?

'같은 수사인데도 차이가 있나? 흠……. 아마도 경상도는 원래 왜국과 가까워서 방비를 중하게 하고 전라도는 왜국과 멀어서 병력이 적은가 보구나. 그럼 결국 여기 수군은 시골 잡군이 아닌가? 이순신이 명장이라고 해도 이런 수군을 가지고 뭘 어쩌겠다는 것이지?'

호유화는 답답하고 한심해졌다. 태을 사자나 은동, 유정이나 그 외 왜란 종결자의 예언을 아는 모든 사람들이 애타게 기대해 마지않는 사람이 고작 이런 병력밖에 거느리지 못하고 있다니. 호유화는 다시 수군의 숫자를 헤아려보았다. 수군 명부를 기록한 장부는 공문 근처에 있었다. 장부를 들춰보고 숫자를 대략 헤아리다가 호유화는 다시 고개를 저었다.

"사천 명! 그것도 거의 태반은 노를 젓는 노군이 아닌가?"

장부상으로 보면 전라좌수영에는 주력 전선이라 할 수 있는 판옥선板屋船이 25척 배당되어 있었다. 물론 판옥선들은 똑같은 형태와 구조를 지닌 것은 아니었고 약간씩 크고 작은 것이 있었으며 개조된 배도 있어서 다 같다고 할 수는 없었지만 대략 160명에서 200명의 군졸이 탑승하게 되어 있었다.

각 전선에는 모두 20개의 노가 달려 있고 각각의 노는 6명의 노군이 젓는다. 그렇게 따지면 각 전선당 대략 120명의 노군이 필요한 셈이고, 막상 직접적으로 총포를 쏘는 전투 요원은 한 배당 고작 40명에서 50명 정도에 지나지 않았다. 그러므로 실제 전투원은 1천 명 정도밖에 되지 않는 셈이었다. 호유화는 기가 막혀서 웃음이 나올 지경이었다.

'잘은 모르지만 왜군은 수십만이고 오랫동안 전쟁을 치른 정예 병력이다. 더구나 모두가 바다를 건너와야 하니 수군들도 상당수일 것 아닌가? 그런데 고작 이런 병력으로 어찌 왜란을 마무리시을 만큼 공을 세울 수 있단 말인가?'

호유화는 고개를 저었다. 절대로 불가능한 일이었다. 비록 옥포에서 이순신이 크게 이겨 마흔 척의 전선을 격침하였다고는 하나, 그것은 요행수나 행운으로밖에 보이지 않았다.

'스물다섯 척밖에 되지 않는 배로 마흔 척을 격침하였으니 이순신이 꽤 재량을 지닌 것만은 틀림없지만, 아무리 그래도 새발의 피야. 틀렸어. 이 사람은 왜란 종결자가 못 돼. 신립처럼 헛되이 사라질 거야. 김씨가 왜란 종결자가 될 공산이 훨씬 더 크지 않을까?'

호유화는 김덕령을 떠올렸다. 김덕령의 신력과 도력이라면 충분히 대공을 세울 수 있을 것 같았다. 결국 호유화는 홧김에 보던 장부 나부랭이들을 모두 팽개쳐버리고는 그림자처럼 밖으로 나섰다.

군중의 경계는 엄중하였지만 호유화에게는 문제가 되지 않았다. 다만 군기가 엄정한 것을 보고 이런 생각을 했다.

'자기가 아파 골골 앓고 있으면서도 부하들의 일은 잘 단속하니, 재주는 있는 장수인 모양이구나. 하지만 어쩌겠어? 한 줌도 안 되는 병력으로 얼마나 버틸 수 있을까……?'

호유화는 훌쩍 몸을 날려 한적한 섬을 찾아보려고 마음먹었다. 공력이 많이 소진되어 바다를 날아 건너기는 어려울 것 같았다. 그래서 이곳저곳을 기웃거리며 배라도 하나 훔쳐 탈까 하고 있는데 문득 이상한 것이 보였다. 여수 동쪽의 소포(지금의 종포) 앞에 쳐져 있는 이상한 다리 같은 것이었다. 그러나 그 크기가 너무 작았다.

호유화가 가까이 다가가 보니, 그것은 다리가 아니라 쇠사슬이었다. 쇠사슬을 길게 엮어서 건너편의 돌산도까지 이어놓은 것인데 길이는 약 삼백여 장(대략 1킬로미터)은 되어 보였다.

재미있는 것은 그 쇠사슬이 양쪽 물목의 육지에 있는 커다란 바위들에 엮여 있었는데, 기대機臺를 그 중간에 세워놓아서 장치를 조작하면 쇠사슬이 위로 올라와 허공에 매달리고, 다시 장치를 조작하면 아래로 내려가서 물속에 잠기는 구조였다.

'이건 뭐하러 만든 것일까? 재미있는데?'

호유화는 쇠사슬 장치를 조금 더 자세히 보았다. 그 장치는 아직도 계속 손보고 있는 듯 완성된 것 같지는 않았으며, 아마도 쇠사슬을 오르내리게 하는 부분에 기술적인 문제가 남아 있는 것 같았다. 그러나 목적이 어찌되었건 간에 이런 발상을 하여 실제로 만들어내었다는 것은 당시의 기술 수준으로 볼 때 놀랍다고 하지 않을 수 없었다.

호유화는 공력이 고갈된 상태에 이런 '다리'를 발견하게 되니 기분이 좋아졌다. 휘청거리는 쇠사슬 위를 걷는 일은 인간이라면 불가능하겠지만 호유화로서는 수월했다. 더구나 물 위를 날아 건너는 것에 비하면 공력 소모가 거의 없으니 기분이 좋을 수밖에 없었다.

'이 수사, 당신 퍽 재간이 좋군. 왜 만든 건지는 모르지만 덕 좀 볼게. 댁이 왜란 종결자든 아니든 이 신세는 나중에 꼭 갚지.'

호유화는 속으로 재잘거리면서 재빨리 쇠사슬 위로 뛰어올라 유쾌하게 돌산도로 건너갔다. 그리고 돌산도의 조용한 숲속에 숨어들어갔다. 정양을 하면 법력이 다시 되돌아올 것이었다.

"내…… 내가 도대체 무엇을 잘못했단 말유, 엉?"

흑호는 기가 막히기도 하고 억울하기도 하여 한동안 말조차 하지 못하다가 갑자기 소리를 질렀다. 그러나 하일지달은 여전히 장난기 어린 목소리로 말할 뿐이었다.

"나도 모른다네. 순순히 따라올 거야, 아니면 끌려올 거야? 선택해."

"아니, 아무리 신인이시라도 그럴 수 있는 거유? 도대체 내 죄가 뭔데?"

"그건 뵙고 말씀드리는게 좋다네. 순순히 같이 가면 좋겠고……. 너같이 재미있는 자를 다치게 하고 싶지는 않다네……. 그리고……."

하일지달은 여전히 빙글거리며 흑호의 주위를 한바퀴 돌았다.

"솔직히 말해 처음 짐작했던 것보다 네가 너무 세다네. 굳이 다쳐가며 싸우긴 싫다네."

흑호는 하일지달이 솔직하게 나오자 화가 나던 것이 조금 누그러졌다. 하일지달의 말이 맞다면 그녀는 심부름을 하는 것에 불과하지 않은가? 굳이 하일지달과 싸우기도 싫었고(더구나 흑호는 여자와 싸운다는 것은 생각조차 해본 적이 없었다) 고민해보니 때려눕히고 도망쳐보았자 또 누가 추적해올 것이 분명했다.

그리고 자신은 기왕에 금수의 우두머리로 뽑히기 위해 온 것이니, 증성악신인을 만나기라도 해보아야 할 것 같았다. 생각이 거기까지 굴러가자, 흑호는 더 궁리하지 않고 말했다.

"좋수. 그럼 갑시다."

하일지달이 눈을 크게 뜨며 말했다.

"정말? 그냥 순순히 갈 거야?"

"가자고 한 게 누군데 이제 와 딴소리유? 갑시다."

그러자 도리어 하일지달이 고개를 갸웃거리며 망설이는 눈치였다. 하일지달은 흑호가 그토록 순순히 자신을 따라오리라고는 예상하지 않았던 것 같았다.

"가면 심한 추궁을 당할지도 모른다네……. 돌아오지 못할지도 모른다네……. 그래도 괜찮아?"

흑호는 당당하게 말했다.

"나 흑호, 비록 금수의 몸이지만 마음에 거리끼는 짓을 한 적은 없수. 그리고 증성악신인이라면 우리 금수들을 관할하여 우두머리의 직위를 내리시는 분이니, 옳지 않을 일을 하실 리 없다고 믿우. 뭐가 두렵겠수?"

하일지달은 고개를 끄덕였다. 뭔가 말하고 싶은 것이 있는 모양이었으나 결국 말하지는 않았다. 하일지달은 무슨 이유에서인지 흑호가 자신을 선선히 따라오는 것을 퍽 안타깝게 여기는 것 같았다. 그러나 흑호는 그런 일은 생각조차 하지 않고 어서 가자고 하일지달을 재근했다.

하일지달은 서서히 천지의 가로 가더니 호수를 향해 한 손을 저었다. 천지의 중간에 둥근 소용돌이가 생기더니 점점 커지며 물이 용틀임 쳐 하늘을 향해 기둥처럼 우뚝 솟아올랐다. 얼마나 높이 올라가는지 보이지 않을 정도였다. 물기둥이 솟아오르는 장관에 흑호가 잠시 넋을 잃고 있는데 하일지달이 흑호를 잡아당겼다.

"뭘 그리 넋을 잃고 봐? 어서 가야 한다네."

"저…… 저 물길이 그러면 성계나 광계로 통하는 길이우?"

"성계까지 닿은 것은 아니라네. 증성악신인은 중간에 머물러 계신다네."

"그러우?"

흑호는 성계 구경을 해보는가 싶었다가 맥이 빠졌다. 사실 호유화와 태을 사자 등의 저승, 즉 사계에서의 아슬아슬한 모험담을 들으면서 자신도 한번 그런 데에 가보고 싶었던 것이다. 그런 것을 알 리 없는 하일지달은 다시 한번 재촉했고 흑호는 하일지달과 함께 물기둥 속으로 들어섰다.

다만 흑호가 미처 알지 못한 사실이 있었다. 하일지달은 그 비밀을 흑호에게 말해줄까 말까 하고 고민한 것이다. 하일지달은 순박하기 그지없는 흑호가 꽤 마음에 들어서 측은하게 여겨졌다.

그들이 향하여 가고 있는 생계와 성계의 중간에 있는 중간계. 그곳은 저승의 뇌옥처럼 시간의 흐름이 이승과 완전히 다른 곳 중의 하나였다. 그러나 하일지달은 그 사실을 알면 순순히 따라오지 않을까 봐 걱정이 되어 끝내 흑호에게 말해주지 않았다.

전라좌수영에서

세월은 쏜살같이 흘러 어느새 또 며칠이 지나갔다. 호유화는 무사히 법력을 회복하고는 기나긴 무아지경의 상태에서 눈을 떴다.

눈을 뜨자 새소리가 들리고 밝은 태양빛이 비춰오는 것이 느껴졌다.

'휴……. 이제야 되었구나. 그런데 며칠이나 지났을까? 설마 하루밖에 지나지 않은 것은 아닐 테지?'

호유화는 자신이 며칠 동안이나 무아지경으로 있었는지 알 수가 없었다. 법력을 회복할 때는 무아지경으로 자신을 잊어야 하기에 시간을 셈할 수 없었다. 공력도 예상보다 많이 차지 않아 반밖에 회복하지 못한 상태였다.

날짜가 언제인지 알 수 없자 호유화는 조금 불안해졌다. 혹시 예상보다 시간이 훨씬 많이 지나서 은동이가 이미 나아버렸다면? 이순신이 해전을 치르다가 죽어버리기라도 했다면? 조선이 벌써 망하고 왜병들의 천지가 되었다면? 그동안 하지 못했던 쓰잘 데 없는 생각이 한꺼번에 밀려들었다.

'에잇. 방정맞은 생각 하지 말자.'

호유화는 벌떡 일어나서 휙 하고 옆으로 한 바퀴를 돌아 익숙한 승아의 모양으로 변했다. 어린 여자아이로 변하면 인간들은 거의 거리낌 없이 대해주는 것을 표훈사에서의 경험으로 알았기 때문이다.

돌산도 바닷가로 나가 보니 자신이 건너왔던 쇠사슬 다리 부근에는 군사들 몇이 오락가락하고 있었고 사슬을 손보는 인부도 꽤 보였다. 또 쇠사슬을 타고 지나가기는 어려울 것 같아서 호유화는 둔갑술을 펼쳐서 삽시간에 삼백 장가량 되는 바다를 건너 맞은편 언덕배기로 뛰어올랐다. 절반일지언정 법력이 회복되었으니 어려운 일도 아니었다.

그러고 보니 이순신을 다시 한번 보고 싶어졌다. 그래서 호유화는 둔갑술을 펼쳐서 전라좌수영 내로 숨어들었다. 좌수영 부근은 병사들이며 군관들 그리고 노군들과 잡부들, 백성들까지 얽혀서 모두 나름대로 일들을 척척 해나가고 있었다.

포구에서는 전선을 건조하고 있었으며 한쪽에서는 고약한 냄새와 함께 무엇인가를 큰 솥에 끓여대고 있었다. 냄새를 맡아보니 화약 냄새와 흡사하면서도 아릿한 유황내는 나지 않았다.

호유화는 화약에 대해 잘 알지 못하는지라 그냥 지나치고, 건조되고 있는 배의 숫자를 세어보았다. 놀랍게도 건조중인 배는 여섯 척이나 되었으며 그 부근에는 백성들이 빽빽하게 몰려 작업을 하고 있었다. 병사들은 한 명도 작업을 하고 있지 않은 것 같았다. 작업하는 백성들 중에는 장정만이 아니라 아낙네들과 심지어 아이들과 할머니들까지도 보였다.

'어? 이순신이 시킨 일인가? 근데 백성들을 너무 많이 동원한 것

같은데? 난리통에 저럴 수는 있겠지만 혹독하게 일을 시키는 것 같구나. 다시 봐야겠어.'

호유화는 다시 승아의 모습으로 변했다. 그러고 나서 몸을 숨겼다가 지나가는 아낙네 한 명에게 날짜를 물었다. 아낙네가 말했다.

"오늘? 아니 오늘이 며칠인지도 몰러? 을유년 칠월 초사흘(지금의 달력으로는 5월 24일. 편의를 위하여 앞에서는 모든 날짜를 지금의 날짜로 바꿔 사용하였고 이후로도 그렇게 쓰기로 한다. 다만 이 대목은 대사의 부분이기 때문에 당시의 날짜를 그대로 기록한 것이다) 아니다냐?"

아낙네의 말을 듣고 보니 호유화가 법력을 모은 것은 고작 하룻밤밖에 되지 않았다. 법력이 반밖에 회복되지 않은 것도 이해가 갔다. 이런저런 걱정거리가 잠재의식까지 파고들어 금방 무아지경에서 벗어난 모양이었다.

좌우간 날짜가 얼마 지나지 않았다니 안심이 되기도 했다. 호유화는 아낙네가 사라지자 몸을 날려 이제 어떻게 해야 하나 생각을 가다듬었다. 그러는데 바다 쪽에서 펑펑 하는 소리가 울려왔다. 호유화가 놀라 돌아보니 여수 앞바다에서 전선들이 훈련을 하느라 포를 놓은 소리였다.

호유화는 인간이 포를 놓는 것을 직접 보는 것은 처음이어서 흥미로웠다. 시투력주의 힘으로 미래의 비차飛車(비행기)며 철우鐵牛(탱크) 등을 보기는 했지만 그것은 사백 년이나 이후의 일이고, 지금 당장 십여 척의 전선들이 나란히 서서 포를 쏘며 나아가는 것을 보니 재미가 있었다. 십여 척의 전선들은 호유화가 짐작했던 것보다 훨씬 거대하여 자못 기세가 당당했다.

'저게 공문에서 보았던 판옥선이란 전선이구나. 제법 굉장한데?'

당시 조선의 전선은 판옥선이라 하는 신형 전함으로, 그전에는 주로 맹선猛船이라 하는 배를 사용했다. 그런데 싸워보니 왜구들은 주로 화살을 쏘아대고 배를 맞대고 기어올라 자기들이 능한 칼질을 하는 전법을 주로 썼다.

이로 인해 양옆에 방패를 세울 뿐 아니라 천장까지도 덮은 배가 필요해졌다. 또한 맹선은 대맹선이라 해도 수군 팔십 명을 태울 수 있을 따름이어서 왜구들과 육박전이 벌어지면 감당해내기가 어려웠다.

그래서 선조 전의 명종 때에 조방장助防將(기술자로 지금의 공병과 비슷한 직책)으로 있었고 지금은 이순신 곁에서 전라수군의 조방장으로 있는 정걸이라는 인물이 명을 받고 야심차게 만들어낸 것이 바로 판옥선이었다.

판옥선은 2층의 구조로 되어 있으며 이름 그대로 배의 윗부분에 천장을 달아 화살로부터 수군들을 보호할 수 있었고, 탑을 거꾸로 태운 것 같은 특이한 구조를 하여 물의 저항을 적게 받아 매우 빠른 속력을 낼 수 있었다.[6]

호유화는 또 한 가지 흥미로운 사실을 발견했다. 막상 노를 젓기 시작하자 몇 대의 판옥선이 돛대를 접어 뒤로 비스듬하게 눕혔던 것이다.

원래 배의 돛대는 꼿꼿하게 서 있는 것인데, 무슨 이유에선지 몇몇 배들이 그렇게 개조가 되어 있었다.

그리고 판옥선들의 중간에 있는 묘하게 생긴 배도 눈에 띄었다. 판옥선과 크기는 거의 같지만 단단하게 갑판이 덮여 흡사 거북처럼 보이는 배였다.

판옥선들은 둥둥거리는 북소리에 맞추어서 일사불란하게 방진을 이루었다가 급히 노를 저어 넓게 펼쳐졌다. 그 앞에는 잡목 나부랭이를 엮어놓은 것이 몇 개 둥둥 떠 있었는데, 전선들은 나뭇더미를 모의 적선으로 삼은 모양이었다. 전선들은 삽시간에 펼쳐져 나뭇더미들을 에워싸는 형세를 취했다.

'통솔하는 게 제법인데? 꼭 새 날개 모양으로 삽시간에 펼쳐지는군!'

호유화가 보고 감탄한 진법이 이순신이 후일에 이르기까지 주로 사용한 학익진鶴翼陣이었다. 단순한 진법이기는 했지만 병졸들의 단련하여 펼치는 속도가 빠르니 충분히 위력을 발휘할 수 있을 것 같았다.

전선들이 날개를 편 형상으로 진을 벌리자 곧이어 전선들의 중간 부분에서 거북 모양을 한 전선 한 척이 돌출되어 나왔다. 아까부터 호유화가 재미있게 본 배였는데, 위가 시커멓게 덮여 있었고 사방이 메워져 있었다.

자세히 보니 배의 앞에는 짧은 용머리가 달려 있었고 거기서 누런 연기가 뿜어져 나와 배의 사방을 가렸다.

'유황 연기다! 오호라. 안에서 유황을 태워 연기로 배를 가리는구나. 신기해 보이니 적이 겁을 집어먹을 만하겠다.'

배는 사방에서 총통을 펑펑 쏘아대며 적들의 한가운데로 똑바로 나아갔다. 총통을 쏜다고는 하지만 한가운데를 비집고 들어가니 좀 무모해 보였다. 그러나 저 배는 사방이 에워싸여 있어 화살이나 조총탄 정도는 모두 막을 수 있을 것 같았다.

'소위 돌격선이구나. 아주 재미있군그래.'

호유화는 흥미롭게 전투 연습 광경을 바라보았다. 돌격선의 깃발을 보니 커다랗게 거북 귀龜 자가 씌어 있었다. 그러니 그 배는 귀선, 거북배라고 부를 듯싶었다.[7]

'비록 용머리가 달려 있지만 목이 짧으니 거북이라고 해야겠군. 그런데 목은 왜 그리 짧지? 폼 안 나게.'

호유화는 곧 이유를 깨달을 수 있었다. 아까 유황 연기를 뿜던 용머리에서 이번에는 화포가 발사된 것이다. 화포는 작았지만 글자 그대로 용머리가 불을 토하는 것이 보이자 호유화는 재미있어서 킥킥 웃었다.[8]

'그렇구나. 용머리에서 화포를 쏘려니 목이 길면 안 되겠지. 보는 건 신나지만 당하는 쪽은 겁에 질릴 만하구나. 좌우간 기발한 설계다.'

그런데 또 신기한 것이 있었다. 그 거북배는 적진 한가운데로 뛰어들어 한바탕 휘젓더니 갑자기 빙그르르 선회해서 뒤로 돌았다. 그 선회하는 반경이 너무 작아서 호유화는 자신의 눈을 믿을 수 없을 정도였다.

'어라라? 무슨 술법을 쓴 것 아니야? 배가 저렇게 빙그르르 돌 수 있다니.'

지금의 전투기도 마찬가지지만, 적과 싸울 때 선회 반경이 작다는 것은 엄청난 이점이 된다. 거북배나 다른 판옥선이 선회하는 것은 믿어지지 않을 만큼 날렵했으며 많은 움직임을 필요로 하지 않았다.

호유화마저도 멍해 있는 사이 거북배는 뒤로 돌아 학익진의 진중으로 돌아갔다. 그리고 다시 북소리가 들리자 전선들이 일제히 앞으로 전진했다.

아마 실전이었더라면 거북선의 뒤를 좇아 적선들이 돌진하겠지만, 나뭇더미는 움직일 수 없으므로 판옥선들이 앞으로 나아가는 것 같았다.

판옥선들은 앞으로 나아가다가 일제히 화포를 쏘아댔다. 십여 척의 전선이 화포를 일제히 쏘자 장관이었다. 삽시간에 나뭇더미들은 퍽퍽 부서져나갔고, 빗나가더라도 물기둥이 솟고 크게 휘청거렸다. 화포를 사격하며 나아가던 판옥선들은 나뭇더미 부근에 이르자 또 한 번 묘한 광경을 연출했다. 노를 일제히 옆으로 올려 세운 것이다.

'뭐하자는 거지?'

다음 순간, 노들이 나뭇더미와 부딪혔다. 그러나 워낙 굵은 재목으로 만들어진 것이라 전혀 부러지거나 상하지 않았고 도리어 나뭇더미들이 휘청거리며 밀려났다. 심하게 밀린 나뭇더미들은 뒤집어지기까지 했다.

'오호라. 노를 무기로 사용하는구나!'

판옥선들은 나뭇더미를 노로 밀어내는 것만이 아니라 옆에서 화포를 쏘아댔다. 나뭇더미들은 그야말로 지리멸렬하게 박살이 날 수밖에 없었다. 그러더니 박살난 나뭇더미들을 향해 다시 노가 들렸다. 이번에는 아까처럼 밀어내려고 조금 들린 것이 아니라 번쩍 위로 치들린 것이다.

노들은 이미 부서져 산산이 흩어진 나뭇더미들을 노리고 일제히 아래로 내리쳤다.[9]

호유화는 몸이 우르르 떨리는 것을 느꼈다.

'왜선들이 어떤지는 잘 모르겠지만 조선 수군의 전법은 대단하구나. 저 노로 후려갈기면 물에 빠진 적병 정도는 한 방에 박살을 내겠고 얇은 배라면 부술 수도 있겠네. 뛰어난 전술이야.'

나뭇더미들은 모두 박살이 나서 잔해만이 떠내려가고 있었다. 수군들의 훈련이 끝났는지, 이번에는 징 소리가 울리며 판옥선들이 뒤로 돌아 천천히 나아갔다. 북소리가 전진이고 징소리가 퇴각이라는 것은 오래된 관습이라 호유화도 알아들을 수 있었다. 호유화는 휴우

하고 한숨을 내쉬었다.

'이순신은 확실히 재능이 있는 사람이다. 저런 전법을 써서 옥포에서 왜선 마흔 척을 부순 거구나. 어디 그럼 가까이 가볼까?'

호유화는 둔갑술을 써서 대장선으로 보이는 배에 훌쩍 올랐다.

그 배는 아까부터 진의 중앙에서 조금 뒤로 들어가 있었고 많은 깃발이 오르내리는 것으로 보아 대장선임이 틀림없었다. 호유화가 모습을 보이지 않게 하여 대장선의 지붕에 오르고 귀를 기울이자 안의 소리가 들려왔다.

"거북배의 속도가 조금 느린 것 같습니다. 돌격선으로 속도가 느리면 쓸모가 적어지지요."

걸직한 목소리의 남자가 말하자 나이가 많은 듯한 목소리의 사람이 대답했다.

"역시 철갑을 씌우는 것은 무리인 듯싶구려. 싸움을 치러보니 왜선에는 화포가 없는 것 같았는데, 그렇다면 굳이 철갑을 씌울 필요는 없을 것 같고. 조총탄이라면 방패나 나무 갑판으로도 충분히 막을 수 있으니까."

한 사람은 너무 정정했고 한 사람은 너무 늙어 둘 다 이순신 같지 않았다. 호유화는 미간을 찌푸렸다. 왜선에 화포가 없다니? 그럼 왜선은 화포를 사용하지 않고 싸웠다는 말인가?

호유화가 엿듣고 있는 것을 알 리 없는 사람들은 계속 이야기를 나누었다. 걸걸한 목소리의 남자가 말했다.

"좌우간 쇠가 부족한 판이오. 조정은 평양까지 쫓겨갔고 더 밀려날 것 같으니, 나라의 창고에서 쇠가 내려오기를 기다릴 수는 없을 듯싶소. 전선을 건조하여도 화포가 없으면 무용지물이 아닙니까? 조방장께서는 그에 대한 대책은 있으십니까?"

늙은 목소리의 남자가 말했다. 그 사람이 조방장인 모양이었다.

"거북배의 철갑을 벗기어 정련하면 화포를 몇 문 더 만들 수 있을 것이고, 돌산도 앞의 쇠사슬을 녹이면 또 여러 문의 화포를 만들 수 있을지 모르오. 화포를 만들 만큼 쇠가 좋을는지는 해봐야 알겠소만."

"아직 쇠사슬을 풀면 안 됩니다. 한 번 승전하였지만, 왜선이 이곳을 습격하면 어쩌려고 하십니까? 적의 배를 움직이지 못하게 해야 하지 않겠습니까?"

호유화는 그제야 깨달을 수 있었다. 타고 돌산도로 건너갔던 쇠사슬 다리는 적선이 가까이 오지 못하게 하는 일종의 방어 도구였던 셈이다. 그러자 영악한 호유화는 왜 쇠사슬이 허공에 솟아올라 있는지도 깨닫게 되었다.

쇠사슬을 물 아래 늘어뜨리면 적선을 확실히 막겠지만 많은 배가 밀어닥치면 쇠사슬이 끊어지거나 깃대가 부서질 것이다. 그러나 쇠사슬을 적절히 공중에 띄워놓으면 돛대만이 걸려 부러져서 그 배는 조종이 불가능한 섬이나 암초같이 되어버릴 것이다. 호유화는 조선군의 판옥선이 돛대를 눕힐 수 있게 되어 있는 것을 보고 그 점을 떠올렸던 것이다. 실로 감탄할 만한 착상이었다.

늙은 남자가 껄껄 웃었다.

"나羅 군관은 지난번 싸움에서 수사의 지휘를 보지 못하셨소? 왜병들은 참패당했으니 이곳까지 오지 못할 것이오. 사방에 깔아놓은 척후들이 미리 보고를 할 것이니……."

"좌우간 조방장, 왜구들의 배가 아니라 정식 왜선들과 싸워보니 어떠하십니까? 판옥선에 개조할 부분이 더 있는지요? 식접 설계하신 것이니 잘 아실 것 아닙니까?"

그 말을 듣고 호유화는 눈을 크게 떴다.

'어, 그러면 저 조방장이란 사람이 판옥선을 발명한 장본인이란 말인가? 이 사람도 보통 사람 같지는 않네.'

지금 대장선에서 이야기를 나누고 있는 늙은 사람이야말로 판옥선의 설계자인 조방장 정걸이었던 것이다. 정걸은 나이가 일흔여덟로 팔십을 바라보는 노구였으나 자못 정정했으며 불굴의 의지로 이순신의 옆에서 직접 전선을 지휘하며 싸움에 임하고 있었다.

조방장 정걸은 판옥선뿐만이 아니라 뛰어난 창의력으로 대총통, 철익전(날개를 붙여 멀리 나가게 만든, 지금의 미사일과 비슷한 포탄), 화전火箭 등의 독창적 무기를 많이 만들기도 했다. 그러나 그에 대답하는 정걸의 말은 더더욱 놀라웠다.

"나야 이제 늙어빠졌으니 무에 새로운 생각을 짜내겠소? 물건을 만드는 일만은 누구에게도 뒤지지 않는다 우쭐했었는데 수사 어른을 만나 뵈니 사람 위에 사람 있다는 것을 알겠더이다. 거북배나 쇠사슬 다리나 그리고 염초를 만드는 방법이나, 세상에 그게 아무나 고안해낼 수 있는 것이던가? 염초 만드는 방법 덕분에 우리들은 화약 걱정을 하지 않게 되지 않았소?"

'어라라? 그럼 거북배나 쇠사슬 다리를 고안한 사람[10]이 이순신이란 말야? 음……. 그리고 염초를 만들어서 화약 걱정을 하지 않는다? 그것도 이순신이……?'

당시의 화약은 흑색 화약으로 유황과 염초, 목탄 가루를 적절히 배합한 것이었다. 그중 목탄은 흔한 것이고 유황은 자연물이지만 가장 얻기 힘들고 까다로운 것이 염초였다. 염초는 질산기의 화합물을 의미하는데 동양에서는 당시 이 염초를 마루 밑 오래 묵은 먼지에서 얻었다. 그러니 당연히 다량을 얻기는 매우 힘들었을 것이다.

반면 서양에서는 염초를 초석에서 얻었는데, 초석이란 아주 오랜 세월 동안 새의 분비물에서 요산이 쌓이고 쌓인, 석탄과 비슷한 물질이었다. 이 초석에서 염초를 얻는 방식은 19세기 말에 들어 공중 질소 고정법이 발견될 때까지 계속 이어졌다. 실제로 1차세계대전 때 전쟁을 치를 각국은 남미 칠레에 무궁무진하게 있는 칠레 초석의 확보를 위해 치열한 정보전과 외교전을 벌인 바 있다.

그런데 이순신은 그보다 훨씬 앞서서 염초의 다량 생산법을 터득한 것이다. 이순신은 복잡한 화학을 알지는 못했지만 마루 밑의 먼지가 생기는 과정에서 착안하여 그 과정을 인공적으로 재현했다. 낙엽과 오래 묵은 나뭇조각 같은 것들을 섞어 솥에 오랫동안 끓임으로써 자연 상태에서 서서히 쌓여가는 과정을 단축시킨 것인데, 이는 실로 획기적인 개가라 할 수 있었다. 그 때문에 이순신은 화포를 주력으로 풍부하게 사용할 수 있었던 것이다. 게다가 쇠사슬 다리도 이순신의 착안으로 만들어진 것이었다.

놀란 마음으로 조금 더 귀를 기울여보니, 아래에서 이야기하는 또 한 사람은 나대용이라는 군관 같았고 이순신은 이 배에는 타고 있지 않은 듯했다.

대장이 훈련을 관장하지 않는 것이 이상했지만 몸이 아픈 이순신으로서는 그럴 수도 있으리라고 호유화는 생각했다.

호유화는 조금 전까지 이순신을 명장감이 못 된다고 봤지만, 수는 적어도 병사들을 이렇게 훈련시키고 또 그렇게 뛰어난 머리를 지니고 있는 사람이라면 기대를 걸 수 있을지도 모른다는 마음이 들었다.

'좋다. 그럼 속는 셈 치고 한 번 더 살펴보사, 정말 명장감인지 어떤지. 까짓 거 아픈 것이라면 낫게 하면 그만 아냐.'

그러다 호유화는 문득 좋은 생각이 떠올라서 자신도 모르게 손뼉을 쳤다. 병을 낫게 하는 데에는 둘째가라면 서러워할 좋은 인물이 있지 않은가?

'그래! 허 주부! 허준! 그 사람에게 이순신의 병을 돌보게 하자. 좋아, 좋아. 정말 묘안이야! 일단 이순신을 한번 살펴보고 은동이도 살펴볼 겸, 허준을 데려와야겠다!'

호유화는 기분이 좋아져서 훌쩍 몸을 날렸다. 그러는 사이 호유화는 경계심이 풀려 손뼉을 치고 발소리를 몇 번 내었다. 그러나 나대용과 정걸이 이상한 소리에 놀라 배 위를 살펴보았을 때에 이미 호유화는 좌수영 내로 날아가고 있었다.

호유화는 좌수영에 들어가 앓아누운 이순신의 용태를 살펴보았다. 이순신은 헛소리를 하고 식은땀을 흘리며 통 잠을 이루지 못하고 끙끙 앓고만 있었다. 이순신의 방 저편에는 책이 한 권 펼쳐져 있었는데 벼루와 먹을 갈아놓고서도 쓰지 못한 것 같았다.

호유화는 이순신이 정신을 잃은 틈을 타서 슬쩍 제목을 보았다. 일기로 보이는 책의 제목은 '난중일기亂中日記'였다. 살펴보니 퍽 꼼꼼하고도 객관적으로 그날그날의 사실들이 씌어 있었는데, 5월 5일부터는 일기가 없었다.

전에 옥포 해전의 승전 장계를 보았기 때문에 호유화는 이순신이 해전 때문에 일기를 쓰지 못했고 그 후에 바로 앓아누워서 일기를 기록하지 못한 것이 틀림없다고 생각했다.[11]

호유화는 이순신의 눈치를 살피면서 이순신의 『난중일기』를 읽어 내려갔다.

옆에는 또 한 권의 흥미로운 책이 보였는데 바로 『증손전수방략增損戰守方略』이라는 병법서였다. 그 병법서는 유성룡이 지어서 이순신에게 보낸 것이었다. 앞부분에 유성룡이 직접 토를 단 부분이 있어서 알았는데, 유성룡은 이순신과 개인적으로 친한 사이인 듯했다. 일기에 의하면 그 책을 이순신이 받은 것이 3월 5일이었는데, 그사이 이순신은 그 책을 여러 번 본 것 같았다.

시간은 흘러 어느새 날이 밝고 있었다. 날이 밝자 밖에서 부하들이 안부를 묻는 소리가 들렸다. 호유화는 재빨리 몸을 숨겼다. 이순신은 잠에서 깨어 힘든 목소리로 부하들에게 조목조목 지시를 내렸고 장계조차 부하들이 밖에서 받아 적는 듯했다.

이순신은 힘이 들었을 텐데도 장계의 내용을 다시 읽게 하여 두 번 세 번 신중하게 고쳐 다시 적게 했다. 그러는 중에도 특히 이순신은 전라우수사 이억기의 연락 여부를 여러 번 물었다. 그러나 이억기에게서는 아직 연락이 오지 않았다는 대답뿐이었다.

그러다가 이순신은 혼수상태에 빠졌고 장계는 완성되지 못해 올리지 못하게 되었다. 이로 인해 부하들과 의원들이 들락날락하였으나 호유화를 알아보지는 못했다. 작게 몸을 줄여 천장에 바싹 붙어 있었기 때문이다.

'이순신의 전략이나 부하를 훈련시킨 방법은 그럴싸하지만 이렇게 병약한 사람이 어찌 큰 공을 세울까? 그보다는 저기 있는 부하가 더 큰 공을 세우는 것은 아닐까?'

호유화는 이순신의 부하 중 한 사람을 눈여겨보았는데 그 사람은 체구는 작으나 사람이 진솔하고 용기가 대단한 것 같았다. 그 사람은 이순신을 진정으로 걱정하는 듯, 여러 번 말없이 눈물을 훔쳤는데 이순신은 앓느라 그것도 모르고 있었다.

그리고 의원이 진맥을 하고 침을 놓았는데 호유화가 가만 보니 그 의원은 헛되이 나이만 먹었지 침 하나 제대로 다룰 줄 모르는 의원 같았다. 호유화가 의술이나 침술에 대해 잘 아는 것은 아니었지만 침을 놓을 부위를 짚는 손놀림 같은 것을 볼 때 아무래도 믿음직스럽지가 못했다.

'선무당이 사람 잡는다고 저런 의원한테 맡겨놓으면 이순신도 회복되기는 어렵겠구나. 제길. 어서 가서 허준이나 불러와야겠다.'

호유화는 답답하여 금방이라도 평양으로 날아가려 했으나 생각해보니 그럴 수 없을 것 같았다. 허준에게 자신은 귀신으로 행세하고 있는데 낮에 불쑥 나타날 수는 없지 않은가.

'에이. 밤이 된 다음에 가야겠구나. 그런데…….'

문제는 또 있었다. 이곳은 좌수영의 내부라 경계가 삼엄했다. 자기 혼자라면 얼마든지 둔갑을 할 수 있으니 드나들기가 어렵지 않지만, 허준을 끌고 이 안까지 들락거리기는 그리 쉽지 않을 것 같았다.

더구나 허준이 그 사실을 안다면 문제가 발생할 것도 같았다. 원래 천기에서는 허준과 이순신이 만나지 못할 것이 분명할 텐데, 자기가 두 사람을 만나게 한다면 나중에 좋지 못한 일이 생길지도 몰랐다. 허준이 『동의보감』을 쓰지 못하게 될지도 몰랐고, 이순신이 해괴한 일을 당했다고 여길지도 몰랐다.

'흐음. 그러면 이거 곤란한걸? 그러면 내가 증상을 보았다가 허준에게 약이라도 지어달라고 해야겠구나.'

매몰찬 호유화가 자기도 모르게 걱정할 정도로 이순신의 증상은 심상치 않았다. 머리가 아프다고 하는가 하면 느닷없이 구토를 일으키기도 하고, 복통 때문에 데굴데굴 구르다가 곽란을 일으킨 듯 수족을 덜덜 떨기도 하였다. 호유화는 그것을 보고 미심쩍은 생각이 들었다.

'어어. 이거 저러다 금방 죽는 거 아냐? 죽으면 왜란 종결자고 뭐

고 없는데……. 안 되겠다. 어서 가서 허준에게 도움을 요청해야겠다. 그냥 놔두면 죽어버릴 거야.'

호유화는 그렇게 결정하고 좌수영에서 나와 평양으로 몸을 날려 달리기 시작했다. 가서 은동의 용태도 살펴보고, 해가 지자마자 허준을 다그쳐서 약 처방이라도 얻어 갈 요량이었다. 그러나 미처 짐작조차 할 수 없었던 일이 호유화를 기다리고 있었다.

평양으로 달려가는 길에 호유화는 문득 이상한 그림자가 자신을 뒤쫓고 있는 것을 느낄 수 있었다. 그림자는 악의를 지닌 것 같지는 않았지만 꽤나 신경이 쓰였다. 호유화는 길을 가던 걸음을 멈추고 빽 소리를 질렀다.

"뭐야? 어서 나와!"

그러자 한 아리따운 여인의 모습이 호유화의 앞으로 나섰다. 호유화는 여인을 보고 미간을 찌푸렸다.

"……용?"

"하일지달이라고 한다네. 네가 호유화지?"

그녀는 수룡 하일지달이었던 것이다. 하일지달의 물음에 호유화는 고개를 끄덕였다. 그러자 하일지달은 천진한 얼굴로 밝게 웃어 보였다.

겐키는 한양에서 고니시의 명을 받고 바로 부산포로 내려갔다. 그 기간이 닷새 걸렸다. 그다음 부산포에서 도공들의 둘레를 수소문한 뒤 도공으로 변장하는 데 걸린 시간이 사흘. 겐키는 이번에 다른 닌자 형제들(다 같은 하토리가의 사촌 형제) 두 명 모두와 동행하고 있었다. 고니시가 맡긴 임무의 중요성이 크다고 판단되어, 만에 하나를 대비하여 형제들 모두와 함께 가기로 한 것이다.

도공들의 숙소를 알아낸 다음에 형제 중의 하나는 그리로 미리 들어가 있자고 하였으나 겐키는 고개를 저었다.

"별로 좋지 않다. 지금 들어가면 취조관들이 도공들의 실력을 판가름하려고 취조를 계속할 것이다. 너, 정말로 도자기를 구울 줄 아느냐?"

겐키는 부산포에서 숨어 지내며 기회를 보다가 왜국으로 수송선단이 건너갈 무렵에 그 배를 몰래 탈 작정이었다. 여차하면 보초병 몇만 줘도 새도 모르게 처치하면 숨어들어가는 것은 쉬운 일이었다.

그사이 겐키는 심심하기도 하고 혹시 도움이 될지도 몰라서 며칠 동안 부산포 부근을 돌아다니며 여러 가지 정보를 수집하였다.

부산포는 왜병들과 잡혀온 포로들이 들끓어 일본화되고 있는 중이었다. 많은 병사들의 가족들이 속속 들어와 조선인들이 살던 집을 차지하여 아예 살림을 차리기 시작하였으며 길거리에도 거의 왜국 사람들만이 돌아다녔다. 혹 조선인들이 보이더라도 대부분은 포로 아니면 왜국식으로 머리를 민 변절자들이었다.

왜군이 점령한 지역에서는 왜국 말을 가르치고 모든 풍습을 왜국식으로 뜯어고치기에 바빴다. 겐키가 알기로 이 전쟁은 조선을 완전히 점령하여 명나라를 칠 교두보로 삼는 것이니 그런 장기적인 준비가 필요할 것 같기는 했다.

한편에서는 커다란 저택들이 지어지고 있었는데 그것은 곧 바다를 건너올 간파쿠님의 저택이라는 소문이 파다하게 돌았다.

"한양도 점령했으니, 곧 간파쿠님이 오셔서 병사들을 직접 지휘하실 것이다. 그러면 곧장 명국으로 치고 올라가는 것이다."

어느 술집에서 대낮부터 술에 취해 있던 장교 한 사람이 떠들어대는 소리를 겐키는 놓치지 않았다. 전쟁 전부터 소위 대영주들은 오지 않고 소영주들만 전쟁을 벌였다는 수군거림이 있는 터여서, 간파쿠인 히데요시가 직접 온다는 것은 상당히 사기를 고무하는 일이었다.

현재 일본 내의 최대의 영주는 도쿠가와 이에야스과 마에다 도시이에 등이었으나 이 영주들은 전쟁에 참여하지 않았고 소영주들만이 전쟁에 참여하여 의아심을 자아내고 있었다. 대영주들은 전쟁에 필요한 군비와 물자를 충당하기는 하였으나 직접적으로 병사를 파견하지는 않았던 것이다.

더구나 삼십만에 달하는 정규군을 동원해 전쟁을 일으킨 당사자인 히데요시가 직접 군대를 지휘하지 않는다는 것은 장병들의 사기를 떨어뜨리는 요인이 되기도 했다. 그러나 히데요시가 온다면 다소 둔화된 진격 속도는 더욱 빨라질 것이다. 겐키의 형제이기도 하며 코가 크고 발이 빨라 덴구天拘라는 별명으로 불리는 형제 한 명은 겐키에게 이렇게 말하기도 했다.

"형님은 이번 전쟁으로 명국이 정벌될 것으로 보십니까?"

"글쎄."

"지금 우리 군은 승승장구하고 있지만, 한양을 점령한 고니시 부대조차 보급로가 길어져서 진격을 늦추고 있다고 합니다. 명국까지 갈 경우에 어떻게 보급이 되겠습니까? 아무래도 무리인 듯합니다."

덴구는 젊어 혈기가 끓었다. 닌자로서는 좋지 못한 습관이다. 겐키는 조금 인상을 써 보였다.

"그렇다면?"

"몇몇 사람들은 간파쿠님께서 천하 통일을 이루었으니, 이제 무장들을 소멸시키기 위해 전쟁을 일으켰다고들 합니다만."

겐키는 웃었다.

"헛소리다."

"네? 하지만……."

"헛소리라고 했다."

덴구는 납득이 가지 않는 듯했다.

"무슨 말씀이십니까?"

"네가 말한 것 같은 소문은 나도 듣고 있다. 우리나라는 수백 년 동안 전쟁만 치러서 무장들이 너무 많지. 그건 사실이다. 이제 통일되었으니 싸우는 것밖에는 할 줄 모르는 무장들은 도리어 위험한 존재가 될지도 모른다. 맞는 말이다. 그러나 간파쿠님이 그들을 소멸시키려고 전쟁을 일으킨 것은 아닐 것이다."

"어째서입니까?"

"상황을 보아라. 지금 간파쿠님에게 반대할 수 있는 대영주는 도쿠가와 공과 마에다 공 정도이다. 그러나 그들은 참전하지 않았고, 그럼에도 불구하고 간파쿠님은 무어라 말하지 않으셨다. 이후의 내란을 막기 위해서 전쟁을 일으킨 것이라면 두 분의 군사들부터 소모시킴이 옳을 것이다. 간파쿠님은 명석하기가 비할 데 없는 분이다. 그 정도 생각이 없으실 것 같으냐?"

겐키는 혈기에 들떠 남의 이야기만 듣는 덴구가 안쓰러워서 길게 이야기했다. 임무에 걸리면 친형제나 부모간이라도 베어야 하는 것이 닌자이다. 그렇지만 그런 임무를 맡지 않은 이상 혈육의 정이 없다고는 할 수 없었다.

덴구는 몸이 날렵하고 발이 빨랐지만 닌자라고 하기에는 마음이 유약한 면이 있어서 늘 안타깝게 여기던 터였다. 보호 본능이라고 해도 좋았다.

좌우간 겐키는 동생을 타이르려 길게 이야기를 한 것이었지만 덴구는 눈치채지 못한 듯 계속 말했다.

"그러나 그것은 다른 이유가 있다고들 합니다. 무리하게 간파쿠님이 출병을 권한다면 모반이 일어날지도 모른다고 여기기 때문에 강권하지 않으셨다는 이야기도……."

겐키는 그만두고 싶어졌다. 덴구는 무엇보다도 닌자이다. 닌자는 그런 일에 너무 관심을 기울여서는 안 된다. 스스로의 소견이 있으면 행동이 거추장스러워지는 것이 닌자였다. 겐키는 짧게 잘라 말했다.

"말도 되지 않는 소리다. 그것은 늑대를 쫓으려고 호랑이를 들이는 것이 아니냐? 간파쿠님은 다른 뜻이 있으실 것이다. 그렇지 않다면…… 간파쿠님은……."

겐키는 말을 끊고 주위를 살핀 다음 말했다.

"……아마도 망령이라도 드신 것일 게다. 그러나 나는 그렇게 믿을 수 없다."

겐키는 그만두자는 뜻으로 이야기한 것인데 덴구는 그치려 하지 않았다.

"그럴지도 모르지요……. 쓰루마쓰 님의 죽음 때문에……."

겐키는 움찔했다. 쓰루마쓰는 히데요시가 낳은 단 하나의 자식이었다. 그러나 세간에서는 히데요시의 자식이 아니라 소실 요도도노가 바람을 피워 낳은 자식일 것이라는 소문이 돌았다. 쓰루마쓰가 태어난 것은 1589년, 히데요시가 52세 때였다. 나이로 볼 때 문제가 있다 하지 않을 수 없다.

더구나 히데요시는 수없이 많은 여자와 동침하였으나 전에 아이를 많이 낳았던 여자도 히데요시에게는 자식을 안겨주지 못했고, 히데요시의 소실로 있다가 다른 곳에 재가한 여자들이 무난히 아이들을 낳기도 했던 것이다. 그래서 세상에서는 쓰루마쓰가 히데요시의 자식이 아니라는 이야기가 돌았다.

그러나 히데요시는 그 아이를 끔찍하게 사랑하며 길렀고 몹시 기뻐하며 그런 소문에는 개의치 않는 듯했다. 그러나 쓰루마쓰는 작년, 그러니까 1591년 9월에 갑자기 죽어버렸다. 히데요시는 그에 슬픔을 이기지 못하고 상투까지 잘랐고 그 이후 갑자기 명나라와 조선에의 출병이 현실화되었던 것이다.

이전에도 히데요시는 '조선을 거쳐 명나라를 얻겠다'고 말해왔지만 정말로 그 계획을 발표할 것이라고는 아무도 예상하지 못했다. 그래서 세간에서는 '히데요시가 자식이 죽어서 미쳤다'는 풍설이 끊임없이 돌았다.

실제로 누구도 이 전쟁이 제정신에서 일어났다고는 믿지 않았다. 수많은 피를 흘리고 통일 전쟁을 치른 것은 전쟁이 없는 평화로운 세상이 오게 하기 위함이었다. 그런데 막상 그것을 얻자마자 다시 피를 흘려야 하는 것은 무엇 때문이란 말인가?

그러나 겐키는 그런 생각을 애써 지워버렸다. 겐키는 고니시를 받들고 있고, 그 충성은 일단 계약이 끝날 때까지는 절대적이라 믿었다. 그리고 고니시는 히데요시를 충심으로 받들고 있었다. 그래서 겐키는 히데요시에 대해 의심을 품는 것을 마음속으로부터 용납하지 않았다.

하지만 그런 입장을 버리고 판단한다면 히데요시의 이번 출병은 아무리 보아도 무리가 아닐 수 없었다. 부질없이 수없는 목숨만을 죽게 만들 뿐. 겐키는 히데요시에게 다른 깊은 계산이 있을 것이라고 생각하려 애썼지만 조금씩 의심이 들었다. 아무래도 간파쿠 히데요시의 근래의 행동은 점점 불안해지고 있었다. 겐키는 고니시의 지령을 생각해내고 다시 한번 몸을 떨었다.

—오다 가문과 아케치 가문의 과거를 캐라. 모든 것은 간파쿠님을 위해서이다. 인간만이 아니라 인간 이외의 존재가 개입되어 있을지도 모른다.

'그런데 고니시 님은 왜 오다 가문과 아케치 가문의 옛일을 캐려 하는 것일까? 혹시…… 고니시 님은 인간 이외의 존재가 간파쿠님의 주변에도 있다고 믿는 것은 아닐까? 그러면 간파쿠님의 모든 행동이 그런 존재의 영향을 받아 그러한 것이라는…….'

겐키는 곧 그 생각을 지웠다. 깊이 생각을 하거나 의심을 해서는 안 되었다. 자신은 닌자니까. 그리고 그 일에 대해서는 덴구와 또 다른 이종형제인 기노시타야미에게도 말하지 않았다.

그렇게 며칠을 보내며 겐키는 왜국에서 수송선이 오기를 기다렸다. 들리는 소문에 의하면 지난번에 옥포 앞바다에서 벌어진 해전에서 전선 마흔 척이 괴멸되어서 이번에 새로 조직된 수송선단이 다시 온다고 했다.

지난번에 가라앉은 배들은 남해안을 지나 서해안으로 거슬러 올라가 고니시 부대에 보급품과 보충병을 운반할 배들이었다. 그러다가 조선 수군에게 발각되어 일망타진되었다는 이야기가 돌았다. 왜국에서는 다시 수송선단을 마련했다.

겐키는 고니시가 은근히 걱정되었다. 지난번 수송선단의 보급을 받지 못했다면 고니시는 지금 장비나 병력, 나아가서는 식량마저 떨어졌을지 몰랐다.

부산포에는 왜국에서부터 수송되어온 쌀이며 군수품이 엄청나게 쌓여 있었지만 그것을 육로로 수송하기는 어려웠다. 조선의 길은 좁고 산길이 많아 짐을 운반하기가 힘이 들었다. 더구나 조선의 전역을 장악할 만큼 병력이 많은 것도 아니었으며 도적들이 나올지도 모르니 호위병을 붙여야 하는데 그렇게 되면 수송하는 거리와 수송하는 병력을 비교할 때 육로 수송은 불가능한 판이었다.[12]

따라서 다량의 짐을 빠르게 운송할 수 있는 해상으로 수송을 해야 했다. 그리고 가토가 진군하고 있는 동해안 쪽은 왜국이 제해권을 장악하고 있었기 때문에 수송이 비교적 원활하였다.

문제는 고니시가 진군하고 있는 서해안 쪽은 남해안을 거쳐 가야 하는데 남해안에서 조선 수군이 격렬하게 저항하고 있다는 것이다. 생존자들의 이야기에 의하면 그 수군은 전선도 몇 척 되지 않지만 화포를 장비하여 상대하기가 어려웠다고 한다. 그리고 지휘자가 싸움에 능란하여 이기기 어렵다는 말도 돌았다.

수송 함대는 며칠 뒤에 도달하였는데 이번은 그냥 수송 함대가 아니었다. 겐키와 덴구, 기노시타야미는 모두 물의 일은 잘 알지 못했으나 언뜻 보기에도 이번의 함대는 대형 전함들로 이루어진 전투 함대임이 분명했다.

특히 한 번도 보지 못했던 거대한 전선이 다섯 척이나 있었는데 사람들은 그 배를 '오구로마루大黑丸'라고 불렀다. 원래 조선의 전선은 왜국의 것보다 훨씬 큰데다가 화포가 실려 있어서 상대하기 어려웠는데, 본국에서 그 말을 듣고 특별히 파견한 배임이 분명했다. 이 배는 길이가 114척(약 35미터)에 폭이 36척(약 11미터)이었고 삼층으로 누각이 있으며 천 명이나 되는 병사들이 탑승할 수 있었다.[13]

"저렇게 큰 전선은 아직 보지 못했는데?"

덴구가 놀란 듯 이야기하자 기노시타야미가 시정에서 들은 이야기를 해주었다.

"이번에는 조선 수군을 반드시 무찌르려고 가메이 고레노리 님과 도쿠이 미치토시 님도 오셨다던데?"

겐키가 놀란 얼굴을 했다.

"가메이 고레노리 님이?"

가메이 고레노리에 대해서는 겐키도 잘 알고 있었다. 가메이 고레노리는 히데요시가 미쓰히데와 싸울 때에도 종군하였고 많은 공을 세웠던 역전의 장수였다. 또한 히데요시의 총애가 지극하여 아무 곳이나 원하는 곳을 영지로 주겠다는 제의를 받기도 했다. 이에 가메이는 류큐(지금의 오키나와)를 점령하여 그곳을 영지로 받겠다는 씩씩한 대답을 하여서 유명해졌다. 전쟁이 나자 히데요시는 수군으로서의 가메이의 능력을 높이 사서 일단 류큐보다 조선을 정벌하라 하고 구로다 나가마사의 부대에 그를 배속하려 했다. 그러나 가메이는 '내 힘만으로 다른 누구보다도 더 큰 전공을 세우고 싶다'고 주장하여 독립 부대로 진격하고자 했다. 그러던 중 수군이 패전하였다는 말을 듣고 가메이는 직접 친위 독립 부대 오천 명을 전용 오구로마루 다섯 척에 나누어 싣고 도착한 것이다. 또한 도쿠이 미치토시도 유명한 장수였다. 당시 왜군에는 11명의 수군 대장이 있었는데 그 이름은 다음과 같았다.

> 구키 요시타카, 도도 다카토라, 와키자카 야스하루, 가토 요시아키, 구루시마 미치후사, 도쿠이 미치토시, 간노 마사카게, 구와야마 시게하루, 구와야마 고덴지, 호리노우치 우지요시, 스기와카 우지무네.

이들은 용맹한 왜구 출신의 대장들이어서 거칠고 용맹스럽기가 이를 데 없다고 일컬어졌다. 다만 구키 요시타카만은 배의 건조에 능한 발명가로 조선 전선에 대항할 수 있는 대형 전함인 오구로마루를 만든 인물이기도 했다.

그러나 경상도의 조선 수군이 박홍과 원균에 의해 맥없이 자멸되어 없어지자 구루시마 미치후사는 히데요시가 조선에 와서 묵게 될 저택(전에 겐키가 보았던 저택)인 고자쇼御座所를 짓게 되었고 세 부대는 육상 부대로 소속이 바뀌었다. 그리고 본국에 주둔중인 세 부대를 빼고 네 부대가 해상 활동을 하였는데 그중 도쿠이 미치토시가 옥포에서의 패배에 이를 갈고 가메이와 함께 나선 것이다.

도쿠이 미치토시는 부하들에게 반드시 전투에서 목숨을 걸고 싸우겠다는 피로 쓴 분군기奮軍記를 만들게 하였다. 이것은 각기 이름을 쓰고 피를 발라 죽음을 무릅쓰고 싸워 이기겠다는 서약을 한 증서이다.

좌우간 이번에 조직된 전투 선단은 가메이의 부대가 5천여 명, 기지마의 부대가 3천여 명이었고 함선은 모두 26척이었다. 그리고 거기에는 거대한 오구로마루가 6척이나 끼어 있었다. 부대의 합계가 8천 명이었으나 이것은 순수 전투원만이니 실제 승무원까지 합하면 부대의 규모는 1만 2천에 달하여 고니시의 부대만큼이나 큰 편제의 부대가 되었다.

가메이와 도쿠이의 용맹함은 겐키도 잘 알고 있었다. 실제로 겐키는 고니시를 따라 히데요시가 모리씨와 싸울 때에 종군한 바가 있었다.

겐키는 덴구와 기노시타야미에게 서둘러 본국으로의 귀환 함선이 있나 알아보게 했다. 자신들의 임무는 따로 있었으니까. 이번에 온 부대가 수송선단이 아니라 전투 부대라면 귀환 함선이 없는 불상사도 있을지 몰랐다. 그러면서 겐키는 혼잣말로 중얼거렸다.

"가메이 님에 도쿠이 님이라……. 조선 수군도 이제 끝났군."

다행히 전투 부대 말고도 조선에서 잡은 도공과 전리품, 약탈물을 운반해가는 수송선은 따로 조직되어 있었다. 그 수송선단이 떠나던 날, 겐키와 덴구, 기노시타야미는 아무도 모르게 숨어들어갈 수 있었다. 그들은 잡혀온 조선인 도공 흉내를 내면서 배가 어서 본국에 닿기만을 손꼽아 기다렸다.

중간계로 가다

"얘야……. 얘야……?"

은동은 누군가 부르는 소리에 정신이 들었다. 누굴까? 그 목소리는 여자의 목소리 같았는데 생전 처음 듣는 음성이었다. 아니, 예전에 저승에서 전심법의 소리를 듣던 것처럼 귀가 아니라 마음속으로 들려오는 목소리인 듯했다.

"눈을 떠보아라. 그리고 일어나려무나."

누가 은동의 눈 주위를 슬쩍 스치고 지나갔다. 그러자 은동은 눈을 번쩍 뜰 수 있었다. 눈을 뜨고 은동은 어 하고 놀라 벌떡 몸을 일으켰다.

'여기가 어디지?'

은동이 있는 곳은 한 번도 와보지 못한, 아니 꿈에서도 보지 못했던 이상한 곳이었다. 오색구름과 따사로운 밝은 빛만이 사방을 가득 메우고 있는 곳. 구름 외에는 아무것도 보이지 않았다.

'내가 죽은 건 아닐까?'

은동은 저승에 가본 일이 있었다. 저승의 모습은 이렇지 않았다. 저승과 흡사한 느낌도 있었으나 저승보다 훨씬 밝고, 따사로운 느낌이 가득한 곳이었다.

은동은 죽지 않았다면 이것이 꿈은 아닐까 하여 눈을 비볐다. 그러나 눈을 비비고 다시 떠보아도 주위는 변하지 않았다. 그리고 분명 아까까지는 아프고 괴로웠던 것 같은데 지금은 몸이 날아갈 것처럼 가뿐했다.

'이거 어떻게 된 거야? 정말 죽은 건 아닐까? 죽어서 극락세계에 온 걸까?'

그러는데 다시 목소리가 들렸다.

"애야. 정신이 드느냐? 그러면 잠시 나와 같이 가자꾸나."

"누구세요?"

은동은 주변에 아무도 보이지 않는 것이 이상하여 크게 말했다. 그러자 누가 뒤에서 은동의 뒷덜미를 톡톡 건드렸다. 은동은 깜짝 놀라서 뒤를 돌아보았다.

그곳에는 키가 작달막하고 구불구불한 지팡이를 짚은 아주 나이 많은 할머니 한 분이 서 있었다. 할머니는 얼마나 나이가 많은지 짐작조차 하기 힘들 정도로 얼굴에 많은 주름이 덮여 있었으나 무섭지는 않았다. 오히려 할머니의 주름진 얼굴은 몹시도 선하며 인자해 보였다. 이상한 것은 할머니의 얼굴은 분명 난생처음 보는데도 어디선가 본 듯 낯이 익은 느낌이 들었다.

"할머니는 누구세요?"

"나? 호호호……. 나를 모르니?"

할머니는 나이답지 않게 수줍어하며 입을 가리고 웃었다. 미리기 파뿌리처럼 새하얗고 주름투성이였지만 젊었을 적에는 미인이었을 것 같았다. 은동이 눈을 둥그렇게 뜨고 할머니를 보자 할머니는 다시 웃었다.

"너는 내가 기억이 나지 않는가 보구나. 나는 너를 잘 안단다. 네가 응애 하고 태어날 적에도 옆에 있었는걸?"

"그런가요?"

은동은 얼떨떨해졌다. 자신이 태어나는 순간을 기억하는 사람이 어디에 있겠는가? 좌우간 이 할머니같이 마음 좋아 보이는 분이 거짓말을 할 것 같지는 않았다. 할머니가 싱긋 웃으며 말했다.

"너는 은호가 맞지? 보통 은동이라고 부르고……."

할머니는 은동의 내력에 대해 줄줄줄 말했다. 은동이 들어보니 조금도 틀림이 없었다.

"그런데 할머니, 여긴 어딘가요? 저는 왜 여기 있지요?"

"너, 이 할미를 따라서 갈 데가 있단다."

"어딘데요?"

"그건 설명하기 힘들구……. 가겠니, 안 가겠니?"

"글쎄요. 그건……."

할머니는 은동이 망설이자 씩 웃으며 말했다.

"너…… 태을 사자라는 저승사자를 알지?"

"네? 아, 네……. 할머니가 그걸 어떻게 아세요?"

할머니는 은동의 말에는 대답하지 않고 다시 말했다.

"흑호라는 호랑이도 알지?"

은동은 너무도 놀랐다. 그래서 대답조차 하지 못하고 있는데 할머니가 말했다.

"호유화라는 구미호도 알구? 그렇지 않니?"

"하…… 할머니는……."

은동은 놀라서 말을 제대로 잇지도 못했다. 부쩍 의심이 들었다. 혹시나 이 할머니가 마수들 중의 하나는 아닐까? 그러나 할머니는 은동의 마음속을 읽기라도 한 것처럼 말했다.

"얘야. 내가 그리도 흉악해 보이니?"

"아…… 아뇨……. 그런 건 아닌데……."

할머니는 인자한 미소를 지우지 않고 말했다.

"나는 너와 같이 가서 너에게 물어볼 것이 있어서 그런단다. 아주 중요한 일이라 그래."

"중요한 일이라뇨?"

할머니는 한숨을 쉬었다.

"여간해서는 너 같은 인간계에 사는 사람을 데려갈 수는 없단다. 그러나 이번은 일이 일인지라 할 수 없어서……. 그리고 너는 아까 이야기한 자들과 인연을 맺어서 저승까지도 왔다 갔다 하지 않았더냐?"

"네……. 그건 그렇지만……."

할머니는 고개를 끄덕이며 말했다.

"지금 너는 그때와 비슷한 처지에 있단다. 꿈을 꾼다고만 생각하면 그만이지만 말이다. 어쨌거나 아무 염려 마라. 너는 세상에서 아직 명이 되지 않은 아이이니 절대 죽거나 위험해지는 일은 없을 것이다."

그러나 은동은 아직도 할머니가 왜 자신에게 같이 가자고 하는지가 궁금했다.

"그런데…… 제가 왜 같이 가야 하는 거죠?"

"아이야, 지금 네가 가지 않으면 일이 매우 어려워질지도 모른단다. 태을과 흑호와 호유화를 구하려면 네 도움이 필요해."

"네? 그들을 구한다구요? 아니, 그분들이 지금 어디에 있는데요?"

"같이 간다고 대답해주면 내 가면서 말해주마. 어떠니? 가겠니, 가지 않겠니?"

솔직히 아무리 인자하게 생겼다고는 해도 처음 보는 정체불명의 할머니를 따라가는 것은 겁이 났다. 더구나 지금은 몸이 둥둥 뜨는 것이, 저승에 갔을 적과 흡사한 상태였다. 이 할머니를 따라갔다가는 그대로 죽는 것이 아닐까 걱정되었다.

하지만 태을 사자와 흑호가 위험하다는데 외면할 수도 없었다. 아직 호유화에 대한 미움은 지워지지 않아서 생각하기도 싫었다. 호유화를 떠올리자 은동은 화가 치밀어 올랐다.

'그렇게 마음이 좁고 제멋대로고 사람을 해치는 요물은 죽든 살든 몰라! 아무리 예쁘고 나한테 잘해준 적이 있다고는 해도……. 으음……. 하지만……'

그러면서도 은동은 정말 호유화가 죽는다면 어쩌나 싶기도 했다. 아무리 미워도 죽기를 바랄 순 없었다. 호유화는 자신에게 여러 가지로 정말 잘 대해주지 않았던가?

은동은 자신도 모르게 가지고 있던 유화궁을 내려다보았다. 지금 은동은 꿈속과 비슷한 세계에 있는 것이니 유화궁은 은동의 옆에 없어야 정상이지만, 유화궁은 호유화의 법력이 깃든 물건이기 때문에 여전히 옆에 있었다. 유화궁을 보자 호유화에 대한 기억이 다시 떠올랐다.

대판 싸우고 덕분에 은동이 죽고 싶은 마음까지 들게 만들었지만 그래도 호유화가 위험하다면…….

'할머니 말이 사실이라면 이대로 놓아둘 수는 없잖아.'

더구나 태을 사자와 흑호는 목숨을 걸고 함께 모험을 한 사이가 아닌가. 겁은 나지만 이럴 때 그들을 외면한다면 나중에라도 그들을 볼 낯이 서지 않으리라.

'나도 죽으면 저승사자가 사계로 데려갈 텐데 그때 태을 사자를, 아니 다른 저승사자들 얼굴을 어떻게 봐…….'

결국 은동은 두려움을 참고 가겠다고 고개를 끄덕였다. 그때까지 참을성 있게 기다리던 할머니는 활짝 웃으며 말했다.

"기특하기도 해라. 할미를 믿어주니 고맙구나. 그래, 그러면 어서 가자."

할머니는 말하더니 지팡이를 살짝 흔들었다. 그러자 은동과 할머니가 서 있는 구름이 커다랗게 저절로 하늘로 떠오르면서 쏜살같이 날아올랐다.

"아이고."

은동은 깜짝 놀라 주저앉아 뭔가 잡으려 했지만 바닥이 느껴지지도 않았고 손에 잡히는 것도 없었다. 구름 위에 서 있는데 몸도 빠지지 않았고, 빠른 속도로 날아가면 느껴지기 마련인 바람도 전혀 느껴지지 않았다.

은동이 놀라 엉거주춤하고 있자 할머니가 웃었다.

"애야. 뭘 놀라니? 설마 하니 이 할미가 너를 다치게야 하겠니?"

은동은 겁을 낸 것이 부끄러워 말꼬리를 돌렸다.

"그런데 할머니, 우린 어디로 가는 거예요?"

할머니가 말했다.

"중간계로 간단다."

"중간계요? 거기가 어디죠?"

"생계와 성계의 중간에 있는 작은 세상이지. 임시로 만들어진 것이지만……."

은동은 우주 팔계에 대한 이야기를 들어보았지만 중간계에 대한 이야기는 처음 들어보았다. 그런데 그 세상이 임시로 만들어진 것이라니? 그리고 태을 사자와 흑호와 호유화가 위험해졌다니……. 은동은 기회를 보아 할머니에게 왜 그들이 위험해지는 것인지 물어보고 싶었으나 그럴 겨를도 없이 할머니가 입을 열었다.

"자, 다 왔다. 내리자꾸나."

은동의 눈앞에는 어느새 나타났는지 모를 커다란 고대광실 기와집이 우뚝 서 있었다. 기와집의 지붕이나 담벼락은 모두 황금이나 상아로 만들어진 듯 찬란한 금빛과 흰빛으로 눈부시게 빛나고 있었다.

"여…… 여기는……."

"자자. 어서 가자. 시간이 없단다."

할머니는 은동에게 설명조차 해주지 않고 급한 걸음으로 은동을 끌고 널찍한 대문 안으로 들어섰다. 은동과 할머니가 대문 안으로 들어서자 수십 명의 번쩍이는 금갑金甲을 입은 장한들이 양편으로 줄을 지어 시립해 있었다. 그들은 아마도 전에 보았던 유진충이나 고영충 같은 신장이었는데 놀랍게도 할머니를 보자 일제히 깊이 고개를 숙여 절을 올렸다. 보기와는 달리 할머니는 지위가 대단히 높은 분인 듯했다.

'어어……. 저 할머니가 누구기에?'

신장들의 몸에서 풍기는 느낌은 유진충, 고영충보다도 훨씬 위에 있는 것 같았다. 그중에서도 오색찬란한 금갑을 입은 신장 한 사람이 앞으로 나와 다시 깊숙이 절하며 말했다. 이 할머니가 누구일까 하던 은동의 궁금증은 그제야 풀렸다.

"삼신님을 뵈옵니다."

'삼신? 아니, 그러면 이 할머니가 삼신할머니?'

조선에서 삼신할머니는 모든 인간의 탄생을 관할하는 신으로 널리 알려져 있다. 갓 태어나는 아기의 엉덩이에 푸른 반점이 있는 것(몽고반점이라고도 한다)도 아기가 무서워서 태어나지 않으려 할 때 '요 녀석, 어서 나가서 부모님께 인사드려라!'라고 삼신할머니가 찰싹 때려서 내보낼 때 생긴 멍 자국이라고 믿어지고 있었다. 그런 이야기는 은동도 얼핏 들은 바 있었으나 그런 정도로만 알고 있던 삼신할머니가 성계에서도 이렇게 높은 지위를 차지하고 있을 줄은 몰랐던 것이다.

은동이 놀라워하자 할머니는 인자하게 웃었다.

"내가 너 태어날 적에 옆에 있었다는 뜻을 이제 알겠느냐? 호호……. 너도 나에게 한 대 맞고서야 나갔단다."

은동은 무어라 해야 좋을지 몰라 우물대다가 간신히 말했다.

"그랬군요……. 그래서 낯이 익었나 보네요……."

그러자 할머니는 다시 웃었다.

"귀여운 녀석 같으니라구. 얘야. 너뿐 아니라 나는 모든 인간들을 내 자식처럼 여기고 있단다. 내 손을 거치지 않고 나간 녀석이 없지 않겠니? 그러니 인간들이 행복하게 오손도손 잘살면 나도 기쁘고 인간들이 다치고 고통받으면 나도 안타깝단다……."

삼신할머니는 말을 끊고 무언가 생각하는 듯하다가 말했다.

"그래서 이번 일에 내가 급히 나선 것이야……. 요즘 조선 땅에서 벌어지는 일이 심상치 않아서 말이지."

그러자 은동은 기운을 내서 말했다.

"맞아요! 정말 그래요! 전쟁을 어서 멈추게 해야 해요, 할머니!"

삼신할머니는 씁쓸한 미소를 지으며 고개를 저었다.

"그것도 천기에 따라 이루어지는 일인데 내가 어찌 함부로 인간들의 일에 관여할 수 있겠니? 다만……."

은동은 삼신할머니가 고개를 젓자 낙담하여 맥이 풀렸다. 그러나 삼신할머니의 다음 이야기를 듣고는 눈이 번쩍 떠졌다.

"태을과 흑호, 호유화의 이야기를 들어보니 그들의 이야기에도 옳은 면이 있더구나. 그래서 너를 급히 데리고 온 것이야."

은동은 태을 사자가 실종되었다는 것도, 흑호가 하일지달을 따라갔다는 것도, 호유화가 없어졌다는 것도 모르고 있었다. 그래서 고개를 갸웃했다.

"할머니, 그러면 할머니가 그 셋을 다 만나보셨어요?"

"그럼 만나보다뿐이냐?"

"언제요? 조선 땅에 자주 오시나 보죠?"

삼신할머니가 웃었다.

"성계에서 인간계의 출생을 관장하는 것만도 바쁜데 내가 언제 생계까지 그 아이들을 찾아다니겠니? 나는 그 애들을 여기서 보았어."

은동은 크게 놀랐다.

"여기서요? 그러면 셋이 모두 여기 있다는 말씀이세요?"

삼신할머니의 다음 말을 듣고 은동은 너무도 놀라 하마터면 그 자리에 주저앉을 뻔했다.

"그래. 천기를 어지럽힌 죄인으로 재판을 받게 되어 있단다. 그래서 네 증언이 반드시 필요한 것이야……."

죄인이라니? 은동은 도무지 이해할 수가 없었다. 태을 사자나 흑호, 호유화 모두 나쁜 일은 하지 않았으며 오히려 사람들에게 이로운 일을 하려고 목숨을 걸고 노력하지 않았던가? 그런데 어째서 그런 취급을 받는 것일까?

은동은 재판이라는 말에 다리가 떨렸지만 용기를 내어 삼신할머니의 뒤를 열심히 따라갔다. 어떻게든 자신이 할 수 있는 일을 해야 할 것 같았다.

조선국의 풍운

한양에 주둔해 있던 고니시는 초조하여 몸 둘 바를 몰랐다. 옥포 해전에서 구루시마 미치후사의 부대가 패전하여 보급품이 오지 않아 불안하기 짝이 없었다.

그때는 이미 한양에 있던 가토 기요마사의 부대가 동해안 쪽을 따라 북진을 시작한 다음이었다. 가토 부대는 한양에 있어봐야 보급이 도착하지 않을 것을 알고는 북상하여 동해안 쪽에서 보급을 받기 위해 먼저 출발한 것이다.

그러나 고니시는 '승전 장군'으로 조선 임금의 어가를 노리고 계속 북상하라는 명령이 떨어졌기 때문에 어찌할 도리가 없었다.

"조선 임금은 지금 평양에 있다 합니다. 그 길목에 별다른 조선 부대는 있지 않는 것 같았습니다."

정탐꾼들은 고니시 부대가 며칠 휴식하는 동안 그러한 첩보를 보내왔다. 고니시는 마음속으로 갈등을 겪었다. 군량의 양이 상당히 불안정했던 탓이었다.

전쟁 전에 히데요시는 '조선국은 군량이 흔한 나라이므로 자체 조달하라'는 명령을 내렸으나 실제 양상은 달랐다.

난리가 4월 말에서 5월 초에 걸쳐 일어났기 때문에 조선의 논들은 일손이 닿지 않아 메마른 탓에 식량을 얻을 수 없는 판이었다. 게다가 왜국에서 지니고 온 식량이 지금은 거의 소모되었으며, 육로를 통해 조금씩 전해오는 양은 도저히 수만 군대의 수요를 채울 정도가 되지 못했다.

오로지 서해안을 통해 보급될 식량만을 믿었는데, 불행히도 조선 수군이 수송선단을 격파함으로써 보급로가 끊기고 말았다. 그런 상황에서 진군을 계속하여야 하는 것인지, 고니시는 차츰 불안해지기 시작했다.

'진군하라면 진군할 수는 있다. 그러나 보급을 받아야 부대가 싸울 것이 아닌가? 굶주린 부대가 승리했다는 말은 한 번도 들어본 적이 없는데…….'

고니시는 부하 몇 명만을 거느리고 한양 거리를 거닐며 혼자 생각에 잠겼다.

전투 행위 이외의 민간에는 피해를 주지 말라던 히데요시의 명령은 제대로 지키지 못하고 있었다. 군량이 모자라니 조선 백성의 것을 징발하는 길밖에는 없었다. 그 행위는 조선 백성을 죽이는 것이나 다름없었다. 농사조차 짓지 못하는 판에 그나마 남아 있는 비축미를 빼앗는 것은 잔혹한 일이었으나, 자신의 부하들이 굶주리는 판이니 어찌할 수 없었다.

그 과정에서 크고 작은 충돌이 끊이지 않았으며, 조선 백성들은 산으로 숨어들어가고, 저항하다가 맞아 죽으면서 그 수가 줄어들고 있었다. 이래서는 조선을 발판으로 삼아 명을 정복한다는 계획은 말

짱 헛일이 될지도 몰랐다.

고니시는 점차 좌절하고 있었다. 다른 무장들도 마찬가지였다. 그렇지 않은 인물은 단순한 가토 기요마사 정도일까? 다른 부대들은 뿔뿔이 흩어져 식량 징발을 위해 사방으로 나갔으며, 이제는 고니시가 나설 차례였다.

'처음의 목적은 이제 무의미하게 되었다. 이런 판에 무엇을 위해 싸운단 말인가?'

고니시는 빈 성이 되어버린 을씨년스러운 한양 거리를 내다보면서 쓸쓸히 중얼거렸다. 이제 한양의 식량 사정은 무에 가까워졌다. 더 찾아보아야 나올 것이 없었다.

굶주림에 시달려 길가를 헤매는 유령과도 같은 조선인 몇 명이 눈에 띄었다. 고니시는 그 모습을 보고는 마음이 쓰라려 눈을 질끈 감았다. 난폭한 가토와는 달리, 고니시에게는 어느 정도의 인정이 있었다.

그가 믿는 천주교 교리에서는 '네 이웃을 사랑하라'고 했다. 그런데…….

'떠나야겠다. 한양에 더 있어봐야 굶어 죽거나 고립되는 길밖에 없다. 이 상태로 싸우기는 힘들지만 평양으로 진군할 수밖에 없다.'

참담한 상념에 젖어 있던 고니시는 눈을 떴다. 갑자기 가녀린 울음소리가 서럽게 들려왔기 때문이었다. 조금 아까 비틀거리며 걸어오던 굶주린 남자가 길가에 쓰러져 있었고, 그 옆에 자그마하고 누추한 어린아이가 통곡하고 있는 것이 아닌가. 순간 고니시의 여린 마음이 움직였다.

"저자들을 데려와라."

왜군은 조선 땅에서 포로로 삼는 것을 군사에 한정하지는 않았다.

남자든 여자든 간에 조금이라도 쓸모가 있다 싶으면 닥치는 대로 잡아들였다.

도공들은 최우선으로 꼽히는 포로였으며, 미색이 반반한 여인들이 그다음이었다. 그리고 다음으로는 학식이 있어 보이는 사람들을 잡아갔다. 왜국은 아직 싸움으로 거칠어진 세상이 안정되지 않아 학식이 있는 자들이 대우받는 상황이었다.

그다음으로는 신체 건강한 장정. 이들은 왜국의 일꾼으로 쓰기 위함이었고 마지막으로는 아이들이었다. 이 아이들은 노예로 팔기 위해서, 혹은 왜군들의 하인으로 부리기 위하여 잡아가는 경우가 많았다.

부관은 고니시가 그들을 단순히 포로로 삼으려는 줄을 알고 즉시 부하를 시켜 그 아이와 쓰러진 남자를 데려오게 했다. 그러나 고니시는 그 뜻이 아니었다.

부하가 가까이 다가가서 보더니 고개를 저었다. 남자는 이미 숨이 끊어졌다는 것이다. 아이는 남자 곁에서 울며 떨어지지 않으려 했으나 부하가 번쩍 들어서 데리고 왔다.

"계집아이입니다. 헤헤……."

부하는 누런 이를 내보이며 흉한 눈매로 웃었다. 아이는 여자아이였으며, 굶주림에 지치고 얼굴도 검댕이 묻어 보기 흉한 몰골이었다. 그러나 눈물로 검댕이 지워진 자국을 보니 피부가 뽀얗고 고운 것이 꽤나 예뻤다.

고니시는 아이를 이렇게 만든 것은 자신이 아닐까 하는 회오가 일었지만 애써 무덤덤하게 말했다.

"계집아이냐?"

"예, 헤헤……. 저는 척 보면 압니다. 자색이 곱습니다."

부하 놈은 시키지도 않았는데, 아이의 얼굴을 닦아 보이며 다시 흉물스럽게 웃었다.

왜국은 조선과는 달리 성 풍습이 문란하여 어린아이를 희롱한다거나 남색男色이 흔히 벌어지고 있었다. 그러니 이놈은 아이가 제법 반반하니 노리개로 삼아도 좋을 것이라는 뜻으로 말하는 것이 분명했다.

고니시도 그 뜻을 알고 있었다. 그러나 독실한 천주교 신자인 고니시는 그런 일을 좋아하지 않았다. 아니, 죄악이라고 생각했다. 울컥 속이 상한 고니시는 부하에게 말했다.

"이제 너는 이 아이를 맡는다. 이 아이는 내 딸이다. 알겠느냐?"

"예……? 예?"

"이 아이는 이제부터 내 딸이라고 했다! 이 아이에게 잘못하는 것은 나에게 잘못하는 것이다!"

고니시는 내뱉듯이 말하고는 고개를 돌렸다. 그것은 충동적인 일이었으며, 전쟁을 치르고 있는 자기 자신에 대한 경멸감의 발로였다. 착잡한 심정으로 고니시는 진중으로 들어와 출발 준비를 갖출 것을 명했다.

'가자. 하는 수 없다. 나는 무장이다. 가는 데까지 가야만 한다. 그것이 나의 운명이다.'

고니시는 준비를 서두르는 부하들이 안쓰러웠다. 애당초 본국에서 출발하였던 그의 정예 부하 1만 8천 명은 1만 3천 정도로 줄어들어 있었다. 군사의 수에는 하인, 짐꾼, 노무자 등은 포함되지 않았다. 그러니 비전투원의 숫자도 그만큼 줄어들었다고 볼 수 있다.[14]

'이미 내 부대에서만 육천 명이 죽고 다쳤다. 그리고 내가 물리친 조선군의 수는 그 세 배가 넘고 조선 백성의 수는 수를 헤아릴 수도

없다. 나는 얼마나 더 죄를 지어야 하는가? 얼마나 더……'

저녁 무렵이 될 때까지 고니시는 괴로운 마음을 가눌 수가 없었다.

그러다가 해가 지자 불안한 마음이 더욱 극심해졌다. 또 그 음산한 목소리가 나타나지 않을까 두려워진 것이다. 전에 겐키의 일을 모방하여 고니시는 자신의 장막 안에 제단을 세우고, 속옷에 은밀히 성모경 등의 기도문을 써넣었지만 별로 효과가 없었다.

후지히데를 죽인 그 끔찍한 사건은 그 후로는 일어나지 않았으나 음울한 목소리는 날만 저물면 나타나 고니시를 괴롭혔다. 어째서 살육을 하지 않느냐는 것이었다. 그 목소리는 더 많은 사람들을 죽이고 죽이고 또 죽이라고 몰아붙였다. 그때마다 안간힘을 다하여 기도를 해 그럭저럭 그 목소리에 버티고는 있었으나, 정말로 끔찍스러운 일이었다.

고니시는 밤이 두려웠다. 그때 기척이 나더니 장막 안으로 부관이 들어왔다.

"따님을 모셔왔습니다. 뵈옵게 하고 싶어서……."

"딸?"

고니시는 의아해했다. 가족은 본국에 남겨두고 왔는데?

그러나 이내 고니시는 낮의 일을 기억해냈다. 장수가 부하에게 하는 말은 모두가 사실이라고 믿는 부관이 충직하게 그 말을 지킨 것임이 분명했다. 그렇기로서니 부하 녀석에게 홧김에 한 말을 부관이 이토록 충직하게 지키리라고는 고니시는 예상하지 못했다.

사실 '가엾은 아이들을 내 딸처럼 생각하고 함부로 다루지 말라'는 의미에서 한 말이었는데, 그것이 조금 왜곡된 것이다. 고니시는 우습기도 하고 한편으로는 기분이 묘했다.

'졸지에 딸이 하나 생기게 되었구나. 우습다. 내 진짜 딸은 대마도주島主 소 요시토시에게 가 있지 않은가? 이렇게 어린 딸이 새로 생기다니, 허허……'

부하들 앞에서 한 말을 번복할 수는 없었다. 고니시는 부관의 얼굴을 보았다. 부관은 웃거나 풀어진 기색이 전혀 없이 엄숙한 표정이었다. 그런 부관에게 이런 뜻이 아니었다고 한다면, 부관은 자신이 잘못했다 여기고 할복할지도 몰랐다.

"데리고 오너라. 보고 싶구나."

고니시는 어이가 없기도 하고 어찌할 수도 없어서 부관에게 말했다. 부관은 곧 낮의 계집아이를 데리고 들어왔다.

아이는 몰라볼 정도로 달라져 있었다. 깨끗이 씻기고 머리도 잘 빗었으며, 어디서 구했는지 고운 옷을 아이에게 입혀 귀여워 보였다. 그러나 아이는 어딘가 무섭고 불안한 듯, 금방이라도 울음을 터뜨릴 것처럼 보였다.

그 모습을 보자 고니시도 마음이 좋아졌다. 조선인이라 하나 딸로 삼지 말라는 법은 없지 않은가?

"가엾은 것. 안심하거라, 안심해."

고니시는 아이를 달랬으나 말이 통하지 않았다. 아이도 울먹이는 표정을 풀지 않았다. 말이 통하지 않자 부관이 조선말을 할 줄 아는 부하를 불러왔다.

"왜 그리 울상을 짓느냐? 이제 아무것도 겁내지 마라."

아이는 망설이는 듯하다가 뭐라고 중얼거렸다. 중얼거리는 소리에 통역하는 부하가 당혹스러운 표정을 지었다. 고니시가 얼굴을 찌푸리며 물었다.

"이 아이가 무어라 하느냐? 그대로 전하라."

"하오나……."

"어서 그대로 전하라. 괜찮다."

통역을 맡은 부하가 우물쭈물하다가 간신히 입을 떼었다.

"이…… 아이는…… 고니시 님을 보고 욕을 하는 것입니다."

"욕? 어째서?"

"왜군이 쳐들어와서 농사를 짓지 못하고 식량을 모두 빼앗겨 온 집안 식구가 굶어 죽었답니다. 그래서……."

고니시는 침울해졌지만 그럴 법도 했다. 전쟁의 고통을 고니시는 본국에 있을 때부터 잘 알고 있었다. 그러나 할 수 없는 일이었다.

"흐음……. 계속하라."

"예?"

"계속하라고 했다!"

고니시의 호통에 통역하는 부하가 묻자 아이는 울음을 터뜨리면서 계속 이야기를 했다. 이 아이는 언년이라고 했는데, 조선에서 농사짓고 사는 낙향한 시골 선비의 딸이었다. 가난할지언정 농사를 지으며 그런대로 평화롭게 살아왔고 또한 집안에서 제대로 교육을 받아서인지 아이는 또랑또랑했다.

그렇게 살아오다가 왜군이 쳐들어와 농사가 쑥밭이 되고 온 집안의 물건과 식량을 빼앗겼다. 그러던 중에 어머니가 굶주림을 이기지 못하고 앓다가 죽고 말았다. 그래서 근 한 달 전부터 아버지와 함께 유랑하는 신세가 되어 한양까지 흘러들어오게 되었다.

언년이의 아버지는 먹을 것이 생기면 자신은 먹지 않고 언년이에게 주었다고 했다. 아버지는 결국 굶주림을 이기지 못하고 한 많은 세상을 떠났다. 언년이를 살리고…….

"……자신은 나쁜 아이라고 합니다. 자기가 아무것도 모르고 배고

픔 때문에 먹을 것을 사양하지 않아서…… 아비를 죽였다고 하는군요. 제발 소원이 있는데 어서 자신도 죽여서 아비 곁에 묻어달라고 합니다."

옆에 있던 언년이는 서러움을 이기지 못해 엉엉 소리 내어 울었다. 통역하던 부하 역시 언년이의 이야기를 듣고 눈물이 글썽글썽해졌다. 전쟁을 치르고는 있지만 왜병들도 인간임은 틀림없었고 본국에는 부모 형제와 아내, 자식이 있는 몸이었다. 고니시도 슬퍼졌지만 부하들 앞이라 애써 참았다.

"낮에 보았던 이 아이 아비의 시체가 있느냐? 잘 묻어주거라. 그리고 그만 물러들 가라."

고니시는 통역을 맡은 부하와 부관을 모두 나가게 했다. 언년이는 계속 서럽게 울었고 고니시는 그런 언년이에게 뭐라 할 말이 없어서 바라보기만 했다. 고니시의 눈에서도 참았던 눈물이 주르르 흘렀다. 언년이는 계속 울다가 고니시에게 가까이 와서 무어라 했다. 그러나 고니시는 알아들을 수가 없었다.

"뭐라고 하느냐?"

고니시가 알아듣지 못하자, 언년이는 울면서 고니시가 찬 칼을 가리키더니 다시 자신의 목을 가리켰다. 어서 죽여달라는 뜻 같았다. 고니시는 고개를 저었다. 그리고 조심스럽게 다독거려주려 했으나 언년이는 자신의 손을 휙 피해버렸다. 언년이는 재빨리 장막 구석으로 피해 잔뜩 웅크리고 부들부들 몸을 떨었다.

고니시는 씁쓸하게 몸을 돌려 묵주를 꺼냈다. 그러고는 장막 안에 차려놓은 제단에 기도를 올리기 시작했다.

'자비로우신 마리아 님, 이 무의미한 전쟁이 빨리 끝나도록 해주소서. 이렇듯 불쌍한 아이가 더이상 나오지 않게 해주소서. 피를 보

지 않고도 살아갈 수 있게 해주소서.'

고니시는 진정으로 감정이 북받쳐 올랐다. 얼마나 기도를 드렸는지 몰랐다. 그러다가 정신을 차려 눈을 떠보니, 언년이는 장막 구석에서 지친 듯 쓰러져 잠이 들어 있었다.

언년이는 고니시가 무슨 짓을 할지 몰라 불안에 떨었으나 고니시는 진심으로 기도만을 올렸다. 언년이는 점차 어린아이 특유의 직감으로 이 왜장이 꼭 나쁜 것 같지만은 않다는 생각을 하게 되었다. 그러다 보니 긴장이 풀려 잠이 들고 말았다.

'가엾은 아이…….'

고니시는 잠든 언년이에게 자신의 겉옷을 덮어주었다. 잠든 언년이의 얼굴은 천사와 같았다. 고니시는 이 아이를 정말 딸로 삼기로 작정했다. 그래야 자신이 지금 벌이고 있는 이 참혹한 전쟁과 피해받은 사람들에게 얼마라도 속죄를 할 수 있을 것 같았다.

고니시는 그렇게 마음을 정하자 흐뭇해졌다. 언년이의 이름을 불러보고 싶었으나 부르기가 힘들었다. 왜국 말은 조선어와 달리 받침이 없었기 때문이다.

'이름을 하나 지어주어야겠구나. 무어라고 할까?'

그때 밖에서 새벽을 알리는 딱딱이 소리가 들려왔다. 고니시는 순간 묘한 점을 깨달았다. 그날 밤에는 기분 나쁜 목소리가 들려오지 않았던 것이다. 거의 매일 하루도 거르지 않고 들리던 목소리였는데…….

'어허, 희한하구나. 이 아이가 있어서 그런 일도 잊고 있었구나. 항상 마음을 가다듬기는 했으나 오늘은 유난히 마음이 맑았고 기도도 지성으로 올렸다. 그래서 그 사탄이 감히 범접하지 못한 것은 아닐까?'

고니시는 기뻤다. 그리고 목소리와 더불어 갑자기 본국으로 파견 보낸 겐키의 일이 떠올랐다.

'겐키는 잘하고 있을까? 오다 가문과 아케치 가문의 일을 캐내려면…… 겐키도 쉽지는 않을 것이다. 그리고 그 목소리의 사탄이 방해를 할지도…….'

이내 고니시는 그런 생각을 애써 지웠다. 공연히 걱정해봐야 좋을 것은 없었다. 모든 잡념을 접고 언년이의 잠든 얼굴로 눈을 돌렸다. 언년이를 안아 올렸다. 언년이는 마냥 쌔근쌔근 자면서 고니시의 품으로 파고들었다. 고니시는 마음이 따뜻해지는 것 같았다.

이 아이 덕분에 오늘 하루는 기분 나쁜 목소리를 듣지 않아서 기분이 좋았다. 고니시는 잠시 생각에 잠겼다.

'이 아이를 오다라고 부르자. 오다 가문은 몰락했지만 한때는 천하를 지배했던 가문이 아닌가? 그렇다고 같은 성을 쓰게 할 수는 없으니 비슷하게 들리도록 글자도 바꾸고 성 대신 이름을 오다로 지어주는 거다. 그리고 세례를 받게 하고 세례명도 지어주리라. 세례명은 뭐가 좋을까. 이 아이를 반드시 지켜주리라. 반드시…….'[15]

고니시는 방금 '오다'라고 이름을 붙인 언년이를 마치 갓난아이처럼 안고 어르면서 세례명은 무엇으로 해야 좋을까 궁리했다. 밤을 꼬박 새웠지만 근래 보기 드물게 기분 좋았다.

날이 밝자 고니시는 오다를 편한 곳으로 옮겨 자기 뒤를 잘 따라오도록 하고 새벽 공기를 마시며 말에 올랐다. 다시 진군하는 것이다. 밤을 지새웠으나 기분은 상쾌하기 이를 데 없었다. 고니시는 문득 이런 생각이 들었다.

'조선국 왕이 항복하지 않는다면 이 전쟁은 계속될 것이고 무수한 생명이 위협받을 것이다. 그렇다고 간파쿠님이 전쟁을 그만두실 리

는 없다. 그러니 어서 조선국 왕을 잡아야만 한다. 그래야 조금이라도 피를 덜 흘릴 수 있다.'

고니시는 부관에게 명해 두 사람을 불렀다.

"야나가와 시게노부와 겐소대사를 불러라."

두 사람이 도착하자 고니시는 명을 내렸다.

"야나가와는 즉시 기마병을 인솔하여 급히 평양으로 나아가라. 그리고 겐소대사는 이전에 조선에 와보셨으니 길 안내를 하고 조언을 해주시오."

겐소가 합장을 하며 말했다.

"무슨 조언이 필요하겠습니까?"

겐소는 하카타 지방의 쇼후쿠지聖福寺의 주지승으로 있던 출가승이었는데, 학식에 밝아 대마도주 소 요시토시의 외교 고문이기도 했다.

당시 일본 불교는 사회 참여적인 면모가 많아 안코쿠지 에케이처럼 직접 군대를 이끌고 종군한 승려들이 많았는데, 겐소 역시 불문에 몸을 담고 있으면서 종군하였다. 그러나 겐소는 고니시의 사위인 대마도주 소 요시토시의 영향을 받아 약간은 반전론자였으며, 야나가와도 소 요시토시의 가로家老(집안 대대로 내려온 가까운 신하)였다. 고니시가 일을 시키기에는 좋은 부하들이었다.

고니시는 야나가와에게 말했다.

"지금까지의 첩보에 따르면 조선 왕은 평양에 있고 주변에는 오합지졸뿐이라 한다. 속히 들이쳐서 조선 왕을 잡거나 항복을 받아내라. 나는 이 전쟁을 질질 끌고 싶지 않다."

그리고 겐소에게 말을 건넸다.

"대사는 이전에 조선에 여러 번 와보셨으니, 신하들 중 현명한 사람을 알 것이외다. 이제 조선은 마지막이오. 더이상 피를 흘리지 않게 항복하라 설득하면 그리될지도 모르오. 그러나 말을 듣지 않으면 속히 전격적으로 움직여서 조선국 왕을 잡으시오. 이 일, 반드시 성사시키기 바라오."

겐소는 깊이 합장을 해 보였다.

"고니시 님의 뜻, 힘써 노력하겠습니다."

옆에 있던 야나가와도 한마디 거들었다.

"조선국 왕을 꼭 잡아 보이겠습니다!"

두 사람은 보병대나 총병대 같은 느린 부대는 놓아두고 날쌘 기병대 수천을 차출하여 평양을 향하여 진격했다.

조선 조정은 또다시 불안에 휩싸이게 되었다. 한양에서 주춤하던 왜군 부대들이 다시 진격을 개시하였다는 소식이 알려진 것이다. 임시로 평양에 행재소가 차려지고 속속 병사들을 모집하고 있기는 했으나, 병사들은 오합지졸이었고 장비도 부족하였다.

특히 5월 28일에 이르러 전라감사 이광이 여기저기서 끌어모은 병력 5만 명으로 한양을 수복한다고 올라오다가 용인에서 와키자카 야스하루가 지휘하는 불과 1천 6백 명의 왜군에게 패배한 사건은 조정에 커다란 충격을 안겨주었다.

"역시 오합지졸로는 아무것도 아니 되오. 무턱대고 저항해보아야 백성들의 목숨만 헛되이 버리는 것이니, 피신하는 것이 옳을 줄로 아뢰오."

조정의 중론은 대개가 다시 몽진하는 것에 일치를 보았다. 특히 이항복과 이덕형, 유성룡과 이원익 등의 총명한 신하들은 왜군의 기세가 주춤해진 것이 보급로가 길어진 때문이라는 것을 눈치채고 있었다. 따라서 한 번 더 멀리 피난을 간다면 왜군들의 진격은 더욱 늦어질 수밖에 없다는 주장을 펼쳤다.

그리하여 또 한차례 어가가 피란을 가는 것이 기정사실화되었으나, 문제는 어디로 피란을 가는 것이 합당하느냐에 귀착되었다. 조정 중신 대부분은 함흥으로 피란할 것을 주장하였다. 그러나 이항복은 그 의견에 정면으로 반대하고 나섰다.

"함흥이 멀고 왜군의 발길이 닿기 어렵다고는 하나 명과 교통할 수 없소. 일단 영변 쪽으로 어가를 뫼시고 하루라도 빨리 명에 사신을 보내어 명군의 참전을 유도하는 것이 타당하오."

당시 이항복은 큰일 없이 어가를 잘 수행한 공로로 개성에 어가가 당도하였을 때 이조참판과 오성부원군에 봉해졌다. 그리고 평양에 도착하였을 때에는 역시 공로를 인정받아 형조판서에 임명되어 있었다. 그간의 여정은 힘들고도 어려운 일이 많았으나 이항복은 특유의 기지와 명석한 판단으로 일을 잘 처리하였고, 그 공로를 고집불통이던 선조도 인정하였던 것이다.

그리고 이덕형 등의 다른 신하들도 그에 동의하니 대세는 그쪽으로 기울어지는 듯하였다. 특히 이항복과 이덕형은 지금의 상황에서는 명군의 참전이 반드시 필요하다고 역설하였다. 그러나 나라 간에 병사를 빌리는 일은 그리 쉽게 결정을 내릴 사안이 아니었다. 특히 선조는 특유의 자존심을 내세워 명군의 청병을 달가워하지 않는 것 같았다. 그 탓에 시간은 자꾸만 지연되었다.

그런 와중에도 허준은 매일 밤잠을 설치며 보냈다. 이상하게 지난번에 귀신이 맡기고 간 아이가 살 회복되다가 느닷없이 의식을 잃은 것이다. 그 아이는 상처가 심하여 살아나기 어려웠으나 탕약의 명수인 이공기의 조력으로 간신히 살려놓는 데에 성공하였다. 그것이 벌써 사나흘 전이었다.

그런데 잘 회복되어 조금만 있으면 의식이 돌아올 줄 믿었던 아이가 갑자기 인사불성의 송장 같은 상태가 되어버린 것이 아닌가.

"어허, 이런 괴이한 일이 있는가?"

허준은 머리를 짜내어 갖은 방법을 써보았지만 아이의 상태는 차도가 없었다. 보다 못한 이공기가 허준을 말릴 정도였다. 아이가 가엾은 것은 이공기도 마찬가지였으나, 이제 의술로는 어찌할 도리가 없었다. 차라리 굿이라도 하면 몰라도 말이다.

"아무리 의술이 뛰어나다 한들 천명은 어쩔 수 없는 법이네. 어째서 그리 고민하는가?"

허준은 고개를 저었다.

"이 아이는 살려야만 하네. 꼭 살려야만 해."

그 귀신은 분명 허준이 이 아이를 살릴 것이고, 장차 『동의보감』을 저술하여 많은 사람을 구하게 될 것이라고 예언했다. 그러나 이 아이를 살리지 못한다면 그 예언은 엉터리가 되는 셈이고, 허준이 일생의 작업으로 생각하고 있던 『동의보감』에 대한 예언도 깨지는 것이 아니겠는가? 그래서 허준은 초조한 것이었다.

침구와 탕약, 하다못해 단방單方까지 사용해보았지만 아이는 깨어나지 않았다.[16]

'어허, 이거 큰일인데……'

허준은 초조해하면서 모든 방법을 동원했다. 그러다 보니 자연스럽게 아주 깊이 진찰을 하게 되면서 아이의 체내에 묘한 기운이 잠재되어 있는 것을 느꼈다. 그 기운은 전부터 희미하게는 느껴왔던 것이었으나 있을 수 없는 일 같아서 무시했던 것이다. 그러나 아이의 상세가 점점 나아감에 따라 기운도 점점 명확해졌다.

'아니, 이럴 리가? 이런 맥은 의서에서도, 어디에서도 들어본 적도 없는데…….'

분명 아이의 맥은 제대로 뛰고 있었다. 그러나 그 맥에는 여운이 있었다. 아이의 맥에 가려져 잘 알 수 없었지만 수십 명의 맥이 동시에 뛰고 있는 듯한 기이한 움직임이 느껴지는 것이었다. 이런 일은 수없는 의서를 섭렵한 허준으로서도 들어본 일조차 없었다.

'이건……. 이 아이의 몸속에는 수십 명의 사람이 들어 있는 것 같구나. 어떻게 이런 기이한 일이 있을 수 있단 말인가?'

허준은 실험을 해보았다. 경혈을 침으로 자극하여 몸을 움직이게 하는 묘한 방법을 침술의 대가인 허준은 알고 있었다. 경혈을 자극하여 아이의 손을 쥐게 만들어보았는데 아이의 힘이 무서울 정도로 강한 것 같았다. 나무토막을 아이의 손에 쥐여주자 그대로 손아귀 안에서 으스러지고 말았다.

'어허! 이 아이는 장정 수십 명의 힘을 지니고 있구나! 이런 놀라울 데가 있는가?'

허준은 무엇인가 석연치 않은 느낌을 떨칠 수가 없었다. 이렇게 힘이 센 아이가 과연 있을 수 있을까? 이 아이의 어머니라고 하며 나타났던 귀신도 예사롭지가 않았다. 그때는 너무 놀라워 그냥 넘어갔지만 생각해볼수록 의심스러운 점이 많았다.

처음에 귀신은 자신에게 포악하게 대했다가 나중에 가서는 너무나도 극진하게 대했다. 귀신이 자신에게 예언을 하려고 했다면 왜 처음에는 난폭했을까? 그 점이 허준의 마음에 걸렸다. 그러다가 이런 생각이 스쳤다.

'이 아이는 정말 사람일까? 아니야, 아니야. 내가 무슨 생각을 하고 있는 것인가? 허나 보통 사람이라고 보기에는 기이한 점이 많다. 혹시 요물이 아닐까? 어허……. 아니야. 가엾은 병자를 놓고 그런 생각을 하다니……. 내가 이상해지는가 보다. 그러나 이 아이는…….'

허준은 갈피를 잡을 수 없었다. 사람이라고 하기에는 아이의 출현이 너무도 기이했고, 아이의 맥박이나 힘이 무척 강했다.

도대체 이 아이는 누구일까? 그리고 왜 자신에게 오게 된 것일까? 자신에게 예언했던 그 귀신의 정체는 과연 무엇인가?

생각하면 할수록 미궁에 빠지는 기분이 들어 허준은 머리가 깨지는 것 같았다.

집안으로 들어가던 은동은 놀란 나머지 입을 딱 벌렸다. 분명 밖에서 볼 때에는 그리 크지 않았는데, 막상 안에 들어가보니 그곳은 집의 내부가 아니었다. 사방에는 점점이 박힌 별들이 빛나고 있었으며 무한히 넓은 것 같은 방안이었다. 밤하늘의 한가운데로 들어온 듯한 기분이었다. 그리고 그 가운데에 팔각형의 바닥이 보였다.

은동은 팔각형의 한 변 부근에 서 있었다. 은동과 같이 온 삼신할머니는 그 변의 바깥쪽 허공에 앉았다. 각 변의 사이는 무척 멀어서 은동은 저편을 보기가 어려웠다. 삼신할머니의 옆쪽 변에는 무엇인지 잘 모르겠지만, 빛을 내뿜고 있는 것이 있었다. 무척 밝은 빛이었기에 그 안에 무엇이 있는지는 볼 수 없었다.

다른 편의 변에는 아무것도 보이지 않았다. 은동은 조금 더 주의를 기울여 다른 쪽 변들을 살펴보았다. 빛을 뿜고 있는 변 너머에는 한 무리의 사람들이 있는 것 같았으며, 아무것도 보이지 않는 변의 너머에는 시커먼 구름같이 것이 뭉쳐져 있는 것이 보였다.

그 구름으로 눈을 돌리자마자 은동의 몸이 부르르 떨려왔다. 그러자 삼신할머니가 얼른 은동의 어깨에 손을 댔다. 따뜻한 기운이 은동의 몸에 퍼지면서 떨림이 멎었다. 삼신할머니가 은동에게 말했다.

"저쪽을 보지 마라. 인간의 눈으로 볼 수 있는 것이 아니란다."

"여…… 여기가 어디지요?"

삼신할머니는 은동의 말에 대답하지 않고 말했다.

"조용히 하거라. 시작할 모양이다."

삼신할머니의 말이 떨어짐과 동시에 은동의 몸이 저절로 옮겨져서 한 무리의 사람들이 있는 곳으로 가게 되었다. 은동이 느끼지도 못할 만큼 순간적인 일이었다. 놀라서 뭐라 말을 하려 했지만 뒤에서 누가 조용히 은동을 제지하며 나섰다.

"애, 조용히 하는게 좋다네."

은동이 놀라 뒤를 돌아보았다. 그러자 화려하고 아리따운 옷을 입은 여자의 얼굴이 눈에 들어왔다. 은동은 그 여자가 누구인지 모르고 있었으나, 그 사람은 하일지달이었다. 하일지달의 옆에는 같은 옷을 입은 일곱 명의 여인들이 있었으며 반대편에는 역시 비슷한 옷을 입은 남자 여덟 명이 있었다. 중앙에는 근엄하게 생긴 도인풍의 남자가 서 있었다.

"여…… 여기가 어디죠? 그리고 누구세요?"

은동이 묻자 하일지달은 살짝 웃으며 말했다.

"나는 하일지달이라고 한다네. 그리고 여기는 중간계에 만들어진 팔계의 임시 회합장이라네."

"팔계요?"

"그렇다네. 우주 팔계."

또다시 은동의 몸이 부르르 떨렸다. 우주 팔계에 대한 이야기는 태을 사자에게서 언뜻 들은 바가 있었다. 신성광생神聖光生 사유환마

死幽幻魔로 이루어진 우주 팔계. 은동은 삼신할머니에게서 여기서 태을 사자와 흑호, 호유화의 재판이 이루어진다고 들은 것을 기억해냈다.

"태을 사자님은 어디 있죠? 또 흑호 님은요?"

은동이 다급하게 묻자 하일지달은 은동에게 속삭였다.

"흑호는 여기 있다네. 생계의 존재니까. 태을 사자는 사계 쪽에 있고, 호유화는 환계 쪽에 있을 거라네."

"흑호 님이 여기 계신다고요? 어디 있나요?"

"저어기."

하일지달은 손가락으로 앞을 가리켰다. 은동이 놀라서 돌아보자 그곳에 조그마한 구슬 하나가 허공에 둥둥 떠 있었다. 자세히 보니 구슬 안에 조그맣게 변한 흑호의 모습이 보이는 게 아닌가? 은동은 놀라서 말을 잇지 못했다.

"어…… 어어……."

하일지달이 슬쩍 뒤를 돌아보았다. 도인처럼 보이는 남자가 여기서는 제일 높은 듯, 하일지달은 그 남자에게 무언가를 요청하는 것 같았다. 하일지달은 은동에게 말했다.

"삼신대모님께서 네 이야기를 들려주셨다네. 아니, 그보다는 흑호와 호유화에게서 주로 들었지만."

"삼신대모님요?"

"삼신할머님 말이라네."

"아……."

은동은 고개를 끄덕였으나 이내 갸웃했다. 그렇다면 하일지달은 흑호나 호유화와 알고 있던 사이였단 말인가? 하일지달이 다시 말했다.

"지금 한창 재판이 진행중이니 조금 있으면 네가 증언을 해야 한다네."

그 말을 듣고 은동은 깜짝 놀랐다.

"증…… 증언요? 지금 재판이 진행중이라구요? 아무 소리도 안 들리는데요?"

하일지달이 미소를 지으며 설명해주었다.

"지금 참석하신 분들은 팔계에서도 손꼽히는 분들이라네. 네가 그 분들의 이야기를 들을 수 있다고 생각해? 너와는 차원이 다른 분들이니 그분들이 원하지 않는 이상 알아들을 수 없을 거라네. 더구나 여기는 재판장이니만치 타심통이나 전심법 같은 것도 전혀 되지 않는다네. 모든 것을 말로 해야만 할 거라네."

하일지달이 입을 다물자 은동은 하일지달에게 물었다.

"도대체 태을 사자님들이 무슨 죄를 지었다는 거죠?"

"천기를 어그러지게 한 죄."

그 말을 듣고 은동은 고개를 갸웃했다.

"무슨 천기를 어그러지게 해요? 나는 어려서 잘 모르지만, 그분들은 천기가 어그러지는 것을 막기 위해 애쓴다고 하던데."

"너는 이해하기 어려울 거라네. 이따가 증언할 때 들어보렴."

은동은 아직도 주변에서 벌어지고 있는 일이 영 실감나지 않았다.

"그런데…… 여기에 우주 팔계의 분들이 다 오신다고요? 모자라는 것 같은데요?"

은동의 예사롭지 않은 눈썰미에 하일지달이 웃었다.

"그곳은 신계의 자리라네. 신계는 하나의 세계가 모두 한 분이며 하나의 의지이지. 그런데 눈으로 볼 수 있을 것 같니?"

은동은 하일지달이 무슨 말을 하는지 이해가 가지 않았지만 계속 물어보았다.

"성계는요?"

"삼신대모님이 오셨잖니? 같이 오고서도 몰라?"

"어, 그럼 삼신할머님이 그렇게 높으신 분이었나요?"

"그렇다네!"

"아아……."

은동은 놀라 고개를 끄덕거렸다. 그러고 나서 궁금한 점을 물었다. 신기해서 물어보지 않고서는 견딜 수가 없었다. 하일지달은 종알거리는 듯한 목소리로 은동에게 자세히 일러주었다.

"광계에서는 비추무나리 님이 오셨다네. 저기 너무 빛나서 눈이 부신 분 말이야. 보이지? 그리고 사계에서는 염라대왕이 직접 오셨고……. 아니, 그쪽은 보지 마. 어둠에 속한 계의 분들은 너 같은 꼬맹이가 볼 수도 없고, 자칫 보게 되면 다칠지도 모른다네. 그리고 유계에서는 무명령無名靈이 왔고, 환계는 성성대룡星星大龍, 마계에서는 흑무유자黑無遺者가 왔다네. 그리고 지금 뒤에 계신 분은 생계의 대표로 오신 증성악신인이시라네."

"그럼 하일…… 하일지달 님은요?"

"나는 증성악신인 밑에 있는 팔선녀 중의 하나라네. 다른 남자들은 팔신장이고……."

"아……."

은동은 들을수록 신기하기만 했다. 그러다가 갑자기 아까 하일지달이 흑호와 호유화에 대해 이야기했던 것이 떠올랐다.

"근데 하일지달 님은 흑호 님과 호유화를 아세요?"

"물론 안다네."

"언제부터 알았나요?"

"내가 그들을 여기 잡아올 때부터."

그 말을 듣고 은동은 지금까지 겪어온 것 중에서 가장 크게 놀랐다.

"하…… 하일지달 님이 잡아왔다구요? 그럼 하일지달 님은 마수인가요?"

하일지달은 고개를 저었다.

"내가 그렇게 안 좋아 보여?"

"아뇨. 하지만…… 흑호 님은 좋은 분인데……."

"좋은 사람이라도 잘못을 범할 수 있다네. 그리고 그건 내 임무였다네."

은동은 하일지달이 꺼림칙했다. 자신은 모르고 있었지만, 흑호나 호유화 등을 잡아온 사람이라면(하일지달은 사람이 아니라 용이었지만, 은동에게는 사람으로 보였다) 아무리 예뻐도 그리 탐탁하게 보이지 않았다.

하일지달이 난처하다는 듯한 미소를 짓더니 말했다.

"나를 미워하지는 말았으면 좋겠다네. 나도 어쩔 수가 없었다네. 그래서 내가 신인께 간청해서 삼신대모님을 먼저 만나고 너를 데리고 오게 이야기한 거라네. 이 정도면 나도 많이 애쓴 건데, 그런 눈으로는 보지 말아줬으면 한다네."

"하일지달 님이 나를 데려오라고 했다구요? 왜죠?"

어조는 퉁명스러웠지만 은동이 다시 말을 꺼내자 하일지달은 기쁜 듯이 대답했다.

"나는 저들이 그리 잘못한 것이 없다고 믿는다네. 저들은 모두 순순히 따라왔다네. 죄가 있으면 그리하기 어렵지. 일단 데리고 오기는 했지만 아무래도 마음에 걸렸다네. 저들이 벌을 받게 되면 데려온

나를 원망할 것이 아니겠어? 그래서 삼신대모님께 이야기했더니 이건 큰일이라고 하시면서 너를 데리러 가신 거라네. 그래서 네가 여기 오게 된 거구. 살아 있는 인간이 여기 온 것은 아마도 우주가 개벽한 이래 네가 처음일 거라네."

은동은 슬슬 겁이 나기 시작했다. 아직 잘 이해가 되지 않는 부분이 많았지만 재판에서 자신의 증언이 중요하다는 사실만은 눈치챌 수 있었다. 우주가 개벽한 이래 인간으로서는 처음으로 회의에 참석한 것이라니 말이다. 그러나 도대체 무슨 이야기를 어떻게 해야 하는지에 대해서는 도저히 감을 잡을 수 없었다. 그런데 하일지달이 천만뜻밖의 이야기를 꺼냈다.

"내가 너를 데려오라고 한 건 또 하나 미안한 게 있어서인데……. 저들은 몹시 바쁜 것 같았는데 말야, 너도 바쁘니?"

"네? 아, 네. 그건 당연하죠. 조선은 지금 전쟁중이에요. 그래서 왜란 종결자도 찾아야 하고, 그래야 이 난리가……."

"음……. 그런데 사실 여기는 생계보다 훨씬 시간이 느리게 간다네. 그러나 난 저들에게 그 사실을 이야기해주지 못했다네."

은동은 하일지달의 말이 잘 이해가 가지 않았다.

"네? 시간이 느리게 간다구요?"

"그래. 너는 여기 온 지 불과 얼마 되지 않았다고 여기겠지만, 사실 아래에서는 벌써 며칠이 흘렀을 거라네. 성계와 생계 사이에 있는 중간계는 시간이 수백 배나 느리게 지나가고, 유계와 생계 사이에 있는 중간계는 시간이 훨씬 빨리 간다네. 그러나 그 이야기를 먼저 했다면 저들은 바빠서 나와 함께 오려 하지도 않았을 거구, 그럼 싸웠을지도 모른다네. 난 명령을 수행해야 하니까……. 하지만 저들이 너무 센 것 같아서 난 솔직히 싸우기가 두려웠다네……."

하일지달은 미안한 듯 말끝을 흐렸다. 은동은 나이도 어린데다가 하일지달의 말이 워낙 길어서 잘 이해할 수 없었으나, 여유를 두고 머릿속을 정리해보았다. 비로소 생계, 즉 조선에서는 시간이 휙휙 지나가고 있다는 것을 이해하게 되었다.

옛말에 신선이 바둑 두는 것을 구경하다 보니 시간이 너무 흘러서 자기도 모르는 새 도끼 자루가 썩어버렸다는 이야기가 있지 않던가. 그런 식으로 시간이 흘러가고 있다는 것이다.

'아이구! 우리가 여기 있는 사이에 시간이 막 지나간다면……. 자칫하다가 우리가 없는 사이에 난리가 더욱 커지면 어떻게 한다지? 왜란 종결자를 찾지도 못하고 그리고……. 아이구……. 왜국이 이겨버린다면!'

은동은 바싹 애가 탔다. 다른 이야기는 뭐가 뭔지 잘 몰랐지만 시간이 마구 흐르고 있다는 이야기만으로도 조바심이 나서 견딜 수가 없었다. 더구나 어떻게 이야기가 진행되고 있는지조차 알 수가 없으니 답답한 심정은 한층 더했다. 그때 느닷없이 천둥 같은 목소리가 느껴졌다.

"네가 이들이 이야기한 은동이냐?"

은동은 얼이 빠져서 대답조차 하지 못하고 있는데 하일지달이 슬쩍 눈짓을 해주었다. 은동이 엉겁결에 대답했다.

"아……. 예, 그렇습니다."

대답을 한 순간, 은동은 자신이 어느 사이엔가 팔각형의 중앙에 서 있다는 것을 깨달았다. 놀라서 정신조차 차릴 수 없었다. 과거 유정 스님이 축지법을 써서 달릴 때에도 정신이 없었지만, 이건 아예 시간이 전혀 걸리지 않고 순간 이동된 것이었다.

어느 틈엔가 은동의 옆에는 태을 사자와 흑호, 호유화가 모두 서 있었다. 은동은 태을 사자를 보자 반가웠지만 태을 사자의 표정은 딱딱하게 굳어 있었다. 그래서 반갑다는 말을 하기가 겸연쩍어 은동은 흑호의 엄청나게 큰 손을 잡고 흔들었다.

"흑호 님! 반가워요. 태을 사자님도요."

"흐음……. 그려. 근데 어떻게 너까지 여기 왔누? 들으니 태을 사자는 팔신장에게 잡혀 왔고, 나하고 호유화는 하일지달을 만나 스스로 왔지만. 너는?"

흑호는 표정이 다소 심각했지만 그래도 험상궂은 얼굴로 히죽 웃었다. 웃는다기보다는 찡그리는 것에 가까워 오히려 무서워 보였다. 하지만 은동은 흑호가 마음 좋은 것을 잘 알고 있었기 때문에 그저 반갑기만 했다. 은동은 삼신할머니, 아니 삼신대모님이 자신을 급히 데리고 왔다고만 말했다. 호유화가 은동을 보고 활짝 웃으며 말을 건넸다.

"근데 은동아, 나한테는 안 물어봐?"

은동은 호유화의 얼굴을 보니 반가웠지만 내색은 하지 않고 흥 하고 코웃음을 치고는 고개를 돌렸다. 그러자 호유화의 표정이 어두워졌다. 둘의 모습을 보고 흑호가 물었다.

"어? 왜 그려? 둘이 싸웠어?"

"몰라요."

흑호는 그간 무슨 일이 있었는지는 몰랐지만, 풀이 꺾인 호유화의 모습을 보니 기분이 고소했다. 흑호는 히죽 웃으면서 은동에게 귓속말을 했다.

"여자들이란 다 그려. 좌우간……."

흑호가 더 말을 하려는데 별안간 태을 사자가 소매를 내저었다.

"쉿."

그러자 흑호가 조금 성질을 냈다.

"왜 그려? 난 할말 못 하고는 못 살어. 그러니까……."

흑호가 말을 이으려는데 다시 천둥 같은 소리가 울렸다.

"이제부터 너희에게 묻겠다. 너희가 무슨 짓을 했는지 아느냐?"

중간계의 재판

태을 사자와 흑호, 호유화와 은동이 시간이 느리게 가는 중간계에서 재판을 받는 사이 생계에서는 이미 하루가 흘렀다. 5월 29일이 된 것이다. 그리고 인간들의 주변에 잘 나타나지 않던 마수들이 서서히 모습을 드러내고 있었다.

"더이상은 기다릴 수가 없다."

5월 29일 새벽, 이순신은 지병의 고통에 몸부림치다가 부하들이 문안을 드리러 오자 말했다. 그때까지 이순신은 이억기의 도착을 기다리고 있던 탓에 마음이 급했다.

'비록 내 몸에 병이 있지만…… 어서 출발해야 하는데……. 이억기는 대체 무엇을 한단 말인가?'

차마 부하들에게 이야기할 수 없었지만 이순신은 불안감에 자신도 모르게 한숨을 내쉬었다. 지금 이순신의 휘하에 있는 전선은 불과 25척. 그가 지휘하는 전라좌도 전체의 전선을 긁어모은 것이었다.

그리고 전라우수사 이억기는 여러 번 기별을 했는데도 무슨 이유에서인지 아직 도착하지 않았다. 이억기가 온다면 50척에 이르는 함대가 생길 터인데…….

더구나 각 포구들이 불안에 떨고 있어 얼마 안 되는 전선도 전부 끌고 갈 수가 없었다. 이순신은 나이와 기술자로서의 쓸모를 생각하여 조방장 정걸로 하여금 흥양에 머물러서 책략에 따라 사변에 대비하도록 하였다.[17]

이순신은 심한 번민에 빠져 있었다. 옥포 해전에서 불과 20척의 전선을 가지고 출전하여 대공을 세우기는 했으나 그것만으로는 불안하였다.

'절대 져서는 아니 된다. 더구나 피해를 입어서도 아니 된다. 원균은 도대체 아군인가 적군인가?'

이순신은 마음을 짓누르는 듯한 중압감과 싸웠다. 솔직히 말하자면 싸움에서 한 번 크게 이겼지만 몸이 몹시 아팠다. 그런데 원균은 싸운답시고 고작 3척의 배만을 이끌고 여기저기 돌아다니다가 적이 출몰한다는 정보만 가지고 와서 사방의 포구들을 불안하게 만들었다.

정보만 준다면야 고마운 일이겠지만 원균은 왜 싸우러 나가지 않느냐고 아픈 이순신을 닦달하고, 불만을 사방에 터뜨리고 다녔다. 그러니 각 포구의 백성들이 불안해할 수밖에 없었다.

지난번 싸움에서 이순신은 지휘할 전선의 수효가 적어서 어선들을 징발하여 후방에 배치했다. 즉 후군처럼 보이게 하는 위계僞計를 사용했으나 이번에는 그럴 엄두조차 내지 못했다. 별로 효과를 거두지도 못했을뿐더러, 어선에 탔던 어부들이 왜군 배의 숫자가 많음을 보고 가서 떠들어댄 탓에 포구들이 한층 불안에 휩싸였던 것이다.

그러한 상황에서 원균은 왜군 배가 나타났으니 싸우러 가자고 성화를 부리며 이제 일은 글렀다느니, 전라도 수군도 끝이라느니 하는 소리만 해대는 판이었으니…….

'무엇을 가지고 싸운단 말인가? 한 번이라도 실수하면 전라도 앞바다마저도 무인지경이 된다. 남해 수군이 궤멸되면 전라도는 물론, 조선 전체가 위험에 빠지는 꼴이 아닌가? 간신히 보급로를 끊어놓았는데…….'

이순신은 신경이 바짝 곤두서는 것을 느꼈다. 그러자 또 뱃속이 꼬이고 곽란기가 일어났다. 이순신이 고통스러워하는 것을 보고 정걸과 나대용, 정운, 방답첨사 이순신이 놀라 수족을 주무르며 간호했다(방답첨사 이순신은 이순신 휘하에 있는 용장이며 이순신과 한글 이름이 같다. 그러므로 본문에서 이 이순신이 언급될 때는 꼭 '방답첨사 이순신'으로 하여 구별하기로 한다). 이들은 평소 엄하고 꼼꼼한 이순신을 모시면서 그의 성격과 체질을 잘 알고 있었다. 녹도만호 정운이 눈물을 글썽이며 말문을 열었다.

"수사 어르신, 몸이 이러고서야 어찌 출진하시렵니까? 우수사 이억기가 올 때까지 기다리소서."

정운은 이순신의 신경성 증상에 대해 익히 경험했던 터였다. 이순신은 머리가 뛰어난 사람이기는 했으나 신경이 예민하여 몸이 쉬이 아팠다. 그러나 이순신은 애써 엷은 미소를 띠며 말했다.

"이미 나는 군령을 내렸다. 나 역시도 군령을 어길 수는 없으이. 그것을 모르는가?"

미소를 지었으나 이순신의 마음은 참담했다.

'한 번 졌으니 왜군도 대비를 단단히 했을 것이다. 지난번 함대는 수송 함대였지만 이번에는 어떨지 모른다. 어선을 뒤에 깔아보아야 잘못하다가는 전멸할 뿐이다. 더구나 아군이 한 번 이기기는 했지만 너무도 서툴고 겁이 많다. 전선 한 대라도 깨지면 걷잡을 수 없이 무너져버릴 것이다. 아아……. 이 일을 어찌한단 말인가?'

이순신의 가장 큰 고민은 거기에 있었다. 사실 조선의 수군은 이순신이 그럭저럭 훈련을 시켰다고는 했지만 여전히 겁이 많았다. 수많은 세월 동안 평화롭게 살면서 훈련을 게을리하는 것이 기본 상식처럼 되어 있었다.

더구나 전선에서 차지하는 인원 중 삼분의 이가 민간에서 징발한 어부들이었고 나머지만이 정규 수군이었다. 그뿐만 아니라 지금 이렇듯 군기를 엄하게 세우는데도 탈주자가 속출하여 이순신은 여러 명의 목을 베어 간신히 군기를 잡았다.[18]

그러나 가족들의 원망을 생각하면……. 그러한 병사들이니만큼 단 한 척이라도 파괴되어 사상자가 많이 나오면 그때는 이 오합지졸의 진형 자체가 허물어져버릴지도 몰랐다. 그것이 이순신의 근심이었다.

결국 피해를 거의 내지 않고서 이겨야 하는데, 그것은 말처럼 쉬운 일이 아니었다. 사상자가 나오는 것은 어찌할 수 없지만, 전선을 잃어서는 안 되었다. 배가 격침되는 일이 있기라도 한다면 군사들이 도망쳐버릴지도 몰랐다. 수군은 바다에서 싸우니만큼 배가 가라앉으면 후퇴도 도망도 할 수 없이 몰살될 뿐이니까. 그러니 배를 한 척도 잃지 않으면서, 난폭하고 목숨을 아끼지 않는 다수의 적과 싸워서 이겨야만 한다는 데에 이순신의 고민이 있었다.

'그러나…… 할 수 없다. 하는 데까지는 해보아야 한다.'

이순신은 스스로를 되돌아보았다. 자신은 무예도 떨어지고[19] 몸도 건강하지 못하며, 신경이 날카로워 자주 발작까지 일으키는 판이었다.[20] 그러니 자신이 할 수 있는 일이라고는 병기를 좀더 개수하고, 군기를 엄정히 다지며, 전략을 철저하게 짜는 것뿐이었다.

이순신 역시 두려움이 이는 것을 어찌할 수가 없었다. 자신의 목숨이 아까워서가 아니었다. 자신의 지휘하에 진퇴를 하여 죽고 살 장졸들이 걱정되고 겁이 날 뿐이었다. 하지만 군령을 내렸으니 나아갈 도리밖에는 없었다.

안 그래도 조정에서는 출격이 늦다는 비난 서린 장계가 여러 번 당도하였다. 그러니 절대 지체할 수 없었다. 몸이 아프다는 핑계를 댄다고 통할 것도 아니거니와, 조정의 장계 내용에서 뭔가 심상치 않은 것을 느낄 수 있었기에 더더욱 지체할 수 없는 노릇이었다.

"부축 좀 해주게."

이순신은 나대용에게 손을 뻗었다. 나대용은 방답첨사 이순신과 함께 이순신을 부축했다. 그리고 녹도만호 정운이 숙직 군졸을 시키지 않고 이순신의 전복을 직접 내왔다. 군졸들이 이순신이 아픈 것을 보면 좋지 않은 소문이 떠돌 것을 우려했기 때문이었다.

"내가 아프단 소리는 절대 하지 말게."

"알겠사옵니다. 그러나 걱정이 되옵니다. 정말로……."

정운과 나대용 등 여기 모여 있는 사람들은 그야말로 이순신의 지혜와 사람됨을 믿는 부하들이어서 이순신의 안위를 심히 염려하는 듯했다. 그러나 이순신은 일단 일어나자 이를 악물고 자세를 가다듬었다.

"괜찮네. 어쨌거나 더이상은 지체할 수 없네. 이억기가 오건 안 오건 출격할 따름이야!"

이름 모를 목소리가 울려 퍼지자 태을 사자가 나서서 대답했다.

은동은 어린아이였고 흑호는 너무 단순했으며, 호유화는 영리하기는 했지만 성격이 괴팍해서 답변 역에는 어울리지 않았다. 그러니 태을사자가 맡아서 주로 대답을 하는 것이 옳았다.

"우리가 무슨 일을 했기에 그러시는 것입니까?"

그러자 누구의 것인지도 모르는 목소리가 울려 퍼졌다.

"천기를 어그러뜨리려 한 일이다."

그 소리에 호유화와 흑호가 울컥 신경질을 내려 했지만 태을 사자가 조용히 대답했다.

"우리는 천기를 어그러뜨리려 한 적이 없습니다. 오히려 천기를 지키려 했을 뿐."

"천기를 어떻게 지킨다는 것이냐?"

"그전에 한 가지만 여쭙겠습니다. 괜찮겠사옵니까?"

목소리는 잠시 잠잠하다가 답했다.

"좋다. 궁금한 것이 있으면 물어라. 그러나 한 가지만이다."

태을 사자가 지체 없이 물었다.

"언뜻 듣기로 여기는 우주 팔계의 대표들이 모두 모여 있다고 했는데, 맞습니까?"

그 목소리도 즉각 답했다.

"그렇다. 팔계의 주재자들은 아니지만 조선과 관련된 팔계의 대표자들이 온 것만은 맞다."

"그렇다면 마계의 대표자도 오셨겠군요?"

"그렇다."

"좋습니다. 그러면 되었습니다."

단호하게 되받은 태을 사자에게 그 목소리가 다시 물었다.

"너희가 어떻게 천기를 지킨다는 생각을 품게 되었고, 어떻게 행동하였는지 소상히 일러보아라."

태을 사자는 도도한 태도로 그간에 있었던 이야기를 모두 읊었다. 인간들의 영혼이 없어진 것부터 시작하여 마수들과 겨루었던 일, 흑호와 은동을 만난 일, 사계로 가서 호유화를 끌어내고 뇌옥에서 신장들을 물리치고 탈출하여 생계에서 이 판관으로 변했던 백면귀마와 홍두오공을 쓰러뜨린 일 등등……. 최후로 왜란 종결자에 대한 이야기와 그를 찾기 위한 노력까지 이야기하자 그 목소리가 다시 울려 퍼졌다.

"되었다. 그다음은 흑호, 이야기하라."

"나 말이우?"

"그렇다."

흑호는 태을 사자에 비하여 훨씬 말재주가 떨어졌다. 흑호가 더듬더듬 태을 사자의 이야기와 비슷하게 자신의 이야기를 진행하려 하자 그 목소리가 가로막았다.

"남의 이야기를 할 것 없다. 네가 행동한 이야기만 하면 되느니라."

그래서 흑호는 그다지 관계도 없는 도 닦던 이야기부터 횡설수설 시작하여 친구였던 도력 있는 금수들의 죽음을 목격한 이야기, 조부 호군과 일족의 죽음, 태을 사자와의 만남과 유정 및 은동과의 만남, 마지막으로 마수들과 겨룬 이야기와 왜란 종결자의 이야기 등을 했다. 이야기가 횡설수설하고 두서가 없어서 흑호에 대해 잘 알고 있는 은동마저도 알아듣기 어려운 이야기였다. 그러나 목소리는 흑호의 이야기를 이해하는 데에 무리가 없는 듯했다.

"좋다. 되었다."

흑호는 힘이 들었는지 휴 하고 주저앉으며 중얼거렸다.

"젠장, 싸우는 것보다 더 힘드네."

목소리가 은동을 불렀다. 은동도 떨리는 목소리로 그간에 겪은 일들을 소상하게, 기억나는 대로 말했다. 거짓말을 할 생각은 들지도 않았다. 그러나 은동은 자신이 은근히 한심스러워졌다.

'삼신할머니는 내가 와서 중요한 일을 한다고 했는데……. 별로 달라질 게 없잖아. 이게 뭐야?'

은동은 증언을 마치는 순간까지도 혹시나 하는 희망을 가지고 있었으나, 불행하게도 목소리는 은동의 말을 듣고도 조금도 감명을 받은 것 같지 않았다.

'아이고, 틀렸나 보다.'

은동이 맥이 풀린 상태로 말을 마치자 목소리가 울렸다.

"다음은 호유화, 네가 말하라."

호명을 받자마자 호유화는 당당한 태도로 걸어 나가 큰 소리로 말했다. 그런데 그때의 태도는 지금까지의 어린아이 같던 태도와 사뭇 달랐고, 느껴지는 기운까지도 범상하지가 않아 은동은 물론이고 태을 사자와 흑호까지도 놀랐다. 이전까지는 그저 심술궂고 괴팍스러운 요물로 알았는데 지금의 호유화에게는 여왕과도 같은 위엄이 온몸에 스며 있었다.

"나에게 묻기 전에 내가 먼저 묻겠소. 지금 여기에 환계의 대표도 와 있소?"

"질문은 하지 말고 대답이나 해라!"

목소리가 호통쳤으나 호유화는 눈 하나 깜빡하지 않았다.

"호통치지 마시오. 가르쳐주면 간단한 일이 아니오?"

목소리가 조금 있다가 대답했다.

"있다."

"누구지요?"

"성성대룡이다."

그 말에 호유화는 건방진 태도로 피식 웃었다.

"성성대룡이라……. 그 도마뱀인 게로구나. 못 보던 사이에 꽤 많이 컸나 보군."

태을 사자와 흑호는 질린 표정이 되었다. 지금 여기가 어느 장소인데 환계의 대표자라는 성성대룡에게 도마뱀이라는 말을 하다니! 그러나 호유화는 전혀 개의치 않는 듯 다시 피식 웃으며 느닷없이 빽 소리를 질렀다.

"소룡小龍! 오랜만인데, 이 누님을 보고 인사도 하지 않느냐!"

그러자 갑자기 목소리가 잦아지더니 중얼거리는 듯한 작은 소리가 들렸다. 작은 소리였지만 수십 명이 동시에 말하는 것처럼 웅웅거리는 소리였다.

"결례를 용서하시오, 누님. 오랜만이구려. 그러나 여기는 공석이오. 제발……."

"호호호……."

호유화는 웃더니 그저 말없이 고개를 끄덕였다. 태을 사자와 흑호, 은동마저도 질려서 아무 말도 꺼내지 못했다. 호유화도 호유화지만, 환계의 대표 자격으로 왔다는 성성대룡이 공석에서 호유화에게 쩔쩔맬 줄은 상상조차 하지 못했던 것이다. 잠시 후 노기 띤 목소리가 울려 퍼졌다.

"호유화! 계속 무례하게 굴면 가만두지 않겠다!"

별안간 호유화가 흰 머리카락을 곤두세웠다. 그 기세가 무시무시하여 태을 사자까지도 무심결에 한 발 물러설 정도였다.

"무례? 지금 무례하게 구는 것이 누구인데!"

그러더니 한쪽 변을 보고 외쳤다.

"성계의 대표로는 누가 오시었소? 나와주시겠소?"

"무엄하다!"

그 말에 호유화는 당당하게 되받았다.

"나를 심판한다고 하면서 얼굴조차 보이지 못하겠다는 거요? 성계분이 오셨다면 그러지는 못할 텐데? 다들 모습을 보이시오!"

그러자 주변이 환해지면서 은동을 데려왔던 삼신할머니가 나타났다. 그리고 그 주위로 다른 대표자들이 모습을 드러냈다. 생계의 증성악신인은 은동이 아까 보았던 도인풍의 남자 모습이었고, 사계의 염라대왕은 커다랗고 무서운 표정의 근엄한 노인이었는데 몸은 없고 사람보다 훨씬 큰 얼굴만 보였다.

이어서 은빛이 번쩍이며 똬리를 틀고 있는 거대한 용이 보였다. 환계의 성성대룡인 듯했다. 광계는 오로지 환한 빛이라고밖에 표현할 수 없는 덩어리가 있었는데 그가 비추무나리인 것 같았다. 그리고 유계에는 검은 옷으로 온통 둘러싸 모습이 전혀 보이지 않는, 다리 없이 허공에 떠 있는 유령 같은 인간과 비슷한 모습이었다. 그가 무명령인 듯싶었다.

다른 쪽에는 검은 구름만이 보였다. 그 속에 있는 것은 아마도 마계의 대표인 흑무유자인 것 같았다. 신계 쪽에는 여전히 아무도 보이지 않았다. 그러나 분명 여기 있다고 하니 은동으로서는 믿지 않을 수 없었다. 은동이 재빨리 한 번 둘러보자 삼신할머니가 여전히 온화한 얼굴로 입을 열었다.

"이 늙은이가 왔소. 유화 낭자, 오랜만에 뵙소."

방금 전까지만 해도 도도하던 호유화가 고개를 끄덕이며 놀랍게도 삼신할머니에게 인사를 해 보였다.

"대모께서 오셨군요. 그런 줄 알았으면 쇤네도 좀더 정중하게 말할 것을……."

유계의 무명령이 흥 하고 비웃으며 끼어들었다. 아까의 천둥소리 같던 음성이 무명령의 소리였다.

"하긴, 환계의 대낭자가 우리 같은 어두운 것들이야 안중에나 있으시려고?"

호유화는 그 말을 못 들은 척, 삼신할머니에게 말했다.

"내가 왜 그만한 대접을 못 받는단 말이오? 삼신대모께서 오셨으니 잘되었소. 대모님."

"말씀하시오."

"다른 것이라면 몰라도 천기에 관한 것이라면 나는 정말 할말이 많습니다. 해도 되겠습니까?

"하시오, 개의치 마시고."

"나는 성계의 시투력주를 얻었고, 그 비밀을 지키기 위해 시투력주의 시대가 올 때까지 스스로 저승의 뇌옥에 있기로 작정한 자입니다. 그것이 쉬운 일은 아니라는 것을 아실 테지요?"

"그렇소, 그렇소. 확실히 쉬운 결심은 아니지요."

"그런데 내가 왜 그리하였겠습니까?"

"천기를 수호하여 새어 나감이 없게 하려 그러신 것이 아니겠소?"

삼신할머니는 여전히 인자한 미소를 잃지 않고 따스한 목소리로 그렇다고 대답했다. 그러자 호유화는 꾸벅 인사를 해 보이고 휙 고개를 돌렸다.

"고맙습니다. 그런데 나를 지금 천기를 어긴 죄인으로 취급한단 말씀이오? 그것이 옳은 일입니까?"

'잘한다!'

거대한 존재들이 나서자 간이 콩알만 해져서 흑호의 뒤에서 보고

만 있던 은동이 속으로 외쳤다. 호유화가 현명하게 처신하는 듯싶었다.

호유화는 천기를 지키려고 스스로 천사백 년을 뇌옥에 들어가 근신하였는데, 그런 호유화에게 천기를 흐트러뜨린 죄를 묻는다는 것은 어린 은동의 소견으로 보아도 말이 되지 않았다. 호유화는 한술 더 뜨고 나왔다.

"내가 왜 여기서 죄인 취급을 받아야 한단 말입니까? 천사백 년 전에도 이와 비슷한 회의가 있었지요. 나는 똑똑히 기억하고 있습니다. 그 회의에서 내 결단을 칭송해주고 나를 환계의 명예 서열에 으뜸으로 올려준 것이 누구요? 바로 지금과 같은 팔계 전체 회의의 결과가 아니었습니까?"

흑호는 그 말을 듣고는 깜짝 놀랐다.

'호유화에게 시투력주와 얽힌 과거의 비사秘事가 있는 줄은 알았지만 호유화가 그 일로 인해 환계의 명예 서열의 으뜸이 되었다니…….
알고 보니 대단한 존재였구먼. 그래서 나를 보고 고양이니 뭐니 했나 보다. 아이구구, 이거 앞으로 꼼짝 못하겠구나.'

그러나 태을 사자는 다른 생각을 했다.

'희망이 있구나! 호유화가 그렇게 막강한 배경이 있었다니! 백면귀마 놈, 시투력주를 차지하기 위하여 호유화를 끌어내려 한 것은 그놈이었지만, 그놈도 이런 사실까지는 몰랐던 게로구나. 오히려 우리에게는 커다란 도움이 될 것 같구나!'

무명령이 외쳤다.

"그건 명예 서열에 불과하다, 호유화! 네게 약간의 재주가 있는 것은 알지만 이토록 오만불손하고도 무사할 성싶으냐!"

"오만불손? 흥! 나에게 그런 혐의를 씌우고도 내가 오만불손하다고 이야기를 할 수 있는 거요? 도대체 나에게 죄가 있다 하여 소환하자한 것이 대체 누구였소?"

무명령이 되받아 소리를 질렀다.

"회의의 결론이다!"

"애당초 협의를 둔 것이 누구냔 말이오?"

그러자 떠들어대던 무명령이 잠잠해졌다. 호유화는 흥 하고 코웃음을 치면서 말했다.

"그렇겠지. 속이 훤히 보여. 아마 마계나 유계의 것들이 그런 거겠지?"

호유화가 성성대룡에게 물었다.

"그런데 너희들은 우리의 행적을 거의 알고 있지, 안 그래?"

엄청나게 큰 덩치의 성성대룡은 호유화에게 꼼짝도 못하고 설설기었다. 아마도 과거에 무슨 기연이 있는 것 같았다.

"그…… 그렇소."

"어떻게 알았지?"

"시…… 시투력주로 알았소."

"시투력주로?"

삼신대모(삼신할머니)가 나와 말했다.

"무명령이 이 회의를 열자고 했네. 자네들이 천기를 누설하고 계간에 걸쳐서 죄를 많이 지었다고 말일세. 호유화 자네 행동 중 천기에 관한 것들은 시투력주에 감응되니까."

"내 행적이? 아니, 아니, 잠깐. 시투력주를 감응된다는 건 또 뭐지요?"

그 물음에 삼신대모의 얼굴에서 처음으로 웃음기가 사라졌다. 삼신대모가 근엄하게 말했다.

"자네가 자네 몸과 동화시켰던 시투력주는 사백 년 후의 것이었네. 그리고 시투력주들은 서로 감응을 하지. 그러니 시투력주를 지니고 있으면, 다른 시투력주들을 통해 그쪽의 일들을 알 수 있다네. 물론 모든 것을 알 수 있는 것은 아니고, 천기누설과 같은 일들만 기록이 되지. 그러니 자네가 행한 일들 중 천기누설에 관한 것은 시투력주에 기록이 되는 게야."

"우주 팔계 어디에 있어도 그런가요?"

"그렇다네."

그 말에 호유화는 이를 악물면서 고개를 끄덕였다. 은동이 언뜻 보니 호유화는 몹시 화가 난 듯, 입술 사이로 평소 보이지 않던 길다란 송곳니가 솟구쳐 나와 흉악해 보였다.

"흠……. 이제 알았어. 천기를 알아보는 힘에다가 그런 기능까지 있어서 마수 놈들이 그토록 이것에 욕심을 냈구먼."

"대왕님! 한말씀 올리겠사옵니다."

곁에서 지켜보던 태을 사자는 자신의 대상관이기도 한 염라대왕을 향해 외쳤다. 머리밖에 없는 염라대왕은 미간을 찌푸렸지만 곧 걸걸한 음성으로 말했다.

"말해라."

"지금 유계와의 전쟁이 벌어졌사옵니까?"

"아직 전쟁은 벌어지지 않았다."

"여전히 수억의 유계 무리들과 대치 상태에 있습니까?"

"그렇다."

입을 다물고 있던 무명령이 악을 썼다.

"그것은 유계와 사계 사이의 일이다! 그리고 이번 일은 그보다 훨씬 더 중요한 일이고!"

돌아가는 상황을 보느라 잠자코 있던 흑호도 용기를 내어 소리쳤다.

"뭐가 중요하단 말이우? 천기를 지키는 것 말이우?"

"그래! 입 닥치지 못하느냐? 버러지 같은 미물아! 여기가 어느 안전이라고!"

무명령이 욕을 하자 흑호는 갈기털을 곤두세우며 벌컥 화를 냈다.

"너희들이 높은 것들이면 높은 것답게 행동하란 말야! 높은 것들이라며 왜 그리 식견이 없어?"

회의는 난장판이 되고 말았다. 보다 못한 삼신대모가 지팡이로 바닥을 탕탕 두드리자 모든 존재들이 입을 다물었다.

"이게 도대체 무슨 꼴인가? 모두들 가만히 있게나! 더 마음대로 떠들면 누구를 막론하고 내가 가만있지 않을 것이네!"

그러더니 삼신대모는 먼저 호유화에게 가서 물었다.

"호유화, 그대가 과거에 훌륭한 결단을 내렸다는 것은 아오. 하지만 이번 일은 문제가 다르오."

호유화는 입을 꼭 다물고 아무 말도 하지 않았다. 삼신대모가 고개를 내저으며 다시 말했다.

"성성대룡, 호유화가 어째서 천기를 거스르는 행동을 한 것인지 밝히시오. 과거부터 상세하게."

성성대룡이 머뭇거리다가 말문을 열었다.

"호유화 누님, 여기가 사석이라면 나는 목숨을 걸고서라도 누님을 돕겠소. 그러나 여기는 공석이오. 나는 사실대로만 증언할 뿐이오. 그리고 제발…… 말을 좀 높여주시오."

애원하듯 말하는 성성대룡을 보며 호유화는 보일 듯 말 듯 고개를 살짝 끄덕였다. 그러자 성성대룡이 말했다.

“호유화는 과거 생계의 시간으로 천사백 년 전, 성계의 대성인 한 분이 도를 이루는 데 많은 도움을 주었습니다. 원래 환계와 성계는 교분이 별로 없습니다만, 그 일은 양계에 대단히 경사스러운 일이었지요. 그래서 호유화는 성계로 초빙되어 성계의 어떤 보물이든 원한다면 선물로 받도록 성계의 은총을 입었습니다.”

태을 사자와 흑호, 은동은 이미 전에 들은 적이 있는 이야기였지만, 이번에는 공신력이 있는 성성대룡의 입에서 나오는 이야기인지라 한층 귀를 기울였다. 성성대룡은 이야기를 계속했다.

“호유화는 우연히 성계 안을 다니다가 일월력실을 보게 된 것입니다. 일월력실은 성계에서 가장 중요한 방으로, 천기를 담은 시투력주들을 보관하는 곳입니다. 호유화는 그 시투력주가 마음에 들어 달라고 했지요. 거기에서 문제가 생겼습니다. 시투력주는 원칙적으로는 성계의 보물이 아니었던 것입니다. 비록 성계에서 만들어지고 관할하는 보물이기는 하지만, 그것은 우주 팔계의 운명과도 밀접한 관련이 있는 물건인지라 성계의 성황께서도 마음대로 할 수 없는 것이었습니다. 다들 아시지요? 성계의 가장 큰 임무는 천기를 만들어내는 것이라는 사실을…….”

그런 사실을 알 리 없는 은동만은 그 대목에서 의아해했다.

‘어……. 그랬나?’

“호유화는 그 점을 오해했습니다. 그때 호유화는 시투력주가 무엇인지도 알지 못했던 것입니다. 다만 그것이 중요한 보물이라 성계에서 주기를 아까워하는 줄 알고 시투력주 하나를 마음대로 가져버린 것입니다. 그러다가 일월력실을 지키는 신장들과 싸움이 벌어졌고, 호유화는 시투력주를 자신의 몸과 동화시켜서 죽어도 내놓지 않겠다고 맹세했습니다. 큰 문제가 발생했지요. 팔계 회의가 소집되었지요. 저는 그때 없었습니다만, 여기 계신 분들 중 몇몇 분들은 참석하신 것으로 압니다."

삼신대모가 한숨을 내쉬었다.

"그래, 맞아요. 심각한 문제였지."

"시투력주가 일월력실 밖으로 나가고, 호유화가 시투력주와 동화되어 미래의 천기를 알 수 있게 된 것입니다. 그 때문에 천기의 흐름이 깨어져 우주 전체에 위기를 맞게 될지도 모르는 일이었습니다. 그러나 호유화는 성계를 도운 자였고, 악의를 가지고 그런 짓을 한 것이 아니니만큼 함부로 처벌할 수도 없었습니다."

은동이 태을 사자에게 소곤거렸다.

"팔계의 회의라면 막강한 권한이 있을 텐데, 그때는 호유화를 해칠 생각을 하지 않았나 보죠?"

태을 사자 역시 목소리를 낮춰 대답했다.

"호유화는 당시 모르고 한 것이니 큰 죄를 지은 것은 아니다. 그런데 공정한 회의에서 어찌 그녀의 목숨을 해치려 하겠느냐?"

"하지만 전체 우주가 위기에 빠진다면……."

"그건 너 같은 불완전한 인간만이 할 수 있는 생각이야. 죄 없는 이를 해치는 것은 순리가 아니며, 순리가 아닌 일로 어찌 우주가 위기에서 구해지랴? 말도 안 되는 소리하지 마라. 조용히 듣기나 해라."

은동은 오히려 태을 사자의 말이 잘 이해되지 않았다. 그렇게 문제가 된다면 호유화 하나 정도 없애도 그만 아닌가? 예전에 호유화가 마을을 아수라장으로 만든 일이 떠올라 미워서 견딜 수 없었다.

'그때 차라리 호유화가 죽어버렸으면 이런 일도 없었을 텐데…….'

누가 뒤에서 은동을 툭툭 쳤다. 흑호였다.

"안 뒤어, 안 뒤어. 너 좋지 못한 생각을 품구 있구나? 너는 착한 아이인데 그래서는 안 뒤어."

그러는 사이에도 성성대룡은 계속 이야기를 엮어나갔다.

"그런데 사정을 알게 된 호유화는 이렇게 말했습니다. '그렇다면 시투력주를 내놓을 수도 있으나 또한 절대로 시투력주를 내놓지 않겠다고 맹세를 해버렸으니 그럴 수 없다'고 말입니다. 생계의 존재들을 제외하고 일단 맹세를 한 것은 어길 수 없다는 사실을 다들 아시지요?"

그 말을 듣고 은동은 생각에 잠겼다.

'과연……. 태을 사자도 그렇고 호유화도 그렇고, 맹세를 하고 그것을 어긴다는 것을 아무도 꿈조차 꾸지 못하는 것 같더니만……. 그런데 생계의 존재는 제외된다는 것인가? 그럼 나도 인간이니 생계의 존재이잖아. 그렇다면 생계의 존재란 그만큼 불완전한 존재인가?'

"그래서 호유화는 스스로 희생하여 타협점을 내놓았습니다. 자신이 삼킨 시투력주의 천기가 이루어질 때까지 아무도 만나지 않으면 되는 것이 아니냐는 말이었습니다. 호유화가 삼킨 시투력주는 생계의 천기에만 얽혀 있는 것이었습니다. 그래서 호유화는 맹세를 지키려고 가장 자유롭지 못하고, 오는 자가 없는 사계의 십팔층 뇌옥의 깊은 곳에 스스로 들어간 것입니다. 천사백 년이나 홀로 지낼 결심을 한다는 것은 쉬운 일이 아닙니다. 그래서 팔계의 존재 모두는 그것을 칭송하고, 호유화를 환계의 명예 서열 1위라는 자리를 줌으로써 그 명예를 기렸습니다. 그러나 그것은 호유화가 기한을 모두 채우고 난 다음에 돌아갈 명예였습니다. 그전에 맹세가 깨어진다면 그런 명예를 받을 수는 없는 것이겠지요. 그런데……."

성성대룡의 음성에 비로소 긴장감이 감돌았다.

"그 맹세가 깨어졌다고 무명령이 이의를 제기한 것입니다. 그것은 무명령, 당신이 말씀하시오."

"그러지요."

무명령은 앞으로 나서면서 음산한 목소리로 말문을 열었다.

"첫째, 호유화는 뇌옥을 스스로 깨치고 나와 생계로 왔습니다. 이것은 과거에 한 맹세를 호유화 스스로 깬 것입니다. 둘째, 호유화는 시투력주의 기운을 자신의 의지로 끌어내 몇 번이나 사용하려 했습니다. 셋째, 호유화는 시투력주의 힘으로 알아낸 미래의 사실들을 생계의 인간들에게까지 발설했습니다! 자, 이것이 과연 과거 천기를 지키려고 스스로 뇌옥에 들어간 자의 행동입니까? 호유화는 천기를 지켜 시투력주의 내용을 누구에게도 누설하지 않겠다는 맹세를 스스로 깨뜨렸습니다! 그런데도 호유화에게 명예를 인정해주어야 합니까? 호유화는 처벌받아야만 합니다!"

무명령이 따지자 호유화의 인상이 일그러졌다. 호유화는 극도로 분노한 것 같았으나 말을 하지 않았다. 그러다가 째랑째랑한 목소리로 소리쳤다.

"나는 천기를 지키려 한 거야! ……아니, 한 거예요!"

"너는 시투력주를 이용하였고, 그 내용을 발설했어!"

호유화는 세차게 고개를 저었다. 한 번도 헝클어지지 않았던 흰 머리칼이 헝클어지며 흩날렸다.

"물론 나는 천기를 담은 시투력주를 품고 있어요. 하지만 그 천기가 어그러지려 한다면 나는 도대체 무엇 때문에 고생을 한 것이지요? 그리고 저 꼬마에게 맹세한 바 있어서 뇌옥을 나가고 시투력주를 사용하려고 했지만 그건 꼭 맹세 때문만이 아니라 명분이 있는 행동이라 여겼어요. 천기가 허물어지는 판에 내가 천기를 잡기 위해 나서지 않으면 누가 나서겠어요!"

"천기를 잡는 방법이, 천기를 읽어내서 남에게 함부로 발설하는 것이란 말이냐?"

"함부로 발설한 적 없어……요!"

무명령도 지지 않았다. 기어코 호유화를 얽으려고 작정한 모양이었다.

"그럼 무엇이냐? 저 꼬마, 그리고 휴정(서산 대사)과 유정이라고 하는 조선의 중놈, 김덕령, 곽재우……. 이런 녀석들에게 말한 것이 발설이 아니냐?"

"그 이상은 말한 바 없어요! 그리고 그들은 천기를 이해하는 인간들이었어요! 보통 사람이 아니었단 말이에요!"

호유화는 머리를 휘저으며 정신을 가다듬었다. 그러자 곁에 있는 은동의 모습이 보였다. 은동을 보는 순간 좋은 생각이 자연스럽게 연상되었다. 바로 『해동감결』이었다! 물론 은동은 아무 일도 하지 않았지만 은동이 아니었다면 잊고 지나갔을지도 모르는 문제였다. 호유화는 새삼 은동을 향해 속으로 중얼거렸다.

'고맙다, 은동아. 네 덕에 살아날 것 같구나!'

호유화는 고개를 획 돌려 무명령을 날카롭게 쏘아보았다.

"좋아요. 자꾸 나에게 죄를 씌우려는데, 그러면 『해동감결』은 어떻게 할 거죠? 그걸 내가 썼나요?"

"그게 뭐냐?"

"예언서요! 조선에서 전해 내려오는 예언서라고 했어요. 거기에는 내가 시투력주를 응용해서도 알아내지 못한 사실들이 잔뜩 씌어 있었어요! 그것이야말로 천기였단 말이에요!"

"그게 천기였다고? 터무니없는 소리!"

그러자 태을 사자가 나섰다.

"그렇지 않습니다. 무명령 님의 말대로 호유화가 서산 대사와 유정, 김덕령, 곽재우 등에게 말한 것이 천기누설의 죄라면 그것보다는 『해동감결』의 존재 문제를 먼저 따져야 할 것입니다. 중요한 것은 그들이 호유화를 만나기 전부터 『해동감결』의 존재에 대해 알고 있었다는 점입니다. 그리고 그들은 그것을 해독할 방법을 찾고 있었습니다. 그러다가 이 아이 은동과 흑호가 얽혀서 그 뜻을 풀이하게 되었던 것입니다. 호유화가 그들을 만났을 때, 그들은 이미 『해동감결』을 해석한 뒤였습니다."

증성악신인이 고개를 끄덕이며 나섰다.

"그건 맞는 말이오."

무명령이 분통을 터뜨리며 소리를 버럭 질렀다.

"헛소리요! 어찌 생계 따위에 그런 것이 나돈단 말이오?"

증성악신인은 차분하게 되받았다.

"생계의 존재들을 무시하지 마시오. 성계나 광계, 우주 팔계의 어느 존재도 생계에서 비롯되지 않은 것이 없소. 천기를 만드는 성계의 존재도 생계에서 비롯되는데, 생계의 존재 중 일찍 깨달음을 얻은 존재들이 천기를 전혀 알 수 없었다고만은 보기 힘들지 않겠소?"

무명령은 말문이 막힌 것 같았다. 그때 삼신대모가 말했다.

"호유화가 한 말이 맞다면, 생계에 천기를 누설한 죄는 아직까지는 없다고 보아야겠소. 어떻소?"

무명령은 기가 꺾인 듯했다. 놈은 뒤를 돌아보았다. 그 뒤에는 흑무유자가 있었는데 그냥 넘어가라고 눈치를 주는 것 같았다.

그 모양새를 보고 성성대룡이 흥 하고 웃었다.

“우주 팔계가 별개의 세계라더니 꼭 그런 것 같지도 않군그래.”

무명령은 들은 체도 하지 않고 말했다.

“저 꼬마는? 저 꼬마에게 호유화는 대천안통의 술법까지 써서 천기를 여러 번 이야기했소!”

삼신대모가 호유화를 감싸는 듯 말했다.

“저 꼬마는 예외로 합시다. 저 꼬마가 그런 막연한 천기를 안들, 무엇을 바꿀 수 있겠소? 더구나 저 꼬마는 증인으로 이 자리에 왔으니 어느 정도 예외는 인정해주어야 할 것이오.”

“흥! 저 꼬마를 그렇게 보아준다면, 태을 사자와 흑호라는 놈들도 그리 보아야 할 것 아니오?”

“태을 사자와 흑호는 심판이 남아 있으니 그다음에 이야기해도 늦지 않을 것이오.”

삼신대모가 계속 받아치자 무명령이 씩씩거리며 말했다.

“좋소. 그러나 호유화가 앞으로 인간들에게 시투력주를 응용한 어떤 이야기라도 하게 되면, 그것은 천기를 어긴 것이오. 중하게 심판받아야 할 것이오! 저 꼬마도 마찬가지!”

호유화는 속이 뜨끔했다. 자신은 왜란 종결자의 정체에 대해 알아냈다. 그러나 그것을 상의조차 할 수 없게 된다는 것 아닌가? 하지만 별수 없는 노릇이었다. 일단 이 위기는 모면해야 하니까 수긍해도 무방할 듯싶었다. 막 수긍하려는 순간, 호유화에게 기가 막힌 묘안이 떠올랐다.

“가만, 단 한 가지는 그럴 수 없어요.”

“그게 무엇인가?”

“왜란 종결자에 대한 것만은 안 됩니다!”

“왜란 종결자? 그게 뭐야?”

"지금 조선에서 일어난 난리를 마무리 짓는 사람 말이에요. 그 사람은 천기에 이미 정해져 있었던 거예요! 그리고 그 사람에 대해서는 내가 누구에게도 아직 발설하지 않았어요. 그에 대해 알아낸 것이 바로 조금 전이었으니까. 그러나 태을 사자는 그게 누구인지 이미 알고 있으니 그 이야기가 나오더라도 내가 천기를 누설한 것은 아니에요!"

"그만!"

무명령이 노기가 치민 듯 외쳤다.

"너는 그러면서 왜란 종결자라는 게 누구인지 말하려는 것 아니냐! 어디서 술수를 부리느냐! 너는 천기를 방금 또 누설한 것이다!"

중간계에서 언쟁이 가열되는 동안, 이순신의 함대는 이미 바다에 떠 있었다. 이미 날짜는 5월 29일. 이순신은 새벽에 출항하여 곧장 나아가 노량에 도달하여 원균을 만나고 있었다. 원균은 몸집이 비대하였는데[21] 덩치에 어울리지 않게 매우 조급하고 성정이 난폭한 사람이었다.

이순신은 원균을 무척 싫어했다. 그것은 고니시가 가토를 싫어하는 것과도 비슷하였다. 원균은 성질이 급한데다가 공명심이 많고 공연히 호언장담을 하는 등 성격이 제멋대로였고 거칠었다. 반면 이순신은 조용하고 차분하며 꼭 해야 할 말 이외에는 하지 않는 사람이었다. 이순신이 원균을 개인적으로 싫어하게 된 것은 원균의 행적 때문이었다. 75척에 달하는 거대한 수군을 거느리고서 그것을 스스로 싸움 한번 없이 가라앉히고 모두 해산시킨 자가 어찌 싸우겠다고 어슬렁거리며 나서는 것일까?

그리고 지난번 해전을 치르고 보니, 원균은 전공을 다소 세우기는 하였으나 그것은 명목뿐이었다. 원균은 3척밖에 안 되는 전선을 몰고 용감하게 적선에 돌진하기도 하였지만 그것은 이순신이 함포로 부순 배에 난입하여 목을 베는 것에 지나지 않았다. 이순신은 그런 것이 딱 질색이었다. 조선군이 살아나는 길은 목숨을 걸고 싸워서 왜군을 하나라도 더 빨리 없애는 방법뿐이었다. 하지만 전공을 세우기 급급하여 목 베기에만 신경을 쓰고 방심한다면 숫자가 적은 조선군은 언제 역습을 받아 혹독하게 당할지 모르는 판이었다. 이순신은 원균에게 그런 말을 하려 했지만 원균은 여전히 헛소리만 하고 있었다.

"목을 베지 않으면 상감께서 어떻게 기뻐하시겠소?"

그 말 한마디가 끝이었다. 게다가 원균은 자신이 잘 싸워서 승리를 거둔 것으로만 착각하고 있었으며, 대다수의 부하들도 그렇게 속고 있었다. 하긴 적선에 난입하여 용감히 돌진하는 모습은 언뜻 보기에도 용맹무쌍한 모습으로 비쳐지리라. 원균은 그 전법을 '당파전술'이라 불렀고 심히 자랑스러워했다.[22]

이순신이 보기에 그것은 자신이 함포로 일껏 궤멸시켜놓은 배에 보기만 그럴듯하게 난입하여, 죽은 송장들의 목을 베어 오는 데 지나지 않았다. 또한 이순신의 함대에는 사상자가 거의 나오지 않은 것에 비해 원균의 함대에서는 전선의 숫자가 적음에도 불구하고 사상자가 상당수 나왔다.

배끼리 충돌할 때는 다치는 자들도 꽤 있었으며 또한 아무리 함포로 부수어놓았다고 해도 부상자나 생존자가 몇은 있게 마련이다. 그러니 적선에 돌입할 때마다 원균 휘하의 장졸들은 다쳐서 더욱 발악하는 상태가 된 왜군들과 부딪히기 일쑤였다. 그래서 사상자가 더 많이 생긴 것이다. 그러나 원균은 왜군의 목 사냥에 급급하여 부하들을 마구 몰아댔으며, 목을 얻기 위해 동분서주했다. 그런 원균의 망측한 행동은 놀라운 반응을 낳았다.

—원균이 용감히 싸운다.

—원균은 몸을 사리지 않는 용장인 모양이다.

오히려 원균의 그러한 행동 때문에 이순신이 싸움을 피하고 겁을 내며 원균 혼자 용감히 싸웠다고 수군거리는 사람들이 많았고, 조정에서도 대부분 그렇게 알고 있었다. 하물며 이순신의 부하들조차 그러했다. 이순신이 짠 조직은 너무도 빈틈이 없어 일반 병졸들은 왜군의 수를 헤아릴 틈도 없이 얼굴이 시커메질 정도로 화포를 쏘아 대고 노를 젓기에만 바빴다. 그러다 보니 전투가 끝났다는 징 소리만을 들을 수 있었고, 자신이 과연 싸움을 한 것인지 무엇인지도 모를 허탈 상태에 빠졌던 것이다.

이순신의 전술에 혀를 내두르는 것은 각 전선을 지휘한 만호, 첨사 정도뿐, 갑판 아래서 명령에 따라 노만 젓고 화포만 쏜 부하들은 맥이 풀릴 정도로 이순신의 전략은 완벽하게 먹혀들었던 것이다.

사람의 욕심이란 끝이 없어서, 이순신의 전략은 이해받지 못하고 이순신이 몸을 사려 자기가 공을 세우지 못했다거나 왜군이 이렇게 약한데 이기는 게 당연하다는 위험한 여론까지 조성되는 판이었다. 왜군이 온다고 덜덜 떨던 일조차 몇몇 부하들은 까맣게 잊은 듯했다. 단지 전투를 몸소 겪은 상급 지휘관들만이 이순신에게 깊이 감복하였다.

지난번의 싸움 때는 이순신도 몹시 긴장하였다. 그러나 그 부대는 수송 부대여서 저항도 거의 없었고 전과도 컸다. 정작 그 와중에 이순신의 함대에는 단 한 명의 경상자가 나오는 것에 그친 반면, 원균은 적선에 무리하게 돌입하려다가 두 명의 중상자를 냈다. 그러면서도 원균은 부하들을 나무라고 욕을 해대며 어서 들어가 목을 베라고 호통만 치고 있었다.

그런 원균에게 이순신은 정나미가 떨어졌다. 이순신에게 가장 중요한 것이 있다면 앞으로 자신과 함께 싸워줄 부하들의 목숨이었다. 그러나 원균은 그것을 생각하지 않고, 공을 세우는 수단으로만 여기어 부하들의 생명을 위험하게 만들고 있었다. 그 때문에 이순신은 원균을 볼 때마다 욕지기가 치미는 듯했다. 그런데 더 기가 막힌 노릇은 자신의 부하들 사이에서도 원균의 인기가 자못 높다는, 얼토당토않은 일이었다.

'이 얼마나 서글픈 일이냐, 인간의 본성이라는 것은…….'

이순신은 옥포 해전을 치르고 난 후 정운, 나대용, 방답첨사 이순신 등과 함께 통음하여 대취한 일이 있었다. 그때 정운이 술에 취해 한 소리가 자꾸 이순신의 귓전에 어른거렸다.

—수사 나으리, 정말 장계에 왜적의 머리를 벤 것이 둘이라고만 쓰실 참입니까?

—그렇네.

—우리는 적선 마흔 척을 격침했습니다! 활에 맞고 불에 타고 물에 빠져 죽은 적의 수는 몇만에 달할 것입니다!

—그렇지만 목을 벤 것은 실제로 둘뿐이지 않은가?

—왜군은 갑주를 입고 있어서 물에 빠지면 모두 가라앉아버립니다. 그런 와중에 어찌 목을 벤단 말입니까? 그 둘은 요행히 우리 배에까지 난입하다 죽었기로 목을 베었지만……. 실제로 죽은 왜놈들은 수만 명일 것입니다. 아무리 적게 잡아도 제 눈으로 본 것만 오천 명은 넘습니다! 그런데 어찌…… 어찌 둘뿐이라고…….

—우리가 목을 벤 것은 둘뿐일세. 그러니 그렇게 쓸 수밖에 없네! 하지만 주상께서도, 조정에서도 알아주실 것일세. 어찌 그 정도도

짐작하지 못하시겠는가? 목을 베는 데 급급하다가는 우리 병사들이 상하네. 일단은 왜놈들을 하나라도 많이 죽이는 것이 급한 일이네. 알겠는가?

이순신은 그렇게 부하들의 불만을 얼버무리고, 장계에도 적을 죽이는 것이 급하며 목을 베는 것은 중하지 않다고 구차할 만큼 기록해두었다. 설마 아무리 그래도 적선 마흔 척을 오갈 데 없는 바다에서 깨부수었는데 타고 있는 왜적이 둘뿐이라 여기겠는가 싶었던 것이다. 적게 잡아 판옥선과 같은 인원이라 하더라도 오천 명 이상이 아닌가? 그러나 이순신으로서도 놀랍게도, 조정에서는 그 이상의 논공행상은 하지 않았다. 이순신은 그 일에 분통이 터졌으나 내색은 하지 않았다.

'이게 무언가? 어찌 그만한 생각들도 하지 않는 것일까? 이러고서 어찌 부하들더러 용감히 싸우라고 한단 말인가? 누구라도 공을 세워 상을 받고 싶어 할 터인데…….'

이순신은 할 수 없이 개인적인 권한이 닿는 선에서 잘 싸웠다고 여겨지는 사람들을 표창해주었다. 그리고 문득 자신이 잘못하여 부하들이 공을 세우지 못하는 것은 아닐까 하는 번민에 빠졌다. 그러나 이순신은 굳게 마음을 먹었다.

'아니다. 언젠가는 알아줄 날이 있을 테지. 설마 조정에서 그만한 것도 모르랴. 일단은 왜적을 죽이는 것이 급선무이다. 목을 베는 것은 중하지 않다, 중하지 않아. 그러다가 행여 패하기라도 한다면 그것으로 모든 것은 끝이다.'

하지만 다른 생각도 들었다. 이순신이라고 어디 공을 세우고 싶지 않을까?

'위기에 빠졌다가 이기는 편이 공을 세우게 할 수 있는 것이 아닐

까? 내가 너무 완벽하게 이겨서 결과가 안 좋은 것은 아닐까? 목 베기를 시켜볼까?'

이순신은 다시 고개를 내저었다.

'아니 된다, 아니 돼. 내 부하들은 고작 몇천, 왜군은 몇십만인지 모른다. 수백 대 일의 싸움이야. 목을 백 급 베더라도 내 부하 한 명을 잃으면 그만큼 손해가 나는 것이다. 그런 유혹에 빠지기에는 사태가 절박하다.'

이순신은 멍하니 저편 하늘을 보았다. 원균의 말로는 적선이 사천 선창에 있다고 했다.

"어서 가자. 사천 방향으로 급히 노를 저어나간다. 돛은 내리고 지포紙布에 싼 화약[23]을 충분히 준비하라."

이순신은 공을 세우고 싶은 유혹을 다시 한번 떨쳐버렸다. 아군의 피해를 줄이기 위해 함포 사격만을 철저히 하도록 명할 뿐 그 이상의 진격이나 적선에의 돌입은 용납하지 않았다.

이순신의 함대는 서서히 사천 방향으로 기수를 돌려 이동하기 시작했다. 그리고 그 뒤에, 비록 인간의 눈으로는 보이지 않았지만 허공에 떠서 이순신 함대의 뒤를 따르는 요기 어린 존재들이 있었다. 마수들이었다.

무명령이 고함을 치자 호유화는 뜨끔했다. 사실 호유화는 전에 태을 사자가 장계를 보고 이순신이 왜란 종결자일지도 모른다고 전언을 남긴 것을 기억해낸 것이다. 그런데 호유화가 태을 사자가 왜란 종결자를 안다고 말하는 것은 태을 사자에게 이순신이 왜란 종결자가 맞는다고 알려주는 것이나 다름없었다.

무명령은 과연 일계의 대표답게 날카로웠다. 그러나 호유화는 억지를 썼다. 그러다 보니 자연 좀 풀어진 본색(?)의 말버릇이 나왔다.

"제길! 난 그런 뜻으로 한 말이 아니라구! 그럼 그렇게라도 이야기 하지 않으면 내가 어떻게 이야기를 한단 말야!"

"호유화! 교묘하게 얼버무리려 하지 마라!"

호유화는 이를 악물며 소리쳤다.

"내가 지금 왜란 종결자가 누구라고 말했어, 안 했어?"

"그러지는…… 않았다."

"그런데 태을 사자가 어찌 안단 말야? 그가 이미 알고 있지 않다면 내가 그런 소리를 해보았자 무슨 상관이겠어?"

"그러나 확인시켜준 셈이 아니냐? 그것도 누설한 것이 아니고 무엇이냐?"

"확인? 흠, 그러면 내가 무슨 말을 해야겠어? 나는 죄를 뒤집어쓰기는 싫다구! 남이 알아낸 것을 내 책임으로 돌리지 말라고 했을 뿐이야! 흥! 추측도 천기누설인가? 스스로 생각하여 행동하는 것이 천기누설이면 세상에 천기누설 아닌 건 하나도 없겠네!"

이야기가 끝이 없을 것 같자 드디어 흑무유자가 음산한 목소리로 끼어들었다.

"좋다. 지금 것은…… 묵인하겠다. 추측은…… 천기누설이…… 아니다. 그러나…… 호유화는…… 두 번 다시…… 그 이야기를…… 입 밖에 내지 마라."

호유화는 진땀을 흘리던 판에 흑무유자가 그렇게 나오자 속으로 쾌재를 불렀다. 왜란 종결자가 누구인지 알아내는 것이야말로 난리를 근원적으로 막는 큰일이라 할 수 있었다. 어떻든지 간에 태을 사자에게 그 사실을 확인시켜준 셈이 아닌가?

"좋소!"

"그러나……."
용의주도한 흑무유자는 단서를 붙였다.
"태을 사자…… 너도 말해서는…… 안 된다."
태을 사자는 머리가 잘 돌아가고 치밀한 사고를 하는 자여서 호유화의 말뜻을 금방 깨달았다. 그래서 왜란 종결자가 이순신을 가리키는 것이라는 사실을 눈치채고 들떠 있던 참이었다. 그러니 태을 사자가 흑무유자의 말을 순순히 넘길 리 없었다.
"그것은 아까 호유화가 말했듯 제 추측이었습니다. 그리고 왜란 종결자에 대한 말은 『해동감결』이라는 책에서 비롯되었고, 저는 천기누설을 한 것이 아니라 오히려 생계의 인간들에게서 그 이야기를 들었습니다. 그런데 뭐가 문제가 됩니까?"
태을 사자는 당당하게 이야기했다. 그러자 흑무유자가 말했다.
"네가…… 추측한…… 것은 맞는다 치자. 그러나…… 일단…… 판결이 끝날 때……까지는…… 절대…… 말할 수 없다. 그러면 호유화가…… 누설을 한 셈이…… 되니까."
"제가 말하는데 어찌 호유화가 누설한 것이 됩니까?"
"호유화가…… 인정하였기에…… 너도…… 확신한 것…… 아니냐? 네가…… 말하는 것은…… 중요치 않다. 호유화가 누설을…… 하는 것이…… 중요할 뿐……."
태을 사자는 짐짓 고개를 끄덕였다.
"좋습니다!"
어차피 이 자리에서 떠나면 그만이다, 라는 것이 태을 사자의 생각이었다. 그런데 놈들의 속셈은 따로 있었다. 태을 사자가 동의하자 무명령이 다시 나섰다.
"그리고 저, 사계의 태을 사자로 말하자면, 호유화를 끌어낸 장본인입니다. 천기를 지켜야 하는 호유화를 꼬드겼으며 동료들인 저승사자들을 몇이나 공격하여 법력을 빼어갔다면서요? 그것은 사계 안의 일이니 여기서 개의할 바는 아닙니다. 그러나 저자는 신장들도 공격하기를 서슴지 않았고, 이 판관이라는 상관을 살해하였다고 하는데 맞습니까?"

그 말을 듣자 염라대왕의 안색이 참담하게 일그러졌다. 사계와 유계는 지금 전쟁 직전의 상황이다. 그런데 유계의 존재가 치부라 할 수 있는 이야기를 입에 담고 빈정거리니 참기 어려웠다. 그러나 염라대왕은 인간들을 심판하는 위치이니만치 사려가 상당히 깊었다. 그는 꾹 참고 아무 말도 하지 않았다.

무명령은 한술 더 떠 흑호와 은동을 가리켰다.

"저것들은 생계의 존재들이니 특별히 뭐라 하지 않겠습니다. 그러나 너무 깊숙이 들어왔고 너무 많이 압니다. 다들 두렵지 않으십니까? 이것만 기억해주시오. 저들이 누구 때문에 그렇듯 많은 것을 알게 되었는지 말입니다."

호유화가 외쳤다.

"흥! 그것만이 죄인가? 마계의 존재는 들으세요. 그러면 각 계 간의 일이 유별한데 마계에서는 어찌 마수들을 세상에 내려보내어 인간 세상의 일을 그르치려 하지요? 대답해보세요!"

순간 검은 구름 덩어리 속에서 흑무유자의 목소리가 울려왔다. 은동이나 흑호는 듣는 것만으로도 몸에서 힘이 빠지고 소름이 끼쳐왔다. 울림이 특별해서가 아니라 무어라 형용할 수 없을만큼 근원적으로 어둠이 흠씬 밴 목소리였기 때문이다.

"마계는…… 생계와…… 원칙적으로…… 연관이 있다."

뜻밖의 이야기에 호유화는 깜짝 놀랐다.

"뭐라구요?"

"생계의…… 존재는…… 선악을…… 판별해야만 한다. 성계는…… 인간을 다독거리지만…… 마계는…… 인간을 증오한다. 그리고…… 서로가…… 인간을…… 이끌려는…… 것이다. 빛이 있는 것처럼…… 어둠도…… 있는 것이…… 생계가 아닌가?"

흑무유자의 말을 받아 삼신대모가 말했다.

"그건 맞는 말일세. 마계는 악의 원천으로 인간을 끌고 갈 권리가 있는 것일세."

"그게 무슨 소리입니까?"

흑무유자가 음산하게 말했다.

"우린…… 권리가…… 있다……."

바로 그때 난데없이 흑호가 나섰다. 왜 자신이 나서는 줄은 알지 못했으나 단순한 흑호는 그 말에 모순이 있다고 여겼던 것이다.

"아니우! 아니우! 아직은 그런 일이 없지만 나 역시 인간을 해할 수도 있수. 그렇지만 천기에 영향을 주는 인간은 해쳐서는 안 되는 것 아니우? 증성악신인 님이 금수의 우두머리를 명하고 알아볼 능력을 주는 것은 그 때문이 아니우?"

증성악신인이 무겁게 입을 열었다.

"그건 맞느니. 하지만 마계의 존재가 어찌했다는 것이지?"

"마수들이, 마수들이 신립을 망하도록 만들고……. 그리구…… 인간 영혼을 가져가구……."

흑호가 말을 더듬자 태을 사자가 나섰다.

"제가 말씀드리겠습니다. 마수들은 그렇게 인간을 해치는 것만이 아닙니다. 과거 마수 중의 하나인 홍두오공이 나타나 인간들을 무수히 해친 적이 있습니다. 허나 누구도 그것이 천기에 영향을 주는 것이라 판정하지는 않습니다. 하지만 이번은 다릅니다. 흑무유자 님, 당신은 풍생수를 아십니까? 그리고 마계 서열 24위라 하는 백면귀마를 아십니까? 그들은 생계로 나와 조직적으로 음모를 꾸미고 있었습니다."

"그들이……. 생계에…… 나오다니? 그래서…… 그들이…… 무슨 짓을…… 했단 말이냐?"

"신립이 탄금대에 진을 치게 함으로써 조선군 칠천 이상을 전멸하게 만들었습니다."

삼신대모가 신음 섞인 목소리로 되받았다.

"확실히 그렇지. 나 삼신도 신립이 그렇게까지 전멸하여 패전할 운은 아니었던 것으로 알고 있소."

고개를 갸웃거리며 성성대룡이 물었다.

"마수들이 영향을 끼쳐서 그리되었다는 증거가 있나?"

태을 사자가 언뜻 보아도 성계의 삼신대모와 환계의 성성대룡은 이들의 편을 들어주려는 기색이 역력했다. 삼신대모는 이유는 모르지만 은동을 데려오기까지 했고, 성성대룡은 호유화를 누님이라며 깍듯하게 대했으니 말이다. 그리고 유계의 무명령과 마계의 흑무유자는 분명 한통속일 테니 적대적일 것이 분명했다. 광계와 신계의 존재는 통 말이 없었으니 중립인 듯했다.

하지만 태을 사자는 사계의 염라대왕과 생계의 증성악신인이 어째서 아무 말도 없는지 도대체 이유를 알 수 없었다. 어느 정도 편을 들어줄 수도 있는 노릇 아닌가?

그때를 놓칠세라 흑무유자가 외쳤다.

"똑바로…… 말해라. 신립이…… 잘못된 결정을…… 하였다면…… 누가…… 그리하게…… 만든 것이냐? 마수냐?"

"직접적으로는 금옥이라는 여인의 영이었습니다. 그러나 영을 조작한 것은 마수인 풍생수였습니다!"

"금옥이라는…… 인간의 영이라고? 그러면…… 어째서…… 마수를…… 의심하느냐?"

"금옥은 분명 풍생수에 세뇌되어 그러한 짓을 한 것입니다!"

"흐흐흐……. 증거가…… 있느냐?"

"흠……. 금옥은 소멸되었습니다. 마수인 백면귀마의 손에 의해서 말입니다!"

"흐흐흐……. 없어진 자들만…… 증인으로…… 내세우는구나. 그러나 좋다. 잘 들어라. 그 여인이…… 마수의…… 조종을 받았다고…… 치자. 그러나 우리는…… 인간에게…… 영향을 끼칠…… 권리가…… 있다. 그러니 우리는…… 그른 일을…… 하지…… 않는다. 우리가…… 신립을…… 해쳤느냐? 그것만…… 답해라."

태을 사자는 찔끔했다. 금옥은 소멸되었으니 증인이 될 수도 없었으며 신립을 마수가 해치지 않은 것만은 분명한 사실이었다. 태을 사자가 주춤하자 성성대룡이 말했다.

"신립을 마수가 해치지 않았고, 증인 또한 없다면 어쩔 수 없는 일이지."

태을 사자는 속으로 치를 떨었다. 마수들은 이런 것을 모두 계산했음이 틀림없었다. 우주 팔계의 존재들은 신통력을 지니고 있다. 그러므로 마수가 직접 인간을 해치거나 하여 천기를 조작하였다면 필경 발각이 되었을 것이다. 그러나 이렇듯 간접적으로 조작하였다면 알아내기도 어려울뿐더러, 이야기가 나와도 쉬이 둘러댈 수 있었다. 마수는 인간에게 어느 정도 영향을 끼칠 수 있으니까. 하지만 태을 사자도 이대로 물러설 수가 없어 지지 않으려고 외쳤다.

"허나 마수들은 인간 한두 사람을 조작한 것이 아닙니다! 천기를 어기게 한 것입니다! 거기서 전멸당한 조선군 칠천의 생명은 누가 책임질 것입니까?"

"다시…… 말한다. 마수가 조선군을…… 직접…… 죽였느냐?"

"……아…… 아닙니다."

"마수가…… 신립을…… 조종하였느냐?"

"직접은 아닙니다."

"그러면…… 그것은…… 금옥이라는…… 여인이…… 한 짓이다. 어찌하여…… 마계 전체를…… 끌어다…… 대느냐?"

태을 사자의 증언을 듣고 성성대룡이나 삼신대모는 마수들이 수작을 부렸다는 것을 느낀 것 같았다. 그렇지만 증거가 없는 마당에 더이상 마계를 추궁할 수는 없었다. 태을 사자가 분해하는 모습을 보고 삼신대모가 말했다.

"좋소. 그것은 그렇다 칩시다. 그럼 태을 사자, 말해보게. 자네는 마수들이 왜 그런 짓을 했다고 보는 건가? 옳고 그름은 나중에 가리더라도 이유나 들어보세."

태을 사자는 삼신대모의 현명한 제의에 용기를 얻었다. 일단 삼신대모는 태을 사자에게 말할 기회를 주려는 것이다. 태을 사자는 힘을 내서 말했다.

"마수들은 인간들을 천기보다 많이 죽게 만들고, 그렇게 죽임으로써 사계에서 미처 영혼을 회수할 준비가 되어 있지 않은 수많은 인간들의 영혼을 가져가려 한 것입니다."

삼신대모와 성성대룡이 인상을 썼다.

"인간의 영혼을?"

"그렇습니다."

성성대룡이 성큼 앞으로 다가서며 물었다.

"무슨 목적으로?"

"그것은 아직 저도 잘 알지 못합니다."

삼신대모는 심각한 얼굴로 흑무유자 쪽을 돌아보았다.

"그것이 정말이오?"

흑무유자는 대답하지 않았다. 대신 그는 아까와 같은 어두운 울림으로 말할 뿐이었다.

"사계의…… 일이니…… 염라대왕에게…… 물어보시오."

태을 사자는 중요한 사실을 지적했다고 믿고 염라대왕 쪽으로 얼굴을 돌렸다. 그러나 그 순간, 일이 이상하게 되어간다는 느낌을 받았다. 염라대왕의 얼굴이 긴장되어 있었던 것이다.

"염라대왕! 말씀하시오. 그것이 정말이오?"

성성대룡이 다시 묻자 염라대왕이 맥없이 말했다.

"아니오. 내가 조사한 바로는…… 명부가 어긋난 적은 한 번도 없었소이다."

"대…… 대왕!"

태을 사자의 목소리가 떨렸다. 염라대왕은 조용히 말했다.

"네가 무슨 소리를 하는지 알 수가 없구나. 조선군 칠천의 영혼은 준비가 되어 있지 않아 수습하는 데 힘이 들었지만 모두 사계로 수습해 왔다."

"틀…… 틀림없사옵니까?"

태을 사자가 믿지 못하겠다는 듯이 말끝을 높이자 염라대왕은 노한 표정을 지었다. 태을 사자는 기가 막혔다. 그러면 마수들이 인간의 영혼을 모두 풀어주었다는 말인가? 그런데 더 기가 막힌 이야기가 염라대왕의 입에서 흘러나왔다.

가 염라대왕의 입에서 흘러나왔다.

"그런 일이 있다면 어찌 나에게 직접 아뢰지 않았느냐? 그리고 어찌하여 많은 사자들과 판관을 해쳤느냐? 나는 너를 의심하지 않을 수 없구나."

"하…… 하오나…… 판관은 가짜였습니다. 게다가 사자들을 해치다니요? 말씀드린 대로 흑풍 사자의 법력을 거둔 바는 있고…… 또 암류 사자와 명옥 사자의 법력도 본의 아니게 얻은 바 있지만……."

"그만이 아니다. 이 판관 수하의 동료들을 네가 소멸시키지 않았다면 누가 그리했단 말이냐? 그것은 사계의 일이니 여기서 거론하지 않으려 했다만…… 더 할 말이 있단 말이냐?"

태을 사자는 자신의 귀를 의심했다.

"그…… 그러면 이 판관 수하의…… 저와 같이 있던 동료들이 모두 해를 입었단 말입니까?"

"그렇다! 호유화와 네가 공모하여 저승을 나가며 저지른 일이 아니고 무엇이겠느냐!"

"저희는 아무도 해치지 않았습니다! 암류와 명옥 사자는 물론, 유진충과 고영충 두 신장도 해치지 않았단 말입니다!"

그때 호유화가 태을 사자의 어깨를 툭 쳤다.

"놈들은 이미 사계에 뿌리를 박아놓고 있었을 거야. 이 판관마저도 그 모양이었으니. 누군가 다른 놈들이 저지른 일이 분명해."

"아아, 이건…… 이건 도대체……."

태을 사자는 장탄식을 내뱉으며 몸을 부르르 떨었다.

"대왕, 대왕께 직접 품을 올리려면 일주일 이상이 걸리니 급한 일은 도저히……."

태을 사자가 말을 잇기도 전에 염라대왕이 일갈했다.

냐! 한 시각이면 충분히 고할 수 있을 터인데! 허무맹랑한 이야기를 하다니!"

호유화가 눈을 가늘게 뜨며 외쳤다.

"난 태을 사자를 믿어. 누가 알아, 저 염라대왕도 마계에서 심어놓는 끄나풀일지?"

대뜸 염라대왕이 노성을 질렀다. 위기의 순간, 삼신대모가 호유화 앞을 막아섰다.

"호유화! 그런 소리는 하지도 말게! 어찌 염라대왕이 가짜라는 터무니없는 소리를 한단 말인가?"

그러나 태을 사자는 눈앞이 캄캄해졌다. 간신히 정신을 수습해보니 염라대왕을 뵈려면 일주일이 걸린다는 말은 이 판관이 들려준 것이었다. 그리고 이 판관은 백면귀마의 변신이었으니 그렇게 조작해 둔 것이 분명했다. 도대체 그 가짜 이 판관은 얼마나 오랫동안 일을 꾸며온 것이란 말인가?

'빠져나갈 길이 없구나! 이 일을 어떻게 한단 말인가? 어떻게 이런 일이 있을 수가 있단 말인가? 그렇다면 이 일의 결백을 어떻게 증명해야 한단 말인가? 더구나 동료들이 모두 소멸되었다니…….'

태을 사자는 괴로워서 더이상 견딜 수가 없었다.

"그건 모두 이 판관이 한 짓이 틀림없어요!"

태을 사자가 동료들을 잃었다는 고통과 누명 때문에 괴로워하자 호유화가 태을 사자를 대신하여 날카롭게 소리쳤다.

"이 판관은 마계 백면귀마의 변신이었어요! 그자가 생계로 나올 적에 모든 사자를 살해한 것이 틀림없다구요! 태을 사자에게 일 처리를 잘못 가르친 것도 그가 분명해요!"

"이 판관이 가짜였다고?"

"내가 직접 겨루어보았고, 직접 이야기를 들었어요. 그러니 틀림없어요!"

무명령이 흥 하고 비웃으며 물었다.

"증거가 있느냐?"

태을 사자는 답답해졌다. 이때 이 판관의 법기인 묘진령이 있었다면 이 판관이 아직 살아 있다는 것이 증명될 터이고, 그러면 마수들의 음모의 증거를 댈 수 있으리라. 그러나 묘진령은 흑호의 몸속으로 흡수되어버렸다. 그러니 댈 만한 증거가 하나도 없었다.

"나는 거짓을 말하지 않습니다!"

태을 사자가 절망적으로 소리치자 염라대왕은 무겁게 말했다.

"평소에는 그럴지 모르지. 그러나 이 정도로 중요한 일이라면 거짓을 말할 수도 있을 것이라 생각한다. 인간의 영혼 문제만 해도 그렇지 않으냐?"

태을 사자는 필사적으로 한 가지 일을 생각해냈다. 이것만 된다면!

"아닙니다, 아닙니다. 으음……. 그래, 백아검에는 윤걸의 영이 봉인되어 있습니다. 그의 영혼을 꺼내준다면……."

염라대왕이 고개를 저었다.

"그렇게 검에 봉인된 영혼은 우리도 꺼낼 수 없다. 더구나 검이 어찌 보고 듣고 하겠느냐? 꺼내더라도 알 수 없을 것이다."

"아아……."

태을 사자는 낙담에 겨워 한숨을 토해냈다. 기껏 묘안을 떠올렸는데 이렇게 맥없이 틀어지다니……. 그러나 태을 사자는 이를 악물었다. 아직 한 가지가 더 있었다!

"그러면……. 그렇지! 울달과 불솔이 사계로 돌아갔을 터이니 그들에게 물어본다면……."

다시 염라대왕은 고개를 저었다.

"울달과 불솔이 돌아왔다는 말인가? 나는 알지 못한다. 그들도 네가 해친 것이 아닌가?"

"이…… 이럴 수가……."

결국 태을 사자는 절망의 늪에 빠져들고 말았다. 마계의 음모는 실로 태을 사자보다도 훨씬 위의 단계에서 진행되고 있었다. 안간힘을 다해 짜낸 윤걸과 백아검도 소용이 없고 울달과 불솔마저도 없어졌다면 더이상 반박할 증거가 없었다. 물론 태을 사자의 논리는 사실을 바탕으로 한 것이니만큼 틀릴 수가 없었다. 하지만 증거를 댈 수 없으니 태을 사자의 말은 원칙부터 그른 셈이었고, 반박할 여지도 없었다. 결국 태을 사자는 계속 거짓만 말한 셈이 되었다.

풍생수의 털을 얻은 적이 있으나 지난번 백면귀마와 홍두오공의 싸움 때 잃어버리고 말았다. 거기다가 모든 동료들이 죽었다면 어찌할 수도 없었다. 게다가 호유화 등도 사계의 일에 대해서는 무엇 하나 속 시원히 말해줄 수 없는 노릇이었다. 태을 사자의 논리가 완벽하다고 할지라도 그것은 태을 사자가 진실을 이야기한다는 전제하에서만 그러한 것이다.

인간의 영혼 숫자가 틀림없다고 염라대왕이 확인한 이상 태을 사자의 모든 말은 거짓이 되어버리고 말았다. 더구나 이곳은 공식 석상임에야! 거짓을 말한 죄만으로도 큰 벌을 받을 것이 분명했다.

비통해하는 태을 사자의 모습을 보고 무명령이 입을 떼었다.

"호유화, 너는 이후에라도 절대 어떤 존재에게도 천기를 말하거나 행동해서는 안 된다. 그러면 즉시 벌을 받을 것이다. 알고 있겠지?"

그 말을 듣고 호유화도 맥이 탁 풀렸다. 지금 왜란 종결자에 대해 알고 있는 자는 호유화와 태을 사자 둘뿐이다. 그런데 태을 사자가 처벌을 받게 된다면 만사는 끝나는 것이다. 호유화는 누구에게도 그 사실을 말할 수 없으며, 영향을 주는 행동을 해서도 안 되었다. 하다못해 은동을 끌고 전라좌수영에 가서도 안 되며, 은동이나 흑호에게 이순신을 지키라는 말도 할 수 없었다. 그러면 당장 자신을 비롯한 모두는 천기누설의 죄를 짓는 셈이 되니까 말이다.

'졌다, 완전히 졌어. 아아……. 왜란 종결자고 뭐고 다 틀렸어.'

수많은 말들이 오간 끝에 재판은 결론으로 치닫고 있었다.

"좋다. 그러면 호유화는 아직은 천기누설을 하지 않은 것으로 합시다. 그러나 태을 사자는 천기를 누설시키려고 하였으며, 사계에서 죄를 많이 지은 듯하니 이 자리에서 처분을 내리는 것이 좋을 듯합니다."

태을 사자를 비롯하여 호유화, 흑호, 은동은 아연해졌으나 결론은 그리 내려질 것 같았다. 호유화가 악을 썼다.

"그럴 수는 없소!"

무명령이 능글맞게 웃었다.

"이는 사계의 일이다. 사계에서 판단할 일. 그러나 이렇게 계 안이 문란해진 것을 그냥 두면……. 흐흐……. 사계는 유계에 함락될지도 모르겠는걸?"

무명령이 슬슬 염라대왕의 속을 긁고 있었다. 흑호와 호유화 등은 분통이 터졌지만, 빠져나갈 수 없는 확실한 함정이었다. 호유화는 성성대룡을 쳐다본 다음에 삼신대모를 애타는 눈빛으로 바라보았지만 그들은 침울하게 고개를 돌렸다.

흑호는 앞의 복잡한 이야기들을 모두 기억하지 못했다. 얼떨떨한 기분만 들 뿐이었다. 그러나 뭔가 결론이 잘못 내려지고 있다는 것만은 선명하게 인식이 되었다. 은동도 긴장한 듯 자그마한 손으로 흑호의 팔을 꽉 쥐고 있었다. 문득 흑호는 그 팔을 쥐는 은동의 힘이 범상치 않음을 느꼈다.

'어라? 이 녀석이 언제 기운이 이리 세졌나? 별것은 아니지만 꽤 센걸?'

순간, 흑호는 은동의 얼굴을 보며 퍼뜩 떠오르는 생각이 있었다. 홍두오공과 싸웠을 적에 은동의 몸에 들어간 인혼주! 인혼주의 힘이 은동의 몸에 들어갔기 때문에 힘이 세진 것이 틀림없었다. 인혼주는 마수 홍두오공의 머리에서 떨어진 것으로 스무 명의 조선군 영혼이 들어간 것이 아니던가?

뭔가 잡힐 듯 말 듯하면서도 흑호의 단순한 머리로는 잘 연결이 되지 않았다.

'가만……. 이게 뭔가가…… 뭔가…….'

그사이, 태을 사자는 몸이 작아지며 둥근 구체 안으로 빨려들고 있었다. 괴로운 표정을 짓는 태을 사자를 보며 은동은 눈물을 흘렸다. 호유화도 낯빛이 변했지만 무명령은 흐흐 하고 웃었다.

"놈……. 뻔히 보이는 거짓말을 해? 인간의 영혼이 없어졌다고? 염라대왕이 딱 맞다고 증언을 하는데. 흐흐흐흐……."

그때 흑호의 머릿속이 갑자기 환하게 밝아졌다.

'그래! 그때 홍두오공은 신립이 죽은 싸움터에서 영혼을 채간 것이 분명혀! 그런데 숫자가 딱 맞는다는 건 이상혀! 스무 명의 영혼은 은동의 몸에 있는데! 그 숫자만큼은 비어야 하는 것 아니여?'

생각이 거기에 이르자 흑호는 느닷없이 무섭게 포효하며 막 봉인되려는 태을 사자에게로 달려갔다. 그리고 태을 사자를 어마어마한 힘으로 끄집어내려 했다.

"저…… 저놈이 무슨 짓을!!"

무명령이 소리를 지르며 한줄기 검은 기운을 뿜어냈다. 놀랍게도 흑호는 이를 드러내며 그 기운을 노려보더니 탁 앞발로 쳐내버렸다. 그 품새를 본 무명령은 놀랐다.

무명령의 법력은 호유화만큼은 못해도 거의 이천 년 수위에 달했다. 그런데 얕잡아보았던 흑호가 무명령의 공격을 한 방에 쳐내버린 것이다. 흑호의 공력은 원래 팔백 년 수위밖에 되지 않았지만 이 판관의 법력을 얻음으로써 천오백 년 수위를 넘을 정도로 강해졌던 것이다.

"저…… 저 생계의 미물이……."

"나쁜 놈은 너여!"

흑호는 버럭 소리를 질렀다.

"머릿수가 틀려! 머릿수가! 네놈이 마수들을 시켜 조작했지!"

"무…… 무슨 소리냐?"

흑호는 이를 드러내며 은동에게 다가가 은동의 몸을 번쩍 들어올렸다.

"이 아이 몸속에는 신립이 패하던 날, 홍두오공이 뺏은 스무 명의 영혼이 있어! 그런데 하나도 틀림이 없다니!"

"도대체 무슨 헛소리를 하는 것이냐! 엉!"

그때 호유화의 눈이 빛났다. 호유화는 흑호의 말을 알아들은 것이다. 갑자기 희망에 차올랐다. 그러나 호유화는 말을 하기보다 먼저 흑호에게로 다짜고짜 달려들었다. 흑호는 놀라서 피하려 했으나 호유화는 그럴 겨를도 주지 않고 흑호의 뺨에 쪽 하고 입을 맞췄다.

"에그그, 망측해라!"

순진 덩어리인 흑호는 놀라서 그만 주저앉고 말았다. 무명령의 공격에도 끄떡없던 흑호였는데……. 그러나 호유화는 그 모습에 아랑곳하지 않고 웃으며 말했다.

"고양이! 너 알고 보니 머리가 좋구나! 앞으로 안 놀릴게!"

그러고는 호유화가 몸을 돌렸다. 여태 증거가 없어서 죄를 고스란히 뒤집어쓸 판이었다. 그러나 이제는 증거가 생긴 것이다. 호유화는 당당하게 외쳤다.

"지금 이 아이의 몸속에는 신립의 군대가 전멸하던 날 죽은 스무 명의 조선군의 영혼이 들어 있소! 그건 마수 홍두오공의 인혼주에서 나온 것이고, 그것이 우연히 이 아이의 몸속에 흡수된 것이오. 그런데 염라대왕, 명부의 숫자가 딱 맞다고요? 하나도 없어진 영혼이 없다고요?"

그러자 염라대왕은 놀란 낯빛을 지었다.

"하…… 하나도 없어진 영혼은 없었는데……."

"그럼 내가 보여드리지!"

호유화는 기세등등하게 은동에게로 몸을 돌렸다. 은동은 그 순간 놀란 듯했다. 자신이 천하장사가 되어 힘이 강해진 것이 스무 명의 영혼들을 품고 있었기 때문이란 말인가?

그때 흑무유자의 구름이 일렁이는 것이 보였다. 태을 사자는 그것을 보고 눈썹을 찌푸렸다. 곧이어 흑무유자 뒤편 공간이 일렁거렸다. 흑무유자의 뒤편에서 벌어지는 일이라 막 구체에서 빠져나오려고 허리를 굽혔던 태을 사자 말고는 아무도 보지 못했다. 공간이 흔들린 것으로 보아 필경 중간계 밖으로 무엇인가 연락을 취하는 것이 틀림없었다. 그러나 다른 자들은 전혀 눈치채지 못했다.

태을 사자는 소리를 치려 했으나 구체에서 빠져나오는 중이라서 소리가 나오지 않았다. 태을 사자는 잠시 여유를 두고, 나가자마자 곧 그 사실을 알리고 조치를 취하면 별일은 없을 것이라고 생각했다.

은동은 얼이 빠진 듯, 몸을 부르르 떨었다.

"그…… 그게 정말이에요?"

은동이 놀라서 말을 더듬자 호유화는 살짝 인상을 쓰며 말했다.

"은동아. 그래, 사실이다. 미안하구나. 너는 이제 천하장사가 될 수 없어. 이번에 영혼들이 나오면 네 힘은 없어질 거야. 그래도 괜찮겠니?"

상황이 상황인지라, 호유화는 은동의 몸에서 영혼들을 꺼내 보여줄 수밖에 없었으나 속으로는 은동이 기껏 얻은 천하장사의 힘을 잃는다는 것이 아까웠다. 그러자 은동이 화난 표정을 지었다.

"내…… 내 몸에 스무 명이 갇혀 있다구요? 맞나요?"

"그래……."

호유화가 고개를 끄덕이자 은동이 날카롭게 외쳤다.

"호유화는 그 사실을 알았나요?"

가볍게 탄식하며 호유화가 대답했다.

"그래. 네가 정신이 들고 힘이 강해진 다음에 그걸 알았지. 그래서 아무에게도 알리지 않았어. 네가 천하장사가 되어 너무 기뻤거든. 그러나……."

은동이 입을 꾹 다물고 몸을 떠는 것을 보고 호유화는 한숨을 내쉬었다.

'속상하기도 하겠지. 여러 사람들한테 칭찬을 들었는데…….'

호유화는 그렇게 여기고 말했다.

"하지만 이제는 할 수 없어. 힘이 없어졌다고 너무……."

순간 은동은 화를 이기지 못하여 소리를 질렀다. 화가 단단히 난 모양이었다.

"호유화는 나빠! 어떻게…… 어떻게 그럴 수가 있어요! 내가 힘이 세진다고…… 그런다고 스무 명이나 되는 사람들을…… 가엾게도…… 가엾게도……."

은동은 분노와 슬픔을 참지 못해 말을 이을 수가 없었다.

"어? 은동아, 나…… 나는……."

"어떻게 그런 생각을……! 왜 나를 속였어?"

"난…… 나는 널 위해서……."

"그게 어떻게 날 위하는 거란 말이야! 넌 나빠! 나빠!"

호유화는 멍해졌다. 머릿속이 텅 빈 것 같았다. 한참 동안 호유화는 말을 하지 못하고 얼빠진 듯이 서 있었다. 그러다가 은동이 다시 한번 요물이라 외치자 호유화는 더 참지 못하고 은동의 뺨을 후려쳤다.

"너…… 너 정말 그럴 거야?"

그러나 은동은 여전히 화난 기색이었다. 그것을 보고 호유화는 화가 치밀어서 다시 한 대 때리려다가 손을 내리며 탄식했다.

"그래……. 그래. 너는 정말 올바르고 흠잡을 데 하나 없는 인간이구나. 그래, 나는 요물이야. 못된 여우고 요물일 뿐이야."

호유화는 갑자기 멍청한 표정을 지었다. 그것을 보고 흑호가 무어라 말하려 했지만 은동은 냉랭하게 외쳤다.

"어서 빼내서 그 사람들을 자유롭게 해줘요!"

호유화는 대답하지 않고 법력을 집중하여 은동의 어깨에 대었다가 위로 확 뻗쳤다. 그와 동시에 은동의 몸에서 화살 같은 기운이 뽑혀 나왔다. 은동의 몸에 갇혀 있던 스무 명의 영혼들이 분명했다. 그 영혼들에게 누구도 질문을 하지는 않았으나 사태는 완전히 역전되었다.

태을 사자의 말이 틀렸다 함은 그의 논리가 틀려서가 아니라, 그의 말을 입증할 증거가 없었기 때문이었다. 하지만 이렇듯 인간의 영혼이 실제로 은동의 몸에서 나온 것은 무엇보다도 확실한 증거가 되는 셈이었다. 그것을 보고 삼신대모가 흠 하고 탄식하며 지팡이로 바닥을 내리쳤다.

"무명령! 흑무유자! 하실 말씀이 더 있소?"

염라대왕도 대로하여 소리쳤다.

"아니! 그렇다면 정말 사계에 마계의 존재들이 침입했단 말인가!"

증성악신인 역시 경악을 금치 못하고 나섰다.

"대왕, 그러면 사계의 영혼의 숫자는 어찌된 것이오? 마계의 존재가 침입하여 조작한 것이 아니오?"

"그럴 가능성이 가장 높소! 아아……. 내 이 무슨 불찰인가? 면목이 없소이다."

염라대왕이 허탈해하자 성성대룡이 되받았다.

"부끄러워하실 것 없소이다. 어차피 우리 모두가 저들에게 속을 뻔하지 않았소?"

장내 분위기가 급속도로 바뀌어가자 흑호는 호유화와 은동을 번갈아 쳐다보았다. 단순한 흑호는 어찌되었든 일단 큰 문제가 해결되었다고 생각했다. 그러고는 은동과 호유화가 티격태격 말싸움을 벌였다는 것은 생각지도 않고 허허허 웃으면서 은동의 어깨를 탁 쳤다. 은동은 뭐가 어떻게 된 것인지 자세히는 몰랐지만, 눈치가 빠른 아이라 일이 잘 풀리게 되었다는 것을 알 수 있었다. 은동은 휴 하고 한숨을 쉬며 말했다.

"잘된 건가요?"

"그려, 그려. 잘되었다. 네 덕이야."

"난 아무것도 한 게 없는데 어떻게 내 덕이에요? 좌우간 빨리 가야 할 텐데……."

"뭐가 그리 급하니? 허허……."

"지금 여긴 세상…… 음, 생계보다 시간이 엄청 느리게 간대요. 그러니 생계는 시간이 확확 흘러간다구요. 그사이 무슨 일이 벌어졌는지 어떻게 알겠어요?"

흑호는 그 말을 듣고도 별로 느끼는 바가 없었으나, 구체에서 빠져나오던 태을 사자는 깜짝 놀랐다.

"뭐라구, 은동아? 그것이 정말이냐?"

"난…… 하일지달이라는 누나에게 들었는데……."

태을 사자는 급히 삼신대모에게 얼굴을 돌렸다.

"삼신대모님, 저 아이의 말이 정말입니까?"

"왜 그러는가? 그 말이 맞네. 여기는 중간계인데 시간이 좀 느리게 가는 곳이지. 팔계의 시간을 맞추기 위해……."

삼신대모의 말이 채 끝나기도 전에 태을 사자는 숨을 헉하고 들이마셨다.

"아뿔싸!"

눈을 둥그렇게 뜨고 흑호가 물었다.

"대체 왜 그러우? 이제 일이 잘될 것 같은데?"

"큰일이야. 그사이 조선에 무슨 일이 일어났는지 어찌 알겠나?"

"앗! 그러고 보니 정말!"

흑호도 놀랐다. 지금 조선이라는 생계의 작은 나라에 신경을 쓰는 다른 계의 존재들은 없었다. 재판을 하는 동안 생계에서는 여러 날이 흘러갔을지도 몰랐다. 갑자기 삼신대모가 시팡이를 굴렀다.

"무명령! 흑무유자! 당신들은 여기에서 나갈 수 없소!"

그러자 태을 사자가 외쳤다.

"우리를 어서 돌아가게 해주십시오! 조선에서는 지금……."

삼신대모가 근엄한 목소리로 되받았다.

"아직은 아니 되오! 생계에서 시간이 흘렀다 해도 며칠 되지 않을 것이니 괜찮을 것이오. 더구나 마계나 유계는 여기의 일을 모를 것인즉."

다급한 목소리로 태을 사자가 커다랗게 외쳤다.

"아니요! 흑무유자는 방금 몰래 공간을 일그러뜨렸습니다! 제가 보았습니다! 분명 여기서의 재판 결과를 외부에 알린 것이 분명합니다! 무엇인가 일을 꾸미려……."

그 순간, 무명령이 움직이며 태을 사자를 향해 뛰어들었다. 아무 말도, 경고도 없었다. 무명령은 양손에서 검은 안개를 무서운 속도로 내쏘았다. 그 기운은 여덟 가닥으로 갈라져서 호유화와 영혼들을 덮쳐갔다. 위기감을 느낀 성성대룡이 앞을 막았다.

"어딜!"

거대한 성성대룡이 똬리를 틀더니 그 기운을 몸으로 받아내면서 입에서 불길을 내뿜었다. 하나의 기운은 뻗쳐나가 구체에서 빠져나오던 태을 사자에게로 날아갔다. 그러자 염라대왕이 거대한 입을 벌려 꿀꺽 삼켜버렸다. 성성대룡이 뿜어낸 불길을 무명령이 훌쩍 뛰어 피하는 순간, 흑무유자를 둘러싼 검은 구름 속에서 시커먼 손이 불쑥 튀어나왔다. 그리고 무서운 속도로 태을 사자를 노리고 길게 뻗어나갔다.

삼신대모가 크게 외치며 그 손을 지팡이로 쳐내었지만 손은 순식간에 가지를 뻗어 수십 개로 불어나면서 태을 사자 쪽을 노리고 달려들었다. 증성악신인이 앞을 막으려 했고 흑호도 막아서려 했으나 놀랍게도 그 둘은 무서운 법력을 지녔는데도 가볍게 퉁겨 밀려나버렸다.

하지만 태을 사자는 마침 은동과 호유화의 뒤에 있어서 호유화와 은동이 태을 사자보다 먼저 그 손에 얻어맞을 것 같았다. 손 하나가 은동에게 달려드는 순간, 호유화는 놀라서 은동의 몸을 낚아채려 했다. 그러나 은동은 화가 난 듯, 호유화의 손을 뿌리쳤다. 은동은 호유화가 막아섰기 때문에 흑무유자가 뻗어낸 손이 다가오는 것을 미처 보지 못했던 것이다. 그 순간, 호유화의 눈이 커졌다. 호유화는 몸으로 은동을 거칠게 밀어 쓰러뜨렸다.

느닷없이 밝은 광채가 솟구쳐 나왔다. 그와 동시에 흑무유자가 뻗어냈던 검은 손이 사라졌다. 그리고 한쪽에서는 무명령이 크악 하는 소리를 내며 바닥에 털썩 떨어졌다. 광계의 비추무나리가 빛을 발한 것이다. 다만 빛을 발했을 뿐, 아무것도 하지 않았는데도 무명령은 나가떨어지고 흑무유자는 순식간에 어디로 사라졌는지 보이지 않았다. 삼신대모가 원통하다는 듯 발을 굴렀다.

"이런! 흑무유자가 도망쳤소! 비추무나리, 어찌 좀더 일찍 움직이지 않았소!"

삼신대모는 지팡이를 크게 굴렀다. 그러자 곧 수십 명에 달하는 성계의 신장들이 나타났다. 삼신대모가 외쳤다.

"흑무유자를 잡아라! 지금 당장!"

증성악신인도 팔신장을 불러 성계의 신장들을 돕도록 했고 염라대왕과 성성대룡도 각각 수하들을 불렀다. 그때 태을 사자가 소리쳤다.

"우리를 어서 가게 해주십시오! 마수들을 막아야……."

태을 사자가 다음 말을 잇기 전, 놀라운 일이 벌어졌다. 호유화가 서서히 쓰러지는 것이었다! 호유화가 쓰러지자 등에 커다랗게 구멍이 나 있는 것이 보였다. 조금 전에 흑무유자의 공격으로 받은 상처였다. 호유화는 은동이 쌀쌀맞게 대하자 충격을 받아 민첩하게 움직이지 못했던데다가 은동을 구하려고 스스로의 몸을 방패로 삼았던 것이다. 모두들 놀란 가운데 특히 성성대룡은 길게 소리를 질렀다.

"누님! 이…… 이게 무슨 일이오! 왜…… 어째서 이런……."

가장 놀란 것은 은동이었다. 은동은 머릿속이 텅 비면서 아무것도 보이지도 들리지도 않았다. 다만 호유화의 쓰러지는 모습만이 생생하게 눈 속에 각인되듯이 파고들었다.

사천 해전

"포를 쏘아라! 용감하게 돌진하라! 그깟 총탄이 무서운가? 화포를 쏘아라! 더! 더!"

이순신은 대장선에서 계속 소리쳤다. 사천에서 왜선들은 이순신의 함대가 돌입하자 배를 선창에 급히 매어두고 산으로 올라가 항전하고 있었다. 지난번 패전으로 왜군들은 함포의 무서움을 알았는지 배를 버리고 견고한 산 위의 진지로 올라간 것이다.

"진지를 쏘지 말고 배를 먼저 쏘아라! 놈들의 조총탄으로는 배를 뚫을 수 없다. 일단 배를 깨뜨리고 불살라라! 어서!"

이순신이 명을 내리자 대장선 주위의 전령들이 급히 명령을 반복한 다음 연을 띄웠다. 그 연은 설이나 동지께쯤 언덕배기에 올라 아이들이 시시덕거리며 띄우는 연과는 달랐다. 크기도 컸고, 각각 화려한 무늬와 색깔이 칠해져 멀리서도 식별하기가 쉬웠다. 이 연은 통영언統營鳶[24]으로, 군사들이 놀이로 연을 띄우는 것은 아니었다. 이 연은 바로 이순신이 독자적으로 생각해낸 군호軍號였다.

당시는 무전이나 기타 통신 수단이 없어 간단한 명령은 깃발이나 악기로, 조금 복잡한 명령은 전령을 파견해 전달했다. 그러나 수군은 육군에 비해 상대적으로 거리가 멀어 깃발 신호가 잘 보이지 않을 경우가 많았으며, 작은 배로 전령을 보내더라도 배의 속도가 느린 탓에 급한 군령이 잘 전달되지 않았다.

이순신은 골몰하다가 천재적인 두뇌로 놀이 기구로나 사용되던 연을 군호로 사용할 생각을 해낸 것이다. 연은 깃발보다 훨씬 높이 하늘에 떠서 아주 먼 거리에서도 볼 수 있으니 군호로 사용하기에는 안성맞춤이었다. 이순신은 연을 조합하여 상당히 복잡한 명령도 내릴 수 있도록 독특한 체계를 만들었다.

진지보다도 배를 먼저 공격하라고 명을 내리자, 각 전선들은 산 위의 진지를 포격하다가 방향을 돌려 비어 있는 채로 포구에 묶여 있는 왜선으로 향했다. 바로 그때 이순신은 현기증이 일어서 지휘용 의자에 풀썩 주저앉았다. 부관들이 놀랐으나 이순신은 고개를 저으며 말했다.

"나는 아무 일 없다. 전투에만 신경써라! 우리도 나아가야 한다! 어서 나가 한 척이라도 왜선을 더 깨뜨려라!"

그때 장교 하나가 전령 장교를 데리고 달려왔다. 원균이 보낸 전령이었다.

"경상우수사의 전갈이옵니다. 경상우수사께서는 어찌 산 위의 적병을 공격하지 않고 빈 배를 깨뜨리느냐고 성화시옵니다."

이순신은 머리가 아파서 인상을 쓰고 있다가 고개를 저었다.

"일단은 배를 노려야 하네. 배를 모두 깨고 나면 저들은 갈 데가 없어! 우리는 수군이니, 육전에는 익숙하지 못하네. 하물며 이 병력으로 저 산 위의 진지를 공격하는 것은 무리야."

"하오나 왜병을 공격하지 않으면 무슨 소용이 있겠느냐고……."

그러자 이순신도 화가 났다. 경상우수사 원균은 목 베기 전과만을 노리고 있는 것이 분명했다. 하지만 이순신은 소심한 사람이었다. 화가 난다고 남에게 소리를 지를 수 있는 성격이 아니었다.

"좌우간 그럴 수는 없네!"

이순신은 전령 장교의 항의를 짧게 잘라버리고 부관에게 대뜸 소리를 쳤다.

"무엇하느냐? 어서 모든 화포를 쏘라 이르라! 천자포는 무엇을 하는 게냐?"

부관이 말했다.

"지금 산 위까지 닿을 수 있는 포는 천자포뿐이옵니다. 그것을 무리하게 다 쏘아버리면……."

천자포, 즉 천자총통天字銃筒은 당시 조선군이 보유한 화포 중 가장 구경이 크고 위력이 강했다. 천자총통의 유효 사거리는 약 1킬로미터가 넘었는데(지금의 M-16 소총의 유효 사거리는 350미터 정도) 같은 16세기에 동일한 크기의 화포로는 꿈도 꿀 수 없을 만큼 먼 거리였다. 당시 스페인이나 포르투갈의 포들은 미끈한 모양이었고 위력도 높다고 자랑하고 있었으나, 천자총통은 그와 비슷한 크기임에도 사거리가 두 배를 넘었다.[25]

부관의 말은 천자총통의 화약 소모량이 많아서 나중에 진지를 공격하기 위해 발사하는 것을 아껴두고 있다는 것이다. 이순신이 노기를 띠며 소리쳤다.

"답답하다! 놈들의 배를 깨뜨리면 저놈들이 보고만 있겠느냐? 놈들은 반드시 배를 건지려고 내려올 것이다! 싸움이 임박하였는데 무기를 아낀다는 것은 말이 되지 않는다! 놈들이 내려오기 전에 어서 배를 깨뜨려라! 명을 내려라! 어서!"

명을 내리면서 이순신은 자신의 전선도 앞으로 진격시켰다. 다시 통영연이 하늘로 치솟고 대장선의 기라졸旗羅卒들이 깃발을 어지러이 휘두르자 각 전선들이 왜선들에 집중사격을 시작했다. 그러자 판옥선의 주력 화포인 지자포, 현자포를 위시하여 커다란 천자포의 둔중한 울림까지 더해 포 소리가 사방을 가득 메웠다.

이순신은 가뜩이나 좋지 않은 몸으로 전투에 나선데다가 긴장을 견디지 못해 금방이라도 쓰러질 것 같았으나 이를 악물고 소리를 쳤다.

"화력을 집중하라! 집중! 여기저기 쏘지 말고 한 배를 집중하여 깨뜨리고 다음 것을 노려라!"

녹도만호 정운의 전선을 제외하고 다른 배들은 마구잡이로 화포를 쏘아대고 있었다. 그리하면 왜선들을 상하게 할 수는 있을지언정 완전히 부수기는 어렵다. 왜선들은 모두 목선이라 깨뜨려도 쉽게 가라앉지 않았다. 가라앉지 않으면 어지간히 부서지더라도 금방 수리하여 쓸 수 있다. 따라서 아예 형체가 남지 않을 정도로 부수고 불을 놓아 태워야 했다. 마구잡이의 사격으로는 어림도 없었다. 한 척 한 척 확실히 목표를 잡고 완전히 격침시켜나가는 것이 확실한 방법이었다.

산 위의 진지에서는 왜군들이 아우성을 치며 조총을 쏘아대고 있었지만 거리가 멀어서 조선군까지는 하나도 닿지 않았다. 이순신은 머리가 빠개질 듯 아프고 기운이 없어서 눈을 반쯤 감고 있었으나 귀로는 신경을 곤두세워 상황을 예민하게 살피고 있었다.

"화전을 써라! 포를 아끼고 화전으로 나머지를 불살라라!"

이순신은 다시 고함을 쳤다. 그런데 별안간 왜군 진지 쪽에서 들려오던 총소리가 뚝 끊겼다. 이순신은 눈을 번쩍 떴다. 여기저기 꽤 큰 왜선들이 화염에 휩싸여 깨지는 것이 보였다. 그러나 이순신의 관심은 거기에 있지 않았다.

"왜군의 총소리가 끊겼다. 분명 놈들은 진지에서 내려와 배를 건지려는 것이다! 화포를 정비하고 화살을 준비하라! 돌격선 두 척에 화차火車를 장비하여 신기전을 장전하라!"

돌격선 두 척에는 지금의 다연장 로켓이라 할 수 있는 화차와 그 탄약인 신기전이 실려 있었다. 이 지역 제압용 화기는 신립도 사용한 바 있었는데, 이순신 역시 상당량을 준비하고 있었다. 그러나 신기전은 배끼리의 전투에서는 그리 커다란 효능을 발휘하지 못했다. 하지만 왜군들이 진지를 버리고 배를 구하려 내려올 때는 효율적으로 사용할 수 있을 터였다.

"놈들이 내려오면 배를 약간 뒤로 물린다! 학익진을 펴서 제일 진은 남은 왜선을 격침하고, 제이 진은 왜군만을 사격한다! 어서 명하라!"

이순신이 크게 외치며 몸을 일으키는 순간, 이순신의 등뒤에서 보이지 않는 흰 그림자 같은 것이 휙 하고 이순신의 앞쪽으로 나아갔다.

그림자는 소리치며 몰려 내려오고 있는 왜군들을 향해 날아갔다. 그러나 그것을 볼 능력을 지닌 사람은 아무도 없었다.

"호…… 호유화……."

은동이 멍청하게 서 있자 흑호와 태을 사자가 놀라서 호유화에게 달려갔고 심신대모를 비롯한 팔계의 대표자들도 모여들었다. 특히 성성대룡은 예전에 호유화와 깊은 인연이 있었던 듯, 사방이 쩌렁쩌렁 울릴 정도로 비통하게 소리를 쳤다.

"누님! 으아아……. 왜? 도대체 왜! 이런 하찮은 꼬마 때문에 어째서 누님이!"

성성대룡이 소리치고 독기 서린 눈으로 은동을 쏘아보았다. 그러나 은동은 무시무시한 시선을 받고서도 움직이지 않았다. 아니, 성성대룡이 노려보고 있다는 것조차 깨닫지 못했다. 성성대룡이 화가 나서 몸을 움직이려는데 삼신대모가 조용히 앞을 막아섰다. 그러는 사이 흑호가 슬프게 어흥 하면서 포효했다.

"호유화! 정신 차려! 천하제일이라더니 이게 무슨 꼴이여! 어서 눈을 뜨라구! 어서!"

흑호는 어느새 눈이 벌게졌지만 영혼의 상태라 눈물은 나오지 않았다. 생계에서라면 눈물을 폭포처럼 쏟아냈을 것이다. 무뚝뚝한 태을 사자마저도 비통하기 그지없는 표정을 짓고 있었다. 이제 인간과 비슷한 감각을 조금씩 찾아가는 중이라 가능한 것인지도 몰랐다.

호유화의 얼굴에는 방긋 미소가 감돌고 있었지만, 몸이 소멸되려는 듯 점점 투명해지고 있었다.

"고양이……. 왜 그래? 역시 너는 아직 수양이 덜 되었구나."

호유화는 억지로 힘을 내어 이야기하는 것 같았다. 그러다가 초점 없는 눈을 억지로 뜨려고 애쓰면서 은동을 바라보려 했다. 그것을 보고 흑호는 은동을 주욱 끌어당겨 호유화의 곁으로 오게 했다. 그러나 은동은 그때까지도 정신이 나간 듯, 표정 없는 얼굴이었다. 호유화가 힘겹게 손을 뻗어서 은동의 소매를 잡았다. 그러고는 천천히 말했다.

"미안하구나. 너에게 몹쓸 짓만 한 것 같아서…… 미안해."

은동은 여전히 멍한 얼굴로 호유화를 바라보았다. 보다 못한 태을 사자가 은동의 손을 호유화의 손에 쥐여주었다. 그 모습을 보고 저만치에서 염라대왕이 이상하다는 듯한 표정을 지었다. 호유화는 은동이 대답하기를 기다리지 않고 말을 이었다.

"하지만…… 난…… 정말 너에게는…… 뭔가 잘해주고 싶었어. 뭔가……."

은동은 여전히 정신이 멍했다. 아무것도 실감나지 않았고 아무것도 느껴지지 않았다. 주변에 누가 있는지도 알 수 없었다. 다만 호유화만이 보이고, 호유화만이 느껴졌을 뿐……. 그때 태을 사자가 나직하게 말했다.

"호유화……. 은동이는 너무 어렸고, 당신은 너무 성급했소."

태을 사자도 내색을 않고 있었지만 안타까워서 견딜 수가 없었다. 방금 태을 사자는 저승사자의 독특한 수법을 써서 무방비 상태인 은동의 마음을 읽어 자신이 없는 동안 호유화와 은동에게 있었던 일들을 알아낸 것이다. 이 수법은 저승사자가 인간에게만 사용할 수 있는 것으로, 원래는 저승에서 이승의 죄를 고백하지 않는 인간들의 영혼을 다그치기 위해서만 사용되는 것이었다.

은동의 마음을 읽어 그간의 일을 알게 되고 호유화가 목숨까지 걸고 은동을 구한 것을 본 뒤, 예리한 태을 사자는 호유화의 마음을 분명히 알게 되었다. 호유화가 은동에게 정을 주었다는 것은 누가 보아도 틀림없는 사실이었다. 다만 믿을 수 없는 일이었을 뿐……. 삼천 년 이상을 묵은, 환계의 명예 서열 1위인 대환수大幻獸가 고작 열 살짜리 아이에게 애정을 느꼈다는 것은 그 누구도 상상하기 힘든 일이었다. 그러나 호유화는 그러했다.

'호유화는 너무 오랫동안 홀로 있었던 거야. 그리고 은동은 너무도 총명하고 너무도 곧은 아이였기에……. 게다가 호유화의 법력이 너

무 높았기에 이리된 것이다. 아아…….'

호유화가 만약 법력이 그렇게 높지 않았다면 은동을 한낱 인간 어린아이로 얕보았을 것이니 애정 같은 것은 아예 느끼지 않았을 것이다. 또 호유화가 천사백 년이라는 긴 시간 동안을 뇌옥에 갇혀 혼자 지내지 않았다면 그렇게 치기 어리게 은동과 어울리지도 않았을 것이었다.

가장 근본적인 불행은 은동이 남녀 간의 정 같은 것을 알지 못하는 어린 나이였다는 것이었다. 은동이 이토록 어리지 않았다면 호유화의 마음을 알았을 것이고, 호유화의 마음에 이렇듯 상처를 주는 행동은 하지 않았을지도 몰랐다. 그러나 은동은 어려서 호유화의 변덕을 단지 요물이라 그런 것이려니 생각했을 뿐이었다. 방금까지도 은동은 어린아이의 오기로 호유화에게 쌀쌀맞게 대했을 뿐, 악의를 가진 것은 아니었다.

지금 은동은 제정신을 잃어버릴 정도로 충격을 받은 상태였다. 태을 사자는 물론이고 울고 있는 흑호도, 성성대룡도 은동보다 더 놀라고 충격을 받지는 않았을 터였다.

'누구를 탓할 문제도 아니다. 인연이 너무도 깊고 복잡한 게로구나. 아아…….'

그때 호유화는 힘이 빠지는 듯 서서히 눈을 감았다. 그리고 조용히 말했다.

"유화궁……은 잘 간직해주겠지? 은동아……. 널 만난 지는 얼마 되지 않았지만…… 나는 그동안 정말 즐거웠단다. 정말……."

"누님!"

성성대룡이 소리치자 호유화는 빙긋 웃었다.

"소룡, 그러지 마. 나는 후회하지 않아……."

그러다가 힘겹게 숨을 내뱉고는 말을 이었다.

"잘 있어. ……나는 약속을 지키지 못했네. 미안해, 은동아……."

갑자기 은동이 으아아 하고 기이한 소리를 질렀다. 우는 소리 같기도 했고, 웃는 소리 같기도 했으며 비통하여 내지르는 소리거나 화를 내는 것도 같은, 인간의 목소리 같지 않은 기이한 소리였다. 은동은 울지조차 못하고 목이 메어 컥컥대다가 몸을 덜덜 떨었다. 은동의 입에서 조금씩 말소리 같은 것이 흘러나왔다.

"안 돼, 안 돼……. 죽으면…… 죽으면 안 돼."

은동이 호유화에게 달려들어 손을 꽉 잡았다.

"안 돼요! 안 돼! 호유화……. 안 돼요. 안 돼……."

은동은 안 된다는 말만 끊임없이 되풀이하였다. 그러나 호유화의 몸이 점점 투명해져만 갔다. 마침내 은동은 악을 썼다.

"호유화! 나하고 약속했잖아! 계속 같이 지내면서 놀자구 말야! 내 소원도 들어주겠다고 했잖아! 거짓말쟁이! 거짓말쟁이!"

소리를 지르면서 은동은 작은 손으로 호유화의 멱살을 잡고 마구 흔들어댔다. 그 광경이 참담하여 성성대룡과 삼신대모는 끝내 참지 못하고 고개를 돌렸다.

"약속을 지켜! 내 소원이야! 죽지 마! 죽지 맛!"

그때였다. 별안간 맑은 울림이 사방에 울려 퍼졌다. 무어라 형언할 수 없는 울림이었는데, 누가 소리를 낸 것인지 알 수 없었다. 순간 삼신대모가 기겁을 하며 소리쳤다.

"신계…… 신계의 존재가!"

이상한 울림은 재판정 전체에서 울려 나오는 듯했다. 그것은 말도 아니었고 전심법도 아니었다. 다만 단순한 울림에 불과할 뿐……. 그러나 무엇인가 엄청난 뜻과 말과 가르침이 들어 있는 것 같은 그러한 울림이었다.

태을 사자나 흑호는 내용을 알아들을 수 없었으며, 증성악신인이나 성성대룡, 염라대왕도 알 수 없는 듯했다. 단둘, 삼신대모가 놀란 얼굴을 했고 광계의 비추무나리가 번쩍거리며 마치 말을 하는 것처럼 밝아졌다 어두워졌다를 반복했다. 그러다가 돌연 호유화가 투명해지던 것이 멈추었다. 다시 돌아오는 것은 아니었지만, 투명해지던 무화無化 상태가 멎었다는 것의 의미는…….

호유화가 몸을 꿈틀하더니 힘겹게 눈을 떴다.

"정말, 정말 그게…… 소원이니? 나를…… 나를 살리고…… 싶어?"

호유화가 다시 입을 열자 은동은 그제야 으아앙 하며 울음을 터뜨리며 호유화에게 얼굴을 파묻고 마구 울기 시작했다. 그러자 태을 사자가 슬며시 고개를 숙이며 갓으로 얼굴을 가렸고, 흑호는 와아아 하며 함성을 질렀다.

"살아났다! 살아났다!"

대뜸 삼신대모가 엄숙하게 말했다.

"아직은 모르네."

그러자 좋아하던 흑호는 깜짝 놀랐다. 태을 사자도 번쩍 고개를 들고는 놀란 표정을 지었다. 다른 이들도 마찬가지였다.

삼신대모가 천천히 말을 이었다.

"신계의 전언이 있었네. 아주 드문 일이야. 몇백 년에 한 번 있을까 말까 한 일이지."

태을 사자가 눈을 빛내며 물었다.

"신계라 하시면 팔계의 대표로 참석하신 신계의 대표 말씀입니까? 그분은 아까부터 보이지도 않고 말씀도 없었는데……."

태을 사자의 말이 끝나기도 전에 삼신대모가 벼락같이 소리쳤다.

"신계가 지고무상한 것이 공연히 그리된 줄 아는가? 함부로 말하지 말게!"

그러고는 호유화의 손목을 잡고 눈을 감았다. 곧이어 삼신대모의 몸에서 은은한 빛이 나왔다. 한참이 지나서야 삼신대모가 눈을 떴다.

"호유화의 소멸은 보류되었네. 신계의 뜻이네."

흑호가 허허 웃으며 말했다.

"그럼 죽지는 않는단 거 아니유?"

"그것은 모르네."

흑호의 눈이 대접만 하게 커졌다.

"엥? 그게 뭐여?"

"신계의 의지로 호유화의 소멸은 보류되었지만 소멸될지 않을지는 알 수 없네. 그건 두고 보아야 해."

"뭐가 그런 게 있수? 좀 가르쳐주시면 안 되우?"

흑호가 자꾸 묻자 삼신대모가 인자한 표정으로 돌아와 말했다.

"자네는 생계의 존재지? 좋아. 자네가 다치면, 그래서 상처가 심하면 어떻게 되지? 죽는가, 죽지 않는가?"

"그…… 그거야 많이 다치면 죽을 거구, 아니면……."

"그것과 같네! 호유화가 살 의지가 있어 이겨낸다면 살 것이고, 아니면 죽을 것이네. 그뿐이야!"

흑호는 알았다는 듯이 고개를 끄덕이면서 한숨을 휴우 내쉬고는 누워 있는 호유화를 내려다보았다. 호유화는 정신을 잃고 까무라친 듯했다. 긴 백발이 헝클어졌지만 호유화는 오히려 평소보다도 훨씬 아름다워 보였다.

"이봐, 제발 죽지 말어. 고양이라고 불러도 좋으니 제발……."

흑호는 말끝을 흐리고는 아직까지 정신없이 울고 있는 은동의 뒷덜미를 톡톡 건드렸다.

"네 덕에 신계가 감응하셨나 보구먼. 지성이면 감천이라더니……."

흑호의 말에 삼신대모가 피식 웃었다.

"엉? 왜 웃수?"

"아무리 꼬마의 처지가 딱하다 해도 그런 것으로 신계가 감응하셨을 줄 아는가? 지금 신계는 아까부터 벌어졌던 재판의 판결을 내려주신 것일세. 그래서 호유화의 소멸을 자신의 힘에 맡기기로 한 것이고."

"에이, 살려주면 살려주고 말면 말지, 그건 또 뭐란 말이우?"

흑호가 투덜거리자 증성악신인이 미소를 지으며 말했다.

"신계에서 모든 것을 결정한다면 자네는 무엇이 되겠는가? 자네 또한 신계의 의지대로만 움직이는 꼭두각시에 지나지 않겠는가? 물론 신계에서 개개의 존재를 다룰 수도 있겠지만, 그러지 않으신다네."

태을 사자는 판결을 신계에서 내렸다는 것이 의아했다.

"흠……. 그런데 판결은 아까 내려진 것이 아니었소이까?"

태을 사자가 묻자 삼신대모는 고개를 저었다.

"그건 우리가 내린 판결이지. 대개 신계에서는 아무 의견을 제시하지 않는다네. 이런 정도의 일로는 말이지. 그러나 이번만은 다르네. 확실하게 지시가 내려왔다네."

"우주 팔계는 독립적인 것이 아닙니까? 그런데 신계의 지시를 모두가 따른단 말입니까?"

"지금 여기에 신계의 지시를 따르지 않을 자가 있다고 보는가?"

그건 그랬다. 신계에 조금이나마 저항하거나 말을 듣지 않는 계는 유계와 마계에, 잘해야 환계 정도였다. 그러니 나머지 계들은 신계의 결정에 불복할 리가 없었다.

"허나 시간이 없소이다. 이러는 동안에도 조선은……."

"아까 비추무나리께서 중간계의 시간을 조정하셨네. 지금 여기는 시간이 생계보다 수백 배로 빨리 가고 있으니 염려하지 마시게."

그 말을 듣고 흑호가 엉뚱한 소리를 했다.

"아예 거꾸로 해주실 수는 없수? 그럼 손해를 안 볼 텐데?"

그러자 삼신대모가 호호하며 웃었다.

"우리가 사는 우주에서의 시간은 역전시킬 수 없다네. 어렵기도 하거니와 가장 중요한 천기가 어그러진단 말일세."

흑호는 고개를 끄덕였다. 흑호는 자신이 생각해도 황당한 소리를 성질에 못 이겨 마구 내뱉는데도, 자기보다 까마득히 높은 삼신대모가 전혀 싫증 내지 않고 꼬박꼬박 자상하게 알려주는 것이 눈물겹도록 고마웠다. 그래서 웬만하면 삼신대모의 말에는 꼬투리를 달지 않기로 마음먹었다.

"들을 준비가 되었는가?"

삼신대모가 묻자 태을 사자와 흑호는 고개를 끄덕이며 긴장했다. 그러나 속으로는 마계와 유계에서 음모를 꾸민 사실이 만천하에 드러났는데 별다른 것이야 있겠는가 싶었다. 태을 사자는 문득 이런 생각이 스쳤다.

'성계의 신장군神將軍에다가 생계의 신인, 선녀, 환계의 환수가 모두 동원될 수도 있겠구나. 가만, 아까 보니 광계의 존재들은 위력이 엄청난 것 같은데 광계의 존재까지도 올지 모르나.'

한편 흑호는 이렇게 생각했다.

'금수의 우두머리라는 귀찮은 것은 이제 안 해도 되겠구먼. 우리도 마수 몇을 해치울 수 있었는데, 설마 우주 팔계에 우리만 한 자들이 없을라고. 나는 이제 좀 편안히 놀 수 있겠구먼.'

다만 은동만은 하염없이 울고 있었다. 눈물조차 흘리지 못하고 우는 품이 가련했으나 중요한 시점이어서 모두들 은동은 가만 놓아두고 있었다. 이윽고 삼신대모는 지팡이를 땅에 힘차게 찧으며 엄숙하게 외쳤다.

"신계의 판결을 전한다!"

그 말이 떨어지자마자 광계의 비추무나리, 생계의 증성악신인, 사계의 염라대왕과 환계의 성성대룡 등이 일제히 엄숙한 태도를 취했다.

각각의 예법은 달랐으나 하나같이 엄숙하고 진지하다는 것만은 알 수 있었다. 태을 사자도 예를 갖추었고 쭈뼛거리던 흑호도 이내 고개를 조금 숙였다.

"마계에서 음모를 꾸미고 있다는 사실은 분명해졌다. 또한 무명령과 흑무유자에게는 책임을 물어야 할 것이다. 흑무유자는 도망쳤으니 곧 추적하여 잡거나 그를 내놓도록 마계에 전하라. 그리고 호유화는 천기에 관련된 부분이 남아 있어 소멸을 멈추도록 하였으니 스스로의 힘에 따라 살아날지 아닐지를 정하게 되리라. 그리고 나머지 자들과 생계 조선국에서 벌어지는 마수들의 음모에 대해서는……."

태을 사자와 흑호는 바싹 긴장했다. 삼신대모는 잠시 말을 멈추었다.

아무도 소리 내지 않아 은동의 울음소리만이 울려 퍼지고 있었다. 잠시 후 삼신대모는 말을 이었다.

"생계의 일은 생계에서 알아서 하고, 인간의 일은 인간들 스스로

가 하도록 하여야 한다. 다른 계나 다른 존재가 더이상의 간섭은 할 수 없다!"

"그…… 그것은!"

"엑? 아니, 뭐라구?"

태을 사자와 흑호가 동시에 외쳤다. 어째서 이런 결정이 내려졌는지 도무지 이해가 되지 않았다. 태을 사자가 뭐라고 말하려 했으나 염라대왕이 고개를 가로젓는 것을 보고 간신히 말을 삼켰다. 흑호도 외치려 했으나 증성악신인이 훌쩍 앞을 막아서고 손가락을 세워 입술에 대었다. 그러자 흑호는 할 수 없이 앞발로 입을 냅다 후려갈기면서 입을 막았다. 순간 철썩하며 크게 소리가 났다. 삼신대모는 못 들은 척, 마지막으로 말했다.

"이상이 신계의 판결이다!"

삼신대모의 말이 끝나자 흑호가 뚜벅뚜벅 앞으로 나섰다. 흑호의 얼굴에는 분노와 긴장감이 가득차 있었다.

"이게 뭐유? 난 잘 모르겠는데, 알아듣게 설명해주시우!"

"흑호, 대모님께 무례하게 굴지 말게!"

증성악신인이 외쳤으나 삼신대모는 오히려 증성악신인을 말리며 말했다.

"들은 대로네. 신계에서는 분명 생계의 일은 생계에서, 인간의 일은 인간들이 알아서 해야 한다 하셨네. 우리가 생계의 일에 개입할 수 없을 것 같네."

"아니……. 왜 그런단 말유! 어째서!"

흑호가 분통을 터뜨리려 하자 태을 사자가 나섰다.

"잠시만, 흑호. 그건 일리가 있네."

"무슨 일리가 있단 말이우! 마수들이 설치고 다니는 걸 그냥 보고 있으란 말유? 우리 일족의 죽음은 어쩌구! 조선국하구 은동이는 어쩌구! 호유화는 또 어쩌구!"

삼신대모가 난처한 빛을 띠며 대답했다.

"할 수 없는 일이네. 흑호 자네의 기분은 알지만……."

삼신대모는 한숨을 한 번 내쉰 다음 계속 말했다.

"마수들이 죄를 지은 것이라 신계에서 선언하셨으니 그 점만은 분명하네. 그런데 마수들이 왜 죄를 지었다고 여기는가?"

흑호는 흥분이 되어 더더욱 말이 나오지 않는 모양이었다.

"마…… 마수들은 천기를……."

"그래, 그렇지. 마수들은 천기를 어그러뜨리고 생계의 역사를 조작하려 하고 있네. 그래서 죄를 지은 것이지. 그런데 거기에 우리들이 또다시 개입하여 싸움을 치러보게. 그러면 천기가 온전할 것 같은가?"

"그렇지만…… 잘하면 그만 아니우! 천기를 어그러뜨리는 것을 막기만 한다면!"

흑호가 당당하게 되받자 삼신대모는 고개를 저었다.

"신계를 제외하고는 모두가 각각 근본적으로 생각이 다른 존재들이네. 하나 묻겠네. 일단 천기를 어그러뜨린 것을 막자면 어째야 하는가? 그럼 천기를 먼저 알아야 하는 것이 아닌가? 광계의 비추무리들(광계의 전사), 성계의 신장들, 사계의 사자들과 환계의 환수들을 대거 투입한다면, 마수들을 금방 이길 수는 있겠지. 그러면 그들도 모두 천기를 알아야만 하고, 자칫 더 큰 혼란이 일어날지 모르네."

"제길! 아무도 말 안 하면 그만 아니우! 더구나 생계 인간들도 천기누설을 하고 예언서 같은 것을 만드는 판인데!"

"아니네. 그것은 근본적으로 다르네. 생계의 인간들은 그 누구도 예언을 확실하게 믿지 않는다네. 언제나 예언에 대해서는 반신반의하게 마련이고, 이루어진 이후에야 그것이 확실한지 아닌지 깨닫는 법이야. 인간들은 천기랍시고 가짜를 지어내곤 하지 않는가? 그리고 천기를 읽지도 못하면서 읽었다고 착각하는 경우도 아주 많네. 결국 각각이 아무리 천기를 미리 읽었다손 치더라도 그것은 그 인간 개인의 것일 뿐, 세상을 변하게는 하지 못하네. 그러나 우리가 천기를 지킨답시고 많은 군대를 파견한다면 천기를 수호하는 입장이니만치 아주 정확한 천기를 알아야 하네. 그리하면 그에 대응하는 마수들도 천기를 깨닫게 되는 결과를 낳을 것이지. 지키지 않는다면 무엇이 중요한 것인지 모르지만, 지키면 무엇이 중요한지 알게 되지 않는가? 그렇지 않은가?"

"그…… 그건 그렇수만……."

"그러면 어떻게 되겠는가? 어찌되었건 천기를 지킬 생각이 없는 마수들마저도 천기를 정확히 알게 되는 셈이 되고 마네! 교묘한 함정이지. 제아무리 지키려 애를 써도 천기는 이미 누설된 셈이 되고, 그로 인해 우주 전체에 혼란이 오네! 막을 수 없는 대혼란이 말이야."

삼신대모가 차분하지만 무시무시한 가정을 말하자 흑호는 입만 딱 벌린 채 말을 하지 못했다. 태을 사자가 큼큼거리며 나섰다.

"저도 방금 그렇게 생각했사옵니다. 혹시 마계는 이것까지도 노린 것이 아닐까 하고 말입니다."

삼신대모는 고개를 끄덕였다.

"맞네! 자네는 머리가 잘 돌아가는구먼. 그러면 자네, 생계가 왜 중요한 곳인지 아는가?"

태을 사자는 그 질문에 거침없이 대답했다. 사계에서 영혼을 관리하는 일을 한 만큼, 그에 대해서는 누구보다도 잘 알고 있다고 자부할 수 있었다.

"생계의 인간들과 산 것들의 영혼이 윤회를 거쳐 우주의 모든 생명의 밑거름이 되기 때문이겠지요."

"그래, 그건 맞네. 그리고 또?"

"또…… 말이옵니까?"

태을 사자가 머뭇거리자 삼신대모가 마저 일러주었다.

"그건 우주 전체의 천기가 걸린 곳이 바로 생계이기 때문이네."

"네?"

태을 사자는 그 부분에 대해서는 잘 이해할 수가 없었다. 우주의 성계에서 만들어진 천기로 생계가 유지되는데, 그런 생계가 우주 전체의 천기를 좌우하다니?

태을 사자가 의아한 표정을 짓자 삼신대모는 말했다.

"자네는 자네가 있던 사계의 분위기가 왜 생계의 시간이 흐름에 따라 바뀌는지 그 이유를 아는가? 생계의 존재는 그토록 미약하고 명이 짧은데도 왜 우주의 다른 여러 계가 생계를 관할하는 것을 주임무로 하는지 아는가? 어째서 생계의 존재는 윤회를 거듭하면서 계속 단계가 올라가 다른 계의 일원이 되기를 반복하며, 나아가서는 신계에까지 올라갈 수 있는지 아는가?"

"모릅니다."

태을 사자가 짧게 대답하자 삼신대모는 차근차근 말을 이어갔다.

"창조가 가능한 곳은 신계와 생계뿐이네. 신계는 최초의 창조가 있었던 곳이며, 그 이후 나머지 계는 모두 생계의 창조에 바탕을 두고 있네. 그 때문에 생계는 중요한 곳이며, 마계는 우주 전체의 질서를 흩뜨리려고 생계를 노린 것이네."

태을 사자는 무엇인가로 뒤통수를 얻어맞은 듯한 충격을 받았다. 그 말 한마디에 여태껏 품어왔던 수많은 의문들이 사라진 것이다. 생계는 창조가 가능한 곳이었고, 생계에서의 창조는 다른 계들의 바탕이었다! 삼신대모가 다시 말했다.

"우주는 무한한 것, 자네도 전설처럼 들리는 그 이야기를 들어보았겠지? 우주는 팔계라네. 팔계이며 구계이고 또 무한계라네. 모든 것은 돌고 돌아 처음이 끝이 되고, 시작이 마지막이 되는 법이라네……."

태을 사자는 물론 그 노래를 기억하고 있었다. 신계, 성계, 광계, 생계, 사계, 유계, 환계, 마계를 묘사한 노래! 그리고 마지막 구절…….

마계의 그 너머에는 신계가 있다네.
신계의 그 너머에는 성계가 있다네.
그리고 그 너머에는 광계가 있다네…….

세상은 끝이 없다네.
끝이 없다네.
그러나 마음으로 보지 않으면 아무것도 없다네.
아무것도 없다네.

"혹시……. 혹시……."

태을 사자는 자신도 모르게 말을 더듬거렸다.

"신계 너머의 성계…… 그리고 다시 광계……. 우주는 무한하고 순환하는 것입니까?"

그 말에 삼신대모는 신비스러운 미소를 지었다.

"그럴 수도."

"그러면…… 그러면 지금 우리들의 신계는 혹시 과거, 까마득한 과거의 생계가 아니었습니까? 생계가 발전하여 창조를 이루어 주변계를 이루고, 마침내는 신계로 나아가는 것! 인간이 해탈하여 광계에 이르고 다시 성계, 신계에 이르는! 윤회의 순환을 벗어나 그곳에 이르는 것. 바로 그것을 말함입니까!"

삼신대모는 더더욱 신비스러운 미소를 지었다.

"그럴지도……. 그러나 기억하는가? 마음으로 보지 않으면 아무것도 없다네."

태을 사자는 벼락을 맞은 것 같았다. 깨달음의 순간이라 해도 좋았다. 일시적으로 모든 것이 이해되는 것 같았고, 모든 것이 하나가 되는 것 같은 느낌이 들었다.

'우주의 생성! 우주의 순환!'

그러나 그 시간은 짧았다. 흑호가 입을 열자 태을 사자는 정신을 차렸다.

"뭔지 모를 소리는 하지 마시우! 아무튼 그러면 어쩌라는 거유! 마수들을 그냥 두라는 거유?"

흑호가 끼어들자 태을 사자는 아쉬웠다. 조금만 더 그 기분을 느끼고 깨달을 수 있다면 자신은 영적으로 몇 단계 더 발전할 수 있을지도 몰랐다. 그러나 그것도 운명이 아니겠는가? 태을 사자는 정신을 추슬러 눈앞의 일에 골몰했다.

삼신대모는 흑호의 항의에도 초연히 말했다.

"그것은 아닐세. 신계의 전언에는 분명 생계의 일은 생계에서 알아서, 인간의 일은 인간이 알아서 하라고 되어 있었네. 그리고 다른 계나 다른 존재 간에 더이상의 간섭은 하지 말라고 하시었네."

"그런데 그게 무슨 뜻이유?"

"분명 신계에서는 '더이상의' 간섭은 하지 말라 하신 것이네. 그러니 현재까지 행해진 바는 그냥 행해져도 좋다는 뜻일 것이네."

"그렇다면……."

"그렇다네. 지금 자네들은 어찌되었건 천기를 한차례 휘저은 셈이네. 그러나 자네들은 죄가 없어. 자네들은 더 많이 뒤집힐지 몰랐던 천기를 그래도 원래 방향과 비슷하게 바로잡은 것이니 말일세. 그러나 어쨌건 천기가 조금 변한 것은 사실이네. 그러니 신계에서는 지금의 이 상태로 천기를 고정시키도록 결단을 내리신 것이네."

"천기를 고정시킨다 하시면……. 그럼 지금까지 우리가 행하거나 마수들이 행한 것은 그대로 두고 새 천기를 만드신다는 것이옵니까?"

태을 사자가 묻자 삼신대모는 고개를 갸웃했다.

"비슷하지만 조금 다르네. 지금까지의 일은 이미 과거가 되었으니 인정할 수밖에 없겠지. 그러나 새 천기를 정하는 것은 아니네. 지금까지의 일을 겪으면서도 과거의 주된 천기를 그대로 흘러가도록 하는 것일세."

"그것이 가능하옵니까?"

"될 걸세. 일단은 마계에서도 생계의 일에 끼어드는 놈들이 더 나오지 않게 하여야지. 마계와 생계 간의 모든 통로를 봉쇄하여야겠네. 생계에서의 이 전쟁……. 그러니까 왜란이 완전히 끝날 때까지 말일세."

삼신대모는 비추무나리를 불러 고개를 한 번 끄덕였다. 그러자 광계의 비추무나리는 밝은 빛을 번쩍 내뿜었다. 태을 사자와 흑호는 삼신대모가 우주 전체의 군대라고도 할 수 있는 각 계들을 지휘하자 입만 딱 벌렸다. 성계가 신계 바로 밑의 으뜸이 되는 계라고는 하나 삼신대모가 결정을 척척 내리는 것으로 보아 삼신대모는 성계에서의 지위 또한 아주 높은 모양이었다.

마계는 끝을 알 수 없는 어둠의 세계인데, 전체를 봉쇄하려면 광계 전체가 동원되어야 할지도 몰랐다. 그리고 그 포위망에서 얼마나 많은 싸움이 벌어질지 알 수 없었다. 이는 우주 전체의 대전쟁이 되어버린 것이나 다름없었다. 삼신대모는 태을 사자와 흑호에게 친근하면서도 자상하게 설명을 해주면서 그 와중에도 명령을 내렸다.

"광계의 존재들은 순수하여 매우 강하니 마계를 충분히 봉쇄할 수 있을 걸세. 그리고 환계의 존재들과 사계의 존재들은 유계의 것들을 맡기로 하세. 유계의 것들이 더 나오지 못하게 하려면 환계가 힘을 써주어야겠소."

삼신대모의 말에 성성대룡은 커다란 고개를 꾸벅 숙였다.

"환수 전체를 동원하거나, 유계 놈들을 다 잡아 죽여서라도 꼼짝 못하게 하겠소이다. 그러나 호유화 누님이 걱정이 되어……."

성성대룡은 호유화와 환계에 있을 때 무척 정이 깊었던 사이 같았다. 삼신대모가 고개를 끄덕였다.

"너무 걱정하지는 마시오. 내 힘을 다해보겠소."

"일단 환계로 옮기면 안 되겠습니까?"

"안 되오. 지금 조금이라도 움직이면 호유화는 깨어나기 어려울지도 모르오. 호유화는 내가 책임질 것이며 최선을 다해 보겠소."

또다시 성성대룡은 거대한 머리를 꾸벅 숙였다. 그러면서도 슬픈 눈으로 자꾸 호유화 쪽을 돌아보곤 했다. 그것을 보고 태을 사자는 생각했다.

'환계의 존재들은 유계보다도 밑에 있는 줄 알았더니 그렇지 않구나. 겉보기에는 마수나 환수나 다를 바 없는 것 같았는데, 그 마음가

짐에 차이가 있구나. 환수는 정正은 아니더라도 악惡도 아니구나. 짐작보다도 훨씬 따뜻하고 선한 세계인지도 모르겠다.'

다음으로 삼신대모는 염라대왕을 지목했다.

"이미 사계의 접경에는 유계의 대군이 진을 치고 있다 하니, 염라대왕께서는 그 군을 맡으시오. 그 녀석들은 천기 조작의 선봉 격이니 하나도 남겨서는 아니 되오. 이미 사계에 파견되어 있는 신장군들은 그대가 지휘하시어 유계의 것들을 모두 없애시오. 단, 태을 사자가 말한 대로라면 사계의 판관급마저도 마수로 바뀌었던 모양이니 내부의 마계 공모자도 색출하시기 바라오."

"그러겠습니다."

염라대왕은 눈을 감으며 고개를 숙였다. 그때 태을 사자는 삼신대모 옆에 있어서 까마득한 상관인 염라대왕의 절을 덩달아 받는 셈이 되어 마음이 몹시 거북했다. 삼신대모가 계속 말했다.

"우리 성계는 사방에 신장을 파견한데다가, 현재 조금이나마 천기가 변동되었기 때문에 이를 바로잡으려면 전력을 기울여야 할 것이오. 수많은 시투력주와 우주의 조화를 조정하여야 하니까…… 고생깨나 할 것 같구려."

대뜸 흑호가 나섰다.

"흠, 이거 답답해서 안 되겠구먼. 그러면 마수 상대는 누가 한단 말유? 생계에서 생긴 일이니 생계가 하면 되겠구먼? 증성악신인이나 팔신장, 팔선녀는 우리를 도울 수 있는 거유?"

삼신대모가 씁쓸하게 고개를 저었다.

"신인이나 신장, 선녀 등은 모두 성계의 소속이네. 그러니 직접 도울 수는 없지."

"흠! 그러면 하다못해 나를 금수의 우두머리로는 삼아주실 수는 있겠수? 그러면 부하들을 쓸 수 있으니까 말유."

증성악신인이 고개를 저었다.

"삼는 것은 문제없네. 허나 부하들을 마음대로 사용할 수는 없어. 그들에게도 천기가 누설되면 안 되기 때문이지. 우리 다른 계에서 지원해줄 수 없는 것과 같은 이치라네."

계속 부정적인 이야기가 돌아오자 흑호는 울화통이 터지는 듯했다.

"제기! 그럼 뭣하러 금수의 우두머리가 되우? 안 되구 말지!"

태을 사자가 급히 말했다.

"아니네, 흑호."

"뭐유?"

"삼신대모님, 금수들로서 지각이 없고 말을 알아듣지 못하거나 스스로 생각할 능력이 없는 것들은 어떻습니까? 그들까지도 천기누설을 조심하여야 합니까?"

삼신대모는 잠시 생각에 잠겼다. 사실 그것도 원칙적으로는 금해야겠지만 그런 지각없는 것들이 지각이 생길 만큼 오랜 시간에 걸쳐 이 난국이 이어질 것 같지는 않았다. 왜란이 무한정 갈 것은 아니기 때문이다. 기껏해야 몇 년인데, 지각없는 존재들이 그런 내용을 기억하거나 알게 될 확률은 없다고 보아도 좋을 것 같았다.

"음……. 위험은 있지만…… 별문제는 없을 것이네."

"그렇다면 흑호, 직위를 받게. 그러면 영통하지는 못하더라도 작은 금수들이나 혹은 생계를 떠도는 도깨비 같은 정령들은 부릴 수 있지 않겠는가?"

흑호가 툴툴거리며 고개를 저었다.

"마수들과 싸워보고도 그러시우? 자잘한 것들을 부려봐야 목숨만 바치지, 도대체 무슨 도움이 된단 말유? 내가 생각한 것은 영통한 금수들이나 도력이 높은 존재들이지, 하찮은 도깨비 따위가 아니란 말유."

"허나 모르는 일일세. 싸움은 법력이나 힘으로만 하는 것이 아니야. 정보도 모아야 하고 정탐도 해야 하고 싸움 말고도 할 일은 얼마든지 있다네. 그리고 또 아는가? 백지장도 맞들면 낫다지 않는가?"

뾰족한 수가 없는지 결국 흑호는 고개를 끄덕였다.

"그러면 하겠수. 그런데 신인, 청이 있우."

"뭔가?"

"이번 난리가 끝나고 원수도 갚고 마수들도 다 잡게 되면 언제라도 나를 풀어주슈. 그런 머리 아픈 것은 오래 하기 싫수."

증성악신인이 호탕하게 웃었다.

"허허허……. 권세를 잡았으면 책임도 져야지. 자기 편한 대로만 하겠다는 것인가? 허허."

"에이, 그러지 마슈. 부탁이유."

흑호는 단순한 만큼 신경도 둔해서 평소 같으면 꿈도 못 꿀 증성악신인을 앞에 두고 오히려 농지거리까지 하고 있었다. 태을 사자는 흑호의 단순함이 기가 막히기도 하고 한편으로는 부럽기도 했다. 증성악신인은 대신인大神人답게 호탕하게 웃으며 말했다.

"내 자네처럼 도력이 있으면서도 이렇게 솔직한 자는 처음이군. 허허……. 오래 시켜도 잘할 것 같지도 않으니 그렇게 해주겠네. 허허……."

흑호는 기분이 좋아 너스레를 떨며 웃었다.

"히히히……. 좋수!"

삼신대모가 분위기를 환기시키며 말했다.

"또 한 가지, 중요한 사실이 있네. 신계에서는 분명 다른 존재들 간에 접촉을 금해야 한다 하셨네. 그러니 그대들도 더이상 다른 인간들과 접촉해서는 아니 되네. 인간에게 보이거나, 존재를 알린다거나, 무엇인가를 가르쳐준다거나 하는 일은 할 수 없다는 말일세."

흑호는 펄쩍 뛰었고 태을 사자도 깜짝 놀랐다.

"아니, 그러면 무엇입니까? 우리가 무엇을 할 수 있다는 것이지요?"

"마수들을 막게. 대략 추산하건대 생계의 조선국에 내려가 있는 마수들은 그리 많지 않네. 마계와 생계와의 통로를 봉쇄하였으니 더 이상의 마수들이 내려가지는 못할 것이네. 우리들, 그대들 이외의 자들은 생계에 새삼 내려가 영향을 줄 수 없으니 마수들과 싸울 수는 없지 않겠나? 그러니 그대들이 막아야 하네."

태을 사자가 이의를 제기하며 나섰다.

"인간의 행동을 제지하거나 막을 수도 없단 말입니까?"

"절대 아니 되네. 모습조차 보여서는 아니 되네."

"마수들은 분명 또 지난번 신립의 예와 같이 간접적인 방법으로 인간들을 조종하여 왜란 종결자를 해칠 것입니다. 그런데 우리가 인간들과 접촉을 할 수 없다면 그것을 어찌 막겠습니까?"

삼신대모가 미소를 지었다.

"당신들 중에도 인간이 있지 않나?"

"인간? 에엑? 은동이 말유?"

흑호가 놀라서 꽥 소리를 질렀다. 태을 사자가 고개를 저으며 말했다.

"저 아이가 영리하고 많은 일을 도운 것은 사실입니다. 하지만 저 아이 혼자의 힘으로 무엇을 할 수 있겠습니까? 차라리 김덕령이나 유정과 같이 도력 있는 인사들은 어떻겠습니까? 그들에게 알리고 그들의 도움을 청한다면?"

뜻밖에 삼신대모는 고개를 저었다.

"아니 되네. 이제 천기가 나갈 길은 정해졌네. 더이상의 인간에게 천기의 비밀과 우주의 비밀을 밝히는 것은 천기를 흩뜨릴 뿐이지. 그러나 저 아이는 인연으로 말미암아 처음부터 이 일에 들어오게 되었네. 저 아이는 이제 천기의 탈출구가 된 것일세."

"천기의 탈출구란 것은 뭡니까?"

태을 사자가 묻자 삼신대모는 천천히 설명해주었다.

"우리 성계는 우주 전체의 천기를 맡고 있네. 그러나 생계의 존재들은 나름대로 창조를 하는 존재인 만큼, 큰 예정은 우리가 정한 천기대로 흘러가지만 간혹 그것을 뒤엎는 결정을 내릴 수도 있지. 그 때문에 우리는 천기를 만들면서 항상 어느 정도 불확실성을 만회할 수 있는 여지를 남겨둔다네. 그것이 천기의 탈출구지. 그런데 이번 일의 경우에는 인간인 저 아이가 말려들어 저승까지 왕복하였으며 중간계에 와서 우리의 존재를 알고, 우리의 이야기를 모두 들었네. 그러니 이번 일 전체에 걸쳐 천기의 탈출구가 될 수 있는 것은 저 아이뿐이네."

그러면서 삼신대모는 은동을 돌아보았다. 은동은 이제 울고 있지 않았다. 주변에 무슨 일이 일어나든 상관없이, 그저 호유화의 손을 꼭 잡고 있을 뿐이었다.

"태을 사자, 자네의 말대로 마수들은 온갖 간악한 수단을 부릴 것일세. 왜란 종결자를 없애고 전쟁을 자신들의 뜻대로 조종하기 위해 무슨 짓을 할지 모르네. 그래도 자네들은 마수들과 식섭 싸우거나 마수들이 직접적으로 행동을 하는 것을 막는 것 말고는 아무것도 할 수 없네. 하지만 저 아이는 되네. 저 아이가 모든 것을 막게끔 해야 하네. 아니, 그럴 수밖에 없어. 이제 유일한 희망은 저 아이뿐이라네."

흑호가 절망적으로 소리쳤다.

"저 아이가 무엇을 안다구! 저 애가 무슨 힘을 쓴단 말이우! 그나마 영혼들도 빠져나가 기운 한 점 없는 평범한 아이인데!"

문득 태을 사자가 한 가지 생각이 떠올랐다.

"대모님, 그러면 우리가 저 아이에게 도움을 줄 수는 있습니까?"

"태을 사자나 흑호, 호유화 셋은 천기에 이미 개입되었으니 당연히 되지."

"아니, 대모님이나 여기 계신 비추무나리 님, 성성대룡 님, 염라대왕님, 증성악신인 님이 말입니다."

"안 되네."

"지금도 안 됩니까?"

초조하게 묻는 태을 사자를 보며 삼신대모가 갑자기 웃음을 띠었다.

"역시…… 역시 머리가 기발하군. 좋은 생각이네! 생계로 내려가면 저 아이는 아마도 다시는 만나지 못하고, 만날 수도 없겠지만…… 지금은 도움을 줄 수 있겠군!"

그러더니 이내 고개를 갸웃했다.

"그러나 어떻게 도와야 할까?"

흑호가 말했다.

"법력을 한 삼천 년…… 아니 오천 년, 아니 삼만 년 정도 주슈! 그게 최고 아니유?"

"아니 되네. 저 아이는 아무 힘도 없는 보통 인간이란 걸 잊지 말게. 스스로 노력하지 않고 그런 힘을 몸에 담을 수는 없네. 그러면 내려가는 즉시 몸이 폭발하여 죽을 걸세. 인간의 한계 내에서는 당연히 줄 수 있지만……. 그런 정도라면 이전에 아이가 얻었던 인간 스무 명의 힘 정도겠지. 그걸로는 별 도움이 안 될 텐데……."

"그러면 법기나 쓸 만한 물건을 주시면 어떻겠습니까? 그것을 사용할 수 있지 않을까요?"

기발한 제안에 삼신대모도 기뻐했다.

"그것 좋은 생각이네. 신통한 물건을 준다면……."

그러다가 이내 삼신대모의 얼굴빛이 흐려졌다.

"그것도 곤란하네. 아이가 법기를 휘두른다면 보는 자가 있어서 곤란해질 것이고, 법기란 알다시피 원래 우리의 법력에 근본을 삼고 있으니 우리가 돕는 것과 무엇이 다르겠나?"

돌연 은동이 끼어들었다. 어느 사이엔가 은동은 이쪽을 바라보고 있었다.

"필요 없어요."

"어? 은동이 너……."

흑호가 뭐라 말하려 했으나 은동은 듣지 않고 무엇인가를 꺼냈다.

호유화가 주었던 유화궁이었다.

"이것으로 마수들을 잡을 거예요. 마계의 존재가 호유화를 해치고…… 조선에 난리를 일으켰어요. 어머니도 돌아가셨고, 마을 사람들도 모두 죽었어요. 반드시 내 손으로 원수를 갚을 거예요!"

은동의 말에 흑호는 감동되어 고개를 끄덕였으나 태을 사자는 어떻게든 은동을 설득하여 이 천재일우의 기회에 막강한 힘을 받도록 해야 한다고 여겼다. 우주 팔계의 쟁쟁한 존재들의 도움을 이후에 언제 얻을 수 있으랴?

그때 성성대룡이 은동을 돌아보았다. 성성대룡은 길게 늘어진 수염으로 유화궁을 건드리며 말했다. 성성대룡은 앞발만 해도 은동의 몸 전체보다도 수십 배나 컸기 때문에 만질 수가 없었다.

"누님의 이름이 붙은 활이로구먼. 쓸 만하겠는데?"

"그럼요!"

"네가 이 활로 어떤 것이든 화살을 쏘면서 '용화龍火의 주인이 명한다'라고 하면, 화살에 맞은 건 그것이 무엇이든 불이 붙어서 타버릴 게다."

성성대룡의 말에 삼신대모의 안색이 변했다.

"성성대룡! 그건 아니 되오! 만에 하나 이 아이가 그 능력을 인간에게 써서 영향을 끼치게 되면……."

그러자 성성대룡은 눈을 끔벅했다.

"단, 인간이 탄 것이나 인간에게는 쏘지 말아야 해. 안 그러면 그 불이 돌아와서 너를 태워버릴 거다."

성성대룡은 삼신대모에게 돌아서서 말을 이었다.

"이 아이가 천기를 지키지 않고 능력을 함부로 쓴다면, 곧 이 아이 스스로를 파멸시킬 것입니다. 그러면 되는 것 아닙니까? 나는 잘못하지 않았다고 여깁니다. 아니, 그러면 곧 천기를 판가름하는 가장 중요한 싸움이 생계에서, 그것도 이 아이의 손으로 치러질 참인데 어찌 가만있는단 말입니까!"

그 말에 삼신대모는 당황하여 입술을 깨물고 무엇인가 고민하는 듯했다. 그러자 증성악신인이 나서며 말했다.

"그런 위험한 능력을 주면 어떡하시오? 아이가 겁먹지 않소?"

그러면서 증성악신인은 유화궁을 손가락으로 한 번 퉁겼다.

"네가 화살이 떨어졌을 때, 어디에서든 네가 직접 보관해둔 화살이 있기만 하면 항상 네 손에 잡힐 것이고, 화살을 쏘면 절대 과녁이 빗나가지 않을 것이다."

증성악신인은 껄껄 웃으며 삼신대모에게 말했다.

"난 화살을 만들어준 것도 아니고, 운반만 해주는 셈이니 문제없겠지요?"

삼신대모는 미간을 찌푸리며 외쳤다.

"과녁이 빗나가지 않는 것은 어찌하고요!"

"그거야 이 아이가 활을 잘 쏘는 덕분 아니겠소?"

은동은 그저 얼떨떨할 뿐이었다. 삼신대모는 뭐라고 외치려 했으나, 그때 염라대왕이 훅 하고 입김을 내뿜었고 은동은 잠시 비틀거렸다. 염라대왕이 근엄하게 말했다.

"그 활로 화살을 쏘면서 '저승의 명령이다'라고 하고 어떤 인간이든지 맞기만 하면, 아니 스치기만 했다 하더라도 그 자리에서 혼백이 달아날 것이다!"

그 말에 삼신대모가 펄쩍 뛰었다.

"너무 심하지 않소? 염라대왕?"

"어차피 화살을 맞은 녀석이면 죽는 것 아니겠습니까? 또 이 아이는 그럴 만한 녀석이 아니면 쏘지 않을 것입니다. 어쨌든 인간을 죽이고 살리는 일은 나와 밀접한 관계가 있으니 너무 허물치 마십시오."

비추무나리가 잠시 은동의 주위를 돌며 빛을 발했다. 그 모습을 보더니 삼신대모는 경악했다.

"비추무나리! 미치시었소? 그런 엄청난 힘을 아이에게 주다니!"

흑호는 삼신대모의 말을 듣고 좋아서 아예 입이 귀밑까지 벌어져 있었다. 태을 사자 역시 기분이 좋아서 물었다.

"도대체 무슨 능력을 주신 것입니까?"
"어느 때든지 비추무나리의 이름을 외우면 세상의 어떤 공격이나 법력에도 다치지 않는 수호력을 주었소. 음……. 아무리 그래도 너무들 하시는군."
"좋다, 좋아! 은동아! 우리 함께 마수 놈들을 모조리 없애버리자꾸나!"
흑호는 신이 나서 외쳤다.
성성대룡의 불길은 인간은 쏘지 못하지만 마수들은 쏠 수 있으니 그 한 방을 버텨낼 놈이 없을 것이고, 증성악신인이 화살을 무한정 쓸 수 있게 해주었으니, 몇 배의 효과가 생기는 셈이다. 그리고 마수가 아닌 인간이 방해를 하면 염라대왕의 능력으로 누구든 죽일 수 있으니 좋았고, 위험한 경우에도 비추무나리의 이름만 외우면 절대 다치지 않을 수 있으니, 이제 마수들이나 마수의 조종을 받는 인간들은 죽은 것이나 마찬가지였다.
삼신대모가 몸을 부르르 떨더니 은동의 앞으로 나섰다.
"아이야, 너를 못 믿는 것은 아니다만 네가 받은 능력은 너무 지나치다. 그래서는 아니 돼. 미안하다만, 나는 네가 받은 능력을 모두 인정해줄 수 없다. 나도 네 편이기는 하다만, 너무하구나."
순간 각 계의 존재들이 일제히 불만을 표했지만, 삼신대모는 냉랭하게 고개를 저었다.
"이러면서 무슨 천기를 지킨다 하시오! 너무들 하시지 않소?"
삼신대모는 고개를 돌려 은동에게 말했다.
"아이야, 내가 네 힘을 다시 아까 뭐냐, 그래, 스무 명의 영혼이 들었을 적으로 해주마. 그러나 지금의 소원들을 다 이뤄줄 수는 없단다. 너는 너무 어리고, 그 힘들은 너무 막강해. 어떠냐? 한 가지만 네가 원하는 것을 택하거라. 그게 좋을 것이다. 어떠냐? 이 할미 말을 들을래?"

은동은 잠시 무엇인가 생각하더니 고개를 끄덕였다. 각 계의 존재들과 흑호, 태을 사자가 안 된다고 했지만 은동은 똑똑하게 말했다.

"한 가지……인가요? 아무거나 되나요?"

"그럼!"

"난 단 한 가지만을 원해요, 삼신할머니. 꼭 들어주세요."

"그래, 그래. 할미가 약속하마. 무엇이냐?"

은동은 입술을 깨물면서 손가락으로 누워 있는 호유화를 가리켰다.

"호유화 님을…… 꼭…… 꼭 살려주세요. 능력이고 뭐고 없어도 좋아요. 제발 호유화 님을 살려주세요. 네? 꼭요……."

그러자 웅성거리던 각 계의 존재들이나 흑호, 태을 사자까지도 웅성거리던 것을 멈추었다. 은동의 말은 황당하고 이치에 맞지 않았다. 능력들 중의 하나를 고르라는 것이었지, 그런 이야기를 하라는 것은 아니었으니까.

그러나 누구도 그에 대해 이의를 제기하지는 않았다. 그러기에는 은동의 얼굴이 너무나도 처연해 보였기 때문이다. 그 말에 삼신대모도 한숨을 쉬었다. 그리고 은동의 슬퍼하는 얼굴을 다시 한번 쳐다본 뒤 천천히 말했다.

"그래. 약속할 수 없는 일이지만…… 애쓰겠다고 약속하마. 인간 아이치고는 정말 제법이구나."

은동은 딱 잘라 말했다.

"애쓰는 게 아니고 살려줘야 돼요!"

삼신대모는 곤란한 듯 고개를 갸웃거리다가 덧붙였다.

"만에 하나, 호유화가 살아나지 못하게 되면 내 무슨 수를 써서라도 다음 생에 환생하게 하여 너와 같이 있게 하여주마. 그러면 되었느냐?"

고개를 세차게 저으며 은동이 외쳤다.

"안 돼요! 다음 생이라니요? 꼭 살려주세요!"

"아하, 이런 답답할 데가……. 네가 빌지 않아도 이 할미는 최선을 다해요. 허나 확실하지 않은 것을 내 어찌 장담하겠느냐? 아이야, 착하지, 응?"

"안 돼요, 안 돼……."

은동은 다시 울기 시작했다. 삼신대모의 얼굴에 당황하는 기색이 역력했다.

"좋다! 환생될 때 같이 있게 해주고, 앞서 받았던 능력을 하나도 없애지 않고 다 주마. 그러니 울음을 그치거라."

그 조건을 듣고 흑호는 얼른 좋다 하라고 외쳤다. 태을 사자도 내심 은동이 그래주었으면 바랐다. 그러나 은동은 막무가내였다.

"싫어요! 절대 싫어요!"

"어허……. 좋다. 그러면 내 너와 호유화가 환생할 때 원하는 계의 원하는 출신으로 태어나도록 하여주마! 왕자와 공주로 태어날 수도 있을 것이고, 성계의 신인과 선녀로 태어날 수도 있는 것이다! 내 이런 소원은 말한 적이 한 번도 없지만…… 어떠냐?"

이 조건은 너무도 파격적이어서 다른 계의 존재들조차 입을 딱 벌렸다. 삼신대모는 모든 존재의 출생을 주관하는 신과 같은 존재였으므로 지금 말한 것은 삼신대모가 할 수 있는 최대한의 조건인 셈이었다. 윤회를 수백 번 거치고 해탈의 경지에 들어도 인간으로서는 성계는커녕 광계에 오를락 말락 한데, 하물며 성계까지 단번에 올라갈 수 있는 것이다. 그 말을 듣자 염라대왕이 오히려 반대하고 나섰다.

"삼신대모님이야말로 지나치신 것이 아니오? 어찌 그런……."

"지금의 난국이 해결되고 천기가 바로잡힌다면 응당 그만한 보상은 해야 할 것이 아니겠소? 더구나 이 아이의 공이 매우 큰데……."

"아이의 공? 태을 사자나 호유화는 공을 세웠는지 모르지만 이 아이가 대체 그만한 공을 언제 세웠단 말이오?"

"당신은 알 수 없으니 그냥 믿으시오. 내 거짓을 말하지는 않으니."

삼신대모는 속으로 미소를 지었다.

'저 아이를 데려와야 한다던 생각이 맞았구나. 성인의 예지는 틀림이 없었어.'

그 안의 누구도 모르고 있었다, 애당초 삼신대모가 어째서 급히 은동을 데리고 왔는지를……. 호유화가 도움을 주어서 해탈을 했다던 과거의 성인. 그는 아직도 호유화가 주었던 은혜를 잊지 않았던 것이다.

천기를 만드는 일을 맡고 있던 성인은 재판이 열리기 전 삼신대모에게 이렇게 말했다. 그 아이를 데리고 가라고. 그렇게만 하면 일은 풀리게 되며 빗나간 천기를 바로잡을 실마리가 생긴다고 말이다.

과연 성인의 예지대로 은동이 단서가 되어 재판의 결과는 뒤집혔다. 비록 은동은 아무것도 한 일이 없지만, 은동이 없었다면 스무 명의 영혼의 행방에 대해서는 흑호도 눈치채지 못했을 것이고, 호유화도 『해동감결』을 생각해내지 못했을지도 몰랐다.

그렇다면 마계의 음모를 밝혀내지 못하고 천기는 마수들이 원하는 방향대로 어그러지고 말았을 수도 있다. 그러니 그런 내용을 밝힐 수는 없지만, 은동은 그저 있는 것만으로도 큰 공을 세운 셈이 된 것이다. 그 와중에도 은동은 고집스럽게 고개를 저었다.

"싫어요. 나중에 어찌되든 싫어요. 호유화 님을 살려줘요. 반드시 살려줘요. 네? 네?"

삼신대모도 더이상 참을 수가 없었다.

"아이구, 너 지금 내가 무슨 말을 했는지 제대로 듣기나 하였느냐? 고집도 피울 때 피워야지!"

"좌우간 안 돼요. 꼭…… 꼭 살려주세요. 제발요……. 네?"

결국 삼신대모는 고개를 설레설레 저었다.

"요 녀석! 할 수 없구나. 좋다! 그러마!"

드디어 승낙이 떨어지자 은동은 좋아서 입을 벌렸다. 은동은 삼신대모가 얼마나 큰 존재인지는 몰랐지만, 이런 높은 사람이 말하면 호유화는 분명 살아날 수 있다고 믿어 그리 고집을 피운 것이다. 은동에게는 호유화를 살려야 한다는 일념밖에는 없었다.

삼신대모는 은동의 기뻐하는 얼굴을 보자 씁쓸하게 웃었다. 인간계가 아닌 성계 등의 존재들은 거짓을 말할 수 없으며, 맹세를 하면 반드시 그것을 지켜야만 한다. 그런데 삼신대모가 결과가 확실하지 않은 일에 맹세를 한 셈이 되었으니 실로 난감할 수밖에 없었다. 삼신대모는 기가 막혀서 웃음을 지었다.

"요 작은 녀석이 이 삼신할미의 목을 걸게 만드는구나. 이 녀석아……. 네가 무슨 짓을 했는지 알아? 너는 전 우주의 출생을 주관하는 내 목줄을 잡고 내기를 걸게 한 것이야. 인간 중에서 너만큼 큰 내기를 걸게 했던 녀석은 전에도 없었고, 이후에도 없을 것이다. 호호호……. 녀석. 그러나 능력은 주지 못한다! 괜찮으냐?"

"네! 괜찮아요!"

"이런 능력은 인간 세상에서는 꿈에도 그리지 못하는 것인데, 그래도 괜찮으냐?"

"네!"

삼신대모는 웃으며 은동의 머리를 쓰다듬었다. 그러고는 은동에게 말했다.

"요 녀석, 네 능력을 모조리 회수하려 했지만 네 하는 짓이 하도 맹랑하여 세 번씩만 쓸 수 있도록 했다. 실수하지 말고, 꼭 올바르게 잘 사용하여야 한다. 알았니?"

곁에서 지켜보던 각 계의 존재들은 그래도 잘되었다고 저마다 고개를 끄덕였고, 은동은 건성으로 '네' 하고 대답했다. 은동은 삼신대모가 호유화를 살려주겠다고 약속한 것만이 기쁠 따름이었다.

그러나 흑호나 태을 사자는 이것이 과연 잘된 일인지, 아닌지 구분할 수가 없었다. 은동의 막무가내에 새삼 놀라면서, 은동이 만약 사리판단을 하는 나이였다면 그러지 못했을 것이라는 생각만 막연하게 하고 있었다.

마지막으로 삼신대모는 은동에게 다짐을 하였다.

"네게 약속을 하였으니 내가 직접 호유화를 돌보마. 그러나 시간이 오래 걸릴지도 모른다. 그래도 반드시 기다리겠니?"

"네!"

"만약 네가 커서 장가들 나이가 되어도 오지 않는다면?"

"기다릴 거예요. 그런데 장가가는 거랑 무슨 관계가 있나요?"

은동이 되묻자 삼신대모는 쓴웃음을 지었다.

'정말 어리기는 어리구나. 어떻게 할 수가 없구먼.'

속으로 쯧쯧거리며 삼신대모가 다시 물었다.

"만약 네가 늙어서 호호백발 할아버지가 될 때까지도 안 온다면?"

"그래도 기다릴래요!"

"네가 만약 먼저 죽는다면?"

은동은 먼 허공을 잠시 바라보았다.

"내가 저승에 가 있어도…… 호유화 님이 따라올 거예요. 그럼 거기서 놀지요, 뭐."

'하긴 이 아이는 이미 저승 구경까지 했으니…… 죽는 것도 별로 무섭지 않게 되었겠구나. 이 아이는 이제 사람이라기보다는 반쯤 초월적인 존재가 된 셈이겠지? 스스로 나이가 들어 깨닫기만 한다면 그때는……'

삼신대모는 생각을 멈추고는 태을 사자와 흑호에게 말을 건넸다.

"이제 그만 생계로 가보게. 조심하여야 하네. 자네들은 중요한 신분이 되었네. 왜냐하면 천기가 누설되느냐 아니냐는 자네들에게 달렸기 때문일세. 자네들에게!"

그러고는 은동을 내려다보며 덧붙였다.

"그리고…… 이 아이에게!"

이순신의 위기

재판이 끝나자 흑호와 태을 사자, 은동은 헤어지기로 했다. 은동은 삼신대모가 중간계로 영혼만을 빼내어 온 것이니 도로 삼신대모가 돌려놓겠다고 했다. 태을 사자와 흑호가 은동의 몸이 어디 있느냐고 묻자 삼신대모는 평양의 행재소라고 알려주었다.

은동은 호유화가 난동을 부릴 때 자해한 이후 지금까지 의식이 없었던 까닭에 자신의 몸이 어디에 있었는지조차 전혀 알지 못했다. 더구나 영혼 상태로 여기저기를 다니는 바람에 더더욱 정신이 없었다. 상처를 입은 줄은 알았으나, 몸이 난데없이 평양까지 옮겨져 상감께서 계신다는 행재소에 누워 있을 줄은 생각지도 못했다.

왜 다쳤는지 말해주길 흑호는 바랐지만 은동은 입을 꼭 다물고 말하지 않았다. 은동은 이미 호유화를 마음속으로부터 용서하고 있어서 호유화의 잘못을 구태여 말하고 싶지 않았던 것이다. 태을 사자는 은동의 기억을 읽어낸 바 있어서 연유를 알고 있었으나 행여 은동의 마음을 건드릴까 봐 알은척도 하지 않았다.

"몸이 조금 다친 것 같지만, 생명에는 지장이 없을 것 같다. 다시 가면 깨끗이 나아 일어날 수 있을 것이야. 그러니 염려하지 말거라, 귀여운 녀석아. 호호……."

삼신대모는 은동에게 말한 뒤 태을 사자와 흑호에게 말을 건넸다.

"그러면 자네들도 은동이가 있는 곳으로 갈 텐가? 자네들은 생계로 그냥 갈 수 없다네."

그러자 태을 사자가 대답했다.

"아닙니다. 저희는 흩어져서 가야 합니다."

"어째서?"

"지금 마계가 봉쇄되었다고는 하나 흑무유자가 무엇인가 연락을 한 것만은 분명합니다. 그들도 왜란 종결자에 대해 눈치를 챘겠지요. 그러나 왜란 종결자가 누구인지를 아는 자는 지금까지 저와 호유화뿐입니다. 그러니 마수들이 이 재판의 경과를 안다면 필경 저를 주목하고 있을 것입니다. 제가 생계의 누구 근처로 가는지 눈을 크게 뜨고 지켜보고 있을 거란 말씀이지요."

태을 사자의 말에 삼신대모는 고개를 크게 끄덕였다.

"그렇지, 그래. 그럴 위험이 있지."

"그러니 일단은 마수들의 주의를 분산시켜야 합니다. 그래서 모두가 흩어져 각각 다른 장소로 가는 것이지요. 그러면 그들도 혼란을 일으킬 것입니다."

"흠……. 좋네. 그러나 그다음엔 어쩌려는가? 언제까지나 그럴 수는 없지 않나?"

"물론 곤란하겠지요. 일이 여기까지 온 이상, 마수들은 왜란 종결자를 직접 없애는 것도 불사할지 모릅니다. 왜란 종결자가 누군지 알아낸다면 말입니다."

"그래. 그러니 문제야. 자네들이 사방으로 흩어지더라도 마수들이 그 사람들을 모두 죽이려 한다면 어쩌겠나? 왜란 종결자를 모르지만 자네들 주변에 분명 왜란 종결자가 있을 것이라 여기고 말일세."

그것은 태을 사자도 예상하지 못했지만, 충분히 가능성이 있는 말이었다. 태을 사자는 더 깊이 고심해 보고 말문을 열었다.

"어쩔 수 없습니다. 마계의 길이 막힌다 해도 마수들은 상당수 남아 있을지도 모릅니다. 저희 둘이서 마수들 전체를 상대하기에는 어렵습니다. 다만 대모님이 너그럽게 대해 주셔서 은동이의 힘을 빌려 기습을 하면 마수들을 상대할 수도 있을 것입니다. 그러나 은동이의 몸은 지금 평양에 있고 상처를 입었으니 당장은 곤란합니다. 적어도 그때까지만이라도 시간을 벌어야겠지요."

삼신대모가 말했다.

"좋네. 그런데 말이네……. 자네는 호유화에게 이야기를 듣지 않고서도 왜란 종결자가 누군지 알아냈다고 했지?"

"예. 짐작만 한 것입니다만……."

"그러하다면 마수들도 알아낼 가능성도 있지 않겠는가? 마수들의 능력을 무시하지 말게나."

그 말을 듣자 태을 사자는 마음이 불안해졌다.

"그러하다면……."

"나는 자네와 생각이 조금 다르네. 자네들은 왜란 종결자에게 곧바로 가야 할 것일세. 마수들이 그리 호락호락하게 속아줄 리도 없을뿐더러, 설령 속는다 해도 자네들이 흩어져 있는 사이에 힘을 집중하여 자네들 둘을 하나씩 해친다면 어쩌겠나? 자네들은 우리와 비교해도 그리 떨어지지 않는 법력을 지니고 있는 것 같지만, 여러 마수들이 몰려온다면 방법이 없을 걸세. 그렇지 않은가?"

"제가 흑호나 은동이까지 데리고 왜란 종결자에게 곧바로 간다면 그들에게 왜란 종결자가 누구인지 알려주는 셈이 아니옵니까?"

"그래, 마수들도 알 테지. 그러나 자네가 재판에서의 약속을 어긴 것은 아니네. 자네 혼자 알면 그만큼 위험하기도 하고."

조리 있게 설명하는 삼신대모의 말을 듣고 태을 사자는 고개를 끄덕였다. 삼신대모는 과연 현명했다. 마수들이 자신들이 흩어진 사이에 각개격파를 한다면? 더구나 왜란 종결자에 대해 알고 있는 자는 현재로서는 태을 사자뿐이지 않은가? 태을 사자만 해치운다면 재판에서의 금제에 따라 흑호나 은동은 왜란 종결자가 누구인지도 알지 못하게 된다. 그러니 삼신대모는 태을 사자로 하여금 왜란 종결자를 눈에 보이게 보호하도록 하여, 흑호나 은동, 심지어는 마수들까지 알게 한 다음 그를 집중적으로 경호하려고 하는 것이리라. 여기까지 생각하고는 태을 사자는 말했다.

"그렇다면 대모께서는 일종의 도박을 하자는 말씀이시옵니까?"

"나는 이미 이 아이 때문에 커다란 도박에 말려들었다네. 한 번쯤 도박을 더 한다고 뭐가 어떤가?"

"우리가 만약 마수를 감당하지 못한다면요?"

"호호호……. 나는 천기가 옳게 흘러갈 것을 믿는 존재이네. 더구나 우려해보았자 무슨 도움이 되겠는가? 편하게 믿고 있어야지."

그 말에 태을 사자는 묵묵히 고개를 끄덕였다. 그러자 흑호가 답답하다는 듯이 외쳤다.

"도대체 뭔 소리들을 하슈? 난 뭐가 뭔지 모르겠네. 난 대체 어디로 가야 하는 거유?"

그때 증성악신인이 껄껄 웃으며 흑호를 끌고 갔다.

"자네, 우두머리가 되고 싶지 않은 겐가?"

“아니……. 그건 돼야 된다니까 하기는 하겠지만……. 좌우간…….”

“자네는 태을 사자만 따라가면 되네. 자, 오래 끌 것도 없이 지금 자네를 조선 땅 금수와 정령의 우두머리로 삼아주지!”

증성악신인이 흑호를 데리고 간 사이, 염라대왕이 태을 사자에게로 다가왔다.

“자네, 좀 변한 것 같은데?”

“예? 아……. 그것은…….”

염라대왕의 말은 태을 사자에게 감정이 생기기 시작했음을 의미하는 것이었다. 태을 사자도 그 점을 깨닫고 부끄럽다는 생각을 했다.

염라대왕은 뜻밖의 말을 했다.

“자네, 저승사자의 음신陰身을 지니고 양광 아래를 다니니 힘들지 않던가? 내 해줄 것은 없지만 조금 도와줌세. 지금 내려가면 활동하기가 힘들 것 아닌가?”

“예? 아……. 그것은…… 사계의 존재로는 불가능하다고……. 이 판관이…….”

돌연 염라대왕이 역정 내는 듯한 표정을 지었다.

“자네, 아직도 가짜 이 판관의 이야기만 믿는 겐가? 물론 사계의 존재에게 쉬운 일은 아니지! 허나 나는 이래 봬도 사계의 주인 중 하나일세! 인간이 죽는 것이 밤에만 그리되라는 법이 없는데, 어찌 능력이 없겠는가!”

그러더니 삼신대모를 슬쩍 보면서 말했다.

“이건 이번 일에 도움을 주는 것이 아닙니다, 대모님. 제 부하가 일을 잘 못하니 잘하라고 하는 것일 뿐…….”

삼신대모는 쓴웃음을 지었다.

"좋소, 좋소. 알아서 하시오. 아까 은동이에게 생살여탈권生殺與奪權까지 주는 것을 방관하였는데 더이상 뭘 어쩌겠소? 다만 지나치게는 하지 마시오."

"물론입니다."

고개를 끄덕이며 염라대왕은 훅 하고 태을 사자에게 숨을 불어넣었다. 태을 사자는 전혀 변한 것이 없는 듯싶었다. 의아하게 서 있자 염라대왕은 웃으며 말했다.

"이제 양광 때문에 걱정할 것 없네. 자네는 이제 생계에서 마음먹기에 따라 인간의 모습 그대로 물화物化된 양신陽身으로 행동할 수 있다네."

"아……. 그렇습니까? 감사하옵니다!"

태을 사자는 기뻤다. 생계의 낮에 활동을 못 하여 겪은 고통이 얼마였던가? 그러나 이제는 그런 것을 걱정하지 않아도 되었다! 진작 그랬으면 하는 마음도 들었지만, 한편으로는 다행이라는 마음도 들었다. 태을 사자가 양신을 진작 가질 수 있었다면 어찌 호유화를 찾으러 갈 생각을 했겠는가? 태을 사자가 기뻐하자 삼신대모가 말했다.

"그러나 조심하게. 마수들은 원래 그리 강하지 않았는데, 자네들 같은 법력으로도 상대하기 어려웠다는 말을 들으니 괜스레 마음에 걸리는군. 그리고 인간의 영혼을 빼낸다는 그 방법은……."

삼신대모가 말끝을 흐리자 염라대왕이 미간을 찌푸리며 물었다.

"아무래도 그것이 아닐까요?"

"글쎄……. 더구나 염라대왕께서 확인한 바 인간의 영혼 수가 틀림이 없었다면…… 그것으로 보아야겠지요."

삼신대모와 염라대왕이 알 수 없는 이야기를 주고받자 태을 사자는 궁금해졌다.

"그것이 무엇이옵니까? 마수들이 왜 그런 짓을 하는지 두 분은 짐작이 가시는 듯하온데……."

삼신대모는 고개를 절레절레 저었다.

"아직 말하기는 이르네."

곁에 있던 염라대왕도 한마디 거들었다.

"조금 더 조사해본 후 필요하면 알려주겠네."

"……그렇습니까?"

태을 사자는 궁금했으나 태생이 마음을 비운 저승사자였기에 얼른 호기심을 거두었다. 흑호나 호유화였다면 궁금해서 참지 못했을 테지만…….

"좌우간 마수들은 인간의 영혼을 힘의 바탕으로 삼는 것 같네. 그래서 마수들 하나하나의 법력이 상당한 게야. 물론 자네들은 기연을 여러 번 얻은 후라 법력이 극도로 강해져 있으니 하나하나는 충분히 상대할 수 있을 것이네만……."

느닷없이 저만치에서 비추무나리가 번쩍이는 섬광을 냈다. 그 모습을 보고 삼신대모가 미소를 지으며 말했다.

"아, 비추무나리께서 좋은 것을 알려주시었군. 태을 사자?"

"예?"

"지금 생계에 내려가 있는 마수는 모두 열둘이라고 하네. 열두 마리만 찾아내어 처치하면 되는 것이네."

"열둘이라구요?"

그 말을 듣자 태을 사자는 안도의 한숨을 내쉬었다. 만약 마수가 수천 마리 내려가 있다면 흑호와 둘이 어떻게 감당해낼지 걱정이 되었던 것이다. 어떻게 한 것인지는 모르지만, 비추무나리가 그렇듯 소상한 것까지 알려줄 수 있다니 놀라울 따름이었다. 태을 사자는 내 친김에 물었다.

"마수들의 정체까지 알 수 있겠는지요?"

"그것까지야 알 수 있겠는가? 좌우간 수가 그리 많지 않으니 다행이네. 자네들은 힘껏 그들을 물리치고 천기를 바로잡는 일에 애써주게나."

"그러겠사옵니다!"

"다시 한번 당부하네만, 자네는 절대 사람들에게 어떤 것도 알려서는 아니 되며, 영향을 주어서도 아니 되네. 천기란 몹시 중요한 것이야. 과거 조선에서 어느 선인이 천기를 짚어보고 미래를 투시한 다음 그것을 누설한 일이 있었다네."

"어떤 것입니까?"

"호유화가 알고 있는 사백 년 정도 후의 일이었어. 정확하게는 지금으로부터 삼백오십팔 년 후이지."

"그때의 천기가 어찌되기에……?"

"그때 조선 땅에서는 난리가 난다네. 나라가 남과 북, 둘로 갈라져 큰 전쟁이 나지(1950년에 일어난 6·25를 의미함)."

"그러하옵니까?"

"그래. 그 참혹함에 놀란 선인은 그러한 사실을 자신도 모르게 몇몇에게 알리고 말았네. 그때는 조선이 건국된 지 얼마 되지 않던 때였는데, 불행히도 그 내용이 조선 실권자의 귀에 들어가게 되었다네. 그래서 조선은 서북이 독립하여 나라를 세우고 전쟁을 일으킨다 하여 서북 사람들을 관직에 오르지도 못하게 억압하게 되었다네. 한마디의 천기가 새어 나간 관계로 수많은 서북 출신의 사람들이 수백년 간 벼슬에도 오르지 못하는 결과가 빚어진 것이야."

그에 대해서는 태을 사자도 약간 알고 있었다. 조선조에는 소위 서북인들의 상을 '출림맹호出林猛虎', 즉 숲에서 뛰쳐나온 호랑이의 상과 같다 하여 몇몇 말직이나 현지의 직무 이외의 높은 벼슬길에 오르지 못하게 하는 관습이 있었다.

법제화된 것이 아니었는데도, 이상하게 서북 출신의 인물들이 등용되는 경우가 드물었다. 아마도 논리나 이성으로는 설명할 수 없는 무엇인가의 영향이 분명했다. 그것은 오히려 법보다도 강한 관습이었고, 사람들은 그것이 법이라고 착각하고 있었다.[26]

그 이면에 이러한 배경이 있는 줄은 태을 사자로서도 처음 안 것이다.

"알겠는가? 약간의 누설만으로도 이러한 결과를 낳을 수 있는 것이야. 절대 조심하여야 하네. 마수들을 물리치지 못하는 것보다도, 자칫 잘못하면 천기를 누설하는 편이 더 위험한 일이 될 수 있다네."

"꼭 그리하겠사옵니다!"

태을 사자는 씩씩하게 대꾸하면서 흑호와 같이 나섰다. 바로 그때, 언제부터 그들을 보고 있었는지 몰라도 하일지달이 뛰어나왔다.

그 모습을 보고 증성악신인이 고개를 갸우뚱했다.

"하일지달, 왜 그러느냐?"

"쇤네도 내려가게 해주십시오."

"너도? 어디로 말이냐?"

"쇤네는 저들을 도울 수 있다고 생각하옵니다. 저도 내려가게 해주소서."

어이가 없는지 증성악신인이 웃었다.

"허어……. 내 뒤에서 듣지 못하였느냐? 지금까지 연관이 없었던 존재들은 신계의 명에 따라 누구도 저들을 도울 수 없다."

"그렇기 때문에 쇤네는 갈 수 있다고 하는 것이옵니다."

그러자 삼신대모가 나섰다.

"네가 어찌?"

"세 가지 이유가 있나이다! 쇤네는 생계에 내려가 흑호와 호유화를 데리고 왔나이다. 그때 저들은 천기의 변동을 막는 일을 하고 있다고 쇤네에게 변명을 했사옵니다. 그러니 쇤네도 저들의 일에 전혀 연관이 없었다고는 할 수 없는 것이 첫째이옵고……!"

증성악신인과 삼신대모는 둘 다 묘한 표정을 지었다. 그 정도로는 곤란하다는 듯한 표정이었다. 하일지달이 계속 말했다.

"두 번째는 저들을 쇤네가 데리고 옴으로써 저들의 일이 방해받았을 가능성이 있나이다. 그렇다면 쇤네가 도와야 하는 것이 아니옵니까?"

삼신대모가 고개를 저으며 되받았다.

"그렇게 따지면 우리 모두 저들을 도우러 갈 수 있을 것이다. 내가 은동이를 데려오지 않았느냐? 그건 안 돼. 그런 이유만으로는 모자란다."

하일지달은 물러서지 않고 이내 덧붙였다. 그 얼굴에는 당황한 기색도 없었고, 오히려 약간의 장난기까지 엿보였다.

"세 번째 이유가 가장 중하옵니다. 쇤네는 저들을 돕고 싶으며, 저들은 누구라도 도울 사람이 필요하다고 여겨지옵니다! 반드시 돕게 해주소서!"

하일지달의 말에 삼신대모는 기가 막힌다는 표정을 지었다. 증성악신인은 질린 듯한 표정으로 삼신대모에게 무엇인가 변명하려 했다. 삼신대모는 꾸중할 듯하다가 하일지달의 장난기 어린 얼굴을 보고는 '허참!' 하고 한숨을 내쉬며 웃고 말았다. 그러고는 근엄하게 말했다.

"그건 곤란하다. 허나……. 그래, 네가 할 일이 한 가지 있다. 지금 은동이는 다쳐서 스스로를 보호할 수 없단다. 그러니 네가 일단 그곳을 지키거라. 그러나 절대 함부로 행동하지 말 것이며 행여 마수들이 무슨 짓을 꾸미거든 즉시 우리에게 알리거라. 마수들이 은동이를 해치러 나선다면 나나 여기 계신 분들이 직접 갈 것이다. 그것은 마수들이 천기를 본격적으로 깨치려는 것이니까."

사실 하일지달은 흑호가 왠지 마음에 들어 도우러 가고 싶었다. 팔선녀 중에서도 막내이자 장난기가 유달리 많고 행동이 엉뚱한 데가 있는 하일지달은 이번에도 공연히 튀어나온 것이다. 삼신대모는 허락하지 않으려 했으나 은동의 몸을 돌보는 것이 중하므로 그 일만을 하도록 못을 박았다. 원래는 삼신대모가 은동을 데려다주는 것이 맞았다. 허나 호유화를 돌보아야 하므로 대리인을 시킬 요량이었는데, 하일지달이 나서니 그녀를 그 일에 쓴 것에 지나지 않았다.

하일지달은 은동과 있다 보면 흑호를 만날 기회가 있겠지 싶어서 좋다고 고개를 끄덕였다.

"그리고 또 한 가지. 아직 마수들은 은동이가 어떤 일을 하는지 모를 것이지만, 만에 하나에 대비하여 은동이가 마수들을 느낄 수 있게 해주어라. 성계의 세안수洗眼水를 가져다가 눈을 씻어주면 될 것이야."

하일지달은 은동을 불러 설명하고 세안수로 은동의 눈을 씻었다. 그 순간부터 은동은 마수의 존재를 느낄 수 있게 되었다. 삼신대모가 흐뭇한 표정으로 말을 건넸다.

"좋소. 이제 되었네. 출발하도록 하시게."

하일지달은 생계 출입을 자주 하니 문제가 없었지만, 태을 사자와 흑호는 스스로의 힘으로는 생계로 돌아갈 수 없었다. 성성대룡이 나섰다.

"그 일은 내가 하겠습니다. 생계에 가본 적이 있으니."

"대룡께서 그런 일을 하시다니, 파격적이오."

"상관없소이다. 다만…… 나도 저 아이처럼 바라는 바입니다. 대모님, 누님을 꼭 구해주십시오."

죽음의 기로에 서 있는 호유화 이야기가 나오자 은동은 또다시 울먹였다. 하일지달은 그런 은동을 달래고 끌면서 사라졌다. 태을 사자와 흑호도 성성대룡의 등에 올랐다.

"출발하오!"

말이 떨어지자마자 태을 사자와 흑호는 성성대룡과 함께 어마어마한 빠르기로 생계로 돌입했다.

이번 해전에 처음 사용된 거북배는 그 효능을 적지 않게 발휘했다. 거북배는 총탄을 겁내지 않고 나아갈 수 있으니, 비록 배를 직접 깨지는 못한다 하더라도 적진을 흐트러뜨리는 데 결정적 역할을 했다. 특히 배를 지키던 왜군들이 배를 부릴 엄두도 내지 못하게 만든 것이 가장 큰 효능이었으며, 산 위로부터 달려 내려오는 왜군에게 사격을 가하여 발걸음을 최대한 늦추는 데에도 공을 세우고 있었다. 이순신은 병으로 고통스럽기는 했으나 거북배의 성능이 입증된 것이 상당히 흐뭇했다.

"신기전을 쏘아라!"

돌격선 앞에 장치된 신기전이 우박처럼 쏘아져나가 야차같이 달려 내려오던 왜군들의 한가운데에 정확하게 쏟아졌다. 치솟는 불과 폭음과 함께 왜군들 여럿이 쓰러져 뒹굴었다. 신기전을 직접 맞아 절명한 녀석들도 상당수 보였다. 무엇보다도 왜군들이 신기전의 위력에 놀라는 바람에, 달려 내려오던 기세가 주춤해졌고 대오가 헝클어지기 시작했다. 그러나 놈들은 조선군에게 공을 주지 않겠다는 듯, 이미 죽은 시체까지도 질질 끌면서 도망치고 있었다. 때문에 시체는 몇 남지 않았다.

"지금이다! 어서 쏘아라! 모든 화포를 집중해서……."

이순신은 소리를 지르다가 지휘 의자에 쓰러지듯 앉았다. 귀가 멍멍하고 머릿속이 혼란스러웠다. 죽을힘을 다하여 참고 있었지만 버티기가 힘들었다. 주변의 장졸들이 놀란 표정을 짓자 군관 나대용이 이순신의 앞을 막아 장졸들이 보지 못하도록 했다. 고통스러워하는 대장의 모습을 보여주기 싫었다. 나대용은 이순신의 명을 더욱 우렁우렁한 목소리로 전달했다.

"어서 쏘아라! 모든 화포를 집중하여 쏘아라!"

잠시 멈칫하던 전선들은 왜병들을 향하여 화포를 쏘아대고 화전과 화살 등을 날렸다. 그때 한 전선의 포수가 자칫 실수로 장군전將軍箭을 쏘았다. 장군전은 사람만 한 크기의 화살로 적의 배를 격파하는 데 쓰는, 요즘의 미사일 같은 형태의 화살이었는데 좌충우돌하는 군대에 쏘는 것은 좋지 않았다. 그런데 잘못 쏜 장군전이 지휘하던 왜장 한 명에게 정통으로 명중했다.

왜장은 커다란 장군전에 정통으로 몸이 꿰뚫려서 즉사한 것은 물론, 몸이 뚫린 채로 화살의 힘에 수십 장이나 날아가다가 처박혔다. 날아간 속도가 엄청난 탓에 땅에 처박히는 동시에 왜장의 사지는 조각조각 박살이 나서 하늘 높이 솟아올랐다. 지휘하던 왜장이 육중하고 커다란 화살에 관통되어 뒤로 날아가다가 산산이 부서지는 모습은 왜군들에게 엄청난 공포감을 안겨주었다. 왜군들은 누가 먼저

라고 할 것도 없이 퇴각했다.

그러나 왜군들은 도망치면서도 발악적으로 조총을 쏘아대 조선 군선들이 가까이 접근하지 못했다. 바로 그때였다. 분명 화포에 맞고 쓰러져 신음하던 왜병 하나가 벌떡 일어나는 것이 아닌가. 그자는 분명 거의 죽은 상태였다. 화포에 맞아 뼈가 으스러지고, 하체의 반 정도가 날아가 있었다. 그런 자가 일어선 것이다.

대부분의 조선군들은 도망치는 왜병들을 쫓으며 화포를 쏘고, 또 왜군의 배를 깨뜨리느라 이를 눈치채지 못했다. 그리고 아무도 알아보는 자가 없었지만, 그 왜병의 등뒤에는 희미한 요기가 넘실거리고 있었다. 그 왜병은 눈을 허옇게 뒤집은 채 조총을 천천히 들어 겨누었다. 그가 겨누는 곳은 수백 장이나 떨어져 있는 이순신의 대장선이었다.

조총의 사거리는 백 장에도 미치지 못하지만, 그 왜병은 아랑곳하지 않는 듯 조총의 방아쇠를 당겼다. 쾅 하는 폭발음과 함께 조총이 갈라지며 폭발했다. 폭발 때문에 왜병의 얼굴이 절반이나 날아가고 말았다. 그와 동시에 왜병은 주변을 피로 물들이며 풀썩 쓰러져버렸다. 그리고 그 누구의 눈으로도 볼 수 없었지만 그가 쏜 조총탄은 강한 마기에 밀려서 보통의 조총탄보다 수십 배 빠르고 강한 기세로 조선군의 대장선을 향해 날아갔다.

"그런데 자네, 묵학선을 보았나?"

성성대룡과 함께 생계로 돌입하면서 태을 사자가 흑호에게 물었다.

흑호는 고개를 갸웃거리더니 이내 저었다.

"아니, 못 보았수. 나는 천지에서 치성을 드리다가 곧장 왔수. 하일지달을 만나서 말유."

"음, 그러면 자네, 려勵에 대해 아는가?"

"려? 그게 뭐유?"

"나도 잘은 모르네. 그러나 행재소 부근에서 풍생수의 흔적을 느꼈다네."

"어, 그놈을? 박살을 내지 그랬수!"

"놈들은 여럿이었어. 나는 급히 은신을 하고 놈들의 말을 전심법으로 엿들었다네. 다행히 놈들은 나의 존재를 눈치채지 못했고, 나는 놈들을 피하는 데 온 힘을 써야 했기 때문에 대적할 엄두조차 내지 못했네."

"허어……. 이번에 다시 만나면 반드시 박살을 내야지! 사실 놈들은 여럿씩 떼로 몰려다니는 경우가 많수. 전에 탄금대에서도 그러했구."

"그래. 그런데 놈들은 역시 조선 상감의 마음에 무언가 수작을 부리는 것 같았어."

"이미 알고 있는 일 아니우?"

"그런데 그중 한 놈이 다른 놈을 '려'라고 부르면서 그놈에게 앞으로 조선의 일들을 맡아서 하라는 듯했네."

"흠……. 려……라. 모르겠는데?"

"좌우간 그때 나는 묵학선에 그 내용을 담으려 했네. 자칫하면 놈들에게 들킬지도 모르기 때문에 그때까지 내가 알아낸 사실을 알려주려 한 것이야."

"흠……. 나는 보지 못했수. 나중에 은동이 데리러 가면서 한번 찾아볼꺼나? 근데 왜 잃어버린 거유?"

"내용을 막 담으려는데 마수들이 갑자기 사방으로 숨은 듯 사라져버렸네. 나는 놀라서 더 깊이 숨으려 했으나 팔신장이 나타나 불문곡직하고 나를 잡아간 것일세."

"아항, 그러니까 마수들이 팔신장 눈에 띌까 봐 숨은 거구먼."

태을 사자는 다 만난 마당에 더이상 과거 이야기를 하기 싫어 그저 씩 웃고 입을 다물었다. 그는 묵학선이 호유화에게 있는 줄은 아직 모르고 있었다. 하지만 지금 한가롭게 묵학선을 걱정할 때가 아니었다. 아까 흑무유자가 연락을 했다는 사실을 자신이 밝혔을 때 무명령은 자신을 공격하려 했다. 그것만으로 보아도 분명 그들은 무슨 짓인가를 꾸미고 있는 것이 분명했다. 그래서 태을 사자는 법기인 묵학선보다도 왜란 종결자인 이순신에게 별일이 없는가, 그것이 궁금했다. 태을 사자는 성성대룡에게 시간을 물었다.

"성성대룡 님, 우리가 가는 도중에 시간은 어떻게 됩니까?"

"우리가 가는 동안에는 생계의 시간이 흐르지 않네. 그리고 생계에 도달하여도 내 등에서 내릴 때까지는 생계의 시간이 느리게 가지. 그러니 너무 염려 말게나."

"그러면 가급적 전라도 쪽으로 가주십시오. 전라도 여수의 좌수영 부근입니다. 왜란 종결자가 거기 있으니까요."

"그러지. 어렵지 않네."

태을 사자는 여전히 불안했다. 사실 성성대룡의 능력이라면 이순신에게 가달라고 해도 가줄 테지만, 그것은 '왜란 종결자의 정체를 누설하지 않겠다'고 한 재판에서의 맹세를 어기는 결과가 되니 함부로 말할 수 없었다. 화제를 돌려 흑호에게 물었다.

"그런데 자네는 참, 금수의 우두머리가 되었지?"

"그렇수. 나도 아직 힘을 써보지는 않았지만……."

"한번 해보게. 왜란 종결자가 누구인지 자네가 알아낼 수도 있지 않은가?"

그 말에 흑호도 마음이 동했다. 그동안 그놈의 왜란 종결자 때문에 얼마나 떠들썩한 일이 많았던가? 왜란 종결자를 스스로 알아내면 속이 후련해질 것 같았다.

"허허, 그럴까? 생계에 도착하면 그러겠수."

그때 성성대룡이 말했다.

"생계에 다 왔네."

갑자기 둘의 시야가 하얗게 흐려졌다. 구름 속으로 들어선 것이다. 둘은 조금 놀랐지만, 잠시 뒤 구름을 뚫고 나가자 맑고 푸른 바다와 작고 푸른 섬들이 빽빽하게 들어찬 남해의 절경이 눈에 들어왔다.

햇빛이 찬란하게 내리쬐자 양광에 꼼짝도 못하던 태을 사자가 본능적으로 흠칫했다. 그러나 염라대왕이 태을 사자를 양신으로 만들어놓아 햇빛에 타격을 입지는 않았다. 태을 사자는 그것이 너무도 기뻤다.

한편 흑호는 흑호대로 기분이 무척 좋았다. 도력이 높은 흑호였지만 이렇게 높게 날아다니는 재주까지는 없었다. 때문에 이렇듯 높은 곳에서 무서운 속도로 날며 바다를 굽어보자 기분이 상쾌해졌다. 더구나 자신은 꿈에도 생각지 못했던 환계의 존재인 성성대룡의 등에 올라 느긋하게 날아가고 있지 않은가?

"와하하! 정말 천하 절경이다!"

그 순간, 성성대룡이 나직하게 물었다.

"전라좌수영이라 했나?"

태을 사자가 흔쾌하게 답했다.

"예!"

"그런데 좌수영에는 사람의 기운이 거의 없는데? 모두 싸우러 나간 것이 아닌가 싶군."

그 말에 태을 사자는 섬뜩한 기분이 들었다. 이순신이 또 싸우러 나가 있단 말인가? 왠지 불안한 느낌이 뇌리를 엄습했다. 아까 양신 때문에 느끼던 기쁨도 어느새 잊어버렸다.

'마수들은 중요한 인간을 직접 해하지는 않는다. 그러나 싸움중이라면……. 혹시 무슨 수작을 부릴지도……'

생각이 그에 미치자 태을 사자가 급히 흑호에게 소리쳤다.

"흑호! 좌수영 조선군이 어디 있는지 알 수 없나?"

"엥? 어……. 음, 어디 보자. 그렇지, 그건 물고기들에게 물어보면 알 거여."

이제부터 흑호는 금수의 우두머리라 조선 땅 어디에 있는 생명체든 그 눈을 통하여 상황을 알아낼 수 있었다. 흑호는 눈을 감고 정신을 집중하더니 외쳤다.

"사천! 사천 선창가에 있수! 싸움이 벌어졌는데……?"

"사천 선창?"

별안간 흑호가 눈을 번쩍 뜨더니 외쳤다.

"큰일이우! 거기에 요기가 엄청나게 느껴진다고 하우!"

태을 사자는 가슴이 덜컥 내려앉았다. 자세히 설명할 겨를도 없이 태을 사자가 외쳤다.

"성성대룡 님!"

"알았어! 간다!"

성성대룡은 길게 선회하며 무서운 속도로 날았다. 그러면서 농담조로 뭐라 투덜거렸다. 성성대룡도 호유화와 같은 환수라 제멋대로이고 아이 같은 치기가 있는 듯했다.

"이런 제기랄……. 내가 누군지 아냐? 환계의 대룡인 나, 성성대룡을 꼭 말처럼 부리다니……. 허허, 원 참……."

"죄송합니다. 허나 어서 가주십시오! 시간은?"

태을 사자가 당황해서 묻자 성성대룡이 외치듯 말했다.

"사백 배로 느리게 흐르고 있네. 그러나 나는 그 근방까지만 갈 뿐, 더는 개입 못 해! 그리고 나에게서 벗어나면 시간이 정상적으로 흐르게 되니 조심하게!"

흑호가 눈을 감았다. 사천에서 벌어지는 전투 근처에 있는 생물들의 눈을 통해 그곳의 느낌을 그대로 전달받으려는 것이다. 그때 요기가 집중하여 한곳으로 쏘아져나가는 것을 흑호는 감지해냈다. 무서운 기운이었다. 만약 생계의 시간이 수백 배로 느리게 가고 있지 않았으면 흑호도 감지하지 못했을 터였다. 무서운 속도로 날아가는 탄환이었지만 시간의 영향을 받아 수백 배로 느리게 보였기 때문에 감지할 수 있었다. 별안간 흑호가 소리쳤다.

"아이구! 무서운 요기가! 총알이!"

"총알?"

"조총탄이여! 조총탄에 마기가 들어붙은 것 같수! 일이 각 후면 대장선에 당도할 것 같우!"

"아뿔싸! 이건!"

태을 사자는 소리치며 이를 갈았다. 조총탄은 왜란 종결자인 이순신을 노린 것이 분명했다. 어떻게 알았는지는 모르지만, 그 일이 아니고는 마수가 힘을 써서 탄환을 날릴 리가 없었다. 성성대룡도 위기감을 느꼈는지 속도를 올렸다. 구름이 휙 하고 태을 사자와 흑호의 시야를 가렸다.

"다 왔다!"

성성대룡의 목소리가 울리면서 둘의 눈앞이 확 밝아졌다. 그들 눈앞에 해안선이 보이는가 싶더니 불길 같은 것이 번쩍이는 것이 보였다. 그리고 해안선에서 검은 점같이 분산된 무엇인가가 움직이다가 확 하고 크게 확대되어 보였다. 수십 척에 달하는 전선들이었다.

"조선군이 싸우고 있다!"

흑호가 소리를 쳤고 태을 사자는 더욱 이를 악물고 요기를 살폈다. 점에 불과했던 전선들이 성성대룡의 무서운 속도 때문에 점점 어지러운 영상으로 확대되어갔다. 태을 사자는 안력眼力을 극대로 끌어올려서 장군선을 찾았다. 순간 그 중간! 분명 심상치 않은 기운이 느껴졌다. 생계의 다른 모든 것들이 수백 배로 느린 시간 속에서 아주 천천히 꿈틀대고 있는 동안, 그 기운은 상당히 빠른 속도로 쏘아져 장군선 안으로 날아들고 있었다.

태을 사자는 그것이 누구인지 몰랐으나 한 사람의 어깨가 그 탄환에 스쳐 상당히 많이 찢어졌다. 총탄에 직접 닿지도 않았는데도 마기 때문에 찢어진 것이다. 그 사람은 군관인 나대용이었는데 그는 아직 어깨를 탄환이 뚫고 지나갔다는 사실조차 모르고 있었다. 탄환은 기이하게도 곡선을 그리면서 어딘가로 방향을 바꾸려 하고 있었다. 태을 사자는 고함을 쳤다.

"더 느리게!"

"에이이이잇!"

성성대룡이 크게 포효하며 용을 쓰자 탄환의 움직임이 느려졌다. 아니, 생계의 시간이 성성대룡의 엄청난 힘에 의해 더 느리게 변한 것이다. 그 잠깐 사이에 태을 사자는 탄환이 어디로 향하는지 짐작할 수 있었다. 지휘용 의자에 쓰러지듯 앉아 눈을 감고 있는 장수! 그가 바로 이순신이 분명했다!

그 순간 태을 사자는 몸을 날렸다. 본능적으로 한 행동이었다. 성성대룡과 흑호는 탄환의 목표가 누구인지도 모른다. 그리고 성성대룡은 이번 일에 개입할 수가 없었다. 오로지 자신만이 할 수 있었다. 둥근 탄환이 맴을 돌며 이순신을 향하자 태을 사자는 본능적으로 탄환을 막기 위해 백아검을 빼어 들며 몸을 날린 것이다. 그러나 태을 사자는 성성대룡의 등에서 떠나면, 즉각 시간이 다시 원래대로 돌아온다는 것을 미처 생각지 못하고 있었다. 그리고 그런 사실이 떠오른 순간, 태을 사자는 이미 성성대룡의 등에서 떠나 있었다.

'안 돼!'

이순신이 저 마기에 밀린 탄환을 맞으면 살아날 수 없다. 그리고 일단 이순신이 죽으면 다시 살리는 일 따위도 할 수 없다. 그러면…….

태을 사자는 있는 힘을 다하여 백아검에 전신의 법력을 집중했다. 그리고 검에 봉인된 윤걸에게 부탁한다는 기분으로 힘껏 검을 날렸다. 백아검은 탄환과 이순신의 사이로 날아갔다.

'막아야 한다! 어서 검을……!'

그러다가 문득 성성대룡에게서 몸이 떨어진 것을 느꼈다. 천천히 움직이던 사물들이 벼락같이 움직임이 빨라지면서 태을 사자의 몸은 그대로 물 아래로 곤두박질쳤다.

"으헛!"

흑호가 놀라 소리를 질렀다. 그도 태을 사자의 행동을 보고 있었던 것이다. 그러나 성성대룡이 배에 충돌할 정도로 가까워져서 급히 선회하는 바람에 흑호는 백아검이 조총탄을 막았는지의 여부를 보지 못했다. 성성대룡의 방향이 이순신이 탄 장군선 뒤로 돌아갔기 때문이었다.

흑호는 태을 사자가 있는 힘을 다해 백아검을 던진 것이 왜란 종결자를 구하기 위함임을 눈치챘다. 여전히 흑호는 수백 배 느린 시간대 속에 있었기 때문에 백아검이 날아가는 것과 총탄이 날아가는 것을 눈으로 볼 수 있었다. 그러나…….

'느려! 총알이 더 빨러!'

태을 사자가 혼신의 힘을 다해 백아검을 날렸지만, 흑호는 백아검과 탄환의 속도를 동물적인 감각으로 비교하여 결과를 예측할 수 있었다. 백아검의 속도가 달렸다! 그때까지 뒤를 돌아다보고 있던 흑호의 눈에 성성대룡의 긴 꼬리가 보였다. 흑호는 이것저것 고민할 겨를이 없었다.

"아흐!"

흑호는 힘을 넣어 다짜고짜 성성대룡의 꼬리께를 손바닥으로 철썩 쳐서 밀었다. 흑호의 힘은 이미 중간계에서 무명령의 공격을 받아칠 정도로 막강했다. 성성대룡은 난데없이 흑호가 무서운 힘으로 꼬리를 치자 중심을 잃으며 곤두박질쳐서 물에 빠졌다. 그러나 그 전에 성성대룡의 꼬리는 날아가던 백아검의 아랫부분을 쳐서 속도를 올리게 만들었다.

"푸아!"

성성대룡은 물속에 들어갔다가 튀어나왔다. 비록 법력을 써서 생계의 시간도 느리게 만들었고, 인간이나 인간이 만든 물건들은 투명하게 통과할 수 있었지만 물속에 중심을 잃고 틀어박힌 것이 기분이 좋을 리 없었다. 더구나 중심을 잃으면서 놀란 나머지 시간 조절을 하던 법력을 풀고 말았다. 성성대룡은 흑호에게 소리를 버럭 질렀다.

"무슨 짓이야! 이 녀석이!"

"가만!"

흑호는 물을 털어내며 대장선을 살폈다. 대장선에서 "장군!", "수사

나으리!" 하고 놀란 듯이 외치는 소리가 들려왔다. 흑호는 흠칫했다.

'어……. 실패했나?'

태을 사자도 물속에 박혔다가 곧 몸을 솟구쳐서 장군선 안으로 들어섰다. 양신을 하고 있다고는 하나, 아무도 태을 사자를 볼 수 없었고 느낄 수도 없을 것이었다. 그런 태을 사자의 눈에 피를 흘리며 사람들에게 부축을 받고 있는 이순신의 모습이 보였다! 태을 사자는 머릿속이 하얗게 변하는 것 같았다.

'끝이구나! 이…… 이런!'

그런데 순간, 태을 사자의 손으로 백아검이 날아 돌아왔다. 태을 사자는 망연하게 백아검을 잡았는데 느낌이 조금 이상했다.

'어엇!'

백아검의 끝 부분에 조그마한 구멍이 뚫려 있는 것이 아닌가!

'그럼……. 백아검이 탄환을 막았는데도 백아검을 뚫고 이순신을 맞혔단 말인가? 검의 기운이 마기를 막았을 텐데. 그렇다면 이순신은?'

그때 이순신의 목소리가 울렸다.

"큰 상처가 아니다. 탄환이 관통하였으나 이 정도는 별것 아니다. 어서 전투에만 집중하라!"

그 말에 대장선 위의 군관들이며 장졸들이 일제히 환호성을 올렸다.

저만치에 있는 흑호도 환호성을 올리고 있었다. 그제야 태을 사자도 놀란 가슴을 쓸어내렸다.

'다행이다……. 정말 천행이구나……. 이순신은 죽지 않았어.'

태을 사자는 온몸의 긴장이 탁 풀리는 것을 느꼈다. 맥이 풀려 스르르 바다로 들어가려 하자 흑호가 얼른 둔갑법을 써서 날아와 태을 사자를 잡았다. 둘은 곧 사람들의 눈을 피해 건너편 언덕으로 올라가서 아래를 굽어보았다. 흑호가 조심스럽게 입을 열었다.

"왜란 종결자가…… 저 사람이구려."

태을 사자는 미소를 띠며 힘없이 고개를 끄덕였다. 그러고는 둥근 구멍이 난 백아검을 들어 보이며 말했다.

"백아검이…… 마기를 제거해서 살았다네."

마지막 위기에서 마기에 밀린 탄환이 이순신의 몸을 관통하려는 순간, 백아검이 아슬아슬하게 그 부분을 막아낸 것이다. 기세가 강하여 백아검마저도 관통되었지만, 거기에 실렸던 마기는 백아검을 뚫으면서 거의 사라져, 이순신에게 박힌 것은 보통의 조총탄에 지나지 않았다. 원래 탄환은 정확히 이순신의 심장 부위를 치려 했으나 백아검을 뚫으면서 방향이 비틀어져 어깨 부위를 관통한 것이었다. 조총은 그다지 큰 위력이 없어서 급소 부위에 맞지 않으면 그 한 발로 목숨을 잃지는 않았다.[27]

그야말로 아슬아슬한 순간이었다. 흑호는 고개를 끄덕이다가 말했다.

"근데 어느 마수가 그랬는지 알 수가 없수."

"이미 도망쳤겠지. 성성대룡도 함께 왔으니……."

"흠……. 그냥 있었으면 잡아서…… 가만 안 두는 건데……. 내 마수 놈들을 잡으면 우리 일족이 당했던 것처럼 발기발기 찢어버릴 거유!"

그때 성성대룡이 전심법으로 말을 걸어왔다.

"내게 분명 마기가 느껴졌네. 이건 마수들이 한 짓이 틀림없어."

"그렇습니까?"

태을 사자가 대답하자 성성대룡이 말했다.

“놈들은 역시 교활해. 놈들은 직접 손을 쓰지 않고 인간으로 하여금 탄환을 쏘게 만든 다음 탄환에 기를 넣은 걸세. 이걸로는 여전히 추궁하기가 어렵겠는걸? 이렇게 교활한 술수를 부린다면 자네들이 힘들어지겠네…….”

“할 수 없는 일이지요. 하는 데까지는 해보겠습니다.”

“마수들이 어떻게 왜란 종결자에 대해 알았는지 모르겠군. 좌우간 자네들의 공이 크네. 감사하이.”

“성성대룡 님의 힘이 컸습니다.”

“뭘, 음……. 뭐 나는 더이상 영향을 줄 수가 없으니 이만 가보겠네. 나는 자네들을 데려다주려고 온 것인데, 약간 늦어버렸군. 그럼 수고하게나.”

성성대룡은 짐짓 위엄 서린 목소리로 흑호에게 말했다.

“자네는 너무 버르장머리가 없어. 하지만 봐주지. 다음부터는 그러지 말게나.”

“허허…….”

성성대룡이 순식간에 사라져버렸다. 태을 사자는 성성대룡이 사라진 자리를 잠시 바라보다가 흑호에게 말했다.

“흑호, 마수들이 왜란 종결자가 이순신인 것을 어찌 알아내었을까?”

“난들 아우? 좌우간 이순신은 죽지 않았잖수? 이제부터 지키는 것이 큰 문제일 거유.”

“음…….”

태을 사자는 깊은 생각에 잠긴 얼굴로 이제 거의 마무리가 되어가는 사천 포구의 싸움터를 내려다보았다. 왜선 13척이 불타고 깨어졌으며 왜군은 수도 없이 쓰러졌고, 이순신이 특별히 목 베기를 시키지 않았는데도 흘러온 시체에서 목을 벤 것만도 상당수에 이르는 대승리였다.

조선군이 승리를 거두자 흑호는 기뻐서 연신 웃어댔다. 더구나 이순신을 살해하려던 마수들의 음모는 일단 분쇄되었으니……. 그러나 기뻐서 어쩔 줄 모르는 흑호와는 달리 태을 사자는 뭔가 깊은 생각에 잠기었다.

난리의 전환점

"이제 정신이 드느냐! 드디어 깨어났구나!"

은동은 낯선 목소리에 놀라 눈을 번쩍 떴다. 지금 어디에 있는 것일까? 조금 전까지 중간계에 있었고, 하일지달의 손을 잡고 컴컴한 심연으로 뛰어들어…….

"허 주부! 허 주부! 어서 와보시오. 이 아이가 드디어 눈을 떴소이다!"

낯선 남자는 허 주부라는 사람을 불렀다. 그 사람은 허준의 친구이며 탕약 제조의 명수이기도 한 이공기였다. 그러나 은동은 그간의 사정을 들은 바 없어 멀뚱하게 있을 수밖에 없었다. 조심스럽게 두리번거리자 자신의 머리맡에 하일지달이 서 있는 것이 보였다. 이공기는 하일지달이 있는 것을 전혀 알아채지 못하는 것 같았다.

"어어……. 나는……."

은동이 하일지달을 보며 말을 하려 하자 하일지달은 눈을 찡긋하면서 손가락 하나를 세워 입에 갖다 대었다. 조용히 하라는 신호였다. 조금 뒤 허준이 달려왔다.

"드디어 눈을 떴구나. 천행이야, 천행……. 어디 맥을 짚어보자."

허준은 은동이 눈을 뜨자 몹시 기뻐했다. 은동이 깨어나지 못할 줄로만 알았는데 마침내 눈을 뜬 것이다. 이로써 예언은 성취될 것이라고 허준은 믿어 의심치 않았다. 그리고 꼭 예언이 아니더라도 치료하던 환자가 사경에서 벗어나 정신이 들었다는 것은 의원으로서 기쁜 일이 아닐 수 없었다. 허준은 허허 웃으면서 은동의 맥을 짚어보았다.

'어허……. 이상하게 흐트러졌던 맥이 다시 정상으로 돌아왔구나. 이는 내 지식으로는 도저히 알 수 없는 일. 허나 무슨 상관이랴? 이 아이의 모친이 응감하여 병을 낫게 해주었을지도 모르지. 이 아이는 정말 회복이 빠르구나. 앞으로 사나흘이면 상처가 모두 나을 것이다.'

의구심을 떨쳐버린 허준은 은동이 낫게 되어 기쁘기 한량없었다. 그러나 은동은 그 사람들(허준과 이공기)이 몸에 관복을 걸치고 있는 것을 보고 더더욱 얼떨떨할 뿐이었다.

"누…… 누구세요?"

"기억이 나지 않느냐? 허허, 그래. 그렇기도 하겠지."

허준 아이에게 그간의 일을 설명해주고 싶었으나 이공기가 혹시라도 자신이 겪은 해괴한 일을 알면 안 될 것 같아서 마음에 걸렸다. 그래서 마음을 바꿔 딴전을 피웠다.

"네가 상처가 심해서 쓰러져 있는 것을 내가 발견하여 이리로 옮긴 것이란다. 여기는 평양의 행재소야."

"네? 그럼 상감마마께서 계시는……."

"그렇단다. 놀라진 마라. 지금은 난리중이라 행재소에 의약국이 설치되어 백성들도 돌보아주고 있으니까. 좌우간 정신이 들었으니 다행이다. 특별히 아픈 곳은 없느냐?"

허준이 묻자 은동은 어안이 벙벙했다. 그러고 보니 금강산 표훈사 밑의 마을에서 가슴을 찔려 의식을 잃었지만 평양에 옮겨져서 행재소에서 치료를 받고 있다고 들은 것도 같았다. 생각해보니 호유화가 무슨 꾀를 부려 은동을 이리 옮겨 치료를 받게 한 것이 분명했다.

'호유화가…… 아무리 행동이 그랬어도 나한테는 정말 잘해주었는데……. 더구나 호유화는 나를 구하려고…….'

호유화의 모습이 떠오르자 은동은 갑자기 슬퍼졌다. 눈에 눈물이 맺혔다. 문득 중간계에서 울고 싶어도 눈물이 나지 않아 울지 못한 것이 생각났다. 그래서 그때 울지 못한 것까지 합쳐서 큰 소리로 울어댔다. 그러자 허준은 은동이 아픈 줄 알고 쩔쩔매며 달랬다.

"왜 그러느냐? 많이 아프냐?"

은동은 울면서 고개를 저었다. 그 모습을 보고 허준의 생각은 엉뚱하게 흘러갔다.

'지금 와서 상처가 더 아프거나 쑤실 일은 없는데……. 이 아이의 모친이라던 귀신은 왜병에게 억울한 일을 당했다고 했지? 이 아이는 필경 어머니가 그리워서 우는 것이리라. 가엾은 일이구나.'

"어머니 생각은 너무 하지 말거라. 가엾은 것 같으니……."

허준은 은동을 달래려고 다독거려주었으나 은동은 이번에는 정말로 왜병에게 죽은 어머니가 생각나서 더욱 서럽게 울어댔다.

"어머니가 왜병에게 목숨을 잃으셨지?"

허준이 묻자 은동은 고개를 끄덕였다. 허준이 묻는 것은 호유화였고 은동이 떠올린 것은 어머니 엄씨였지만, 이야기는 통했다.

"그래……. 조선 천지가 온통 난리가 났단다. 고통받는 백성들이 한두 사람이 아니란다. 그러나 언제까지나 슬퍼하고만 있을 수는 없지 않겠니? 어리지만 너도 사나이 대장부가 아니냐? 장차 이 흐트러진 나라를 바로잡고 다시 나라의 기틀을 세워 백성들이 잘살 수 있게 하는 일은 모두 너 같은 아이들에게 달려 있단다. 그러니 힘을 내야지, 응?"

그러나 은동의 마음은 달랐다. 은동은 호유화가 쓰러지는 것을 보았고 생계에서 정신을 차린 뒤에, 남몰래 다른 생각이 들었다. 은동은 분명 잘못한 것이 없었다. 언제나 조상 대대로 내려오고 배워오던 윤리적인 가르침대로 판단했고, 나름대로 애써서 그리 행동하려고 애써왔다.

하지만 그런 가르침들 때문에 오히려 호유화를 죽게 만들지 않았는가? 죽었는지 살았는지 분명히 알 수 없지만 말이다. 그 때문에 은동은 지금 때 이른 반항기를 맞고 있는 것이나 다름없었다. 자신이 배워오고 읽어온 모든 것이 쓸모없고 헛된 것이라는 생각을 하게 되자, 아무렇게나 행동하고 싶은 충동이 불끈 솟구쳤다.

"아니에요! 아니에요! 그런 소리는 싫어요! 이런 나라가 뭐가 좋다는 말인가요? 우리가 무엇을 잘못했기에 왜병이 쳐들어온 건가요? 왜 사람들이 죽어야 하나요? 나라의 기틀이 선다고 백성이 잘살게 된다는 건 또 뭐예요!"

은동이 화가 나서 소리를 치자 허준은 한숨을 내쉬었다.

'이 아이가 난리 때문에 큰 충격을 받았나 보구나. 아직 어린아이가 어찌 저런 말을 할 수 있단 말인가?'

"네가 아무리 어리다지만 어찌 그런 말을 하느냐? 그런 말을 하면 못 쓰느니!"

허준은 엄하게 은동을 야단치고 조용히 말했다.

"좋다. 그러면 나라를 위하는 것이 아니라 하더라도…… 너는 이 난리를 그냥 보고만 있을 셈이냐?"

"아니요……."

"그러면?"

"내가 나중에 애를 쓴다 하더라도 그건 나라나 상감을 위한 게 아니에요. 단지 무고한 사람들이 다치지 않게 하기 위해서 애를 쓰는 것뿐이에요……."

그 말에 허준은 깊이 생각하며 고개를 끄덕였다. 허준은 산전수전을 다 겪어서 사려가 깊었다. 그래서 은동이 어린 나이기는 하나 그런 데까지 생각이 미친 것이 걱정스럽기도 했지만 한편으로는 기특하기도 했다.

"그래. 그렇다면 좋다. 백성을 위하는 것이 곧 나라를 위하는 길이 되는 것이니까……. 그러나 대놓고 나라를 욕하는 일은 해서는 아니 되느니……."

찬찬히 타이르는 허준을 은동은 우는 중에도 새로운 각오를 마음에 새겼다.

'그래……. 힘을 내야 한다. 나만 슬픔을 당하는 것이 아니지 않아? 죽고 다치고 가족을 잃는 사람들이 많고도 많아. 어쨌거나 그건 모두 이 난리 때문이야. ……난리를 막아야 한다. ……이 난리를……'

생각이 거기에 이르자 은동은 자신이 중간계에서 많은 능력을 받은 사실이 기억났다. 전에는 무력했지만 지금이라면 태을 사자나 흑호를 도울 수 있을 것이었다.

'맞아. 나도 무언가 해야 한다. 이 난리가 난 것도 따지고 보면 왜놈들과 마수들 때문이야. 반드시 그놈들을 몰아내야 해. 반드

시……'

은동은 마음속으로 굳게 다짐하며 입술을 깨물었다. 다른 사람의 눈에는 보이지 않는 하일지달은 은동의 머리맡에 서서 그런 은동을 가만히 바라보며 은은하게 미소를 지었다. 눈치 빠른 하일지달은 자세히는 몰랐지만, 이야기를 듣다 보니 호유화가 은동을 아들이라고 허준에게 속여 치료를 받게 한 사실을 파악하게 되었다.

'꼬마를 연인으로 생각하면서 난데없이 웬 아들? 정말 우습구나.'

하일지달은 속으로 피식 웃었다.

다시 며칠이 지났다. 그동안 태을 사자와 흑호는 이순신의 뒤를 따르면서 이순신의 주변을 보호하였다. 그러나 마수들은 지난번에 이순신을 암살하는 데 실패한 이후로는 이순신 주변에 직접 나타나지 않았다. 흑호도 이순신을 처음 보고는 호유화처럼 '저런 영감탱이가 어떻게 영웅이 되어?'라는 생각으로 불신했다. 그러나 태을 사자는 전쟁이란 단순히 개인의 무력으로만 하는 것이 아니라고 흑호에게 일러주었다.

"옛날 중국의 삼국시대 때 제갈공명은 무력이 아니라 개인의 지략만으로 촉나라를 세우고 자신이 죽은 뒤 수십 년간 지탱되도록 만들었네. 장수의 기량은 무력에 있다기보다는 지략과 도량의 크기에 있는 거야. 속단해서는 아니 되네."

흑호는 태을 사자의 말을 잘 알아듣지 못했지만 며칠 동안 이순신의 전투를 보고는 생각이 바뀌었다. 이순신은 그야말로 대전략가였다.

그들이 생계로 돌아온 5월 29일, 사천 전투에서 왜선 10여 척을 격파한 뒤로 이순신은 질병과 부상의 고통 속에서도 계속 진군하여

6월 2일 당포에 도달하였다.

그곳에는 왜군의 수군 두령 도쿠이 미치토시의 선봉 부대와 무략으로 이름 높은 가메이 고레노리의 선발대가 있었다. 가메이 고레노리 부대의 함선인 오구로마루 한 대가 그중에 끼어 있었는데, 그 배는 판옥선과 길이가 비슷했으며 3층으로 누각이 달려 위에서 굽어다 보며 적선을 공격할 수 있는 어마어마한 배였다.

도쿠이와 가메이는 일단 사천에서의 전투 패배를 보고받고 조선군의 숫자와 비슷한 21척만을 골라 뽑아서 당포로 나온 것이었다. 그 부대는 왜국의 수군 대장인 도쿠이와 가메이가 친히 지휘했다. 그들의 휘하 부대가 더 많기는 해도 조선군과 동수同數의 배만 몰고 나온 것은 자만심에 찬 결정이었으나, 이순신에게는 다행한 일이라 하지 않을 수 없었다.

중간에 위치한 거대한 배(오구로마루)를 보고 조선군은 놀라서 당황했다. 배의 길이는 판옥선과 비슷했으나 옆이 두껍고 둔중하여 배 수량에 있어서는 판옥선의 서너 배나 될 듯싶었던 것이다. 그러나 이순신은 추호도 당황한 내색을 하지 않았다.

'드디어 왜군도 우리 판옥선에 대항할 전선을 투입하기 시작하는구나. 이제부터 본격적으로 싸우게 되는 것인가?'

이순신은 긴장하였다. 아무리 이순신이라도 왜군이 대비를 철저히 한다면 상대하기가 버거웠다. 그러나 그는 낙담하지 않았다.

'내가 무너지면 아무도 막을 자가 없다. 우리 전선의 수효가 적을 압도하지 않고서는…….'

이것은 자만이 아니라 정확한 판단에서 나온 생각이었다. 이순신이 패배한다면 원균이 왜군을 막을 것인가, 아니면 전라우수사 이억기가 막을 것인가? 원균은 무모한 자이니 말할 것도 없었고, 이억기는 쓸 만한 장수이지만 부하들을 잘 통솔하지 못하는 단점이 있었다. 특히 이억기는 자신이 한 약속을 잘 지키지 않는 큰 단점이 있어 이순신은 이억기를 그다지 신뢰하지 않았다.

'대장으로서 내뱉은 말을 지키지 않는 것은 군령을 해이하게 만드는 것. 군령이 지켜지지 않으면 무슨 수로 대군을 통솔하랴? 이억기로서는 지금이 한계이다. 그러니 어찌할 것인가, 만약 내가 무슨 일을 당한다면……'

그때를 대비하여 이순신은 정리해둔 것이 있었다. 즉 수적으로 열세인 조선 수군을 대폭적으로 증강하여 대군으로 편성한다면, 지휘가 다소 용렬하더라도 무난히 적을 물리칠 수 있다는 생각이었다.

이순신의 판단으로 왜군의 보급로를 완전히 차단하여 수상 제해권을 잡으려면 대략 250척의 전선이 필요했다. 그것은 이미 조선 수군에서 알려진 전략이었으며, 실제로도 왜란이 발발할 때 조선 수군은 경상좌우도에 75척씩, 전라좌우도에 25척씩, 충청·황해·경기도 수군을 합쳐 250척가량의 전선을 보유하고 있었다. 조선 조정의 인재들도 결코 전략적인 식견이 없는 것은 아니었다. 그러나 박홍과 원균은 싸우기도 전에 겁을 먹고 150척에 달하는 전선을 모조리 수장시켜버렸다.

'그 배들이 있었다면……'

그 생각만 하면 이순신은 분통이 치밀었다. 그리고 배들을 수장시켜버린 주제에 싸운답시고 옆에서 설치고 다니는 원균이 견딜 수 없을 정도로 미웠다. 여느 장수 같았으면 아마 원균과의 작전을 거부하고 원균을 전라좌수영에 발도 들여놓지 못하게 했을 것이다. 그러나 이순신은 세심한 만큼 마음이 소심하여 대놓고 그런 면박을 줄 성격이 못 되었다.

이순신은 그런 바람을 지워버리고 다시 수군 개편에 대한 전반적인 전략을 짰다. 200척의 군선! 그 군선들이 이순신에게 주어진다면 이순신은 아예 왜국의 포구를 습격하여 왜군들의 보급로를 근본적으로 끊을 수도 있겠다 싶었다.

'단, 그것은 왜군의 전선들이 우리 판옥선에 비해 성능이 뒤떨어진다는 전제하에서이다…….'

당시 왜군의 조선술은 조선보다 많이 뒤떨어졌으며 특히 화포의 주조술은 도저히 조선을 따라오지 못하였다. 그러니 조선군이 지금 자신이 체계를 세운 대로 화포를 설치하여 적의 배를 깨뜨리는 작전만 고수해준다면 수적으로 200척 정도가 되었을 때 쉽게 왜군에게 패할 리가 없었다. 다만 그것은 화포를 설치하거나 지금의 전선 상식을 뒤엎은, 특수한 전선이 나타나지 않았을 때의 이야기였다.

그런데 지금 이순신의 눈앞에 조선 수군의 판옥선만큼이나 거대해 보이는 왜국의 층루선(층각선으로도 표기)이 나타난 것이 아닌가.

'왜군도 신병기를 도입했구나. 그러면 나도 한번 신병기를 도입하여보자! 왜군의 기를 꺾어야 한다!'

이순신은 곧 명을 내려 거북배를 출동시켜 왜군의 층루선에 돌입하도록 지시했다. 이는 병법의 궤도에 어긋난 것처럼 보이는 대담한 전술이었지만 이순신은 추호도 주저하지 않았다. 거북배는 돌격장突擊將이 통솔했는데, 그는 이언량이라는 용맹한 사람이었다. 명령을 받은 거북배는 곧바로 다른 20여 척의 전선을 내버려두고 층루선으로 돌입해 들어갔다.

층루선에 타고 있었던 자는 도쿠이 미치토시였는데, 그는 전투가 개시되어 포탄이 날아도 눈도 하나 깜짝하지 않고, 추호도 몸을 움직이지 않은 채 대담하게 앉아 있었다. 그가 있는 층각은 밖으로는 붉은 비단으로 휘장을 쳤고, 사면에 글자를 써놓은 화려하기 이를 데 없는 것이었다. 그곳에서 도쿠이는 붉은 일산(양산 같은 것)을 세우고 그 밑에 앉아 가끔 큰 소리로 명령을 외치기만 했다.

"몸을 드러내시면 위험합니다. 조선군의 화포는 위력이 상당하옵니다."

부장이 간했으나 싸움으로 잔뼈가 굵은 도쿠이는 들은 척도 하지 않았다. 그는 과거 전국시대에 병법의 달인이었다는 다케다 신겐이 내세운 네 글자의 병법에 깊이 심취해 있는 자였다.

"너는 풍·림·화·산風林火山[28]이라는 병법도 모르느냐? 바람처럼 빠르게! 숲처럼 빽빽하고 빈틈없게! 불처럼 격렬하게! 그리고 대장된 자는 산처럼 안정하여 움직이지 않아야 부하들이 믿고 따르는 법이다! 내가 움직이지 않고 있어야 부하들이 용맹하게 싸운다!"

"그러나…… 그러나 조선군에서 이상하게 생긴 배가 돌입합니다! 아무리 총을 쏘아도 끄떡도 않는 철갑 괴물입니다!"

거북배는 원래 철갑을 장치하였으나 철갑을 두르면 속도가 느려지기 때문에 이 전투에서는 철갑을 입히지 않았다. 왜군이 화포를 사용하지 않았으니 굳이 철갑을 둘러 속도를 늦출 필요가 없었다. 왜군의 화살이나 조총탄은 거북배의 윗갑판을 뚫지 못했고 거북배의 갑판은 쇠장식이 많이 박힌데다가 검은 칠이 되어 있어서 마치 철갑을 두른 것처럼 보였다. 더군다나 거북배는 뚜껑이 완전히 덮이고 배 앞머리에 무시무시한 미르머리龍頭가 있었으며 아가리에서 연기와 화포가 발사되었다. 그것을 본 왜군들은 겁에 질릴 수밖에 없었다. 그러나 도쿠이는 꿈쩍도 하지 않았다.

"저것도 배에 불과하다! 괴물이 어디에 있단 말이냐! 어서 쏘아라, 쏘아!"

이순신은 금방 왜장의 의도를 알아챘다. 그 왜장은 지금 모든 왜군의 사령탑이요, 정신적인 구심점인 것이다.

"저 왜장을 떨구어라! 저자만 떨구면 왜군은 혼란에 빠져 자멸하리라! 총통을 있는 대로 쏘아라!"

이순신의 명령이 떨어지자 통영연이 떠오르고 대장선의 깃발이 어지럽게 허공을 찢으며 난무했다. 이순신의 수하들은 이순신이 또 상처를 입을까 겁내어 대장선을 총탄이 절대 미치지 못하는 후방에 위치시켜놓았다. 연이 떠오르자 기다리고 있었다는 듯, 왜선 사이로 좌충우돌 파고들던 거북배의 미르머리에서 총구가 불쑥 튀어나왔다. 구경이 작지만 명중률이 높은 현자총통이었다.

"쏘아라!"

거북배의 돌격장 이언량이 소리치자 거북배의 미르머리에서 현자포가 발사되었다. 포탄은 도쿠이가 있는 누각을 정통으로 맞히지는 못했으나 화려했던 비단 장막이 갈기갈기 찢어져 피처럼 조각들을 사방으로 흩날렸다.

"도쿠이 님! 어서 아래로!"

도쿠이는 놀라서 혼이 나갈 정도였지만 놀란 내색을 하지 않았다.

"그렇지 않다! 이것은……."

기지마가 노성을 지르려는 순간, 수많은 조선의 군선들이 포를 집중하여 사격하였다. 삽시간에 누각이 흔들리면서 여기저기가 와장창 와장창 깨어져나갔다. 도쿠이는 넘어지지 않으려고 부서진 난간을 움켜쥐었다. 바로 그때, 판옥선 한 척이 옆으로 선회했다. 그리고 천자총통의 커다란 포구가 모습을 드러내었다. 천자총통은 대형 총통이라 옆으로만 발사가 되었다. 그 총통의 입구에 거대한 창 같은 것이 꽂혀 있어 삐죽 튀어나왔다. 화살과 같이 생긴 그것은 날개가 달려 멀리까지 날아가는 대장군전이었다.

"도쿠이 님!"

부관이 악을 썼다. 누각은 삽시간에 여기저기가 깨어져나가고 불이 붙어 처참한 폐허가 되어버렸다. 도쿠이가 받치고 있던 붉은 일산은 어느새 날아가 보이지도 않았다. 부관이 도쿠이를 억지로라도 붙들고 내려가려는 순간, 천자총통에서 발사된 대장군전이 부관의 몸을 반 토막 내며 누각을 글자 그대로 뚫고 지나갔다. 부관의 몸뚱이 반쪽은 아직도 도쿠이를 붙잡고 있었다. 놀란 도쿠이는 몸뚱이를 떼어내려 했으나 구멍이 크게 뚫린 누각이 기울어지기 시작하는 통에 균형을 잃고 비틀거렸다.

"왜장을 화살로 맞혀라! 그 공이 크리라!"

태을 사자는 이순신에게 크게 감탄하였다. 조금만 더 화포를 쏜다면 왜장은 박살이 날 것이었다. 그러나 이순신은 화포 사격을 중지시키고 화살로 왜장을 맞히게 했다. 이전까지 이순신의 부하들은 화포만 죽어라 쏘아댔지, 직접 공을 세울 기회가 없어서 투덜거리고 있었다. 그런데 산 채로 움직이는 왜장을 직접 쏘라 명한 것이다. 병사들은 자연 불이 붙은 듯 분발하게 되고, 왜장이 쓰러지면 그야말로 실컷 놀림을 당하다가 비참하게 죽는 것이므로 적군의 사기가 순식간에 땅에 떨어지리라. 이순신은 짧은 시간에 그런 판단을 할 만큼 머리가 기민했다.

조선군은 와아 하는 함성을 올리며 누각에 화살을 집중시켰다. 기지마는 살아 있는 과녁이 된 꼴이었다. 이미 누각의 사다리는 부서져서 달아날 길도 없었다. 바다로 뛰어들면 살아날 수 있을지 몰라도 갑옷을 벗어야만 했다.

그러나 홀로 조선군의 농락을 받는 와중에 옷까지 벗고 바다로 뛰어든다는 것은 죽음보다도 더한 수모가 아닐 수 없었다. 도쿠이는 머리털을 곤두세우며 최후의 발악을 하였다. 이미 화살과 조선군의 작은 총통의 탄환들이 어지럽게 주변에 꽂히고 있었다. 하지만 도쿠이는 산처럼 움직이지 않아야 한다고 마음을 다져 먹으며 마지막으로 장엄한 최후를 맞기 위해 악을 썼다.

"나 도쿠이 미치토시는……."

말하는 순간 승자총통의 탄환 하나가 날아와 도쿠이의 이마에 콱 박혔다. 도쿠이는 말조차 나오지 않았다. 전투가 시작되자마자 이 꼴이 되다니……. 왜? 도대체 왜……?

'왜……? 나는 대장으로서 모든 것을 했는데……. 병법을 지키어 잘못한 점이 없었고 승리하지 못한 싸움이 없었다. 그런데 이리도 순식간에 패하다니……. 어찌하여 이리도 순식간에…….'

다음 순간, 사기가 드높은 조선군들이 왜군의 대장선으로 전선을 몰고 오는 것이 보였다. 이미 왜군들은 사기가 바닥으로 떨어져 조총조차도 쏘지 못하고 도망치기 바빴다. 용기를 얻은 조선군들 중 위장 권준이 활을 쏘았다. 그 화살은 도쿠이의 가슴에 푹 하고 깊이 박혔다. 가까이에서 쏜 화살이었던 것이다.

"어째서…… 어째서 이렇게……!"

도쿠이는 악을 쓰려고 했으나 다리가 휘청거리며 풀렸다. 도쿠이의 몸이 누각에서 떨어져서 마침 대장선에 충돌중이던 사도첨사 김완의 배 갑판에 떨어졌다. 그때까지도 도쿠이는 의식이 있었다. 조선군의 갑판에 떨어지자 군관인 진무성이라는 자가 칼을 들고 달려들었다.

'나 도쿠이 미치토시가…… 평생에 걸쳐 무명武名을 쌓은 내가…… 정신 차릴 겨를도 없이 패하다니……. 조선군의 대장은 인간

이 아니다! 인간이……!'

그 순간 진무성의 칼이 꼼짝도 하지 못하는 도쿠이의 목에 깊숙이 박혔다.

바로 그 시각, 가메이는 선창 아래로 밀려드는 물속에서 허우적거리고 있었다. 아직 본격적으로 싸울 채비도 하기 전에 이런 꼴을 당하다니, 너무도 기가 막혔다.

"가메이 님! 어서 피신을!"

가로인 신하가 소리쳤다. 가메이는 그쪽으로 가려고 했으나 문득 부채가 떠올랐다.

"간파쿠님이 하사하신 부채……!"

가메이는 과거 히데요시에게 친히 금부채[29] 하나를 선사받은 일이 있었다. 그것은 대단한 명예였으며 비록 이렇듯 위급한 상황일지라도 그 부채만은 꼭 챙겨야 했다. 가메이는 자신도 모르게 몸을 돌렸다. 그때 신하의 몸이 한쪽 벽을 뚫고 들어온 포탄에 박살이 났다. 가메이는 당장 눈앞에서 신하의 몸이 박살이 나버리자 부채고 뭐고 까맣게 잊어버리고 공포에 사로잡혔다. 앞뒤 잴 것 없이 무작정 물로 뛰어들어 배 밑창의 깨진 부분을 통해 도망쳤다. 명예로운 부채도 내팽개치고…….

가메이는 불행 중 다행으로 육지로 헤엄쳐 들어가 목숨을 건졌는데 한동안은 실종되어, 죽은 것으로 여겨졌다. 그러나 가메이의 수하 장수들과 신하들은 거의 다 죽음을 당하여 가메이는 이후 힘을 쓸 수 없게 되었다.[30]

왜선들은 거의 파괴되었으며 몇 척만이 간신히 도망쳤다. 죽고 상한 왜군의 수는 헤아릴 수 없을 정도였고, 특히 맹장이라 일컫던 대장인 도쿠이 미치토시가 죽은 것은 왜군에게 커다란 충격을 안겨주었다.

이순신은 그것으로 만족하지 않았다. 도망치는 왜선들이 있었지만 이순신은 일부러 놓아주었다. 더 많은 왜적들을 격파할 미끼로 삼으려 했던 것이다. 무리한 추격을 하지 않고 밤을 새운 이순신 함대는 6월 3일에 개도를 협공하였으나, 이미 왜군들은 사기가 밑바닥까지 떨어져 하나도 남지 않고 모조리 도망친 뒤였다. 그날 편안히 휴식을 취한 조선 함대는 6월 4일에 이억기 함대와 합류하였다. 겨우 20여 척 되는 병선이 두 배로 늘어났으니 이순신은 물론이고, 장병들까지 기뻐하지 않는 자가 없었다.

다음날인 6월 5일, 이순신은 다시 오구로마루 한 척을 포함한 30여 척의 도쿠이 잔류 함대를 박살냈다. 이때 이순신은 실로 교묘한 전술을 보여주었는데, 조선 수군들은 시야가 좁아 교묘함을 잘 알 수 없었다. 전술을 보고 끊임없이 감탄한 것은 공중에서 그 광경을 내려다보고 있던 흑호와 태을 사자였다.

잔뜩 겁에 질린 왜군들은 방진을 형성하고서 조총과 철환만을 쏘아대고 있었다. 그런데 그 철환들은 부산포 함락 시 왜군들이 노획한 조선 총통에서 발사되는 것들이 아닌가! 다행한 것은 왜선은 큰 화포를 장비할 만한 구조가 아니었기 때문에 작은 총통만을 계속 쏘아댔다는 것이다.

이순신은 어처구니없는 모습에 분노가 극에 달했다. 먼저 거북배를 돌입시켜 적진의 정보를 차단시켰다. 전령들이 오가지 못하도록 하는가 하면, 거북배의 미르머리에서 나온 연기로 시야를 가려 대장선의 깃발을 보지 못하게 하였다. 그다음 각 전선들을 몇 대씩 조를 짜게 하여 돌아가며 화포를 쏘고 물러나면 다시 다른 배가 화포를 쏘는 차륜 전술을 썼다. 이 또한 교묘한 작전이었다.

왜선들의 화기 사정거리는 조선 배보다 짧았다. 경계 부근까지만 배를 접근시켜 사거리가 긴 화포를 쏘고는 물러나 다시 화포를 장진한다. 그사이 다른 함선이 나와 또 화포를 쏘는 것이니, 놀이와도 흡사했지만, 당하는 왜군 측은 계속하여 포화를 얻어맞는 꼴이 되는 것이다.

견디다 못한 왜군은 배를 버리고 뭍으로 도망치려 하였으나 이순신은 그것마저도 용납하지 않았다. 왜군의 배가 움직이자 이순신은 교묘하게 대열이 허물어진 척하면서 퇴각할 기세를 보이게 하였다. 이 진퇴는 실로 교묘하여 지령을 내리는 이순신 말고는 아무도 그 순간을 파악하기는커녕 직접 몸으로 행하면서도 알지 못했다. 다만 공중에서 전황을 한눈에 내려다본 태을 사자와 흑호만이 알 수 있을 뿐이었다.

진퇴가 헷갈린 것처럼 보이는 순간, 포위망의 구석에 틈이 생겼다. 왜군들은 이순신 함대의 포위망이 열리자 추격하기보다는 도망쳐서 살길을 찾으려고 허겁지겁 배를 몰았다. 그러나 그것 역시 이순신의 계책이었다. 포격을 받던 가메이군의 제2호 대장선인 오구로마루가 그 틈을 타서 나오려다가 맹렬한 협공을 받았다. 이 거선은 오구로마루라는 이름에 걸맞게 두 개의 검은 돛과 화려한 붉은 휘장을 둘렀으며, 가메이 휘하의 가장 용맹한 부장이 탑승한 배였다. 허나 결국은 산산조각으로 박살난 채 불타 없어지게 되었다.

다음날인 6월 6일에도 전날과 같은 일이 반복되었다. 도쿠이와 가메이 휘하의 나머지 후발대를 만난 이순신은 그들마저도 모조리 전멸시켜버렸다. 여기에는 나머지 세 척의 대선인 오구로마루가 있었고, 역시 가메이의 친척뻘인 젊은 부장이 지휘를 하였다. 그러나 왜장이 지휘하는 층각은 거북배의 좋은 사격 목표가 될 뿐이었다.

거북배가 돌입하여 미르머리의 현자포로 층각을 맞히는 방법은 상당히 효과가 뛰어났다. 미르머리는 위치가 높고 시야가 트였기 때문에 층각처럼 작은 목표물을 맞히기에 유리했다. 그 부장은 나이가 스물네댓밖에 되지 않은 미남이었으며 용기와 담력, 지략이 뛰어나 가메이가 애지중지하던 장수였으나, 결국은 도쿠이 꼴이 되고 말았다.

다만 그는 휘하에 8명의 친위병을 거느리며 그 상황에서도 용맹스럽게 항전하였다. 그러나 이순신의 휘하에서 명궁으로 알려진 방답첨사 이순신이 연속해서 쏜 여덟 대의 화살을 받더니 더는 견디지 못하고 크게 통곡하면서 떨어져 내렸다. 그러고는 이내 어육이 되어 목이 떨어지게 되었다.

그때 왜군은 도쿠이와 가메이(가메이도 그때는 죽은 것으로 알려졌다)의 죽음에 분노하여 '전원 목숨을 걸고 싸워 원수를 갚는다'는 의미로 피로 서명한 '분군기'를 작성하였는데, 이는 도쿠이 휘하의 정예병 3,040명이 서명한 것이었다. 그러나 그러한 투혼과 분투에도 그들은 결국 하나도 남지 않고 이순신의 화포에 물고기 밥이 되고 말았다.

6월 7일에 이르러서는 율포 앞바다에서 다시 왜선 5척을 만났다. 그러나 그때부터 왜선들은 이순신 함대만 보면 도망치기에 급급했다. 저항할 엄두조차 내지 않았다. 그리고 왜선이 잡히자 모든 왜병들과 수부들은 겁에 질린 나머지 바닷물에 뛰어들고 말았다. 이순신은 기가 막혀서 그들을 죽이지 않았고 저항하는 36명만 잡아 목을 베었다. 덕분에 6월 7일의 해전 같지 않은 해전에서는 3척의 왜선까지 흠 하나 없이 고스란히 손에 넣었다.

가메이와 도쿠이의 완벽한 패전은 왜군의 사기를 송두리째 꺾어버리는 결과를 낳았다. 이순신과 이억기의 연합 함대는 남도 일대를 며칠이나 더 돌아다녔지만 단 한 명의 왜군도 그들의 눈앞에 나타나지 않았다. 모조리 겁을 먹고 피해버린 것이다. 7월에 이르기까지 이순신 함대는 왜군 구경을 한 번도 해보지 못하고 도로 돌아오게 된다. 왜군은 이순신이 진을 친 바닷가에는 아예 나갈 엄두를 내지 못하게 되었다.

태을 사자는 묵묵히 흑호와 함께 전투 장면을 보고 있었다. 태을 사자가 말했다.

"흑호, 이래도 이순신이 왜란 종결자가 될 수 없다고 여기나? 이런 대승을 거두었는데 조선군은 작은 배 한 척도 피해를 입지 않았네. 역대에 이런 싸움이 있었는가? 나는 한 번도 들어보지 못했네."

"헤헤……. 그거야, 뭐……. 과연 이순신은 대단한 인물이우. 겉으로 보는 것과는 다르구먼."

흑호가 고개를 끄덕이자 태을 사자가 조용히 말했다.

"이순신은 정말 왜란 종결자야. 아니, 왜란 종결자가 되고도 남는 인물일세."

왜군은 수만 명이 죽어 물귀신이 되었으며, 도합 72척의 전선을 잃었다. 수군 대장인 도쿠이가 죽음을 당했고 가메이도 천신만고 끝에 목숨만 건져 달아났으며 두 사람의 부대는 글자 그대로 완전히 궤멸되어 공중분해되었다. 목 베기를 하지 않을 작정으로 작전을 하던 이순신 함대의 배에 시체가 떨어지거나, 시체를 주워서 벤 왜병의 목만 88급이었으며 원균이 '이삭줍기'를 하여 벤 목 또한 100급이 넘었고 이억기가 벤 것도 비슷하여 수급만도 도합 300급에 달했다.

옥포 해전에서 단 2급의 목을 벤 것에 비하면 이번의 승리로 얼마나 많은 왜병이 몰살당했는가를 알 수 있었다. 더더욱 놀라운 사실은 이 세 번에 걸친 대전의 결과로 입은 조선군의 피해이다. 조선군의 사망자는 도합 13명, 부상자는 34명에 지나지 않았으며 전선은 한 척도 잃지 않았다. 그 결과를 보고 흑호는 질리다시피 했다. 제대로 무장을 갖춘 훈련된 군인들이 전혀 훈련받지 못한 맨손의 사람들과 싸우더라도 이보다는 훨씬 많은 피해를 입을 것이었다.

그러나 이순신은 손장수의 죽음을 안타까워했다. 손장수는 다른 사람처럼 재수없이 날아드는 총알이나 화살에 맞은 것이 아니라, 왜병을 추적하여 목을 베려고 육지에 올랐다가 칼에 맞아 죽은 것이다. 이는 금하고 있는 일이었는데도 들뜬 나머지 뭍에 올랐다가 죽음을 당한 모양이라며 이순신은 아까워했다. 그것을 들은 흑호는 거의 아연해졌다. 이런 승리를 거두고도 그런 한탄을 하고 있다니…….

"이제 이순신이 왜란 종결자가 되고도 남는 사람임을 믿겠나?"

태을 사자가 미소를 띠며 말하자 흑호는 완전히 헤벌어진 얼굴로 고개를 끄덕였다. 왜군들이 몰살당한 것이 흑호로서는 매우 기분 좋았던 것이다.

율포에서의 해전이 끝난 6월 8일. 흑호는 전투가 벌어지지 않자 연신 몸을 뒤틀며 따분해했다. 그것을 보고 태을 사자가 말했다.

"싸움이 나지 않으면 좋은 것 아닌가?"

"하지만 마수 놈들은 뭘 하고 있는지……. 답답허우. 은동이한테 가보는 게 어떻겠수?"

"은동이는 상처를 입었다니 나을 때까지는 기다려야 하지 않겠는가? 하일지달이 있으니 거기는 별문제 없을 걸세. 마수들도 은동이가 능력을 얻은 것만은 모를 테니 그 아이에겐 위험이 없어. 이순신의 주변을 지키는 것이 중요하네."

"제길……. 하지만 영 답답해서……."

"지금은 여기가 중요하네. 그리고 왜군이 나타날 엄두를 못 낸다는 것은 큰 전략적 의미가 있는 것 아니겠나? 이순신으로 하여 난리가 전환기에 접어들지도 모르네. 아니, 이미 전환점에 접어들었다고 보아야 할지도……."

"어째서 그러우? 수군이 아무리 이긴다고 해두, 이미 왜군들은 평양까지 진군하지 않았수? 수군이 땅에 올라간 적을 잡지는 못할 건데?"

"그러나 제해권을 잃으면 그들은 보급받을 수도 없고, 왜국으로 돌아갈 수도 없네. 왜군은 한양을 점령했을 적부터 진군 속도가 느려졌어. 이십여 일 만에 부산부터 한양까지 휩쓸어버린 왜군이 여태 개성까지도 진격하지 못하고 있다 하지 않았나? 두고 보게. 왜의 육군도 이제부터는 큰 힘을 쓰지 못할 것이야."

흑호는 조선 땅 금수의 우두머리가 된지라 가지 않고도 전황을 자세히 알 수 있었다. 모든 금수들의 눈과 귀가 흑호의 것이나 다를 바 없어 전황을 소상하게 알 수 있었다.

"하지만……."

흑호는 미간을 찌푸렸다.

"왜군이라고 그냥 있지는 않을 거유……. 뭔가 다른 방법을 마련하여 이순신을 없애려고 할 텐데……."

"그렇겠지. 그리고 마수들도…… 술책을 부리고 있을 거야. 그 '려'란 도대체 무엇일까?"

거기까지 말하더니 태을 사자는 입을 다물었다. 그리고 흑호도 이유 없는 두려움에 그만 입을 다물고 말았다. 둘은 그렇게 한참을 있었다. 그러다가 흑호가 먼저 입을 떼었다.

"제길, 어쨌거나 은동이를 데려와야 하지 않겠수? 이대로라면 이순신하고 말 한번 못 해보지 않겠수?"

흑호와 태을 사자는 둘 다 어떤 인간과도 접촉하지 말라는 명을 받은 탓에 답답하기 그지없었다. 하루라도 빨리 은동을 데리고 와야 한다는 생각은 태을 사자도 마찬가지였지만, 이곳의 정황이 불안하여 이순신이 또 기습을 받을까 두려워 움직이지 못한 것이다. 게다가 은동의 상처가 아물지 않았을 것도 걱정되었고…….

어쨌거나 큰 전투가 한차례 끝난 것 같으니 이순신의 주위도 자못 안전해진 것 같았고, 은동도 이제 일주일 이상 시간이 지났으니 조금 움직여도 될 듯싶었다.

"그러면 자네가 수고해주게. 은동이가 나았으면 데리고 오고, 아니면 조금 더 두기로 하세."

"헤헤, 좋수. 내 다녀오리다."

흑호가 싱글거리자 문득 태을 사자의 입가에 미소가 스쳤다.

"은동이 말고 딴생각이 있는 건 아닌가?"

태을 사자는 하일지달을 말하는 것이었다. 그러나 흑호는 아무런 대답도 하지 않고 껄껄대면서 평양을 향해 떠났다.

태을 사자와 흑호가 이순신을 보호하는 사이, 은동은 큰 곤욕을 치르고 있었다. 아직 몸의 상처가 완쾌되지 않아 허준의 치료와 하일지달의 보호를 받고 있는 중인데 갑자기 행재소에 난리가 났다. 평양을 노리고 왜군이 나타났다는 기별이 온 것이다. 그때 조선군은 약 1만 명가량의 병정을 새로이 초모해두고 있었지만, 훈련을 거의 받지 못한 농군에 불과했다. 그리고 그들을 무장시킬 군기軍器도 턱없이 부족했다.

더구나 도원수라며 대동강가를 순시하던 김명원은 왜군이 나타나자 임진강에서와 마찬가지로 종적을 감추고 말았으니 싸울 장수도, 통솔할 군사의 체계도 갖추지 못한 꼴이었다. 조정에서는 급히 중신들의 회의를 열려 했으나 그럴 틈도 없었다. 왜군의 선봉이 대동강변까지 돌입하여 뗏목을 찍어 배를 만들고 있다는 소식이 들린 것이다. 그 부대는 바로 고니시가 조선의 국왕을 잡기 위해 특별히 파견한 야나가와 시게노부와 겐소 대사가 이끄는 기병대였다. 대동강을 건너면 평양까지 돌입하는 것은 하루도 채 걸리지 않는다. 조선 상감의 운명은 풍전등화와도 같았다.

이때 이덕형이 나섰다.

"척후병의 말에 의하면 이 부대는 겐소와 야나가와가 이끄는 부대라고 합니다. 그들은 전에 조선에 통신사로 온 적이 있으며 저와는 안면이 있습니다. 제가 강으로 나가 조금이라도 시간을 끌 터이니 어서 몸을 피하여 옥체와 사직을 보존하옵소서!"

실로 비장한 각오라 하지 않을 수 없었다. 아무리 겐소와 야나가와가 이덕형과 안면이 있다고는 하나, 전쟁터에서 상대가 그런 점을 고려하리라는 보장이 어디 있겠는가? 자칫하면 단칼에 목이 달아나거나 헛되이 포로가 될 수도 있었다. 상감인 선조 역시 놀란 표정을 지었으나 오히려 친구인 이항복만은 크게 소리쳐 간했다.

"마마, 한음의 변설辨說과 기지를 믿으시옵소서! 그 길밖에는 없사옵니다!"

다른 중신들이 놀라 이항복을 돌아보았다. 이항복이 그리 위험한 일에 친구인 이덕형을 내세울 줄은 몰랐던 것이다. 그러나 이항복은 이덕형에게 작은 소리로 말했다.

"화의가 성립되는 것은 말도 안 되겠지만 시간이라도 끌어주게. 자네는 반드시 성공하고 돌아올 것이네. 믿기 때문에 추천하는 것이야."

이덕형은 죽마고우인 이항복의 얼굴을 바라보면서 웃었다. 이항복은 이덕형에 대해서 누구보다도 잘 알고 있는 친구였다. 그런 이항복이 성공을 확신한다니, 이덕형도 마음이 차분히 가라앉는 것 같았다. 이덕형은 믿음직하고 재미있는 친구에게 슬쩍 미소를 보냈다.

마침내 선조는 다시 한번 서둘러 피란길에 올랐다. 문제는 어디로 가는지였다. 대부분의 신하들은 '북행', 즉 명나라로 넘어가자는 의견을 내세웠다. 그러나 강력하게 다른 의견을 내세우는 사람이 하나 있었다. 유성룡이었다.

"북행을 하시면, 백성들은 이 땅을 버린 것으로 여길 것입니다. 그리되면 어찌 훗날의 일을 수습하겠습니까? 우리 땅을 떠나서는 아니 됩니다."

뭇 신하들이 물었다.

"그러면 어디로 가자는 말씀이오?"

"의주요."

유성룡의 말에 뭇 신하들은 놀라움을 금치 못했다. 의주는 아주 변방, 압록강가에 있는 춥고도 변변치 않은 조그마한 마을에 지나지 않았다. 작은 군사 거점이나 다름없는 곳에 어찌 어가가 머물 것이며, 그 불편 또한 어찌 감당하겠는가.

"의주? 의주 같은 작은 마을에 어찌 어가를 모신다는 말이오? 또 다시 피란을 가게 될 것이 불 보듯 훤한 일이거늘!"

"다시 피란을 가게 되더라도 이 땅을 버리는 것은 아니 됩니다!"

"의주에는 백성이 너무 적고 거처도 없지 않소?"

"어가가 계시면 백성이 모이게 되고, 사람이 늘게 되면 집 같은 것은 얼마든지 생기는 법입니다. 그러나 민심이 떠나고 혼란스러워지면 모든 것이 끝납니다."

그러자 다른 신하가 이번에는 군사적인 이유를 들어 의주행을 막으려 했다.

"의주는 명국과의 접경이라, 남쪽으로의 방비가 전혀 되어 있지 않소. 그런데 어찌 의주같이 작은 성에서 어가를 지켜낼 수 있단 말씀이오?"

"적이 어가에 다다르면 이미 끝입니다. 의주에 오기 전에 막아야지요! 지금 의병들과 지방 군대들이 전열을 가다듬어 왜군의 진격로와 보급로를 막고 있습니다. 그러니 할 수 있는 데까지는 해보야 합니다!"

유성룡은 몽진 길이 송도에 이르렀을 때 영의정에 올랐다가 좋지 않은 소문을 듣고 그날로 깨끗이 사퇴해 '하루 영의정'이라는 별명이 나돌았다. 그러나 영의정에 오를 만큼 공이 크고 발언권이 강해져 있었기에 혼자의 의견만으로도 무시 못 할 비중이 있었다.

실은 유성룡은 절친한 친구이기도 한 이순신의 승전보를 보고 앞날을 헤아릴 수 있었던 것이다. 유성룡은 식견이 이를 데 없이 크고 재능이 뛰어나, 이순신의 전략 역시 유성룡이 써서 보낸 병서인 『증손전수방략』의 영향을 많이 받았다. 비록 문관이라 재능을 드러낼 기회는 적었지만, 군사적으로 뛰어난 전략적 두뇌를 가진 유성룡은 지금의 전황을 훤히 꿰뚫어보고 있었다.

'이순신의 장계를 보건대, 이 사람은 반드시 계속 이길 것이다. 그러면 고니시는 보급이 끊겨 진격을 못 하게 된다. 의주까지 올라올 여력이 없을 것이다!'

아직은 입증되지 않은 일인지라 입 밖에 낼 수는 없었으나 전략

감각이 예민한 유성룡은 일이 그렇게 될 것을 추호도 의심치 않았다. 그래서 당당하게 주장할 수 있었던 것이다. 결국 중신들은 유성룡의 의견을 받아들였고 선조는 의주행을 결의하게 되었다. 아니, 더 지체할 시간이 없었다. 회의를 마치고 나오면서 이덕형은 이항복에게 말했다.

"오성, 시간은 내가 끌 것이니 뒷일을 부탁하네. 이곳의 수습은 모두 자네에게 달렸네."

"내 힘닿는 데까지 노력하겠네!"

그리고 이덕형은 몇몇 노를 저을 부하들만 거느리고 단신으로 대동강가로 향했다. 그때가 6월 8일이었다.

• • •

의주로 몽진 가는 것이 결정되자 행재소는 아수라장이 되었다. 이번에는 한양에서의 피란보다 더 급한 상황이었고, 이미 난리를 한 번 겪은 사람들이 모여 있었기 때문에 혼란은 더더욱 심했다. 그런 와중에서도 침착함을 잃지 않고 몽진 길을 지휘하는 인물이 있었으니 바로 도승지 이항복과 유성룡이었다. 그렇지만 군인이나 관리도 아니고, 일반 병자에 지나지 않은 은동까지 그런 정리의 손길이 미칠 리 없었다. 허준 또한 몹시 바빠서 마지막으로 잠시 찾아왔을 뿐이었다.

"큰일이로구나. 평양성에도 왜군이 밀어닥칠 모양이다. 그래서 다시 몽진을 나서는데 너를 데리고 갈 수가 없구나. 네 상처는 어떠냐?"

"많이 나았습니다. 저는 걱정 마세요. 허 주부님도 무사하시길 빕니다."

은동은 며칠 동안 자신을 따뜻하게 보살펴준 허준에게 정이 많이 들었다. 또한 허준이 환자들을 대하는 진실한 모습에 감복하여 깊은 존경심을 품고 있었다. 그런데 이별을 해야 한다고 생각하니 슬펐지만 내색하지 않으려 애썼다. 허준은 미소를 띠며 말했다.

"어디로 가려느냐?"

"글쎄요……. 음, 금강산에 유정 스님을 뵈러 갈까 합니다."

허준은 유정이 누군지 잘 알지 못했기 때문에 그저 고개를 끄덕였다. 은동은 언제든 흑호나 태을 사자가 오면 같이 왜란 종결자를 보호하러 가야 한다고 여겨, 유정 스님이 있는 곳으로 가고 싶지는 않았다.

허준이 말을 건넸다.

"그 먼 길을 어린것이 홀로……. 걱정이 되는구나."

그러면서 허준은 은동이 몸에 지니고 있던 유화궁과 기타 물건들을 주었고 은동이 먹을 약재를 환약으로 말려 내주었다. 게다가 뜻밖에도 묵직한 쌀자루를 은동에게 내주었다. 이 쌀은 허준이 녹으로 받은 것으로, 굶어 죽는 사람이 많은 난리중에는 정말 귀한 물건이었다.

"이…… 이것을 받아도 됩니까?"

"받으려무나. 나야 어가를 따라가는데 설마 밥걱정이야 있겠느냐? 너야말로 어린 나이에 먼 길을 가는 몸이니 반드시 식량이 있어야 할 것 아니냐? 그런데……."

허준은 미소를 지으며 말을 이었다.

"너는 천하장사이니 무겁지는 않겠지? 사실 안 그랬으면 너 혼자 가지 못하게 했을 것이다."

그 말에 은동은 찔끔했다.

"별것도 아닙니다. 그리고 그…… 그걸 어떻게……."

"다 아는 수가 있단다. 그러나 얘야."

"예?"

"힘은 올바르게 써야 한다. 공연히 자랑하다가는 화를 자초하는 법이란다."

은동은 허준의 가르침에 퍽 감명을 받았다.

"명심하겠습니다."

"그리고 네게는 어머님의 가호가 있으니 염려하지는 않아도 될 듯 싶다만……. 좌우간 몸조심하여라. 총알이나 화살에는 눈이 없는 법이니 싸움터는 피하도록 하고."

은동은 다시 찔끔했다. 허준이 설마 자신의 어머니 엄씨를 보았단 말인가? 아니, 그럴 리는 없다. 그러면 하일지달을 보았단 말인가? 하일지달은 태연히 미소만 짓고 있을 뿐이었다. 그래서 은동은 안심하고 고개를 끄덕였다.

"만약 상처가 아프면 언제든지 다시 나를 찾아오너라. 어가를 따라 나는 의주로 가게 될 것 같으니……."

허준은 당시 세자로 책봉된 광해군의 주치의였기 때문에 반드시 어가를 호송해야만 했다. 은동은 글자 그대로 왕자와 같은 치료를 받은 셈이다. 정작 헤어진다고 생각하자 은동은 서글퍼져서 허준에게 말했다.

"기회가 생긴다면 반드시, 꼭 보답하겠어요! 정말 감사합니다."

옹골찬 은동을 보며 허준은 웃었다.

"생명을 구하는 일에 내 어찌 보답을 바라겠는가? 어서 낫고 난리 중에 무사하기만을 바란다."

"예!"

마침내 은동은 허준과 헤어져서 정처 없이 발걸음을 옮기는 신세가 되었다. 평양성 안은 아비규환의 도가니였다. 팔계의 존재들에게 능력과 힘을 물려받아 두려울 것이 없는 은동은 태연스레 평양성의 남문 밖을 나섰다. 그 뒤를 하일지달이 따라왔다.

"얘, 얘! 어디로 가니?"

"글쎄요……. 왜군이 쳐들어온다는데 여기 있을 수는 없잖아요?"

"그러면? 왜군들하고 싸울 작정이니?"

돌연 은동의 눈동자가 빛났다. 왜군들은 어머니를 죽이고 마을을 약탈한 원수들이 아닌가? 갑자기 은동의 마음이 들끓어 올랐다.

"그럴 수도 있어요."

하일지달은 안쓰러운 눈빛을 했다.

"은동아. 네가 중간계에서 얻은 힘으로 왜병들과 싸우면 수십 명은 너끈히 상대할 수 있겠지. 그러나 그런다고 난리가 끝날까?"

하일지달의 말에 은동은 대답하지 않고 시선을 돌렸다. 하일지달은 호유화만큼 요염하지는 않았지만, 둥글둥글하면서도 장난기가 어려 귀엽고 예뻐 보였다. 그러니 계속 하일지달을 보고 있으면 고집을 피울 수 없을 것 같아 눈을 돌린 것이다. 하일지달이 은동을 돌려세우고 말했다.

"너에게는 큰일이 있어. 너는 태을 사자와 흑호를 도와 왜란 종결자를 보호해야 하는 거야. 그걸 잊지 마라. 난리를 근본적으로 끝내는 것과 몇 명의 왜군을 해치우는 것, 어느 것이 중요하겠니? 더구나 너는 아직 몸이 다 낫지도 않았잖아?"

은동은 하일지달의 말을 더이상 듣고 싶지 않았다. 호유화의 얼굴이 떠올랐기 때문이다. 눈물이 솟으려 했고, 까닭 없이 하일지달의 예쁜 얼굴이 보기 싫어졌다. 은동은 획 하니 고개를 돌렸다. 꼭 왜군과 싸우려던 건 아니었는데, 하일지달이 그러지 말라고 충고하자 오히려 더 그렇게 하고 싶었다.

"몰라요!"

그때 하일지달이 하늘을 바라보며 난처한 표정을 지었다.

"에그그, 이를 어째? 하필 이럴 때 신인님이 부르시다니."

무슨 일인지는 모르겠지만 증성악신인이 하일지달을 부르고 있는 것 같았다. 은동은 잘되었다 싶어서 고개를 돌리고 모른 척했다.

하일지달은 다시 한번 은동에게 함부로 행동하지 말라고 당부하고는 돌연 모습을 감추었다.

"절대 무리하거나 함부로 행동하면 안 돼! 알았지?"

은동은 하일지달이 사라지자 그녀가 서 있던 자리를 돌아보고 혀를 날름거렸다.

"난 안 한다는 말을 하지 않았으니 약속을 어긴 건 아니에요."

은동은 남쪽으로 걸음을 옮겼다. 그러다가 이상한 광경을 보았다. 분명 이쪽은 남쪽 방향이었고 왜군이 오고 있다고 하는데, 웬 관복을 입은 벼슬아치 하나가 말을 타고 몇 명의 수행원들과 함께 남으로 달려가고 있는 것이 아닌가? 은동은 저 벼슬아치가 왜 남으로 달려갈까 의아했다. 무기를 들지 않았으니 싸우러 가는 것도 아니었으며, 정탐꾼 같지도 않은데 굳이 왜군 쪽으로 갈 이유가 없었던 것이다. 문득 떠오르는 생각이 있었다.

'흠, 저놈은 이제 보니 왜군에 투항하려는가 보구나. 나쁜 녀석!'

은동은 화가 치밀어 올랐다. 지금 한창 난리가 벌어진 판에 뭐 저런 놈이 있단 말인가? 은동은 유화궁을 끼내었으나 화살이 없었다. 중간계에서 증성악신인은 자신이 간직한 화살이 있다면 어느 때나 얻을 수 있을 것이라고 했으며, 빗나가지 않는다고도 했다. 또 염라대왕은 어떤 인간이든 맞히기만 하면 죽게 할 수 있다고 했다.

은동은 화가 나서 그자를 쏘려다가 세 번씩밖에 쓰지 못하는 능력을 함부로 쓰면 안 되겠다 싶어 유화궁을 집어넣고 달려가기 시작했다. 그런데 어디선가 낯익은 목소리가 들려왔다.

"허허, 오랜만이다. 잘 있었냐?"

흑호의 목소리였다. 은동은 흑호의 기운이 느껴지자 공연히 기분이 좋아졌다.

"흑호 님!"

은동이 소리치며 두리번거리자 흑호는 은동의 옆 땅속에서 느닷없이 얼굴을 내밀었다. 행여 인간의 눈에 띌까 봐 흙 밖으로 나오지 못하고 얼굴만 내민 것이다.

"허허……. 여기여, 여기."

"잘 계셨어요?"

"그려. 어라? 너 다 낫지 않은 것 같구나. 근데 왜 나왔어? 하일지달은?"

은동은 하일지달은 신인의 부름을 받고 갔으며 자신은 매국노 같은 녀석을 추적하여 해치울 요량으로 남쪽으로 가고 있노라 간단히 설명했다. 사실 상처 부위가 조금 아파왔지만 아무렇지도 않다고 대답했다. 그러자 단순한 흑호는 그 말을 곧이곧대로 믿고 웃으면서 말했다.

"그려? 난 원래 널 데려가려 왔지만……. 그런 놈이라면 일단 처치혀. 나도……. 아니, 아니지. 나는 인간의 일에 관여하면 안 된댔으니까 구경이나 혀야지. 그냥 가. 내 따라갈 테니. 아니지, 아니지. 내가 발밑에서 축지법을 걸어주면 녀석을 금방 따라잡을 수 있을 거여."

은동은 흑호가 같이 있다고 생각하자 한결 마음이 든든해졌다. 흑호는 토둔법을 써서 발밑에 잠복한 채 축지법을 걸어주었다.

한 번 발을 움직일 때마다 몇 장이나 되는 거리가 휙 스쳐지나갔다.

'와, 신기하다!'

은동은 호유화가 떠올라 원수의 생각도 잊고 달려갔다. 한참을 달려가다 보니 아까 그자가 강가에서 배를 타려는 것이 보였다. 은동은 멈추어 서서 갈대밭으로 숨어들었다. 그리고 유화궁을 막 꺼내들려 하는데, 흑호가 튀어나오며 외쳤다.

"에쿠! 안 뒤어, 안 뒤어! 저 사람은 매국노가 아녀."

"예?"

"저 사람은 한음 대감 이덕형이여. 왜란 종결자는 아니지만 큰일을 할 사람이라구!"

그 말을 듣고 은동이 놀랐다.

"정말이에요?"

"그럼 정말이지! 그러면 안 뒤어. 큰일날 뻔했구먼."

"그런데 왜 왜군 쪽으로 가는 거죠?"

"글쎄?"

은동과 흑호는 좀더 이덕형을 관찰했다. 조금 지나자 강 건너편에서부터 수많은 뗏목들이 다가왔는데 왜군들의 깃발이 펄럭이고 있었다.

"저거 봐요. 왜군 쪽으로 가잖아요?"

"두고 보자니깐."

은동과 흑호는 더 기다리기로 했다. 은동은 먼 곳을 보거나 이야기를 들을 수는 없었지만 도력이 높은 흑호는 할 수 있었다. 흑호는 갈대밭에 숨어 한참 귀를 기울이다가 말했다.

"흠……. 대강 들으니 무슨 화평 교섭을 하려는 것 같은데……?"

"화평 교섭요?"

"그려. 음……. 아마도 무슨 계략이 아닐까 싶네."

은동과 흑호는 잠시 옥신각신 이야기를 나누면서 말을 엿들었으나 왜 이덕형이 화평 교섭을 하러 왔는지 알 수 없었다. 그러나 잠시 후, 겐소라는 중의 말에서 그 단서를 찾아냈다.

겐소와 이덕형은 겐소의 배에서 대화를 나누고 있었는데, 처음에 이덕형은 화평 교섭을 하는 듯하면서도, 조선 왕더러 항복하라는 겐소의 말에는 동의하지 않았다. 다만 왜군의 무도한 침략을 통렬히 나무라고 있을 뿐이었다. 그때 야나가와도 회의석상에 있기는 했지만, 그는 겐소와는 달리 조선말에 능통하지 못했기 때문에 전권을 겐소에게 맡기고 참관만 하고 있었다.

당당하게 이야기를 풀어나가는 이덕형을 보며 겐소는 어딘가 수상쩍다는 기분이 들었다. 겐소는 중이었으나 학식과 식견이 높아 대마도주의 외교 고문으로 있었고, 조선에 사신으로도 여러 번 온 인물이라 녹록하지 않았다.

겐소는 의심이 들어 느닷없이 질문을 던졌다.

"한음 대감, 당신 지금 시간을 끌려는 것이 아니오?"

이덕형은 속으로 찔끔했으나 껄껄 웃었다.

"무슨 시간을 끈단 말이오?"

"지금 우리가 평양 아래까지 밀고 들어오니 조선국왕이 위험해졌다고 생각하는 것 아니오?"

"조선이 지고 있다고는 하나 그렇다고 대비를 하지 않은 건 아니오. 상감께서는 의주로 몽진하신 지 오래되었소."

"의주? 국경 지대로 말이오?"

"그렇소. 아무리 빨리 따라간다 해도 따라잡을 수 없을 거요."

내친김에 이덕형은 거짓말을 더 보탰다.

"그리고 평양은 아직 빈 성이 아니오. 함락이 그리 쉽지는 않을 것이오. 대사께서 끌고 오신 부대는 경기병 같은데, 경기병 수천으로는 쉽게 함락시키지 못할 거요."

평양성은 이미 비어 있는 성이나 다름없었으나 이덕형은 능란하게 거짓말을 둘러대었다. 갈대숲에서 이 말을 엿듣던 흑호가 은동에게 물었다.

"은동아, 평양성에 방비가 정말 되어 있냐?"

"아뇨. 난리 북새통이고…… 어가도 조금 전에 출발한다는 것 같던데……."

"흐음……. 이덕형은 시간을 끌려고 온 거구먼."

중얼거리던 흑호가 갑자기 눈을 빛냈다.

"어! 은동아! 마기다. 몸을 숙여!"

흑호는 다급하게 속삭이고는 은동이 채 그 말을 이해하기도 전에 커다란 손바닥으로 은동의 몸을 눌렀다. 이덕형과 겐소의 선상 회담은 계속 진행되고 있었다.

"한음 대감은 정탐을 하러 오신 것이오?"

겐소는 언성을 높였으나, 이덕형이 언뜻 보고서도 자신이 끌고 온 부대를 재빨리 파악하는 것을 보며 속으로 놀랐다. 그러나 이덕형은 아무 내색도 하지 않고 대답했다.

"대사께서는 그러면 지난번 조선에 오시었을 때 풍경만 보고 가시었소? 시절로 파견될 때는 실필 것은 살피는 것이 일반석인 일 아니겠소?"

겐소 역시 지난번 조선에 사절로 와서 조선의 지리를 속속들이 외워 갔다는 사실은 부정할 수 없었다. 겐소는 바로 이덕형의 안내를 받았던 것이다. 그러자 겐소는 말했다.

"이미 조선국의 운명은 훤하오. 지금 조선국왕이 항복하기만 한다면, 지위를 그대로 보존하여 왕이 될 수 있게 내 간언드리리다. 더이상 싸울 필요가 무엇 있겠소? 조선은 어째서 무모하게 싸우려 드시오?"

겐소의 이야기에 이덕형은 딱 잘라 말했다.

"항복하지 않기 위해서요."

겐소 역시 지지 않고 싸늘하게 웃었다.

"내가 지금 귀하를 감금하고 곧장 평양성으로 치닫는다면 어찌하겠소?"

"사신을 감금하는 것은 예가 아니오. 그러지 않으실 것으로 믿소."

겐소가 고개를 저으며 되받았다.

"그러지 못한다는 법도 없지 않소?"

이덕형은 흠칫했으나 각오했던 일이었다. 다만 시간을 그리 많이 끌지 못한 것이 원망스러워 되는 데까지 해보자는 생각으로 공갈을 쳤다.

"나를 그리 순순히 감금할 수 있을 성싶소?"

조금도 굴하지 않는 이덕형을 뚫어지게 바라보며 겐소는 생각에 잠겼다. 이덕형이 도대체 무엇을 믿고 저러는지 알 수가 없었다. 사실 전부터 이덕형의 사람됨에 감탄하고 있던 터라 이덕형을 해칠 뜻은 없었다. 그러나 전쟁의 상황과 관련된다면 사사로운 마음을 접어두어야 했다. 이덕형이 신임받는 신하이니만치 이덕형을 미끼로 조선국왕을 잡기까지야 못할지언정 나중에 무엇인가 양보받을 수도 있는 일이었다.

그렇게 생각하자 이덕형이 혈혈단신으로 왔다는 사실이 오히려 마음에 걸렸다. 무엇인가 있는 건 아닐까? 그런데 이덕형은 입을 꾹 다물고 눈까지 반쯤 감은 채 아무 말도 하지 않았다. 조금도 두려워하지 않는 얼굴이었다.

'어째서 저럴까? 혹시 무슨 계략은 아닐까? 그러나 과연 조선군이 그럴 만한 병력을 모을 수 있을까?'

이덕형의 얼굴에서는 아무것도 읽어낼 수가 없었다. 이덕형은 자신의 생사는 이미 포기한 판국이었으나 조금이라도 더 시간을 끌어야 했다. 그런 이덕형으로서는 겐소가 좀더 오래 고심해주기만을 바랄 따름이었다.

"세 놈이다! 흠, 이거 버겁겠는걸? 우리를 눈치챈 것 같지는 않으니 피하는 게 어때?"

흑호는 은동에게 속삭였다. 마수들이 무엇 때문에 나타났는지는 모르지만, 좌우간 세 마리라면 흑호 혼자 상대하기는 조금 힘들 것 같았다.

중간계에서 삼신대모가 준 능력 덕분에 은동 역시 지금 마수들이 눈에 보였다. 확연하게 보이는 것은 아니었지만 일렁일렁하는 어두운 그림자 같은 형태가 눈에 들어오는 것이다. 그 모습이 자못 무섭기도 했지만 은동은 피하자는 흑호의 말에 고개를 저었다. 안 그래도 아까부터 마음이 울적하고, 괜스레 목숨을 걸고 싸우고만 싶은 충동이 들어서 견딜 수가 없는 터였다. 호유화가 사경을 헤매는데 자신은 멀쩡하다는 죄책감 때문인지도 몰랐다.

"싸워봐요!"

"흠……. 나도 그러구 싶어. 그렇지만…… 삼 대 일이니……."

"삼 대 이예요."

흑호는 고개를 절레절레 저었다.

"네가 능력을 많이 받았어두 마수를 상대하기에는 모잘러. 더구나 그래도 우린 하나가 비잖어. 일단 조용히 있자구."

서서히 움직이는 마수들은 아무래도 선상을 향해 가는 것 같았다.

은동은 가슴이 덜컥 내려앉았다.

'저…… 저놈들이 한음 대감에게 무슨 영향을 끼치려는 게 아닐까? 아니면 왜장에게라도……?'

마수들은 지난번에도 신립의 마음을 조종하여 탄금대에 진을 치게 함으로써 조선군 칠천 명을 전멸하게 만들었다. 더구나 지금은 아무리 임시라고는 하나 화평 교섭을 하는 중이 아닌가? 화평 교섭을 엉터리로 이루어지게 한다거나 왜장이 급히 평양성을 공격하게 만든다면 정말 큰일이었다.

은동은 자기의 짐작을 흑호의 귀에다 속삭였다. 흑호도 당혹스러운 표정을 지었다.

"흠……. 그럼 이거 그냥 둘 수 없겠구먼. 좋아, 그럼 한번 해보자구. 하지만……."

막상 싸우려 하니 숫자가 삼 대 일이라 흑호는 은동의 도움을 받지 않고서는 이길 수 없을 것 같았다. 그러나 지금 은동은 사람들의 눈에 띄게 능력을 발휘하면 안 되지 않는가? 다른 사람들에게 절대 그런 모습을 보이지 말라는 중간계에서의 언약도 있었으며, 그것이 아니더라도 이덕형이나 왜장에게 은동이 경천동지할 능력을 발휘하며 싸우는 모습을 보인다면 낭패였다. 흑호는 너무 단순했고, 은동은 아직 어렸기 때문에 뾰족한 수가 생각나지 않았다. 그러는 와중에 마수들은 갈대밭을 지나 배로 접근하려는 것 같았다.

"제기럴! 별수 없네!"

흑호는 하는 수 없이 은동에게 말하지 않고 대뜸 몸을 날려 마수들의 앞을 막아섰다. 다행히 풍생수나 백면귀마, 홍두오공만큼 강한 놈들 같지는 않았다. 뱀의 몸에 닭의 머리를 하고 있는 흉측한 놈과 다리가 하나 달리고 말처럼 생긴 대가리만 있을 뿐 몸통이 없는 놈, 거대한 해골바가지같이 생긴 놈, 모두 셋이었다.

흑호는 몸을 날리면서 다짜고짜로 법력을 집중하여 허공으로 바람을 세 번 날리고는 갈대밭 속으로 뛰어들었다. 흑호는 생계의 존재이나 인간에게 모습을 보이지 않게 할 수는 있다 하지만, 술수까지 보이지 않게 할 만큼의 능력은 없었다. 그래서 싸우더라도 모습이 잘 보이지 않는 갈대밭 속에서 싸우려고 한 것이다. 놈들은 흑호가 쏘아낸 바람을 맞지는 않았으나 놀란 듯했다. 놈들이 곧장 흑호를 따라 갈대밭 속으로 들어섰다. 그 순간, 은동은 중간계에서 증성악신인에게 받은 능력으로 표훈사에서 사용하던 화살 한 자루를 원거리 전송하여 집어 들어 유화궁에 꿰었다.

'용화의 주인이 명한다!'

은동이 성성대룡에게서 받은 주문을 외우면서 화살을 내쏘자 화살이 가느다란 불덩어리로 변하면서 닭 머리에 뱀의 몸을 한 계두사鷄頭蛇에게 쏘아져나갔다. 은동은 마수를 볼 수는 있었지만 그 자세한 형체까지는 볼 수 없었던 까닭에 가장 앞에 있는 그림자 같은 것만을 보고 활을 당긴 것이다. 그러자 화살이 스치는 곳의 갈대들이 와스스 흐트러졌다. 계두사는 몸을 굽혀 피하려는 듯했으나 화살은 절대 빗나가지 않는다고 증성악신인이 예언한 대로 휙 구부러지며 계두사의 몸통 한가운데를 정확히 맞혀 뚫고 나갔다. 삽시간에 계두사는 몸이 타들어가 인간의 귀에는 들리지 않는 기이한 굉음만 남기고는 순식간에 소멸되고 말았다.

은동은 자신이 쏜 화살이 불화살이 되어 날아가는 것에 놀랐고, 그림자가 사라졌다는 느낌밖에는 받지 못했다. 하지만 흑호는 삽시간에 마수 하나를 소멸시켜버리는 위력을 보고 크게 놀라며 좋아했다.

'과연 팔계의 대존재들 술법이 헛된 게 아니구먼! 대단혀!'

은동이 계두사를 맞히기 위해 쏜 불화살은 전혀 엉뚱한 부수 효과를 낳았다. 한참 고민에 빠져 있던 겐소는 결국 이덕형을 잡아 감금하고 속히 조선국왕을 추적하여 잡아야겠다는 쪽으로 마음을 굳히고 있었다. 아무래도 이덕형의 말대로 진을 칠 만한 군사가 있을 것 같지 않았다.

그런데 느닷없이 강가의 갈대밭의 갈대들이 와스스 흔들리고 불화살 한 대가 하늘을 꿰뚫고 날아가는 것이 보이자 겐소는 깜짝 놀랐다.

갈대는 흑호가 쏘아낸 바람과 은동의 불화살이 날면서 흔들린 것인데, 워낙 힘이 세차 수많은 갈대가 흔들렸다. 겐소에게는 그 바람이 느껴지지 않았기 때문에 갈대밭 속에 많은 군사가 매복해 있는 것은 아닌가 하는 의구심이 든 것이다. 더구나 불화살이 날아올랐으니, 필시 무슨 군호가 틀림없다는 확신이 들었다.

'어허, 이덕형이 혼자 온 것도 이런 계략이 있었기 때문인가? 가만……. 조선군이 혹시라도 우리가 도하하는 중에 기습을 가한다면……?'

겐소는 화가 나서 이덕형을 보며 소리쳤다.

"도대체 무슨 계략이오? 강 건너에 군사를 매복시켜두었나 본데……. 우리가 그런 것에 꿈쩍이나 할 듯싶으오?"

이덕형은 겐소의 말이 무슨 뜻인지도 몰랐고, 더군다나 갈대밭을 등지고 있던 탓에 불화살을 보지도 못했다. 이덕형은 단순히 겐소가 이판사판으로 공갈을 친 자신의 공성계空城計에 걸려든 줄 알고 태연하게 대답했다.

"직접 확인해보시려오?"

"화평 교섭을 한다고 하면서 군사를 매복시키다니! 이렇게 나온다면 당신을 그냥 보내줄 수 없소!"

이덕형은 태연하게 웃었다. 보통 배짱이 아니었다.

'이덕형은 우리를 방심시키기 위해 목숨을 걸고 온 것이란 말인가? 아니다. 이덕형은 상당한 고관인데……. 이게 도대체 어찌된 일이란 말인가?'

겐소는 의외의 사태에 놀라 고민하기 시작했다. 갈대밭에는 정말 수많은 조선군이 숨어 있는 것일까? 혹시나 자신이 잘못 본 것은 아닐까? 겐소는 다시 갈대밭으로 눈을 돌렸다. 이번에는 정말 갈대밭에 누군가가 있는지 바짝 신경을 곤두세웠다.

어디서 날아왔는지도 모르는 공격 한 방에 계두사가 소멸되자 나머지 두 놈의 마수들은 몹시 놀라는 듯했다. 그들 중 다리 하나에 말머리가 달린 놈은 기夔[31]라는 놈이었는데 이놈은 외발을 껑충거리면서 보이지 않는 엄청난 기운을 입으로 내뿜었다. 흑호는 기운을 볼 수 있어서 금방 피했지만, 은동은 볼 수 없이시 멍하니 있을 뿐이었다. 흑호는 하는 수 없이 땅을 쳤다.

"영발석투!"

그러자 갯가의 둥근 돌들이 우르르 솟아올라 은동의 앞을 막았고 기가 뿜어낸 기운이 돌들에 부딪혀 옆으로 흩어졌다. 은동도 기운에 밀려 돌에 부딪혀 갈대밭을 헤치며 주욱 미끄러져 곧 처박혔다. 둥근 자갈들은 매우 단단했는데도 기가 뿜어낸 기운에 휘말려 탕탕 소리를 내며 깨어져버렸는데 그 소리가 무척 요란하게 울려 퍼졌다.

겐소의 귀에는 요란한 소리가 북소리처럼 울렸다. 더구나 갈대밭 한쪽이 주욱 미끄러져나가는 것이, 적어도 수십 명의 병사들이 숲을 헤치며 진군하는 것처럼 보였다.

'총부대가 진을 이루는가 보구나! 이건 무슨 뜻일까? 협박을 하는 것일까?'

이번에는 이덕형의 귀에도 그 소리가 들렸다. 자갈들이 깨져나가는 소리는 아닌 게 아니라 북소리와 비슷했다. 이덕형도 놀라 뒤를 돌아보았다. 공교롭게도 은동이 기운에 밀리는 바람에 갈대밭이 좍 헤쳐지는 모습은 이덕형이 보기에도 사람들 여럿이 갈대를 헤치고 도열하는 것처럼 보였다. 은동이 밀려나는 속도가 아주 빨라 삽시간에 수십 장이나 밀려나갔으니, 사람 혼자서 그렇듯 갈대밭을 헤쳤으리라고는 누구도 감히 상상할 수 없었던 것이다. 이덕형은 궁금하기도 하고, 또 한편으로는 뿌듯하기도 했다.

'도대체 누가 있어서 저기에 진을 치는 것일까? 의병들인가? 좌우간 하늘이 돕는구나. 이 기회에 왜병들이 겁을 먹고 물러가게 해야겠다!'

은동은 한참을 밀려나다가 갈대밭 속의 진창에 처박혀 엉망이 된 몸을 일으켰다. 마수나 흑호보다는 못해도 여러 능력을 받았고, 지금은 스무 명분의 혼은 빠졌어도 법력은 남아 있었고 몸 자체도 강해져 있었다. 인간으로는 유래가 드물 정도의 힘을 지니고 있는 덕에 몸을 건사하는 것쯤은 쉬웠다. 은동은 얼른 일어나 다시 유화궁에 화살을 메기려 했다.

그러나 그때 기가 다시 기운을 뿜어냈다. 흑호가 앞을 막아서려 했으나 이번에는 해골바가지만 남은 시백귀屍魄鬼가 흑호 앞을 막아섰다. 흑호는 놈의 기운이 낯설지 않음을 느꼈다. 그놈은 바로 금강산에서 치성을 드릴 적에 시백인들과 백골귀들을 보내 흑호를 습격했던 주술을 부린 놈이었다! 흑호는 화가 치밀어 올라 은동의 일도 잠시 잊어버리고 말았다.

'이 더러운 눔!'

기가 다시 기운을 뿜어내는데 이번에는 은동도 무서운 예감이 느껴져 본능적으로 비추무나리가 일러준 술법을 썼다. 은동은 비추무나리의 이름을 마음속으로 불러보았다.

'비추무나리!'

그러자 은동의 몸 주위에 크게 장막 같은 것이 생겨났다. 기가 발출한 기운은 삽시간에 그 막에 흡수되면서 깊은 바다에 모래가 들어가듯 흔적도 없이 사라져버렸다. 그것을 보고 기는 질려버린 것 같았다.

평범한 인간 아이의 모습이었지만 법력이 엄청나게 강한 것으로 믿은 것이다. 그럴 수밖에 없었을 테지만……. 사실 은동 자신이 더 놀랐다. 비추무나리의 술법이 이렇게까지 강력할 줄은 미처 몰랐던 것이다. 은동이 다시 유화궁을 들면서 술법을 쓰려 했으나 어느 틈에 기는 저만치 달아나고 있었다.

'어라? 내가 무서워서 도망을 가네?'

기가 동료인 시백귀를 버려두고 도망치자 시백귀도 놀란 듯했다.

오랜만에 야성이 폭발한 흑호는 시백귀에게 달려들었다. 그러자 시백귀는 이상한 기운을 전신에서 내뿜었다. 강렬하거나 무슨 힘이 담긴 기운이라기보다는, 악취와 같은 기분 나쁜 기운이었다. 흑호는 시백귀를 막 잡을 찰나, 기분 나쁜 기운 때문에 멈칫했고 그 틈을 타 시백귀는 달아났다. 흑호는 시백귀를 뒤쫓으려 했지만 흑호의 앞을 막아서는 것들이 있었다. 언제 나타났는지 수십 마리의 백골귀와 시백인이 흑호 주위를 둘러싸는 것이 아닌가.

'제기럴, 귀찮게스리! 하지만 놈도 대단하구먼. 이렇게 잠깐 사이에 부하들을 불러내다니!'

흑호는 지난번에 시백인과 백골귀와 겨루어본 경험이 있었다. 이번에는 시백귀가 달아날 시간을 벌려고 급히 놈들을 소환한 것이라 그 수도 수십 마리에 지나지 않았다. 이놈들은 마수와 달라서 형체도 지니고 있었고 물리력도 행사했다.

은동이 놈들의 흉측한 모습을 보고 놀라 유화궁을 쏠까 하는데 흑호가 전심법으로 말했다.

"이놈들은 별것 아니니 술법을 낭비하지 말어!"

흑호는 닥치는 대로 놈들의 몸을 두들겨 부수기 시작했다. 은동은 놈들이 더럽고 흉측하여 속이 메스꺼웠으나 흑호의 말대로 술법을 아끼고 유화궁으로 놈들을 후려갈겼다. 유화궁은 철궁이었으며, 호유화가 법력을 넣어준 무기였기 때문에 유화궁의 자루에 맞은 백골귀들은 퍽퍽 부서져버렸다. 신이 난 은동은 전에 얻었던 윤걸의 법기인 육척홍창까지 휘두르면서 놈들을 때려 부수었다.

'갈대밭에 틀림없이 조선군이 매복해 있다. 이제 모습을 드러내는구나.'

겐소는 아연 긴장했다. 갈대밭 속에서 진을 이루는 듯하더니 이제는 사람의 형체가 수십 명 이상이나 활발하게 움직이고 있지 않은가?

거리가 멀었고 갈대밭 속이라 잘 보이지는 않았으나, 사람의 형체인 것만은 틀림없었다(그것들은 사실은 마수가 불러낸 시백인와 백골귀였다). 더구나 자신들은 강을 건너려다가 화평 교섭을 한다고 멈추어서 있었으니 사격 목표로는 안성맞춤이었다. 게다가 배가 모자라 뗏목을 타고 있으니 숨거나 막을 수도 없는 형국이었다.

무엇보다도 갈대밭에서 기분 나쁜 기운이 느껴져 견딜 수가 없었다. 겐소는 불문에 몸을 담고 있는지라 마수의 기운을 어렴풋이나마 느낄 수 있었던 것이다. 다만 그것이 마수의 기운이라는 것은 모르고, 적병인 조선군의 기운이 무척 강하다고만 생각했다.

'안 되겠다. 일단은 물러나야겠구나! 역시 이덕형은 보통 인물이 아니구나. 저 건너에 제갈공명이 만든 석병팔진石兵八陣[32]이라도 놓아둔 것인가? 이렇게 기운이 괴이할 수가 있나. 좌우간 나가서는 안 된다. 계략인지도 모르지만 위험하다.'

겐소는 마음속으로 작정하고 이덕형에게 말했다.

"좋소. 화평을 맺거나 항복은 못한다 하더라도, 일단 우리 군사를 강 건너로 후퇴시키겠소. 그러니 피차 회담중에 싸움은 그만둡시다."

이덕형도 특별히 준비가 있었던 것이 아닌데, 겐소가 자진하여 군사를 강 건너로 물리겠다고 하니 마다할 이유가 없었다. 그러나 이덕형은 못 박아두는 것을 잊지 않았다. 천우신소로 은동과 마수들의 싸움이 오히려 조선국왕을 구한 것은 물론 이덕형도 몰랐다. 누가 그랬는지 궁금하여 이덕형도 그 궁리에 정신이 없을 지경이었지만, 표정 하나 변하지 않고 태연하게 말한 것이다.

"나도 굳이 싸우고 싶은 마음은 없소이다. 싸우시고 싶다면 말리지는 않겠습니다만, 피차 피해가 없는 편이 좋지 않겠소이까?"

겐소는 전쟁 전부터 이덕형의 인품과 지략이 헤아릴 수 없이 높다고 감탄하곤 했는데, 이덕형의 태도를 보자 마음을 굳혔다. 분명 이덕형이 자신들을 궤멸시킬 수도 있거나, 최소한 큰 타격이라도 줄 수 있는 진법을 펼쳐둔 것으로 믿은 것이다. 더구나 자신들은 조선 측이 아무런 대비도 없는 줄 알고 뱃놀이하는 기분으로 강을 건너는 도중이었으니 긴장이 되지 않을 수 없었다.

고니시의 명령은 조선국왕을 항복하라고 권유하거나 안 되면 잡아오라는 것이었지만 이런 상황에서는 어쩔 수 없었다. 이덕형의 태도를 보니 조선국왕은 절대 항복할 것 같지도 않았으며, 행여 이덕형의 말대로 조선국왕이 의주로 이미 피란을 갔다면 적은 군사로 이덕형이 준비한 진법과 맞서 싸우고 싶지 않았다.

"좋습니다. 우리도 더 전진하지는 않겠소이다. 그러나 본대가 도달한다면 진격을 계속할 것이오."

이덕형은 여유 있는 태도로 말했다. 등줄기에서는 아까부터 식은땀이 흐르고 있었지만 말이다.

"피차 섬기는 임금이 다르고 나라의 목적이 다르니 이 마당에서 영원히 화평을 논하지는 못하겠지요. 허나 나와 대사와는 안면이 있는 사이 아니오? 더구나 회담을 하면서 싸우는 것은 예의에 어긋난 일이 아니겠소?"

적이 당황한 겐소는 고개까지 끄덕이며 맞장구를 쳤다.

"맞습니다, 맞습니다. 조선은 동방예의지국이라 하였으니 우리도 예를 지키겠소이다. 좌우간 화평은 없었던 것으로 하고, 나중에 다시 의논하기로 합시다. 우리는 군사를 물릴 것이니, 조선도 군사를 물려 무익한 싸움을 피하는 것이 좋겠소이다."

"좋소. 그러면 나는 저쪽으로 가겠소. 저곳의 지휘관은 내 말이 아니면 듣지 않을 것이니, 내가 군사를 물리도록 하겠소. 그러니 대사께서도 그리하도록 하십시다."

이덕형은 감쪽같이 왜군의 선발대를 진격 못 하게 막은 것과 동시에 자신의 몸마저도 안전하게 빠져나오는 데까지 기지를 발휘한 것이다. 그러나 겐소는 거기까지는 짐작하지도 못하고 그제야 한시름 놓은 듯 합장을 해 보였다.

"좋습니다. 나무묘법연화경……."[33]

이덕형은 배를 돌려 갈대밭으로 들어갔다. 의병장이건 누구건, 화살 한 대 쏘지 않고 왜병을 물러나게 했으니 너무나 고마워서였다. 그러나 그때는 이미 흑호와 은동이 시백인과 백골귀를 물리치고 떠나간 뒤였다. 은동이 기의 공격을 맞고 상처가 덧나 피를 흘리기 시작하여 놀란 흑호가 급히 은동을 안고 전라도로 날아간 것이다. 그러니 이덕형이 갈대밭을 아무리 뒤져보아도 수십 명은커녕 단 한 사람도 발견할 수 없을 수밖에…….

'이것이 어찌된 일인가? 정녕 하늘의 도우심으로 기적이 일어났다는 말인가?'

이덕형은 의문만 가득 안은 채 돌아갈 수밖에 없었다. 누구에게 이야기를 할 수도 없었다. 그러나 훗날 이덕형은 대동강변에서 단신으로 시간을 끌어 몽진하는 이가를 보호한 공적으로 말미암아 선조의 절대적인 신임을 얻고 크나큰 치하를 받게 된다.

한편 그날 밤, 대동강을 도로 건넜던 겐소와 야나가와도 조선군이 정말 다 물러갔는지 미심쩍은 마음에 척후병을 보내어 갈대밭을 조사하게 하였다. 그러나 갈대밭에는 아무도 없었고, 누가 있던 흔적마저도 없었다. 그것을 보고 두 사람은 '이번 조선군의 부대는 정녕 진퇴가 자유롭고 움직이는 것을 귀신도 모르게 하니, 정예 중의 정예였음이 틀림없다. 근왕병인지도 모른다. 진법을 사용하여 요기까지 스미게 할 정도였으니 공격을 받았으면 무슨 일을 당했을지 모른다. 싸우지 않아서 큰 다행이었다'고 안도의 한숨을 내쉬었다.

은동은 흑호의 품에 안겨 달려가면서 비로소 긴장이 풀리자 상처가 쑤시고 맥이 빠졌다.

"두 마리는…… 놓쳤죠?"

"그려. 허나 염려 말어. 다 잡고 말 테니깐. 더구나 한 놈은 네가 박살내버리지 않았어? 호유화랑 모두 난리를 치고서도 둘밖에 못 잡았었는데 말여. 마수는 모두 열두 마리뿐인데, 네가 하나를 잡았으니 열한 마리만 남은 셈이여. 상처가 나을 때까지 너무 무리하진 말라구. 제기럴, 호유화는 괜찮은가? 근데 너마저도 다 낫지 않다니 원……."

은동은 흑호의 따뜻한 마음에 감격하여 눈물을 글썽였다. 자신을 걱정해주는 것보다 호유화를 걱정해주는 것이 더욱 고마웠고, 호유화를 생각하니 다시 눈물이 나오는 것이었다.

흑호가 웃으며 말했다.

"아직 멀었어. 아직 난리가 끝나지도 않었구. 할 일이 많다구…….
그러니 힘을 내어. 알았지?"

은동은 눈물을 거두고 억지로 웃는 낯을 지으며 고개를 끄덕였다.

"그런데…… 어디로 가는 거죠?"

은동이 묻자 흑호가 조금은 흉악해 보이는 미소를 지었다.

"어디긴, 왜란 종결자가 있는 곳이지!"

"왜란 종결자!"

"우리는 왜란 종결자하고 말을 할 수 없어. 그러니 네가 해주어야 한다구. 우리하구 같이 왜란 종결자를 돕구 보호하는 거여. 그러면 천기가 바로잡히구 난리도 끝날 거여. 이 지긋지긋한 난리가 말여……."

"야!"

은동은 자신도 모르게 환호성을 질렀다. 이제 드디어 불세출의 영웅, 왜란 종결자를 만나게 된다. 그뿐만이 아니라 그의 옆에 계속 머물게 되는 것이 아닌가! 비록 흑호가 왜란 종결자가 누구인지, 어디로 가는 것인지에 대해 구체적으로 말을 해주지는 않았지만 은동은 기대감에 가슴이 두근거렸다.

겐키는 어두운 해변의 언덕배기를 피를 흘리며 달음질치고 있었다. 무서움이 없는 일급 닌자 겐키도 지금만은 두려움을 감출 수 없었다. 본토에 돌아와서 이런 일이 생길 줄은 꿈에도 몰랐다. 두 명의 동생 덴구와 기노시타야미는 이미 죽음을 당했다. 그것도 저항조차 할 수 없는, 보이지 않는 상대에게…….

'알려야 한다. 이 사실을…… 이 사실을!'

겐키는 품안에 들어 있는 두루마리의 감촉을 때때로 확인하면서 입술을 깨물었다. 고니시의 말은 사실이었다. 보이지 않는 적. 보이지 않는 요괴, 마물! 그리고 그 어마어마한 비밀은…….

겐키는 두 동생의 참혹한 죽음에 몸서리를 치면서도 다시 한번 자신을 가다듬었다.

'센 리큐千利休의 문서……. 이것을 반드시 고니시 님께 전해야 한다! 이 전쟁은 미친 짓이다!'

겐키는 고니시에게서 정체 모를 마물이 일본의 최고 집권자들에게 영향을 끼쳤다는 이야기를 들었다. 그리고 그것을 밝히기 위해 아케치 가문과 오다 가문의 내력을 캐라는 명령을 받았던 것이다. 겐키는 두 동생인 덴구와 기노시타야미에게 두 갈래로 나뉘어 각각 아케치가와 오다가의 정보를 수집하도록 하였으나 그쪽에서는 별 다른 것이 나오지 않았다. 허나 겐키가 히데요시의 주변을 탐문하던 중 우연한 기회에 엄청난 문서를 발견하고 만 것이다. 그것이 센 리큐의 문서였다.

센 리큐는 오다 노부나가의 다도 선생이었으며 히데요시의 다도 선생이기도 한 귀인貴人이었다. 2대를 이어 최고 실권자의 스승이었던 만큼 몹시 영향력이 큰 자문이었다고 보아도 좋다. 그런데 1591년 2월 28일, 히데요시는 센 리큐와 다실茶室에서 밀담을 나눈 뒤 돌연 센 리큐에게 자결을 명했고 센 리큐는 명을 따라 자결하고 말았다. 그 이유는 아무도 알지 못했다. 겐키는 우연히 센 리큐의 집을 수색하다가 그가 감추어놓은 밀서를 발견한 것이다.

센 리큐가 죽음을 당해야만 했던 이유도 이해가 갔다. 거기에는 실로 엄청난 내용이 씌어 있었다. 그대로라면 이 난리는 그야말로 미친 짓에 불과했다. 이것은 전쟁이라고도 할 수 없었다. 오로지 살육을 위한 짓이었다. 절대로 막아야 하고 중단시켜야만 하는 미친 짓…….

죽음의 그림자는 겐키가 그러한 사실을 알아내자마자 겐키 일행을 덮쳤다.

상대는 사람이 아니었다. 분명 사람은 아니었다. 그 누구도 인간이라면 평생 동안 혹독하게 단련을 거듭한 닌자의 시각을 속일 수는 없었다. 적은 소리도 없었고 기척도 없었다. 일본 본토는 전부 전쟁을 위한 병참 기지가 된 것 같았다. 그래서 겐키와 형제들은 모두 갑옷을 입은 병졸 차림을 하고 있었다. 그러나 그 존재 앞에서는 갑옷도 소용이 없었다. 순식간에 붉은빛이 번쩍하자 덴구의 목이 날아가고 몸뚱이는 핏물이 되어 녹아 없어졌다. 기노시타야미의 몸은 보이지 않는 육중한 무게에 짓눌려 머리부터 짜부라져 땅에 처박혀 삼켜졌다.

그 붉은빛은 기이하게도 자신의 몸에는 닿았다가도 튕겨나갔다. 그래서 겐키는 살아남을 수 있었다. 겐키는 자신이 속옷에 써넣어 입고 있는 『묘법연화경』의 법문 덕분에 죽음을 면했다는 것도 깨닫지 못했다. 하지만 법문이 쓰인 옷으로 보호받지 못하고 있던 다리 아랫부분에는 상처를 입었다.

'가야 한다……. 어서……. 사람이 많은 곳으로……!'

겐키는 본능적으로 사람이 많은 곳을 찾았다. 그곳은 해안에서 멀지 않은 곳이었다. 언덕 너머에 불빛이 보였다. 겐키는 강렬한 공포에 질려 수십 리 길을 미친듯 달려왔지만 적은 보이지도 않는 존재라 그 존재가 자신의 뒤를 따르는지 아닌지조차 알 수 없었다. 그러니 조금도 쉴 틈이 없었다. 다만 밝고 사람이 많은 곳이라면 그런 보이지 않는 존재가 쉽게 다가오지 못할 것 같은 느낌이 있었다. 그리고 겐키의 예감은 맞은 듯했다. 한참을 달리던 겐키는 어느 항구 어귀에 도달한 뒤 그대로 정신을 잃어버렸다. 그리고 몇 사람의 병졸들이 겐키를 발견하여 횃불을 든 채 그에게 몰려들었다. 한 사람이 겐키에게 물었다.

"너는 누구냐? 왜 다쳤으며 왜 이런 꼴이 되어 여기에 온 것이냐? 이 부대의 소속인가?"

겐키는 미처 무어라 궁리해볼 겨를도 없이 고개를 끄덕였다. 그러자 조금 후 다가온, 장교인 듯한 자가 겐키를 보고 외쳤다.

"너도 이 수군 부대 소속이란 말이지? 그런데 건방지게 밖에 나가서 상처를 입고 오다니! 군기가 엉망이구나! 혼을 내야 하겠지만 다쳤으니 봐준다. 그 속죄, 조선에 가서 공을 세워 갚아라!"

"조선……?"

겐키는 의식이 흐려지는 가운데에서도 닌자로서 단련한 덕분인지 기를 쓰며 물었다. 그러자 한 졸병이 대답했다.

"몰랐느냐? 우린 조선으로 간단 말이다. 이순신인지 뭔지 하는 망할 녀석을 잡으러 말야. 어서 낫기나 해라. 하하하……"

'잘되었다……. 조선으로……. 조선으로 가서…….'

겐키는 거기까지 생각하다가 정신을 잃었다. 그러자 몇 명의 병졸들이 구시렁거리면서 겐키를 짊어지고 새로 건조된 거대한 배 안으로 들어갔다. 배는 바로 조선으로 출발할 예정이었다. 이순신이라는 희대의 강적을 상대하기 위해 일본 수군의 정예를 선발하여 급히 출발하는 것이었다.

겐키는 천운天運에 의해 목숨을 건진 셈이었다. 그러나 겐키가 탄 배의 뒤쪽에는 누구의 눈에도 보이지 않았지만 갈기를 곤두세운 마수 풍생수가 눈을 부릅뜨며 배의 뒷모습을 성난 얼굴로 바라보고 있었다. 그러다가 배가 출항하자 풍생수는 서서히, 배의 속도에 맞추어 뒤를 따라 어둠 속을 헤치며 날아가기 시작했다.

(3권에 계속)

주

1. 당시의 왜국에서는 자신들의 나라를 가리켜 일본이라고 칭하기 시작했다. 그러나 조선이나 명 등 다른 나라에서는 보통 왜라고 불렀다.

2. 일본에서의 장군이란 직위는 일반 군대의 대장이 아니라 천하 무장들의 최고 우두머리를 뜻했으며 최고 권력자를 가리켰다. 장군은 실질적 통치 기구인 막부를 세울 수 있었지만 전국시대에 이르러 이름뿐인 존재가 되어 있었다.

3. 근래의 여러 역사서를 보면 박홍은 왜란이 발발하여 수군을 해산한 후 종적이 없어진 것으로 알려져 있다. 하지만 실록에 이름이 보이지 않을 뿐 다른 기록에는 박홍이 그 이후 내내 선조의 곁을 떠나지 않으며 신임을 받았다는 말이 나오는 것으로 보아 후자가 맞을 듯하다.

4. 붕당은 선조조부터 나뉘기 시작했으며 선조는 많은 경우에서 붕당의 폐해를 욕하고 구실로 삼았지만 붕당을 나눠 당파 싸움을 유도한 것은 선조 자신이었다. 이 증거는 매우 여러 곳에서 나타나며 거의 정설이라 할 수 있을 것이다.

5. 태종의 사위 조대림趙大臨의 집이 있던 곳이어서 소공주댁이란 이름으로 불렸으며 지금의 조선호텔 자리다.

6. 정걸이 판옥선을 만든 것은 1555년, 41세의 나이였을 때인데 판옥선은 그 놀라운 성능으로 인하여 왜구들과의 전선에 투입되자마자 엄청난 위력을 발휘했다. 수백 년 동안 근절시키기 어려웠던 왜구들이 불과 4년 만에 거의 자취를 감추고 전멸되다시피 한 것이다. 판옥선의 위력에 겁을 먹은 왜구들은 가까운 조

선을 포기하고 대신 명나라의 해안을 극심하게 공격한다. 그 이후 판옥선은 성능을 인정받아 왜란이 일어난 당시에는 모든 전선에 배치됐다.

7. 후세에는 거북선이라 부르지만 그것은 어정쩡한 복합어이므로 당시에는 귀선이나 거북배라고 불렸다고 추정하는 것이 맞다.

8. 현재 거북배의 용머리는 길게 위로 솟아 있는 모습이라고도 알려져 있으나 당시 어떤 그림이나 문헌을 보아도 용머리가 길다는 표현은 없다. 오히려 목이 짧아서 그야말로 거북의 형상 그대로라는 것을 입증하고 있으며 후에 그림으로 남겨진 문헌들도 마찬가지이다. 용머리는 일종의 충각衝角으로도 사용되었으며 포를 쏘고 유황 연기를 내는 구멍이기도 했으니 목이 짧고 머리 모양의 조각이 앞에 붙어 있다고 보는 것이 합당하다.
조사해본 결과, 당시 거북배의 구조를 나타내는 문헌과 자료가 상당수 있는데도 불구하고 외모에 치중하여 역사적 고증을 그르쳐왔으며 심지어 거북배를 잠수함으로 묘사한 일이 있을 정도이다. 이는 분명 잘못된 일이다. 길게 설명할 수는 없지만 고증과 대조할 때 현재 일반적으로 사람들이 보는 거북배의 모습 대부분은 터무니없을 정도로 변조되어 멋대로 만들어진 형태이다. 심히 통탄스러운 일이 아닐 수 없다. 그러나 일각에서 거북배의 진실한 모습을 밝히려는 노력이 계속되고 있어 다행한 일이라 하겠다.

9. 조선의 노 젓기는 서양 갤리선의 노 젓기와 다르다. 조선식 노 젓기는 앉아서 앞뒤로 젓는 것이 아니라 노군들이 일어선 상태에서 노를 모두 물에 담그고 8자 형으로 긋는 것이다. 전통적인 우리나라의 작은 배 뒤에 노 하나만을 달고 사공이 그 노를 이리저리 돌려서 앞으로 나아가게 하는 것을 볼 수 있는데 그것이 바로 조선식의 노 젓기이다. 이런 방식으로 전선에 사용한 노는 하나를 보통 여섯 명이 저었으며 노도 크고 두꺼워서 내리찍는 타격 무기로 충분히 사용할 수 있었다.

10. 거북배를 만든 것이 엉뚱하게도 일부에서는 군관인 나대용으로 알려져 있

으나 실은 이순신의 독창적인 착안에 의한 것인 듯하다. 필자는 당시 조방장으로 이순신의 곁에 있던 판옥선의 발명자 정걸의 조력이 있었다고 추정한다.

11. 『난중일기』는 실제로 5월 5일부터 5월 28일까지의 기록이 빠지고 남아 있지 않다. 후에 이순신이 의정부에서 국문을 받을 때에 그 부분을 비롯하여 여러 부분이 없어진 것이라 추정하는 설도 있지만, 옥포 해전을 치르고 난 5월 10일에 장계를 쓰고 5월 26일에 이르러 간략한 장계를 써 올린 것 외에는 다른 기록이 남아 있지 않다. 그동안에 계속하여 빠지지 않고 써오던 일기를 비롯하여 어떤 문서도 기록한 사실이 없는 것으로 보아 그동안은 이순신이 일기나 다른 글을 쓰지 못하는 상태에 있었다고 보는 것이 합당하다고 본다.

12. 실제로 육로 수송은 간혹 시도되었으나 일본 측의 기록에는 "의병 때문에 수송대에 호위대를 붙여야 했기 때문에 보급품이 한양에 도달할 때쯤이면 호위대가 수송하던 쌀을 다 먹어버려 거의 한 톨도 남지 않았다"는 글이 보인다.

13. 오구로마루의 크기는 당시 조선의 주력 전선인 판옥선의 크기와 거의 같다. 그런데 판옥선은 빠른 속도에 최적화된 탓에 실제 배수량이 이 배에 비해 훨씬 적었다. 그래서 판옥선의 승원수가 160명 정도였던 것에 비해 오구로마루는 900~1,000명까지 실을 수 있었던 것이다. 단, 화포는 무장하지 못했고 속도도 판옥선보다 많이 느렸다.

14. 어느 일본 사서에는 고니시와 가토가 거느린 군사가 20만이었다고 기록되어 있다고도 한다. 그러나 여러 공식 문서를 볼 때 고니시와 가토는 각각 2만 정도의 부대를 거느렸다는 것이 정설이다. 당시 일본의 사회 관습으로 볼 때 정예부대에는 몇 명의 시종과 하인 등등이 붙는 것이 보통이었고, 그들은 군의 숫자에 포함되지 않았다. 이는 중세 서양의 기사들이 너덧 명의 시종을 데리고 참전한 것과 흡사하다. 그러니 실제 고니시가 거느린 '사람'의 수는 5만 정도로 보는 것이 적합하다고 생각된다.

15. 언년이, 즉 오다는 후에 왜국으로 건너가 고니시의 양녀가 된다. 그리고 천주교에 귀의하여 독실한 신자가 되어서 '줄리아'라는 세례명을 얻는다. 이후 고니시가 세키가하라의 결선에서 도쿠가와에게 패해 처형당하자 포로가 되어 도쿠가와의 시녀로 전락하고 만다.
그 후 천주교 금지가 국법으로 정해지지만 그녀는 신앙을 굳건히 지키다가 계속 유배 생활을 하는데, 그래도 신앙을 지키며 수많은 신도를 신앙의 길로 이끌고 여러 이적을 행해 사후 성녀의 반열에 오른다. 일본 천주교에서 지금까지도 매년 5월 제3 일요일에 추모제를 여는 등 일본인이 독실하게 섬기는 성녀 오다 줄리아가 바로 조선의 아이 언년이다.
오다 줄리아가 조선인이기에 한국에서도 일본의 줄리아 추모제에 많이 참석하며 한강변 절두산 성당에서도 오다 줄리아를 기념하고 있다.

16. 단방은 한 가지만으로 병을 다스리는 약으로 주로 자연물을 일컫는다. 요즘 사람들이 흉하게 생각하는 뱀, 벌레나 기타 혐오스러운 자연물을 복용하는 것이 대부분의 단방 비결이기도 하나 가짜가 많다. 그래서 아주 급한 경우가 아니면 의원들은 잘 사용하지 않는다.

17. 이 내용은 『난중일기』에는 나오지 않는다. 『난중일기』는 5월 29일에 이르기까지 씌어 있지 않았는데, 5월 27일 자 장계에 원균에게서 적의 움직임이 있다는 첩보를 받은 것과 그로 인해 정걸을 조방장으로 임명해 각 포구와 진들을 후방에서 지휘하도록 했다는 기록이 보인다. 정걸은 너무 연로했으므로 이는 정걸을 배려한 이순신의 처사였다고 생각된다.

18. 『난중일기』에는 이순신이 탈주자나 괴변을 흘리는 등 군기를 어지럽히는 자를 엄히 징벌하였다고 기록한 곳이 상당히 많다.

19. 우리는 흔히 알려진 이순신의 전기에서 이순신이 무과 시험 때 낙마하여 버드나무 가지로 상처를 동여매고 달린 일을 위인의 귀감으로 배워왔다. 그러나 그것은 기실 이순신 개인의 무예가 낮았음을 보여주는, 약간은 창피한 예라 할

것이다. 무과 시험에 응시한 자가 말에서 낙마하고, 또 다리까지 부러졌다는 것은 승마 기술이 낮았음을 보여주는 예에 불과하다. 당시 조선의 승마 기술은 매우 뛰어나서, 기병대가 쇠퇴한 왜란 이후 작성된 『무예도보통지武藝圖譜通志』만 보더라도 보통 졸병들이 행하던 마상 기예의 수준은 오늘날의 곡예의 수준을 넘어선다. 그런 상황의 무과 시험장에서 낙마하고 다리까지 부러졌다는 것은 승마에 능했다고 보아줄 수 없는 일이다.

『난중일기』에 보면 이순신은 활쏘기를 매우 열심히 하여 몸 상태가 좋은 날은 활쏘기를 거의 거르지 않았다. 그중 3월 28일(임진년 무자일, 즉 당시의 음력으로 5월 9일)의 일기에 보면, 이순신이 자신의 활쏘기 성적을 기록하고 있어 흥미롭다. 그 기록에 따르면 활 열 순(50발)을 쏘았는데, 그중 다섯 순은 다 맞히고(25발에 25발), 두 순은 네 번(10발에 4발씩 두 번이니 8발) 맞히고, 세 순은 세 번(15발에 3발씩 9발) 맞혀 총 50발에 42발을 맞힌 것으로 기록되어 있다(어느 책에는 두 순을 쏘아 네 번 맞혔다는 말을 10발 중 네 번 맞힌 것으로 번역하고 있는데 이는 잘못이라 본다). 이 기록이 상당히 좋은 성적이라 이순신이 흐뭇하게 여겨 기록한 것으로 보이는데, 50발에 42발만이 표적을 맞힌 것으로 흐뭇해할 정도였다면 이순신을 결코 명궁으로 쳐줄 수 없는 셈이다.

이러한 자료로 볼 때 이순신의 무예가 그리 뛰어난 편은 아니었다는 것이 정확하다 하겠다.

20. 이순신은 『난중일기』에서 수십 차례 두통과 배앓이, 곽란을 호소하고 있으며, 곽란이 일어났을 적에 소주를 마셔 다스리려다가 인사불성의 지경에 빠졌던 일까지 있었던 것을 기록하고 있다. 이순신은 임진왜란 당시부터 우리가 생각하는 일반적 '성웅'의 이미지와는 달리 건강체가 아니었던 것이 분명하다.

21. 남원의 의병장인 조경남이 쓴 『난중잡록亂中雜錄』에는 "원균은 한 끼에 한 말 밥을 먹고, 생선 다섯 두름, 닭이나 꿩 서너 마리를 먹었으니 항시 배가 무거워 걷기도 힘들어 전쟁에 졌다"는 말이 나온다. 약간의 과장은 있었겠지만 그것으로 볼 때 원균은 배가 무척 나오고 체격이 비대하며 힘이 센, 마치 『삼국지』에 나오는 동탁董卓과 같은 모습이었던 것 같다.

22. 후대의 기록 중 몇몇은 이순신보다 원균이 공을 많이 세웠으며 그때 사용한 전술이 배끼리 서로 충돌시키는 '당파전술'이었다고 하기도 한다. 조선군의 배를 만든 재목이 왜군의 배를 만든 재목보다 굵고 두껍기 때문에 충분히 가능한 전술이라는 것이다.

그러나 이것은 이순신이 『난중일기』에서 즐겨 쓴 표현을 빌리자면 글자 그대로 "해괴하기 이를 데 없는" 소리에 불과하다고 본다. 그런 전법은 왜란 이전, 왜구와의 전투에서는 가능했을지도 모르나 임진왜란 당시에는 어림도 없는 소리이다. 임진왜란 발발 당시에는 왜군의 전선들도 조선의 판옥선만큼 거대해져 있었다.

일단, 첫째로 당파전술의 가능성인데, 과연 조선 배가 왜국의 배를 들이받아 산산조각 낼 수 있었을까? 대답은 '불가능'이다. 공학의 원리를 잘 이해하지 못하는 사람들이 단순히 두께만으로 그 가능성을 따지는데, 배와 같은 구조물은 자재의 두께로 강도가 결정되는 것이 아니라 그 역학적 구조 형태에 따라 결정된다.

현재의 수십만 톤급 유조선들의 두께는 불과 몇 센티미터에 불과하며, 거대한 점보제트기 동체를 이루는 알루미늄 판은 주먹으로 치면 들어갈 정도의 두께이다. 그런 얇은 두께로도 수백, 수만 톤에 달하는 구조물이 지탱되는 것이 구조의 역학이다.

당시 조선의 배가 아무리 두꺼운 목재로 만들어졌고, 왜선이 아무리 얇은 목재로 만들어졌더라도 조선배가 왜선을 들이받아 박살을 내고 멀쩡하기는 불가능하다. 비슷한 크기의 전선이 부딪쳤을 때, 두께 차이가 있다 하더라도 구조적으로는 그렇게까지 큰 차이가 있지 않을 것이므로 그것만으로 강도에 결정적인 영향을 주기는 어렵다. 오히려 구조적으로 크기가 비슷하다고 본다면, 조선의 배가 피해를 덜 입더라도 많은 부분 손상될 것만은 틀림없는 일이다.

둘째, 당시 가장 빨랐을 것으로 추정되는 판옥선의 속력은 시속 25킬로미터 정도이다. 그것이 최대의 속력이며 노를 젓는 목선이 낼 수 있는 최대 속도의 한계이다. 지금의 자동차와 비교해보면 이해가 쉬울 것이다. 과연 25킬로미터의 느린 속력으로 달리다가 부딪친다고 해도, 한쪽 자동차가 다른 자동차를 뚫고 나가거나 한쪽만 완파시킬 수 있을까?

배는 질량이 크므로 파괴력도 자동차보다는 크지만, 상대편 배 역시 그만큼 크다. 그런 상태에서 과연 한쪽 배가 부딪쳐서 상대편 배를 박살낼 수 있었을까? 대답은 역시 불가능이다. 선체 피해는 줄 수 있었겠지만, 그것은 약간의 접촉에 불과하며 당파로 적의 배를 가라앉힌다고 주장하는 사람들은 실질적인 역학 지식이 전무하다고밖에는 볼 수 없을 것이다.

셋째, 만약 당파전술을 써서 적선을 반쯤 부순다 치더라도, 과연 그 전투에서 승리할 수 있었을까? 당시 왜선은 대포가 없었으며, 화살이나 총을 쏘아대다가 배끼리 맞대놓고 최후에 육박전으로 승부를 내는 전투 방식에 익숙해져 있었다. 그렇기 때문에 왜선에는 항상 노군 이외에 수백 명의 전투원이 상주해 있었다.

이순신의 2차 해전인 당항포 해전에는 본문에도 언급한 왜선 오구로마루가 나오는데, 이 배는 1590년 왜국 통일 전의 오다와라 싸움에 실제로 사용되었다. 그 배를 당시의 기록인 『조소카베 모토치카기長宗我部元親記』에서는 이렇게 묘사하고 있다.

"이 배에는 노군 2백 명이 타며, 석화시石火矢(즉 돌로 만든 불화살이란 뜻이니 일종의 투석기와 비슷한 노포로 해석된다. 고대의 해전에는 돌에 기름을 먹여 불을 붙인 후 투석기로 적선을 때리고 불사르는 전법이 있었는데 그것이 아닐까 싶다) 2장, 소총 2백 자루, 활 1백 장, 장창 2백 자루, 긴 칼 60자루, 갈고리, 화시火矢(불화살) 등을 수없이 많이 실었다."

이러한 장비 규모를 볼 때 이 왜선은 노군 2백 명, 사격수(소총과 활 사용) 약 3백 명, 전투원(창과 칼 사용) 260명 정도를 태웠음이 확실하다. 쓸모없는 여분의 장비를 수군의 배에 실을 이유는 없기 때문이다. 또 본문에 앞서 등장한 가메이 고레노리의 기록을 보면, "가메이 고레노리가 동동선 5척을 만들고 3천 5백 명의 병사를 인솔하여……"라는 구절이 있다. 3천 5백 명의 병사를 5척의 배에 태운다면 한 배에 타는 병사는 평균 7백 명이라는 계산이 나온다.

한편 조선 판옥선의 편제는 소상히 기록으로 남아 있는데 총 탑승 인원이 160명 정도이고 노군이 120명에 이른다. 그러면 40~50명 정도의 인원이 화포와 전투를 남낭하는 셈이다. 자, 당파전술이 요행히 성공하여, 두 배가 충돌한 상황을 그려보자. 한쪽은 전투 인원이 7백 명, 다른 쪽은 40~50명이다. 이 상황에서 과연 승리가 가능할까?
하물며 당시 왜군은 수백 년간 전쟁을 치러 실전에 능한 난폭한 병사들이었고, 한쪽은 싸움조차 제대로 해보지 못한, 평화에 젖고 퇴폐에 빠져 있던 군대였다. 누구의 눈으로 보더라도 당파전술은 사용할 수 없는 전술이었고, 그런 전술을 쓴다는 것은 곧 자살행위이다.
결국 당파전술이란 잘해보아야 탑승 인원이 비슷한 작은 왜선에서나 사용할 수 있는 전술인데, 수가 열세인 조선 수군에서 동등한 크기의 적선을 상대하지 않고 작은 왜선과 싸운다면 그것은 말도 되지 않는 행위일 것이다.
원균이 이 해전중에 지휘한 배는 3척에 불과하였다. 그렇다면 원균은 잘해야 이순신이 다 부숴놓은 불타는 배에 '당파전술'을 써서 돌입하여, 시체만 널린 배를 뒤지며 목을 베어 공만 세웠다는 것이 분명하다. 그러한 정황은 이순신의 『난중일기』나 장계에도 수없이 기록되어 있으며, 이순신은 이 신통치 않은 아군을 내내 한탄하는 필체로 묘사하고 있다.
그러니 주로 원균이 전공을 세우고 이순신이 그 공을 빼앗았다는 몇몇 이론 등은 정말 허무맹랑하고 '해괴한' 논리에 지나지 않으며, 희한한 궤변으로 사람의 눈을 속여 일시적인 인기를 얻으려는 술책에 지나지 않는다고 여겨진다. 사서를 조금이라도 찾아보고 조금만 논리적으로 판단하여도 그런 말은 결코 나올 수 없을 것이라고 생각한다.

23. 이순신의 함대는 화약을 퍼서 사용하지 않고 종이봉지에 정확히 계량하여 저장해두었다가 사거리에 따라 몇 개씩 넣어 사격하였다. 이는 지금의 '탄피'와 비슷한 개념을 도입한 것으로 많은 연구자들은 이순신의 이 업적을 간과하고 있지만, 이는 그야말로 독창적인 방법이라 할 수 있다. 이보다 훨씬 이후인 나폴레옹과 넬슨 제독 간의 해전에서도, 각 화포들은 통으로 화약을 퍼부으며 싸워 사격이 정확하지 못했고 장탄 속도가 극히 느렸다.
그러나 이순신은 미리 사거리에 따라 계량해둔 화약을 사용했기 때문에 사격이 정확했고 사격 시간이 빨랐으며, 화약이 쏟아질 염려가 없었으므로 훨씬 안전했다. 이 방법은 지금도 박격포 및 거의 모든 포화기에 그대로 응용된다. 포병으로 복무하신 분들은 잘 아실 것이다. 몇 호 장약 하는 것이 바로 이것인데,

이 방법을 세계 최초로 본격적으로 사용한 것도 이순신이다.

24. 통영연은 이순신의 천재성을 또 한 번 보여주는 발명품이다. 통영연으로 신호하는 방법은 이순신 이후 아주 오랫동안 전승되어 사용되어왔다. 지금도 통영연은 전라도 지방에서 계승되어오고 있으며 군호의 내용도 일부 전해지고 있는데, 복잡한 내용까지 전달할 수 있게 치밀하게 짜여 있다.

25. 에밀레종을 만든 주조술을 현대 과학으로도 따라갈 수 없다는 이야기는 많은 분들이 알고 계실 것이다. 그러한 주조술과 금속 기술을 가졌던 조선의 총통이니 우수한 것은 당연하다. 그중에서도 천자총통은 화약 소모량이 많았지만 동급의 화포로서는 위력에서 으뜸이었고, 여러 증거를 보아도 당시 세계 최강의 화포였음이 분명하다.
조선의 총통은 매끈한 서양 포들과는 달리 울퉁불퉁하게 띠를 두른 것 같은 모양으로 주조되어 있는데, 이는 현대 공학적으로 볼 때에도 무척 앞선 것이다. 그 모양은 강도를 높여서 화포에서 발생하기 쉬운 포열의 쪼개짐을 막아주는 한편, 과열을 어느 정도 막는 방열 핀fin의 역할을 겸하고 있다. 천자총통의 길이는 약 1.5미터 정도이며 아직도 몇 문이 남아 있다. 전후 일본으로 노획되어 도쿠가와의 재통일전에서 크게 위력을 발휘했다고 한다.
당시 회교 제국들에는 길이가 수십 미터에 달하는 발석포 같은 거포들이 있었지만 크기만 컸지 몇 번 쏘면 포 자체가 부서지는 불완전한 것들이었다. 당시의 주조술과 금속 기술로는 천자총통 이상의, 지속적으로 사용할 수 있는 커다란 포를 만들어내는 것은 불가능하였으니, 당시 화포 기술의 정수라고 말할 수 있을 것이다.
비록 무기이며, 소상한 연구가 이루어지지 않아 진가가 묻혀 있지만, 천자총통 등의 조선 총통들은 측우기나 해시계 등에 비해 결코 뒤지지 않는 조선의 뛰어난 발명품이라 할 수 있다.

26. 1811년 일어난 '홍경래의 난'은 서북 출신의 임명을 거부하는 조정의 관습에 맞서 일어난 대표적인 난이다. 격문을 보면, 당시 조선 조정에 서북 출신을

등용하지 않는 서북 출신 등용 금지법이 있거나, 아예 등용할 뜻이 없는 것처럼 씌어 있다. 그러나 실제로 서북 출신의 고관 등용을 제외하는 법 같은 것은 없었다.
하지만 서북, 특히 평안도 출신이 거의 고관으로 등용되지 못했던 것만은 사실이다. 그 이유는 무엇일까? 수수께끼 같기만 하다. 그래서 필자는 이런 가상의 판타지적 추리를 한 것이며, 본문에 나오는 것처럼 실제로 역사의 예견이 그런 결과를 낳았다고는 단언할 수 없다는 점을 알아주시기 바란다. 이 소설은 판타지니까.

27. 이순신은 『난중일기』에 임진년 5월 29일 사천 전투에서 "군관 나대용이 탄환에 맞았고, 나도 왼쪽 어깨 위를 탄환에 맞아 등을 관통하였으나 중상은 아니었다"라고 적었다.

28. '풍림화산'이라는 글자가 씌어 있는 깃발이나 표찰은 일본에서 상당히 여러 곳에 보인다. 이것을 지명이나 무슨 부적과 같이 생각하는 사람들도 있는 모양이다. 그러나 이것은 실은 병법의 요체를 알기 쉽게 정리한 문구이며, 일본 전국시대 때 전쟁의 대천재라고 하던 다케다 신겐이 가훈처럼 사용하던 말에 지나지 않는다.

29. 이 금부채는 조선군이 노획하는데, 이순신은 이 부채를 소중히 여겨 조정에 진상했다. 이 부채는 히데요시가 과거에 수군 대장이던 가메이 고레노리에게 주었던 것으로 추정된다. 겉에는 '6월 8일 히데요시秀吉'라는 서명과 오른쪽에는 '하시바 지쿠젠노카미羽柴筑前守', 왼편에는 '가메이 류큐노카미도노龜井琉球守殿'라 씌어 있다. 이 때문에 이순신은 이 왜장이 하시바 지쿠젠노카미일 것이라고 기록하고 있지만, 이 하시바 지쿠젠노카미는 히데요시가 사용했던 옛 이름과 관직이다.
왜국 측 사서를 뒤져보면, 오다 노부나가가 교토를 점령하여 관직을 받았을 때 그의 유력한 부하들도 관직을 받았는데, 지쿠젠노카미란 그때 히데요시가 받은 관직이었다. 원래의 히데요시의 이름은 기노시타 도키치로였는데, 후에 히데요시로 개명했고, 이때 관작을 받으면서 성이 촌스럽다 하여 역대 오다 가문의 노신老臣의 성인 시바타柴田와 니와丹羽에서 한 글자씩을 따서 하시바라고 성을 바꾼 것이다.
그러므로 여기서 죽은 왜장이 지쿠젠노카미라는 이순신의 추측은 잘못된 것이며, 이 부채는 과거 하시바의 이름을 쓰던 시절에 히데요시가 사용하던 것인데 후에 가메이 고레노리에게 준 것이다. 이는 부채 왼편에 쓰여 있다는 '가메이 류큐노카미도노', 즉 '가메이 류큐 국주에게'라는 말과 잘 일치하고 있다. 그러나 가메이 고레노리는 이때의 전투에서 죽지 않았으므로, 죽은 인물은 함께 출전했던 도쿠이 미치토시인 것으로 추정된다.

30. 그때의 일이 일본 측 기록에 다음과 같이 남아 있다.
"가메이가 부산포를 거쳐서 조선으로 도해할 때, 조선 군선 수천 척이 달려들어 불화살을 쏘아 가메이의 배를 불태워버렸다. 그래서 하는 수 없이 70여 일을 소천성에 숨어 지냈다."
가메이가 얼마나 놀라 혼이 나갔으면 20여 척에 불과한 이순신의 함대가 수천 척으로 보였겠는가?

31. 기는 외다리의 괴수로 황제黃帝 헌원이 치우와 싸울 적에 이 기를 잡아 북으로 만들어 뇌공의 뼈로 만든 북채로 쳐 천하를 놀라게 하며 진군했다는 이야기가 전해진다. 기의 모습은 『산해경山海經』에도 나온다.

32. 『삼국지연의』에 보면 제갈공명은 오나라와의 싸움에서 패한 유비를 '어복포'라는 곳으로 가게 하는데 그곳에는 제갈공명이 돌로 진법을 펼쳐둔 곳이 있었다. 유비의 뒤를 추격하던 오나라의 지략가 육손은 그 팔진에 빠져들었다가 진에 휘말려 하마터면 큰일을 당할 뻔한다. 혼이 나간 육손이 유비의 뒤를 쫓는 것을 단념하여 유비는 겨우 살아난다는 내용이다. 물론 정사 『삼국지』에는 없는 가상의 이야기지만 제갈공명이 '팔진도'라는 진법을 창안했다는 것은 확실한 것 같다.

34. 당시 일본 불교에서는 우리에게 친숙한 '나무아미타불' 같은 불호보다도 '나무묘법연화경'의 불호를 주로 사용했다.

왜란 종결자 2

1판 1쇄 2015년 3월 31일 | 1판 6쇄 2023년 4월 3일

지은이 이우혁

책임편집 임지호 | 편집 지혜림 | 외주편집 이경민
디자인 이현정 | 캘리그라피 강병인 | 저작권 박지영 형소진 이영은 오서영
마케팅 정민호 이숙재 김도윤 한민아 이민경 안남영 김수현 왕지경 황승현 김혜원
브랜딩 함유지 함근아 박민재 김희숙 고보미 정승민
제작 강신은 김동욱 임현식 | 제작처 영신사

펴낸곳 (주)문학동네 | 펴낸이 김소영
출판등록 1993년 10월 22일 제2003-000045호

주소 10881 경기도 파주시 회동길 210
문의 031-955-8892(편집) 031-955-2696(마케팅) 031-955-8855(팩스)
전자우편 editor@elmys.co.kr
홈페이지 www.elmys.co.kr

ISBN 978-89-546-3567-7 (04810)
978-89-546-3563-9 (SET)

* 엘릭시르는 출판그룹 문학동네의 장르문학 브랜드입니다.

* 이 도서의 국립중앙도서관 출판예정도서목록(CIP)은 서지정보유통지원시스템 홈페이지(http://seoji.nl.go.kr)와 국가자료종합목록 구축시스템(http://kolis-net.nl.go.kr)에서 이용하실 수 있습니다.
(CIP 제어번호: CIP2015007595)

* 잘못된 책은 구입하신 서점에서 교환해드립니다.
기타 교환 문의: 031-955-2661, 3580